读古人书　友天下士

百余年前，崇文书局于武昌正觉寺开馆刻书，成晚清四大书局之一。所刻经籍，镌工精雅，数量众多，流布甚广，影响巨大。为赓续前贤，昌明国学，弘扬文化，本社现致力于传统典籍的出版。既专事文献整理，效力学术，亦重文化普及，面向大众。或经学，或史论，或诸子，或诗词，各成系列，统一标识，名之为"崇文馆"。

崇文馆

中国古典诗词校注评丛书

辛弃疾诗词全集【汇校汇注汇评】

谢永芳　编著

长江出版传媒 | 崇文书局

前　言

　　辛弃疾,宋高宗绍兴十年五月十一日(1140 年 5 月 28 日)生,字坦夫,改字幼安,号稼轩,齐州历城(今山东济南)人。靖康末中原沦陷,率众抗金。投忠义军耿京部掌书记。三十二年(1162)正月,奉表归宋,授右承务郎。闰二月,京部将张安国杀京降金,弃疾自建康还海州,率军径趋金营,缚张安国以归。改差江阴签判。孝宗隆兴二年(1164),改广德军通判。乾道元年(1165),奏进《美芹十论》。四年,通判建康府。八年,出知滁州。淳熙元年(1174),辟江东安抚司参议官。二年六月,出为江西提点刑狱。闰九月,茶商军平,加秘阁修撰。三年,调京西转运判官。四年,差知江陵府,兼湖北安抚。徙知隆兴府兼江西安抚。五年,召为大理少卿。出为湖北转运副使。六年三月,改湖南转运副使。改知潭州,兼湖南安抚。七年,加右文殿修撰,再知隆兴府兼江西安抚。八年七月,以修举荒政,转奉议郎。十一月,改除两浙西路提点刑狱公事,旋以台臣王蔺论列,落职罢新任。闲居上饶带湖。十四年,主管冲佑观。光宗绍熙三年(1192),起提点福建刑狱。四年,迁太府卿。加集英殿修撰,知福州,兼福建安抚使。五年七月,光宗禅位。以谏官黄艾论列,罢帅任,主管建宁府武夷山冲佑观。退居铅山瓢泉。宁宗庆元二年(1196)九月,以言者论列,罢宫观。四年,复集英殿修撰,主管建宁府武夷山冲佑观。嘉泰三年(1203),起知绍兴府兼浙东安抚使。四年,加宝谟阁待制,奉朝请。差知镇江府,赐金带。

开禧元年（1205）三月，坐缪举，降两官。六月，改知隆兴府，旋以言者论列，与宫观。二年，差知绍兴府、两浙东路安抚使，辞免。进宝文阁待制。又进龙图阁待制，知江陵府。令赴行在奏事。三年，试兵部侍郎，两次上章辞免，方遂所请。与在京宫观。叙复朝请大夫。继又叙复朝议大夫。进枢密都承旨，令弃疾速赴行在奏事。未受命，并上章陈乞致仕。九月初十日（10月3日）卒，年六十八。特赠四官。葬铅山南十五里阳原山中。理宗绍定六年（1233），赠光禄大夫。恭帝德祐元年（1275），加赠少师，谥忠敏。现存词集二种：《稼轩词》四卷、《稼轩长短句》十二卷（元大德三年广信书院刻本）。诗文集已佚，今有邓广铭《辛稼轩诗文钞存》、孔凡礼《辛稼轩诗词补辑》。

以词名家的辛弃疾也有诗才。尽管就其全部诗作的文学价值和文学史价值而言，蔡光的判断，也算是道出了实情："蔡光工于词，靖康间陷于虏中，辛幼安尝以诗词参请之。蔡曰：'子之诗则未也，他日当以词名家。'"（陈模《怀古录》卷中）即辛诗在灿若星河的宋代诗坛上的真实地位，但诗名"为词所掩"（刘克庄《后村诗话》续集卷四）的辛弃疾，在诗歌创作方面兼学鲍照、韩愈、邵雍等，也取得了一定的成绩。

辛弃疾写的古体诗不多，大抵优劣杂陈，未可一概而论。如《赠申孝子世宁》：

六月烈日日正中，时有版将号群凶。平人血染大溪浪，比屋焰照鹅湖峰。白刃纷纷避行路，六合茫茫何处去。妻见夫亡不敢啼，母弃儿奔那忍顾。药市申公鬓有霜，卧病经时不下床。平生未省见兵革，出门正尔逢豺狼。豺狼满市如流水，追索金缯心未已。可怜累世积阴功，今日将为兵死鬼。世宁孝行何高高，慷慨性命轻鸿毛。尔时自欲赴黄壤，欣然延颈迎霜刀。至孝感兮天地动，白日无光百川涌。三刀不死古今稀，一命自有神灵拥。群贤激赏争作歌，要使汝名长不磨。何时上书达天听,诏加旌赏高嵯峨。

记叙绍兴六年叛将施暴劫掠,申姓老翁病中遇贼,其子世宁挺身代父受戮的悲壮孝行。全篇笔力奇纵,章法谨严,风格沉郁顿挫,神似杜、韩七古,允称挺拔高古。又如《和赵国兴知录赠琴》:

> 赵君胸中何瑰奇,白日照耀珊瑚枝。新诗哦成七字句,孤桐赠我千金资。人间皓齿蛾眉斧,筝笛纷纷君未许。自言工作古离骚,十指黄钟挟大吕。芙蓉清江薜荔塘,灵均一去乘鸾凰。君试一弹来故乡,荷衣蕙带芳椒堂。往时嵇阮二三子,能以遗音还正始。谁令窈窕从户窥,曾闻长卿心好之。低头儿女调音节,此器岂因渠辈设。劝君往和薰风弦,明光佩玉声璆然。此时高山与流水,应有钟期知妙旨。只今欲解无弦嘲,听取长松万壑风萧骚。

这首咏琴诗化用辞赋技巧,层层铺写,是辛弃疾“以赋为诗”的代表作之一。除第一节贴切叙写赠琴外,其余三节状写弹琴、听琴,而以期待知音作结,又足当禅家所谓“不粘不脱,不即不离”,亦合于苏轼赋诗而不必此诗之意。

辛弃疾也学邵雍诗,然只不过取其诗风平淡而已。如《书停云壁》二首其一:

> 学作尧夫自在诗,何曾因物说天机。斜阳草舍迷归路,却与牛羊作伴归。

身世遭际和思想方法上的不同,特别是遭受政治打击之后的愤慨,以及理想不能实现的失意之悲,都决定了辛弃疾的诗不可能真正像邵雍那样心平气和,单纯追求身心愉悦。就像此诗所言,自己并未接受邵雍“先天观物”的理论,相反,却说在山间迷失方向,有赖牛羊的引导才得以免于误入歧途。

陆游曾标举辛诗:“稼轩落笔凌鲍谢”(《送辛幼安殿撰造朝》),自言“剩喜风情筋力在,尚能诗似鲍参军”(《和任师见寄之韵》)的辛弃疾,也确实是对鲍照诗歌下过一番功夫。所以,所作七绝如《偶题》三首其三、《和杨民瞻韵》、《书清凉境界壁》二首其一、《重午日戏书》等,能于清新俊逸之外,融入沉雄飞动的气势:

> 闲花浪蕊不知名,又是一番春草生。病起小园无一事,杖藜看得绿阴成。

> 挂杖闲题祖印来,壁间有句试参怀。从来歌舞新罗袜,不识溪山旧草鞋。

> 从今数到七十岁,一十四度见梅花。何况人生七十少,云胡不归留此耶。

> 青山吞吐古今月,绿树低昂朝暮风。万事有为方有尽,此身无我自无穷。

第一首,尽管全篇从静观大自然生机勃勃的律动趋向于升沉荣辱的超拔,但所抒发的是功业不就的痛苦,在清新平易之外饶有沉郁悲壮之感。第二首借他人壁间题句,巧妙地表达了对钟鼎山林的思索和寄情溪山的怀抱,语意颇含嘲讽,深具蕴藉委曲之致。第三首中"一十四度见梅花"写得极为滞重而有所寓托,却是以寻常语入诗,而显峭拔飞舞之态。第四首前两句意境雄浑,写青山绿树同万古长存的明月和朝暮不变的劲风相抗争,所展示的当然是不屈不挠的性格。四诗风格略有异同,但相互统一的却是既飘逸清新,又雄奇沉郁,和辛弃疾的词作一样,把二者很好地融会贯通起来了。如陈锐《袌碧斋词话》即谓:"词如诗,可摹拟得也。南唐诸家,回肠荡气,绝类建安。柳屯田不着笔墨,似古乐府。辛稼轩俊逸似鲍明远,周美成浑厚似陆士衡。白石得渊明之性情,梦窗有康乐之标轨。皆苦心孤造,是以被弦管而格幽明。学者但于面貌求之,抑末矣。"

"昂昂千里,泛泛不作水中凫"(《水调歌头》)的辛弃疾,以英雄自期:"英雄事,曹刘敌"(《满江红》)、"天下英雄谁敌手。曹刘。生子当如孙仲谋"(《南乡子》),人生理想本来是"把诗书马上,笑驱锋镝"（《满江红》），挥拥万夫，建树"弓刀事业"（《破阵子》）。然而，也许是由于历史的误会，一生"三仕三已"（《哨遍》），"雕弓挂壁无用"、"长剑铗，欲生苔"（《水调歌头》），只能在"谁念英雄老矣，不道功名蕞尔，决策尚悠悠"（《水调歌头》）的慨叹中，"笔作剑锋长"（《水调歌头》），转而在词坛上开疆拓土。

辛弃疾以词为"陶写之具"（范开《稼轩词序》），表现自我的出处行藏和精神世界："人无同处面如心。不妨旧事从头记，要写行藏入笑林"（《鹧鸪天》），"有心雄泰华，无意巧玲珑"（《临江仙》），拓展出一类气势豪迈、个性鲜明丰满的英雄形象。这类英雄自我形象使命感异常强烈、执着，如"道男儿，到死心如铁。看试手，补天裂"（《贺新郎》）、"看依然、舌在齿牙牢"、"心如铁"、"待十分做了，诗书勋业"（《满江红》）。因而，生命激情几乎一直都是飞扬跳荡："横空直把，曹吞刘攫"（《贺新郎》）、"气吞万里如虎"（《永遇乐》）、"狂歌击碎村醪盏。欲舞还怜衫袖短"（《玉楼春》）、"说剑论诗余事，醉舞狂歌欲倒，老子颇堪哀"（《水调歌头》）、"酒兵昨夜压愁城。太狂生。转关情。写尽胸中，块磊未全平"（《江神子》）。他的词有明显的阶段性特征，从青少年的"少年握槊，气凭陵、酒圣诗豪余事"（《念奴娇》），"壮岁旌旗拥万夫。锦襜突骑渡江初"（《鹧鸪天》），到中年之后的"腰间剑，聊弹铗"（《满江红》）、"和泪看旌旗"（《定风波》）、"试弹幽愤泪空垂"（《鹧鸪天》），直到晚年的"众里寻他千百度"后"蓦然回首"（《青玉案》），已是"头白齿牙缺"（《水调歌头》），"不知筋力衰多少，但觉新来懒上楼"（《鹧鸪天》），发出"功名妙手，壮也不如人，今老矣，尚何堪"（《蓦山溪》）的感慨，在词里都有表现。

辛弃疾善于开掘词体长于表现复杂意态心绪的潜在功能，充分展现出心灵世界的曲折深广。如《水龙吟·登建康赏心亭》：

楚天千里清秋，水随天去秋无际。遥岑远目，献愁供恨，玉簪螺髻。落日楼头，断鸿声里，江南游子。把吴钩看了，栏干拍遍，无人会、登临意。　　　　休说鲈鱼堪脍。尽西风、季鹰归未。求田问舍，怕应羞见，刘郎才气。可惜流年，忧愁风雨，树犹如此。倩何人，唤取盈盈翠袖，揾英雄泪。

以传统的悲秋主题，写其壮志难酬之感，慷慨淋漓而又感情细腻。下片以不同的典故构成，写尽报国无门、归隐不甘的矛盾心理，有着巨大的震撼力。这种对典故的创造性运用，构成了辛词的一个重要特色。

而处于这样的状态中，辛弃疾难免在词里有所反思。这种反思，有时非常直接，如"渡江天马南来，几人真是经纶手。长安父老，新亭风景，可怜依旧。夷甫诸人，神州沈陆，几曾回首"（《水龙吟·为韩南涧尚书寿甲辰岁》）；有时则比较隐晦，如《摸鱼儿·淳熙己亥，自湖北漕移湖南，同官王正之置酒小山亭，为赋》：

更能消、几番风雨，匆匆春又归去。惜春长恨花开早，何况落红无数。春且住。见说道、天涯芳草迷归路。怨春不语。算只有殷勤，画檐蛛网，尽日惹飞絮。　　　　长门事，准拟佳期又误。蛾眉曾有人妒。千金纵买相如赋，脉脉此情谁诉。君莫舞。君不见、玉环飞燕皆尘土。闲愁最苦。休去倚危楼，斜阳正在，烟柳断肠处。

据说，"寿皇（指宋孝宗）见此词，颇不悦"，说明他也能够体会其中的"词意殊怨"（罗大经《鹤林玉露》卷一），看出了其中的忧谗畏讥与拗怒不平之气。类似的作品还有《菩萨蛮·书江西造口壁》：

郁孤台下清江水，中间多少行人泪。西北望长安，可怜无数山。　　　　青山遮不住，毕竟东流去。江晚正愁予，山深闻鹧鸪。

其中也有很明显的批判性，并直接影响到宋末的刘克庄、陈人杰等人。

辛弃疾英雄无用武之地，只能黯然退隐田居，即便如此，他也能为词的题材增添别一种风景。如《清平乐》和《西江月·夜行黄沙道中》二作：

> 茅檐低小，溪上青青草。醉里蛮音相媚好，白发谁家翁媪。
> 大儿锄豆溪东，中儿正织鸡笼。最喜小儿亡赖，溪头卧剥莲蓬。

> 明月别枝惊鹊，清风半夜鸣蝉。稻花香里说丰年，听取蛙声一片。　　七八个星天外，两三点雨山前。旧时茅店社林边，路转溪桥忽见。

写得恬然淡泊，情趣盎然，与同时范成大的《四时田园杂兴》诗可以互参。

如果说，陆游从军剑南的生活催生了他的大量描写战争的诗，那么辛弃疾的戎马生涯也使其作品打上特定的战争烙印，如《破阵子·为陈同甫赋壮语以寄》：

> 醉里挑灯看剑，梦回吹角连营。八百里分麾下炙，五十弦翻塞外声。沙场秋点兵。　　马作的卢飞快，弓如霹雳弦惊。了却君王天下事，赢得生前身后名。可怜白发生。

词中密集的军事意象群凝聚成雄豪壮阔的审美境界，体现出独特的个性风貌，而其中那种不管怎样风光无限，与心中的期望总有落差的情绪，还构成了后来边塞之作的某种旋律。

在创作手法上，辛弃疾进一步发展了"以文为词"："辛稼轩别开天地，横绝古今，《论》、《孟》、《诗·小序》、《左氏春秋》、《南华》、《离骚》、《史》、《汉》、《世说》、《选》学、李杜诗，拉杂运用，弥见其笔力之峭。"（吴衡照《莲子居词话》卷一）将古文辞赋中常用的章法和议论、对话等手法移于词中。这一点，其实南宋人已有所体认，如陈模以辛氏《沁园春》（杯汝来前）为例，论云："此又如《答宾戏》、《解嘲》等作，乃是把古文手段寓之于词。"（《怀古录》卷中）就句法言，如《哨遍》（几者动之微）、《六州歌头》（吾语汝）、《卜算子》（此地菀枯也）、《一剪梅》（何幸如之），都非常散文化。就体制言，前述

《沁园春》(杯汝来前)模仿汉赋中主客问答对话体,让人与酒杯对话,已是别出心裁。而《水调歌头》(带湖吾甚爱),是盟誓体;《木兰花慢》(可怜今夕月),连用七个问句,以探询月中奥秘,是《天问》体;《水龙吟》(听兮清佩琼瑶些),是《招魂》体(陆侃如、冯沅君《中国诗史》)。至于《贺新郎·别茂嘉十二弟》,全用赋法,打破词的上下片限制,"尽是集许多怨事,全与李太白《拟恨赋》手段相似"(《怀古录》卷中),宛然一篇《别赋》(许昂霄《词综偶评》),在词史上堪称创调。

以文为词,也是语言的变革。辛弃疾创造性地用经史子中语汇入词,信手拈来,如同己出,既赋予古代语言以新的生命活力,又空前地扩大和丰富了词的用语范围:"词至东坡,倾荡磊落,如诗如文,如天地奇观,岂与群儿雌声学语较工拙?然犹未至用经用史,牵雅颂入郑卫也。自辛稼轩前,用一语如此者,必且掩口。及稼轩横竖烂漫,乃如禅宗棒喝,头头皆是。"(刘辰翁《辛稼轩词序》)同时,又能合乎格律规范,可谓极其能事。

辛词"横绝六合,扫空万古"(刘克庄《辛稼轩集序》),"南宋诸公,无不传其衣钵"(周济《宋四家词选·目录序论》)。与辛弃疾同时或稍后,相互影响或受其影响的词人,还有袁去华(1111-?)、韩元吉(1118-1187)、杨炎正(1145-1214)、张镃(1153-1235)、程珌(1164-1242)、戴复古(1167-1248?)及赵善括、刘仙伦等。开篇所述双峰并峙的两派,也可以通过辛弃疾有效地沟通起来:"白石脱胎稼轩,变雄健为清刚,变驰骤为疏宕。"(《宋四家词选·目录序论》)后来的词史发展进程表明,伴随着稼轩词传播广度和接受深度的逐渐增强,稼轩词风对后世词坛所产生的影响也愈来愈大。以陈维崧为领袖的清初阳羡词派,便是这种影响力所结出的一颗硕果。南宋以迄清初词人次韵稼轩词的分时代初步统计数据——宋代十五人二十八首,元代一人二首,明代三十一人九十七首,清代顺康时期八十八人二百五十七首(参刘尊明、王兆鹏《唐宋词的定量分析》），也能间接却又比较直观地说明这一点。再后来，无论是在晚清常州词派中坚周济开示的学词门径中，还是就其心目中词人的地位高下而言，辛弃疾都处于极其重要的位置："问涂碧山，历梦窗、稼轩，以返清真之浑化"，"清真，集大成者也。稼轩敛雄心，抗高调，变温婉，成悲凉。碧山餍心切理，言近旨远，声容调度，一一可循。梦窗奇想壮彩，腾天潜渊，返南宋之清泚，为北宋之秾挚"（《宋四家词选·目录序论》）。

20世纪20年代，王易《词曲史》从人品、词品方面论曰："稼轩词备四时之气，固为大家，而其人实不仅为词人。观其斩僧义端，擒张安国，剿赖文政，设飞虎营，武绩烂然，固英雄也；恤吴交如，济刘改之，哭朱文公，笃于友谊，则义侠也；晚年营带湖，师陶令，溪山作债，书史成淫，又隐逸之俦也。故其为词激昂排宕，不可一世；而潇洒隽逸，旖旎风光，亦各极其能事。东坡有其胸襟，无其才气；清真有其情韵，无其风骨。效之者或得其粗豪，而遗其精密；步其挥洒，而忘其胎息焉。后人或讥之为'词论'，或讥之为'掉书袋'，要皆未观其大。特其天才学问蓄积之所就，非浅薄窒陋者所易学步耳。集中胜作极多，格调约分四派：豪壮，绵丽，隽逸，沈郁，皆各造其极，信中兴之杰也！"稍后，缪钺《诗词散论·论辛稼轩词》更提出："宋词之有辛稼轩，几如唐诗之有杜甫。"也就是认为，辛弃疾乃是词中老杜。（稼轩与"词圣"发生关联，最早可能是出自高旭的《论词绝句》三十首其十九："稼轩妙笔几于圣，词界应无抗手人。"诗载刊行于光绪三十一年（1905）的《南社》第二集。）

当代日本学者村上哲见在其《宋词研究》中，定量考察了黄昇《花庵词选》、赵闻礼《阳春白雪》、周密《绝妙好词》、张惠言《词选》、《宋四家词选》、朱祖谋《宋词三百首》、龙榆生《唐宋名家词选》（含初刊本、修订本）等七种选本中的稼轩词情形——分别顺序收录四十二首居第一位、十三首第三位、三首第二十九位、六首第二位、二十四首第二位、十二首第六位、三十首第二位及四十四首第一位，加上较为细密的定性分析，也有助于在相当程度上揭示辛弃疾在其心目中的词史地位；顺便提出了一个有意思的话题，可以从一个侧面反映出宋词经典化进程中的时代特征：各选本对稼轩词的处理，往往与吴文英词存在着数量上的反比关系（吴词对应的收录情形为：九首第二十九位、十三首第三位、十六首第一位、〇首、二十二首第三位、二十五首第一位、三十八首第一位及十首第十八位）。又，美国学者萨进德《罗伯特·霍里克与辛弃疾之比较：词、用典与印刷文化》一文，从跨文化比较的角度讨论了辛弃疾的词史贡献，认为稼轩词"展示了一种对于已被普遍接受的语言的明显改写"，"为抒情诗文类的特质和价值作出贡献并成就了许多诗人"。

辛弃疾的诗词，在流传过程中出现过遗佚讹误。明万历年间人孙云翼注宋李廷忠《橘山四六》，卷四《贺江东梁总领》"貔貅万灶，方当宿饱之时"句下，尝引辛弃疾之启二语："貔貅沸万灶之烟，甲胄增一鼓之气。"据知此前尚为《永乐大典》、《诗渊》等称引之《辛稼轩集》的亡佚，当在明代末叶。又，淳熙十五年（1188）范开序《稼轩词》甲集即称："公之于词亦然：苟不得之于嬉笑，则得之于行乐；不得之于行乐，则得之于醉墨淋漓之际。挥毫未竟而客争藏去。或闲中书石，兴来写地，亦或微吟而不录，漫录而焚稿，以故多散逸"，"近时流布于海内者率多赝本"。王鹏运《校刊稼轩词成率成三绝于后》其三云："信州足本销沉久，汲古丛编亥豕多。今日雕镂拨云雾，庐山真面问如何。"赵万里《稼轩词丁集题记》亦云："《刘须溪集》六载《辛稼轩词序》称'宜春张清则取《稼轩词》刻之'，是宋末又有宜春张氏刻本。宜春于宋世属袁州，或与信州本相近。"后来者在搜集整理研究过程中出现或发现了一些问题，兹胪列如下：

首先是诗作部分：其一，清辛启泰《稼轩集钞存》所收《赠黄冠》一首："秋至忆乘槎，支藤近水涯。少停高士传，来访老君家。阁迥临溪槛，滩长卷白沙。昂藏倚天外，莫问赤城霞。"实辛次膺诗，载同治《饶州府志》卷二九，题《赠黄冠周宗先》。已为《辛稼轩诗文钞存》所剔除。

其二，《稼轩集钞存》所收《御书阁额》二首："杰阁侵霄汉，宸章焕璧奎。内廷颁宝宴，中使揭璇题。信誓山河固，恩宠雨露低。寒儒倚天禄，目断五云西。""功掩萧何第，名越崔氏堂。孤忠扶社稷，一德契穹苍。金碧飞翚外，鸾虹结绮旁。落成纷燕贺，弱羽得高翔。"实黄公度诗，载《知稼翁集》卷四。又，《和泉上人》一首："芒鞋踏遍万山松，得得归来丈室中。破衲一身在悬磬，清谈对客似撞钟。名家要看惊人举，觅句何须效我穷。春雨地炉分半坐，便疑身住古禅丛。"实黄公度诗，载《知稼翁集》卷四。又，《赠延福端老》二首："飘然瓶锡信行藏，偶住姜峰古道场。欲识高人用心处，白云堂下一炉香。""我来欲问小乘禅，惭愧尘埃未了缘。忽忆去年秋夜话，共听山雨不成眠。"实黄公度诗，载《知稼翁集》卷五，"共听山雨"作"共听风雨"。均已为邓广铭、辛更儒《辛稼轩诗文笺注》所剔除。其中，《御书阁额》二首，《全宋诗》辛诗部分（佟培基、虞行整理）以其虽非辛作，但作者"无所归属"，姑以"附录"形式殿于卷末。另三首，《全宋诗》亦未辨而收入。

其三，《稼轩集钞存》所收《鹅湖夜坐》一首："士生始堕地，弧矢志四方。岂若彼妇女，龊龊藏闺房。我行环万里，险阻真备尝。昔者戍南郑，秦山郁苍苍。铁衣卧枕戈，睡觉身满霜。官虽备幕府，气实先颜行。拥马涉沮水，飞鹰上中梁。劲酒举数斗，壮士不能当。马鞍挂狐兔，燔炙百步香。拔剑切大肉，哆然如饿狼。时时登高望，指顾无咸阳。一朝去军中，十载客道傍。看花身落魄，对酒色凄凉。去年忝号召，五月触瞿唐。青衫暗欲尽，入对衰涕滂。今年复诏下，鸿雁初南翔。俯仰未阅岁，上恩实非常。夜宿鹅湖寺，槁叶投客床。寒灯照不寐，抚枕慨以慷。李靖闻征辽，病急更激昂。裴度请讨蔡，奏事犹衷创。我亦思报国，梦绕古战场。"实陆游诗，载《剑南诗稿》卷一一，题《鹅湖夜坐书怀》。已为《辛稼轩诗文钞存》所剔除。又，《宿驿》二首，与《鹅湖夜坐》一同被收入康熙《铅山县志》卷七《艺文志》，也题辛弃疾作："他乡异县老何堪，短发萧萧不满簪。旋买一尊持自贺，病身安稳到江南。""云外丹青万仞梯，木阴合处子规啼。嘉陵栈道吾能说，略似黄亭到紫溪。"实亦陆游诗，载《剑南诗稿》卷一一，题作《紫溪驿》。辛更儒《辛弃疾研究丛稿》已为表出。《全宋诗》据明笪继良《铅书》卷五收入此二诗，案云："作者可疑，姑置于此。"案：据张玉奇《纪念辛弃疾逝世 800 周年济南与上饶国际学术研讨会概述》，李德清所撰一文提出，《剑南诗稿》误收了辛弃疾的《鹅湖驿》一诗。未闻其详。

其四，《送悟老住明教禅院》一首，邓广铭《辛稼轩诗文笺注·序言》对其是否稼轩之作，甚至是否两宋人之作，提出过强烈质疑。辛更儒《辛弃疾研究丛稿》则有不同看法。姑录以待考。

其五，《新年团拜后和主敬韵并呈雪平》一首，《辛弃疾研究丛稿》疑其乃张埴作。惜无直接确证。

其六，《全宋诗》辑自元阴时夫《韵府群玉》卷三的"多情为我香成阵"、"来看红衫百子图"、"岁月都将曲糵埋"等断句，实已分见于辛弃疾以下三首词中：《贺新郎》（云卧衣裳冷）、《鹧鸪天》（占断雕栏只一株）、《沁园春》（杯汝知乎）。应予剔除。

其七，辑自明解缙等编《永乐大典》的一首《生查子·重叶梅》（百花头上开），《稼轩集钞存》误收入佚诗中。《全宋诗》误据《稼轩集钞存》收录，且云《辛稼轩诗文钞存》"失收"。唐圭璋编《全宋词》实先已辨而收之。

其八，《和张御史韵》"客里风尘欲暮年"、《游观音石》"一上孤峰眺大荒"、《叫岩》"吴楚禅林羡虎丘"三首，辛弃疾后人谓久已载于其族谱之上者（据辛乾林致徐汉明信函）。其中，第二首实为明宗臣诗,载《宗子相集》卷八,题作《登观音山》"一上孤峰破大荒"。另外两首,暂未详究为何人所作,颇疑其亦非稼轩诗。

其九,辛弃疾的《鹤鸣偶作》、《和郑舜举蔗庵韵》二诗,《辛稼轩诗文笺注》已据《诗渊》辑入。《全宋诗》失收。

其十,稍晚于辛弃疾的宋代诗人华岳,其《翠微南征录》卷五载有三首次韵稼轩诗:《不遇次稼轩韵》:"英雄不遇勿长吁,苟遇风云彼岂拘。不向关中效萧相,便于江左作夷吾。当知晋霸非由晋,所谓虞亡岂在虞。多少英灵费河岳,钟予不遇独何欤。"《春郊即事次稼轩韵》:"东风吹动绮罗裙,翠盖红缨处处新。蝶翅拍开千树雪,莺声催老十洲春。人生有酒须行乐,吏禄无阶且食贫。归客不须笼画烛,醉看明月上雕轮。"《梅次稼轩香字韵》:"一年无处觅春光,杖策寻春特地忙。墙角数枝偏冷淡,江头千树欲昏黄。梢横波面月摇影,花落樽前酒带香。更仗西湖老居士,为予收拾付诗囊。"但在现存辛诗中,似未见与这三首"次韵"之作分别对应的原唱,则稼轩诗当仍有遗佚,尚待搜求。(当然,据"次稼轩香字韵",也存在另外一种可能性,即华岳所谓次韵实仅依韵而已。特此识之。)

其次是词作部分:其一,辛启泰《稼轩词补遗》辑自《永乐大典》的两首《鹧鸪天》:"天上人间酒最尊。非甘非苦味通神。一杯能变愁山色,三盏全回冷谷春。　　欢后笑,怒时瞋。醒来不记有何因。古时有个陶元亮,解道君当恕醉人。""有个仙人捧玉卮。满斟坚劝不须辞。瑞龙透顶香难比,甘露浇心味更奇。　　开道域,洗尘机。融融天乐醉瑶池。霓裳拽住君休去,待我醒时更一瓻。"当为朱敦儒词,见《樵歌》卷上。《全宋词》已为表出。

其二,明沈际飞评《草堂诗余续集》卷下所收、题辛弃疾作的一首《水龙吟》:"夜来风雨匆匆,故园定是花无几。愁多怨极,等闲孤负,一年芳意。柳困桃慵,杏青梅小,对人容易。算好春长在,好花长见,元只是、人憔悴。　　回首池南旧事。恨星星、不堪重记。

如今但有,看花老眼,伤时清泪。不怕逢花瘦,只愁怕、老来风味。待繁红乱处,留云借月,也须拚醉。"当为程垓词,见《书舟词》。《全宋词》已为表出。

其三,清沈辰垣等编《历代诗余》卷一○所收、题辛弃疾作的一首《菩萨蛮》:"东风约略吹罗幕。一檐细雨春阴薄。试把杏花看。湿云娇暮寒。　　佳人双玉枕。烘醉鸳鸯锦。折得最繁枝。暖香生翠帏。"当为张孝祥词,见《于湖居士文集》卷三四。《全宋词》已为表出。

其四,明杨慎《词品》卷二所载、题辛弃疾作的"泛菊杯深,吹梅角暖"二句,实出自刘过《柳梢青》:"泛菊杯深,吹梅角远,同在京城。聚散匆匆,云边孤雁,水上浮萍。　　教人怎不伤情。觉几度、魂飞梦惊。后夜相思,尘随马去,月逐舟行。"见《龙洲词》。《全宋词》已为表出。

其五,明钱允治编《续选草堂诗余》卷下所载、题辛弃疾作的一首《满江红》:"浪蕊浮花,当不住、晚风吹了。微雨过,池塘飞絮,一帘晴昼。寂寂山光春似梦,依依草色薰如酒。近新来、怕上小红楼,凭阑眺。　　心事阻,诗情少。东皇去,良辰杳。想故园闲趣,水村烟柳。此日鹃声天不管,当年燕子人何有。叹江南、离别酒初醒,频回首。"当为宋无名氏词,见元刘应李辑《新编事文类聚翰墨大全》后甲集卷一○。《全宋词》已为表出。

其六,元吴师道《吴礼部诗话》:"'新来塞北。传到真消息。赤地居民无一粒。更五单于争立。　　谁师尚父鹰扬。熊罴百万堂堂。看取黄金假钺,归来异姓真王。'又云:'堂上谋臣尊俎云云。'世传辛幼安寿韩侂胄词也。又有小词一首,尤多俚谈,不录。近读谢叠山文,论李氏《系年录》、《朝野杂记》之非,谓乾道间幼安以金有必亡之势,愿诏大臣预修边备,为仓卒应变大计,此忧国远猷也。今摘数语,而曰'赞开边',借江西刘过、京师人小词,曰:'此幼安作也。'忠魂无冤乎。故今特为拈出。"所载《清平乐》、《西江月》二词，作者历来有争议。《吴礼部诗话》以为均系刘过作，《庆元党禁》、辛启泰《稼轩先生年谱》以《清平乐》为辛弃疾所作(《永乐大典》本《庆元党禁》引《朝野杂记》云："侂胄用事十四年，威行宫省，权震天下……视公卿如奴仆，宰相以下匍匐走趋。一则'恩王'，二则'恩主'，甚者尊之以圣，呼以'我王'。除太师麻制，有'圣之清'、'圣之和'等语；除平章麻制，有'超群伦'、'洞圣域'等语。高文虎之子似孙为秘书郎，因其诞日献诗九章，每章用一'锡'字，侂胄当之不辞。辛弃疾因寿词赞其用兵，则用司马昭假黄钺异姓真王故事，由是人疑其有异图")。《全宋词》只收录《西江月》一首，案云："此首见刘过《龙洲词》，《吴礼部诗话》亦言为刘作。"邓广铭《稼轩词编年笺注》两首皆收，但指出此"二词亦不知究系稼轩所作否也"。沈开生《世传辛弃疾寿韩侂胄词辨》一文与蔡义江、蔡国黄《辛弃疾年谱》均明确否定这两首词的作者为辛弃疾。辛更儒《辛稼轩颂韩词辨伪》一文更认为，这两首词加上另一首《六州歌头》(西湖万顷)均系伪作。本书暂从《全宋词》。

其七，《鹧鸪天》(欲上高楼去避愁)一首，吴建国《〈管锥编〉刊误析异》曾提出疑问，认为也可能是无名氏所作。惜其依据并不充分。在没有直接文献确证的情况下，本书录从《全宋词》。

其八，武陵逸史编次、明顾从敬重刊《类编草堂诗余》卷四所收、题辛弃疾作的一首《贺新郎》(瑞气笼清晓)，《全宋词》有所怀疑。辛更儒《辛弃疾研究丛稿》的看法相反。本书暂从《全宋词》，录以待考。

其九，《满江红》(倦客新丰)一首，岳珂《桯史》卷三云又见于康与之《顺庵乐府》。本书录从《全宋词》。

其十，《卜算子》(修竹翠罗寒)一首，《阳春白雪》卷四作曹组词。本书录从《全宋词》。

其十一,《武陵春》(走去走来三百里)一首,又见于石孝友《金谷遗音》。本书录从《全宋词》。

其十二,辛弃疾的《朝中措》(年年金蕊艳西风)、《千秋岁》(塞垣秋草)二首,又误入金元好问《遗山新乐府》卷五。《全宋词》已为表出。案:据任德魁《元好问〈遗山先生新乐府〉伪考》,《宛委别藏》本《遗山先生新乐府》卷五先已误收此二词(相比于《全宋词》所使用的罗振玉辑《殷礼在斯堂丛书》本)。

其十三,辛弃疾的一首《踏莎行》(弄影阑干),又误入赵长卿《惜香乐府》卷五。《全宋词》已为表出。

其十四,辛弃疾的一首《减字木兰花》(盈盈泪眼),清徐树敏、钱岳编《众香词》书集误题明张丽人作。《全宋词》已为表出。

其十五,辛弃疾的一首《青玉案》(东风夜放花千树),《历代诗余》卷四四误题姚述尧(进道)作。《全宋词》已为表出。案:据姚惠兰《宋代词人姚述尧事迹考辨》,此姚述尧实应为姚毁。

其十六,辛弃疾的《贺新郎》(翠浪吞平野)、《念奴娇》(晚风吹雨)二首,清陈梦雷编《古今图书集成·山川典》卷二九一西湖部艺文四误作辛次膺词;《南歌子》(散发披襟处)一首,《古今图书集成·考工典》卷一二七池沼部艺文二亦误作辛次膺词。《全宋词》已为表出。

其十七,辛弃疾的《杏花天》(病来自是于春懒)、《恋绣衾》(长夜偏冷添被儿)二首,明陈耀文辑《花草粹编》卷五误作陆游词。《全宋词》已为表出。

其十八,辛弃疾的一首《贺新郎》(甚矣吾衰矣),明鳙溪逸史编选《汇选历代名贤词府全集》卷八误题史德卿作。《全宋词》已为表出。

其十九,辛弃疾的一首《行香子》(云岫如簪)中"曲生禅,玉版局,一时参"等句,清沈雄《古今词话·词辨》下卷误作苏轼词断句。

《全宋词》已为表出。

其二十，辛弃疾的一首《汉宫春·会稽蓬莱阁怀古》(秦望山头)，词题中"怀古"与另一首《汉宫春·会稽秋风亭观雨》(亭上秋风)错简，当作"观雨"。唐圭璋《读词续记》(载《词学论丛》)已为表出。

其二十一，辛弃疾的一首《卜算子》(欲行且起行)，文不对题(大德本所载作"闻李正之茶马讣音")。《稼轩词编年笺注》疑是另篇之注偶尔夺落。

其二十二，《虞美人·赵文鼎生日》(翠屏罗幕遮前后)一首，《全宋词》先录作辛弃疾词；后又录为无名氏词，题作"寿赵仓"。明佚名编《诗渊》题为芮煇作。张朝范《全宋词辨误》认为："显然，录自《截江网》的同首无名氏词，必是脱漏了姓氏的稼轩词。"姑录从《全宋词》，以待确考。

其二十三，《浪淘沙·云藏鹅湖山》："台上凭阑干。犹怯春寒。被谁偷了最高山。将谓六丁移取去，不在人间。　却是晓寒闲。特地遮拦。与天一样自漫漫。喜得东风收卷尽，依旧追还。"《铅山县志》卷一五题章谦亨作，光绪《江西通志》卷一五八又题陈康伯作。又，贾逸祖《朝中措》："青山隐隐水斜斜。修竹两三家。又是水寒山瘦，依然行客遍天涯。　天教流落，东西南北，不恨年华。只恨夜来风雨，投明月、老却梅花。"见于同治《铅山县志》卷三九。又，章谦亨《摸鱼儿·过期思稼轩之居，漕留饮于秋水观，赋一词谢之》："想先生、跨鹤归去。依然上界官府。胸中丘壑经营巧，留下午桥别墅。堪爱处。山对起、飞来万马平坡驻。带湖鸥鹭。犹不忍寒盟，时寻门外，一片芰荷浦。　秋水观，环绕滔滔瀑布。参天林木奇古。云烟只在阑干角，生出晚来微雨。东道主。爱宾客、梅花烂漫开樽俎。满怀尘土。扫荡已无余，□□时上，玉峤翠瀛语。"见于朱祖谋辑《湖州词征》卷二六。以上三首，辛弃疾后人谓久已载于其族谱之上者，字句有所异同，具体收录来源不明，实均非辛弃疾词。《全宋词》已分据不同文献予以取录，兼可为甄别去取之用。

其二十四，辛弃疾的《蓦山溪》(画堂帘卷)、《感皇恩》(露染武夷秋)、《水调歌头》(簪履竞晴昼)三首，《全宋词》失收，后为《辛稼轩诗词补辑》据《诗渊》辑补。

本书为展示辛弃疾诗词全貌(辛词数量为现存两宋词家之冠)，以《全宋诗》、《全宋词》为底本，参以《辛稼轩诗文钞存》、《辛稼轩诗词补辑》等，总收诗作一百三十余首、词作六百二十余首；排序依照《全宋诗》、《全宋词》，仅个别地方稍作调整。注释主要参考《辛稼轩诗文笺注》、《稼轩词编年笺注》、吴企明《蓼溪诗学丛稿初编》、徐汉明《辛弃疾全集校注》等，择善而从，以尽量排除阅读障碍。评析则注重兼采众长，以读解文本为基础，适度发挥，力求准确还原辛弃疾的诗史、词史贡献和地位。

限于水平，书中恐难免存在不足，期望读者批评指正。必须说明的是，这本小书在编写过程中，对前修时彦的相关研究成果多有参考，除上文已经指出的以外，主要还有邓乔彬、巩本栋、胡适、胡云翼、霍松林、蒋礼鸿、梁启超、梁启勋、刘乃昌、刘扬忠、刘逸生、钱仲联、沈松勤、施议对、陶今雁、王水照、王伟勇、吴世昌、吴小如、吴则虞、夏承焘、严迪昌、叶嘉莹、张高评、张鸣、郑骞、郑小军、朱德才及日本学者神田喜一郎等诸位先生。所有这些，都尽可能在正文中以随文作注的方式加以说明，以为读者提供方便。责任编辑王重阳编审付出了辛勤的劳动，谨此一并致谢。

谢永芳

2016 年 5 月 18 日

于广西科技师范学院

目　录

辛弃疾诗

辛弃疾词

18

辛弃疾诗

元　日①

老病忘时节,空斋晓尚眠。儿童唤翁起,今日是新年。

【题解】

此诗作于嘉泰三年(1203)。先写病老忘时,晓眠空斋,再写儿童早起,欢度新春。后者因了前者的铺垫衬托,一"唤"而生机顿出,于老病情怀中写出安逸闲散。全篇抱定诗题,写来平易自然。

【注释】

①诗题:《诗渊》作"癸亥元日题克己复礼斋"。《宋史》本传:"弃疾尝同朱熹游武夷山,赋《九曲棹歌》,熹书'克己复礼'、'夙兴夜寐',题其二斋室。"

偶　题

逢花眼倦开①,见酒手频推。不恨吾年老,恨他将病来。②

【题解】

此诗与上一首诗境相似,或为同时之作,姑亦系于嘉泰三年(1203)。诗作叹老嗟病。先对起,描叙老病之态,互文见义,真切生动。再点题。"不恨"者,即是恨:因年老而倦开眼,因多病而推却酒;而饮酒赏花,本为人生一大乐事,焉能不恨?

【注释】

①"逢花"句:逢花,《后村诗话》续集卷四作"黄花",此从《永乐大典》。陈尧佐《答张顺之》:"有花无酒头慵举,有酒无花眼倦开。正向西园念萧索,洛阳花酒一时来。"

②"不恨"二句：白居易《酬卢秘书二十韵》："性将时共背,病与老俱来。"

哭盝十五章①

方看竹马戏②,已作薤露歌③。哀哉天丧予,老泪如倾河。

玉雪色可爱,金石声更清。孰知摧轮④早,跬步⑤不可行。

念汝虽孩童,气已负山岳。送汝已成人,行路已悲愕。

他年驷马车,谓可高吾门。⑥只今关心处,政在青枫根。

糊涂不成书,把笔意甚喜。举头见爷笑,持付三四纸。

笑揾索酒罢,高吟关关鸠⑦。至今此篇诗,狼籍在床头。

汝父诚有罪,汝母孝且慈。独不为母计,仓皇去何之。

泪尽眼欲枯,痛深肠已绝。汝方游浩荡⑧,万里挟雄铁⑨。

中堂与曲室,闻汝啼哭声。汝父与汝母,何处可坐行。

从人索莲花,手持双白羽。莲花不可见,莲子心独苦。

足音答答来,多在雪楼下。尚忆附爷耳,指问壁间画。

我痛须自排,汝痴故难忘。何时篆冈竹,重来看眉藏⑩。

昨宵北窗下,不敢高声语。悲深意颠倒,尚疑惊著汝。

世无扁和⑪手,遗恨归砭剂。嗟谁使之然,刻舟宁复记。

百年风雨过,达者齐殇彭⑫。嗟我反不如,其下不及情⑬。

【题解】

此组诗可能作于淳熙十一年(1184)。或回忆小儿生前的生活细节,如"手持双白羽",即以白羽喻白莲,追忆其持双白莲为戏情景,笑貌音容,历历在目;或抒写失去幼子后的伤恸之情,痛彻肺腑,字字可感。整组诗真挚自然,颇能打动人心。

【注释】

①诗题:据邓广铭《辛稼轩年谱》,辛弃疾有九子:稹、秬、稏、穮、穰、穟、秸、襃、䅵。

②竹马戏:《续博物志》:"小儿五岁曰鸠车之戏,七岁曰竹马之戏。"

③薤露歌:《中华古今注》卷下:"《薤露》《蒿里》,并丧歌也。出田横门人。横自杀,门人伤之,为悲歌,言人命如薤上之露,易晞灭也。亦谓人死,魂精归于蒿里,故有二章……至孝武帝时,李延年乃分二章为二曲,《薤露》送王公贵人,《蒿里》送士大夫庶人,使挽枢者歌之,世亦呼挽歌。"

④摧轮:桓谭《新论》:"国之需贤,譬车之恃轮,犹舟之倚楫也。车摧轮则无以行,舟无楫则无以济,国乏贤则无以理。"

⑤跬步:半步。《大戴礼记·劝学》:"是故不积跬步,无以至千里;不积小流,无以成江海。"

⑥"他年"二句:《汉书·于定国传》:"始定国父于公,其闾门坏,父老方共治之。于公谓曰:'少高大门闾,令容驷马高盖车,我治狱未尝有所冤,子孙必有兴者。'"

⑦"高吟"句:谓始学《诗》。《诗·周南·关雎》:"关关雎鸠,在河之洲。"

⑧游浩荡:杜甫《奉赠韦左丞丈二十二韵》:"白鸥没浩荡,万里谁能驯。"苏轼《仇池笔记》卷上释曰:"盖灭没于烟波间耳。"

⑨挟雄铁:《诗律武库》卷八引《烈士传》:"楚王夫人常于夏纳凉,而抱铁柱,心有感,遂怀孕产一铁。楚王命镆铘铸为双剑,三年乃成,一雌一雄。镆铘乃留雄,而以雌进王。剑在匣中常悲鸣,王问群臣,对曰:'剑有雌雄,鸣者以雌忆雄耳。'王大怒,遂杀镆铘。"

⑩眉藏:《琅嬛记》引《致虚阁杂俎》:"明皇与玉真恒于皎月之下,以锦帕裹目,在方丈之间互相捉戏,谓之捉迷藏。"山东方言"眉"读如"迷"。

⑪扁和:《汉书·艺文志》:"太古有岐伯、俞跗,中世有扁鹊、秦和。"

⑫"达者"句:《庄子·齐物论》:"天下莫大于秋毫之末,而大山为小;莫寿于殇子,而彭祖为夭。天地与我并生,而万物与我为一。"

⑬"其下"句:《世说新语·伤逝》:"王戎丧儿万子,山简往省之,王悲不

5

自胜。简曰：'孩抱中物，何至于此？'王曰：'圣人忘情，最下不及情；情之所钟，正在我辈。'简服其言，更为之恸。"

闻科诏勉诸子

秋举无多日，天书已十行。绝编①能自苦，下笔定成章②。不见三公后，空长七尺强。③明年吏部选④，梅福更仇香⑤。

【题解】

此诗当作于绍熙三年(1192)初闲居带湖时。本年为解试之年，辛弃疾稍后起为福建提刑。诗写闻听皇帝颁布科诏的消息，教育、勉励诸子刻苦读书，积极准备应试，以博取功名。

【注释】

①绝编：《史记·孔子世家》："孔子晚而喜《易》……读《易》，韦编三绝。"

②"下笔"句：《三国志·魏书·陈思王植传》："年十岁余，诵读诗论及词赋数十万言。善属文。太祖尝亲视其文，谓植曰：'汝倩人邪？'植跪曰：'言出为论，下笔成章，顾当面试，奈何倩人！'"

③"不见"二句：周以太师、太傅、太保为三公。七尺为成年人身高。

④吏部选：隋唐以来，吏部主管铨选官吏。秋季漕试之次年为省试殿试之年，登第者由吏部铨选为官。韩愈《寄崔二十六立之》："不脱吏部选，可见偶与奇。"

⑤"梅福"句：《汉书·梅福传》："梅福字子真，九江寿春人也。少学长安，明《尚书》、《穀梁春秋》。为郡文学，补南昌尉。后去官归寿春。数因县道上言变事，求假轺传，诣行在所条对急政……福居家常以读书养性为事。"《后汉书·循吏传》："仇览字季智，一名香，陈留考城人也。少为书生，淳默，乡里无知者。年四十，县召补吏，选为蒲亭长。劝人生业，为制科令，至于果菜为限，鸡豕有数，农事既毕，乃令子弟群居，迁就黉学。其剽轻游

恣者,皆役以田桑,严设科罚……考城令河内王涣,政尚严猛,闻览以德化人,署为主簿……后征方正,遇疾而卒。"

第四子学春秋发愤不辍书以勉之

春雨昼连夜,春江冷欲冰。清愁殊浩荡^①,莫景剧飞腾^②。身是归休客,心如入定僧。西园曾到不,要学仲舒能。^③

【题解】

此首作于绍熙三年(1192)出仕闽宪前,与上一首示儿诗在同一时期。辛弃疾第四子穮,仕至迪功郎。诗中"春江"、"西园"及此子已至苦读应试年龄,均可为编年推测依据。诗作依然是勉励并希望爱子获取功名。

【注释】

①"清愁"句:杜甫《秦州杂诗二十首》其一:"迟回度陇怯,浩荡及关愁。"

②"莫景"句:杜甫《杜位宅守岁》:"四十明朝过,飞腾暮景斜。"

③"西园"二句:《汉书·董仲舒传》:"董仲舒,广川人也。少治《春秋》,孝景时为博士。下帷讲诵,弟子传以久次相授业,或莫能见面。盖三年不窥园,其精如此。进退容止,非礼不行,学士皆师尊之。"

关悟老住明教禅院

悟自庐山避寇而来,寓兴之资福,盖踰年也^①

道人匡庐^②来,籍籍倾众耳。规摹小轩中,坐稳得坎止^③。慈云^④为谁出,法席应众启。招提^⑤隐山腹,深净端可喜。夜禅余机锋,文字入游戏。会有化人^⑥来,伽陀开短纸^⑦。

此诗,《辛稼轩诗文笺注》疑其可能作于江西提刑任上。诗写送悟老到山腹间的明教禅院,于当晚交谈至深夜。"夜禅"二句,说明词人对宋代文字禅的特征已经相当熟悉。而以诗谈玄论道,表现出"以议论为诗"的倾向,有时就难免陷入"理障"。

此诗是否辛弃疾之作,甚至是否两宋人之作,邓广铭《辛稼轩诗文笺注·序言》曾提出过强烈质疑。其主要依据是,首句公然触犯宋太祖名讳。后来,辛更儒《略论稼轩诗》一文提出不同看法,谓两宋诗作中出现"匡庐"者比比皆是,为避讳而改称"匡庐"为康庐者反而极为罕见。不过,两宋文献中称"康庐"者实际上也还不少,包括辛弃疾自己的一首《贺新郎》,过片即云"是中不减康庐秀"。两相对照,说明这个问题仍可存疑待考。

【注释】

①题注中"寇",或即赖文政茶商军。辛弃疾尝于淳熙二年平定流入江西的茶商军;兴,即江西路之兴国军,辖永兴、大冶、通山三县;资福,寺名,在大冶境内。宣统《湖北通志》卷一五:"西山寺在(武昌)县西,晋建,旧名资福,一曰灵泉,黄鲁公题榜。故吴王避暑宫,后废为寺,晋释远于此说法"、"武昌故樊口,楚地也。距城西三里许,有山磅礴而迤逦,曰西山,山中有寺曰资福"。

②匡庐:即庐山。相传殷周时有匡俗兄弟七人结庐于此。

③"坐稳"句:《汉书·贾谊传》引《鵩鸟赋》:"乘流则逝,得坎则止。"注云:"《易》坎为险,遇险难而止也。"

④慈云:佛教喻与乐众生之心。王子韶《鸡跖集》:"如来慈心,如彼大云,荫注世界。"

⑤招提:寺院别称。《翻译名义集》卷七《寺塔坛幢》:"后魏太武始光元年造伽蓝,创立招提之名。"

⑥化人:指神佛化形为人身者。《列子·周穆王》:"西极之国有化人来。"

⑦"伽陀"句:伽陀,颂赞之辞。《翻译名义集》卷四二《分教》:"伽陀,此云孤起……《西域记》云:'旧名偈,梵本略也。'或曰偈他,梵音讹也。今从正音宜云伽陀,唐言颂。"黄庭坚《次韵子瞻题郭熙画山》:"郭熙官画但荒

远,短纸曲折开秋晚。"

感怀示儿辈

穷处幽人乐,徂年①烈士悲。归田曾有志,责子且无诗。旧恨王夷甫②,新交蔡克儿③。渊明去我久④,此意有谁知。

【题解】

此诗作于嘉泰四年(1204)。本年正月,辛弃疾自浙东被召赴行在入对,陈用兵北伐之利。"新交"云云,盖即归朝后发现用事者尽后辈之意。诗作表达出要学陶渊明的想法,希望儿辈能够理解。烈士暮年,感触良多,一改过去对儿辈的训示态度,渴望与他们交流沟通。

【注释】

①徂(cú)年:过去的岁月。

②"旧恨"句:《晋书·王衍传》:王衍崇尚玄虚清谈,不论世事,导致国破身亡,临死叹曰:"呜呼!吾曹虽不如古人,向若不祖尚浮虚,戮力以匡天下,犹可不至今日。"

③"新交"句:蔡克儿,蔡充,北宋人,字公度,累官司封员外郎。家贫,刻苦养母。居官未尝广田宅,以廉节见称。苏轼《次韵王巩留别》:"去国已八年,故人今有谁。当时交游内,未数蔡克儿。"

④去我久:陶渊明《饮酒二十首》其二十:"羲农去我久,举世少复真……若复不快饮,空负头上巾。但恨多谬误,君当恕醉人。"

即事示儿

扫迹衡门下①,终朝抱膝吟②。贫须依稼穑③,老不厌山林。有酒无余愿,因闲得此心。西园早行乐,桃李渐成阴。

【题解】

此诗作于绍熙三年(1192)出仕闽宪前。乡居即事,告诫儿辈勤于劳动、刻苦读书,对生活和世事养成良好的心态。可以视为作者安贫乐道情怀的自白。稼轩词的潇洒风致,也是他这种超逸情怀的升华,狷介品节的体现,尽管其中仍然不免隐含着有志难酬的无奈。

【注释】

①"扫迹"句:孔稚珪《北山移文》:"或飞柯以折轮,乍低枝而扫迹。"《诗·陈风·衡门》:"衡门之下,可以栖迟。"注:"横木为门,言浅陋也。"

②"终朝"句:《三国志·蜀书·诸葛亮传》注引《魏略》:"每晨夜从容,常抱膝长啸。"

③"贫须"句:陶渊明《丙辰岁八月中于下潠田舍获》:"贫居依稼穑,戮力东林隈。"

答余叔良和韵①

东舍延朝爽,西林媚夕曛。有生同扰扰,何路出纷纷。暖日鹓鸾②伴,空山鸟兽群③。本来同一致,休笑众人醺。

【题解】

此诗或作于淳熙末。余叔良和作已佚。诗中"有生"二句的感叹为一篇之眼。在诗人看来,同隐居不出的友人一样醉心园林,与山鸟为友,才是超出人世纷扰的最佳选择。

【注释】

①诗题中"余叔良",据《江西通志》卷二二《选举表》,知为信上大族。隐居不仕,事历未详。

②鹓鸾:据《艺文类聚》卷九〇《决录注》,凤有五色,多黄者为鹓雏,多

青者为鸾。

　　③鸟兽群:《论语·微子》:"鸟兽不可与同群。"

咏　雪

　　书窗夜生白,城角晓增悲。未奏蔡州捷①,且歌梁苑诗②。
餐毡怀雁使③,无酒羡羔儿④。农事勤忧国,明年喜可知。

【题解】

　　此诗或作于闲居带湖期间。从题外写意,托物兴寄。"城角晓增悲"为
全诗主场景,"未奏蔡州捷"是导致"书窗夜生白"的主因。悲愤未成眠,无
可奈何,只得"且歌梁苑诗"。"餐毡怀雁使"用苏武餐雪怀归事,写绝望中
的希望,亦贴切。末三句顺势写雪天饮酒,瑞雪兆丰年,要皆"用事而不言
其名"(惠洪《冷斋夜话》卷四)。"农事"二句同时表明,辛弃疾始终对重回
抗金第一线,直至实现恢复的大目标充满信心,所以,即使是在赋闲的日子
里,也时刻关心国事和时局,关心民生疾苦。

【注释】

　　①蔡州捷:指李愬雪夜袭取蔡州,擒获吴元济之役。详《资治通鉴·唐
纪五六》。案:韩愈《平淮西碑》歌颂唐朝天子的圣明,裴度的当机立断和淮
西人民的多方支援,但对李愬的智勇之举则仅轻描淡写。

　　②梁苑诗:《西京杂记》卷二:"梁孝王好营宫室苑囿之乐,作曜华之宫,
筑兔园。园中有百灵山,山有肤寸石、落猿岩、栖龙岫。又有雁池,池间有
鹤洲凫渚。其诸宫观相连,延亘数十里。奇果异树,瑰禽怪兽毕备。王日
与宫人宾客弋钓其中。"谢惠连《雪赋》:"岁将暮,时既昏,寒风积,愁云
繁。梁王不悦,游于兔园……俄而微霰零,密雪下。"

　　③"餐毡"句:《汉书·苏武传》:"单于愈益降之,乃幽武置大窖中,绝不
饮食。天雨雪,武卧啮雪与旃毛并咽之,数日不死。匈奴以为神,乃徙武北
海上无人处,使牧羝,羝乳乃得归……武既至海上,廪食不至,掘野鼠、去草

11

实而食之。杖汉节牧羊,卧起操持,节旄尽落……昭帝即位。数年,匈奴与汉和亲。汉求武等,匈奴诡言武死。后汉使复至匈奴,常惠请其守者与俱,得夜见汉使,具自陈道。教使者谓单于,言天子射上林中,得雁,足有系帛书,言武等在某泽中。使者大喜,如惠语以让单于。单于视左右而惊,谢汉使曰:'武等实在。'"

④"无酒"句:羔儿,酒名。苏轼《赵成伯家有姝丽仆忝乡人不肯开樽徒吟春雪谨依元韵以当一笑》自注:"世传陶谷学士买得党太尉家故妓,遇雪,陶取雪水烹团茶,谓妓曰:'党家应不识此。'妓曰:'彼粗人,安有此景,但能于销金暖帐下浅斟低唱吃羊羔儿酒。'陶默然愧其言。"

蒌蒿宜作河豚羹①

河豚挟鸩毒,杀人一脔足。蒌蒿或济之,赤心置人腹。②
方其在野中,卫青混奴仆③。及登君子堂,园绮成骨肉。④暴干
及为脯,拳曲猬毛缩⑤。寄君频咀嚼,去嚽如拆屋⑥。

【题解】

此诗创作时地未详。诗咏蒌蒿,前八句寓物说理,谓蒌蒿在野,犹如微不足道的奴仆。一旦登入君子之堂,则与河豚相济为用,情同骨肉父子。如果君子不察,为之赤心置腹,则狼狈为奸,挟毒杀人。满纸悲愤语,未喷薄宣泄,却藉物言理,婉曲之至。

【注释】

①诗题:《诗·周南·汉广》"言刈其蒌"下疏云:"蒿蒌,蒌蒿也,生下田,初生可啖,江东用羹鱼也……其叶似艾,白色,长数寸,高丈余,好生水边及泽中。"《苕溪渔隐丛话》后集卷二四据《艺苑雌黄》引《明道杂志》:"河豚,水族之奇味,世传以为有毒,能杀人。余守丹阳及宣城,见土人户食之,其烹煮亦无法,但用蒌蒿、荻芽、菘菜三物,而未尝见死者。"

②"蒌蒿"二句:《后汉书·光武帝纪》:"降者更相语曰:'萧王推赤心置

人腹中,安得不效死乎!'"

③"卫青"句:《史记·平津侯主父列传》:"弘羊擢于贾竖,卫青奋于奴仆。"《卫将军列传》:"大将军卫青者,平阳人也。其父郑季为吏,给事平阳侯家,与侯妾卫媪通,生青……青为侯家人,少时归其父。其父使牧羊。先母之子皆奴畜之,不以为兄弟数。"

④"及登"二句:《史记·留侯世家》:"汉十二年,上从击破布军归,疾益甚,愈欲易太子……及燕,置酒,太子侍,四人从太子,年皆八十有余,须眉皓白,衣冠甚伟。上怪之,问曰:'彼何为者?'四人前对,各言名姓,曰东园公、角里先生、绮里季、夏黄公。"

⑤猬毛缩:杜甫《前苦寒行二首》其一:"汉时长安雪一丈,牛马毛寒缩如猬。"

⑥"去翳"句:苏轼《赠眼医王生若彦》:"运针如运斤,去翳如拆屋。"

吴克明广文见和再用韵答之①

彼苴江汉姿②,当春风露足。美芹或以献,深愧野人腹。③君诗穷草木,命骚可奴仆。④更怜无俗韵,爱竹不爱肉。⑤渠侬如石鼎,正作蛟龙缩。⑥欲烹无鱼来,苍蝇声绕屋。⑦

【题解】

此诗作于庆元中。吴克明和作已佚,其所和者当为辛弃疾所寄《萎蒿宜作河豚羹》。诗以美芹献至尊、命骚奴仆展开联想,再次表达至卑贱者最高贵的思想。两诗并读,又都表现出以才学为诗的特点,押韵因难见巧,用典贴切出新,琢句十分老练。

【注释】

①诗题中"吴克明广文",《辛稼轩诗文笺注》以为即吴中。所据资料为:《夷坚志》支乙卷一〇《吴中小经》:"新城吴中,字克明,绍兴己卯赴乡试……后十年登科。"《江西通志》卷五〇《选举表》:"淳熙五年戊戌姚颖榜:

吴中,南城人。"《辛稼轩诗文笺注》又据《八琼室金石补正》卷一一七宝方山《金刚经偈》署款等,以为克明后又官于武冈,而此前仕历俱无考。

②"彼茁"句:《诗·召南·驺虞》:"彼茁者葭。"《周南·汉广》:"汉之广矣,不可泳思。江之永矣,不可方思。"

③"美芹"二句:嵇康《与山巨源绝交书》:"野人有快炙背而美芹子者,欲献之至尊,虽有区区之意,亦已疏矣。"

④"君诗"二句:《论语·阳货》:"诗可以兴,可以观……多识于鸟兽草木之名。"杜牧《李长吉歌诗叙》:"使贺且未死,少加以理,奴仆命《骚》可也。"

⑤"更怜"二句:苏轼《於潜绿筠轩》:"可使食无肉,不可居无竹。无肉令人瘦,无竹令人俗。人瘦尚可肥,士俗不可医。"

⑥"渠侬"二句:韩愈《石鼎联句诗序》:"元和七年十二月四日,衡山道士轩辕弥明自衡下来。旧与刘师服进士衡湘中相识,将过太白,知师服在京,夜抵其居宿。有校书郎侯喜,新有能诗声,夜与刘说诗。弥明在其侧,貌极丑,白须黑面,长颈而高结喉,中又作楚语。喜视之若无人。弥明忽轩衣张眉,指炉中石鼎谓喜曰:'子云能诗,能与我赋此乎?'刘往见衡湘间,人说云年九十余矣,解捕逐鬼物,拘囚蛟螭虎豹,不知其实能否也。见其老,颇貌敬之,不知其有文也。闻此说大喜,即援笔题其首两句,次传于喜,喜踊跃即缀其下云云。道士哑然笑曰:'子诗如是而已乎?'即袖手竦肩倚北墙坐,谓刘曰:'吾不解世俗书,子为我书。'因高吟曰:'龙头缩菌蠢,豕腹涨彭亨。'初不似经意,诗旨有似讥喜,二子相顾惭骇。欲以多穷之,即又为而传之喜,喜思益苦,务欲压道士,每营度欲出口吻,声鸣益悲,操笔欲书,将下复止,竟亦不能奇也。毕,即传道士,道士高踞大唱曰:'刘把笔,吾诗云云。'其不用意而功益奇,不可附说,语皆侵刘、侯。喜益忌之。刘与侯皆已赋十余韵,弥明应之如响,皆颖脱含讥讽。夜尽三更,二子思竭不能续,因起谢曰:'尊师非世人也,某伏矣,愿为弟子,不敢更论诗。'道士奋曰:'不然,章不可以不成也。'又谓刘曰:'把笔来,吾与汝就之!'即又唱出四十字为八句,书讫,使读,读毕,谓二子曰:'章不已就乎?'二子齐应曰:'就矣。'道士曰:'此皆不足与语,此宁为文邪? 吾就子所能而作耳,非吾之所学于

14

师而能者也。吾所能者子皆不足以闻也，独文乎哉？吾语亦不当闻也，吾闭口矣。'二子大惧，皆起立床下，拜曰：'不敢他有问也，愿闻一言而已。先生称吾不解人间书，敢问解何书？请闻此而已。'道士寂然若无闻也，累问不应，二子不自得，即退就座。道士倚墙睡，鼻息如雷鸣，二子怛然失色不敢喘。斯须，曙鼓冬冬，二子益困，遂坐睡。及觉，日已上，惊顾觅道士不见，即问童奴，奴曰：'天且明，道士起，出门，若将便旋然，奴怪久不返，即出到门觅，无有也。'二子惊惋，自责若有失者。间遂诣余言，余不能识其何道士。尝闻有隐君子弥明，岂其人耶？"

⑦"欲烹"二句：《饮马长城窟行》："客从远方来，遗我双鲤鱼。呼儿烹鲤鱼，中有尺素书。"《本事诗·征异》："韩吏部作《轩辕弥明传》，言尝与文友数人会宿……有微吟者，其声凄苦，弥明咏中讥侮之曰：'仍于蚯蚓窍，更作苍蝇声。'"

仙迹岩①

地秘岩藏骨②，溪灵膝印痕。虚床惟太姥③，别席尽曾孙④。披牒秦朝远，遗坛汉祀存⑤。何时幔亭侧，重复见幢幡。

【题解】

此诗当作于绍熙三年(1192)，与《武夷櫂歌》同时。诗写游历仙迹岩所见所感。末二句表达重睹幔亭宴客场景的愿望，或许是因志无所成而心生退意。后来，朱彝尊写过一首《幔亭峰》："白石留遗板，红云失旧裯。要知幔亭会，亦是避秦人。"诗中所强调的幔亭宴客的桃源避秦性质，与此不尽相同，却又不无关联。

【注释】

①诗题：《诗渊》作"地秘"。《武夷山志》卷一一："五曲仙迹岩，晚对峰左。溪折而北，乃云路云桥对岸。石上二窝，相传仙人跪太姥膝痕。"

②岩藏骨：《武夷山志》卷九：三曲溪"北壁有穴，传十三仙人蜕骨藏其

中"。

③太姥：《武夷山志》卷一三："七曲溪南，太姥岩即六曲响声岩之左肩，削崖屹立，古志称皇太姥母子居此，近志皆轶而不传。"卷一八："秦皇太姥，相传为神星之精，母子二人来居武夷，采黄精以饵，能呼风橄雨，乘云而行。秦人呼为圣母，众仙称为皇太姥，今称太元夫人。"

④"别席"句：别席，《诗渊》作"列席"。《武夷山志》卷七："秦始皇二年八月十五日，武夷君与皇太姥、魏王子骞等置酒幔亭峰顶，设彩屋幔亭数百间，化虹桥引村民两千余人，呼乡人为曾孙。"

⑤"遗坛"句：《武夷山志》卷七："一曲汉祀坛，俗名棋盘石，幔亭峰半，巨石浑然方正，上侈下削，其平如砥，可坐数十人，即汉武帝遣使以干鱼祀武夷君处。"

周氏敬荣堂诗①

泰伯古至德，以逊天下闻。②周公去未远，二叔乃流言。③春风棠棣萼，秋日脊令原。岂无良友生，岁晏谁急难。④当年召公诗，虑缺兄弟恩。⑤贤哉首阳子，此粟久不餐。⑥末俗益可嗟，有货无天伦。仓卒竞锱铢，或不暇掩亲。朝从官府去，暮与妻妾论。手植父桑柘，俄顷楚越分⑦。口泽母杯圈，改作唇齿寒。⑧我观天地间，孰不知爱身。有伐其左臂，那复右者存。君看百足虫，至死身不颠。⑨一矢折甚易，累十力则艰。⑩世其⑪有不知，利欲令智昏。周君千载士，金玉四弟昆。⑫状如商山皓，雍雍古衣冠。又如孔门科⑬，行义皆可尊。我行前冈上，人指孝友门。邀我饮其家，本末能具陈。我家所自出，嘉祐刘三元。至今起俗说，闻者薄夫醇。⑭逮我先君子，仁孝俭且文。室有相乳猫，庭有同心兰。⑮推梨更逊枣⑯，左右儿曹欢。

16

尺布与斗粟⑰，咄哉彼何人。比屋⑱二百年，试比东西邻。东家余破釜，西里今颓垣。其豆自煎煮⑲，拔地无本根。逼逼⑳守遗戒，岂不在子孙。矧复学圣贤，遑恤后富贫。谁书百忍字㉑，何不一笑温。我老悲古道，闻此摧肺肝㉒。洗盏前致词，福善㉓天匪悭。圣朝重揖逊，欲尧舜此民。请君大其门，车马行便蕃。长歌谪仙李，茂记文公韩。我诗聊复再㉔，语拙意则真。此书君勿嗤，傥俟采诗官㉕。

【题解】

此诗作于庆元四年(1198)。据《广信府志》，本年朝廷诏旌周氏。诗作表彰民间义士孝子，显示出诗人热衷于教化民众的执着。此外，正如诗末"长歌谪仙李"四句所云，辛弃疾的诗文创作，都同样强调一个"真"字。

【注释】

①诗题：《诗渊》作"题前冈周氏敬荣堂"。前冈，在铅山鹅湖山下。周氏敬荣堂，《江西通志》卷二五七："周钦若，铅山人，累世业儒。有声三舍间，不就禄仕，积书教子，数世同居。庆元中旌其门。"敬荣堂乃周钦若慕其舅祖刘辉置义荣社养族人之贫者，故名。

②"泰伯"二句：《史记·吴太伯世家》："吴太伯，太伯弟仲雍，皆周太王之子，而王季历之兄也。季历贤，而有圣子昌，太王欲立季历以及昌，于是太伯、仲雍二人乃奔荆蛮，文身断发，示不可用，以避季历。太伯之奔荆蛮，自号句吴。荆蛮义之，从而归之千余家，立为吴太伯。"《论语·泰伯》："子曰：泰伯其可谓至德也矣，三以天下让，民无得而称焉。"

③"周公"二句：《史记·鲁周公世家》："武王既崩，成王少，在襁褓之中。周公恐天下闻武王崩而畔，周公乃践祚，代成王摄行政当国。管叔及其群弟流言于国曰：'周公将不利于成王。'"

④"春风"四句：喻兄弟和睦。脊令为水鸟，在原谓失其常处。《诗·小雅·常棣》："常棣之华，鄂不韡韡。凡今之人，莫如兄弟……脊令在原，兄弟急难。每有良朋，况也永叹……丧乱既平，既安且宁。虽有兄弟，不如

友生。"

⑤"当年"二句:《诗·小雅·常棣》《正义》:"周公闵伤此管、蔡二叔之不和睦而流言作乱,用兵诛之,致令兄弟恩疏,恐其天下见其如此亦疏兄弟,故作此诗,以燕兄弟……此诗自是成王之时周公所作,以亲兄弟也。但召穆公见厉王之时,兄弟恩疏,重歌此周公所作之诗以亲之耳……杜预言,周公作诗,召公歌之。"兄弟,《诗渊》作"弟兄"。

⑥"贤哉"二句:《史记·伯夷列传》:"伯夷、叔齐,孤竹君之二子也。父欲立叔齐,及父卒,叔齐让伯夷。伯夷曰:'父命也。'遂逃去。叔齐亦不肯立而逃之……武王已平殷乱,天下宗周,而伯夷、叔齐耻之,义不食周粟。隐于首阳山,采薇而食……遂饿死于首阳山。"

⑦楚越分:《庄子·德充符》:"自其异者视之,肝胆楚越也。"

⑧"口泽"二句:《礼记·玉藻》:"父没而不能读父之书,手泽存焉尔。母没而杯圈不能饮焉,口泽之气存焉尔。"《左传·僖公五年》:"晋侯复假道于虞以伐虢。宫之奇谏曰:'虢,虞之表也。虢亡,虞必从之。晋不可启,寇不可玩。一之谓甚,其可再乎!谚所谓辅车相依,唇亡齿寒者,其虞、虢之谓也。'"改作,《诗渊》作"正作"。

⑨"君看"二句:《文选》曹冏《六代论》:"故语曰:'百足之虫,至死不僵。'扶之者众也。"

⑩"一矢"二句:《魏书·吐谷浑传》:"阿豺有子二十人……命母弟慕利延曰:'汝取一只箭折之。'慕利延折之。又曰:'汝取十九只箭折之。'延不能折。阿豺曰:'汝曹知否?单者易折,众则难摧。戮力一心,然后社稷可固。'言终而死。"力则艰,《诗渊》作"力则难"。

⑪世其:《诗渊》作"世岂"。

⑫"周君"二句:指周钦若之四子藻、芸、芯、苕,守遗训同居,至庆元已三世。

⑬孔门科:《论语·先进》:"德行:颜渊、闵子骞、冉伯牛、仲弓;言语:宰我、子贡;政事:冉有、季路;文学:子游、子夏。"疏:"夫子门徒三千,达者七十有二,而此四科唯举十人者,但言其翘楚者耳。"

⑭"我家"四句:刘,刘辉。三元,指国学、省试、殿试皆第一。韩元吉

《南涧甲乙稿》卷一六《铅山周氏义居记》："刘公举进士,天下第一也,作《起俗记》以诋讥不义之俗。"《孟子·尽心下》："故闻伯夷之风者,顽夫廉,懦夫有立志。闻柳下惠之风者,薄夫敦,鄙夫宽。"起俗说,《诗渊》作"起俗记"。

⑮"室有"二句:韩愈《猫相乳》:"司徒北平王家,猫有生子同日者,其一死焉。有二子饮于死母,母且死,其鸣咿咿。其一方乳其子,若闻之,起而若听之,走而若救之。衔其一置于其栖,又往如之,反而乳之,若其子然。噫,亦异之大者也。"《易·系辞上》:"二人同心,其利断金。同心之言,其臭如兰。"

⑯"推梨"句:《后汉书·孔融传》注引《融家传》:"四岁时,每与诸兄共食梨,融辄引小者。大人问其故,答曰:'我小儿,法当取小者。'"《南史·王泰传》:"数岁时,祖母集诸孙侄,散枣栗于床,群儿竞之,泰独不取。问其故,对曰:'不取,自当得赐。'"

⑰"尺布"句:《史记·淮南衡山列传》:"孝文十二年,民有作歌歌淮南厉王曰:'一尺布,尚可缝;一斗粟,尚可春;兄弟二人,不能相容。'"

⑱比屋:《诗渊》作"此屋"。

⑲"其豆"句:《世说新语·文学》:"文帝尝令东阿王七步中作诗,不成者行大法。应声便为诗曰:'煮豆持作羹,漉菽以为汁。其在釜下燃,豆在釜中泣。本自同根生,相煎何太急!'帝深有愧色。"

⑳逼逼:《诗渊》作"区区"。

㉑书百忍字:《旧唐书·孝友传》:"郓州寿张人张公艺,九代同居……麟德中,高宗有事泰山,路过郓州,亲幸其宅,问其义由,其人请纸笔,但书百余忍字。"

㉒摧肺肝:杜甫《垂老别》:"弃绝蓬室居,塌然摧肺肝。"

㉓福善:《尚书·汤诰》:"天道福善祸淫,降灾于夏,以彰厥罪。"

㉔聊复再:《诗渊》作"聊复尔"。《世说新语·任诞》:"阮仲容、步兵居道南,诸阮居道北。北阮皆富,南阮贫。七月七日,北阮盛晒衣,皆纱罗锦绮。仲容以竿挂大布犊鼻裈于中庭。人或怪之,答曰:'未能免俗,聊复尔耳。'"

㉕"采诗官"句:《汉书·食货志上》:"孟春之月,群居者将散,行人振木

铎徇于路,以采诗献之大师,比其音律,以闻于天子。"采诗官,《诗渊》作"采诗人"。

和赵晋臣敷文积翠岩去颗石①

两峰如长喉,有石鲠其内。千金随侯珠,磊落见微颗。何言西子美,捧心作颦态。②夷齐立著肩,欲间使分背。小亏或大全,知恶及真爱。堂堂老充国③,荒寻得幽对。朝夕与山语,俯仰弥三载。谓我知子心,茅塞厌荟蔚④。有美玉于斯⑤,雕琢那可废。芝兰生当户,虽芳亦芟刈。⑥邑有从事贤,闻之重慷慨。太清点浮云,谁令久淬秽。⑦指挥俄顷间,急雨破春块。开豁喜新辟,偪仄忘旧碍。得非神禹手,勇凿耻不逮。又如持金篦,刮膜生美眜。⑧渠言农去草,见恶佩前诲。⑨主人吟古风,格调剧清裁。我评此章句,真是杜陵辈。入蜀脚未定,欲掷石笋退。⑩火与金水同,其石为铄焠。劝君莫放手,玉石恐俱碎。累然颈下瘿,割之命随溃。⑪此石幸胜之,此举君勿再。姑置毋多谈,俱想增胜概。会当携酒去,物理剖茫昧。此邦刘知道,光焰文章在。⑫今将清风峡⑬,与岩传百代。

【题解】

此诗作于嘉泰三年(1203)春夏之间,据赵晋臣庆元六年(1200)罢职归铅山,此诗中"俯仰弥三载"句及本年六月辛弃疾出知绍兴府等可推知。赵晋臣原唱已佚。诗作经由岩中颗石,申说"小亏或大全,知恶及真爱"的哲理。起首刻画岩中颗石,谓如隋珠有颗,似西子作颦,夷齐分背,历历如绘。辛弃疾是赞成小亏以成大全的,这才是知恶与真爱。故于"去颗"小亏渲染极多,理趣浑然。唯言颗石寄身翠岩,主客一体,命运共同,贸然"去颗",恐将"玉石俱碎"。"姑置毋多谈"云云,无奈愤懑,若有所指。

【注释】

①诗题:《诗渊》作"和积翠岩去颣石",有目无诗。赵晋臣敷文,赵不迁字晋臣,寓居铅山,绍兴二十四年(1154)进士,直敷文阁学士。积翠岩,《铅山县志》卷一:"观音石又名积翠岩,即古之杨梅山,在县西三里,一名七宝山,下有貌平坑,石窍中胆泉涌出,宋人尝于此采铜……《方舆志》云:'积翠岩房蓄烟霭,五峰相对,自五峰以东,由断玉峡二十余步,有石屹立,名擎天柱,又名状元峰。'"颣(lèi)石,石瘤。

②"西子"二句:《庄子·天运》:"西施病心而矉其里。其里之丑人见而美之,归亦捧心而矉其里。其里之富人见之,坚闭门而不出,贫人见之,挈妻子而去之走。彼知矉美而不知矉之所以美。"

③老充国:《汉书·赵充国传》载,赵充国字翁孙,上邽人,汉名将。年近八十,犹率兵攻先零羌,迫罕羌归附。上屯田奏,前后数对,公卿皆服。年八十六卒。

④"茅塞"句:《孟子·尽心下》:"山径之蹊间,介然用之而成路,为间不用,则茅塞之矣。"荟蔚(duì),草木茂盛。

⑤"有美"句:《论语·子罕》:"子贡曰:'有美玉于斯,韫椟而藏诸?求善贾而沽诸?'子曰:'沽之哉!沽之哉!我待贾者也。'"

⑥"芝兰"二句:《三国志·蜀书·周群传》:"张裕亦晓占侯,而天才过群……先主常衔其不逊,加忿其漏言,乃显裕谏争汉中不验,下狱,将诛之。诸葛亮表请其罪,先主答曰:'芳兰生门,不得不鉏。'"芟(shān),除去。

⑦"太清"二句:《世说新语·言语》:"司马太傅斋中夜坐,于时天月明净,都无纤翳。太傅叹以为佳。谢景重在坐,答曰:'意谓乃不如微云点缀。'太傅因戏谢曰:'卿居心不净,乃复强欲滓秽太清邪?'"

⑧"又如"二句:《涅槃经》:"如盲目人为治目,造诣良医。是时良医即以金箆刮其眼膜。"

⑨"渠言"二句:《左传·隐公六年》:"善不可失,恶不可长……周任有言曰:'为国家者,见恶如农夫之务去草焉,芟夷蕴崇之,绝去本根,勿使能殖,则善者信矣。'"

⑩"入蜀"二句：杜甫《石笋行》："君不见益州城西门，陌上石笋双高蹲……恐是昔时卿相墓，立石为表今仍存。惜哉俗态好蒙蔽，亦如小臣媚至尊。政化错迕失大体，坐看倾危受厚恩。嗟尔石笋擅虚名，后来未识犹骏奔。安得壮士掷天外，使人不疑见本根。"

⑪"累然"二句：《三国志·魏书·贾逵传》注引《魏略》："逵前在弘农与典农校尉争公事不得理，乃发愤生瘿，后所病稍大，自启愿欲令医割之。太祖惜逵忠，恐其不活，教谢主簿：'吾闻十人割瘿九人死。'"

⑫"此邦"二句：《江西通志》卷一五七："刘辉字之道，铅山人，嘉祐四年状元。调河中节度判官。祖母不习风土，辉白府解官侍养，诏移建康。他日，祖母卒……归葬，哀慕尽节，州闾称孝焉。"韩愈《调张籍》："李杜文章在，光焰万丈长。"

⑬清风峡：《江西通志》卷一二七："清风峡在县西北五里，长五丈，阔五尺，宋状元刘辉尝读书于此。两崖崭岩，行裂石间。清风透体，六月如秋。外有石洞，可安几榻。"

题金相寺净照轩诗①

净是净空空即色②，照应照物物非心③。请看窗外一轮月，正在碧潭千丈深。

【题解】

此诗约作于庆元间。在诗人所有与佛寺相关的作品中，这或许是最具佛性的一首。前面两句用佛家语自不必说。后两句借景印证佛家语，谓月照物而月亦落物象中，流露禅趣，更似禅偈。

【注释】

①诗题中"金相寺净照轩"，《铅山县志》卷八："金相寺，县南二十五里，在十都鹫峰山。唐景福三年建，宋治平二年改赐。有净照轩、苏坚碑。"

②空即色：《般若波罗蜜多心经》："色不异空，空不异色。色即是空，空

即是色。受想行识,亦复如是。"佛教认为万物各有因缘,没有固定的本体,一切皆空;又称有形的物质的东西为色。

③物非心:《肇论·不真空论》:"心无者,无心于万物,万物未尝无。"

和傅岩叟梅花二首①

月淡黄昏欲雪时,小窗犹欠岁寒枝。暗香疏影无人处,唯有西湖处士知。②

灵均恨不与同时,欲把幽香赠一枝③。堪入离骚文字不,当年何事未相知。④

【题解】

此二诗作于闲居瓢泉期间。诗写月光暗淡,天阴欲雪;窗前梅花,疏影摇曳,暗香浮动;此中乐趣,只有西湖处士林逋才能深刻领略。相关的另一方面是,诗人"忠而被谤,信而见疑",遭遇与屈原近似,所以欲把幽香赠灵均,咏梅以自况也。

【注释】

①诗题:《诗渊》作"和梅花"。傅岩叟,名为栋,铅山人。亦与韩淲、赵蕃、陈文蔚等唱和。事迹仅见陈文蔚《克斋集》卷一〇《傅讲书生祠堂记》。

②"暗香"二句:林逋《山园小梅二首》其一:"众芳摇落独暄妍,占尽风情向小园。疏影横斜水清浅,暗香浮动月黄昏。"《宋史·隐逸传》:"林逋字君复,杭州钱塘人……初放游江淮间,久之归杭州,结庐西湖之孤山,二十年足不及城市……既卒,州为上闻。仁宗嗟悼,赐谥和靖先生。"

③赠一枝:《太平御览》卷九七〇引《荆州记》:"陆凯与范晔相善,自江南寄梅花一枝诣长安,并赠诗曰:'折花逢驿使,寄与陇头人。江南无所有,聊赠一枝春。'"

④"堪入"二句:《逸老堂诗话》卷下:"梅花不入楚骚,杜甫不咏海棠,二

谢不咏菊花,亦可懊恨。"俞弁并指出,稼轩《鹧鸪天》(戏马台前秋雁飞)之
作"盖为菊解嘲也"。

江山庆云桥①

　　草梢出水已无多,村路②渳漫奈雨何。水底有桥桥有月,
只今平地怕风波。
　　断崖老树互撑拄③,白水绿畦相灌输。焉得溪南一邱壑,
放船画作归来图。

【题解】

　　此二诗应作于开禧三年(1207)。本年三月末,辛弃疾叙复朝请大夫,
既已不复主管在京宫观,当可得归返家乡之自由。诗写步桥观景有感,既
独立成篇,亦潜脉暗通。阵雨初歇,由眼前明月小桥共影这一清幽静谧的
自然之景,联想到平地风波、动荡孤危的人生之境。继之,又由眼前山村风
光,触发出放舟归田之思。平地风波与放舟归田,正前因后果一脉融贯。

【注释】

　　①诗题:《稼轩集钞存》作"江山",同治《江山县志》卷一题作"庆云桥"。
江山,县名,在今浙江省,以地有江郎山而得名。庆云桥,《江山县志》卷一:
"庆云桥者,在长台,里人朱夏、柴时秀建。蒋光彦《庆云桥记》:'庆云桥者,
长台里人所募建也。何以名庆云? 万历辛丑冬庆云五色见也。'"又,《县
志》于辛弃疾诗后按云:"旧志二诗作航埠山。"卷一载:"航埠山在县东一
里,山势逶迤,鹿溪经其阳,高五丈,周二里,其阳有鹿溪渡。"

　　②村落:《稼轩集钞存》作"村路"。

　　③拄:《稼轩集钞存》作"柱"。

赋葡萄

高架金茎照水寒,累累小摘便堆盘①。喜君不酿凉州酒②,来救衰翁舌本干。

【题解】

此诗作于庆元二年(1196)止酒期间。诗作第一、二、四句分别写架上、盘中、口中葡萄,各呈姿态。妙在第三句的一转,虚笔设想凉州古战场所酿葡萄美酒,既有诗趣,又不犯正位。可见辛弃疾部分咏物诗追求变异,不堕入烂熟陈俗中。

【注释】

①"高架"二句:金茎,《诗渊》作"新茎"。韩愈《题张十一旅舍三咏·蒲萄》:"新茎未遍半犹枯,高架支离倒复扶。若欲满盘堆马乳,莫辞添竹引龙须。"杜甫《有客》:"自锄稀菜甲,小摘为情亲。"

②凉州酒:《三国志·魏书·明帝纪》注引《三辅决录》:"中常侍张让专朝政,孟佗以蒲桃酒一斗遗张让,让即拜佗为凉州刺史。"

题福州参泉二首

参非三字,以参为三,俗学之说。或者取为参昴之参,其凿益甚,非其义也。因戏为偈语二首释之。①

两泉水出②更温泉,这里原无一二三。欲识当年参字意,行人浴罢试求参③。

三泉参错④本儿嬉,认作参星⑤转更痴。却笑世间真狡狯⑥,古今能有几人知。

【题解】

此二诗作于居官福州期间。辛弃疾自绍熙三年(1192)春赴闽宪,至五年七月罢闽帅,除四年正月至八月一度任太府卿于临安外,均在福州。第一首就序中所谓"参非三字,以参为三,俗学之说"申说推衍,以文为诗,颇富俗趣。第二首则就"或者取为参昂之参"的穿凿狡狯处续作挥洒,以文为戏,神似偈语。全篇以"泉"为题,却于"参"字上立意,可谓匠心独运。

【注释】

①诗序:《诗渊》无。参泉,无考。

②水出:《诗渊》作"冰炭"。

③求参:《诗渊》作"来参"。

④参错:《诗渊》作"坐错"。

⑤参星:《史记·天官书》:"参为白虎。"《集解》:"参三星者,白虎宿中,东西直,似称衡。"

⑥狡狯:《诗渊》作"猾狯"。

游武夷作棹歌呈晦翁十首①

一水奔流叠嶂开,溪头千步响如雷。扁舟费尽篙师力,咫尺平澜上不来。

山上风吹笙鹤声②,山前人望翠云屏。蓬莱枉觅瑶池路③,不道人间有幔亭④。⑤

玉女峰⑥前一棹歌,烟鬟雾髻动清波。游人去后枫林夜,月满空山可奈何。

见说仙人此避秦⑦,爱随流水一溪云⑧。花开花落无寻处,仿佛吹箫月夜闻。⑨

千丈挽天翠壁高,定谁狡狯插遗樵。⑩神仙万里乘风去,更度槎枒个样桥。⑪

山头有路接无尘⑫，欲觅王孙⑬试问津。瞥向苍崖高处见，三三两两看游人。

巨石亭亭缺啮多，悬知千古也消磨。人间正觅擎天柱，无奈风吹雨打何。⑭

自有山来几许年，千奇万怪⑮只依然。试从精舍先生⑯问，定在包牺八卦⑰前。（精舍中有伏羲塑像，作画八卦。）

山中有客帝王师，日日吟诗坐钓矶⑱。费尽烟霞供不足，几时西伯载将归⑲。

行尽桑麻九曲天，更寻佳处可留连⑳。如今归棹如掤箭㉑，不似来时上水船。

【题解】

此组诗作于绍熙三年(1192)。辛弃疾本年春起任福建提刑，居官期间，唯此次赴任途中与明年正月被召途中两次与晦翁相会。马一浮《蠲戏斋诗编年集·丁酉下》中有一首《和龙榆生〈读辛稼轩武夷棹歌〉》，可见稼轩诗在后世影响之一斑。录以附读：

高吟能继稼轩诗，一棹溪山梦武夷。今日西湖风雪里，闭门长愧答书迟。

【注释】

①诗题中"武夷"，在今福建武夷山市。相传有仙人降此山，自称武夷君，故名。其山绵亘一百二十里，有三十六峰、三十七岩，溪流绕山为九曲。《宋史·道学传》：朱熹字元晦，改字仲晦，号晦庵。原徽州婺源人，父松官福建，卒葬崇安，朱熹因以为家。淳熙十年，结庐于武夷山之五曲，讲学其中。

②"山上"句：指武夷君会乡人于幔亭峰事。《列仙传》载，仙人王子乔好吹笙，尝于七月七日乘白鹤驻缑氏山头。杜甫《玉台观》："人传有笙鹤，时过此山头。"

③"蓬莱"句：《神仙传》："昆仑阆风苑有玉楼十二室九层，右瑶池，左

翠水。"

④幔亭：《武夷山志》卷七："一曲幔亭峰，大王峰左，其麓相连，高稍亚之，顶极平旷。相传武夷君设幔亭宴乡人处，峰之得名由此。"

⑤此首，《武夷山志》卷七别出，题作"幔亭峰"，《诗渊》题作"幔亭"。

⑥玉女峰：《武夷山志》卷八："二曲溪南，玉女峰鹄立溪畔，峭拔为诸峰第一。高数十仞，无径可跻，上稍侈，其顶花卉参簇若鬟髻。《旧志》云：'袅袅婷婷，有姝丽之态。'良然。两石附于后，如侍女随行之状。"

⑦"见说"句：《铁网珊瑚》卷一一、《宋诗纪事补遗》作"闻道仙人旧避秦"。陶渊明《桃花源记》："晋太元中，武陵人捕鱼为业；缘溪行，忘路之远近。忽逢桃花林，夹岸数百步，中无杂树，芳草鲜美，落英缤纷。渔人甚异之。复前行，欲穷其林。林尽水源，便得一山。山有小口，仿佛若有光，便舍船从口入。初极狭，才通人，复行数十步，豁然开朗。土地平旷，屋舍俨然，有良田、美池、桑竹之属。阡陌交通，鸡犬相闻，其中往来种作，男女衣著，悉如外人。黄发垂髫，并怡然自乐。见渔人，乃大惊，问所从来，具答之。便要还家，设酒杀鸡作食。村中闻有此人，咸来问讯。自云先世避秦时乱，率妻子邑人来此绝境，不复出焉，遂与外人隔绝。问今是何世，乃不知有汉，无论魏晋。此人一一为具言所闻，皆叹惋。余人各复延至其家，皆出酒食。停数日，辞去。此中人语云：'不足为外人道也。'既出，得其船，便扶向路，处处志之。及郡下，诣太守，说如此。太守即遣人随其往，寻向所志。遂迷，不复得路。南阳刘子骥，高尚士也。闻之，欣然规往，未果，寻病终。后遂无问津者。"

⑧一溪云：陈与义《题水西周三十三壁二首》其二："周子笃中早得春，唤人同渡一溪云。"

⑨"花开"二句：《铁网珊瑚》、《宋诗纪事补遗》作"千崖望断无寻处，时有渔樵却见君"。

⑩"千丈"二句：《武夷山志》卷九："四曲溪南，大藏峰宴仙岩左趾蘸澄潭，陡峭千仞，横亘数百丈……半岩为金鸡两洞，洞中架壑虹桥，了然可睹。旁又直裂罅，内亦纵横数板，皆可望而不可即……洞口虹板杂堆，一船立悬洞外，首仅及洞，竟不坠。"

⑪自此首以下,《诗渊》均分别题作"杂题"。

⑫"山头"句:此盖咏五曲大隐屏峰。《朱文公文集》卷九《武夷精舍杂咏》序:"武夷之溪东流凡九曲,而第五曲为最深。盖其山自北而南者至此而尽,耸全石为一峰,拔地千尺,上小平处,微戴土,生林木,极苍翠可玩。四隙稍下则反削而入,如方屋帽者,旧经所谓大隐屏也。"

⑬王孙:指猕猴。朱熹《行视武夷精舍》"好鸟时一鸣,王孙远相唤"下自注:"山多猕猴。"

⑭此首咏六曲仙掌峰。《武夷山志》卷一二:"六曲溪北,仙掌峰在天游峰右,穹崖墙立,高矗天际,横可半里许。峰半有类掌痕者数处,淋雨则奔流自峰顶乱下,积久蠹成辙轨若素练垂垂,俗呼晒布岩,名虽未雅,其景最奇。"

⑮千奇万怪:《武夷山志》卷一三:"七曲溪北,三仰峰,其顶四虚无际,远眺可数百里。武夷诸峰离奇万状,皆如指掌。"

⑯精舍先生:《朱子年谱》卷三:"淳熙十年夏四月,武夷精舍成,结庐于武夷之五曲,正月经始,至四月落成,始来居之……韩元吉为《记》,有《武夷精舍杂咏》及《武夷棹歌》十首。"

⑰包牺八卦:《易·系辞下》:"古者包牺氏之王天下也,仰则观象于天,俯则观法于地,观鸟兽之文,与地之宜,近取诸身,远取诸物,于是始作八卦,以通神明之德,以类万物之情。"《正义》云:"包牺者,按《帝王世纪》云:大皞帝包牺氏,风姓也……取牺牲以充包厨,故号曰包牺氏。后世音谬,故或谓之伏牺,或谓之虑牺。"包牺,《诗渊》作"庖牺"。

⑱"日日"句:《武夷山志》卷一〇:"五曲钓矶石,在平林渡头溪中。"《武夷精舍杂咏序》:"钓矶、茶灶皆在大隐屏西。矶石上平,在溪北岸。"

⑲"几时":《史记·齐太公世家》:"西伯猎,果遇太公于渭之阳,与语大说,曰:'自吾先君太公曰,当有圣人适周,周以兴,子真是邪?吾太公望子久矣。'故号之曰太公望,载与俱归,立为师。"

⑳"行尽"二句:《武夷山志》卷一四:"溪过星村分两道,一稍北流复折向东,纳后溪;一东注狮子林右,复绕向西北……九曲既趋向西北,而溪南仙岩数峰亦随溪旋转,反在溪之北岸,自南岸道院州以往无山峰矣。灵峰

耸峙溪北,为山水初接之地。游人至此,放眼平川,又是一番佳境矣。"

㉑如搠箭:《诗渊》作"如棚箭",《铁网珊瑚》作"疾于箭"。

鹤鸣亭绝句四首①

饱饭闲游绕小溪,却将往事细寻思。有时思到难思处,拍碎阑干人不知。

安石榴②花翠竹枝,婆娑其下欲何为③。溪流自有无声处,鹤舞不如闲立时。

旧时秋水醉吟者④,且作西山病叟呼。可惜黄花逢令节⑤,樽中酒燥笔头枯⑥。

清欢那复笑开口⑦,闲事长令闷破头。更有不堪萧索处,西风过了菊花秋。

【题解】

此组诗附次于《诗渊》中"丁卯七月题鹤鸣亭"三首之后,未另标题,创作时地未详。辛弃疾的后期诗词中,除了仍旧浓得化不开的无奈情绪外,往往平添几许世事皆非、不堪回首的慷慨悲凉。如其中第一首,以不得已而为之的"饱饭闲游"起,以心境真实写照的"拍碎阑干"结。诗人身被闲置,而忧国忧民之心未改,万般感慨,系于一"思"。待得"鹤舞不如闲立"的"不堪萧索处",百思难得其解,唯有阑干拍碎方可"呼"出。

【注释】

①诗题中"鹤鸣亭",无考。

②安石榴:张华《博物志》:"张骞使西域,得涂林安国石榴种以归,故名安石榴。"

③"婆娑"句:《诗·陈风·东门之枌》:"东门之枌,宛丘之栩。子仲之子,婆娑其下……不绩其麻,市也婆娑。"《正义》:"男弃其业,子仲之子是

也;女弃其业,不绩其麻是也。会于道路者……歌舞于市井者,婆娑是也。"欲,《诗渊》作"更"。

④"旧时"句:秋水,指秋水堂,又称秋水观,辛弃疾期思居室。辛弃疾寓居期思瓢泉九年,所作诗词甚多,故自称秋水醉吟者。

⑤令节:指重阳。《诗渊》作"节令"。

⑥"樽中"句:陶渊明《杂诗十二首》其四:"觞弦肆朝日,樽中酒不燥。"燥,干也,空也。

⑦"清欢"句:开口,《诗渊》作"口开"。《庄子·盗跖》:"人上寿百岁,中寿八十,下寿六十,除病瘦死丧忧患,其中开口而笑者,一月之中,不过四五日而已矣。"

鹤鸣亭独饮

小亭独酌兴悠哉,忽有清愁到酒杯。四面青山围欲合,不知愁自那边来。

【题解】

此诗创作时地未详。诗写独饮小亭时的思绪流动变化。妙在结二句以青山围合紧逼为喻,形容"清愁"之深广沉重,四方袭来,令人无法抵御;却又并不特指其内涵,给读者留下发挥想象的空间。

即　事

野人日日献花来,只倩渠侬取意栽。高下参差无次序,要令不似俗亭台。①

百忧常与事俱来,莫把胸中荆棘栽②。但只熙熙闲过日③，人间无处不春台。

【题解】

此二诗作于淳熙九年(1182)。辛弃疾本年春在带湖作《水调歌头》盟鸥词，中有云："东岸绿荫少，杨柳更须栽"、"夜雨北窗竹，更倩野人栽"，所记初归上饶经营园林之事，与此处第一首中"野人日日献花来"云云相合。诗篇同题共作，分别就"取意栽"与"荆棘栽"作咏写，前者强调插花"要令不俗"，后者但愿胸中"无处不春"。辛弃疾联章组章咏物诗，大抵一章一意，各有别识心裁，又能不留滞于物，是其可观处。(参张高评《辛弃疾咏物诗与唐宋诗之流变》)

【注释】

①"野人"四句：《西清诗话》："欧公守滁阳，筑醒心、醉翁两亭于琅琊幽谷，且命幕客谢某者杂植花卉其间。谢以状问名品，公即书纸尾云：'浅深红白宜相间，先后仍须次第栽。我欲四时携酒去，莫教一日不花开。'其清放如此。"

②"莫把"句：《世说新语·轻诋》："深公云：'人谓庾元规名士，胸中柴棘三斗许。'"孟郊《择友》："面结口头交，肚里生荆棘。"《湘山野录》卷中："唐质肃公介一日自政府归，语诸子曰：'吾备位政府，知无不言。桃李固未尝为汝辈栽培，而荆棘则甚多矣。然汝等穷达无不有命，惟自勉而已。'"

③"但只"二句：《老子》："众人熙熙，如享太牢，如登春台。"

重午日戏书

青山吞吐古今月，绿树低昂①朝暮风。万事有为应有尽，此身无我自无穷。

【题解】

此诗或作于庆元元年(1195)。诗写节日有感。前两句千古风月依旧，谓宇宙间万物无穷。第三句转折,感慨人生即便轰烈,终有尽时。结句钩回,欲求此身无穷,唯有忘我,心与物化。虽云"戏"语,不无出处进退之慨。

【注释】

①绿树低昂:欧阳修《柳》:"绿树低昂不自持,河桥风雨弄春丝。"

林贵文买牡丹见赠至彭村偶题①

宝刀和雨剪流霞,送到彭村刺史家。闻道名园春已过,千金还买暨家花②。

【题解】

此诗,《辛稼轩诗文笺注》疑作于庆元六年(1200)。一二句刻画牡丹姿态,切扣诗题,三四句跳脱牡丹形象,着眼于名园春过、千家买花,则其品之珍稀,值得赏爱,自然见于言外。

【注释】

①诗题:辛更儒《辛弃疾家室再考》:彭村,今地仍存,同治《铅山县志》卷七谓高山庵在县东三十五里彭村,亦即在期思东南十里,与石塘镇相近。而暨为姓,《期思世系》载辛弃疾第六子辛穮殁葬紫溪暨家。紫溪亦在期思之东南,可知林氏亦必居住于铅山东南,不知林贵文与辛弃疾的林氏夫人有关联否。

②"千金"句:据《洛阳牡丹记》,牡丹之名,或以氏,或以地。暨家花,未见记载,未知何所指。

移　竹

每因种树悲年事①,待看成阴是几时。眼见子孙孙又子,不如栽竹绕园池。

【题解】

此诗,《辛稼轩诗文笺注》参以辛弃疾《永遇乐》(投老空山)词意,疑其亦作于庆元中。诗借写移竹而表达喜爱之情,同时生发感叹。

【注释】

①"每因"句:李商隐《永乐县所居一草一木无非自栽今春意悉已芳茂因书即事》:"手种悲年事,心期玩物华。"

和赵茂嘉郎中双头芍药二首①

昨日梅华同语笑,今朝芍药并芬芳。弟兄殿住春风了②,却遣花来送一觞。

当年负鼎去干汤③,至味须参芍药芳。岂是调羹双妙手,故教初发劝持觞。

【题解】

此二诗或作于嘉泰元年(1201)。赵茂嘉原唱已佚。辛弃疾咏花而不着重摹写刻削花卉本身,而用心于象外追神,即物达情,因物兴寄。即如此二诗,并不图写花容之艳丽与芬芳,而是持与梅花相配衬,谓"弟兄殿住春风了";持与负鼎事作设想,谓"至味需参";又想象联翩,感慨自己非"调羹妙手"。总之,只是较多抒发感慨而已,不必定然有所寄托。

【注释】

①诗题中"赵茂嘉郎中",《江西通志》卷二七七:"赵不遏字茂嘉,后改名不遏。登进士第,为清湘令,尝立兼济仓于铅山天王寺。"卷二二:"隆兴元年癸未木待问榜,赵不遏,铅山人,直华文阁。"茂嘉于庆元五年(1199)诏除直秘阁,继升华文阁,与弟晋臣俱有职名,故谓之双头芍药。

②"弟兄"：苏轼《雨晴后步至四望亭下鱼池上遂自乾明寺前东冈上归二首》其一："殷勤木芍药，独自殿余春。"陈师道《谢赵生惠芍药三首》其三："九十风光次第分，天怜独得殿残春。"

③"当年"句：《史记·殷本纪》："伊尹名阿衡。阿衡欲干汤而无由，乃为有莘氏媵臣，负鼎俎，以滋味说汤，致于王道……汤举任以国政。"

寿赵茂嘉郎中二首

玉色长身白首郎，当年麾节几甘棠①。力贫活物阴功大，未老垂车逸兴长。②久矣如今太公望，岿然真是鲁灵光③。朝廷正尔尊黄发，稳驾蒲轮觐玉皇。④

鹅湖山麓湛溪湄⑤，华屋眈眈照绿漪。子侄日为真率会，弟兄剩有唱酬诗。⑥杨花榆荚浑如许，苦笋樱桃正是时。待酌西江援北斗⑦，摩挲金狄与君期⑧。

【题解】

此二诗作于嘉泰元年（1201）。前一首先援入旧典，叹英杰渐次凋零而喜此老独存，归结到题中应有之义的必受朝廷重用。次首先叙当前景象，湖山风物之美，天伦孝悌之乐，最后转以恢复大业相期许，并泻出自身一腔豪情，可与作者寿韩元吉等人词同见英雄本色。

【注释】

①"当年"句：《诗·召南·甘棠》疏："武王之时，召公为西伯，行政于南土，决讼于小棠之下，其教著明于南国，爱结于民心，故作是诗以美之。"据《严州图经》卷一《知州题名》，赵不迂于绍熙五年（1194）六月以朝奉大夫知严州除江西提刑。当年，《诗渊》作"常年"。

②"力贫"二句：前一句指赵氏创置兼济仓，"庶穷民无艰食之忧，同此身有一饱之乐"事。垂车，去官。逸，《诗渊》作"佚"。

③"岿然"句:王延寿《鲁灵光殿赋序》:"鲁灵光殿者,盖景帝程姬之子恭王余之所立也……遭汉中微,盗贼奔突,自西京未央、建章之殿,皆见隳坏,而灵光岿然独存。"

④"朝廷"二句:《尚书·秦誓》:"尚犹询兹黄发。"注:"以道谋此黄发贤老。"《汉书·申公传》:"上使使束帛加璧,安车以蒲裹轮,驾驷迎申公。"

⑤"鹅湖"句:陈文蔚《克斋集》卷一六《贺赵及卿黄定甫主宾联名登第》:"人杰须知本地灵,鹅峰挺拔湛溪清。"

⑥"子侄"二句:《邵氏闻见录》卷一〇:"司马公与数公又为真率会,有约:酒不过五行,食不过五味,惟菜无限。楚正议违约增饮食之数,罚一会。皆洛阳太平盛事也。"

⑦"待酌"句:屈原《九歌·东君》:"操余弧兮反沦降,援北斗兮酌桂浆。"注谓北斗为玉爵,酒具。

⑧"摩挲"句:金狄即金人,亦指铜人。《后汉书·蓟子训传》:"后人复于长安东霸城见之,与一老公共摩挲铜人,相谓曰:'适见铸此,已近五百岁矣。'"苏轼《次韵答元素并引》:"流落天涯先有谶,摩挲金狄会当同。"

同杜叔高祝彦集观天保庵瀑布主人留饮两日且约牡丹之饮

庚申岁二月二十八日也①

竹杖芒鞋看瀑回,暮年筋力倦崔嵬。桃花落尽无春思,直待牡丹开后来。

只要寻花子细看,不妨草草有杯盘②。莫因红紫倾城色,却去摧残黑牡丹。

【题解】

此二诗作于庆元六年(1200)。诗作一则以"筋力倦"、"无春思",反衬牡丹花开;再则忧心"倾城色"摧残黑牡丹,均似有所指。

【注释】

①诗题中"杜叔高",名斿,金华兰溪人。兄弟五人均字高,而以伯仲叔季幼为序,又均有诗名,人称"金华五高"。淳熙十六年(1189)曾访辛弃疾于上饶,本年为叔高再次来访。祝彦集名籍未详。天保庵亦无考。

②"不妨"句:王安石《示长安君》:"草草杯盘供笑语,昏昏灯火话平生。"

读语孟二首①

　　道言不死真成妄,佛语无生更转诬②。要识死生真道理,须凭邹鲁圣人儒。③

　　屏去佛经与道书,只将语孟味真腴④。出门俯仰见天地⑤,日月光中行坦途。

【题解】

　　此二诗或作于庆元间赋闲家居时。诗作为辛弃疾自剖心迹、自我明志语,说明诗人在哲学思想和人生态度上虽受佛老影响,但毕竟安身立命、终生服膺的还是儒术。对儒家思想的尊崇信仰是如此深厚执着,也就难怪辛弃疾在文学创作中,会那么自觉地向诗圣杜甫汲取思想营养了。这种汲取,最突出地表现在其词中虽然并不像在诗中这样直接论议,而杜甫式的系念家国安危的忧患感和使命感却几乎无处不在。

【注释】

①诗题:《诗渊》作"读论孟"。

②"佛语"句:佛语,《诗渊》作"佛说"。佛教谓无生即无灭,寂灭如涅槃。《仁王经》卷中:"一切法性真实空,不来不去,无生无灭,同真际,等法性。"《圆觉经》卷上:"一切众生于无生中妄见生灭,是故说名轮转生死。"

③"要识"二句:孟子邹县人,孔子鲁人。《论语·卫灵公》:"志士仁人,无求生以害仁,有杀身以成仁。"《孟子·告子上》:"生亦我所欲也,义亦我所欲也;二者不可得兼,舍生而取义者也。"

④味真腴:班固《答宾戏》:"委命供己,味道之腴。"

⑤"出门"句:《易·系辞上》:"《易》与天地准,故能弥纶天地之道。仰以观于天文,俯以察于地理,是故知幽明之故。原始反终,故知死生之说。"

再用儒字韵二首

人才长与世相疏,若谓无才即厚诬。方朔长身无饭吃,人间饱死几侏儒。①

是是非非好读书,莫将名实自相诬。由来废冢谁为者,诗礼相传大小儒。②

【题解】

此二诗或亦作于庆元间赋闲家居时。第一首用典,曲折表达对政治污浊、人才遭受压抑的不满。第二首承上,是说即便如此,治学也要实事求是。这是用朴实平易的语言,道出了诗人一生所悟、所持的大道理。

【注释】

①"方朔"二句:《汉书·东方朔传》:"东方朔,字曼倩,平原厌次人也……待诏公车,俸禄薄,未得省见。久之,朔绐驺朱儒曰:'上以若曹无益于县官……徒索衣食,今欲尽杀若曹。'朱儒大恐,啼泣。朔教曰:'上即过,叩头请罪。'居有顷,闻上过,朱儒皆号泣顿首。上曰:'何为?'对曰:'东方朔言上欲尽诛臣等。'上知朔多端,召问朔:'何恐朱儒为?'对曰:'臣朔生亦言,死亦言。朱儒长三尺余,俸一囊粟,钱二百四十。臣朔长九尺余,亦俸一囊粟,钱二百四十。朱儒饱欲死,臣朔饥欲死。臣言可用,幸异其礼;不可用,罢之。毋令但索长安米。'上大笑,因使待诏金马门,稍得亲近。"

②"由来"二句:《庄子·外物》:"儒以诗礼发冢。大儒胪传曰:'东方作矣,事之何若?'小儒曰:'未解裙襦,口中有珠。《诗》固有之,曰:青青之麦,生于陵陂。生不布施,死何含珠为?'"

和任师见寄之韵

老来功业已蹉跎,买得生涯复不多。十顷芰荷三径菊,醉乡容我住无何①。

昨梦春风花满枝,是花到眼是新诗。②如今梦断春无迹,不记题诗付与谁。

几年魂梦隔高门,叹息潭间阙异闻③。剩喜风情筋力在④,尚能诗似鲍参军⑤。

【题解】

此组诗或作于淳熙十四年(1187)前后。题中"任师",《辛稼轩诗文笺注》作"任帅",以为即任诏。诏,字子严,蜀人,尝知广西邕州。任师原唱已佚。诗作叙议乡居生涯,其中"十顷"句,可与辛弃疾另外的文字,如"白水田头,新荷十顷"(《新居上梁文》)、"三径初成,鹤怨猿惊,稼轩未来"(《沁园春》)等参读。写来平和又有情致,俨然要淡忘功业,寄情山水,以诗酒消磨岁月。

【注释】

①"醉乡"句:《新唐书·王绩传》:"著《醉乡记》,以次刘伶《酒德颂》。"白居易《醉后》:"犹嫌小户长先醒,不得多时住醉乡。"住无何,住不多时。

②"昨梦"二句:杜甫《酬郭十五判官》:"药裹关心诗总废,花枝照眼句还成。"王安石《出城访无党因宿斋馆》:"花枝到眼春相照,山色侵衣晚自迷。"

③"叹息"句:陈师道《九月九日魏衍见过》:"节里能相过,谈间可解

忧。"又《胡士彦挽词二首》其一:"晚进违前辈,平生阙异闻。"

④"剩喜"句:白居易《侍中晋公欲到东洛先蒙书问期宿龙门思往感今辄献长句》:"闻说风情筋力在,只如初破蔡州时。"

⑤"尚能"句:鲍照字明远,为南朝宋临海王参军,著有《鲍参军集》十卷。杜甫《春日忆李白》:"清新庾开府,俊逸鲍参军。"

和杨民瞻韵①

拄杖闲题祖印②来,壁间有句试参怀③。从来歌舞新罗袜,不识溪山旧草鞋。("参怀",晋人语。)

【题解】

此诗作于绍熙二三年(1191—1192)间。诗写游祖印寺,读到壁间一不知名诗作的留题,借他人之句,巧妙表达寄情溪山的怀抱。语意颇含嘲讽,而具委曲蕴藉之致。辛弃疾此行永丰,并应杨少游提举之请,为其"一枝堂"作《水调歌头》一首。此一诗一词,均反映出诗人随遇而安,与世俯仰之意。

【注释】

①诗题中"杨民瞻",尝与范开同时从学于辛弃疾。赵蕃《淳熙稿》卷五《以归来后与斯远唱酬诗卷寄辛卿》:"宾朋杂遝孰为佳,咸推杨范工词华。"韩淲《涧泉集》卷一三《和民瞻所寄诗》:"南北一峰高可仰,东西二馆隐谁招。园居好在带湖水,冰雪春须积渐消。"疑杨氏上饶人。

②祖印:《辛稼轩诗文笺注》据赵蕃《乾道稿》卷下《徙居祖印寺》,《章泉稿》卷四《怀祖印寺》等诗,推测祖印寺在玉山境内。程继红《带湖与瓢泉——辛弃疾在信州日常生活研究》据《涧泉集》卷二《祖印寺俗云严光寺考治平堂牒乃光严也又言有子陵墓因往吊之》等诗,并乾隆《江西通志》等材料,考定祖印寺实在玉山邻县永丰县境内。

③参怀:《资治通鉴·宋孝武帝大明二年》:"凡选授诛赏大处分,上皆与法兴、尚之参怀。"胡三省注云:"宋齐之间,凡参决机务率皆谓之参怀。"

和诸葛元亮韵①

偶泛清溪李郭船,路旁人已羡登仙。②看君不似南阳卧③,只似哦诗孟浩然。

【题解】

此诗或作于庆元间。诸葛元亮原唱已佚。诗末以孟浩然称扬友人,或略可见出作者诗学取径之一斑。

【注释】

①诗题中"诸葛元亮",名籍事历无考。据韩淲《涧泉集》卷五《诸葛解元家分韵》:"溪横葛陂水,上有稚川宅。欢言一壶酒,未觉千岁隔。"知元亮家在铅山西北弋阳境内之葛溪,宁宗在位期间曾以榜首领乡荐。又《永乐大典》卷二八一一"梅"字韵载上饶徐安国《谢诸葛元亮送腊梅》,知与信上文人学士多有往来。

②"偶泛"二句:《后汉书·郭太传》:"郭太字林宗,太原界休人也。家世贫贱。早孤,母欲使给事县廷。林宗曰:'大丈夫焉能处斗筲之役乎?'遂辞。就成皋屈伯彦学,三年业毕,博通坟籍。善谈论,美音制。乃游学洛阳。始见河南尹李膺,膺大奇之,遂相友善,于是名震京师。后归乡里,衣冠诸儒送至河上,车数千辆。林宗唯与李膺同舟而济,众宾望之,以为神仙焉。"

③南阳卧:《三国志·蜀书·诸葛亮传》:"诸葛亮字孔明……躬耕陇亩,好为《梁父吟》……时先主屯新野,徐庶见先主,先主器之,谓先主曰:'诸葛孔明,卧龙也,将军岂愿见之乎?'"注引《汉晋春秋》:"亮家于南阳之邓县,在襄阳城西二十里,号曰隆中。"

和周显先韵二首

暖日晴风晚蝶忙，平林先著夜来霜。寒花毕竟无聊甚，野菜畦边惨淡黄。

怒涛千里破空飞，洗尽青衫辇路①泥。更惜秋风一帆足，南楼②只在远山西。

【题解】

周显先其人其诗未详。辛弃疾有《水调歌头·舟次扬州和杨济翁周显先韵》《满江红·江行简杨济翁周显先》，作于淳熙五年(1178)出领湖北漕途中，则此二诗亦当为同时所作。《辛稼轩诗文笺注》疑周氏为辛弃疾幕客。第一首中"寒花"二句，与其"城中桃李愁风雨，春在溪头荠菜花"(《鹧鸪天》)有同工之妙，却是以野菜边上生长的寒花风光不再为喻，应有所指。第二首则谓一路上狂风卷起怒涛，尽洗行进在辇路上青衫所沾染的尘埃，似乎抛掉了往昔遭遇带来的所有郁闷，而实际上与前一首的微言之义不能无所关联。

【注释】

①辇路：天子车驾所经路，此指临安。

②南楼：《舆地纪胜》卷六六《荆湖北路·鄂州》："南楼，在郡治正南黄鹄山顶，后改为白云阁。元祐间知州方泽重建，复旧名。"

和郭逢道韵①

枣树平生叹子阳，里歌虽短意偏长。②东家昨夜梅花发，愧我分他一半香。

君家富贵有汾阳③，只要文章光焰长。莫为梅花费诗句，细思丹桂是天香。

【题解】

此二诗作于庆元六年(1200)。郭逢道原唱已佚。诗作赞誉友人励志敦行，文采斐然，并劝其更当应试科举，求取富贵功名。

【注释】

①诗题中"郭逢道"，名籍事历不详。

②"枣树"二句：《汉书·王吉传》："王吉字子阳，琅邪皋虞人也……吉少时学问，居长安。东家有大枣树，垂吉庭中。吉妇取枣以啖吉。吉后知之，乃去妇。东家闻而欲伐其树，邻里共止之，因固请吉令还妇。里中为之歌曰：'东家有树，王阳妇去。东家枣完，去妇复还。'其厉志如此。"

③"君家"句：郭子仪上元三年(762)进封汾阳郡王。《旧唐书·郭子仪传》："富贵寿考，繁衍安泰，衰荣终始，人道之盛，此无缺焉。"

黄沙书院

黄沙书院面势甚佳，欲以维摩庵名之，特未定也，预以一绝纪之。①

隐几南窗万念灰②，只疑土木是形骸③。柴门不用常关著④，怕有文殊问疾⑤来。

【题解】

此诗作于闲居带湖期间而具体作年无考，以地在上饶境内的黄沙书院建于何时不可考。诗写预为所建书院命名事。以维摩自称，加上诗中所写一派清逸拔俗的隐沦情趣，借以抒发功名心冷、远隐静居的情怀。

【注释】

①诗题及小序中"黄沙书院"，陈文蔚《克斋集》卷一〇《游山记》："嘉定

己巳秋九月,傅岩叟拉予与周伯辉践傅岩之约。乙未,度北岸桥,过黄沙辛稼轩之书堂,感物怀人,凝然以悲。"维摩庵,《维摩诘所说经·佛国品》谓维摩诘为毗耶离大城之长者,因以自身疾病,广为说法。

②"隐几"句:《庄子·徐无鬼》:"南郭子綦隐几而坐,仰天而嘘。颜成子入见曰:'夫子,物之尤也,形固可使若槁骸,心固可使若死灰乎?'"

③"只疑"句:《世说新语·容止》:"刘伶身长六尺,貌甚丑悴,而悠悠忽忽,土木形骸","嵇康身长七尺八寸,风姿特秀"。刘孝标注引《嵇康别传》:"康长七尺八寸,伟容色,土木形骸,不加饰厉,而龙章凤姿,天质自然。"

④"柴门"句:陶渊明《癸卯岁始春怀古田舍二首》其二:"长吟掩柴门,聊为陇亩民。"王安石《与北山道人》:"荮果蔬泉带浅山,柴门虽设要常关。"

⑤文殊问疾:《维摩诘所说经·文殊师利问疾品》:"尔时佛告文殊师利:'汝行诣维摩诘问疾。'……于是文殊师利与诸菩萨大弟子众及诸天人恭敬围绕,入毗耶离大城。"

信笔再和二首

此心一似篆烟灰,好向君王早乞骸。何处幽人来问讯,横担竹杖过溪来。

春酒频开赤印灰①,一尊忘我更忘骸②。青山只隔二三里,恰似高人呼不来。

【题解】

此二诗作于闲居带湖期间而具体作年无考。诗写闲而不适,心灰意冷情绪,但外冷而内热,所以不时出以反语,亦愤激之语。

【注释】

①赤印灰:赤印,谓酒酿成后贮以坛,以赤泥封口,钤以印记。灰谓灰酒。李贺《奉和二兄罢使遣马归延州》:"笛愁翻陇水,酒喜沥春灰。"《李长

吉歌诗汇解》王琦注:"酒初熟时,下石灰水少许,易于澄清,所谓灰酒。"

②忘骸:苏轼《濠州七绝·逍遥台》:"常怪刘伶死便埋,岂伊忘死未忘骸。"

和李都统诗①

破屋那堪急雨淋,(官舍皆漏。)且欣断港②运篙深。老农定向中宵望,太岁今年合守心③。

【题解】

此诗或作于开禧元年(1205),以李奕与之共事应在其时。李都统原唱已佚。诗作咏急雨,跳脱"破屋那堪淋"之苦况,别从反常合道处着墨:急雨破屋虽堪忧,然因雨量丰沛而港深、年丰,水运、老农、太守多将"欣欣然"有厚望焉。

【注释】

①诗题中"李都统",都统为御前诸军都统制。《辛稼轩诗文笺注》谓或即李奕。

②断港:韩愈《送王秀才序》:"故学者必慎其所道,道于杨、墨、老、庄、佛之学,而欲之圣人之道,犹航断港绝潢以望至于海也。"

③"太岁"句:苏轼《次韵郑介夫二首》其一:"长庚到晓空陪月,太岁今年合守心。"《史记·天官书》注引《天官占》,谓"岁星农官,主五谷"。心即心宿三星,又称商星、大火、鹑星,为二十八宿之一。《孝经钩命决》谓"岁星守心年谷丰"。

再用韵

自古蛾眉嫉者多①,须防按剑向隋和②。此身更似沧浪水,听取当年孺子歌。③

　　此诗作于闲居带湖期间。诗写退居期间忧谗畏讥的情绪。首二句,忧幽怨艾之情,几难自抑。这是由于,即便是在闲退之后,莫名的谗毁也似未尝完全绝迹,而辛弃疾虽然退居后的心态也已发生变化,在诗中往往极力自我宽慰,但往事今情俱难忘怀,故借诗作以排解。

【注释】

　　①"自古"句:屈原《离骚》:"众女嫉余之蛾眉兮,谣诼谓余以善淫。"

　　②"须防"句:《汉书·邹阳传》载邹阳狱中上梁孝王书云:"臣闻明月之珠,夜光之璧,以暗投人于道,众莫不按剑相眄者,何则? 无因而至前也……无因而至前,虽出隋珠和璧,只怨结而不见德。"《淮南子·览冥训》:"隋侯之珠,和氏之璧,得之者富,失之者贫。"

　　③"此身"二句:《孟子·离娄上》:"有孺子歌曰:'沧浪之水清兮,可以濯我缨。沧浪之水浊兮,可以濯我足。'孔子曰:'小子听之,清斯濯缨,浊斯濯足,自取之也。'"

书渊明诗后

　　渊明避俗未闻道,此是东坡居士云。① 身似枯株心似水②,此非闻道更谁闻。

【题解】

　　此诗创作时地未详。辛弃疾平居多以渊明自况,谓其能以身避俗,岂是未闻道者,则此诗殆作于寓居带湖既久之时。诗作借题陶诗而讨论闻道,认为陶渊明已经"闻道"。显然,作者也不赞成"渊明避俗未闻道"的说法。按照有些宋人的理念,似乎挂怀俗情就与道相违。而实际上,不能忘怀于俗情正是陶渊明所悟儒家之道的根基,陶渊明的旷达和闻道与对人伦亲情的依恋密不可分。如果抽掉了类似亲子之情的世俗情感,也就等于抽掉了陶渊明思想赖以超越世俗和升华精神的厚壤沃土,即使闻道,也只是无情的淡漠,而非"有情的淡泊"(李剑锋《陶渊明及其诗文渊源研究》)。

【注释】

①"渊明"二句:杜甫《遣兴五首》其三:"陶潜避俗翁,未必能达道。观其著诗集,颇亦恨枯槁。达生岂是足,默识盖不早。有子贤与愚,何其挂怀抱。"则辛弃疾谓渊明未闻道系东坡所云,不确。

②"身似"句:陶渊明《饮酒二十首》其十一:"虽留身后名,一生亦枯槁。"苏轼《卧病弥月闻垂云花开顺阇黎以诗见招次韵答之》:"道人心似水,不碍照花妍。"

读邵尧夫诗①

饮酒已输陶靖节②,作诗犹爱邵尧夫。若论老子胸中事,除却溪山一事无。

【题解】

此诗作于庆元二年(1196),时辛弃疾曾因病止酒。诗作与下一首一样,写静退闲居的诗人以游宴消解郁塞之气,所作诗篇自然会受到陶渊明、邵雍等人的影响。

【注释】

①诗题中"邵尧夫",邵雍字尧夫,终生未仕,熙宁十年(1077)卒,元祐中赠谥康节。其先范阳人,幼随父迁共城(今河南辉县)。隐居苏门山百源之上,后人称为百源先生。著有《伊川击壤集》。

②"饮酒"句:陶渊明《五柳先生传》:"性嗜酒,家贫不能常得,亲旧知其如此,或置酒而招之。造饮辄尽,期在必醉。"萧统《陶渊明传》:"元嘉四年……卒,年六十三,世号靖节先生。"

再用韵

欲把身心入太虚^①,要须勤着净工夫。古人有句须参取,穷到今年锥也无^②。

【题解】

此诗作于庆元二年(1196),以诗中"穷到"句涉及移居铅山前雪楼被焚事。

【注释】

①太虚:《庄子·知北游》:"是以不过乎昆仑,不游乎太虚。"成玄英疏:"太虚是深玄之理。"

②"穷到"句:《五灯会元》卷九:"去年贫,未是贫,今年贫,始是贫。去年贫,犹有卓锥之地,今年贫,锥也无。"

偶　　题

人生忧患始于名^①,且喜无闻^②过此生。却得少年耽酒力,读书学剑两无成^③。

人言大道本强名^④,毕竟名从有处生^⑤。昭氏鼓瑟谁解听,亦无亏处亦无成。^⑥

闲花浪蕊不知名^⑦,又是一番春草生。病起小园无一事,杖藜看得绿阴成^⑧。

【题解】

此组诗作于闲居带湖期间。诗作或夹叙夹议,或对景抒怀,无论直接发露还是含蓄蕴藉，都不无慨叹出处之意在焉。尤其是第三首，从静观大自然生机勃勃的律动趋向升沉荣辱的超拔，最后归于因缘安适。

【注释】

①"人生"句：苏轼《石苍舒醉墨堂》："人生识字忧患始，姓名粗记可以休。"

②无闻：《论语·子罕》："四十五十而无闻焉，斯亦不足畏也已。"

③"读书"句：《史记·项羽本纪》："项籍少时，学书不成，去，学剑，又不成。项梁怒之。籍曰：'书足以记名姓而已。剑一人敌，不足学，学万人敌。'"孟浩然《自洛之越》："遑遑三十载，书剑两无成。"

④大道本强名：《老子》："吾不知其名，字之曰道，强为之名曰大。"

⑤"毕竟"句：《礼记·祭法》"黄帝正名百物"句《正义》："上古虽有万物，而未有名，黄帝为物作名，正名其体也。"

⑥"昭氏"二句：《庄子·齐物论》："是非之彰也，道之所以亏也。道之所以亏，爱之所以成。果且有成与亏乎哉？果且无成与亏乎哉？有成与亏，故昭氏之鼓琴也；无成与亏，故昭氏之不鼓琴也。"疏："姓昭名文，古之善鼓琴者也。夫昭氏之鼓琴，虽云巧妙，而鼓商则丧角，挥宫则失徵，未若置而不鼓，则五音自全，亦犹有成有亏，存情所以乖道；无成无亏，忘智所以合真者也。"鼓瑟，《诗渊》作"鼓琴"。

⑦"闲花"句：韩愈《杏花》："浮花浪蕊镇长有，才开还落瘴雾中。"

⑧"杖藜"句：王安石《台城寺侧独行》："独来独往花下路，笋舆看得绿阴成。"

偶　作

至性由来禀太和①，善人何少恶人多。君看泻水着平地，正作方圆有几何。②

此诗创作时地未详。诗作化用《世说》,藉物寓理,感叹人世善少恶多,一如水泻平地,作圆成方者无几,其针砭世事,发人玄思处,颇为警策。

【注释】

①太和:《易·乾》:"保合大和,乃利贞。"张载作《正蒙·太和》,谓即阴阳二气化生万物。

②"善人"三句:《世说新语·文学》:"殷中军问:'自然无心于禀受,何以正善人少,恶人多?'诸人莫有言者。刘尹答曰:'譬如写水著地,正自纵横流浸,略无正方圆者。'一时绝叹,以为名通。"

和赵晋臣送糟蟹①

人间缓急正须才,郭索②能令酒禁开。一水一山十五日③,从来能事不相催。

【题解】

此诗作于庆元六年(1200),以赵晋臣归铅山盖在是年。赵氏原唱已佚。庆元二年(1196),辛弃疾再次退闲后移居铅山,适当权臣韩侂胄实施党禁学禁。辛弃疾虽然不是赵汝愚、朱熹同党,只是同情理学中人的遭遇而已,但也被牵连,放罢、降职、落职、罢宫观,无异于庆元党人。在此期间,士大夫的言论自由受到限制,辛弃疾避地山中,冷眼相向,不愿与当道交往。此诗正反映了诗人对党禁学禁极不赞成的态度,但文字却还是雍容不迫的。诗作从糟蟹能开酒禁切入,引申发挥,托物以寓意,谓人间须材孔急,然"从来能事不相催",欲速则不达,急催不得。第三句暗用杜诗,强调惨淡经营、审慎规划的可贵。金戈铁马之事,却以绘事之从容经营为比况,化阳刚为阴柔,允称独创。

【注释】

①诗题中"赵晋臣",据《江西通志》卷二一七《胜迹略》、二七七《寓贤》,

尝创书楼于上饶。另,据陆九渊《象山先生全集》卷一九《武陵县学记》,知其绍熙二年(1191)提举湖北常平司;据《容斋四笔》卷二,知其庆元初任湖南提刑;据陈文蔚《克斋集》卷一四《送赵晋臣持闽宪节》、《截江网》卷五马子严《水调歌头》寿赵提刑,知其庆元三年(1197)任福建提刑。《福建通志》卷二六载其佚诗《鼓山题诗》一首。

②郭索:蟹行貌,也借指蟹。扬雄《太玄·锐》:"蟹之郭索,后蚓黄泉。"

③"一水"二句:杜甫《戏题王宰画山水图歌》:"十日画一水,五日画一石。能事不受相促迫,王宰始肯留真迹。"

止　酒

渊明爱酒得之天,岁晚还吟止酒篇^①。日醉得非促龄具^②,只今病渴已三年^③。

【题解】

此诗作于庆元二年(1196)止酒期间。诗作写出咏陶评陶成为诗人闲退生活的重要组成部分。

【注释】

①止酒篇:陶渊明《止酒》:"居止次城邑,逍遥自闲止。坐止高荫下,步止荜门里。好味止园葵,大欢止稚子。平生不止酒,止酒情无喜。暮止不安寝,晨止不能起。日日欲止之,营卫止不理。徒知止不乐,未信止利己。始觉止为善,今朝真止矣。从此一止去,将止扶桑涘。清颜止宿容,奚止千万祀。"

②"日醉"句:陶渊明《形影神·神释》:"日醉或能忘,将非促龄具。"

③"只今"句:杜甫《秋日夔府咏怀奉寄郑监审李宾客之芳一百韵》:"飘零仍百里,消渴已三年。"《世说新语·任诞》:"刘伶病酒,渴甚,从妇求酒。妇捐酒毁器,涕泣谏曰:'君饮太过,非摄生之道,必宜断之。'伶曰:'甚善。我不能自禁,唯当祝鬼神自誓断之耳。便可具酒肉。'妇曰:'敬闻命。'……

伶跪而祝曰:'天生刘伶,以酒为名。一饮一斛,五斗解酲。妇人之言,慎不可听。'便饮酒进肉,隗然已醉矣。"

送剑与傅岩叟

镆邪三尺照人寒[①],试与挑灯子细看。且挂空斋作琴伴[②],未须携去斩楼兰[③]。

【题解】

此诗当作于庆元中移居期思之后。诗作发英雄用武无地之慨。前两句挑灯看剑,雄心振起。后两句宝剑唯挂空斋与琴为伴,未可赴边杀敌,情绪一跌千丈。先扬后抑,貌似平静,实壮志难酬之愤喷薄而出。

【注释】

①"镆邪"句:《吴越春秋》卷四《阖闾内传》:"干将者,吴人也,与欧冶子同师……为二枚,一曰干将,二曰莫邪。莫邪,干将之妻也。"《史记·高祖本纪》:"吾以布衣提三尺剑取天下。"

②作琴伴:《诗渊》原作"作瑟伴"。《辛稼轩诗文笺注》按诗律径改,姑依之。

③楼兰:汉时西域国。据《汉书·傅介子传》,昭帝元凤三年(前78),傅介子斩楼兰王,改名鄯善。王昌龄《从军行七首》其四:"黄沙百战穿金甲,不破楼兰终不还。"

江郎山和韵[①]

三峰一一青如削,卓立千寻不可干。正直相扶无倚傍,撑持天地与人看。

此诗创作时地未详。所和何人何作未详。诗作言江郎山卓立云天,但细咏后两句,不无托物言志之意,令人回味。

淳熙五年(1178),陆游也作有一首《过灵石三峰》,极言此山之奇秀,可称壮采奇情。录以附读:

> 奇峰迎马骇衰翁,蜀岭吴山一洗空。拔地青苍五千仞,劳渠蟠屈小诗中。

【注释】

①诗题中"江郎山":同治《江山县志》卷一:"江郎山在江山县南五十里,高六百寻。一名金纯山,又名须郎山。《东阳志》云:'金纯山有三峰,悉数百丈,色丹夺目,不可仰视……山有三峰,俗呼江郎三片石,山顶有池,人迹罕至。钱氏以此名县。'"其下即引辛弃疾此诗。

送别湖南部曲①

青衫匹马万人呼②,幕府当年急急符③。愧我明珠成薏苡④,负君赤手缚於菟⑤。观书到老眼如镜,论事惊人胆满躯⑥。万里云霄⑦送君去,不妨风雨破吾庐⑧。

【题解】

此诗作于淳熙九年(1182)后。《辛稼轩诗文笺注》谓:据"破吾庐"句,知作此诗时辛弃疾已归至带湖寓居。然既云"当年",则上距淳熙七年(1180)必已有若干年日。

此诗辑自《后村诗话》后集卷二:

> 辛稼轩帅湖南,有小官山前宣劳,既上功级,未报而辛去,赏格不下。其人来访,辛有诗别之云云。此篇悲壮豪迈,惜为长短句所掩。上饶所刊辛集有词无诗,惜无好事者搜访补足之。

淳熙七年,辛弃疾在知潭州兼湖南安抚使任上,招募一千八百人,创置飞虎军。题称"湖南部曲",当指飞虎军中偏裨将官。诗作回忆在创建飞虎军的过程中激烈紧张的战斗生活情景,表达英雄相惜的深厚感情,以及因遭谗毁而导致事业半途而废、部曲有功不录的悲愤。回忆往事、慷慨激昂,肝胆照人、信念不变是扬;面对现实、内心惭愧,展望前途、黯然神伤是抑,诗风顿挫,略近其词。

【注释】

①部曲:《汉书·李广传》注:"将军领军皆有部曲。大将军营五部,部校尉一人,部下有曲。"

②"青衫"句:青衫,《稼轩集钞存》原作"青山",据《后村诗话》校改。杜甫《送蔡希鲁都尉还陇右因寄高三十五书记》:"身轻一鸟过,枪急万人呼。"

③"幕府"句:赵彦卫《云麓漫钞》卷七:"急急如律令,汉之公移常语,犹今云'符到奉行'。"

④"愧我"句:《后汉书·马援传》:"初,援在交趾,常饵薏苡实,用能轻身省欲,以胜瘴气。南方薏苡实大,援欲以为种,军还,载之一车。时人以为南土珍怪,权贵皆望之。援时方有宠,故莫以闻。及卒后,有上书谮之者,以为前所载还,皆明珠文犀。"薏苡(yì yǐ)实,即薏米。

⑤赤手缚於菟:《左传·宣公四年》:"楚人谓乳'谷',谓虎'於菟'。"苏轼《送范纯粹守庆州》:"当年老使君,赤手降於菟。"陈师道《徐氏闲轩》:"想见杖藜临过鸟,更能赤手缚於菟。"

⑥胆满躯:《三国志·蜀书·赵云传》注引《云别传》:"子龙一身都是胆也。"苏轼《刁景纯席上和谢生二首》其二:"毋多酌我公须听,醉后粗狂胆满躯。"

⑦云霄:《稼轩集钞存》原作"云山",据《后村诗话》校改。

⑧"不妨"句:杜甫《茅屋为秋风所破歌》:"安得广厦千万间,大庇天下寒士俱欢颜,风雨不动安如山。呜呼,何时眼前突兀见此屋,吾庐独破受冻死亦足!"

感怀示儿辈

安乐常思病苦时，静观山下有雷颐^①。十千一斗酒无分^②，六十三年事自知。错处真成九州铁^③，乐时能得几绚丝^④。新春老去惟梅在，一任狂风日夜吹。

【题解】

此诗作于嘉泰二年（1202）。时诗人退归铅山又已有十年，故诗中那种对世事人生的感慨，特显凝重。然回首往事，诗人果真就以为今是而昨非了吗？细谙则又不尽然。尾联写梅花，实能见出诗人纵然屡遭谗沮摧抑，却矢志无悔的坚强性格，磊落心迹以及愤郁不平之气。诗人固然可以时时借助于儒家进退出处，委运任命的观念，乃至释、道两家的思想，以排遣其恢复愿望无从实现所带来的痛苦，平抑胸中的郁愤和悲哀，但只要这种愿望一日不改变，其内心的抑郁愤懑也就难以真正消除。

【注释】

①"静观"句：《易·颐》："象曰：山下有雷，颐。"《正义》："山止于上，雷动于下，颐之为用，下动上止，故曰'山下有雷，颐'。人之开发言语，咀嚼饮食，皆动颐之事。故君子观此颐象以谨慎言语，裁节饮食。先儒云：'祸从口出，患从口入。'故于颐养而慎节也。"

②"十千"句：白居易《自劝》："忆昔羁贫应举年，脱衣典酒曲江边。十千一斗犹赊饮，何况官供不著钱。"

③"错处"句：《资治通鉴·昭宣帝天祐三年》："全忠留魏半岁，罗绍威供亿，所杀牛羊豕近七十万，资粮称是，所赂遗又近百万，比去，蓄积为之一空。绍威虽去其逼，而魏兵自是衰弱。绍威悔之，谓人曰：'合六州四十三县铁，不能为此错也。'"

④"乐时"句：《隋唐嘉话》卷下："张昌仪兄弟，恃易之、昌宗之宠，所居奢溢，逾于王主。末年有人题其门曰：'一绚丝，能得几日络？'昌仪见之，遽

命笔书其下曰:'一日即足。'无何而祸及。"绚(qú),此处作丝的重量单位。

赵文远见和用韵答之

　　粝食粗衣饱暖时,从他鼻涕自垂颐①。万全药岂世无有,九折臂余人始知②。过雨沾香辞落蒂,随风飞絮趁游丝。我无妙语酬春事,惭愧新歌值凤吹③。

【题解】
　　此诗作于嘉泰二年(1202)。赵文远不详,和作已佚,所和原唱为辛弃疾前文《感怀示儿辈》。诗写作者对贫贱与衰老的坦然。经过长期的疾病折磨,诗人已敢于夸口"九折臂余人始知"了。

【注释】
　　①"从他"句:韩愈《奉使常山早次太原呈副使吴郎中》:"暮齿良多感,无事涕垂颐。"
　　②"九折"句:屈原《九章·惜诵》:"九折臂而成医兮,吾今而知其信然。"
　　③"惭愧"句:孔稚珪《北山移文》:"闻凤吹于洛浦,值薪歌于延濑。"

傅岩叟见和用韵答之

　　万里鱼龙会有时,壮怀歌罢涕交颐①。一毛未许杨朱拔②,三战空怀鲍叔知③。明月夜光多白眼,高山流水自朱丝。尘埃野马④知多少,拟倩撩天鼻孔⑤吹。

【题解】
　　此诗作于嘉泰二年(1202)。傅岩叟和作已佚,所和原唱为辛弃疾前文

《感怀示儿辈》。傅岩叟对诗人的遭际和心态是十分理解的,而这种理解显然激起了诗人更为强烈的情感共鸣,即如首联便写出了多少壮心和悲慨。与其内容相应,辛诗的风格也已非康节体所能局限,而表现为雄肆奇崛与朴拙瘦硬。

【注释】

①涕交颐:王安石《送陶氏妇兼寄纯甫》:"更惭无道力,临路涕交颐。"

②"一毛"句:《孟子·尽心下》:"孟子曰:'杨子取为我,拔一毛而利天下不为也。'"《列子·杨朱》:"禽子问杨朱曰:'去子体之一毛,以济一世,汝为之乎?'杨子曰:'世固非一毛之所济。'禽子曰:'假济,为之乎?'杨子弗应。"

③"三战"句:《史记·管晏列传》:"管仲曰:'……吾尝三战三走,鲍叔不以我为怯,知我有老母也……生我者父母,知我者鲍子也。'"

④尘埃野马:《庄子·逍遥游》:"野马也,尘埃也,生物之以息相吹也。"《疏》:"此言青春之时,阳气发动,遥望薮泽之中,犹如奔马,故谓之野马。扬土于尘,尘之细者曰埃。"

⑤撩天鼻孔:《五灯会元》卷一八:"公(指张商英)乃题寺后拟瀑轩诗,其略曰:'不向庐山寻落处,象王鼻孔谩辽天。'"

诸葛元亮见和复用韵答之

大儒学礼小儒诗,听取胪传夜控颐。事出肺肝人易见,道如饮食味难知。此生能著几緉屦①,何处高悬一缕丝。却笑空山顽老子②,年来堪受八风③吹。

【题解】

此诗作于嘉泰二年(1202)。诸葛元亮和作已佚,所和原唱为辛弃疾前文《感怀示儿辈》。诗作以"事易见"和"道难知"为言,其执着于现实而并不以悟"道"为旨归,也同样显示出诗人自身的思想性格特征。

【注释】

①"此生"句:《世说新语·雅量》:"祖士少好财,阮遥集好屐,并恒自经营。同是一累,而未判其得失。人有诣祖,见料视财物……或有诣阮,见自吹火蜡屐,因叹曰:'未知一生当著几量屐!'神色闲畅。于是胜负始分。"《晋书·阮孚传》作"几緉(liǎng)屐"。

②顽老子:《新五代史·冯道传》:"契丹灭晋,道又事契丹……德光诮之曰:'尔是何等老子?'对曰:'无才无德痴顽老子。'"

③八风:《左传·隐公五年》:"天子用八,诸侯用六,大夫四,士二。夫舞,所以节八音而行八风,故自八以下。"

寿朱晦翁

西风卷尽护霜筠①,碧玉壶天②月色新。凤历半千开诞日③,龙山重九逼佳辰④。先心坐使鬼神伏,一笑能回宇宙春⑤。历数唐尧千载下,如公仅有两三人。⑥

【题解】

此诗作于绍熙三年(1192)或四年(1193)。"凤历半千"句称赞朱熹是五百年方才一出的大贤。"龙山"句用东晋孟嘉重九落帽故事,暗示朱熹有过人的文才,又因朱熹的生日是九月十五日,所以说"逼佳辰"。"先心"二句是称赞朱熹的理学具有回天地、挽狂澜的作用。结末二句的敬重与推崇,可能是朱熹在世时同时代人对他的最高评价了。此评分量之重,显然不是随便下笔的,不可与一般祝寿的誉辞等量齐观。

【注释】

①护霜筠:《诗渊》作"让霜云"。

②碧玉壶天:《云笈七签》卷二八:"张申为云台治官,常悬一壶如五升器大,变化为天地,中有日月如世间,夜宿其内,自号壶天。"

③"凤历"句：《左传·昭公十七年》："秋，郯子来朝，公与之宴。昭子问焉，曰：'少皞氏鸟名官，何故也？'郯子曰：'……我高祖少皞挚之立也，凤鸟适至，故纪于鸟，为鸟师而鸟名：凤鸟氏，历正也。'"《孟子·公孙丑下》："五百年必有王者兴，其间必有名世者。"

④"龙山"句：《陶渊明集》卷六《晋故征西大将军长史孟府君传》："为江州别驾，巴丘令，征西大将军谯国桓温参军……九月九日，温游龙山，参佐毕集……有风吹君帽堕落……请笔作答，了不容思，文辞超卓，四座叹之。"《晋书·孟嘉传》："后为征西桓温参军，温甚重之。九月九日，温宴龙山，僚佐毕集。时佐吏并着戎服。有风至，吹嘉帽堕地，嘉不之觉。温使左右勿言，欲观其举止。嘉良久如厕，温令取还之，命孙盛作文嘲嘉，著嘉坐处。嘉还见，即答之，其文甚美，四座嗟叹。"

⑤"一笑"句：杜甫《能画》："每蒙天一笑，复似物皆春。"

⑥"历数"二句：唐尧、两三人，《诗渊》分别作"唐虞"、"二三人"。

和赵昌父问讯新居之作①

　　草堂经始上元初②，四面溪山画不如③。畴昔人怜翁失马④，只今自喜我知鱼⑤。苦无突兀千间庇，岂负辛勤一束书⑥。种木十年浑未办，此心留待百年余。⑦

【题解】

此诗最早作于庆元三年(1197)。赵昌父原唱已佚。诗写新居落成，有地栖身，虽无高楼广厦，聊可借诗书消遣。"人怜翁失马"是指带湖旧居焚毁，"自喜我知鱼"是说选择了瓢泉这个好地方。此诗可与《浣溪沙》(新葺茅檐次第成)互相印证。

【注释】

①诗题中"赵昌父"，《宋史·文苑传》："赵蕃字昌父，其先郑州人。建炎初，大父旸以秘书少监出提点坑冶，寓信州之玉山。蕃以旸致仕恩补州文

学。调浮梁尉、连江主簿，皆不赴。为太和主簿……调辰州司理参军……始
蕃受学于刘清之，清之守衡州，乃求监安仁赡军酒库，因以卒业，至衡而清之罢，
蕃即丐祠……家居连书祠官之考者三十有一……卒年八十七。"据刘宰《章泉
赵先生墓表》，昌父庆元二年五十四岁时自衡州归玉山，家居三十三年。

②"草堂"句：杜甫《寄题江外草堂》："经营上元始，断手宝应年。"杜甫
成都浣花溪畔草堂建于上元元年(760)，此句借指辛弃疾瓢泉秋水堂自庆
元元年经始营建。

③"四面"句：杜牧《春末题池州弄水亭》："亭宇清无比，溪山画不如。"

④"畴昔"句：《淮南子·人间训》："近塞上之人，有善术者。马无故亡而入
胡。人皆吊之，其父曰：'此何遽不为福乎？'居数月，其马将胡骏马而归。"

⑤"只今"句：《庄子·秋水》："庄子与惠子游于濠梁之上，庄子曰：'鲦
(tiáo)鱼出游从容，是鱼之乐也。'惠子曰：'子非鱼，安知鱼之乐？'庄子曰：
'子非我，安知我不知鱼之乐？'惠子曰：'我非子，固不知子矣；子固非鱼矣，
子之不知鱼之乐，全矣。'"

⑥一束书：韩愈《示儿》："始我来京师，止携一束书。辛勤三十年，以有
此屋庐。"

⑦"种木"二句：《管子·权修》："一年之计，莫如树谷；十年之计，莫如
树木；终身之计，莫如树人……一树百获者，人也。"注："人有百年之寿，虽
使无百年，子孙亦有嗣之报德者，故曰百获也。"

题鹤鸣亭①

种竹栽花猝未休，乐天知命且无忧②。百年自运非人力，
万事从今与鹤谋。用力何如巧作奏，封侯原自曲如钩。③请看
鱼鸟飞潜处，更有鸡虫得失④不。

莫被闲愁挠太和，愁来只用暗消磨。随流上下⑤宁能免，
惊世功名不用多⑥。闲看蜂衙足官府，梦随蚁斗有干戈。⑦疏

帘竹簟山茶碗,此是幽人安乐窝⑧。

林下⑨萧然一秃翁,斜阳扶杖对西风。功名此去心如水,富贵由来色是空。便好洗心依佛祖⑩,不妨强笑伴儿童。客来闲说那堪听,且喜新来耳渐聋。

【题解】

此组诗作于开禧三年(1207)七月。诗作感慨时事,悲叹怀抱,讥刺人物,风格悲壮雄迈。以第一首为例,首、颔两联述闲散疏淡生涯,栽竹种花,友于鹤鸟,远离尘器,似乎已悠悠然"乐天知命"了。颈联翻作激愤之音,直斥奸佞得势,贤者罢退的不合理现实,不稍假借。尾联转进一层,俯视群蝼,自明心志,而鄙薄刻峻,只借冷语出之。

【注释】

①诗题:《诗渊》作"丁卯七月题鹤鸣亭"。

②"乐天"句:《易·系辞上》:"乐天知命,故不忧。"

③"用力"二句:《汉书·王莽传》:"居摄元年四月,安众侯刘崇与相张绍谋曰:'安汉公王莽专制朝政,必危刘氏。天下非之者,莫敢先举,此宗室耻也。吾率宗族为先,海内必和。'相等从者百余人,遂进攻宛,不得入而败。绍者,张竦之从兄也。竦与崇族父刘嘉诣阙自归,莽赦弗罪。竦因为嘉作奏……愿为宗室倡始,父子兄弟负笼倚锸,驰之南阳,猪崇宫室……于是莽大说。公卿曰皆宜从嘉言……封嘉师礼侯,嘉子七人皆赐爵关内侯。后又封竦淑德侯。长安为之语曰:'欲求封,过张伯松;力战斗,不如巧为奏。'"未办,意即不能。辛更儒《辛弃疾词选》谓:"不知万松是否言当世如张伯松之人甚多。"《后汉书·五行志》:"顺帝之末,京都童谣曰:'直如弦,死道边。曲如钩,反封侯。'"用力,《诗渊》作"力□"。

④鸡虫得失:杜甫《缚鸡行》:"小奴缚鸡向市卖,鸡被缚急相喧争。家中厌鸡食虫蚁,不知鸡卖还遭烹。鸡虫于人无厚薄,吾叱奴人解其缚。鸡虫得失无了时,注目寒江倚山阁。"

⑤随流上下:《楚辞·卜居》:"宁昂昂若千里之驹乎?将泛泛若水中之

凫,与波上下,偷以全吾躯乎。"

⑥"惊世"句:陈师道《送外舅郭大夫概西川提点刑狱》:"功名何用多,莫作分外虑。"

⑦"闲看"二句:蜂群早出晚归,围绕蜂房飞动,犹如官府之早晚衙,故称蜂衙。李公佐《南柯太守传》:淳于梦至大槐安国,被招赘为驸马,率师出征檀罗国。梦觉,见所居槐树下与宅东古涧檀树下各有蚁穴,方知梦中干戈乃蚁斗也。

⑧安乐窝:《宋史·邵雍传》:"初至洛,蓬荜环堵,不庇风雨……富弼、司马光、吕公著诸贤退居洛中,雅敬雍,恒相从游,为市园宅。雍岁时耕稼,仅给衣食。名其居曰安乐窝,因自号安乐先生。旦则焚香燕坐,哺时酌酒三四杯,微醺即止,常不及醉也。"

⑨林下:《高僧传》卷五《竺僧朗》:"与隐士张忠为林下之契,每共游处。"《云溪友议》卷四:韦丹尝寄诗释灵澈,示欲退隐,灵澈答诗云:"相逢尽道休官去,林下何曾见一人?"

⑩"便好"句:苏轼《和蔡景繁海州石室》:"前年开阁放柳枝,今年洗心归佛祖。"又《送刘寺丞赴余姚》:"老我人间万事休,君亦洗心从佛祖。"

玉真书院经德堂①

平生经德几人知,莫忘当年两字师。②绝代本无空谷叹,逢人且觅琪山诗。③千章④古木阴浓处,万卷藏书读尽时。却把一杯堂上笑,世间多少嗷名儿⑤。

【题解】

此诗作于庆元中。并非理学中人的辛弃疾,对空谈义理,沽名钓誉,图谋私利的理学末流人物,本来是十分痛恨的。不过,在他的交游对象中,陆九渊与张栻、吕祖谦、朱熹一样,都是人格高尚,胸怀洒落,学问渊博,懂得经世致用,关怀国计民生,寄意恢复大业的朝臣儒士。所以,这位自幼受到良好的儒家传统思想教育,终生以恢复为念的爱国志士,对这些人还是抱着深深的敬意,正如本诗"平生经德"二句所云,且可与其《水调歌头·题吴子似县尉琪山经德堂》相互参读。

【注释】

①诗题:《江西通志》卷一一七:"玉真台在(安仁)县治后玉真山。唐进士柳敬德寓此读书,刻'玉真台'三字于石壁……经德堂在玉真书院内。"楼钥《攻愧集》卷九《寄题吴绍古县尉经德堂》:"问舍玉真下,读书经德中。"程迥《题玉真书院》序云:"在德清县玉真山麓,邑人吴绍古建,陆九渊有经德堂扁。"有句云:"吴侯所筑居,密近玉真麓。翳葳秘幽奇,千载空乔木。"所记各有不同,未知孰是。《铅山县志》卷一一:"吴绍古,字子嗣,鄱阳人。庆元五年任铅山尉。有史才,纂《永平志》,条分类举,先民故实搜罗殆尽。建居养院以济穷民及旅处之有病阨者。"又《安仁县志》:"(吴绍古)通经术,从陆象山游。授承直郎,荆湖南路提举茶盐使干办公事。"

②"平生"二句:两字师,《安仁县志》作"扁字时",指陆九渊。陆九渊《象山先生全集》卷一九《经德堂记》作于绍熙元年五月:"堂名取诸《孟子》'经德不回,非以干禄也'。经也者,常也。德也者,人之得于天者也。不回者,是德之固不回挠也……云锦吴生绍古,而来从余游,求名其读书之堂,余既而书之,且为其说,使归而求之。"

③"绝代"二句:《诗·小雅·白驹》:"皎皎白驹,在彼空谷。生刍一束,其人如玉。"《正义》:"此以贤者隐居必当潜处山谷,故举以为言。"绝代、空谷叹、且觅,《安仁县志》分别作"惟我"、"空谷志"、"只读"。

④千章:《安仁县志》作"千年"。

⑤啖(dàn)名儿:《世说新语·排调》:"简文在殿上行,右军与孙兴公在后。右军指简文语孙曰:'此啖名客。'简文顾曰:'天下自有利齿儿!'"

和赵直中提干韵①

万事推移②本偶然,无亏何处更求全③。折腰曾愧五斗米^④，负郭元无二顷田^⑤。城碍夕阳宜杖履，山供醉眼费云烟。怪君不顾笙歌误，政拟新诗去鸟边^⑥。

【题解】

此诗作于淳熙末。诗谓凡事常凭机遇，有全自有亏，耻于为米折腰，可奈无田糊口，可趁夕阳散步，正宜饮酒观山，无怪不注意歌舞，原来专心写诗。全篇寄寓了因缘自适、随遇而安的襟怀，体现了历经升沉挫折而趋于超旷的平和心境，其中包含着对人生的明通反思。

【注释】

①诗题中"赵直中提干"，据《宋史·职官志七》，提干即提举茶盐、提举茶马、提举坑冶及提点刑狱诸司干办公事或干办官之省称。赵直中名籍事迹俱无考。

②推移：屈原《渔父》："圣人不凝滞于物，故能与世推移。"

③"无亏"句：苏轼《张安道乐全堂》："试问乐全全底事，无全何处更相亏。"

④"折腰"句：萧统《陶渊明传》："以为彭泽令。不以家累自随……会郡遣督邮至，县吏请曰：'应束带见之。'渊明叹曰：'我岂能为五斗米，折腰向乡里小儿！'即日解绶去职，赋《归去来》。"

⑤"负郭"句：《史记·苏秦列传》："苏秦喟然叹曰：'此一人之身，富贵则亲戚畏惧之，贫贱则轻易之，况众人乎？且使我有洛阳负郭田二顷，吾岂能佩六国相印乎！'"

⑥去鸟边：杜甫《雨四首》其一："柴崖奔处黑，白鸟去边明。"

有以事来请者效康节体作诗以答之^①

未能立得自家身^②，何暇将身更为人。借使有求能尽与，也知方笑已生嗔。器才满后须招损^③，镜太明时易受尘。终日闭门无客至,近来鱼鸟却相亲④。

【题解】

此诗作于淳熙九年(1182)。辛弃疾退归带湖之初,即作《水调歌头》盟鸥词,所谓"鱼鸟却相亲"盖指其事,因知此诗亦当作于其时。诗作以质朴平易的语言,表达人生思考,风格极似所效仿之"康节体"。总的来看,辛弃疾部分诗作深受理学派诗的影响,散文化、议论化和以经史语言入诗的特点都比较明显,颇有因此而愈发丧失艺术个性、流于平庸之虞。好在,出于在其毕生萦心恢复却终不能一展抱负的悲剧现实中,藉以疗治心灵创伤的情感需要,这部分作品在表面的平淡自然下,依然涌动着"拔剑击柱心茫然"的悲愤与沉郁,作品的核心价值得以在撼动人心的拗怒不平中焕发出来。

【注释】

①诗题:《诗渊》作"效康节体以答"。康节体,邵雍以诗为明道之具,论理为本,修词为末,诗格浅近,然自成一体。《沧浪诗话·诗体》称为"邵康节体"。

②"未能"句:《孝经·开宗明义》:"立身行道,扬名于后世,以显父母,孝之终也。"《正义》曰:"夫为人子者,先能全身而后能行其道也。夫行道者,谓先能事亲而后能立其身。"

③"器才满"句:《尚书·大禹谟》:"满招损,谦受益,时乃天道。"

④"近来"句:《世说新语·言语》:"简文入华林园,顾谓左右曰:'会心处不必在远,翳然林水,便自有濠濮间想也,觉鸟兽禽鱼,自来亲人。'"

江行吊宋齐丘①

尝笑韩非死说难,先生事业最相关。②能令父子君臣际,常在干戈揖逊间。③秋浦山高明月在,丹阳人去晚风闲。④可怜千古长江水，不与渠侬洗厚颜。

【题解】

此诗盖作于早年仕宦于东南时。宋齐丘当吴、南唐之际，谋权害政，反复无耻，行为丑恶。诗作咏史，伤宋氏自取其祸，贻笑后世，借以感慨时事，悲叹怀抱。辛弃疾此类关心世事之作多用典，多寄托，风格悲壮雄迈。

【注释】

①宋齐丘：原字超回，改子嵩，豫章人。南唐烈祖李昇为吴昇州刺史时，齐丘往依之，昇专吴政，齐丘为中书侍郎、左仆射同平章事。南唐代吴，迁司徒。元宗李璟即位，任中书令。以广结朋党，倾轧异己，为元宗赐归九华山，封青阳公。周世宗攻淮北，元宗又起齐丘为太师。其党陈觉使周归，欲借周人势力杀严续，钟谟使周检其事，归言觉奸诈，遂诛觉，放齐丘青阳，赐死。马令、陆游《南唐书》均有传。

②"尝笑"二句：《史记·老子韩非列传》："韩非知说之难，为《说难书》甚具，终死于秦，不能自脱。"苏轼《寄题清溪寺》："口舌安足恃，韩非死说难。"《十国春秋·南唐·宋齐丘传》："周侵淮北，起齐丘为太师……终失淮南……元宗尝谓近侍曰：'齐丘才安能当此大难，不过率国中以降，自为功尔。'……于是……放齐丘于青阳……明年春，自缢死。"

③"能令"二句："父子干戈"谓齐丘离间李昇父子。齐丘欲立李昇少子，以夺长子李璟之位，日夕谋之，唯恐不乱。又，齐丘原为昇谋吴最力，及吴禅让，以事非己发，反持异议，力阻劝进，坚不署表，欲以为名，"君臣揖逊"即指此。

④"秋浦"二句：秋浦，即池州贵池。丹阳，属镇江。诗句既云"人去"，疑丹阳为青阳之误。青阳属池州，其地在青山之阳，九华山在其南，为齐丘归隐终老之处。

新年团拜后和主敬韵并呈雪平①

已把年华逊得翁，满前依旧祖遗踪。谢家固不多安石，阮氏还能几嗣宗。今是昨非[②]当谓梦，富妍贫丑[③]各为容。修然白发犹何事，只好三人自一龙[④]。

【题解】

此诗作于淳熙末。辛更儒《辛弃疾研究丛稿》疑其乃张埴作：

> 这首诗的作者如果是张埴的话，他和主敬、雪平都是林下之人，用“只好三人自一龙”当然比喻恰当，身份贴切。而辛稼轩身为南宋官吏，即使暂时家居田里，也不能与雪平辈比并而自诩一龙。另外，诗中有“满前依旧祖遗踪”句，“满前”一词，稼轩诗词文中从未出现，而张埴诗中却有“满前白发翛翛，抱得曾孙弄否”句。可以证知《新年团拜》一诗必系张埴所作，与辛稼轩毫无关系。同样，《用爱吾句呈雪平》一诗亦必张埴所作，更无可怀疑。

并指出，“满前”二句出于张埴《小轩生日》六言诗二首其二，孔凡礼《全宋词补辑》因于“抱得曾孙弄否”句前衍一“有”字，而误认为一首失调名词予以辑录。

【注释】

①诗题中“主敬”、“雪平”，俱无可考。主敬原唱未详。

②今是昨非：陶渊明《归去来兮辞》：“实迷途其未远，觉今是而昨非。”

③富妍贫丑：苏轼《赠杨耆诗并引》：“女无美恶，富者妍；士无贤不肖，贫者鄙。使其逢时遇合，岂减当世之士哉！”

④三人自一龙：《三国志·魏书·华歆传》裴松之注引《魏略》：“歆与北海邴原、管宁俱游学，三人相善，时人号三人为一龙，歆为龙头，原为龙腹，宁为龙尾。”

和人韵

老奴权至使将军[①]，非所宜蒙[②]定可黥。嫫母侏儒曾一笑③，匏壶藤蔓便相萦。解纷已见立谈顷④，漏网从今太横生⑤。岂是人间重生女⑥，只应诗老例多情。

【题解】

此诗作于淳熙末。所和何人何作均未详。诗似借咏史以影射时事。《宋史·甘昪传》云："曾觌以使弼领京祠，王抃以知阁门兼枢密都承旨，昪为入内押班，相与盘结，士大夫无耻者争附之……昪用事二十年，招权市贿……后帝察其奸，遂抵之罪，籍其赀，竟以废死。"疑辛弃疾所指或即此类。甘昪被逐事在淳熙十六年(1189)。

【注释】

①权至使将军：《汉书·游侠传·郭解》："及徙豪茂陵也，解贫，不中訾。吏恐，不敢不徙。卫将军为言：'郭解家贫，不中徙。'上曰：'解布衣，权至使将军，此其家不贫！'"

②非所宜蒙：《汉书·贡禹传》："诚非草茅愚臣所当蒙也。"

③"嫫母"句：《荀子·赋篇》："嫫母力父，是之喜也。"注："嫫母，丑女，黄帝时人。"《汉书·古今人表》："嫫母，昔帝妃，生仓林。"《荀子·王霸》注："侏儒，短人之可戏弄者。"

④"解纷"句：《史记·滑稽列传》："天道恢恢，岂不大哉！谈言微中，亦可以解纷。"

⑤"漏网"句：《史记·酷吏列传》："汉兴，破觚而为圜，斫雕而为朴，网漏于吞舟之鱼。"《汉书·主父偃传》："尊立卫皇后及发燕王定国阴事，偃有功焉。大臣皆畏其口，赂遗累千金。人或说偃曰：'太横！'"

⑥"岂是"句：白居易《长恨歌》："姊妹兄弟皆裂土，可怜光彩生门户。遂令天下父母心，不重生男重生女。"

和前人韵

池鱼①岂足较浮沉，丘貉何曾异古今②。末路长怜鞭马腹③,淡交端可炙牛心④。山方高卧云长乱,松本忘言风自吟。昨日溪南鸡酒社,长卿多病不能临。

茶瓜不作片时留,又向悠然作胜游⑤。花径似经新扫洒,竹林唤起旧风流⑥。天教有象皆楷写,世已无书可校雠⑦。长日苦遭蝉噪聒⑧,杖藜拟访涧泉秋。

【题解】

此二诗作于开禧二年(1206)。诗作前首有多病不临鸡酒社事,次篇又有"向悠然作胜游"及"拟访涧泉秋"语,则当在既归铅山后未久。辛弃疾的哲理诗,有时写得比较含蓄,不易索解。如第一首,前两句表面上说池中之鱼,皆随池水深浅沉浮,不足计较;古今丘中之貉,同为丑类,亦无两样。实则是谴责朝中恶人胡作非为,并无好坏之分。五六两句,寓意较深,大约象征恶人纠缠善人,无事生非,颇有树欲静而风不止之意。

【注释】

①池鱼:《太平广记》卷四六六引《风俗通》:"城门失火,祸及池鱼。旧说:池仲鱼,人姓字也,居宋城门,城门失火,延及其家,仲鱼烧死。又云:宋城门失火,人汲取池中水,以沃灌之。池中空竭,鱼悉露死。喻恶之滋,并伤良谨也。"

②"丘貉"句:《汉书·杨恽传》:"恽闻匈奴降者道单于见杀,恽曰:'得不肖君,大臣为画善计不用,自令身无处所。若秦时但任小臣,诛杀忠良,竟以灭亡;令亲任大臣,即至今耳。古与今如一丘之貉。'恽妄引亡国以诽谤当世,无人臣礼。"

③鞭马腹:《左传·宣公十五年》:"宋人使乐婴齐告急于晋,晋侯欲救之。伯宗曰:'不可。古人有言曰:虽鞭之长,不及马腹。天方授楚,未可与争。虽晋之强,能违天乎!'"

④"淡交"句:《庄子·山木》:"君子之交淡若水。"《世说新语·汰侈》:"王君夫有牛名八百里驳,常莹其蹄角。王武子语君夫:'我射不如君,今指赌君牛,以千万对之。'君夫既自恃手快,且谓骏物无有杀理,便相然可,令武子先射。武子

一起便破的,却据胡床,叱左右:'速探牛心来。'须臾炙至,一脔便去。"

⑤"又向"句:陈文蔚《克斋集》卷一四《题傅岩叟悠然阁三章章八句》其三:"悠然君之心,非古亦非今。忘言犹有诗,无弦安用琴。渊明此诗意,千载无知音。但见登阁时,山高白云深。"自注云:"岩叟命名时,予适同登阁。"

⑥"竹林"句:《世说新语·任诞》:"陈留阮籍、谯国嵇康、河内山涛,三人年皆相比,康年少亚之。预此契者:沛国刘伶、陈留阮咸、河内向秀、琅琊王戎。七人常集于竹林之下,肆意酣畅,故世谓竹林七贤。"

⑦校雠:刘向《别录》:"雠校者,一人读书,校其上下,得谬误,为校。一人持本,一人读书,若怨家相对,为雠。"

⑧"长日"句:杜甫《夏日李公见访》:"巢多众鸟斗,叶密鸣蝉稠。苦道此物聒,孰谓吾庐幽。"

和人韵

老来筋力上山迟,过眼风光自崛奇①。拟放狂歌②花已笑,正羞短发③雪偏垂。溪山能破几緉屐,风雨连催十二时。且锁君诗怕飞去,从人唤我虎头痴。④

【题解】

此诗创作时地未详。据其中"老来"诸语判断,或当在庆元间自闽地归来之后。所和何人何作均未详。诗作在潇洒率真中自嘲,通过诗人对审美对象的情感投射表达出来,几乎分辨不出主宾。

【注释】

①自崛奇:陈师道《何郎中出示黄公草书四首》其二:"此诗此字有谁知,画省郎官自崛奇。"

②拟放狂歌:白居易《醉后》:"酒后高歌且放狂,门前闲事莫思量。"

③羞短发:杜甫《九日蓝田崔氏庄》:"羞将短发还吹帽,笑倩旁人为正冠。"

④"且锁"二句：《世说新语·巧艺》注引《续晋阳秋》："恺之尤好丹青，妙绝于时。曾以一厨画寄桓玄，皆其绝者，深所珍惜，悉糊题其前。桓乃发厨后取之，好加理复。恺之见封题如初，而画并不存，直云：'妙画通灵，变化而去，如人之登仙矣。'"

和前人观梅雪有怀见寄①

相思几欲扣停云，抱疾还嗟老不文。满眼梅花深雪片②，何人野鹤在鸡群③。诗肩相见高如旧④，酒甲⑤如今蘸几分。且向梁园赋清景，自知才思不如君。

【题解】

此诗作于闲居瓢泉期间，以首句中"停云"云云之故。诗作不对梅雪作正面描写与歌咏，只是将其作为颂美寄赠对象风度与才思的陪衬。这一点，与辛弃疾的咏梅词还是有相当严格的区分的。

【注释】

①诗题：《诗渊》作"和梅雪见寄"。所和何人何作未详。

②"满眼"句：杜甫《寄杨五桂州谭》："五岭皆炎热，宜人独桂林。梅花万里外，雪片一冬深。闻此宽相忆，为邦复好音。"

③"何人"句：《世说新语·容止》："有人语王戎曰：'嵇延祖卓卓如野鹤之在鸡群。'"

④"诗肩"句：韩愈《石鼎联句》："弥明袖手竦肩而高吟。"苏轼《是日宿水陆寺寄北山清顺僧二首》其二："遥想后身穷贾岛，夜寒应耸作诗肩。"相见，《诗渊》作"想见"。

⑤酒甲：酒满捧杯，指甲蘸酒，谓之"酒甲"或"蘸甲"。

丙寅岁山间竞传诸将有下棘寺者^①

　　去年骑鹤上扬州^②，意气平吞万户侯。谁使匈奴来塞上^③，却从廷尉望山头^④。荣华大抵有时歇，祸福无非自己求^⑤。记取山西千古恨，李陵门下至今羞。^⑥

【题解】

　　此诗作于开禧二年(1206)。宋廷于镇江置诏狱，下郭倬等于棘寺，辛弃疾在铅山闻得诸将入狱消息，特赋此诗以纪其事。疾恶如仇的诗人对韩侂胄一伙痛加诋斥，却也并非庆幸自己未参与北伐一事而遭祸，同时，在沉痛的思考中也无宿命之意，其中"祸福无非自己求"一句实蕴深意。

【注释】

　　①诗题：据《宋史·宁宗纪》与《宋会要辑稿·职官》七四之二一所载，郭倬于开禧二年六月七日夺三官，此后又追五官，送郴州安置，其被斩于镇江则在八月十七日。《宋会要辑稿·兵》九之二一具载郭倬等败军辱国事。有关郭倬等人入狱事实，《桯史》卷一四《二将失律》载之甚详。

　　②骑鹤上扬州：《殷芸小说》："有客相从，各言所志。或愿为扬州刺史，或愿多资财，或愿骑鹤上升。其一人曰：'腰缠十万贯，骑鹤上扬州。'欲兼三者。"

　　③"谁使"句：《史记·韩长孺列传》："元光元年，雁门马邑豪聂翁壹因大行王恢言上曰：'匈奴初和亲，亲信边，可诱以利。'阴使聂翁壹为间，亡入匈奴，谓单于曰：'吾能斩马邑令丞吏，以城降，财物可尽得。'单于爱信之，以为然……于是单于穿塞将十余万骑，入武州塞……得武州尉史。欲刺问尉史。尉史曰：'汉兵数十万伏马邑下。'单于顾谓左右曰：'几为汉所卖！'乃引兵还……天子怒王恢不出击单于辎重，擅引兵罢……于是下恢廷尉。廷尉当恢逗桡，当斩……乃自杀。"

　　④"却从"句：《世说新语·方正》"苏峻既至石头"注引王隐《晋书》："有

顷,诏书征峻。峻曰:'台下云我反,反岂得活邪? 我宁山头望廷尉,不能廷尉望山头。'乃作乱。"

⑤"祸福"句:《孟子·公孙丑上》:"今国家闲暇,及是时般乐怠敖,是自求祸也。祸福无不自己求之者。《诗》云:'永言配命,自求多福。'太甲曰:'天作孽,犹可违;自作孽,不可活。'此之谓也。"

⑥"记取"二句:《史记·李将军列传》:"天汉二年秋,贰师将军李广利将三万骑击匈奴右贤王于祁连天山,而使陵将其射士步兵五千人出居延北可千余里,欲以分匈奴兵⋯⋯单于以兵八万围击陵军⋯⋯虏急击招降陵。陵曰:'无面报陛下。'遂降匈奴。其兵尽没,余亡散得归汉者四百余人。单于既得陵,素闻其家声,及战又壮,乃以其女妻陵而贵之。汉闻,族陵母妻子。自是之后,李氏名败,而陇西之士居门下者皆用为耻焉。"

丙寅九月廿八日作来年将告老

　　渐识空虚不二门①,扫除诸幻绝根尘②。此心自拟终成佛③,许事从今只任真④。有我故应还起灭⑤,无求何自别冤亲。西山病叟支离⑥甚,欲向君王乞此身。

【题解】

　　此诗作于开禧二年(1206)。辛弃疾因为现实中的万般苦闷,不得已将求助的目光转向佛禅,不断参究。此诗似乎表明,现在已经看破世事,不会再出山了。不过,诗人的"不二"思想,只是和庄子的"齐万物"的思想相通,他虽然追求"无我"的境界,但却从来也没有达到过那种彻悟的境界,充其量只是"渐识",所以,他还在"欲向君王乞此身"。

【注释】

　　①"渐识"句:《维摩诘经》:"如我意者,于一切法无言无说,无示无识,离诸问答,是为入不二法门。"

　　②"扫除"句:《圆觉经》卷上:"幻身灭故,幻心亦灭;幻心灭故,幻尘亦

灭。"《五灯会元》卷一:"根尘俱泯,为甚么事理不明?"释家以眼、耳、鼻、舌、身、意为根,以色、声、香、味、触、法为尘。

③"此心"句:《五灯会元》卷一:"王怒而问曰:'何者是佛?'提曰:'见性是佛。'"

④任真:《庄子·齐物论》郭象注:"任自然而忘是非者,其体中独任天真而已。"陶渊明《连雨独饮》:"天岂去此哉,任真无所先。"

⑤"有我"句:《老子》:"吾所以有大患者,为吾有身;及吾无身,吾有何患!"佛教亦以自身存在为"有我"。"起灭"指事物的发生及消灭,佛经谓无起灭。《五灯会元》卷二:"善恶如浮云,俱无起灭处。"

⑥支离:苏轼《次韵王定国马上见寄》:"昨夜霜风入夹衣,晓来病骨更支离。"

偶　作

儿曹谈笑觅封侯①,自喜婆娑老此丘②。棋斗机关嫌狡狯,鹤贪吞啖损风流。强留客饮浑忘倦,已办官租百不忧。我识箪瓢真乐处③,诗书执礼④易春秋。

一气同生天地人,不知何者是吾身。欲依佛老心难住,却对渔樵语益真。静处时呼酒贤圣⑤,病来稍认药君臣⑥。由来不乐金朱事,且喜长同垄亩民。

老去都无宠辱惊,静中时见古今情。大凡物必有终始,岂有人能脱死生。日月相催飞似箭,阴阳为寇惨于兵⑦。此身果欲参天地⑧,且读中庸尽至诚⑨。

【题解】

此组诗创作时地未详。诗写闲居所感,表达出不"欲依佛老",而乐意过一种安详平静、宠辱不惊生活的心态,尽管其间不乏矛盾苦闷。全篇浸透着历观万有后的明达之识。

【注释】

①"儿曹"句：杜甫《复愁十二首》其六："阊阖听小子，谈笑觅封侯。"儿曹，《诗渊》作"儿童"。

②"自喜"句：郭璞《客傲》："庄周偃蹇于漆园，老莱婆娑于林窟。"

③"我识"句：《论语·雍也》："子曰：'贤哉，回也！一箪食，一瓢饮，在陋巷。人不堪其忧，回也不改其乐。贤哉，回也！'"

④诗书执礼：《论语·述而》："子所雅言：《诗》、《书》、执礼，皆雅言也。"《正义》："子所正言者，《诗》《书》《礼》也。此三者先王典法，临文教学，读之必正……《礼》不背文诵，但记其揖让周旋，执而行之，故言执也。"

⑤酒贤圣：《三国志·魏书·徐邈传》："时科禁酒，而邈私饮至于沈醉。校事赵达问以曹事，邈曰：'中圣人。'达白之太祖，太祖甚怒。度辽将军鲜于辅进曰：'平日醉客谓酒清者为圣人，浊者为贤人。邈性修慎，偶醉言耳。'竟坐得免刑。"

⑥"病来"句：稍认，《诗渊》作"稍识"。《神农本草经》："上药一百二十种为君，主养命；中药一百二十种为臣，主养性；下药一百二十种为佐使，主治病。"《梦溪笔谈》卷二六《药议》："旧说用药有一君、二臣、三佐、五使之说。其意以谓药虽众，主病者专在一物，其他则节级相为用。"

⑦"阴阳"句：《庄子·庚桑楚》："兵莫憯于志，镆铘为下；寇莫大于阴阳，无所逃于天地之间。非阴阳贼之，心则使之也。"

⑧参天地：《中庸》："可以赞天地之化育，则可以与天地参矣。"

⑨"且读"句：《中庸》："唯天下至诚，为能经纶天下之大经，立天下之大本，知天地之化育。"

和吴克明广文赋梅①

谁咏寒枝入国风，广文官冷②更诗穷。偶随岸柳春先觉，试比山礬③韵不同。十顷清风明月④外，一杯疏影暗香中。遥知一夜相思后⑤,铁石心肠⑥也恼翁。

【题解】

此诗作于庆元中闲居瓢泉时。吴克明原唱已佚。就梅花审美意识而言,北宋自林逋、苏轼确立梅格,南宋初士人以梅比德,陆游等中兴名家标榜"格""趣",其表现技巧往往遗貌取神,比德写意;或因景取裁,以意炼象;或侧面渲染,物外传神,皆以彰显梅花的品格与风神为依归。即如本诗和下一首诗,以浅淡流利之笔,近乎白描之法,直接拈出春先觉、韵不同、清风明月、暗香疏影、犯寒、孤高、风流、栽梅,推崇梅花的卓尔风标,表现傲岸不俗的节操,抒发愤世嫉俗的牢愁。

【注释】

①诗题中"吴克明",《诗渊》作"吴克名"。

②广文官冷:杜甫《醉时歌赠广文馆博士郑虔》:"诸公衮衮登台省,广文先生官独冷。"唐玄宗时创设广文馆。

③山矾(fán):黄庭坚《戏咏高节亭边山矾花二首》序云:"江湖南野中,有一种小白花,木高数尺,春开极香,野人号为郑花。王荆公尝求此花栽,欲作诗而陋其名。予请名曰山矾。野人采郑花叶以染黄,不借矾而成色,故名山矾。"

④清风明月:《南史·谢譓传》:"入吾室者,但有清风;对吾饮者,惟当明月。"

⑤"遥知"句:卢仝《有所思》:"相思一夜梅花发,忽到窗前疑是君。"

⑥铁石心肠:皮日休《桃花赋序》:"余尝慕宋广平之为相,贞姿劲质,刚态毅状,疑其铁肠石心,不能吐婉媚辞,然睹其文而有《梅花赋》,清便富艳,得南朝徐庾之体。"

和赵茂嘉郎中赋梅

空谷春迟懒却梅,年年不肯犯寒开①。怕看零落雁先去,欲伴孤高人未来。解后平生惟酒可^②，风流抵死要诗催^③。更怜雪屋君家树，三十年来手自栽。

【题解】

此诗或作于嘉泰元年(1201)。赵茂嘉原唱已佚。陈文蔚也有一首《和赵茂嘉郎中催梅》，录以对读：

> 快读新诗似见梅，昏昏醉眼为君开。枝头未见粉苞露，句里先传春信来。试问花神缘底晚，政须羯鼓为渠催。前枝见说南枝早，合取彭溪溪上栽。（时在彭溪席上。）

【注释】

①"年年"句：陈师道《酬王立之二首》其一："顿有亭前玉色梅，情知不肯破寒开。"

②"解后"句：解后，同"邂逅"。黄庭坚《再次韵兼简履中南玉三首》其二："与世浮沉惟酒可，随人忧乐以诗鸣。"

③"风流"句：晏殊(一作欧阳修)《蝶恋花》："百尺朱楼闲倚遍。薄雨浓云，抵死遮人面。"抵死，总是。

和赵国兴知录赠琴^①

赵君胸中何瑰奇，白日照耀珊瑚枝^②。新诗哦成七字句，孤桐^③赠我千金资。人间皓齿蛾眉斧^④，筝笛纷纷君未许。自言工作古离骚，十指黄钟挟大吕^⑤。芙蓉清江薜荔塘，灵均一去乘鸾凰。君试一弹来故乡，荷衣蕙带芳椒堂。^⑥往时嵇阮二三子，能以遗音还正始。^⑦谁令窈窕从户窥，曾闻长卿心好之。^⑧低头儿女调音节，此器岂因渠辈设。劝君往和薰风弦^⑨，明光佩玉声璆然^⑩。此时高山与流水，应有钟期知妙旨。^⑪只今欲解无弦^⑫嘲，听取长松万壑风萧骚^⑬。

【题解】

　　此诗创作时地未详。历来咏乐器，多注重描摹听觉声响，虽然贴切妙肖，但往往失于太着题。唐人李颀《琴歌》则不然，以视觉替代听觉，以画面形象描绘音乐旋律流动，离形得似，不犯正位，堪称杰作：

　　　　主人有酒欢今夕，请奏鸣琴广陵客。月照城头乌半飞，霜凄万树风入衣。铜炉华烛烛增辉，初弹渌水后楚妃。一声已动物皆静，四座无言星欲稀。清淮奉使千余里，敢告云山从此始。

辛弃疾的这首咏琴诗亦有此妙。以创作手法言，化用辞赋技巧，层层铺写，是其"以赋为诗"的代表作之一。若以发散思维言，除第一节贴切叙写赠琴外，其余三节多不犯正位，状写弹琴、听琴，而以期待知音作结，足当禅家所谓"不粘不脱，不即不离"，亦东坡题画诗所谓赋诗而不必此诗也——"赋诗必此诗，定非知诗人"（《书鄢陵王主簿所画折枝二首》其一）。

【注释】

　　①诗题：《诗渊》作"和知录赠琴"。赵国兴，名不详，为赵茂嘉、晋臣之子侄辈。辛弃疾和其词作有多首，且与傅岩叟、叶仲洽等铅山诸友并提。陈文蔚《克斋集》涉其诗作亦甚多。知录即诸州录事参军。

　　②"白日"句：杜甫《幽人》："崔嵬扶桑日，照耀珊瑚枝。"

　　③孤桐：《尚书·禹贡》："峄阳孤桐。"注："孤，特也。峄山之阳特生桐，中琴瑟。"

　　④"人间"句：枚乘《七发》："皓齿蛾眉，命曰伐性之斧。"

　　⑤黄钟，大吕：《周礼·春官·大司乐》："乃奏黄钟，歌大吕。"注："黄钟，阳声之首，大吕为之合，奏之以祀天神，尊之也。"

　　⑥"芙蓉"四句：屈原《九歌·湘君》："采薜荔兮水中，搴芙蓉兮木末。"《离骚》："鸾皇为余先戒兮，雷师告余以未具。吾令凤鸟飞腾兮，继之以日夜。"《九歌·少司命》："荷衣兮蕙带，儵而来兮忽而逝。"《九歌·湘夫人》："荪壁兮紫坛，播芳椒兮成堂。"

　　⑦"往时"二句：《世说新语·言语》："周仆射雍容好仪形。诣王公……既坐，傲然啸咏。王公曰：'卿欲希嵇、阮邪？'"《晋书·卫玠传》："昔王辅嗣

吐金声于中朝，此子今复玉振于江表。微言之绪，绝而复续。不意永嘉之中，复闻正始之音。阿平若在，当复绝倒。"

⑧"谁令"二句：《史记·司马相如列传》："是时卓王孙有女文君新寡，好音，故相如缪与令相重，而以琴心挑之……及饮卓氏，弄琴，文君窃从户窥之，心悦而好之。"

⑨"劝君"句：《礼记·乐记》："昔者，舜作五弦之琴以歌《南风》。"王肃引《孔子家语》："子路鼓琴，孔子闻之，谓冉有曰：'……昔者舜弹五弦之琴，造《南风》之诗。'其诗曰：'南风之薰兮，可以解吾民之愠兮；南风之时兮，可以阜吾民之财兮。'"然郑玄谓未闻有此辞。韩愈《孟生诗》："骑驴到京国，欲和薰风琴。"

⑩"明光"句：《三辅黄图》卷三："明光宫，武帝太初四年秋起，在长乐宫后，南与长安宫相连属。"《史记·孔子世家》："夫人在绨帷中。孔子入门，北面稽首。夫人自帷中再拜，环佩玉声璆然。"

⑪"此时"二句：《列子·汤问》："伯牙善鼓琴，钟子期善听琴。伯牙鼓琴，志在高山，钟子期曰：'善哉，峨峨兮若泰山。'志在流水，钟子期曰：'善哉，洋洋兮若江河。'伯牙所念，钟子期必得之……曲每奏，钟子期辄穷其趣。"

⑫无弦：《宋书·隐逸传》："（陶）潜不解音声，而畜素琴一张，无机，每有酒适，辄抚弄以寄其意。贵贱造之者，有酒辄设。潜若先醉，便语客：'我醉欲眠，卿可去。'"

⑬"听取"句：苏轼《武昌西山》："请公作诗寄父老，往和万壑松风哀。"

赠申孝子世宁①

六月烈日日正中，时有叛将号群凶。平人血染大溪浪，比屋焰照鹅湖峰。白刃纷纷避行路，六合茫茫何处去。妻见夫亡不敢啼，母弃儿奔那忍顾。药市申公②鬓有霜，卧病经时不下床。平生未省见兵革，出门正尔逢豺狼。豺狼满市如流水,追索金缯心未已。可怜累世积阴功,今日将为兵死鬼。世宁孝行何高高,慷慨性命轻鸿毛③。尔时自欲赴黄壤,欣然延颈迎霜刀。至孝感兮天地动,白日无光百川涌。三刀不死古今稀,一命自有神灵拥。群贤激赏争作歌,要使汝名长不磨。何时上书达天听,诏加旌赏高嵯峨。

【题解】

此诗作于庆元间闲居瓢泉时。表彰乡贤的纪实之作,题材独特。朱熹也曾亲题"报本坊"三字予以表彰。诗作记叙南宋绍兴六年(1136)叛将施暴劫掠,平民惨遭迫害的情形。主要情节是申姓老翁病中遇贼,其子世宁挺身代父受戮的悲壮孝行。风格沉郁顿挫,叙写笔力奇纵,章法谨严,与杜、韩的七古神似,可见辛弃疾不是不能写那种挺拔高古的古体大篇。

【注释】

①诗题中"申孝子世宁",《宋史·孝义传》:"申世宁,信州铅山人。绍兴六年潘逵兵袭铅山,父愈年七十,未及出户,遇贼。贼意其有藏金,欲杀之。世宁年未冠,亟引颈愿代父死。贼感其孝,两全之。"

②药市申公:《铅山县志》卷七载赵士礽《赠申孝子》:"申生本医家,首冲众贼怒。有子趋而前,悲泣湿衣裤。愿代父之死,三刀色不怖。贼曰汝子孝,解衣衬血污。从此两全生,父子欢如故。何不上明君,表彰当金铸。""三刀"云云,盖出于传闻。

③轻鸿毛:司马迁《报任安书》:"人固有一死,或重于泰山,或轻于鸿毛。"

郡斋怀隐庵①

天寒秋色入平林,更着西风月下砧。旧日醉吟浑不管,如今节物总关心。

空山钟鼓梵王家②，小立西风数过鸦。秋色无多谁占断，长廊西畔佛桑花③。

【题解】

此二诗作于绍熙四年(1193)。辛弃疾不论进退出处，穷达荣辱，再起江湖，实现恢复的信念并未稍有动摇。所以，他做不到像陶渊明那样真正的淡泊，而是时刻关心国事和时局。如第一首中，即写到由深夜民间妇女的捣衣声等引起的关念之情。

【注释】

①诗题中"怀隐庵"，《淳熙三山志》卷七："怀隐庵，和乐堂之后，州宅墙之南。绍兴十四年(1144)叶观文梦得创。沈括有《怀隐集》，载居山之式，后归休梦溪。叶公慕之，以名庵。自题云：'春风的的为谁来，绕舍闲花亦谩栽。庵内不知庵外事，夜来微雨小桃开。'庵东小亭曰归意，西小亭曰柏悦。"

②梵王家：谓禅寺。苏轼《留题显圣寺》："渺渺疏林集晚鸦，孤村烟火梵王家。"

③佛桑花：《太平广记》四○九："闽中多佛桑树，枝叶如桑，唯条上勾，花房如桐花，含长一寸余，似重台状，花亦有浅黄者。"又名朱槿。

忆李白

当年宫殿赋昭阳，岂信人间过夜郎。①明月入江依旧好，青山埋骨②至今香。不寻饭颗山头伴，却趁汨罗江上狂。③定要骑鲸归汗漫，故来濯足戏沧浪。④

【题解】

此诗或作于淳熙五年(1178)秋由行在赴任湖北转运副使途中。诗作借写李白以自比，其中，既有首联"当年"二句的忧谗畏讥，感慨宠辱无常的心态,也有尾联"定要"二句愤郁难平之余,却依然乐观向上的精神。

【注释】

①"当年"二句:《三辅黄图》卷三《未央宫》:"武帝时后宫八区,有昭阳、飞翔……等殿为十四位,成帝赵皇后居昭阳殿,有女弟俱为婕妤,贵倾后宫。"据《本事诗·高逸》,唐玄宗尝因宫中行乐,令李白为《宫中行乐》五言律诗,白取笔抒思,略不停辍,十篇立就。其首篇有句曰:"宫中谁第一,飞燕在昭阳。"夜郎,唐郡名,在今贵州桐梓一带,天宝元年(742)以珍州设置。李白于肃宗至德二年(757),因从永王李璘起兵,坐谋乱,受长流夜郎处分。后遇赦而还。

②青山埋骨:据《明一统志》卷一五,李白墓在太平府城东青山之北。

③"不寻"二句:饭颗山,相传在长安。李白《戏赠杜甫》:"饭颗山头逢杜甫,头戴笠子日卓午。借问何来太瘦生,总为从前作诗苦。"杜甫《天末怀李白》:"凉风起天末,君子意如何……应共冤魂语,投诗赠汨罗。"

④"定要"二句:杜甫《送孔巢父谢病归游江东兼呈李白》:"若逢李白骑鲸鱼,道甫问讯今如何。"苏轼《和王斿二首》其一:"异时长怪谪仙人,舌有风雷笔有神。闻道骑鲸归汗漫,忆当扪虱话悲辛。"《容斋随笔》卷一:"世俗多言李太白在当涂采石,因醉泛舟于江,见月影俯而取之,遂溺死,故其地有捉月台。予按李阳冰作《太白草堂集序》云:'阳冰试弦歌于当涂,公疾亟,草稿万卷,手集未修,枕上授简俾为序。'又李华作《太白墓志》亦云:'赋《临终歌》而卒。'乃知俗传良不足信。"

题鹅湖壁①

昔年留此苦思归,为忆啼门玉雪儿②。鸾鹄飞残梧竹冷③,只今归兴却迟迟。

【题解】

此诗作于淳熙十五年(1189)冬。据辛弃疾《贺新郎》词题及《祭陈同甫书》,本年岁杪,陈亮至上饶相访,辛弃疾与之盘桓十日,同游鹅湖。归途投宿博山寺,已是次年元日。此首题壁诗,正写与友人同憩鹅湖,思往感今,于首尾相顾中表达阑珊意兴。

【注释】

①诗题中"鹅湖",《铅山县志》:"鹅湖山在县东北,周回四十余里,其影入于县南西湖。诸峰联络,若狮象犀猊,最高者峰顶三峰挺秀。《鄱阳记》云:'山上有湖多生荷,故名荷湖。'东晋人龚氏居山蓄鹅,其双鹅育子数百,羽翮成乃去,更名鹅湖。唐大历中大义智孚禅师植锡山中,双鹅复还。山麓有仁寿院,禅师所建,今名鹅湖寺。"喻良能《鹅湖寺》二首其一:"长松夹道摇苍烟,十里绝如灵隐前。不见素鹅青嶂里,空余碧水白云边。氛埃乍脱三千界,潇洒疑通十九天。五月人间正炎热,清凉一觉北窗眠。"

②玉雪儿:当指鹾。

③"鸾鹄"句:喻鹾之早殇。《诗·大雅·卷阿》:"凤凰鸣矣,于彼高冈。梧桐生矣,于彼朝阳。"注:"凤凰之性,非梧桐不栖,非竹实不食。"《世说新语·文学》注引桓玄《王孝伯诔》:"岭摧高梧,林残故竹。"

书清凉境界壁①

从今数到七十岁,一十四度见梅花。何况人生七十少②,云胡不归留此耶。

江左何时见王谢,风流且对竹间梅。③最怜飞雪苍苔上,有时珍禽蹴地来。

【题解】

此二诗作于绍熙五年(1194)。"一十四度见梅花"写得极为滞重,极有寄托,却是以寻常语入诗,而显峭拔飞舞之态,预示了诗人今后的人生曲折之路。

书停云壁

学作尧夫自在诗①,何曾因物说天机。斜阳草舍迷归路,却与牛羊作伴归。

万事随缘无所为,万法皆空②无所思。惟有一条生死路③,古今来往更何疑。

【题解】

此二诗或作于庆元间赋闲时。第一首明确表示学习邵雍诗,而且诗歌本身也逼肖"康节体"风格。不过,邵雍作诗,兴到便成,不计工拙,不关注字眼和警句的锤炼,而且其人修身养性、知足保和,能为常人之所不能,其诗哀而不伤,乐而不淫,不为性情所累,故而极少有感情大起大伏的作品,也少见激动的语调,更少见感情色彩强烈的字眼。辛弃疾的身世遭遇和思想都与邵雍不同,特别是遭受政治打击之后的愤慨,以及理想不能实现的失意之悲,都决定了他不可能真正像邵雍那样心平气和。对于辛弃疾来讲,皈依佛老,实在是特殊环境下的一种生活策略。万事随缘则当知一切前定,不须怨亦不须争;万法皆空、生死齐一、心如止水,则所谓功名事业,如收拾山河之类的期望，亦都不再重要。

【注释】

①"学作"二句：邵雍《伊川击壤集》卷一一《自在吟》："心不过一寸，两手何拘拘。身不过数尺，两足何区区。何人不饮酒，何人不读书。奈何天地间，自在独尧夫。"

②万法皆空：《五灯会元》卷一："彼曰：'诸法本空……故名寂静。'祖曰：'空空已空，诸法亦尔。'"

③一条生死路：《庄子·德充符》："老聃曰：'胡不直使彼以死生为一条，以可不可为一贯者，解其桎梏，其可乎？'"

书鹤鸣亭壁

　　翠竹栽成占一丘，清溪映带①极风流。山翁一向贪奇趣，更引飞泉在上头。

【题解】

此诗当作于闲居瓢泉期间。诗作寓情于景，流露出浓厚的生活情趣，颇见清新秀杰之气。

【注释】

①清溪映带：王羲之《兰亭集序》："永和九年，岁在癸丑。暮春之初，会于会稽山阴之兰亭，修禊事也。群贤毕至，少长咸集。此地有崇山峻岭，茂林修竹。又有清流激湍，映带左右，引以为流觞曲水，列坐其次。虽无丝竹管弦之盛，一觞一咏，亦足以畅叙幽情。是日也，天朗气清，惠风和畅。仰观宇宙之大，俯察品类之盛，所以游目骋怀，足以极视听之娱，信可乐也！夫人之相与，俯仰一世，或取诸怀抱，晤言一室之内；或因寄所托，放浪形骸之外。虽趣舍万殊，静躁不同，当其欣于所遇，暂得于己，快然自足，曾不知老之将至。及其所之既倦，情随事迁，感慨系之矣。向之所欣，俯仰之间，已为陈迹，犹不能不以之兴怀；况修短随化，终期于尽。古人云：'死生亦大

矣。'岂不痛哉！每览昔人兴感之由，若合一契，未尝不临文嗟悼，不能喻之于怀。固知一死生为虚诞，齐彭殇为妄作。后之视今，亦犹今之视昔。悲夫！故列叙时人，录其所述。虽世殊事异，所以兴怀，其致一也。后之览者，亦将有感于斯文。"

醉书其壁

颇觉参禅近有功，因空成色色成空。色空静处如何说，且坐清凉境界中。

去年冠盖长安道，客里因循过了梅。今岁花开转多事，簿书丛里两三杯。①

【题解】

此二诗作于绍熙五年(1194)。诗作写出了参禅的经历及收获。诗人并没有在《般若波罗蜜多心经》所谓"色空"中打转，而是用"色空静处如何说"提问，以"且坐清凉境界中"作答。似乎更贴近禅的精神，便显出了作者的悟性。

【注释】

①"今岁"二句：苏轼《夜饮次韵毕推官》："簿书丛里过春风，酒圣时时且复中。"

书寿宁寺壁①

门前幽径踏苍苔，犹忆前回信步来。午醉正酣归未得，斜阳古殿橘花开。

【题解】

此诗或作于庆元间赋闲时。这是诗人从现实的苦恼中摆脱出来，写出的一首闲适自得的作品。虽然也还有愁，但就中平淡自然之趣，自适自足之情，让人不禁想起陶渊明、白居易和邵雍的诗来。

【注释】

①寿宁寺：《江西通志》卷一二四："寿宁院，在铅山县龙窟山。唐会昌中名龙窟院。南唐昇元中改灵隐。宋治平中改今额。"

读　书

　　是非得失两茫茫，闲把遗书细较量。掩卷古人堪笑处，起来摩腹步长廊。

【题解】

此诗或作于庆元间赋闲时。大意是说自己闲来仔细研读古人著作，发现古书所认定的是与非、得与失，有让人不明白甚至可怀疑之处。有时候发现那些令人可笑的谬误，简直让人无法读下去，只好合上书，在长廊里一边走，一边捂着肚皮笑。在这里，更深一层的意思是通过正话反说表现出来的。作者遵循儒家的训导，以治国平天下为政治理想，却不仅处处碰壁，更因此而招来更多的打击和诬陷。因为古道被破坏了，古书上的话没有人遵守了。所以，与其说作者是在"笑"古人的错误，不如说是在批判今人的荒谬，体现出了一种含而不露的鞭笞的内在威力。

戏书圆觉经后

　　圆觉十二菩萨问①，吾取一二余鄙哉。若是如来真实语，众生却自胜如来。

此诗或作于庆元间赋闲时。《圆觉经》，全称《大方广圆觉修多罗了义经》，唐罽宾国沙门佛陀多罗译成汉语流通，很受古今佛教界的重视，对唐代之后的禅宗、华严宗等的发展产生了重要影响。此首戏作，谓《圆觉经》多荒诞语，故"鄙"之。"如来"法号，谓从如实之道而来，开示真理的人。后二句由此立意，进一步申说"鄙"之之由。可与上一首合读。

【注释】

①十二菩萨问：据《圆觉经》，此十二菩萨为文殊师利、普贤、普眼、金刚藏、弥勒、清净慧、威德自在、辨音、净诸业障、普觉、圆觉、贤善首等菩萨。《圆觉经》记如来平等法会，十二菩萨依次顶礼佛足，长跪叉手，请求大悲世尊发清净心，使未来末世众生求大乘者，不堕邪见。世尊一一解答所问，并为说偈。

读圆觉经

二十五轮清净观①，上中下期春夏斋②。本来欲造空虚地，那得许多缠绕来。

【题解】

此诗或作于庆元间赋闲时。诗作"本来"二句，谓佛教徒修行的目的，本欲到达空虚清净境界，何至如此众多的烦恼缠绕。其缘由，正在于前两句所云《圆觉经》之程序烦琐。

【注释】

①"二十"句：《圆觉经》卷下："善男子，一切如来，圆觉清净，本无修习及修习者。一切菩萨及末世众生，依于未觉幻力修习。尔时便有二十五种

清净定轮……善男子,是名菩萨二十五轮,一切菩萨修行如是。若诸菩萨及末世众生,依此轮者,当持梵行,寂静思维,求哀忏悔,经三七日,于二十五轮各安标记,至心求哀,随手结取,依节开示,便知顿渐。一念疑悔,即不成就。'"

②"上中"句:《圆觉经》卷下:"于是圆觉菩萨在大众中,即从座起……而白佛言:'……世尊,我等今者已得开悟。若佛灭后,末世众生未得悟者,云何安居,修此圆觉清净境界?此圆觉中三种净观,以何为首?……'尔时世尊,告圆觉菩萨言:'……一切众生……若复无有他事因缘,即建道场,当立期限。若立长期百二十日,中期百日,下期八十日,安置净居。若佛现在,当正思维;若佛灭后,施设形象,心存目想,生正忆念,还同如来常住之日。悬诸幡华,经三七日,稽首十方诸佛名字……若经夏首三月安居,当为菩萨清净止住。'"

寿朱文公

　　玉漏声沉晓色回,五云绚彩映庭槐①。持巾珠履②挽称贺,飞鞚貂珰押赐来③。黄菊尚迟三日约,碧桃已作十分开。洞天春色非人世,不记□河第几回。

【题解】

　　此诗作于绍熙三年(1192)或四年(1193),《全宋诗》已收,而陈新等补正《全宋诗订补》重复收录。诗作颂寿朱熹。朱熹自绍熙二年(1191)五月以其子塾卒,自漳州任辞归建阳。九月,朝命除湖南漕,熹屡辞;三年冬十二月,除广西经略安抚使,复辞,遂领宫祠。数年间朝命屡至,故有"押赐"云云。又,束景南《朱熹年谱长编》谓,(淳熙五年)"九月重九,辛弃疾寄来寿诗。"即指此诗及《寿朱晦翁》"西风卷尽护霜筠"。

【注释】

　　①"五云"句:《太平广记》卷四〇七:"唐相国李石,河中永乐有宅,庭槐

一本抽三枝，直过堂前屋脊，一枝不及。相国同堂昆弟三人，曰石曰而皆登宰执，唯福一人历七镇使相而已。”

②珠履：《史记·春申君列传》：“春申君客三千人，其上客皆蹑珠履。”

③“飞鞚(kòng)”句：《汉官仪》上：“中常侍，秦官也。汉兴，或用士人，银珰左貂。光武以后，专任宦官，右貂金珰。”

寿赵守

天孙锦字织云烟，来向红尘了世缘。前去中秋犹十日，后来甲子更千年。墙南竹韵调琴谱，堂北萱香载酒船。①且与剪圭□旧约②，不妨却伴橘中仙③。

【题解】

此诗作于庆元元年(1195)。据“天孙”、“前去”二句，知“赵守”或为宋宗室，生日为八月初五日。辛弃疾居上饶、铅山期间，宗子守信州者唯赵伯璘一人。《江西通志》卷一〇《职官表》云：“赵伯璘字廷瑞，宗室子，知信州，庆元中任。”所寿者盖即其人。

【注释】

①“墙南”二句：《诗·卫风·伯兮》：“焉得谖草，言树之背。”《正义》：“背者向北之义，故知在北。妇人欲树草于堂上，冀数见之明。”堂北萱香，指内室女眷。酒船，酒具。

②“且与”句：《吕氏春秋·重言》：“成王与叔虞燕居，援梧叶以为圭而授唐叔虞，曰：‘余以此封汝。’叔虞喜，以告周公。周公以请曰：‘天子其封虞邪？’成王曰：‘余一人与虞戏也。’周公对曰：‘臣闻之，天子无戏言。天子言则史书之，工诵之，士称之。’于是遂封叔虞于晋。”沈约《咏梧桐》：“微叶虽可贱，一剪或成圭。”

③橘中仙：牛僧孺《玄怪录》(宋代因避赵匡胤始祖玄朗讳而改名《幽怪录》)卷三《巴邛人》：“有巴邛人不知姓名，家有橘园。因霜后，诸橘尽收，余

有两大橘,如三斗盎。巴人异之,即令攀橘下,轻重亦如常橘。剖开,每橘有二老叟,须眉皤然,肌体红润,皆相对象戏……一叟曰:'……橘中之乐,不减商山,但不得深根固蒂,为愚人摘下耳。'"

题桃符①

身为参禅老,家因赴诏贫。

【题解】

此佚联,或作于开禧二年(1206),出自《后村诗话》续集:"辛幼安晚题桃符云:'身为参禅老,家因赴诏贫。'杜子昕则云:'父子俱开国,朝廷不负人。'两联皆微而婉。"

【注释】

①桃符:《宋史·孟昶传》:"初昶在蜀……每岁除,命学士为词题桃符,置寝门左右。末年学士幸寅逊撰词,孟昶以其非工,自命笔题云:'新年纳余庆,佳节号长春。'"为后世以联语庆新年之始。

句

酒肠未减长鲸吸①,诗思如抽独茧丝。

【题解】

此佚联,或作于嘉泰二年(1202),出自《后村诗话》续集,不知题,前已引。

【注释】

①"酒肠"句:《资治通鉴·后晋纪·高祖天福七年》:"他日又宴,侍臣皆以醉去,独(周)维岳在,曦曰:'维岳身甚小,何饮酒之多?'左右或曰:'酒

有别肠,不必长大。'曦欣然,命捽维岳下殿,欲剖视其酒肠。"

鹤鸣偶作

朝阳照屋小窗低,百鸟呼檐起更迟。饭饱且寻三益友[①],
渊明康节乐天诗。

【题解】

此诗辑自《诗渊》,《全宋诗》失收。诗作字里行间充满田园生活的悠闲
和雅趣。一个怀有抱负的英杰虽在林下,却总是难甘寂寞的,内心也会不
时泛起涟漪。只是,客观际遇毕竟不能不使诗人在自我精神的调节中寻求
心理平衡,于是就有了本诗中所写的情景:在访友、吟诗、读书、皈依自然的
生活中,寄托自己的闲情雅趣。

【注释】

①三益友:《论语·季氏》:"益者三友……友直,友谅,友多闻,益矣。"

和郑舜举蔗庵韵[①]

我读蔗庵诗,佳处意已领。平池草树暗,一径松竹醒。
虚襟快新晛,窘步豁遐景。虎头□□人,妙境千古迥。当年
倒食蔗[②],笑者空□冷[③]。君侯发余秘,诗笔秃千颖。世间□
颠倒,冠履迷踵顶。况复知至味,苦尽甘自永。由来千钟
酒[④],不如七碗茗[⑤]。因君蔗庵句,此义试重请。东西互倒指,
倒正定谁省。酸咸既异嗜,美恶亦同境。贪高蜗壁危,趋炎
蛾烛炳。方其未枯焚,胡不权动静。高人坐忘形,昧者走避
影[⑥]。一言难众悟,多辙自殊骋。且酌庵中人,来游歌噬肯[⑦]。

【题解】

此诗辑自《诗渊》,《全宋诗》失收。辛弃疾和郑氏蔗庵诸词,皆编次于淳熙十二年(1185),此诗姑亦系于其时。韩元吉《南涧甲乙稿》卷一中有一首《题郑舜举蔗庵》:

> 吾州富佳山,修竹连峻岭。居然缚尘埃,一见辄心醒。岂知刺史宅,跬步闷清景。古木盘城隅,石径幽且迥。当年徐常侍,坐爱云水冷。溪南群峰秀,矗矗锥出颖。郑公闭阁暇,独步昆庐顶。曰此气象殊,逍遥步方永。唤客倒清樽,燃薰煮奇茗。庭空无一事,宾吏绝干请。佳处由渐入,斯语记省。渊明尝有语,结庐向人境。恍如白莲社,挥麈对宗炳。谁云忙里闲,要识动中静。我来款妙论,散策步林影。心田豁丛茅,气马罢征骋。他时记棠阴,老意亦深肯。

郑舜举蔗庵诗或即步其原韵所赋,已佚。辛弃疾此首和作在阐发了世人不知"苦尽甘永"的名理之后,笔锋转向对世事的抨击,并借助典故,反复申说对世事见惯不怪及休影息迹、以避讪谤的道理。这种"道不同不相为谋"的态度,多少喻示出了废退之后接踵而至的毁谤,可能正是此诗的创作背景或缘起。

【注释】

①诗题中"郑舜举",名汝谐,处州青田(今属浙江)人。绍兴二十七年(1157)进士。淳熙十二年(1185)初守信州。次年奉诏赴临安,除考功员外郎。蔗庵,郑氏信州宅第。

②"当年"句:《世说新语·排调》:"顾长康啖甘蔗,先食尾。人问所以,云:'渐至佳境。'"

③冷:原空格,此据韩元吉诗中"坐爱云水冷"补。

④千钟酒:《孔丛子·儒服》:"平原君与子高饮,强子高酒,曰:'昔有遗谚:尧舜千钟,孔子百觚;子路嗑嗑,尚饮十榼。古之圣贤无不能饮也。'"

⑤七碗茗:卢仝《走笔谢孟陈议新茶》:"一碗喉吻润,两碗破孤闷。三碗搜枯肠,唯有文字五千卷。四碗发轻汗,平生不平事,尽向毛孔散。五碗肌骨清,六碗通仙灵。七碗吃不得也,唯觉两腋习习清风生。"

⑥"昧者"句：《庄子·渔父》："人有畏影恶迹而去之走者，举足愈数而迹愈多，走愈疾而影不离身，自以为尚迟，疾走不休，绝力而死。不知处阴以休影，处静以息迹，愚亦甚矣。"

⑦"来游"句：《诗·唐风·有杕之杜》："有杕之杜，生于道左。彼君子兮，噬肯适我……有杕之杜，生于道周。彼君子兮，噬肯来游。中心好之，曷饮食之。"噬肯，朱熹《诗集传》解作"安肯"。

辛弃疾词

摸鱼儿

淳熙己亥,自湖北漕移湖南,同官王正之置酒小山亭,为赋①。

　　更能消、几番风雨。匆匆春又归去。惜春长恨花开早,何况落红无数。②春且住。见说道、天涯芳草迷归路③。怨春不语。算只有殷勤,画檐蛛网④,尽日惹飞絮。　　长门事,准拟佳期又误。⑤蛾眉曾有人妒。千金纵买相如赋,脉脉此情谁诉。⑥君莫舞。君不见、玉环飞燕皆尘土。⑦闲愁最苦。休去倚危楼,斜阳正在,烟柳断肠处。⑧

【题解】

　　此词作于淳熙六年(1179)三月。上片就暮春景象,写伤春之感,隐寓时势之忧。凄风苦雨几番摧折,但见落花无数,又是匆匆春归时节,令人情难以堪。想要留住春天,告以"天涯芳草迷归路",不如休去,但难阻春归。只有画檐间的蛛网,沾惹着飘飞的柳絮,试图挽留些许春光。然蛛网力弱,殷勤又有何用。暗示时势日非,风雨飘摇,满含大局难以挽回的忧愁和痛苦。下片承暮春而翻出蛾眉遭妒,美人迟暮,写身世之感。陈皇后遭人构陷而失宠,纵以千金买得相如赋,为之辩护,也无济于事。词人多年来屡受排挤,正与此相似。但眼前的得宠者只是一时得志,终不免如玉环、飞燕,灰飞烟灭。真正令人伤感的是,日薄西山,烟柳凄迷,时势危殆,触目惊心。全篇借鉴"香草美人"手法,纯以隐喻、象征出之,摧刚为柔,"词意殊怨"。据说,"寿皇见此词,颇不悦"(《鹤林玉露》卷一),说明他也看出了词中的忧谗畏讥与拗怒不平之气(华长卿《论词绝句》三十六首其二十三进一步指出:"玉环飞燕皆尘土,此语安能悟寿皇。"可作词之接受效果论看)。

【注释】

　　①词序中"漕",是转运司的简称。王正之,王正己字正之,后字伯仁,

明州鄞县(今浙江宁波)人,寓居泰州(今属江苏)。时任湖北转运判官。小山亭,在鄂州湖北转运使衙署内。

②"惜春"二句:李白《书情寄从弟邠州长史昭》:"怀君芳岁歇,庭树落红滋。"长恨,大德本作"长怕"。

③"见说道"句:惟审《别友人》:"芳草迷归路,春衣滴泪痕。"苏轼《桃源忆故人》:"暖风不解留花住。片片著人无数。楼上望春归去。芳草迷归路。"迷归路,大德本作"无归路"。

④画檐蛛网:苏轼《虚飘飘》:"虚飘飘,画檐蛛结网,银汉鹊成桥。"

⑤"长门"二句:据《史记·外戚世家》及《汉书·外戚传》,汉武帝即位,长公主刘嫖之女被立为皇后,擅宠骄贵,十余年而无子。闻卫子夫颇得宠幸,几死者数焉。武帝怒,废之,罢退居长门宫,而立卫子夫为皇后。

⑥"千金"二句:《文选·长门赋》序:"孝武皇帝陈皇后,时得幸,颇妒,别在长门宫,愁闷悲思。闻蜀郡成都司马相如天下工为文,奉黄金百斤,为相如、文君取酒,因于解悲愁之辞。而相如为文以悟主上,陈皇后复得亲幸。"案:《长门赋》序文显系后人伪托:司马相如卒于汉武帝之前,不可能知道武帝的谥号"孝武";序末复幸事与《汉书》所载不合。

⑦"君莫舞"二句:玉环、飞燕,杨玉环、赵飞燕。一为唐玄宗贵妃,马嵬之变时,被缢死于佛室;一为汉成帝皇后,汉哀帝时尊为皇太后,汉平帝即位,废为庶人,被逼自尽。《赵飞燕外传》附《伶玄自叙》:"哀帝时,子于老休,买妾樊通德,有才色,知书,颇能言赵飞燕姊弟故事。子于闲居,命言,厌厌不倦。子于语通德曰:'斯人俱灰灭矣!当时疲精力驰,骛嗜欲蛊惑之事,宁知终归荒田野草乎!'通德占袖,顾视烛影,以手拥髻,凄然泣下,不胜其悲。子于亦然。"

⑧"休去"三句:李商隐《北楼》:"此楼堪北望,轻命倚危栏。"苏舜钦《春日晚晴》:"谁见危栏外,斜阳尽眼平。"危楼,大德本作"危栏"。

【辑评】

元杨朝英《阳春白雪》卷首附刻燕南芝庵《唱论》:近世所谓大乐,苏小小《蝶恋花》、邓千江《望海潮》、苏东坡《念奴娇》、辛稼轩《摸鱼儿》、晏叔原《鹧鸪天》、柳耆卿《雨霖铃》、吴彦高《春草碧》、朱淑真《生查子》、蔡伯坚《石州慢》、张三影《天仙子》也。案：其稼轩长短句中"春又"、"谁诉"，此处分别录作"春色又"、"难诉"。又，原缺宫调，《九宫大成谱》属北中吕调。

清陈廷焯《白雨斋词话》卷一：稼轩"更能消几番风雨"一章，词意殊怨，然姿态飞动，极沉郁顿挫之致。起处"更能消"三字，是从千回万转后倒折出来，真是有力如虎。

清陈廷焯《白雨斋词话》卷六："休去倚危栏，斜阳正在，烟柳断肠处。"多少曲折。惊雷怒涛中，时见和风暖日。所以独绝千古，不容人学步。

清谭献《复堂词话》：权奇倜傥，纯用太白乐府诗法。"见说道"句是开，"君不见"句是合。

梁令娴《艺蘅馆词选》丙卷附梁启超评：回肠荡气，至于此极。前无古人，后无来者。案：《梁启超手批稼轩词》（中国书店 2009 年影印本）为梁启超以朱墨双色文字批校于《四印斋所刻词》之《辛稼轩长短句》上者，较之《饮冰室合集》所收录的部分相关文字，更为全面丰富。

陈洵《海绡说词》：时春未去也，然更能消几番风雨乎。言只消几番风雨，则春去矣。倒提起。"惜春"七字，复用逆溯，然后跌落下句，思力沉透极矣。"春且住"，咽住。"无归路"，复为春计不得。"怨春不语"，又咽住。"蛛网""飞絮"，复为怨春者计亦不得，极力逼起下阕"佳期"。果有佳期，则不怨春矣，如又误何。至佳期之误，则以蛾眉之见妒也。纵有相如之赋，亦无人能谅此情者，然后佳期真无望矣。"君"字承"谁"字来。既无诉矣，则君亦安所用舞乎，咽住。环燕尘土，复推开，言不独长门一事也。亦以提为勒法。然后以"闲愁最苦"四字，作上脱卸。言此皆往事，不如眼前春去之闲愁为最苦耳。斜阳烟柳，便无风雨，亦只匆匆。如此开合，全自龙门得来，为词家独辟之境。"佳期"二字，是全篇点睛。时稼轩南归十八年矣，应问三篇，美芹十论，以讲和方定议，不行。佳期之误，谁误之乎。读公词，为之三叹。寓幽咽怨断于浑灏流转中，此境亦唯公有之，他人不能为也。然苟于此中求索消息，而以不似学之，则亦何不可学之有。

俞陛云《唐五代两宋词选释》：幼安自负天下才，今薄宦流转，乃借晚春以寄慨。上阕笔势动荡，留春不住，深惜其归，但芳草天涯，春去苦无归处，见英雄无用武之地。蛛网胃花，隐寓同官多情，为置酒少留之意。当其在理宗朝曾拥节钺，后之奉身而退，殆有谗扼之者，故上阕写不平之气。下阕"蛾眉曾有人妒"更明言之：玉环飞燕，皆归尘土，则妒人者果何益耶？结句斜阳肠断，无限牢愁，即以词句论，亦绝妙之语。

俞平伯《唐宋词选释》：上片以春去作为比喻，却分作多少层次。先说再经不得几回风雨了，这是一层。因怕花落，便常常担心花开太早了，何况今已落红无数，这又是一层。但春虽归去，春又何归？故反振一笔"春且住"。为什么要住？听说"天涯芳草无归路"这又是一层。明明无处可去，它却偏偏去了，那更无话可说，算起来只有檐前蜘蛛网挂着的飞絮是春光仅有的残痕。蛛网纤微，柳花轻薄，靠它们来留春，又能有几何。这些都反映作者对当时国事政治的十分不满，无须比附得，意自分明。下片多引古典，"长门事"以下，叙说故事，若不相蒙，而脉络贯注。上片泛写南渡的局势，下片侧重小朝廷里还有许多妒宠争妍的丑态，殊不知劫后湖山，已成残局，得意失意，将同归于尽。结用李商隐《北楼》"轻命倚危栏"诗意，一片斜阳烟柳，真是愁到极处，也就是危险到极处，无怪当时传说宋孝宗看了很不悦。

刘永济《唐五代两宋词简析》：此词所写身世之感极深……上半阕以惜春、留春、怨春三层意思曲折说来，总之不过感"美人"之"迟暮"。至"美人"何以如此"迟暮"，其中必有无限具体之事在，特不愿明说，故借春发抒。词人大抵喜以春比盛时，在身则为少壮之光阴，在世则指有为之时势。然则此处之意，实可作双关身、世观，但只可以抽象联系，而不当作机械比附……观结尾之意，亦可知所惜之春非止一身之遭遇，实乃身、世双关。此词颇似屈子《离骚》。盖谗谄害明，贤人失志，为古今所同慨也。

唐圭璋《唐宋词简释》：此首以太白诗法，写忠爱之忱，宛转怨慕，尽态极妍。起处大踏步出来，激切不平。"惜春"两句，惜花惜春。"春且住"两句，留春。"怨春"三句，因留春不住，故怨春。王壬秋谓"画檐蛛网，指张俊、秦桧一流人"，是也。下片，径言本意。"长门"两句，言再幸无望，而所以无望者，则因有人妒也。"千金"两句，更深一层，言纵有相如之赋，仍属无望。脉脉谁诉，与"怨春不语"相应。"君莫舞"两句顿挫，言得宠之人化为尘土，不必伤感。"闲愁"三句，纵笔言今情，但于景中寓情，含思极凄婉。

摸鱼儿

观潮上叶丞相①

望飞来、半空鸥鹭。须臾动地鼙鼓②。截江组练驱山去，鏖战未收貔虎。③朝又暮。诮惯得、吴儿不怕蛟龙怒。④风波平步。看红旆惊飞，跳鱼直上，蹙踏浪花舞。⑤　　凭谁问，万里长鲸吞吐。人间儿戏千弩。⑥滔天力倦知何事，白马素车东去。⑦堪恨处。人道是、子胥冤愤终千古⑧。功名自误。谩教得陶朱，五湖西子，一舸弄烟雨。⑨

【题解】

此词作于淳熙二年(1175)。叶衡入朝后，荐辛弃疾慨慷有大略，召见，迁仓部郎官，离建康赴行在。观潮当在八月十六日。上片写观潮。先写江潮由远而近，形如飞鸟，声振大地。接写江潮翻滚，如威武之师鏖战不休。再赋吴儿弄潮，于惊涛骇浪中龙腾鱼跃，踏浪挥旗。生动壮观，动人心魄。下片写退潮。先借钱王射潮故事写潮起潮落，非人力所能左右。继写连天怒潮，力倦东归，再借伍子胥忠而被谗，为忠义之士鸣不平。末云不若如范蠡功成身退，逍遥泉林。围绕钱江潮的历史故事加以评说，发人深省。

【注释】

①词题中"叶丞相"，叶衡，字梦锡，婺州金华人。绍兴十八年(1148)登进士第。知荆南、成都、建康府，除户部尚书，除签书枢密院事，拜参知政事，后任右丞相兼枢密使。年六十二薨，赠资政殿学士。详《宋史》本传。

②"望飞来"二句：枚乘《七发》："其始起也，洪淋淋焉，若白鹭之下翔。"王翰《饮马长城窟行》："遥闻鼙鼓动地来，传道单于夜犹战。"潘阆《酒泉子》："来疑沧海尽成空，万面鼓声中。"

③"截江"二句：杨万里《题文发叔所藏潘子真水墨江湖八境小轴浙江

观潮》：“海涌银为郭，江横玉系腰。”《左传·襄公三年》：“春，楚子重伐吴……使邓廖帅组甲三百、被练三千以伐吴。”注：“组甲，漆甲成组文；被练，练袍。”苏轼《催试官考较戏作》：“八月十八潮，天下壮观无。鲲鹏水击三千里，组练长驱十万夫。”范仲淹《和运使舍人观潮》：“势雄驱岛屿，声怒战貔貅。”

④“朝又暮”二句：苏轼《八月十五日看潮五绝》其四：“吴儿生长狎涛渊，冒利轻生不自怜。”《宋史·河渠志》：“浙江通大海，日受两潮。”诮惯得，直纵容得。诮，大德本作“悄”。

⑤“看红旆”三句：潘阆《酒泉子》：“弄涛儿向涛头立，手把红旗旗不湿。别来几向梦中看，梦觉尚心寒。”吴自牧《梦粱录》卷四：“杭人有一等无赖不惜性命之徒，以大彩旗或小清凉伞、红绿小伞儿，各系绣色缎子满竿，伺潮出海门，百十为群，执旗泅水上，以迓子胥。弄潮之戏，或有手脚执五小旗浮潮头而戏弄。”

⑥“凭谁问”三句：左思《吴都赋》：“长鲸吞航，修鲵吐浪。”苏轼《八月十五日看潮五绝》其五：“安得夫差水犀手，三千强弩射潮低。”

⑦“滔天”二句：枚乘《七发》：“其少进也，浩浩澄澄，如素车白马帷盖之张。”《太平广记》卷二九一：“时有见子胥乘素车白马在潮头之中，因立庙以祠焉。”

⑧子胥冤愤终千古：春秋时，伍子胥屡劝吴王夫差拒绝越国请和，吴王不从，反信谗言，赐属镂剑命子胥自杀。子胥临死谓门人曰：“抉吾目，悬吴东门上，以观越之入灭吴也。”吴王大怒，取子胥尸，盛入鸱夷，投于江中。传说子胥冤灵化为钱塘江怒潮，千古不息。又，文种与范蠡助越王勾践灭吴后，范蠡离去，文种留下，后遭人谗毁，越王乃赐文种属镂剑，文种自刎。子胥冤愤，大德本作“属镂怨愤”。

⑨“谩教得”三句：谩，徒然。据《史记·越王勾践世家》，范蠡助勾践灭吴后，认为大名之下，难以久居，且勾践为人，可与同忧患，难于共安乐。于是装其珍宝珠玉，浮海而去，自称鸱夷子皮。后定居于陶，经商致富，自谓陶朱公。案：吴亡后，西施去向，有三说：被杀（《吴越春秋》），回会稽（宋之问《浣纱篇》），随范蠡入太湖（袁康《越绝书》）。《鹤林玉露》卷一○于第三

说有云："范蠡霸越之后，脱屣富贵，扁舟五湖，可谓一尘不染矣。然犹挟西施以行。蠡非悦其色也，盖惧其复以蛊吴者蛊越，则越不可保矣。"

【辑评】

俞陛云《唐五代两宋词选释》：前半叙述观潮，未风警动。下阕笔势纵横，借江潮往事为喻。钱王射弩，固属雄夸，即前胥后种，泄怒银涛，亦功名自误，不若范大夫知机，掉头烟雾也。词为上叶丞相而作，其蒿目时艰，意有所讽耶？

沁园春

带湖新居将成①

三径初成，鹤怨猿惊，②稼轩未来。甚云山自许，平生意气，衣冠人笑，抵死尘埃。③意倦须还，身闲贵早，岂为莼羹鲈脍④哉。秋江上，看惊弦雁避⑤，骇浪船回。　　东冈更葺茅斋。好都把轩窗临水开。⑥要小舟行钓，先应种柳，疏篱护竹，莫碍观梅。秋菊堪餐，春兰可佩，留待先生手自栽。⑦沈吟久，怕君恩未许，此意徘徊。

【题解】

此词作于淳熙八年（1181）秋江西安抚使任上。上片先说明隐居之所即将建成，而主人迟迟未来，引起猿惊鹤怨。揭示自己言行不一的矛盾状态。接着正面披露倦于宦游，欲趁早归隐，并非为贪图生活享乐，实是有感于"惊弦雁避，骇浪船回"，为了远祸全身。下片承上片隐退之意，逐一布置新居中尚未完成之园林。东冈茅斋，临水轩窗，垂钓柳荫，意极闲雅。而修竹疏梅、春兰秋菊云云，以"香草"手法托寓一己高洁品性。由此引出沉吟徘徊的矛盾心理：只因壮志未酬，功业无成，怕辜负君王重托，故又不忍即退。

【注释】

①词题中"带湖",位于信州府城(今江西上饶)灵山门外,因洪迈《稼轩记》中"前枕澄湖如宝带"而命名。又于新居中辟出之田园旁凭高筑屋,名为稼轩。

②"三径"二句:《三辅决录》卷一:西汉末,王莽专权,兖州刺史"蒋诩辞官归乡里,荆棘塞门,舍中有三径,唯求仲、羊仲与之游。"陶渊明《归去来兮辞》:"三径就荒,松菊犹存。"苏轼《次韵周邠》:"南迁欲举力田科,三径初成乐事多。"孔稚珪《北山移文》:"蕙帐空兮夜鹤怨,山人去兮晓猿惊。"

③"甚云山"四句:甚,为什么。衣冠,代指为官者。抵死,总是。

④莼羹鲈脍:《世说新语·识鉴》:"张季鹰辟齐王东曹掾,在洛,见秋风起,因思吴中菰菜、莼羹、鲈鱼脍,曰:'人生贵得适意尔,何能羁宦数千里以要名爵!'遂命驾便归。"张翰《秋风歌》:"秋风起兮佳景时,吴江水兮鲈正肥。三千里兮家未归,恨难得兮仰天悲。"

⑤惊弦雁避:《战国策·楚策四》:"更嬴与魏王处京台之下,仰见飞鸟。更嬴谓魏王曰:'臣为王引弓虚发而下鸟。'魏王曰:'然则射可至此乎?'更嬴曰:'可。'有间,雁从东方来,更嬴以虚发而下之。魏王曰:'然则射可至此乎?'更嬴曰:'此孽也。'魏王曰:'先生何以知之?'对曰:'其飞徐而鸣悲。飞徐者,则疮痛也;鸣悲者,久失群也。故疮未息,而惊心未至也。闻弦音,引而高飞,故疮陨也。'"杜牧《早雁》:"金河秋半虏弦开,云外惊飞四散哀。"

⑥"东冈"二句:洪迈《稼轩记》:"东冈西阜,北墅南麓,以青径款竹扉,以锦路行海棠。"吕夷简《天花寺》:"贺家湖上天花寺,一一轩窗向水开。"苏轼《再和杨公济梅花十绝》其三:"白发思家万里回,小轩临水为花开。"

⑦"秋菊"三句:屈原《离骚》:"朝饮木兰之坠露兮,夕餐秋菊之落英","扈江离与辟芷兮,纫秋兰以为佩。"王逸《楚辞章句》:"言己修身清洁,乃取江离、辟芷以为衣被,纫索秋兰以为佩饰,博采众善以自约束也。"苏轼《沈谏议召游湖不赴明日得双莲于北山下作一绝持献沈既见和又别作一首因用其韵》二首其一:"湖上棠阴手自栽,问公更得几回来。"

【辑评】

清黄苏《蓼园词选》:稼轩忠义之气,当高宗初南渡,由山东间道奔行在,竭蹶间关,力图恢复,岂是安于退闲者！自秦桧柄用,而正人气沮矣。所谓"惊弦"、"骇浪",迫于不得已而思退,心亦苦矣。末又云:"怕君恩未许,此意徘徊。"退不能退,何以为情哉！

沁园春

送赵江陵东归,再用前韵①

伫立潇湘,黄鹄高飞,望君不来。②被东风吹堕③,西江对语,急呼斗酒,旋拂征埃④。却怪英姿,有如君者,犹欠封侯万里⑤哉。空赢得,道江南佳句,只有方回。⑥　　锦帆画舫行斋⑦。怅雪浪粘天⑧江影开。记我行南浦,送君折柳,⑨君逢驿使,为我攀梅。落帽山前,呼鹰台下,人道花须满县栽。⑩都休问,看云霄高处,鹏翼徘徊⑪。

【题解】

此词作于淳熙八年(1181)秋江西安抚使任上。前韵,指上一首"带湖新居将成"。词从早前的盼望写起,接着转入正题,写为东归途中至于西江的赵景明接风洗尘,相谈甚欢,感叹友人英才却不为世所用。下片先写旋即送别赵景明,再由此际别离忆及当年两人之间的深情厚谊,益增依依惜别之感。最后,通过叙写友人在江陵任上的不俗政绩与潇洒豪情,引出良好祝愿。

【注释】

①词题中"赵江陵",大德本作"赵景明知县"。赵景明,名奇晖,淳熙六年(1179)任湖北江陵知县,八年(1181)任满东归,途经豫章,与辛弃疾相聚。

②"黄鹄"二句:不来,大德本作"未来"。《楚辞·卜居》:"宁与黄鹄比翼飞,将与鸡鹜争食乎。"《九歌·湘君》:"望夫君兮未来,吹参差兮谁思。"

③被东风吹堕:大德本作"快东风吹断"。

④征埃：大德本作"尘埃"。

⑤封侯万里：《后汉书·班超传》："班超，字仲升，扶风平陵人。家贫，常为官佣书……其后行诣相者……相者指曰：'生燕颔虎颈，飞而食肉，此万里侯相也。'"晁补之《摸鱼儿》："功名浪语。便似得班超，封侯万里，归计恐迟暮。"

⑥"道江南"二句：黄庭坚《寄贺方回》："少游醉卧古藤下，谁与愁眉唱一杯。解作江南断肠句，只今唯有贺方回。"

⑦行斋：行走中的大船。宋时称较大的船为"斋"。

⑧雪浪粘天：《词林纪事》卷六引钮玉樵说："少游词'山抹微云，天粘衰草'，其用意在'抹'字、'粘'字。况庚阐赋'浪势粘天'，张祜草诗'草色粘天鹧鸪恨'，俱有来历。俗以'粘'字为'连'，益信其谬。"王安石《舟还江南阻风有怀伯兄》："白浪粘天无限断，玄云垂野少晴朗。"

⑨"记我行"二句：江淹《别赋》："送君南浦，伤如之何。"屈原《九歌·河伯》："子交手兮东行，送美人兮南浦。"

⑩"落帽山"三句：落帽山，指龙山，在湖北江陵城西北十五里。呼鹰台，襄阳城东沔水南。《水经注·沔水》："水南有层台，号曰景升台，盖刘表治襄阳之所筑也……表性好鹰，尝登此台，歌《野鹰来曲》。"《白帖》："潘岳为河阳令，多植桃李，号曰'花县'。"庚信《春赋》："河阳一县并是花，金谷从来满园树。"

⑪鹏翼徘徊：《荀子·礼论》："今夫大鸟兽，则失亡其群匹，越月逾时，则必反铅，过故乡，则必徘徊焉。"

水龙吟

为韩南涧尚书寿，甲辰岁①

渡江天马南来②，几人真是经纶手。长安父老，新亭风景，可怜依旧。③夷甫诸人，神州沈陆，几曾回首。④算平戎万里，功名本是，真儒事、公知否⑤。　　况有文章山斗。对桐阴、满庭清昼。⑥当年堕地，而今试看，风云奔走。⑦绿野风烟，平泉草木，东山歌酒。⑧待他年，整顿乾坤⑨事了，为先生寿。

【题解】

此词作于淳熙十一年(1184)闲居带湖时。起韵以晋喻宋，凌空诘问，领起下文。后文所写，是对此"几人真是经纶手"一问的回答。接二韵写对偏安局面的深深叹息。一边是盼望恢复的长安父老，一边是只知感伤对泣的南渡诸人。末韵谓平戎万里的英雄事业，只有靠真正主张抗战的人士来承担。砥砺功名，壮怀激烈。下片转入祝寿题面，称颂韩元吉身出名门，文章诗词为一代冠冕，又有良相之才，自当东山再起，重整乾坤。

【注释】

①词题：大德本作"甲辰岁寿韩南涧尚书"。韩南涧，韩元吉字无咎，原籍开封，晚寓信州。所居门前有涧水，故号南涧。孝宗朝，累官吏部尚书、龙图阁学士。

②"渡江"句：《史记·大宛列传》："初，天子发书《易》，云神马当从西北来。得乌孙马好，名曰天马。及得大宛汗血马，益壮，更名乌孙马曰西极，名大宛马曰天马。"《晋书·元帝纪》："太安之际，童谣云：'五马浮渡江，一马化为龙。'及永嘉中……王室沦覆，帝与西阳、汝南、南顿、彭城五王获济，而帝竟登大位焉。"此借指宋室南渡。韩愈《桃源图》："大蛇中断丧前王，群马南渡开新主。"

③"长安"三句：《晋书·桓温传》："温进至灞上，(苻)健以五千人深沟自固，居人皆安堵复业，持牛酒迎温于路者十八九，耆老感泣曰：'不图今日复见官军！'"《世说新语·言语》："过江诸人，每至美日，辄相邀新亭，藉卉饮宴。周侯中坐而叹曰：'风景不殊，正自有山河之异！'皆相视流泪。唯王丞相愀然变色曰：'当共戮力王室，克复神州，何至作楚囚相对！'"

④"夷甫"三句：据《晋书·王衍传》，王衍善玄言清谈，虽居宰辅之重，不以经国为念，而思自全之计，以致全军为石勒所破，西晋倾覆。王衍自说少不豫事，欲求自免。石勒怒斥之曰："君名盖四海，身居重任，少壮登朝，至于白首，何得言不豫世事邪！破坏天下，正是君罪。"《晋书·桓温传》：温自江陵北伐，"过淮、泗，践北境，与诸寮属登平乘楼眺瞩中原，慨然曰：'遂

使神州陆沈，百年丘墟，王夷甫诸人不得不任其责。'"

⑤公知否：大德本作"君知否"。

⑥"况有"二句：《新唐书·韩愈传赞》："愈以六经之文为诸儒倡，自愈没，其言大行，学者仰之如泰山北斗云。"北宋有两韩氏并盛，一为相州韩氏，一为颍川韩氏。颍川韩氏京师第门前多种桐木，世称"桐木韩家"。韩元吉有《桐阴旧话》十卷记之。

⑦"当年"三句：傅玄《豫章行苦相篇》："男儿当门户，堕地自生神。雄心志四海，万里望风尘。"《后汉书·马武传》："咸能感会风云，奋其智勇。"苏轼《和张昌言喜雨》："二圣忧勤忘寝食，百神奔走会风云。"

⑧"绿野"三句：《新唐书·裴度传》："乃治第东都集贤里，沼石林丛，岑缭幽胜。午桥作别墅，具燠馆凉台，号绿野堂，激波其下。度野服萧散，与白居易、刘禹锡为文章，把酒穷昼夜相欢，不问人间事。"《旧唐书·李德裕传》：李德裕出仕前，于东都洛阳伊阙南建平泉别墅，清流翠竹，树石幽奇。《晋书·谢安传》：谢安出仕前曾高卧东山，悠游山水，吟诗属文，每游赏必携妓女相从。

⑨整顿乾坤：杜甫《洗兵马·收京后作》："二三豪俊为时出，整顿乾坤济时了。"

【辑评】

清黄苏《蓼园词选》：《草堂诗余》载《指迷》云："寿词尽言富贵则尘俗，尽言功名则谀佞，尽言神仙则迂诞。言功名而慨叹写之，寿词中合跻上座。"此犹刻舟求剑之说也。幼安忠义之气，由山东间道归来，见有同心者，即鼓其义勇。辞似颂美，实句句是规励，岂可以寻常寿词例之。诵其诗，读其书，不知其人，可乎。是以论其世。不能知人论世，又岂能以论文。

水龙吟

次年南涧用前韵为仆寿。仆与公生日相去一日，再和以寿南涧。

　　玉皇殿阁微凉，看公重试薰风手。①高门画戟②，桐阴阁道③，青青如旧。兰佩芳空，蛾眉谁妒，无言搔首。甚年年却有,呼韩塞上,人争问、公安否。④　　　金印明年如斗⑤。向中州、锦衣行昼⑥。依然盛事,貂蝉前后,凤麟飞走。⑦富贵浮云,我评轩冕,不如杯酒。⑧待从公,后痛饮八千余岁,伴庄椿寿。⑨

【题解】

此词作于淳熙十二年(1185)五月闲居带湖时。前韵,是指《水龙吟》(渡江天马南来)。词作以绝大部分写对韩元吉继续为国出力,为民分忧的期望。相关描述,很大程度上也是借颂寿他人之酒杯,浇一己忧国忧民块垒。自"富贵浮云"句以下,写借酒消愁之意,显示出词人性格上的傲岸不群。

韩元吉寿辛弃疾原唱《水龙吟·寿辛侍郎》,也能突破传统寿词庸俗格套,深切关怀时局,以复国大业相激励。录以对读:

南风五月江波,使君莫袖平戎手。燕然未勒,渡泸声在,宸衷怀旧。卧占湖山,楼横百尺,诗成千首。正菖蒲叶老,芙蕖香嫩,高门瑞、人知否。　　凉夜光躔牛斗。梦初回、长庚如昼。明年看取,锋旗南下,六骡西走。功画凌烟,万钉宝带,百壶清酒。便留公剩馥,蟠桃分我,作归来寿。(仆贱生后一日也,故有分我蟠桃之戏。)

【注释】

①"玉皇"二句:《新唐书·柳公权传》:"文宗尝召与联句。帝曰:'人皆苦炎热,我爱夏日长。'公权属曰:'薰风自南来,殿阁生余凉。'"

②画戟:唐制,三品以上官得私门立戟。

③阁道:大德本作"闻道"。

④"呼韩"三句:汉时匈奴有呼韩邪单于,此处借指金国。朱熹《三朝名臣言行录》引《行状》:"戎狄尤畏公(指韩琦)名。凡使契丹及来使者,必问:'韩侍中安否? 今何在?'"韩元吉曾于乾道九年以礼部尚书出使金国,故此处以韩琦拟之。

⑤"金印"句:《世说新语·尤悔》:"王大将军起事,丞相兄弟诣阙谢,周侯深忧。诸王始入,甚有忧色,丞相呼周侯曰:'百口委卿。'周直过不应,既

入,苦相存救。既释,周大说,饮酒。及出,诸王故在门,周曰:'明年杀诸贼奴,当取金印如斗大,系肘后。'"

⑥"向中州"句:《史记·项羽本纪》:"富贵不归故乡,如衣绣夜行,谁知之者!"

⑦"貂蝉"二句:《宋史·舆服志》:"貂蝉冠一名笼巾,织藤漆之,形正方,如平巾帻。饰以银,前有银花,上缀玳瑁蝉,左右为三小蝉,衔玉鼻,左插貂尾。三公、亲王侍祠大朝会,则加于进贤冠而服之。"苏轼《送子由使契丹》:"不辞驿骑凌风雪,要使天骄识凤麟。"

⑧"富贵"三句:《论语·述而》:"饭疏食,饮水,曲肱而枕之,乐亦在其中矣。不义而富且贵,于我如浮云。"《世说新语·任诞》:"张季鹰纵任不拘,时人号为江东步兵。或谓之曰:'卿乃可纵适一时,独不为身后名邪?'答曰:'使我有身后名,不如即时一杯酒。'"

⑨"八千"二句:《庄子·逍遥游》:"上古有大椿者,以八千岁为春,八千岁为秋。"

水龙吟

登建康赏心亭①

楚天千里清秋,水随天去秋无际。遥岑远目,献愁供恨,玉簪螺髻。②落日楼头,断鸿声里,江南游子。③把吴钩看了,阑干拍遍,无人会、登临意。④ 休说鲈鱼堪脍,尽西风、季鹰归未。求田问舍,怕应羞见,刘郎才气。⑤可惜流年,忧愁风雨,树犹如此。⑥倩何人,唤取盈盈⑦翠袖,揾英雄泪。

【题解】

此词作于淳熙元年(1174)秋江东安抚使参议官任上。上片写景。先从楚天寥廓、秋高气爽的远景写起,由天写到水,由水写到山,突出"献愁供恨"的北方山峦,隐隐带出中原沦丧之痛。进而转入近景特写,重点刻画登楼观景之人。"落日"暗示时势,"断鸿"映衬"江南游子"之孤单。词人一腔悲愤,则通过看吴钩、拍阑干的系列动作生动地呈现出来。下片以不同的典故构成(用典不仅可以揭示作品形成的背景,在表现的经济性、语言的凝缩性、表意的委婉性与含蓄性、议论的根据性方面起着重要作用,还可以提高作品的表现与意境之美,给作品带来活力。详参[韩]李东乡《稼轩辛弃疾词研究》),写尽报国无门、归隐不甘的矛盾心理。结末三句,在貌似风流倜傥中照应"无人会、登临意"。全篇悲慨郁结之情,一以含蓄深挚、婉转寄托出之,深得"潜气内转"之妙。

此词作年曾引起过争议。梁启超《辛稼轩先生年谱》提出,辛弃疾的作品中"建康以前词无可确指者",而此词"当为先生传世之最初一首,故以冠编年"。此后,夏承焘、朱东润等学者,或曰乾道四年(1168),或曰乾道五年,或曰四、五两年不定者,皆承梁氏首次为官建康说。又,蔡义江、蔡国黄《辛弃疾漫游吴楚考》一文认为,辛弃疾乾道三年(1167)曾潜入金国侦察,嗣后回到建康赋《水龙吟》,结束漫游生活,此词应作于乾道三年。而吴小如《释"顷"——论辛弃疾1167年"潜入"金国不可信》通过辨析"顷"字的不同解释,指出此说不可信。此从邓广铭《稼轩词编年笺注》,定为第二次为官建康时所作。

此词既有"慷慨纵横"的一面,又有"秾纤绵密"(刘克庄《辛稼轩集序》)的另一面。刚柔对立的两种风格,并存于同一首作品,给予读者的审美感受颇为独特。这是古典文学批评中的一个"大课题"(张宏生《读者之心——词的解读》。按:早前,沈道宽《论词绝句》四十二首其十九已约略涉及这一问题:"我爱分钗桃叶渡,温柔激壮力能兼。"),值得专门深入地研究。又,近人詹安泰曾作过一首《水龙吟·感旧用稼轩登建康赏心亭韵》,空尽色相,与稼轩词风稍异,可录以对读:

> 落花流水何穷,碧空描缋愁无际。双旌绣簇,平湖光漾,翠罗云髻。隔岸笙箫,近桥帘幕,断魂游子。尽芳华未减,斜阳立尽,知谁会、凄凉意。　　前度凭阑人换,倦风情、赋归与未。镜鸾慵照,那堪重

骋,杜郎才气。万派雌黄,十方悲笑,一齐来此。都待空色相,朱楼翠户,奈盈盈泪。(载《词学季刊》第二卷第三号,"都待空"当作"待都空"。)

【注释】

①词题中"赏心亭",北宋丁谓创建。位于建康下水门上,下临秦淮河。

②"遥岑"三句:远目,四卷本误作"远日",据大德本校改。韩愈、孟郊《城南联句》:"遥岑出寸碧,远目增双明。"韩愈《送桂州严大夫同用南字》:"江作青罗带,山如碧玉簪。"

③"落日"三句:杜甫《越王楼歌》:"楼下长江百丈清,山头落日半轮明。"柳永《玉蝴蝶》:"黯相望。断鸿声里,立尽斜阳。"

④"把吴钩"四句:杜甫《后出塞五首》其一:"少年别有赠,含笑看吴钩。"李贺《南园十三首》其五:"男儿何不带吴钩,收取关山五十州。"《渑水燕谈录》卷四:刘概酷嗜山水,而天姿绝俗,与世龃龉,故久不仕……少时多居龙兴僧舍之西轩,往往凭栏静立,怀想世事,吁唏独语,或以手拍栏干。尝有诗曰:"读书误我四十年,几回醉把栏干拍。"《湘山野录》卷上:王琪守金陵,登赏心亭,感怀往事,有诗曰:"冉冉流年去京国,萧萧华发老江湖。残蝉不会登临意,又噪西风入座隅。"

⑤"求田"三句:《三国志·魏书·陈登传》:"许汜与刘备并在荆州牧刘表坐,表与备共论天下人,汜曰:'陈元龙湖海之士,豪气不除。'……备问汜:'君言豪,宁有事耶?'汜曰:'昔遭乱过下邳,见元龙。元龙无客主之意,久不相与语,自上大床卧,使客卧下床。'备曰:'君有国士之名,今天下大乱,帝主失所,望君忧国忘家,有救世之意,而君求田问舍,言无可采,是元龙所讳也,何缘当与君语? 如小人,欲卧百尺楼上,卧君于地,何但上下床之间耶?'"

⑥"可惜"三句:苏轼《满庭芳》:"百年里,浑教是醉,三万六千场。思量,能几许,忧愁风雨,一半相妨。"《世说新语·言语》:"桓公北征,经金城,见前为琅邪时种柳,皆已十围,慨然曰:'木犹如此,人何以堪!'攀枝执条,泫然流泪。"

⑦盈盈:大德本作"红巾"。

【辑评】

陈洵《海绡说词》：起句破空而来，秋无际，从"水随天去"中见；"玉簪螺髻"之"献愁供恨"，从远目中见；"江南游子"，从"断肠落日"中见；纯用倒卷之笔。"吴钩看了，阑干拍遍"，仍缩入"江南游子"上；"无人会"纵开，"登临意"收合。后片愈转愈奇，季鹰未归则鲈脍陡然一转，刘郎羞见则田舍陡然一转，如此则江南游子亦惟长抱此忧以老而已；却不说出，而以"树犹如此"作半面语缩住。"倩何人"以下十三字，应"无人会登临意"作结。稼轩纵横豪宕，而笔笔能留，字字有脉络如此；学者苟能于此求，则清真、稼轩、梦窗，三家实一家，若徒视为真率，则失此贤矣！清真、稼轩、梦窗，各有神采；清真出于韦端己，梦窗出于温飞卿，稼轩出于南唐李主，莫不有一己之性清境地，而平平辙迹，则殊途同归。而或者以卤莽学之，或者委为不可学。呜呼！鲜能知味，小技犹然，况大道乎。

俞陛云《唐五代两宋词选释》：前四句写登临所见，起笔便有浩荡之气。"落日"句以下，由登楼说到旅怀，而仍不说尽，仅以吴钩独看，略露其不平之气。下阕写旅怀，即使归去奇狮卜筑，而生平未成一事，亦羞见刘郎。"流年"二句以单句旋折，弥见激昂。结句言英雄之泪，未要人怜，倘搵以红巾，或可破颜一笑，极言其潦倒，仍不减其壮怀也。

唐圭璋《唐宋词简释》：此首上片写景，下片抒情。起句浩荡，笼照全篇，包括山水空阔境界。"水随"一句，分写水；"遥岑"三句，分写山。"秋无际"从"水随天去"中见，"玉簪螺髻"从"远目"中见，皆用倒卷之笔。"落日"三句，写境极悲凉，与屯田之"霜风凄紧，关河冷落，残照当楼"同为佳境。"江南游子"，亦倒卷之笔。"把吴钩"三句，写情事尤不堪，沈恨塞胸，一吐之于纸上，仲宣之赋无此慷慨也。换头，三用典，委曲之至。"休说"两句，用张翰事，言不得便归。"求田"两句，用刘备事，言不屑求田。"可惜"两句，用桓温事，言己之伤感。"倩何人"两句，十三字，应"无人会"句作结，豪气浓情，一时并集，如闻垓下之歌。

满江红

贺王宣子平湖南寇①

筭鼓归来，举鞭问、何如诸葛。②人道是、匆匆五月，渡泸深入。③白羽风生④貔虎噪，青溪路断猩鼯⑤泣。早红尘、一骑落平冈，捷书急。　　三万卷，龙韬客⑥。浑未得，文章力。⑦把诗书马上⑧，笑驱锋镝。金印明年如斗大，貂蝉却自兜鍪出⑨。待刻公、勋业到□云，浯溪石。⑩

【题解】

此词作于淳熙六年(1179)湖南转运副使任上。这是一首平寇贺词，题材较为罕见，具备历史认知价值。上片先言王宣子"平湖南寇"的胜利可以和诸葛亮平定南中诸郡相比，从人、我两个方面表述。接写陈峒被剿灭过程中双方的激烈争斗，包括王宣子的儒将风度和官军的勇猛。下片侧重写制胜之道，要点是文官而立下赫赫武功，跻身达官显宦之列。并云平寇的历史贡献堪拟为大唐中兴之役。过甚其辞，连王宣子看了也以为是在嘲讽自己。

【注释】

①词题：大德本作"贺王帅宣子平湖南寇"。据陆游《渭南文集》卷三四《尚书王公墓志铭》，王佐字宣子，会稽山阴人。淳熙六年(1179)正月，郴州宜章县民陈峒武装起事，连破数县，时王宣子知潭州，率兵讨平之。

②"筭鼓"二句：《南史·曹景宗传》：景宗奉命督众军援助徐州刺史昌义之，凯旋之后，在华光殿宴会上赋诗云："去时儿女悲，归来筭鼓竞。借问行路人，何如霍去病。"《晋书·山简传》：简镇襄阳，每出嬉游，有儿童歌曰："举鞭向葛彊，何如并州儿。"

③"人道是"二句：诸葛亮《出师表》："受命以来，夙夜忧叹……故五月

渡泸,深入不毛。"

④"白羽"句:裴启《语林》:"诸葛武侯乘素舆,葛巾白羽扇,指麾三军。"白羽风生,大德本"白羽"作"白虎"。四印斋本"风生"作"生风"。

⑤猩髯(wú):大德本作"鼪(shēng)髯"。

⑥龙韬客:大德本作"龙头客"。龙韬,古代兵书《六韬》之一。

⑦"浑未得"二句:刘禹锡《郡斋书怀寄江南白尹兼简分司崔宾客》:"一生不得文章力,百口空为饱暖家。"

⑧诗书马上:《史记·郦生陆贾列传》:"陆生时时前说称《诗》《书》。高帝骂之曰:'乃公居马上而得之,安事《诗》《书》?'陆生曰:'居马上得之,宁可以马上治之乎?'"

⑨"貂蝉"句:《南齐书·周盘龙传》:"盘龙表年老才弱,不可镇边,求解职,见许,还为散骑常侍、光禄大夫。世祖戏之曰:'卿著貂蝉,何如兜鍪?'盘龙曰:'此貂蝉从兜鍪中出耳。'"兜鍪(móu),头盔,代指兵卒。

⑩"待刻"二句:浯溪石,指刻石纪功。浯溪,在今湖南省祁阳县西南五里。元结《大唐中兴颂》:"湘江东西,中直浯溪,石崖天齐。可磨可镵,刊此颂焉,可千万年。"□云,大德本作"云霄"。

【辑评】

宋周密《齐东野语》卷七:王佐宣子帅长沙日,茶贼陈丰啸聚数千人,出没旁郡,朝廷命宣子讨之。时冯太尉湛谪居在焉,宣子乃权宜用之……于是成擒,余党亦多就捕。宣子乃以湛功闻于朝,于是湛以劳复元官,宣子增秩。辛幼安以词贺之,有云:"三万卷,龙头客。浑未得,文章力。把诗书马上,笑驱锋镝。金印明年如斗大,貂蝉却自兜鍪出。"宣子得之,疑为讽己,意颇衔之。殊不知陈后山亦尝用此语送苏尚书知定州云:"枉读平生三万卷,貂蝉当复作兜鍪。"幼安正用此。然宣子尹京之时,尝有书与执政云:"佐本书生,历官处自有本末,未尝得罪于清议,今乃蒙置士大夫所不可为之地,而与数君子接踵而进,除目一传,天下仕人视佐为何等类,终身之累,孰大于此。"是亦宣子之本心耳。

满江红

送汤朝美自便归①

瘴雨蛮烟，十年梦、尊前休说。春正好、故园桃李，待君花发。②儿女灯前和泪拜，鸡豚社里归时节。③看依然、舌在齿牙牢，心如铁。④　　治国手，封侯骨。⑤腾汗漫，排阊阖。⑥待十分做了，诗书勋业。常日念君归去好，而今却恨中年别。⑦笑江头、明月更多情，今宵缺。

【题解】

此词作于淳熙十年(1183)春闲居带湖时。这首送别词，既开朗乐观，激昂奋发，又情深意长，娓娓动人。起韵便觉洒脱，将十年"瘴雨蛮烟"一笔勾销，虽然身经挫折，但才高志坚，壮心不已，期望友人为复国大业再建功勋。是勉励，也是自勉。"春正好"以下插叙儿女情事。桃李待君，撩人情思；儿女和泪，鸡豚春社，精细自然，清新淳朴。过片六句稍嫌过誉。结处写送别时的矛盾心理，更借明月抒怀，都表现了浓郁的惜别之情。

【注释】

①词题：大德本作"送汤朝美司谏自便归金坛"。汤邦彦，字朝美。被流放到新州(今广东新兴)近十年，本年遇赦，得以返回家乡金坛(今江苏丹阳西南)。

②"春正好"二句：韩愈《镇州初归》："还有小园桃李在，留花不发待郎归。"

③"儿女"二句：《诗话总龟》前集卷九引谢师厚七绝："倒著衣裳迎户外，尽呼儿女拜灯前。"黄庭坚《寄上叔父夷仲三首》其三："弓刀陌上望行色，儿女灯前语夜深。"韩愈《南溪始泛三首》其二："愿为同社人，鸡豚燕春秋。"王驾《社日》："桑柘影斜春社散，家家扶得醉人归。"

④"看依然"二句:《史记·张仪列传》:张仪未仕秦前,曾遭楚相门人痛打。"其妻曰:'嘻!子毋读书游说,安得此辱乎?'张仪谓其妻曰:'视吾舌尚在不?'其妻笑曰:'舌在也。'仪曰:'足矣。'"《三国志·魏书·武帝纪》注引《魏武故事》:"忠能勤事,心如铁石,国之良吏也。"

⑤"治国手"二句:治国手,大德本作"活国手"。《南史·王广之传》:"子珍国字德重,仕齐为南谯太守,有能名。时郡境苦饥,乃发米散财以赈穷乏。高帝手敕云:'卿爱人活国,甚副吾意。'"《汉书·翟方进传》:"小史有封侯骨,当以经术进,努力为诸生学问。"

⑥"腾汗漫"二句:《淮南子·道应训》:"吾与汗漫期于九垓之外,吾不可以久驻。"《淮南子·原道训》:"昔者冯夷大丙之御也……经纪山川,蹈腾昆仑,排阊阖,沦天门。"

⑦"常日"二句:常日,大德本作"当日"。《世说新语·言语》:"谢太傅语王右军曰:'中年伤于哀乐,与亲友别,辄作数日恶。'王曰:'年在桑榆,自然至此,正赖丝竹陶写,恒恐儿辈觉,损欣乐之趣。'"

满江红

送李正之提刑①

蜀道登天,一杯送、绣衣行客。②还自叹、中年多病,不堪离别。东北看惊诸葛表,西南更草相如檄。③把功名、收拾付君侯,如椽笔④。　　儿女泪,君休滴。⑤荆楚路,吾能说。要新诗准备,庐江山色。赤壁矶头千古浪,铜鞮陌上三更月。⑥正梅花、万里雪深时,须相忆。

【题解】

此词作于淳熙十一年(1184)冬闲居带湖时。词写送友人入蜀赴任,融惜别之情与勖勉之意为一体,刚柔相济。起笔雄强,直接切入主题。自叹

117

多病,不堪离别,是衬托笔法,以振起壮行豪言。"东北"二句磅礴大气,不独用事恰切,文武兼到,亦且寓意深刻。下片悬想友人此去一路行程,熔铸诗情画意,剪裁颇见巧思。歇拍二句,意密情深。

【注释】

①词题:大德本作"送李正之提刑入蜀"。李正之,李大正字正之,早年为张孝祥门客,乾道年间任遂昌县尉、会稽县令。乾道中及淳熙中,曾两度为江淮荆浙福建广南路提点坑冶铸钱公事,常驻信州,并由提点知南安军(今江西大余)。淳熙十一年起,转任利州路(今四川广元)提刑及四川都大茶马各官。提刑,提点刑狱公事简称,主管各州的司法、刑狱和监察事务。

②"蜀道"二句:李白《蜀道难》:"蜀道之难,难于上青天。"岑参《赵少尹南亭送郑侍御归东台》:"红(一作江)亭酒瓮香,白面绣衣郎。"《汉书·百官公卿表》:"侍御史有绣衣直指,出讨奸猾,治大狱,武帝所制,不常置。"赵升《朝野类要》卷三《职任·外台》:"安抚、转运、提刑、提举,实分御史之权,亦似汉绣衣之义,而代天子巡守也,故曰外台。"

③"东北"二句:诸葛亮率军北伐,临行,上《出师表》,东北的曹魏为之震惊。又,汉武帝时,唐蒙为害西南巴蜀地区,百姓惊恐,武帝闻讯,乃使司马相如起草《喻巴蜀檄》,斥责唐蒙,安抚百姓。

④"把功名"二句:君侯,汉代以后对达官贵人的敬称。《晋书·王珣传》:"珣梦人以大笔如椽与之。既觉,语人曰:'此当有大手笔事。'俄而帝崩,哀册谥议,皆珣所草。"

⑤"儿女泪"二句:王勃《送杜少府之任蜀州》:"无为在歧路,儿女共沾巾。"

⑥"要新诗"四句:庐江,大德本作"庐山"。铜鞮(dī),《隋书·音乐志》:"初,梁武帝在雍镇,有童谣云:'襄阳白铜蹄,反缚扬州儿。'"后人改"铜蹄"作"铜鞮",常用以指湖北襄阳。雍陶《送客归襄阳旧居》:"唯有白铜鞮上月,水楼闲处待君归。"

【辑评】

清陈廷焯《白雨斋词话》卷六:稼轩《满江红·送李正之提刑入蜀》云:"东北看惊诸葛表,西南更草相如檄。把功名、收拾付君侯,如椽笔。"又云:

"赤壁矶头千古浪,铜鞮陌上三更月。正梅花、万里雪深时,须相忆。"龙吟虎啸之中,却有多少和缓。不善学之,狂呼叫嚣,流弊何极。

清陈廷焯《词则·放歌集》卷一:气魄之大,突迈东坡,古今更无敌手。想其下笔时,早已目无余子矣。

满江红

中秋寄远

快上西楼,怕天放、浮云遮月。但(平声)唤取、玉纤横笛,一声吹裂。①谁做冰壶浮世界,最怜玉斧修时节。②问常娥、孤冷有愁无,应华发。③　　云液满,琼杯滑。长袖起,清歌咽。④叹十常八九,欲磨还缺。若得长圆如此夜,人情未必看承别。⑤把从前、离恨总成欢⑥,归时说。

【题解】

此词作于乾道中(1169年前后)仕宦期内。词作借月咏怀。上片"快上"四句写登楼吹笛,待月唤月。"谁做"二句正面赋月,清辉普照,一片冰凉世界。歇拍二句问月,由月而人,过渡承转。过片四句承上回忆往昔情事。以下责月、祈月,盼圆叹缺,均承东坡词意。结末二句翻出新意,悬想归时互诉衷肠,化悲为欢,意想美好,深细缠绵。全篇格调开朗洒脱处,有类于东坡《水调》中秋词。稍有不同的是,由于气度胸襟及咏怀对象有异,苏词重哲理而抒手足之情,偏于超逸清旷,辛词则重情致而发为男女相思,更富现实的眷恋之思。

【注释】

①"但唤取"二句:横笛,大德本作"横管"。《石林诗话》卷上:"晏元献留守南都,王君玉……为府签判……宾主相得,日以饮酒赋诗为乐,佳时胜日,未尝辄废也。尝遇中秋阴晦,斋厨凤为备,公适无命。既至夜,君玉密

使人伺公,曰:'已寝矣。'君玉亟为诗以入,曰:'只在浮云最深处,试凭弦管一吹开。'公枕上得诗大喜,即索衣起,径召客治具,大合乐。至夜分,果月出,遂乐饮达旦。"

②"谁做"二句:浮世界,大德本作"凉世界"。《文选》鲍照《白头吟》:"直如朱丝绳,清如玉壶冰。"注云:"玉壶冰,取其洁净也。"段成式《酉阳杂俎》:"郑仁本表弟……游嵩山……见一人……枕一襆物,方眠熟,即呼之……且问其所自,其人笑曰:'君知月乃七宝合成乎?……常有八万二千户修之,予即一数。'因开襆,有斤凿数事。"曾几《癸未八月十四至十六夜月色皆佳》:"明时谅费银河洗,缺处应须玉斧修。"

③"问嫦娥"句:孤冷,大德本作"孤令"。李商隐《嫦娥》:"嫦娥应悔偷灵药,碧海青天夜夜心。"

④"云液"四句:白居易《对酒闲吟赠同老者》:"云液洒六腑,阳和生四肢。"《旧唐书·杨炯传》:"(张)说曰:'韩休之文,如太羹旨酒,雅有典则,而薄于滋味……王翰之文,如琼杯玉斝,虽缀然可珍而多玷缺。'"长袖起,大德本作"长袖舞"。

⑤"若得"二句:若得,大德本作"但愿"。看承别,别样看待。郭应祥《鹧鸪天》:"自缘人意看承别,未必清辉减一分。"

⑥总成欢:王诏刊本作"总包藏"。

满江红

建康史致道留守席上赋①

鹏翼垂空,笑人世、苍然无物。还又②向、九重深处,玉阶山立。袖里珍奇光五色,他年要补天西北。③且归来、谈笑护长江,波澄碧。 佳丽地,文章伯。金缕唱,红牙拍。④看尊前飞下,日边消息。料想宝香黄阁梦,依然画舫青溪⑤笛。待如今、端的约钟山,长相识。

【题解】

此词作于乾道五年(1169)建康通判任上。上片大体依次赞颂史致道早年胸怀大志,其后立身朝廷,而今拱卫长江,期待日后能以其雄才大略,完成复国大业。过片四句承上,借"席上"情景兼写史致道文采斐然。"看尊前"二句,再由现实写到未来,于史致道寄予厚望,也与上片相呼应。以下跌回到现实,写预祝升迁之意与眷恋之情,谓料想史致道他时入相之后,今日青溪泛舟吹笛之乐仍时时出现在他的梦中。既然不能忘情于建康,则不如趁现在尚未离任之前,就同钟山山灵约定,永远结为知己。

此词,今尚存陈邦彦康熙六十年(1721)十二月绢本行书册,其中,"还又向"作"又还向"。此册另录辛弃疾《归朝欢》(山下千林花太俗)。又,吴湖帆尝于一九三五年集辛弃疾《清平乐》(断崖修竹)中词句与毛滂《摊声浣溪沙》首句,作楷书一联:"路转清溪三百曲,日照门前千万峰。"苏州怡园的松籁阁对联中的一幅,系集辛弃疾词句而成:"还我渔蓑,依然画舫清溪笛;急呼斗酒,换得东家种树书。"陈运彰所作楷书十四言词联"归计橘千头,正红叶漫山,清泉漱石;新词光万丈,有丝阑旧曲,金谱真腔",依序集自辛弃疾《水调歌头》(日月如磨蚁)、卢祖皋《木兰花慢》(嫩寒催客棹)及朱敦儒《念奴娇》(素秋天气)、史达祖《寿楼春》(裁春衫寻芳)。

【注释】

①词题:大德本作"建康史致道席上赋"。史致道,史正志字致道。乾道三年(1167)至六年知建康府,兼行宫留守、沿江水军制置使。

②还又:大德本作"又还"。

③"袖里"二句:《史记》司马贞补《三皇本纪》:"女娲氏末年,诸侯有共工氏……与祝融战,不胜而怒,乃头触不周山崩,天柱折,地维缺。女娲乃炼五色石以补天,断鳌足以立四极,聚芦灰以止滔水,以济冀州。于是地平天成,不改旧物。"《淮南子·天文训》:"昔者共工与颛顼争为帝,怒而触不周之山,天柱折,地维绝。天倾西北,故日月星辰移焉;地不满东南,故水潦尘埃归焉。"

④"佳丽"四句:谢朓《入朝曲》:"江南佳丽地,金陵帝王州。"杜甫《暮春陪李尚书李中丞过郑监湖亭泛舟》:"海内文章伯,湖边意绪多。"《吹剑续

录》："东坡在玉堂日，有幕士善讴，因问：'我词比柳耆卿何如?'对曰：'柳郎中词，只好十七八女孩儿，执红牙拍板，歌'杨柳岸晓风残月'；学士词，须关西大汉，执铁板，唱'大江东去'。公为之绝倒。"

⑤青溪：大德本作"清溪"。《景定建康志》卷一八："青溪，吴大帝赤乌四年凿，东渠名青溪，通城北堑潮沟，阔五丈，深八尺，以泄玄武湖水，发源钟山而南流，经京，出今青溪闸口，接于秦淮。"

满江红

赣州席上呈陈季陵太守①

落日苍茫，风才定、片帆无力。②还记得、眉来眼去，水光山色。③倦客不知身近远④，佳人已卜归消息。便归来、只是赋行云，襄王客。⑤　　些个事，如何得。知有恨，休重忆。但楚天特地，暮云凝碧。⑥过眼不如人意事，十常八九今头白。⑦笑江州、司马太多情，青衫湿。⑧

【题解】

此词作于淳熙二年(1175)江西提点刑狱任上。起首写景，烘托离别氛围。接写回忆美好往事，以生动乐景写别离哀情。再从"只是赋行云"去体会"眉来眼去"和夕阳下的英雄气短，刺人肺腑。下片宽慰劝勉因事去职的陈季陵。结拍借古喻今，激励振作从对多情自我的辛酸嘲讽中来，颇见良苦用心。

【注释】

①词题：大德本作"赣州席上呈太守陈季陵侍郎"。陈季陵，陈天麟字季陵，宣城人，绍兴进士。知赣州时，"茶商寇赣、吉间，天麟预为守备，民恃以安。江西宪臣辛弃疾讨贼，天麟给饷补军。事平，弃疾奏：'今成功，实天麟之方略也。'"(《赣州府志》卷四二)

②"落日"二句：李白《江行寄远》："疾风吹片帆，日暮千里隔。"

③"还记得"二句：王观《卜算子》："水是眼波横，山是眉峰聚。欲问行人去那边，眉眼盈盈处。"

④"倦客"句：苏轼《书普慈长老壁》："倦客再游行老矣，高僧一笑故依然。"近远，大德本作"远近"。

⑤"便归来"二句：宋玉《高唐赋序》："昔者楚襄王与宋玉游于云梦之台，望高唐之观，其上独有云气……玉曰：昔者先王尝游高唐，怠而昼寝，梦见一妇人曰：'妾巫山之女也。为高唐之客，闻君游高唐，愿荐枕席。'王因幸之。去而辞曰：'妾在巫山之阳，高丘之阻。旦为朝云，暮为行雨。朝朝暮暮，阳台之下。'旦朝视之，如言。故为立庙，号为朝云。"

⑥"些个事"六句：些个，这些个，那些个。李白《江行寄远》："思君不可得，愁见江水碧。"江淹《拟休上人怨别》："日暮碧云合，佳人殊未来。"

⑦"过眼"二句：黄庭坚《用明发不寐有怀二人韵寄李秉彝德叟》："人生不如意，十事恒八九。"

⑧"笑江州"二句：白居易《琵琶行》："浔阳江头夜送客，枫叶荻花秋瑟瑟……忽闻水上琵琶声，主人忘归客不发……凄凄不似向前声，满座重闻皆掩泣。座中泣下谁最多，江州司马青衫湿。"

满江红

江行和杨济翁韵①

过眼溪山，怪都似、旧时曾识。是梦里、寻常行遍②，江南江北。佳处径须携杖去，能消几两平生屐。笑尘埃、三十九年非，③长为客。　　吴楚地，东南坼。④英雄事，曹刘敌。⑤被西风吹尽，了无陈迹⑥。楼观才成人已去⑦，旌旗未卷头先白。叹人间⑧、哀乐转相寻，今犹昔。

【题解】

此词作于淳熙五年(1178)由临安赴任湖北转运副使途中。杨济翁原唱已佚。上片写江行所见所感。眼前山水似曾相识,想是梦中早已见过,说得颇为含蓄。实则词人"二年历遍楚山川"(《鹧鸪天》),早已熟悉吴楚山水。而频繁辗转奔波,长期客居江南的落寞,使人痛感碌碌无为,由此兴发徜徉山水之想。下片由吴楚之地的历史兴衰引出现实感慨。遥想当年,孙权坐镇吴楚,与天下英雄曹、刘相抗衡,虽基业初成,终不免随风而逝,无迹可寻。现实世界里,英雄无处请缨,转瞬老去,历史的悲哀循环往复,古今同此悲慨,思之令人心碎。

【注释】

①词题:大德本作"江行简杨济翁周显先"。杨济翁,杨炎正字济翁,杨万里族弟。

②"是梦里":大德本作"还记得、梦中行遍"。

③"笑尘埃"句:尘埃,大德本作"尘劳"。《淮南子·原道训》:"蘧伯玉年五十而有四十九年非。"王安石《省中二首》其二:"身世自知还自笑,悠悠三十九年非。"

④"吴楚"二句:杜甫《登岳阳楼》:"吴楚东南坼,乾坤日夜浮。"

⑤"英雄"二句:《三国志·蜀书·先主传》:"是时曹公从容谓先主曰:'今天下英雄,唯使君与操耳。本初之徒,不足数也。"

⑥陈迹:大德本作"尘迹"。

⑦"楼观"句:才成,四印斋本作"甫成"。苏轼《送郑户曹》:"楼成君已去,人事固多乖。"

⑧人间:四印斋本作"人生"。

【辑评】

宋魏庆之《诗人玉屑》引黄昇《中兴词话》:"吴楚地"至"陈迹"数语,铁心石肠,发于词气间,凛凛也。

清陈廷焯《白雨斋词话》卷六:稼轩《满江红》"楼观才成人已去,旌旗未卷头先白。叹人生、哀乐转相寻,今犹昔。"……于悲壮中见浑厚。后之狂呼叫嚣者,动托苏、辛,真苏、辛之罪人也。

清陈廷焯《云韶集》卷五:起数语便超绝。回头一击,鱼龙飞舞,淋漓痛快,悲壮苍凉,敲碎玉唾壶。

清陈廷焯《词则·放歌集》卷一:悲壮苍凉,却不粗卤,改之、放翁辈终身求之不得也。

俞陛云《唐五代两宋词选释》:《满江红》词易于纵笔,以稼轩之才气,更如阵马风樯,但豪放则易近粗率,此作独疏爽而兼低回之思。"佳处"二句深表同情。余生平所历胜境,回味犹甘,而重游无望,知佳处径须携杖,不可使清景如追遁也。下阕非特俯仰兴亡,即寻常之丹腠未竟,已钟鼓全非者,不知凡几,真阅世之谈。"今犹昔"三字尤隽。后之感今,犹今之感昔耳。

满江红

送郑舜举郎中赴召①

湖海平生,算不负、苍髯如戟。②闻道是、君王著意,太平长策③。此老自当兵十万④,长安正在天西北。便凤凰、飞诏下天来⑤,催归急。　　车马路,儿童泣。风雨暗,旌旗湿⑥。看野梅官柳⑦,东风⑧消息。莫向蓝庵追语笑,只今松竹无颜色⑨。问人间、谁管别离愁,杯中物⑩。

【题解】

此词作于淳熙十三年(1186)闲居带湖时。上片赞郑舜举胸怀天下,雄才大略。"便凤凰"二句归结词题,贺其升迁。下片赋依依惜别之情。前四句描绘送别场面,极言友人政绩卓著,深得民心。"看野梅"句宕开,预祝此去春风得意,喜讯频传。"莫向"以下,折回自身,悬想人去宅空情景,非唯笑语难追,亦且松竹失色,一片凄黯空寂。此加一倍写法。结处以自我问答方式放笔直抒,谓此后唯以杯酒排遣离愁。

①词题：大德本作"送信守郑舜举被召"。

②"湖海平生"二句：《南史·褚彦回传》："公主谓曰：'君须髯如戟，何无丈夫意。'"

③太平长策：张孝祥《满江红》："边书静，烽烟息。通辖传，销锋镝。仰太平天子，坐收长策。"长策，良策。

④"此老"句：陆游《南唐书·宋齐丘传》："世言江南精兵十万，而长江天堑，可当十万，国老宋齐丘机变如神，可当十万。周世宗欲取江南，故齐丘以反间死。"《青田县志》称郑汝谐"出入五经，权衡诸史，辛稼轩见之，曰'老子胸中兵百万。'"

⑤"便凤凰"句：《邺中记》："石季龙与皇后在观上为诏书，五色纸，著凤口中。凤即衔诏，侍人放数百丈绯绳，辘轳回转，凤凰飞下，谓之凤诏。凤凰以木作之，五色漆画，脚皆用金。"

⑥旌旗湿：杜甫《对雨》："不愁巴道路，恐湿汉旌旗。"

⑦野梅官柳：杜甫《西郊》："市桥官柳细，江路野梅香。"

⑧东风：《花庵词选》作"春风"。

⑨"只今"句：《史记·匈奴列传》注引《西河故事》："匈奴失祁连、焉支二山，乃歌曰：'失我祁连山，使我六畜不蕃息；失我焉支山，使我妇女无颜色。'其慜惜乃如此。"

⑩杯中物：陶渊明《责子》："天运苟如此，且进杯中物。"

满江红

游南岩和范廓之韵①

笑拍洪崖，问千丈、翠岩谁削。②依旧是、西风白马③，北村南郭。似整复斜④僧屋乱，欲吞还吐林烟薄。觉人间、万事到秋来，都摇落。　　呼斗酒，同君酌。□小隐⑤，寻幽约。且丁宁休负,北山猿鹤。有鹿从渠求鹿梦,非鱼定未知鱼乐。⑥
正仰看、飞鸟却应人,回头错。⑦

【题解】

此词作于淳熙间闲居带湖时。范廓之原唱已佚。起韵三个动作,
"笑"、"拍"、"问"联翩而下,表现出词人的风流放逸之情。以下二韵刻画南
岩周围的山林景色。"似整复斜"、"欲吞还吐"写出变化不定中的动态。结
韵转为秋来万事都摇落的生命悲叹。下片转入抒怀。先写呼酒对饮,再叮
咛弟子及早归来,践隐居之约。"有鹿"二句既执着,又宽解,颇有万物各得
其所的惬意。结韵巧用杜诗,含蓄表达寂寞期盼的心情,闲而内藏悲凉。
上下片的内在情感逻辑在于,正因为生命易于摇落,才该还它以自由、本真
的存在状态。

【注释】

①词题:大德本作"游南岩和范先之韵"。南岩,《上饶县志》:南岩一名
卢家岩,在县治西南十里,为朱子读书处。范廓之,范开。淳熙九年从学辛
弃疾,十五年编刊《稼轩词》甲集,并为之序。

②"笑拍"二句:洪崖,传说中的仙人,即黄帝的臣子伶伦,帝尧时已三
千岁,仙号洪崖。郭璞《游仙诗》:"左挹浮丘袖,右拍洪崖肩。"

③白马:大德本作"白鸟"。

④似整复斜:杜牧《台城曲二首》其一:"整整复斜斜,随旗簇晚沙。"

⑤□小隐:大德本作"更小隐"。王康琚《反招隐诗》:"小隐隐陵薮,大
隐隐朝市。"

⑥"有鹿"二句:《列子·周穆王》:"郑人有薪于野者,遇骇鹿,御而击
之,毙之。恐人见之也,遽而藏诸隍中,覆之以蕉,不胜其喜。俄而遗其所
藏之处,遂以为梦焉。顺途而咏其事。傍人有闻者,用其言而取之。既归,
告其室人曰:'向薪者梦得鹿而不知其处,吾今得之,彼直真梦者矣。'室人
曰:'若将是梦见薪者之得鹿邪?讵有薪者邪?今真得鹿,是若之梦真邪?'
夫曰:'吾据得鹿,何用知彼梦我梦邪?'"

⑦"正仰看"二句:杜甫《漫成二首》其二:"仰面贪看鸟,回头错应人。"

满江红

曲几蒲团,方丈里、君来问疾。②更夜雨、匆匆别去,一杯南北。万事莫侵闲鬓发,百年正要佳眠食。最难忘、此语重殷勤,千金直。 西崦③路,东岩石。携手处,今陈迹④。望重来犹有,旧盟如日⑤。莫信蓬莱风浪隔⑥,垂天自有扶摇力。对梅花、一夜苦相思,无消息。

【题解】

此词作于闲居带湖期间。俞山甫未详。上片写访别。其中,"一杯南北"为下文"病起寄之"预设伏笔。"万事"二句为俞山甫临别赠言。下片写答谢。先忆旧游,再盼重聚。煞拍化用卢仝诗意,于怅惘中寄托对俞山甫的怀念之情。

【注释】

①词题中"教授"为宋代学官名。

②"曲几"二句:蒲团、方丈里,大德本分别作"团蒲"、"记方丈"。黄庭坚《以小龙团及半挺赠无咎并诗用前韵为戏》:"曲几团蒲听煮汤,煎成车声绕羊肠。"白居易《斋戒满夜戏招梦得》:"方丈若能来问疾,不妨兼有散花天。"方丈,言居室很小。

③西崦(yān):戴叔伦《北山游亭》:"西崦水泠泠,沿冈有游船。"

④陈迹:大德本作"尘迹"。

⑤旧盟如日:《诗·王风·大车》:"谓予不信,有如皦日。"

⑥"莫信"句:《史记·封禅书》:"自威、宣、燕昭使人入海求蓬莱、方丈、瀛洲。此三神山者,其传在勃海中,去人不远;患且至,则船风引而去。盖尝有至者,诸仙人及不死之药皆在焉。其物禽兽尽白,而黄金银为宫阙。

未至,望之如云;及到,三神山反居水下。临之,风辄引去,终莫能至云。"

水调歌头

带湖吾甚爱,千丈翠奁开。先生杖屦无事,一日走千回。②凡我同盟鸥鸟,今日既盟之后,来往莫相猜。③白鹤在何处,尝试与偕来。　　破青萍,排翠藻,立苍苔。窥鱼笑汝痴计,不解举吾杯。④废沼荒丘畴昔,明月清风此夜,人世几欢哀。⑤东岸绿阴少,杨柳更须栽。⑥

【题解】

此词作于淳熙九年(1182)春闲居带湖之初。题旨奇诡。起句直言对带湖的钟爱,日走千回,不离不弃,奠定了与鸥鸟盟约的基础。"凡我"三句,戏拟《左传》齐侯盟诸侯之语,点明主旨,颇有创意。"白鹤"二句挥洒自如。盖物以类聚,爱鸥及鹤。下片先调侃鸥鹭窥鱼痴态,暗讽世人逐利,衬出词人放旷自在、浑然忘机的风采。接着以带湖今昔之变,引发人生哀乐循环之感,隐有忧念时世之意。末二句结以闲淡语,气定神闲,意韵悠远。

【注释】

①盟鸥:《列子·黄帝》:"海上之人有好鸥鸟者,每旦之海上,从鸥鸟游,鸥鸟之至者百住而不止。其父曰:'吾闻鸥鸟皆从汝游,汝取来,吾玩之。'明日之海上,鸥鸟舞而不下也。"李白《赠王判官时余归隐居庐山屏风叠》:"明朝拂衣去,永与白鸥盟。"陆游《雨夜怀唐安》:"小阁帘栊频梦蝶,平湖烟水已盟鸥。"

②"先生"二句:杖屦(jù),拄杖漫步。杜甫《祠南夕望》:"兴来犹杖屦,目断更云沙。"

③"凡我"三句:《左传·僖公九年》齐侯盟诸侯于葵丘语:"凡我同盟之

人,既盟之后,言归于好。"鸥鸟,大德本作"鸥鹭"。

④"窥鱼"二句:楼颖《东郊纳凉忆左威卫李录事收昆季太原崔参军三首》其一:"饥鹭窥鱼静,鸣鸦带子喧。"

⑤"废沼"三句:黄庭坚《木兰花令》:"徐熙小鸭水边花,明月清风都占却。"贺铸《断湘弦》:"拟话当时旧好,问同谁与醉尊前。除非是,明月清风,向人今夜依然。"

⑥"东岸"二句:杜甫《舍弟占归草堂检校聊示此诗》:"东林竹影薄,腊月更须栽。"

【辑评】

宋陈鹄《耆旧续闻》卷五:近日辛幼安作长短句,有用经语者。水调歌云:"凡我同盟鸥鹭,今日既盟之后,来往莫相猜。"亦为新奇。

清陈廷焯《词则·放歌集》卷一:一气舒卷,参差中寓整齐,神乎技矣。一结愈朴愈妙,看似不经意,然非有力如虎者不能。

水调歌头

汤坡见和,用韵为谢①

白日射金阙,虎豹九关开。②见君谏疏频上,高论挽天回。③千古忠肝义胆,万里蛮烟瘴雨,往事莫惊猜。政恐不免耳,消息日边来。④　　笑吾庐,门掩草,径封苔⑤。未应两手无用,要把蟹螯杯。⑥说剑论诗余事,醉舞狂歌欲倒,老子颇堪哀。⑦白发宁有种,一一醒时栽。⑧

【题解】

此词作于淳熙九年(1182)闲居带湖时。汤邦彦原唱已佚,其所和者为辛弃疾《水调歌头》(带湖吾甚爱)。此首为辛弃疾再用原韵答谢之作,借友人显赫的过去与光明的前景,反衬自己的落魄潦倒与黯然无望,尽情倾泻被闲置以来的一腔忧愤。起笔光彩辉赫,映衬汤邦彦当年谏疏频上,忠肝义胆,深得孝宗倚重。"千古"句以下笔锋一转,对汤氏遭贬深致惋惜,劝慰并激励其耐心等待东山再起的机会。下片先自嘲门庭冷落,人迹罕至。不说英雄无用武之地,偏说两手还能把杯持蟹。接着透露只能靠醉酒狂歌宣泄,不再像以往那样谈剑论诗,境遇委实悲凉。结二句以白发增生表明郁闷愁苦不可断绝。

【注释】

①词题:大德本作"汤朝美司谏见和,用韵为谢"。汤朝美,汤邦彦。

②"白日"二句:李白《登高丘而望远》:"扶桑半摧折,白日沉光彩。银台金阙如梦中,秦皇汉武空相待。"屈原《招魂》:"魂兮归来,君无上天些。虎豹九关,啄害下人些。"王逸《章句》:"言天门凡有九重,使神虎豹执其关闭,主啄啮天下欲上之人而杀之也。"

③"见君"二句:高论,大德本作"谈笑"。《京口耆旧传》卷八:汤邦彦任左司谏兼侍读时,"论事风生,权幸侧目。上手书以赐,称其'以身许国,志若金石,协济大计,始终不移'。"刘宰《漫塘集·颐堂集序》:汤邦彦(颐堂)"意气激昂,议论慷慨,独脱颖而出,故贵名之起如轰雷霆"、"君臣之间,气合道同,言听谏行"。《新唐书·张玄素传》:贞观年间,给事中张玄素谏止唐太宗修洛阳乾元殿,魏徵叹曰:"张公遂有回天之力。"

④"政恐"二句:《世说新语·排调》:"初,谢安在东山为布衣时,兄弟已有富贵者,翕集家门,倾动人物。刘夫人戏谓安曰:'大丈夫不当如此乎?'谢乃捉鼻曰:'但恐不免耳。'"

⑤径封苔:胡寅《和仲固春日村居即事十二绝》其五:"西园闻道径封苔,落落髯仙去不回。"

⑥"未应"二句:《世说新语·任诞》:"毕茂世云:'一手持蟹螯,一手持酒杯,拍浮酒船中,便足了一生矣。'"

⑦"说剑"三句:苏轼《与梁左藏会饮傅国博家》:"将军破贼自草檄,论诗说剑俱第一。"李涉《却归巴陵途中走笔寄唐知言》:"醉舞狂歌此地多,有时酩酊扶还起。"《后汉书·马援传》:"诸曹时白外事,援辄曰:'此丞掾之任,何足相烦,颇哀老子,使得遨游。'"老子,老夫,自称之词。

⑧"白发"二句：黄庭坚《次韵裴仲谋同年》："白发齐生如有种，青山好去坐无钱。"

水调歌头

淳熙己亥，自湖北漕移湖南，周总领、王漕、赵守置酒南楼，席上留别。①

折尽武昌柳②，挂席上潇湘。二年鱼鸟江上，笑我往来忙。③富贵何时休问，离别中年堪恨，憔悴鬓成霜。丝竹陶写耳，急羽且飞觞。　　序兰亭，歌赤壁，绣衣香。使君千骑鼓吹，风采汉侯王。④莫把骊驹频唱，可惜南楼佳处，⑤风月已凄凉。在家贫亦好⑥，此语试平章。

【题解】

此词作于淳熙六年(1179)。起首从将来着笔，预想离别及别后情事。其中，"二年"二句慨叹自己迁调频繁，却说鱼鸟"笑我往来忙"。再就上述事实直抒有志难酬的感慨。以下转到当前的别筵上来，谓且凭歌舞遣恨，借杯酒浇愁。过片先折笔写以往友朋诗酒欢聚情景。再跌回当前，说那样的生活，恐怕一去不复返了，所以，眼前的离筵，场面虽不可谓不盛大热烈，怎奈别绪萦怀，难免使人产生凄黯不欢之感。煞拍宕开，不说远行，而以大家此刻再来体味一下"在家贫亦好"之语作结。

词中"富贵何时"五句，与蔡松年《雨中花》中的"忆昔东山，王谢感慨，离情多在中年。正赖哀弦清唱，陶写余欢"是如此的相似，以至于很难说是巧合。并且，类似情形在辛词中还并不少见。这说明，辛弃疾早年受到过蔡氏及其《明秀集》的熏染，甚至可能存在师生关系。（参刘扬忠《辛弃疾词心探微》、胡传志《宋金文学的交融与演进》。案：王庆生《辛弃疾师事蔡松年说平质》一文曾提出，《宋史》本传所谓"少师蔡伯坚"，并非聚童教读，而是行卷参请，其事约在稼轩两赴燕山应试时。并认为,陈模《怀古录》所载"子之诗则未也"的评论者"蔡光"很可能是蔡松年之名误记。)又,稼轩词风的养成,亦能见出北方地域文化之于文学的影响,正如况周颐《蕙风词话》卷三所云:"自六朝已还,文章有南北派之分,乃至书法亦然。姑以词论,金源之于南宋,时代正同,疆域之不同,人事为之耳,风会曷与焉? 如辛幼安先在北,何尝不可南? 如吴彦高先在南,何尝不可北? 顾细审其词,南与北确乎有辨,其故何耶? 或谓《中州乐府》选政操之遗山,皆取其近己者。然如王拙轩,李庄靖,段氏遁庵、菊轩,其词不入元选,而其格调气息,以视元选诸词,亦复如骖之靳,则又何说? 南宋佳词能浑,至金源佳词近刚方。宋词深致能入骨,如清真、梦窗是。金词清劲能树骨,如萧闲、遁庵是。南人得江山之秀,北人以冰霜为清。南或失之绮靡,近于雕文刻镂之技。北或失之荒率,无解深裘大马之讥。善读者抉择其精华,能知其并皆佳妙。而其佳妙之所以然,不难于合勘,而难于分观。往往能知之而难于明言之。然而宋金之词之不同,固显而易见者也。"

【注释】

①词序:四卷本作"自湖北漕移湖南,总领、王、赵守置酒南楼,席上留别"。周总领,《稼轩词编年笺注》认为是湖广总领周嗣武。王漕,即王正之。赵守,即赵善括。

②"折尽"二句:《晋书·陶侃传》:"尝课诸营种柳,都尉夏施盗官柳植之己门。侃后见,驻车问曰:'此是武昌西门前柳,何因盗来种此?'"

③"二年"句:苏轼《常润道中有怀钱塘寄述古五首》其三:"二年鱼鸟浑相识,三月莺花付与公。"

④"使君"二句:汉乐府《陌上桑》:"东方千余骑,夫婿居上头。"《晋书·谢尚传》:"卿若破的,当以鼓吹相赏。"

⑤"莫把"二句:骊驹,大德本作"离歌"。《世说新语·容止》:"庾太尉在武昌,秋夜气佳景清,使吏殷浩、王胡之之徒登南楼理咏。音调始遒,闻函道中有屐声甚厉,定是庾公。俄而率左右十许人步来,诸贤欲起避之,公徐云:'诸君少住,老子于此处兴复不浅。'因便据胡床与诸人咏谑,竟坐甚得任乐。"

⑥"在家"句:戎昱《中秋感怀》:"远客归去来,在家贫亦好。"

【辑评】

吴则虞《辛弃疾词选集》:此词题为淳熙己亥,与《摸鱼儿》(更能消几番风雨)同年所作。《摸鱼儿》颇多怨愤,此为席上应酬之作,情意稍异。首韵"折尽武昌柳"二句,点出行踪去迹。"折尽"二字,情深。"二年鱼鸟江上"二句,即"两年历遍楚山川"之意,是在席上回叙往事。"笑我往来忙",鱼鸟笑人忙,侧面描绘,不即不离,有从容回顾之妙。承以"富贵何时休问"三句,是叙前事。"离别中年堪恨",稼轩正在中年,紧接"丝竹陶写"二句,有谢安石中年作别之意,并隐见稼轩怀抱。后阕"叙兰亭"三句,先点离席在暮春时。"歌赤壁",记二年来胜游之地。"绣衣香",为轩冕之荣。"使君千骑鼓吹"一韵,为漕使之仪仗,转出离别事。"南楼佳处"不可再游,致有风月凄凉之慨。结韵二句,推远作束。

水调歌头

九日游云洞和韩南涧韵①

今日复何日,黄菊为谁开。渊明漫爱重九,胸次正崔嵬。酒亦关人何事,正自不能不尔,谁遣白衣来。②醉把西风扇,随处障尘埃。③　　为公饮,须一日,三百杯。此山高处东望,云气见蓬莱。翳凤骖鸾公去,落佩倒冠吾事,抱病且登台。④归路有明月,人影共徘徊。⑤

【题解】

此词作于淳熙九年(1182)闲居带湖时。借陶写心,兴会淋漓。上片从历史记忆角度切入,借追述陶渊明重九日盼望送酒故事而隐然自喻,块垒森然。下片写眼前重阳节的相知之乐。既寄希望于韩元吉再次被朝廷召用,又为自己倒冠落佩、抱病登台而慨叹。人我相照,加以结韵中形影相吊的虚笔想象,愈觉情怀不堪。

韩元吉原唱为《水调歌头·云洞》,录以附读:

> 今日我重九,莫负菊花开。试寻高处携手,蹑屐上崔嵬。放目苍崖千仞,云护晓霜成阵,知我与君来。古寺倚修竹,飞槛绝纤埃。
>
> 笑谈间,风满座,酒盈杯。仙人跨海休问,随处是蓬莱。(洞有仙骨岩。)落日平原西望,鼓角秋深悲壮,铁马但荒台。细把茱萸看,一醉且徘徊。

【注释】

①词题:大德本作"九日游云洞和韩南涧尚书韵"。云洞,《上饶县志》:"云洞在县西三十里开化乡。"

②"渊明"五句:漫,大德本作"谩"。《续晋阳秋》:"陶潜九日无酒,出篱边怅望久之,见白衣人至,乃王弘送酒使也。即便就酌,醉而后归。"黄庭坚《次韵子瞻武昌西山》:"平生四海苏太史,酒浇不下胸崔嵬。"《晋书·谢安传》:"安从容就席,坐定,谓温曰:'安闻诸侯有道,守在四邻,明公何须壁后置人邪?'温笑曰:'正自不能不尔耳。'"

③"醉把"二句:《晋书·王导传》:"于是庾亮以望重地逼,出镇于外⋯⋯而执朝廷之权,既据上流,拥强兵,趋向者多附之。导内不能平,常遇西风尘起,举扇自蔽,徐曰:'元规尘污人。'"

④"翳凤"三句:杜牧《早春阁下寓直》:"王乔在何处,清汉正骖鸾。"张孝祥《水调歌头》:"挥手从兹去,翳凤更骖鸾。"杜牧《晚晴赋》:"若予者则谓何如,倒冠落佩兮与世阔疏。敖敖休休兮,真徇其愚而隐居者乎?"杜甫《九日五首》:"重阳独酌杯中酒,抱病起登江上台。"

⑤"归路"二句:有明月,大德本作"踏明月"。李白《月下独酌》:"月既不解饮,影徒伴我身。⋯⋯我歌月徘徊,我舞影零乱。"苏轼《同王胜之游蒋山》:"归来踏人影,云细月娟娟。"

水调歌头

再用韵答李子永①

君莫赋幽愤，一语试相开②。长安车马道上，平地起崔嵬。我愧渊明久矣，独借此翁湔洗③，素壁写归来。斜日透虚隙，一线万飞埃。④　　断吾生，左持蟹，右持杯。买山自种云树，山下剧烟莱。⑤百炼都成绕指，万事直须称好，人世几舆台。⑥刘郎更堪笑，刚赋看花回。⑦

【题解】

此词作于淳熙九年(1182)。词作与其说是开导友人，不如说是借以自我排遣幽愤情怀。上片连用两喻，说明何以要步陶后尘，归隐田园：宦海迭起风波，犹如平地骤起崔嵬；官场污浊倾轧，宛若日照微尘飞舞。过片前五句承归隐之志，写对酒持蟹，开荒植树的悠闲生活。以下选用故实，曲折反映出对现实的不满。通篇现身说法，但貌似飘逸而实兼无限愤懑。

【注释】

①词题：大德本作"再用韵答李子永提干"。再用韵，指用《水调歌头》(今日复何日)韵。李子永，李泳字子永，扬州人。曾官溧水令。淳熙六年至九年为坑冶司干官，分局信州，遂得与辛弃疾交游。

②"一语"句：开，开导。苏轼《减字木兰花》："一语相开。匹似当初本不来。"

③"独借"句：独借，大德本作"犹借"。湔(jiān)洗，洗涤。韩愈《示爽》："才短难自力，惧终莫洗湔。"

④"斜日"二句：《景德传灯录》卷一三载圭峰《禅源诸诠集都序》云："虚隙日光，纤埃扰扰。清潭水底，影像昭昭。"苏轼《和陶杂诗十一首》其一："斜日照孤隙，始知空有尘。"

⑤"买山"二句：《世说新语·言语》："支道林因人就深公买印山，深公答曰：'未闻巢由买山而隐。'"聂夷中《田家二首》其一："父耕原上田，子劚山下荒。"

⑥"百炼"三句：刘琨《重赠卢谌》："何意百炼钢，化为绕指柔。"《世说新语·言语》刘孝标注引《司马徽别传》："（徽）有人伦鉴识，居荆州。知刘表性暗，必害善人，乃括囊不谈议时人。有以人物问徽者，初不辨其高下，每辄言佳。其妇谏曰：'人质所疑，君宜辨论，而一皆言佳，岂人所以咨君之意乎？'徽曰：'如君所言，亦复佳。'其婉约逊遁如此。"黄庭坚《次韵任道食荔支有感三首》其一："一钱不直程卫尉，万事称好司马公。"《左传·昭公七年》："天有十日，人有十等……王臣公，公臣大夫，大夫臣士，士臣皂，皂臣舆，舆臣隶，隶臣僚，僚臣仆，仆臣台。"

⑦"刘郎"二句：《本事诗·事感》："刘尚书禹锡，自屯田员外左迁朗州司马，凡十年始征还。方春，作《赠看花诸君子》诗曰：'紫陌红尘拂面来，无人不道看花回。玄都观里桃千树，尽是刘郎去后栽。'其诗一出，传于都下，有素嫉其名者，白于执政，又诬其有怨愤。他日见时宰，与坐，慰问甚厚，既辞，即曰：'近有新诗，未免为累，奈何？'不数日，出为连州刺史。其自叙云：'贞元二十一年春，余为屯田员外郎，时此观未有花。是岁出牧连州，至荆南，又贬朗州司马。居十年，召至京师，人人皆言：有道士手植仙桃满观，盛如红霞，遂有前篇以志一时之事。旋又出牧，于今十四年，始为主客郎中，重游玄都观，荡然无复一树，唯兔葵燕麦动摇于春风耳。因再题二十八字，以俟后再游。时大和二年三月也。'诗曰：'百亩庭中半是苔，桃花净尽菜花开。种桃道士归何处，前度刘郎今又来。'"

水调歌头

和王正之右司吴江观雪见寄①

造物故豪纵②，千里玉鸾飞。等闲更把，万斛琼粉盖颓黎③。好卷垂虹千丈，只放冰壶一色，云海路④应迷。老子旧游处,回首梦耶非。　　谪仙人⑤,鸥鸟伴,两忘机。⑥掀髯把酒一笑,诗在片帆西。寄语烟波旧侣,闻道莼鲈正美,休制芰荷衣⑦。上界足官府⑧,汗漫与君期。

【题解】

此词约作于淳熙二年(1175)或三年。王正之原唱已佚。上片就吴江观雪展开铺陈,言万斛琼粉中,千丈垂虹似乎被漫天风雪席卷而去,不见踪影;云海茫茫,道路莫辨,天地之间只剩玉壶冰式的冰雪世界。吴江虽为旧游之地,但回顾过去,似梦非梦,只好感慨系之了。下片叙写旧侣情谊。过片三句仅仅用了九个字,王正之的高士形象便呼之欲出。煞拍的与君相期之意,写来潇洒飘逸。

【注释】

①词题中"吴江",即松江。《吴郡志》卷一八:"在郡南四十五里……南与太湖接……垂虹跨其上,天下绝景也。"

②"造物"句:造物,四印斋本作"造化"。苏轼《同正辅表兄游白水山》:"伟哉造物真豪纵,攫土抟沙为此弄。"

③颇黎:大德本作"玻璃"。

④云海路:苏轼《江神子》:"路漫漫。玉花翻。云海光宽,何处是超然。"

⑤谪仙人:李白《对酒忆贺监二首》序云:"太子宾客贺公于长安紫极宫一见余,呼余为谪仙人。"其一:"四明有狂客,风流贺季真。长安一相见,呼我谪仙人。"杜甫《寄李十二白二十韵》:"昔年有狂客,号尔谪仙人。"李阳冰《草堂集序》:"又与贺知章、崔宗之等自为八仙之游,谓公谪仙人。"

⑥"鸥鸟"二句:李商隐《赠田叟》:"鸥鸟忘机翻浃洽,交亲得路昧平生。"

⑦"休制"句:休制,大德本作"休裂"。《离骚》:"制芰荷以为衣兮,集芙蓉以为裳。"孔稚珪《北山移文》:"焚芰制而裂荷衣,抗尘容而走俗状。"《文选》五臣注:"芰制荷衣,隐者之服。言皆焚裂之,举骄尘俗之容状。"

⑧"上界"句:韩愈《奉酬卢给事云夫四兄曲江荷花行见寄并呈上钱七兄阁老张十八助教》:"上界真人足官府,岂如散仙鞭笞鸾凤终日相追陪。"

苏轼《丹元子示诗飘飘然有谪仙风气吴传正继作复次其韵》："上界足官府，谪仙应退休。"

水调歌头

舟次扬州和人韵

落日塞尘起，胡骑猎清秋。汉家组练十万，列舰耸高楼。①谁道投鞭飞渡，忆昔鸣髇血污，风雨佛狸愁。②季子正年少，匹马黑貂裘。③　　今老矣，搔白首，过扬州。倦游欲去江上，手种橘千头④。二客东南名胜，万卷诗书事业，尝试与君谋。莫射南山虎，直觅富民侯。⑤

【题解】

此词作于淳熙五年(1178)。上片回顾十七年前在扬州击溃金兵的那场战事，激动自豪。下片转回到失意萧条的现实，与上片形成强烈反差。"隆兴和议"签订以来，主战派请缨无路，词人沉沦下僚，不由得萌生归隐念头。结末二句借劝勉友人，满怀悲愤地针对主和派反语相讥。

【注释】

①"汉家"二句：《史记·季布列传》："上将军樊哙曰：'臣愿得十万众，横行匈奴中。'"赵嘏《钱塘》："一千里色中秋月，十万军声半夜潮。"高楼，大德本作"层楼"。

②"谁道"三句：《晋书·苻坚载记》："坚曰：'……以吾之众，投鞭于江，足断其流。'"鸣髇(xiāo)，即鸣镝，一种射出去带响的箭。《史记·匈奴列传》载，匈奴太子冒顿作鸣镝，射杀其父而夺位。佛狸，北魏太武帝拓跋焘的小字。

③"季子"二句：《战国策·赵策一》："李兑送苏秦明月之珠，和氏之璧，黑貂之裘，黄金百镒。苏秦得以为用，西入于秦。"

④"手种"句:《三国志·吴书·孙休传》注引《襄阳记》:"(李)衡每欲治家,妻辄不听,后密遣客十人于武陵龙阳汜洲上作宅,种甘橘千株。临死,敕儿曰:'汝母恶我治家,故穷如是。然吾州里有千头木奴,不责汝衣食,岁上一匹绢,亦可足用耳。'衡亡后二十余日,儿以白母,母曰:'此当是种甘橘也,汝家失十户客来七八年,必汝父遣为宅。汝父恒称太史公言:江陵千树橘,当封君家。吾答曰:且人患无德义,不患不富,若贵而能贫,方好耳,用此何为!'吴末,衡甘橘成,岁得绢数千匹,家道殷足。"

⑤"莫射"二句:《史记·李将军列传》:"广家与故颍阴侯孙屏野居蓝田南山中射猎……广出猎,见草中石,以为虎而射之,中石没镞,视之石也。因复更射之,终不能复入石矣。广所居郡闻有虎,尝自射之。及居右北平射虎,虎腾伤广,广亦竟射杀之。"杜甫《曲江三章章五句》其三:"自断此生休问天,杜曲幸有桑麻田,故将移住南山边。短衣匹马随李广,看射猛虎终残年。"《汉书·食货志》:"武帝末年,悔征伐之事,乃封丞相为富民侯。"

【辑评】

清陈廷焯《词则·放歌集》卷一:稼轩《水调歌头》诸阕,直是飞行绝迹。一种怨愤慷慨郁结于中,虽未能痕迹消融,却无害其为浑雅,后人未易摹仿。

水调歌头

和郑舜举蔗庵韵①

万事到白发,日月几西东。羊肠九折歧路②,老我惯经从。竹树前溪风月,鸡酒东家父老,一笑偶相逢。此乐竟谁觉,天外有冥鸿③。　　味平生,公与我,定无同。玉堂金马④,自有佳处著诗翁。好锁云烟窗户,怕入丹青图画,飞去了无踪。此语更痴绝,真有虎头风。⑤

【题解】

此词作于淳熙十二年(1185)闲居带湖时。郑舜举原唱已佚。上片写造访蔗庵的亲身感受,既显示出对农村风光和生活环境的由衷喜悦,又表明与乡村父老建立起了亲切的交往和友谊。民风安乐淳朴,彰显信守治绩。下片以饱满的激情颂美郑舜举,谓其诗与人堪称双绝,跟自己不一样,仕途定会一帆风顺。

【注释】

①词题:大德本作"和信守郑舜举蔗庵韵"。

②"羊肠"句:《列子·说符》:"杨子之邻人亡羊,既率其党,又请杨子之竖追之。杨子曰:'嘻!亡一羊何追者之众?'邻人曰:'多歧路。'既反。问:'获羊乎?'曰:'亡之矣。'曰:'奚亡之?'曰:'歧路之中又有歧焉,吾不知所之,所以反也。'"

③冥鸿:扬雄《法言·问明》:"鸿飞冥冥,弋人何篡焉。"注:"君子潜神重玄之域,世网不能制御之。"

④玉堂金马:分别代指翰林院、官署。《史记·滑稽列传》:"金马门者,宦者署门也,门傍有铜马,故谓之曰'金马门'。"扬雄《解嘲》:"今子幸得遭明盛之世,处不讳之朝,与群贤同行,历金门,上玉堂,有日矣。"

⑤"此语"二句:顾恺之小字虎头,世谓其有三绝:画绝、文绝、痴绝。

水调歌头

寿韩南涧七十①

上古八千岁,才是一春秋。不应此日,刚把七十寿君侯。看取垂天云翼,九万里风在下,与造物同游②。君欲计岁月,当试③问庄周。　　醉淋浪,歌窈窕,④舞温柔。从今杖屦南涧,白日为君留。闻道钧天帝所,频上玉卮春酒,冠佩拥龙楼。⑤快上星辰去,名姓动金瓯⑥。

【题解】

此词作于淳熙十四年(1187)闲居带湖时。上片颂韩南涧与天地同寿。

"不应此日"二句正话反说,点题。"看取"三句以浪漫奇特的方式,表达祝其长寿之意。"君欲"二句想象丰富,造语诙谐有情趣。过片三句写热闹欢快的寿宴场景。"从今"二句呼应上片"与造物同游"。"闻道"三句宕开一笔,谓韩氏子女亦能为父尽孝。煞拍以祝愿寿主再度出仕为国分忧作结。全篇频用《庄子》,与词人积极用世,却又屡遭压抑,志不得伸的境遇有关。

【注释】

①词题:大德本作"寿韩南涧尚书七十"。

②与造物同游:《庄子·天下》:"上与造物者游,而下与外死生无终始者为友。"

③当试:大德本作"尝试"。

④"醉淋浪"二句:韩愈《醉客》:"淋浪身上衣,颠倒笔下字。"淋浪,乱也。苏轼《前赤壁赋》:"诵明月之诗,歌窈窕之章。"

⑤"闻道"三句:冠佩,大德本作"冠盖"。《史记·赵世家》:"赵简子疾,五日不知人,大夫皆惧。医扁鹊视之……居二日半,简子寤。语大夫曰:'我之帝所甚乐,与百神游于钧天,广乐九奏万舞,不类三代之乐,其声动人心。'"《汉书·高帝纪》:"置酒前殿,上奉玉卮为太上皇寿。"《汉书·成帝纪》:"元帝即位,帝为太子。壮好经书,宽博谨慎。初居桂宫,上尝急召,太子出龙楼门,不敢绝驰道。"

⑥"名姓"句:《新唐书·崔琳传》:"玄宗每命相,皆先书其名。一日,书琳等名,覆以金瓯,会太子入,帝谓曰:'此宰相名,若自意之,谁乎? 即中,且赐酒。'太子曰:'非崔琳、卢从愿乎?'帝曰:'然。'赐太子酒。"

贺新郎

赋水仙

云卧衣裳冷①。看萧然、风前月下,水边幽影。罗袜尘生凌波去,汤沐烟江万顷。②爱一点、娇黄成晕。不记相逢曾解佩③,甚多情、为我香成阵。待和泪,收残粉。　　灵均千古怀沙恨④。□当时⑤、匆匆忘把，此仙题品。烟雨凄迷僝僽⑥损，翠袂摇摇谁整。谩写入、瑶琴幽愤。弦断招魂无人赋，但金杯的皪银台润。⑦愁殢酒，又独醒⑧。

【题解】

此词作于闲居带湖期间。起拍统摄全篇，先赋予水仙一个直观的形态。再由"看"字领起，以一动一静、一幻一感充分表现其整体外在情态：次韵从"卧"与"冷"中看到水仙"幽影""萧然"的外在身形，动静皆有情；"罗袜"二句入幻之后即刻走出幻觉，紧扣"去"字再让水仙动起来，极写其在浩浩然烟波水雾中如美人出浴般的情态美。以下，又借额黄将人与物交织在一起，写如水仙般多情的人儿今日素妆淡抹相迎，胜似汉皋神女多矣，可惜转瞬即逝，令人徒唤奈何。下片先谓屈原所作《离骚》遍题众芳，唯独于匆忙中忘记了水仙。接写水仙在风雨中悲苦迷惘，受尽折磨，依然顽强地摇曳着身影，楚楚动人。再写借《水仙操》与《幽愤》诗招水仙之魂，然而弦断无人赋。这实际上是说，词人赋闲带湖，空有报国之志，无奈似水仙花般殒落。结二句以痛苦作结，言只好借酒浇愁，沉醉梦中，到醒时又如屈原一样，世人皆醉我独醒。全篇以赋为词，堪称完美，名为咏物，实乃以花自况而咏志。

词中"多情为我香成阵"，《全宋诗》据阴时夫《韵府群玉》卷三误录作辛诗断句。又，郑骞曩在北平，书斋即本自辛词取名"桐阴清昼堂"，省称清昼堂。其《词选》选录辛词最多，凡三十二首，其中又特重其咏物词，认为"凡以粗豪论稼轩词者请看他的咏物诸作"（《景午丛编》上集）。如所选《贺新郎》一调三首中，即有此词及"凤尾龙香拨"两首咏物词（另一首为"绿树听鹈鴂"）。

【注释】

①"云卧"句：杜甫《游龙门奉先寺》："天阙象纬逼，云卧衣裳冷。"

②"罗袜"二句：尘生、烟江，大德本分别作"生尘"、"烟波"。曹植《洛神赋》："凌波微步，罗袜生尘。"吕向注："步于水波之上，如尘生也。"黄庭坚《王充道送水仙花五十枝欣然会心为之作咏》："凌波仙子生尘袜，水上轻盈

步微月。"《礼记·王制》:"方伯为朝天子,皆有汤沐之邑于天子之县内。"

③相逢解佩:《神仙传》:"江妃二女游于江滨,逢郑交甫,交甫不知何人也,目而挑之,女遂解佩与之。行数步,空怀无佩,女亦不见。"

④"灵均"句:《史记·屈原列传》:"上官大夫短屈原于顷襄王,顷襄王怒而迁之,屈原至于江滨……乃作《怀沙》之赋。"《拾遗记》:"屈原以忠见斥,隐于沅湘……被王逼逐,乃赴清泠之渊。楚人思慕,谓之水仙。"

⑤□当时:大德本作"记当时",吴讷本作"恨当时"。

⑥僝僽(chán zhòu):憔悴,愁苦。黄庭坚《书赵伯充家小姬领巾》:"天气把人僝僽,落絮游丝时候。"

⑦"弦断"二句:杨万里《千叶水仙花》诗序:"世上水仙为金盏玉台,盖单叶者其似真有一酒盏,深黄而金色。至千叶水仙,其中花片卷皱密蹙,一片之中,下轻黄而上淡白,如染一截者,与酒杯之状殊不相似,而千叶者乃真水仙云。"的皪(lì),光亮鲜明貌。《汉书·司马相如传》:"皓齿粲烂,宜笑的皪。"

⑧独醒:屈原《渔父》:"举世皆浊我独清,众人皆醉我独醒,是以见放。"

【辑评】

俞陛云《唐五代两宋词选释》:首五字即隐含水仙神态。以下五句实赋水仙,中用"汤沐"二字颇新。"解佩"二句无情而若有情,自是隽句。下阕因水仙而涉想灵均,犹白石之《暗香》《疏影》咏梅而涉想寿阳、明妃,咏花而兼咏古,便有寄托。水仙在百花中,高洁与梅花等,而不入楚词,作者特拈出之。以下"烟雨凄迷"等句皆幽怨之音。"招魂"句非特映带上句"怀沙",且用琴中《水仙操》,而悲愤弦断,当有蒙尘绝望之感。结句借水仙之花承金盏,联想及众皆醼酒而我独醒耳。

念奴娇

和南涧载酒见过雪楼观雪①

兔园旧赏,怅遗踪、飞鸟千山都绝②。缟带银杯③江上路,惟有南枝④香别。万事新奇,青山一夜,对我头先白。⑤倚岩千树,玉龙⑥飞上琼阙。　　莫惜雾鬓风鬟⑦,试教骑鹤,去约尊前月。自与诗翁磨冻砚,看扫幽兰新阕⑧。便拟□□⑨,人间挥汗,留取层冰洁。此君何事,晚来还易⑩腰折。

【题解】

此词作于闲居带湖期间。韩元吉原唱已佚。上片写观赏带湖雪景。"万事"三句想象比拟,生动形象。"倚岩"二句描写雪花飞舞景象,也很传神。下片忽发奇想,要冒雪骑鹤,邀请天上的明月,来与诗人共同饮酒赋诗,绘出冰清玉洁。最后以雪压翠竹作结,借此表明高尚志节。全篇几乎句句用典,却能圆转自如。尤其是其中有些即便不作典故看,也不影响理解,可以成为辛词的一个特点。

【注释】

①词题:大德本作"和韩南涧载酒见过雪楼观雪"。雪楼,辛弃疾带湖居宅处一楼名。

②"怅遗踪"句:柳宗元《江雪》:"千山鸟飞绝,万径人踪灭。孤舟蓑笠翁,独钓寒江雪。"

③缟带银杯:韩愈《咏雪赠张籍》:"随车翻缟带,逐马散银杯。"

④南枝:《白孔六帖》卷九九:"庾岭上梅花,南枝落,北枝开,寒暖之候异也。"

⑤"青山"二句:刘禹锡《苏州白舍人寄新诗有叹早白无儿之句因以赠之》:"雪里高山头白早,海中仙果子生迟。"

⑥玉龙:吕岩《剑画此诗于襄阳雪中》:"岘山一夜玉龙寒,凤林千树梨花老。"《能改斋漫录》卷一一引张元《雪》:"战死玉龙三十万,败鳞风卷满天飞。"

⑦风鬟:大德本作"云鬟"。

⑧幽兰新阕:宋玉《讽赋》:"臣尝行至,主人独有一女,置臣兰房之中,臣援琴而鼓之,为《幽兰》、《白雪》之曲。"

⑨□□:大德本作"明年"。

⑩还易:大德本作"曾为"。

145

念奴娇

赋白牡丹和范廓之韵①

对花何似,似吴宫初教,翠围红阵。②欲笑还愁羞不语,惟有倾城娇韵。翠盖风流,牙签名字,旧赏那堪省。天香染露,晓来衣润谁整。③　　最爱弄玉团酥,就中一朵,曾入扬州咏。④华屋金盘⑤人未醒,燕子飞来春尽。最忆当年,沉香亭北,无限春风恨。⑥醉中休问,夜深花睡⑦香冷。

【题解】

此词作于闲居带湖期间。范廓之原唱已佚。词作入手擒题,以初练宫女拟写初开牡丹,笔触新颖。以下具体描绘其欲笑还蹙,花枝低垂,有似倾城佳人般娇羞不语的情态。再衬以"旧赏"之花,更见与众不同。又续写染露天香滋润光洁,风韵天然。下片仍以人喻花,谓牡丹不仅可爱,而且有名。然春尽花去,无人赏识,令人惋惜。以下用典事写赏花之乐,表达爱花惜花之情。

【注释】

①词题:大德本作"赋白牡丹和范先之韵"。

②"似吴宫"二句:《史记·孙子吴起列传》:"孙子武者,齐人也。以兵法见于吴王阖庐……阖庐曰:'可试以妇人乎?'曰:'可。'于是许之,出宫中美女,得百八十人。孙子分为二队,以王之宠姬二人各为队长,皆令持戟。令之曰:'汝知而心与左右手背乎?'妇人曰:'知之。'孙子曰:'前,则视心;左,视左手;右,视右手;后,即视背。'妇人曰:'诺。'约束既布,乃设斧钺,即三令五申之。于是鼓之右,妇人大笑。孙子曰:'约束不明,申令不熟,将之罪也。'复三令五申而鼓之左,妇人复大笑。孙子曰:'约束不明,申令不熟,将之罪也;既已明而不如法者,吏士之罪也。'……遂斩队长二人以徇。用

其次为队长,于是复鼓之。妇人左右前后跪起,皆中规矩绳墨,无敢出声。"

　　③"天香"二句:李濬《松窗杂录》引李正封《赏牡丹》:"天香夜染衣,国色朝酣酒。"

　　④"就中"二句:崔涯赠李端端诗:"觅得黄骝被绣鞍,善和坊里取端端。扬州近日浑成诧,一朵能行白牡丹。"

　　⑤华屋金盘:苏轼《寓居定惠院之东杂花满山有海棠一株土人不知贵也》:"自然富贵出天姿,不待金盘荐华屋。"

　　⑥"沉香亭北"二句:《松窗杂录》:"开元中,禁中初重木芍药,即今牡丹也。得四本红、紫、浅红、通白者,上因移植于兴庆池东沉香亭前。会花方繁开,上乘月夜召太真妃以步辇从。……遂命龟年持金花笺宣赐翰林学士李白,进《清平调》词三章。"其三云:"名花倾国两相欢,长得君王带笑看。解释春风无限恨,沉香亭北倚阑干。"

　　⑦夜深花睡:苏轼《海棠》:"只恐夜深花睡去,故烧高烛照红妆。"

念奴娇

登建康赏心亭呈史致道留守①

　　我来吊古,上危楼、赢得闲愁千斛。虎踞龙蟠何处是,只有兴亡满目。②柳外斜阳,水边归鸟,陇上吹乔木。片帆西去,一声谁喷霜竹③。　　却忆安石风流,东山岁晚,泪落哀筝曲④。儿辈功名都付与,长日惟消棋局。⑤宝镜难寻,碧云将暮,谁劝杯中绿。⑥江头风怒,朝来波浪翻屋。⑦

【题解】

　　此词作于乾道五年(1169)前后任建康通判时。起首写登楼凭吊,先言愁绪无穷无尽,而后揭示此愁皆因满目所见,唯有六朝衰亡遗迹。加以斜阳归鸟,丘陇古木,孤帆远影,伴以笛声凄厉,景象清冷,无不令人感伤。下片缅怀六朝风流人物谢安,着重写他功绩显赫却遭受猜疑排挤的不幸遭遇,隐喻现实中主张抗金人士的不幸处境,并由此抒发自己壮志难酬、孤独苦闷的心境。歇拍以景结情,进一层抒发对危难时局和险恶处境的深深忧虑。全篇已初具后来作品成熟老辣的风味。

【注释】

①词题中"史致道留守",大德本作"史留守致道"。史致道,史正志。留守,行宫留守,绍兴四年(1134)置,以参知政事充任,属佐有主管书写机宜文字、干办官、准备差遣、差使、使臣等。五年,罢。其后又曾一度设置。

②"虎踞"二句:李商隐《咏史》:"北湖南埭水漫漫,一片降旗百尺竿。三百年间同晓梦,钟山何处有龙盘。"《太平御览》卷一五六注引《吴录》:"诸葛亮至京,因睹秣陵山阜,乃叹曰:'钟山龙盘,石城虎踞,此帝王之宅。'""兴亡满目",王诏刊本作"江山满目"。

③喷霜竹:吹笛。马融《长笛赋》:"近世双笛从羌起,羌人伐竹未及已。龙鸣水中不见已,截竹吹之声相似"、"气喷勃以布覆兮,乍跱蹸以狼戾"。霜竹,又称霜筋。谢逸《鹊桥仙》:"珠帘日晚,银屏人散,楼上醉横霜竹。"《乐书》:"剪云梦之霜筋,法龙吟之异韵。"

④"却忆"三句:谢安,字安石。《南齐书·王俭传》载,王俭曾对人说:"江左风流宰相,惟有谢安。"《晋书·桓伊传》:"帝召伊饮燕,安侍坐。帝命伊吹笛,伊云:'臣于筝分乃不及笛,然自足以韵合歌管,请以筝歌。'……伊便抚筝而歌《怨诗》曰:'为君既不易,为臣良独难。忠信事不显,乃有见疑患……'声节慷慨,俯仰可观。安泣下沾襟,乃越席而就之,捋其须曰:'使君于此不凡!'帝甚有愧色。"后来谢安仍罢相。

⑤"儿辈"二句:《世说新语·雅量》:"谢公与人围棋,俄而谢玄淮上信至,看书竟,默然无言,徐向局。客问淮上利害,答曰:'小儿辈大破贼。'意色举止,不异于常。"张固《幽闲鼓吹》载李远诗句:"长日惟销一局棋。"

⑥"宝镜"三句:《松窗杂录》载,有渔人于秦淮河得一古铜镜,能照人肺腑。后不慎将古镜落入水中,遍寻不着。白居易《和梦得游春诗一百韵》:"行看须间白,谁劝杯中绿。"

⑦"江头"二句:杜甫《观李固请司马弟山水图》:"高浪垂翻屋,崩崖欲

148

压床。"陆游《南唐书·史虚白传》记虚白溪居诗句:"风雨揭却屋,浑家醉不知。"苏轼《次韵刘景文登介亭》:"涛江少酝藉,高浪翻雪屋。"

念奴娇

书东流村壁^①

野棠花落,又匆匆、过了清明时节。^②划地东风欺客梦,一夜云屏寒怯。^③曲岸持觞,垂杨系马,此地曾轻别。^④楼空人去,旧游飞燕能说。^⑤　　闻道绮陌东头,行人长见,帘底纤纤月。^⑥旧恨春江流未断,新恨云山千叠。^⑦料得明朝,尊前重见,镜里花难折。^⑧也应惊问,近来多少华发。

【题解】

此词作于淳熙五年(1178)江西安抚使任上。清明节后,应召自江西赴京城临安,途经东流,思旧怀人,感慨万千,而作此题壁词。上片写故地重游,往事不堪追忆。"野棠花落",隐喻美好往事已经飘零,其感伤的意象笼罩全篇,自然引出阴冷的春风,单薄的客梦。再由客梦引出当年江边饯行、垂杨系马的临别场景。无奈一别之后,人去楼空,只剩燕子呢喃,似在诉说如烟往事。过片隐约写出那女子现在身份的变化,似已别有所欢,遂令词人由滔滔"旧恨"转添出无穷"新恨"。进而设想,即使来日有机会重逢,情景亦是极为不堪矣。

【注释】

①词题中"东流",旧县名,在今安徽安庆南,宋时属江南东路池州,今与至德县合为东至县。

②"野棠"二句:李洞《绣岭宫词》:"春日迟迟春草绿,野棠开尽飘香玉。"野棠,四印斋本作"野塘"。

③"划地"二句:划地,依旧,照样。沈雄《古今词话·词品》下卷:"划

地,言快便也。辛词'绿窗划地调红妆','划地西风惊客梦'。"邵雍《依韵和王安之少卿见戏安之非是弃尧夫吟》:"悄然情意都知旧,划地杯盘又见呼。"一夜,四印斋本作"一枕"。

④"曲岸"三句:苏轼《定风波》:"薄幸只贪游冶去,何处,垂杨系马恣轻狂。"钱起《送杨著作归东海》:"酒酣暂轻别,路远始相思。"

⑤"楼空"两句:苏轼《永遇乐·彭城夜宿燕子楼梦盼盼因作此词》:"燕子楼空,佳人何在,空锁楼中燕。"白居易《燕子楼诗》小序:"徐州故张尚书有爱妓曰盼盼,善歌舞,雅多风态。予为校书郎时,游徐泗间,张尚书宴余,酒酣,出盼盼以佐欢,欢甚,予因赠诗云:'醉娇胜不得,风嫋牡丹花。'一欢而去,尔后绝不相闻,迨兹仅一纪矣。昨日司勋员外郎张仲素缯之访予,因吟新诗,有燕子楼三首,词甚婉丽,诘其由,为盼盼作也。缯之从事武宁军累年,颇知盼盼始末,云尚书既殁,归葬东洛,而彭城有张氏旧第,第中有小楼名燕子,盼盼念旧爱而不嫁,居是楼十余年,幽独块然,于今尚在。予爱缯之新咏,感彭城旧游,因同其题作三绝句。"

⑥"闻道"三句:苏轼《江城子》:"门外行人,立马看弓弯。"刘过《沁园春·美人足》:"似一钩新月,浅碧笼云。"长见,大德本作"曾见"。

⑦"旧恨"二句:秦观《江城子》:"便做春江都是泪,流不尽,许多愁。"苏轼《书王定国所藏烟江叠嶂图》:"江上愁心千叠山,浮空积翠如云烟。"未断,大德本作"不断"。

⑧"料得"三句:黄庭坚《沁园春》:"镜里拈花,水中捉月,觑着无由得近伊。"

【辑评】

清谭献《复堂词话》:大踏步出来,与眉山同工异曲。然东坡是衣冠伟人,稼轩则弓刀游侠。

俞陛云《唐五代两宋词选释》:客途遇艳,瞥眼惊鸿,村壁醉题,旧游回首,乃赋此闲情之曲。前四句写景轻秀,"曲岸"五句寄思婉渺。下阕伊人尚在,而陌头重见,托诸行人,笔致便觉虚灵。"明朝"五句不言重遇云英,自怜消瘦,而由对面着想,镜里花枝,相见争如不见,老去相如,羞入文君之顾盼。以幼安之健笔,此曲化为绕指柔矣。

唐圭璋《唐宋词简释》：此首书东流村壁。起句，破空而来，大声疾呼，弥见壮怀之激烈。盖失地已久，犹未恢复，而时光匆匆，又见花落，故不免既惊且叹。"刬地"两句陡接，琢句极细丽。风恶欺人，犹之妖氛四煽，亦倍见痛恨之深。"曲岸"三句折入，回忆旧事。"楼空"二句平出，惆怅今情。谓旧燕能说旧事，语极俊逸。下片承上追怀当时之人。曾别、曾见，两"曾"字，皆旧恨。"旧恨"两句，总束上文，因不见当时之人，故旧恨如春江之流不断。而此后又未必得见当时之人，故新恨如云山之有千叠。东坡有"江上愁心千叠山"语，少游有"便做春江都是泪，流不尽，许多愁"语，稼轩随手拈来，自然悲壮淋漓。"料得"两句，伤重见之难。"也应"两句，伤华发之多。梁任公谓此首"南渡之感"，亦无疑问。

吴世昌《诗词论丛》：一九八〇年一月二十三日复函邓广铭：稼轩词骤看不易解者，如《念奴娇》"野棠花落"，实为一首感旧情歌。关键在上片"此地曾轻别"一句，故下接"楼空人去"。此"人"即上句所别者，亦即下句之"旧游"（小杜："一夕横塘是旧游"）。下片关键在"帘底纤纤月"，而此句歧解最误人。起因于龙沐勋误以为"弓弯"谓美人足。苏词"掩门闲"甚不辞，何谓"门闲"？此句应依《志林》作"掩门关"，"关"为名词。（且上句已用"水云闲"，下句又用"闲"字？前人"间""闲"二字常不分，最易相混。至今日人门内入口处曰"玄关"。）既已"掩门关"，岂能见门内美人之足？语亦过亵。"弓弯"自指新月，所谓"露似珍珠月似弓"（白居易诗）也。去此魔障，可知辛词之"帘底纤纤月"，乃指美人，不指其足。……全词，似为怀念其所遣之姬妾，"东流"即诀别之地也。榆生谓辛词疑从坡词脱化，若无真实事迹，岂能乱脱胡化？辛词可资研究者甚多，此其一例耳。

念奴娇

西湖和人韵

晚风吹雨，战新荷、声乱明珠苍璧。谁把香奁收宝镜，云锦红涵湖碧。①飞鸟翻空，游鱼吹浪，惯趁笙歌席。②坐中豪气，看公一饮千石③。　　　遥想处士风流，鹤随人去，老作飞仙伯。④茅舍疏篱今在否，松竹已非畴昔。⑤欲说当年，望湖楼⑥下，水与云宽窄。醉中休问，断肠桃叶⑦消息。

【题解】

此词作于乾道六年(1170)或七年司农寺主簿任上，《古今图书集成·山川典》卷二九一西湖部艺文四误作辛次膺词。所和何人何作未详。起笔写初夏傍晚游览西湖，雨打新荷，悦耳动听。接写湖光山色之美。雨过天晴，红日西沉，碧水彩霞，相映成趣。再写鱼鸟追逐游船场景。其中，"惯趁"句以闲笔表现人与自然的和谐美。又承上写与友人豪饮。过片三句描述林逋在西湖的生活。"遥想"二字思接千载，振起全词。"茅舍"五句转写林逋故居人去楼空，唯有闲话当年望湖楼下，云水变幻不定的情景。末二句收合，意谓尽情饮酒，恣意游湖，并以桃叶反衬林逋，缴足"遥想处士风流"之意。

【注释】

①"晚风吹雨"五句：文同《守居园池杂题·横湖》："一望见荷花，天机织云锦。"苏轼《和文与可洋川园池三十首·横湖》："贪看翠盖拥红妆，不觉湖边一夜霜。卷却天机云锦段，从教匹练写秋光。"红涵湖碧，大德本作"周遭红碧"。

②"飞鸟"三句：苏轼《鹧鸪天》："翻空白鸟时时见，照水红蕖细细香。"杜甫《城西陂泛舟》："鱼吹细浪摇歌扇，燕蹴飞花落舞筵。"

③"看公"句：看公，大德本作"看君"。石，古代重量单位，一石合一百二十斤。

④"遥想"三句：《梦溪笔谈》卷一〇："林逋隐居杭州孤山，常畜两鹤，纵之则飞入云霄盘旋，久之复入笼中。逋常泛小艇游西湖诸寺，有客至逋所居，则一童子出，应门延客坐，为开笼放鹤，良久，逋必棹小船而归，盖尝以鹤飞为验也。"《十洲记》："蓬莱山周回五千里，有圆海绕山，无风而洪波百丈，不可往来，唯飞仙能到其处耳。"老作，大德本作"已作"。飞仙伯，王诏刊本作"飞仙客"。

152

⑤"茅舍疏篱"二句：《武林旧事》卷五："孤山旧有……巢居阁、林处士庐，今皆不存。"《左传·宣公二年》："将战，华元杀羊食士，其御羊斟不与。及战，曰：'畴昔之羊，子为政，今日之事，我为政。'"注："畴昔，犹前日也。"

⑥望湖楼：《咸淳临安志》卷三二："望湖楼在钱塘门外一里，一名看经楼。乾德五年钱忠懿王建。"苏轼《六月二十七日望湖楼醉书五绝》其一："黑云翻墨未遮山，白雨跳珠乱入船。卷地风来忽吹散，望湖楼下水如天。"

⑦桃叶：《古乐府注》："王献之爱妾名桃叶，尝渡此，献之作歌送之曰：'桃叶复桃叶，渡江不用楫。但渡无所苦，我自迎接汝。'"《古今乐录》："晋王献之爱妾名桃叶，其妹曰桃根。献之尝临渡歌以送之。后人因名渡曰桃叶。"

念奴娇

赋雨岩①

近来何处有吾愁，何处还知吾乐。一点凄凉千古意，独倚西风寥廓②。并竹③寻泉，和云种树，唤做真闲客④。此心闲处，不应⑤长藉邱壑。　　休说往事皆非，而今云是，且把清尊酌。醉里不知谁是我，非月非云非鹤⑥。露冷风高，松梢桂子，⑦醉了还醒却。北窗高卧，莫教啼鸟惊著。⑧

【题解】

此词作于闲居带湖期间。上片以反诘领起全文，再由"何处"勾勒出"独倚西风寥廓"的孤独者形象。宣称无愁无乐，其实还是有反观"千古"之后所不能不有的一点凄凉意。以下说竹里寻泉，云中种树，可以称得上是真正的闲人。又谓内心的闲适与宁静并不完全依靠山林丘壑的陶冶而得来。过片先把过去和现在的是是非非一笔推开，又以"且把清尊酌"的自劝，显示出勉强压抑内心情感的情态。再极言醉后的迷离忘世忘我之乐。

又谓在露滴松梢、风摇桂叶的夜里,从醉酒的浑然境界中醒来。结末二句写醒了再睡去。需要通过醉酒、沉睡以忘怀自我与世界之关系,至此,终于泄露出难以承受清醒时清怨压迫的痛苦心理。

此首,大德本词题有云"效朱希真体",其实与朱敦儒乐天知命式的冲淡闲远意趣不大相同,只是主要表现在写法上有意将情感纳入叙述与说理的散文化语言中,造成一种与朱体类似的语言趣味。当然,这也慢慢成为辛弃疾词中常见的笔路。

【注释】

①词题:大德本作"赋雨岩效朱希真体"。雨岩,在信州东、永丰县博山山曲的一处山岩,岩石中有泉飞出,如风雨飘洒,故名。韩淲《涧泉集》有《朱卿入雨岩本约同游一诗呈之》:"雨岩只在博山隈,往往能令俗驾回。挈杖失从贤者去,住庵应喜谪仙来。中林卧壑先藏野,盘石鸣泉上有梅。早夕金华鹿田寺,斯游重省又遐哉。"朱希真,《宋史·文苑传》:"朱敦儒字希真,河南人……志行高洁,虽为布衣而有朝野之望……素工诗及乐府,婉丽清畅。"《花庵词选》:"'朱希真名敦儒,博物洽闻,东都名士。南渡初,以词章擅名。天资旷远,有神仙风致。'"

②寥廓:大德本作"寥阔"。

③并竹:四印斋本作"剪竹"。

④真闲客:大德本作"真闲个"。

⑤不应:大德本作"未应"。

⑥"醉里"二句:苏轼《后赤壁赋》:"须臾客去,余亦就睡。梦一道士,羽衣蹁跹,过临皋之下,揖余而言曰:'赤壁之游乐乎?'问其姓名,俯而不答。'呜呼噫嘻,我知之矣!畴昔之夜,飞鸣而过我者,非子也耶?'道士顾笑,予亦惊寤。"

⑦"露冷"二句:大德本作"露冷松梢,风高桂子"。

⑧"北窗"二句:陶渊明《与子俨等疏》:"常言五六月中,北窗下卧,遇凉风暂至,自谓是羲皇上人。"

新荷叶

和赵德庄韵①

人已归来,杜鹃欲劝谁归。绿树如云,等闲借与莺飞。②
兔葵燕麦,问刘郎、几度沾衣。翠屏幽梦,觉来③水绕山围。

有酒重携。小园随意芳菲④。往日繁华,而今物是人非。
春风半面,记当年、初识崔徽⑤。南云雁少,锦书无个因依。⑥

【题解】

此词作于淳熙元年(1174)江东安抚司参议官任上。上片怨其归迟,春色已尽,人事有变。用刘禹锡典事,恐不无政局动荡之慨。"翠屏幽梦"二句承上启下。下片写故园携酒重游,意在排遣春愁。然对景生情,顿起物是人非之感。"春风半面",伊人娇羞之态记忆犹新,不想而今天涯遥望,锦书难托。通篇婉丽清切,人事寄托含而不露,唱和双方心照不宣。

赵彦端原唱凡二首,旨在伤春怀人,稼轩和章即据此生发。录以附读:

> 欲暑还凉,如春有意重归。春若归来,任他莺老花飞。轻雷淡雨,似晚风、欺得单衣。檐声惊醉,起来新绿成围。　　回首分携。光风冉冉菲菲。曾几何时,故山疑梦还非。鸣琴再抚,将清恨、都入金徽。永怀桥下,系船溪柳依依。

> 雨细梅黄,去年双燕还归。多少繁红,尽随蝶舞蜂飞。阴浓绿暗,正麦秋、犹衣罗衣。香凝沈水,雅宜帘幕重围。　　绣扇仍携。花枝尘染芳菲。遥想当时,故交往往人非。天涯再见,悦情话、景仰清徽。可人怀抱,晚期莲社相依。

【注释】

①词题中"赵德庄",赵彦端字德庄,宋宗室,绍兴八年(1138)进士。累迁至知建宁府。后退居余干。

②"绿树"二句:陈亮《水龙吟》:"恨芳菲世界,游人未赏,都付与、莺和燕。"借与,大德本作"付与"。

③觉来:来,宋人多用为助词。苏轼《永遇乐》:"重寻无处,觉来小园行遍。"

④"小园"句:庾信《荡子赋》:"游尘满床不用拂,细草横阶随意生。"

⑤崔徽:元稹《崔徽歌》诗序:"崔徽,河中府倡也。裴敬中以兴元幕使蒲州,与徽相从累月,敬中便还。崔以不得从为恨,因而成疾。有丘夏善写人形,徽托写真寄敬中,曰:'崔徽一旦不及画中人,且为郎死。'发狂卒。"

⑥"南云"二句:李清照《一剪梅》:"云中谁寄锦书来,雁字回时,月满西楼。"

新荷叶

再和前韵①

春色如愁,行云带雨才归②。春意长闲,游丝尽日低飞。闲愁几许,更晚风、特地吹衣。小窗人静,棋声似解重围。

光景难携。任他鶗鴃芳菲。③细数从前,不应诗酒皆非。知音弦断,笑渊明、空抚余徽。④停杯对影,待邀明月相依。⑤

【题解】

此词作于淳熙元年(1174)江东安抚司参议官任上。与上一首"以闲居反映朝局,一语便透"(周济《宋四家词选》)同一机杼。上片写闲愁。先写春色,再写春意,以"闲愁"二句总括上文。几许闲愁,已足使人不快,"更晚风、特地吹衣",就更加使人感到凄凉了。"小窗"二句再写闲情,言听听棋声似乎也可稍稍减轻寂寞。下片写借酒消愁。先说美好时光难以挽留的无奈。再回忆过去,谓饮酒赋诗,未必合时,但也无大过。"知音"二句写出自身的孤寂乃至孤危之感。最后化用李白诗意,进一步凸显孤独感。

【注释】

①词题：大德本作"再和"。

②"行云"句：贺铸《芳心苦》："返照迎潮，行云带雨。依依似与骚人语。"

③"光景"二句：鹎鴂(tí jué)，亦名伯劳。屈原《离骚》："恐鹈鴂之先鸣兮，使夫百草为之不芳。"洪兴祖《离骚补注》卷一："按《禽经》云：巂周，子规也。江介曰子规，蜀右曰杜宇。又曰：鹎鴂鸣而草衰。注云：鹎鴂，《尔雅》谓之鸥，《左传》谓之伯赵。然则子规、鹎鴂，二物也。"

④"知音"二句：《晋书·陶潜传》："性不解音，而蓄素琴一张，弦徽不具。每朋酒之会，则抚而和之，曰：'但识琴中趣，何劳弦上声。'"

⑤"停杯"二句：李白《月下独酌四首》其一："举杯邀明月，对影成三人。"

最高楼

醉中有索四时歌者，为赋①

长安道②，投老倦游归。七十古来稀。藕花雨湿前湖夜，桂枝风淡小山时③。怎消除，须殢酒，更吟诗。　　也莫向、竹边孤负雪。也莫向、柳边孤负④月。闲过了，总成痴。种花事业无人问，对花情味⑤只天知。笑山中，云出早，鸟归迟。⑥

【题解】

此词创作时地未详。起首三句写倦游归里。以下九句为四季歌。"藕花"二句为夏秋之歌。接下来的三句，是说饮酒赋诗以消除苦夏悲秋的烦闷情绪。"也莫向"二句为冬春之歌，意谓此际须尽情赏雪观月。"闲过了"二句绾上启下。末五句倒扣词作开篇，写闲居生活的别样乐趣。全篇长短并用，奇偶交互，行文疏密相间，错落有致。

最高楼

杨民瞻席上用前韵赋牡丹①

西园买,谁载万金归②。多病胜游稀。风斜画烛天香夜,凉生翠盖酒酣时。待重寻,居士谱③,谪仙诗。　　看黄底、御袍元自贵。看红底、状元新得意。④如斗大,只花痴⑤。汉妃翠被娇无奈,吴娃粉阵恨谁知。但纷纷,蜂蝶乱,送春迟⑥。

【题解】

此词创作时地未详。杨民瞻原唱已佚。起首二句为牡丹造势,谓是谁不惜万金,从西园购得牡丹,车载而归。"多病"句一转,写自己游兴不高,欲扬先抑。"风斜"二句谓牡丹国色天香,不同凡卉。"待重寻"二句点出重访牡丹之意,为下片赏牡丹张本。下片赋牡丹。"看黄底"四句特写御袍黄和状元红。以下二句写对群花的印象，"汉妃"、"吴娃""着些艳语"，使之"似词家体例"（沈义父《乐府指迷》）。结末三句融情入景，写出惜花之意。

【注释】

①词题：大德本作"和杨民瞻席上用韵赋牡丹"。

②"谁载"句：万金，指牡丹。《唐国史补》卷中："京城贵游，尚牡丹三十余年矣。每春暮车马若狂，不以耽玩为耻。执金吾铺官围外寺观，种以求利，一本有值数万者。"李贺《牡丹种曲》："莲枝未长秦蘅老，走马驮金属春草。"

③居士谱：六一居士欧阳修所著《洛阳牡丹记》。案：宋代有托名欧阳修的伪书《牡丹谱》。《四库全书总目》卷一一五《洛阳牡丹记》提要有云："周必大作《欧集考异》，称当时士大夫家有修《牡丹谱》印本，始列花品，叙及名品，与此卷前两篇颇同。其后则曰叙事、宫禁、贵家、寺观、府署、元白诗、讥鄙、吴蜀诗集、记异、杂记、本朝、双头花、进花、丁晋公续花谱，凡十六门，万余言，后有梅尧臣跋，其妄尤甚，盖出假托云云。据此，是宋时尚别有一本。《宋史·艺文志》以《牡丹谱》著录，而不称《牡丹记》，盖已误承其讹矣。"

④"看黄底"二句：《洛阳牡丹记》："御袍黄，千叶黄花也，色与开头大率类女真黄。元丰时，应天院神御花圃中植山箆数百，忽于其中变此一种，因目之为御袍黄。""状元红，千叶深红花也，色类丹砂而浅，叶杪微淡，近萼渐深，有紫檀心，开头可七八寸。其色甚美，迥出众花之上，故洛人以状元呼之。"

⑤只花痴：大德本作"笑花痴"。

⑥送春迟：大德本作"笑春迟"。

洞仙歌

为叶丞相作①

江头父老，说新来朝野。都道今年太平也。见朱颜绿鬓,玉带金鱼,相公是,旧日中朝司马。^②　　遥知宣劝处,东阁华灯,别赐仙韶接元夜。^③问天上、几多春,只似人间,但长见、精神如画。好都取、山河献君王,看父子貂蝉,玉京^④迎驾。

【题解】

此词约作于淳熙二年(1175)初江东安抚使司参议官任上。词作颂寿,同时表达出期盼叶衡收复中原失地的愿望。

【注释】

①词题:大德本作"寿叶丞相"。

②"玉带"三句:韩愈《示儿》:"开门问谁来,无非卿大夫。不知官高卑,玉带悬金鱼。"金鱼,唐制,三品以上官员穿紫服,佩金符,刻鲤鱼形,谓之金鱼。《宋史·司马光传》:"凡居洛阳十五年,天下以为真宰相,田夫野老皆号为司马相公,妇人孺子亦知其为君实也。帝崩,赴阙临,卫士望见,皆以手加额曰:'此司马相公也。'"

③"东阁"二句:《汉书·公孙弘传》:"至宰相封侯,于是起客馆,开东阁以延贤人,与参谋议。"《旧唐书·礼乐志》:"文宗诏太常卿冯定采开元雅乐,制《云韶法曲》,乐成,改法曲为《仙韶曲》。"

④玉京:指帝都。孔稚珪《褚先生百玉碑》:"关西升妙,洛右飞英。凤吹金阙,箫歌玉京。"

洞仙歌

访泉于奇师村,得周氏泉,为赋^①

飞流万壑,共千岩争秀。^②孤负平生弄泉手^③。叹轻衫短帽,几许红尘,还自喜,濯发沧浪依旧。　　人生行乐耳,身后虚名,何似生前一杯酒。便此地、结吾庐,待学渊明,更手种、门前五柳。④且归去、父老约重来,问如此青山,定重来否。

【题解】

此词约作于淳熙十三年(1186)闲居带湖时。起首二句描绘瓜山飞瀑、周氏清泉胜景。"孤负"云云,似自谦实自得、自豪。"叹轻衫"四句,先叹曾沾染俗世红尘,再喜如今退隐山水。如此顿挫,深得欲扬先抑之妙。过片用杨恽、张翰典事,表达超越世俗名利、回归自然的志向。接着具体规划,欲效法陶渊明,结庐植柳,定居此间。结末三句以父老询问会否重来收束,以问代答,故作波澜,正陈廷焯所谓"于萧散中见笔力"(《词则·放歌集》卷一)。

【注释】

①词题中"奇师村",亦称奇狮村,大德本作"期思",盖后来追改。在今江西铅山。周氏泉,由两个小泉组成,其一如臼,其一若瓢,承瓜山瀑布而成。词人后改称瓢泉。

②"飞流"二句:《世说新语·言语》:"顾长康从会稽还,人问山川之美,顾云:'千岩竞秀,万壑争流,草木蒙笼其上,若云兴霞蔚。'"

③"孤负"句:弄泉手,游赏泉水的行家里手。苏轼《留别雩泉》:"还将弄泉手,遮日向西秦。"

④"便此地"三句:陶渊明《饮酒》:"结庐在人境,而无车马喧。"又《五柳先生传》:"先生不知何许人也,亦不详其姓字,宅边有五柳树,因以为号焉。"

八声甘州

为建康胡长文留守寿。时方阅拆红梅之舞,且有锡带之宠。①

把江山好处付公来,金陵帝王州。想今年燕子,依然认得,王谢风流。只用平时尊俎,弹压万貔貅。依旧钧天梦,玉殿东头。　　　看取黄金横带,是明年准拟,丞相封侯^②。有红梅新唱,香阵卷温柔。且华堂、通宵一醉,待从今、更数八千秋。公知否,邦人香火,夜半才收。

【题解】

此词作于淳熙元年(1174)江东安抚使司参议官任上。前五句结合建康的历史文化特点,写出胡长文出任建康留守的意义和风采。以下打通上下片,写胡长文有大将之才,政绩卓著,行将青云直上,拜相封侯。"有红梅"以下四句描写寿宴的热闹场面,合末三句,共同写足上上下下均为其祝寿之意。

【注释】

①词序中"为建康胡长文留守寿",大德本作"寿建康帅胡长文给事"。胡长文,胡元质字长文,长洲人。绍兴十八年(1148)进士。淳熙元年(1174)五月出知建康府。本年十月初三日为胡氏四十八岁寿辰。拆红梅,乐舞名。锡带,宋制,凡各路抚帅之政绩卓著者,多遣中使赐金带。

②封侯:《后汉书·梁竦传》:"大丈夫居世,生当封侯,死当庙食。"

声声慢

赋红木犀。余儿时尝入京师禁中凝碧池,因书当时所见^①

开元盛日^②,天上栽花,月殿桂影重重。十里芬芳,一枝金粟玲珑。管弦凝碧池上,记当时、风月愁侬。^③翠华远,但江南草木,烟锁深宫。　　　只为天姿冷淡,被西风酝酿,彻骨香浓。枉学丹蕉,叶展偷染妖红。^④道人取次装束,是自家、香底家风。^⑤又怕是,为凄凉、长在醉中。

【题解】

此词创作时地未详。咏花而抚时感事。上片写儿时所见凝碧池中高大的桂树,花如金粟,芬芳香浓。在这里,当年曾经歌舞升平。而今,徽钦二帝北入绝域,朝廷偏安江南,江南草木锁于深宫。借花写人,对后来的风雅派词人以咏物寄托君国之忧,产生了很大的影响。下片写红木犀虽然改变了颜色,却仍然没有脱离木犀的气息,所谓自家"家风",借以寄寓词人"深刻的民族观念"(辛更儒《辛弃疾词选》)。结末二句为木犀解嘲,似兼以自嘲。

【注释】

①词题中"赋红木犀",大德本作"嘲红木犀"。凝碧池,《汴京遗迹志》卷八:"在陈州门里繁台之东南。唐为牧泽,宋真宗时改为池。"

②开元盛日:杜甫《忆昔二首》其二:"忆昔开元全盛日,小邑犹藏万家室。"

③"管弦"二句:《明皇杂录补遗》:"天宝末,群贼陷两京,大掠文武朝臣及黄门宫嫔乐工,骑士每获数百人,以兵仗严卫,送于洛阳。至有逃于山谷者,而卒能罗捕追胁,授以冠带。禄山尤致意乐工,求访颇切。于旬日获梨园弟子数百人,群贼因相与大会于凝碧池,宴伪官数十人,大陈御库珍宝,罗列于前后。乐既作,梨园旧人不觉歔欷相对泣下,群逆皆露刃持满以胁之,而悲不能已。有乐工雷海清者,投乐器于地,西向恸哭,逆党乃缚海清于戏马殿,支解以示众,闻之者莫不伤痛。王维时为贼拘于菩提寺中,闻之,赋诗曰:'万户伤心生野烟,百官何日更朝天。秋槐落叶空宫里,凝碧池头奏管弦。'"

④"枉学"二句:白居易《东亭闲望》:"绿桂为佳客,红蕉当美人。"叶展,大德本作"叶底"。苏轼《和述古冬日牡丹四首》其一:"一朵妖红翠欲流,春光回照雪霜羞。化工只欲呈新巧,不放闲花得少休。"

⑤"道人"二句:《芍药谱》:"取次妆,淡红多叶也。色绝淡,条叶正类绯,多叶亦平头也。"《罗湖野录》载晦堂禅师为黄庭坚说法,"时当暑退凉生,秋香满院,晦堂乃曰:'闻木犀香乎?'公曰:'闻。'晦堂曰:'吾无隐乎尔。'公欣然领解。"

江神子

和人韵

梅梅柳柳斗纤秾。乱山中。为谁容。^①试著春衫,依旧怯东风。何处踏青人未去,呼女伴,认骄骢。　　儿家门户几重重^②。记相逢。画桥^③东。明日重来,风雨暗残红。可惜行云春不管,裙带褪,鬓云松。

【题解】

此词作于闲居带湖期间。所和何人何作均未详。起首三句,兼写春光、"儿家"之美,满含叹惜之意。"试著"二句谓春回大地固然令人高兴,而料峭春寒亦足使人望而生畏。"何处"三句写踏青嬉游,搅动"儿家"一片情愁。过片三句为"儿家"自叙,与人相逢之乐可想而知。"明日"二句写再重逢时已是花落春残,感伤之情见于言外。结末三句言"儿家"相思怨苦。全篇男子而作闺音,应有所寓托。

【注释】

①"梅梅"二句:曹植《洛神赋》:"秾纤得中,修短合度。"《诗·卫风·伯兮》:"自伯之东,首如飞蓬。岂无膏沐,谁适为容。"

②"儿家"句:蒋维翰《春女怨》:"儿家门户重重闭,春色因何入得来。"

③画桥:大德本作"画楼"。

【辑评】

吴则虞《辛稼轩词选集》:"梅梅柳柳斗纤秾"一句一韵,写寒尽春回景色。接以"乱山中,为谁容"二短句一韵,"中"字撞韵。梅柳在山中,孤芳自赏,而不为人所识。"试著春衫,依旧怯东风"二句一韵,欲寻梅柳而试著春衣,仍怯春寒,暗写早春气象。此句亦可作九字句,在四字或六字上逗而不断。"何处踏青人未去"三句一韵,踏青人尚未入山寻梅柳,而将欲入山之情景。后阕从彼处山中人家来说。"儿家门户几重重"三句一韵,"重"、"逢"撞韵。记山中人与踏青人相逢之地。"明日重来"二句一韵,有慨风雨之无常而韶华之易逝也。"可惜行云春不管"三句一韵,行云为踏青人,而春光不为踏青人留驻好景也。

江神子

和陈仁和韵

玉箫声远忆骖鸾①。几悲欢。带罗宽。且对花前,痛饮莫留残②。归去小窗明月在,云一缕,玉千竿。③ 吴霜应点鬓云斑④。绮窗闲。梦连环⑤。说与东风,归意⑥有无间。芳草姑苏台⑦下路,和泪看,小屏山⑧。

【题解】

此词作于淳熙十四年(1187)闲居带湖时。陈德明,字光宗。《皇宋中兴两朝圣政》卷六三谓:"淳熙十三年冬十月,仁和知县陈德明坐赃污不法,免真决,刺面配信州。"陈仁和原唱已佚。词写离愁别绪。起首三句追忆陈仁和往昔之事,悲欢离合,令人惆怅。"且对"五句为临别劝慰语,言痛饮可以忘忧,回归故乡也是不错的选择。下片转写一己依依别情。

【注释】

①"玉箫"句:杜牧《伤友人悼吹箫妓》:"玉箫声断没流年,满目春愁陇树烟。"江淹《别赋》:"驾鹤上汉,骖鸾腾天。"

②"痛饮"句:庾信《舞媚娘》:"少年唯有欢乐,饮酒那得留残。"

③"云一缕"二句:王安石《金陵报恩大师西堂方丈二首》其二:"萧萧出屋千竿玉,霭霭当窗一炷云。"李壁注:"谓对竹烧香也。"

④"吴霜"句:李贺《还自会稽歌》:"吴霜点归鬓,身与塘蒲晚。"

⑤梦连环:黄庭坚《次韵斌老冬至书怀示子舟篇末见及之作因以赠子

舟归》:"昨宵连环梦,秣马待君发。"

⑥归意:大德本作"归兴"。

⑦姑苏台:《越绝书·外传记吴地传》:"胥门外有九曲路,阖闾造以游姑苏之台,以望太湖。"

⑧小屏山:欧阳修《玉楼春》:"云垂玉枕屏山小。梦欲成时惊觉了。"

江神子

博山道中书王氏壁①

一川松竹任横斜。有人家。被云遮。②雪后疏梅,时见两三花。比□桃源溪上路,风景好,不争多。③　　旗亭有酒径须赊。晚寒些。④怎禁他。醉里匆匆,归骑自随车。白发苍颜吾老矣,只此地,是生涯。

【题解】

此词作于闲居带湖期间。上片先实写冬春之交的博山道上,松竹横斜,雪后疏梅,白云人家,景色自然优美。再虚拟,言此风光较之于"桃源"毫不逊色。下片谓流连徘徊中,不觉已日色向晚,故而旗亭赊酒,醉里归晚。最后以叹老嗟衰作结,于闲适狂放中转出一缕英雄末路之悲,可谓寓浓于淡。

【注释】

①词题中"博山",在永丰西南三十里。

②"有人家"二句:杜牧《山行》:"远上寒山石径斜,白云生处有人家。"

③"比□"三句:比□,大德本、吴讷本作"比著"。不争多,大德本作"不争些",不差些。

④"旗亭"二句:晚寒些,大德本作"晚寒咱"。李贺《开愁歌》:"秋风吹地百草干,华容影碧生晚寒……旗亭下马解秋衣,请贳宜阳一壶酒。"

江神子

剩云残日弄阴晴。晚山明。小溪横。枝上绵蛮①,休作断肠声。但是青山山下路,春到处,总堪行。　　当年彩笔赋芜城②。忆平生。若为情③。试取灵槎,归路问君平。④花底夜深寒色重⑤,须拚却,玉山倾⑥。

【题解】

此词作于闲居带湖期间。所和何人何作均未详。上片写山行所见,即景言情,表达身处逆境而乐观旷达的胸怀。下片写山行所感,忆昔咏怀。由回想南来之初的报国壮志,含蓄传达对落职闲居的不满,并用典希望释疑解惑。最后折回现实,写无可奈何之下的借酒浇愁。

【注释】

①绵蛮:鸟鸣声,此处代指鸟。《诗·小雅·绵蛮》:"绵蛮黄鸟,止于丘阿。道之云远,我劳如何。"

②"当年"句:《文选》鲍照《芜城赋》注:"宋孝武帝时,临海王子顼镇荆州,明远为其下参军,随至广陵。子顼叛逆,照见广陵故城荒芜,乃汉吴王濞所都,濞亦叛逆,为汉所灭,照以子顼事同于濞,遂感为此赋以讽之。"

③若为情:毛滂《小重山》:"江山雄胜为公倾。公惜醉,风月若为情。"《诗词曲语辞汇释》:"犹云何以为情或难以为情也。"

④"试取"二句:《博物志》卷三:"旧说天河与海通。近世有人居海渚者,年年八月有浮槎去来不失期。人有奇志,立飞阁于槎上,多赍粮,乘槎而去。十余日中犹观星月日辰,自后茫茫忽忽,亦不觉昼夜。去十余日,奄至一处,有城郭状,屋舍甚严。遥望宫中多织女,见一丈夫牵牛渚次饮之。牵牛人乃惊问曰:'何由至此?'此人具说来意,并问此是何处。答曰:'君还

至蜀郡访严君平则知之。'竟不上岸,因还如期。后至蜀,问君平,曰:'某年月日有客星犯牵牛宿。'计年月,正是此人到天河时也。"试取,大德本作"试把"。

⑤寒色重:大德本作"寒较甚"。

⑥玉山倾:《世说新语·容止》:"嵇叔夜之为人也,岩岩若孤松之独立;其醉也,傀俄若玉山之将崩。"

六幺令

用陆氏事,送玉山令陆德隆①

酒群花队,攀得短辕折。谁怜故山归梦,千里莼羹滑②。便整松江一棹,点检能言鸭。③故人欢接。醉怀双橘,堕地金圆醒时觉。④　　长喜刘郎马上,肯听诗书说。谁对叔子风流,直把曹刘压。⑤更看君侯事业,不负平生学⑥。离觞愁怯。送君归后,细写茶经煮香雪⑦。

【题解】

此词作于淳熙九年(1182)闲居带湖时。全篇以学为词,除起首二句写送行场面之外,几乎句句用典。所用典故都与送别陆氏友人回乡密切相关,依次点明吴地特产、水路返乡、孝敬老母、备受重用、胸襟开阔、有才有学以及归家后会有许多贴近生活的著述。全词颇见掇拾之功,却也正如沈雄所评"情致则短矣"(《古今词话·词品》下卷)。

【注释】

①词题:大德本作"用陆氏事,送玉山令陆德隆侍亲东归吴中"。玉山,初属衢州,乾元初改属信州,宋因之。陆德隆,《稼轩词编年笺注》认为可能就是陆翼言,吴县人,淳熙中任玉山令。

②"千里"句:《世说新语·言语》:"陆机诣王武子,武子前置数斛羊酪,

指以示陆曰:'卿江东何以敌此?'陆云:'有千里莼羹,但未下盐豉耳。'"

③"便整"二句:陆龟蒙《甫里文集》附录《杨文公谈苑》:"相传龟蒙多智数,狡狯。居笠泽,有内养自长安使杭州,舟出金下,小童奴以小舟驱群鸭出,内养弹其一绿头雄鸭,折头。龟蒙遽从舍出,大呼云:'此绿鸭有异,善人言,适将献状本州,贡天子,今持此死鸭以诣官自言耳。'内养少长宫禁,不知外事,信然,甚惊骇,厚以金帛遗之,龟蒙乃止。因徐问龟蒙:'此鸭何言?'龟蒙曰:'常自呼其名。'巧捷多类此。"案:《柳亭诗话》卷二九"误用"条云:"李献吉《题崔后渠书屋》诗:'是否龟蒙鸭,将无逸少鹅。'下句有典,上句鲁望实无其事,不知杨大年《谈苑》从何考据。甫里叶茵辨之至悉。"不过,宋以后文人却常用此典入诗词,如苏轼《吴江三贤堂》:"却因养得能言鸭,惊破王孙金弹丸。"

④"故人"三句:《三国志·吴书·陆绩传》:"绩年六岁,于九江见袁术。术出橘,绩怀三枚,去,拜辞堕地。术谓曰:'陆郎作宾客而怀橘乎?'绩跪答曰:'欲归遗母。'术大奇之。"双橘,大德本作"霜橘"。

⑤"谁对"二句:辛弃疾此处误用陆逊事为陆抗事。沈雄《古今词话·词品》下卷:"徐士俊:稼轩《六幺令·送玉山令陆德隆还吴中》,第四句陆云饮羊酪语,第六句陆龟蒙居甫里事,第八句陆绩,第十句陆贾,第十二句陆逊,末句陆羽。"

⑥"不负"句:《旧唐书·陆贽传》:"贽以受人主殊遇,不敢爱身,事有不可,极言无隐。朋友规之,以为太峻,贽曰:'吾上不负天子,下不负吾所学,不恤其他。'"

⑦"细写"句:陆羽字鸿渐,竟陵人。隐居苕溪,杜门著书,有《茶经》三卷。

六幺令

再用前韵

倒冠一笑,华发玉簪折。阳关自来凄断①,却怪歌声滑。

放浪儿童归舍，莫恼比邻鸭。②水连山接。看君归兴，如醉中醒、梦中觉③。　　江上吴侬问我，一一烦君说。坐客尊酒频空④，剩欠真珠压⑤。手把鱼竿未稳，长向沧浪学。问愁谁怯。可堪杨柳，先作东风满城雪。⑥

【题解】

此词作于淳熙九年(1182)闲居带湖时，与前一首同题同韵。上片写送别友人。起笔写笑，生动传神。接着以反常之感写出双方的复杂心态。再谓归去后彼此的友谊不会中断，以及陆德隆"归兴"正浓，承上启下。过片二句是说如果吴中友人问起我的近况，烦君详为之说。以下集中笔墨，自嘲罢职闲居以来，宾客日稀，尊酒频空；欲学古人，垂钓寒江，濯发沧浪，但还需要进一步适应。最后以景结情，以风絮满城写愁怨之多。有苦闷，但并未颓唐。

【注释】

①"阳关"句：王维《送元二使安西》："渭城朝雨浥轻尘，客舍青青柳色新。劝君更尽一杯酒，西出阳关无故人。"

②"放浪"二句：杜甫《将赴成都草堂途中有作先寄严郑公五首》其二："休怪儿童延俗客，不教鹅鸭恼比邻。"

③"如醉"句：苏轼《江神子》："梦中了了醉中醒。只渊明。是前生。"

④"坐客"句：《后汉书·孔融传》："及退闲职，宾客日盈其门。常叹曰：'坐上客常满，尊中酒不空，吾无忧矣。'"

⑤"剩欠"句：真珠，四印斋本作"珍珠"。李贺《将进酒》："琉璃钟，琥珀浓，小槽酒滴真珠红。"压，压酒，即酿酒。李白《金陵酒肆留别》："风吹柳花满店香，吴姬压酒劝客尝。"

⑥"可堪"二句：《世说新语·言语》："谢太傅寒雪日内集，与儿女讲论文义。俄而雪骤，公欣然曰：'白雪纷纷何所似？'兄子胡儿曰：'撒盐空中差可拟。'兄女曰：'未若柳絮因风起。'公大笑乐。"

满庭芳

急管哀弦,长歌慢舞,②连娟十样宫眉③。不堪红紫,风雨晓来稀。④惟有杨花飞絮,依旧是、萍满芳池。⑤酴醾在,青虬快剪,插遍古铜彝。　　谁将春色去,鸾胶难觅,弦断朱丝。⑥恨牡丹多病,也费医治。梦里寻春不见,空肠断、怎得春知。休惆怅,一觞一咏,须刻右军碑。

【题解】

此词作于淳熙八年(1181)江西安抚使任上。《稼轩词编年笺注》云:"《宋会要·职官》七二之二八,于淳熙七年五月载洪迈以求琼花故而罢知建宁府事,其后当即家居鄱阳。八年春间有南昌之行,景伯赋词钱送,稼轩因亦用韵而相与酬答。据景伯词中'流觞近'句,其抵南昌时节当在上巳左右也。"其时洪适所作同韵《满庭芳》凡十一首,兹录其中"辛丑春日作"及"景庐有南昌之行,用韵惜别,兼简司马汉章"二首以对读:

华发苍颜,年年更变,白雪轻犯双眉。六旬过四,七十古来稀。问柳寻花兴懒,拄筇杖、闲绕园池。尊中有,青州从事,无意唤琼彝。

人生何处乐,楼台院落,吹竹弹丝。奈壮怀销铄,病费医治。漫道游鱼听瑟,弦绿绮、山水谁知。盘洲怨,盟鸥间阔,瘦鹤立新碑。

雨洗花林,春回柳岸,窗间列岫横眉。老来光景,生怕聚谈稀。何事扁舟西去,收杖屦、契阔鱼池。流觞近,诗筒暂歇,焉用虎文彝。

良辰怀旧事,海棠花下,笑摘垂丝。叹五年一别,万病难治。几处绣衣尘迹,歌舞地、乌鹊曾知。君今去,珠帘暮卷,山雨拂崇碑。

辛弃疾有和词三章,另两首分别为"柳外寻春"、"倾国无媒"。

此首起二句写歌舞盛况。接写夜来风狂雨骤,红花紫蕊零落殆尽。以下,谓杨花柳絮飘入池塘化为浮萍,加上酴醾花还在开放,可以保留仅有的一点春色。下片写着意寻春。过片三句照应上片,言春之归去使人难以尽享朋辈欢聚之乐。接着写医花护春。再写寻春之苦。末三句宕开一笔,以运典表达乐观精神,化开浓郁春愁。

【注释】

①词题:大德本作"和洪丞相景伯韵,呈景卢内翰"。洪景伯,即洪适,乾道元年(1165)十二月拜尚书右仆射,同中书门下平章事,兼权枢密使,故称丞相。时奉祠家居鄱阳。景卢,即洪迈,乾道三年(1167)拜中书舍人,兼侍读、直学士院,故称内翰。时罢官家居鄱阳。曾作过一首《题辛幼安稼轩诗》:"济时方略满心胸,卜筑山城乐事重。岂是求田谋万顷,聊因学圃问三农。高牙暂借藩维重,燕寝未须归兴浓。且为君王开再造,他年植杖得从容。"(《盘洲文集》卷七)

②"急管"二句:鲍照《代白纻曲二首》其一:"古称渌水今白纻,催弦急管为君舞。"白居易《长恨歌》:"缓歌慢舞凝丝竹,尽日君王看不足。"

③"连娟"句:司马相如《上林赋》:"长眉连娟,微睇绵邈。"《海事碎录》:"唐明皇令画工画《十眉图》,一曰鸳鸯眉,二曰小山眉,三曰五岳眉,四曰三峰眉,五曰垂珠眉,六曰月棱眉,七曰分稍眉,八曰涵烟眉,九曰拂云眉,十曰倒晕眉。"

④"不堪"二句:孟浩然《春晓》:"春眠不觉晓,处处闻啼鸟。夜来风雨声,花落知多少。"晓来稀,大德本作"晓稀稀"。

⑤"惟有"二句:苏轼《水龙吟》:"晓来雨过,遗踪何在,一池萍碎。(杨花落水为浮萍,验之信然。)"

⑥"鸾胶"二句:《汉武外传》:"西海献鸾胶,武帝弦断,以胶续之,弦两头遂相著,终日射不断。帝大悦,名续弦胶。"

满庭芳①

柳外寻春,花边得句,怪公喜气轩眉。阳春白雪②,清唱古今稀。曾是金銮旧客③,记凤凰、独绕天池。挥毫罢,天颜有喜,催赐上方彝。(公在词掖,尝拜尚主宝鼎之赐。)④ 　　只今江海上⑤,钧天梦觉,清泪如丝。算除非,痛把酒疗花治。明日五湖佳兴,扁舟去、一笑谁知。溪堂好,且拼一醉,倚杖读韩碑。⑥(堂记,公所制。)

【题解】

此词作于淳熙八年(1181)江西安抚使任上。起首三句写洪迈游湖寻春,赏花赋诗,喜上眉梢。以下分别写其诗高雅优美,古今稀有;身世显赫;获赏殊荣。下片转写洪迈罢居后的苦恼,与整个上片形成反差。先写其退处江湖,追昔抚今,清泪如丝。接着映带开篇"柳外"二句,进一步说明其在精神上所受到的痛苦折磨,谓除非饮酒赏花,别无它法可以医治。再宕开一笔,设想似乎也不能像范蠡那样泛舟五湖,远离尘世。末三句折回现实,意谓还是奇文共赏,借酒消愁吧。全篇于纪游中用反衬手法写出友人身闲恨早的不平之气,同时表达慰勉之意。

【注释】

①大德本有题作"游豫章东湖再用韵"。豫章东湖,在今江西南昌东南。再用韵,指用《满庭芳》(急管哀弦)韵。

②阳春白雪:宋玉《对楚王问》:"客有歌于郢中者,其始曰《下里巴人》,国中属而和者数千人;其为《阳阿薤露》,国中属而和者数百人;其为《阳春白雪》,国中属而和者不过数十人;引商刻羽,杂以流徵,国中属而和者不过数人而已。是其曲弥高,其和弥寡。"

③"曾是"句:《文献通考·学士院》:"学士院在金銮殿侧……前朝因金銮坡以为门名,与翰林院相接,故为学士者称金銮以美之。"

④"催赐"句并自注:上方,大德本作"尚方",汉官署名,专制御用器物。上方彝,指皇帝所赐之鼎。自注中"宝鼎",大德本作"宝彝"。

⑤江海上:大德本作"江远上",四印斋本作"江山远"。

⑥"溪堂"三句:指韩愈《郓州溪堂》及诗前记溪堂修建因由长序,尝刻

石于恽州。洪适《满庭芳》原唱中题为"景庐有南昌之行,用韵惜别,兼简司马汉章"、首句"雨洗花林"者自注云:"汉章作山雨楼,景庐为之记。"

鹧鸪天

鹅湖寺道中①

一榻清风殿影凉②。涓涓流水响③回廊。千章云木钩辀叫,十里溪风穆秫香。④　　冲急雨,趁斜阳。山园细路转微茫。倦途却被行人笑,只为林泉有底忙⑤。

【题解】

此词作于淳熙十三年(1186)闲居带湖时。起首二句以清风吹、泉水响勾连寺内寺外景观。接韵写寺外旷远清美景致,妥帖工稳。过片由上片的凉风暗接而下,写归途中突遭急雨的狼狈和雨过天晚时的紧张赶路心情。结韵化紧为松,将沉醉于林泉之乐的忙碌的自我,与外化为"行人"的自我审视者之间,形成一种自嘲和反讽的关系,自嘲如今只能为林泉而忙碌,反讽不知林泉之中大有真意的俗人。全篇纪游景不单显,情不孤出,尤其是"这样的结尾,表意分离而重叠,显得复杂而有味,正是'稼轩家法'的体现"(《稼轩词新释辑评》)。

【注释】

①词题:大德本作"鹅湖道中"。

②"一榻"句:苏轼《佛日山荣长老方丈五绝》其四:"食罢茶瓯未要深,清风一榻抵千金。"

③响:原作"向",从吴讷本校改。

④"千章"二句:杜甫《陪郑广文游何将军山林十首》其二:"百顷风潭上,千章夏木清。"欧阳修《归田录》卷二:"处士林逋,居于杭州西湖之孤山。通工笔画,善为诗。如'草泥行郭索,云木叫钩辀',颇为士大夫所称。"千

章,大材曰章。《史记·货殖传》:"水居千石鱼陂,山居千章之材。"钩辀
(zhōu),鹧鸪啼声。《本草纲目》卷四八:"鹧鸪生江南,形似母鸡,鸣云钩辀
格磔。"稌稏(yà),稻名。杜牧《郡斋独酌》:"稌稏百顷稻,西风吹半黄。"

⑤有底忙:底,如许。苏轼《大风留金山两日》:"细思城市有底忙,却笑
蛟龙为谁怒。"

鹧鸪天

代人赋

晚日寒鸦一片愁。柳塘新绿却温柔。若教眼底无离
恨①,不信人间有白头。　　肠已断,泪难收。相思重上小红
楼。情知已被山遮断,频倚阑干不自由。②

【题解】

此词约作于淳熙十四年(1187)。此类"代人赋"之题,有如"无题"之
题,或者"情有所属,非代人赋也"(李濂批点《稼轩长短句》),又或者"有所
忌讳而隐之"(吴则虞《辛弃疾词选集》)。上片借眼前景带出离恨。"晚日"
二句,由傍晚寒鸦哀鸣,衬出女子内心一片愁惨;塘边新绿柳色虽显温柔,
却又勾起折柳赠别回忆,引出离别经年之恨。"若教"二句,抒发离恨,正话
反说,益显离恨之深,红颜显老。下片极写女子相思痴情。柔肠寸断,珠泪
涟涟,情难自禁,又一次登上小红楼,明知云山阻隔,希望一再落空,仍一再
凭栏远眺,痴痴企盼游子归来。由此亦可见出,陈廷焯"稼轩最不工绮语"
(《白雨斋词话》卷一)的说法,的确是不够确切的。

【注释】

①"若教"句:眼底,眼中。白居易《自问行何迟》:"眼底一无事,心中百
不知。"

②"情知"二句:情知,明知。山遮断,四印斋本作"云遮断"。不自由,
不由自主。

俞陛云《唐五代两宋词选释》:人生容易白头,大抵怨别伤离所致。故下阕言相思不已,重上楼头,明知江上峰青,已曲终人远,而阑干独倚,极目云天,与东坡"天一方"之歌,同其寓感。

鹧鸪天

鹅湖归病起作

翠竹千寻上薜萝①。东湖②经雨又增波。只因买得青山好,却恨归来白发多。　　明画烛,洗金荷。主人起舞客齐歌。醉中只恨欢娱少,明日醒时奈病何③。

【题解】

此词作于闲居带湖期间。词写对山水林泉的迷恋和讴歌,虽然上下片"只因"、"醉中"二结句带有人世苍凉的郁闷气息,但主体精神仍然是相当明快而轻松的。

【注释】

①"翠竹"句:翠竹,大德本作"翠木"。寻,古代八尺为一寻。薜萝,蔓生植物。

②东湖:指带湖。

③"明日"句:大德本作"无奈明朝酒醒何"。

鹧鸪天

送　人

唱彻阳关泪未干。功名余事且加餐。①浮天水送无穷树,带雨云埋一半山。^②　　　今古恨，几千般。只应^③离合是悲欢。江头未是风波恶，别有人间行路难。^④

【题解】

此词作于淳熙五年（1178）春自豫章赴临安途中。上片述离别之情。起句点题，饱含惜别之意。临行赠言，谓功名之事难以强求，不如保重身体、努力加餐为要。"浮天"二句，以景代情，连天江水似在依依送别江树，云雨遮埋青山则令人忧虑前途，隐隐为末句伏笔。过片三句谓古往今来千般恨，岂止离愁别恨。结末二句承上，由眼前江景生发，引出世路艰难之恨，慨叹世途凶险，远胜江上恶浪狂风。

【注释】

①"唱彻"二句：李商隐《赠歌妓二首》其一："红绽樱桃含白雪，断肠声里唱阳关。"《庄子·让王》："帝王之功，圣人之余事也，非所以完身养生也。"《古诗十九首》："弃捐勿复道，努力加餐饭。"《后汉书·桓荣传》："愿君慎疾加餐，重爱玉体。"王维《酌酒与裴迪》："世事浮云何足问，不如高卧且加餐。"

②"浮天"二句：杜牧《题白云楼》："江村夜涨浮天水，泽国秋生动地风。"杨徽之《嘉阳川》："浮花水入瞿塘峡，带雨云归越巂州。"司空图《王官二首》其一："总是此中皆有恨，更堪微雨半遮山。"

③只应：四印斋本作"只今"。

④"江头"二句：刘禹锡《竹枝词》九首其七："瞿塘嘈嘈十二滩，人言道路古来难。长恨人心不如水，等闲平地起波澜。"李白《横江词六首》其二："横江欲渡风波恶，一水牵愁万里长。"杜甫《将赴成都草堂途中有作先寄严郑公五首》其四："三年奔走空皮骨，信有人间行路难。"白居易《太行路》："行路难，不在水，不在山，只在人情反覆间。"

【辑评】

俞陛云《唐五代两宋词选释》：此阕写景而兼感怀，江树尽随天远，好山则半被云埋，人生欲望安有满足之时，况世途艰险，过太行、孟门，江间波浪，未极其险也。

鹧鸪天

代人赋①

扑面征尘去路遥。香篝渐觉水沈销。②山无重数周遭碧，花不知名分外娇。③ 人历历，马萧萧。旌旗又过小红桥。④愁边剩有相思句，摇断吟鞭碧玉梢。

【题解】

此词作于淳熙五年(1178)自临安赴东阳途中。词写羁旅怀人。开篇以征尘与沉香对举，引出相去日以远的思念之意。"山无重数"以下，景色清秀深幽而又生气勃勃。无数青山皆有娇花处处，亦可稍慰征人。过片"历历"、"萧萧"含蓄地写出行程的冷寂孤独，"又过小红桥"启下。结句遥应篇首，点出怀人主旨。种种惆怅化作浅唱低吟，以至于摇断马鞭上饰以碧玉的梢头。

【注释】

①词题：《花庵词选》作"东阳道中"。

②"扑面"二句：王勃《别人》四首其一："自然堪下泪，谁忍望征尘。"陆龟蒙《奉和袭美茶具十咏·茶坞》："遥盘云髻慢，乱簇香篝小。"《本草纲目·木一·沉香》："木之心节置水则沉，故名沉水，亦曰水沉。"

③"山无"二句：刘禹锡《石头城》："山围故国周遭在，潮打空城寂寞回。"苏轼《惠州近城数小山类蜀道春与进士许毅野步会意处饮之且醉作诗以记适参寥专使欲归使持此以示西湖之上诸友庶使知予未尝一日忘湖山也》："花曾识面香仍好，鸟不知名声自呼。"

④"人历历"三句：《诗·小雅·车攻》："萧萧马鸣，悠悠旆旌。"杜甫《兵车行》："车辚辚，马萧萧，行人弓箭各在腰。"白居易《新春江次》："鸭头新绿水，雁齿小红桥。"

鹧鸪天

鹅湖归病起作

枕簟溪堂冷欲秋。断云依水晚来收。红莲相倚浑如醉,白鸟无言定自愁。　　书咄咄,且休休。^①一丘一壑也风流。不知筋力衰多少,但觉新来懒上楼。^②

【题解】

　　此词约作于淳熙十三年(1186)闲居带湖时。上片写景。"红莲"二句"生派愁怨与花鸟"(沈际飞《草堂诗余正集》评语),生动鲜活,实则情与景会,折射出观者的哀怨,是自我心境写照。下片抒情。貌似自甘山水终老,实则自悲其志,经隐含一腔落寞之情的末二句一转,不平之意甚明。

　　词中"不知筋力"二句,谭献自序《复堂词》,曾将其与周邦彦《满庭芳》(风老莺雏)中的"衣润费炉烟",《大酺》(对宿烟收)中的"流潦妨车毂",一起作为典型例证提出来,认为可以帮助填词者从中悟出一些"消息"。程千帆《〈复堂词序〉试释》一文指出:这几个词句的表现方式,共同点在于全都采用了透过一层的想法。其实,楼没有上过,衣润没有费了炉烟,流潦也没有妨了车毂,只是因为筋力已衰,土地卑湿,下着春雨,便想到罢了。谭氏之所以重视这种表现方式,主要是因为他所秉持的清代常州一派的论词宗旨,提出应当而且可以把原本于儒家伦理思想的"温柔敦厚"、"忠爱缠绵",作为最高标准来要求或衡量词的创作,而这个标准显然又是和所谓"忠恕之道"是一致的。忠是尽己,恕是推己及人,也就是同情的伸展。在心理发展和文字表现上,推此及彼,设身处地地去透过一层想,本是迈进一步的看法,也是同情的具体显示。

【注释】

①"书咄咄"二句:《世说新语·黜免》:"殷中军被废,在信安,终日恒书空作字。扬州吏民寻义逐之,窃视,唯作'咄咄怪事'四字而已。"《新唐书·卓行传》:司空图隐居不出,筑亭名曰"休休",作《休休亭记》以见其志:"休,美也。既休而具美。故量才一宜休,揣分二宜休,耄而聩三宜休。而又少也堕,长也迂,三者非济时用,则又宜休。"案:俞平伯《唐宋词选释》指出,殷浩其实是个热衷名利的人,就词人生平及本词所表现闲适恬退的心情而言,都不会引用这样的故事。所以,辛弃疾在这里虽然借用"咄咄"字面,意却无关。

②"不知"二句:刘禹锡《秋日书怀寄白宾客》:"州远雄无益,年高健亦衰。兴情逢酒在,筋力上楼知。"

【辑评】

清陈廷焯《白雨斋词话》卷一:余所爱者,如"红莲相倚浑如醉,白鸟无言定是愁",又"不知筋力衰多少,但觉新来懒上楼"……之类,信笔写去,格调自苍劲,意味自深厚,不必剑拔弩张,洞穿已过七札,斯为绝技。

清况周颐《蕙风词话》卷二:《吹剑录》云:古今诗人间出,极有佳句。无人收拾,尽成遗珠。陈秋塘诗:"不知筋力衰多少,但觉新来懒上楼。"按此二句乃稼轩词《鹧鸪天》歇拍。稼轩倚声大家,行辈在秋塘稍前,何至取材秋塘诗句。秋塘平昔以才气自豪,亦岂肯沿袭近人所作。或者俞文豹氏误记辛词为陈诗耶。此二句入词则佳,入诗便稍觉未合。词与诗体格不同处,其消息即此可参。

俞陛云《唐五代两宋词选释》:人之由壮而衰,积渐初不自觉,迨懒上高楼,始知老之将至,如一叶落而知秋至矣。故"红莲"、"白鸟",风物本佳,而自倦眼观之,觉花鸟皆逊前神采。吾浙谭仲修丈,喜诵其"懒上楼"二句,谓学者,当于此等句意求消息也。

俞平伯《唐宋词选释》:刘禹锡《秋日书怀寄白宾客》:"筋力上楼知。"诗语简而概括,衍为长短句顿觉宛转多姿,亦诗词作法之不同。懒上层楼,虽托之筋力衰减,仍有烈士暮年的感慨,参看作者他篇如《念奴娇》、《丑奴儿》等。

丑奴儿

博山道中效李易安体

千峰云起，骤雨一霎时价^①。更远树斜阳，风景怎生图画^②。青旗卖酒，山那畔、别有人间，^③只消山水光中，无事过这一夏。^④　　午醉醒时，松窗竹户，万千潇洒。野鸟飞来，又是一般^⑤闲暇。却怪白鸥，觑着人、欲下未下。旧盟都在，新来莫是，别有说话。

【题解】

此词作于闲居带湖期间。上片描写博山一带风光。虽说"风景怎生图画"，词人还是很生动地把眼前风景画了出来。先写云雾缭绕的群峰，引出一会儿雨、一会儿晴的奇景，再点缀卖酒青帘、山边人家，为过片午醉梦醒伏笔。词人由此想到，能有如此清丽的山光水色，足以安稳地度过这个夏天了。下片以拟人之法描写午醉梦醒后所见生物。苍松翠竹万分洒脱，野鸟又别有一番闲暇。但奇怪的是，白鸥盘旋空中，盯着词人，满怀疑猜，要下又不下，莫非要背弃彼此订立的互不猜忌的盟约了么？写来极其风趣诙谐，作为"归正人"的辛弃疾内心深处的辛酸悲凉却也可想而知。全篇效仿"易安体"，仍然拥有属于自己的特色。

【注释】

①"骤雨"句：一霎时，大德本作"一霎儿"。柳永《安公子》："楚乡淮岸迢递，一霎烟汀雨过，芳草青如染。"价，语助词。

②"风景"句：李清照《声声慢》："守着窗儿，独自怎生得黑。"

③"青旗"二句：白居易《杭州春望》："红袖织绫夸柿蒂，青旗沽酒趁梨花。"人间，大德本作"人家"。

④"只消"二句：晁补之《惜分飞》："山水光中清无暑，是我消魂别处。"这一夏，王诏刊本作"者一霎"，四印斋本作"者一夏"。

⑤一般：一番，一种。裴度《真慧寺》：“更有一般人不见，白莲花向半天开。”

蝶恋花

送祐之弟①

衰草残阳②三万顷。不算飘零，天外孤鸿影③。几许凄凉须痛饮。行人自向江头醒。　　会少离多看两鬓。万缕千丝，何况新来病。不是离愁难整顿④。被他引惹其他恨。

【题解】

此词作于闲居带湖期间。起句写景，言触目所及无非凄凉之景，烘托送别愁苦气氛。“不算”二句，自我排解兼以解人，稍稍冲淡离别愁情。再设想对方别后景况，轻描淡写中饱含关怀之意。下片用递进句法，层层深入地写离愁。尤其是结末二句，言离愁犹可整顿，而国恨家愁则无法排遣。不说家国之恨而言“其他恨”，曲折含蓄，味在言外。

【注释】

①词题中“祐之弟”，辛助字祐之，辛次膺之孙，辛弃疾族弟。尝知钱塘县。

②残阳：大德本作“斜阳”。

③孤鸿影：苏轼《卜算子》：“谁见幽人独来往，缥缈孤鸿影。”

④整顿：整理，处置。

蝶恋花

和杨济翁韵①

点检②笙歌多酿酒。蝴蝶西园，暖日明花柳。醉倒东风眠永昼③。觉来小院重携手。　　可惜春残风雨又④。收拾情怀,长把诗僝僽⑤。杨柳见人离别后。腰肢近日和他瘦。

【题解】

此词疑作于淳熙九年(1182)闲居带湖时。上片写与友人相聚,同醉同眠同携手,闲适快乐,真挚感人。下片通过春天短暂,诗怀阑珊,写送别友人之后的惆怅伤感。结末二句写人柳俱瘦,较之所本秦观(一作宋无名氏)《如梦令》词中的"人与绿杨俱瘦",似更婉转动人。全篇恰当运用景物描写和拟人手段,同时表现出亮丽的色彩和忧伤的情调。

杨炎正原唱为《蝶恋花·稼轩坐间作首句用丘六书中语》,录以对读:

> 点检笙歌多酿酒。不放东风,独自迷杨柳。院院翠阴停永昼。曲阑随处堪垂手。　　昨日解醒今夕又。消得清怀,长被春僝僽。门外马嘶人去后,乱红不管花消瘦。

【注释】

①词题:大德本作"和杨济翁韵,首句用丘宗卿书中语"。丘宗卿,丘崈字宗卿,江阴人,隆兴元年(1163)进士,历任鄂州知州、江西转运判官、浙东提点刑狱。《宋史》有传。

②点检:反省,检查。

③永昼:大德本作"昼锦",王诏刊本作"画锦",四印斋本作"锦昼"。

④雨又:大德本、王诏刊本作"又雨"。

⑤"长把"句:长把,大德本作"闲把"。僝僽,排遣。

蝶恋花

月下醉书两岩石浪①

九畹芳菲兰佩好②。空谷无人,自怨蛾眉巧。宝瑟泠泠千古调。朱丝弦断知音少。③　　冉冉年华吾自老④。水满汀洲,何处寻芳草。⑤唤起湘累歌未了。石龙舞罢松风晓。⑥

【题解】

此词作于闲居带湖期间。起首三句用"香草美人"的象征手法,将雨岩石浪描绘成一位深居空谷而无人赏识的绝色美人。"宝瑟"二句,很自然地用比喻手法写出雨岩飞瀑如美人弹琴,曲高和寡,知音稀少。下片承上写一己身世之感。年华易老,功业无成,唯有唤起古人和眼前"石龙",通宵达旦地高歌狂舞,宣泄心中一腔孤愤。

【注释】

①词题中"两岩",大德本作"雨岩"。石浪,辛弃疾《山鬼谣》大德本尾注:"石浪,庵外巨石也,长三十余丈。"

②"九畹"句:屈原《离骚》:"余既滋兰之九畹兮,又树蕙之百亩。"古代地积单位,十二亩为一畹,一说三十亩为一畹。

③"宝瑟"二句:杜甫《寄岳州贾司马六丈巴州严八使君两阁老五十韵》:"贝锦无停织,朱丝有断弦。"岳飞《小重山》:"欲将心事付瑶琴。知音少,弦断有谁听。"刘禹锡《调瑟词》:"朱丝二十五,阙一不成曲。"

④"冉冉"句:屈原《离骚》:"老冉冉其将至兮,恐修名之不立。"

⑤"水满"二句:朱敦儒《一落索》:"江南江北水连云,问何处寻芳草。"

⑥"湘累"二句:《汉书·扬雄传》:"钦吊楚之湘累。"注引李奇曰:"诸不以罪死曰累,屈原赴湘死,故曰湘累也。"石龙,指雨岩石浪。

蝶恋花

席上赠杨济翁侍儿

小小华年才月半①。罗幕春风,幸自无人见。②刚道羞郎③低粉面。傍人瞥见回娇盼。　　昨夜西池陪女伴。柳困花慵,见说归来晚。劝客持觞浑未惯。未歌先觉花枝颤。

【题解】

此词作于闲居带湖期间。词作通过富于表现力的细节,写出侍儿的惹人怜爱,包括"低粉面"的娇羞,"回娇盼"的调皮,"柳困花慵"的倦怠,"劝客持觞"的稚嫩,以及"未歌先觉花枝颤"的紧张,同时表达些许同情之意。全篇因事见趣,神味独到。

【注释】

①"小小"句:华年,大德本作"年华"。月半,借指杨济翁侍儿年方十五。

②"罗幕"二句:李白《春思》:"春风不相识,何事入罗帏。"

③羞郎:元稹《会真记》:"不为旁人羞不起,为郎憔悴却羞郎。"

定风波

暮春漫兴①

少日春怀似酒浓。插花走马醉千钟②。老去逢春如病酒。唯有。茶瓯香篆小帘栊。　　卷尽残花风未定。休恨。花开元自要春风。试问春归谁得见。飞燕。来时相遇夕阳中。

【题解】

此词当作于淳熙十四年(1187)闲居带湖时。暮春遣兴,上情下景。上片以少年春意狂态,对照老来萧索春怀,世易时移,沧海桑田,出之以闲适雍容语,滋味深永。过片三句写风卷残花,却以"休恨"自我宽解。结末三句谓春归无迹,本不可见,但飞燕竟于来时夕阳中相见,表达迷惘惆怅中闪过的一缕欣慰之情,别饶生趣。

【注释】

①大德本无词题。

②千钟:《孔丛子·儒服》:"尧舜千钟,孔子百觚。"郑刚中《芙蓉》:"地有鲜鲜金菊对,赏时莫惜醉千钟。"

俞陛云《唐五代两宋词选释》：上阕回忆年少春游，迨老去而渝著垂帘，不作伤春之语，自乐其天。下阕言菀枯之感，人有同情，但造物者春温秋肃，亦循例之乘除耳。试观花之繁茂，方受春风嘘拂而生，旋复收拾而去，风从何来，遽归何处？人不能见，飞燕来自空中，或与之相遇，作不解语解之，稼翁其静观有悟耶？

临江仙

探 梅

老去惜花心已懒，爱梅犹绕江村。一枝先破玉溪春。更无花态度，全有①雪精神。　　剩向空山餐秀色②，为渠著句清新。竹根流水带溪云。醉中浑不记，归路月黄昏。

【题解】

此词当作于淳熙十四年（1187）闲居带湖时。起首二句总起，用"衬跌"（刘熙载《艺概》卷四）之法突出表现爱梅之心之切。"一枝"三句承此作答，正面咏梅：霜雪犹劲，群芳未开，冰肌玉骨，独立不阿。取其精神内质，不重形态特征，咏梅自喻，自抒孤怀。下片记赏梅之事。独向空山清幽之境，饱赏寒梅秀色，若迷似痴，因歌以咏之。结末二句语意双关，心醉于梅，以致不知不觉中时已向晚，足见探梅之久。

【注释】

①全有：大德本作"全是"。

②"剩向"句：空山，大德本作"青山"。白居易《和梦游春诗一百韵》："秀色似堪餐，秾华如可掬。"

临江仙

醉宿崇福寺,寄祐之以仆醉先归①

莫向空山吹玉笛,壮怀酒醒心惊。四更霜月太寒生。被翻红锦浪②,酒满玉壶冰③。 小陆未须临水笑④,山林我辈钟情。今宵依旧醉中行。试寻残菊处,中路候渊明⑤。

【题解】

此词当作于淳熙十四年(1187)前。请缨无路的爱国志士,很难从恢复无望、遭谗受斥的悲慨中超然而出,惟醉酒可以销忧解愁,内心的悲愤积聚喷薄为一股不平的诗情。全篇相反相成,"壮怀酒醒心惊"乃是一篇之主,醉酒实是宾,愈强调宾,则主愈突出。

【注释】

①词题:大德本作"醉宿崇福寺,寄祐之弟。祐之以仆醉先归"。崇福寺,《广信府志》:"崇福寺在上饶附郭之乾元乡。宋淳化中建。"

②"被翻"句:柳永《凤栖梧》:"酒力渐浓春思荡。鸳鸯绣被翻红浪。"

③"酒满"句:白居易《醉后戏题》:"今夜酒醺罗绫暖,被君融尽玉壶冰。"

④"小陆"句:《晋书·陆云传》:"机初诣张华,华问云何在?机曰:'云有笑疾,未敢自见。'俄而云至。华为人多姿制,又好帛绳缠须,云见而大笑不能自已。先是,尝著缞绖上船,于水中顾见其影,因大笑落水,人救获免。"

⑤"中路"句:《宋书·陶潜传》:"江州刺史王弘欲识之,不能致也。潜尝往庐山,弘令潜故人庞通之赍酒具,于半道栗里要之。潜有脚疾,使一门生、二儿舁篮舆,既至,欣然便共饮酌。俄顷弘至,亦无忤也。"苏轼《次韵答孙侔》:"但得低头拜东野,不辞中路候渊明。"篮舆,竹轿。

临江仙

和前韵①

钟鼎山林②都是梦,人间宠辱休惊。只消闲处遇平生。酒杯秋吸露,诗句夜裁冰。　　记取小窗风雨夜,对床灯火多情。③问谁千里伴君行。晚山④眉样翠,秋水镜般明。

【题解】

此词当作于淳熙十四年(1187)前。起韵谓等朝野,齐宠辱,深含哲理,自慰慰人。"酒杯"二句,以逸丽清俊之语,表达高洁情怀,高雅情趣,升华词境词心。过片二句,写手足情谊,情景如画,亲切动人。结末三句谓秋水晓山,镜明眉翠,得此二君千里相伴,不应有恨。情深而真,暖意融融,洒脱清丽,翻出送别题意。

【注释】

①词题:大德本作"再用韵送祐之弟归浮梁"。再用韵,指用《临江仙》(莫向空山吹玉笛)韵。

②山林钟鼎:杜甫《清明二首》其一:"钟鼎山林各天性,浊醪粗饭任吾年。"

③"记取"二句:白居易《雨中招张司业宿》:"能来同宿否,听雨对床眠。"

④晚山:大德本作"晓山"。

菩萨蛮

稼轩日向儿童①说。带湖买得新风月②。头白早归来③。

种花花已开。　　功名浑是错。更莫思量着。见说小楼④东。好山千万重。

【题解】

此词作于淳熙八年(1181)江西安抚使任上,时带湖宅第将成而人归未得。词作以极浅俗的语言,反映退归前的矛盾心理。通首以告语儿曹的方式写成,上下片一气贯注,正范开《稼轩词序》所谓"无首无尾,不主故常"、"随所变态,无非可观"。首二句总冒全篇。"头白"二句言外寓归晚之恨。过片二句为英雄失意,欲求解脱而否定世俗功名之反说。末二句以叹慕口吻表达欲归之情。

【注释】

①儿童:辛启泰《稼轩词补遗》作"儿曹"。

②"带湖"句:李白《襄阳歌》:"清风明月不用一钱买,玉山自倒非人推。"

③"头白"句:苏轼《送表弟程六知楚州》:"功成头白早归来,共藉梨花作寒食。"

④小楼:指带湖宅第集山楼。洪迈《稼轩记》:"集山有楼,婆娑有室,信步有亭,涤砚有渚。"

菩萨蛮

书江西造口壁①

郁孤台②下清江水。中间多少行人泪。西北望长安。可怜无数山。③　　青山遮不住。毕竟江流④去。江晚正愁予。山深闻鹧鸪。⑤

【题解】

此词当作于淳熙二三年(1175－1176)间江西提刑任上。上片就郁孤台前山水景象加以发挥,回顾南渡之初金兵追击往事,想象逃亡者的泪水似乎至今仍像清江水一样流淌。又由郁孤台别名,引出故国之思和神州陆沉之痛。下片言青山虽层峦叠嶂,毕竟无法阻挡大江东去,隐寓百折不挠的报国壮志。但在赣江暮色中,听到鹧鸪啼声,使人联想到现实中恢复之事阻碍重重,又不免充满深深的忧愁。全篇以小令的狭窄篇幅而能写出内涵深广的大题材,"宕逸中亦深炼"(周济《词辨》附谭献评语),"大声鞳鞳,未曾有也"(梁启超评语)。

【注释】

①词题中"造口",今江西万安沙坪镇皂口村,皂口河在此流入赣江。皂口即造口。

②郁孤台:在今江西赣州北贺兰山上,因郁然孤峙山顶而得名。

③"东北"二句:唐赣州刺史李勉曾登临郁孤台,北望长安,以示效忠朝廷,又嫌"郁孤"之名不美,因改为"望阙台"。杜甫《小寒食舟中作》:"云白山青万余里,愁看直北是长安。"刘邠《九日》:"可怜西北望,白日远长安。"西北望,四卷本作"东北是",据大德本校改。

④江流:王诏刊本、四印斋本作"东流"。

⑤"江晚"二句:李群玉《九子坡闻鹧鸪》:"落照苍茫秋草明,鹧鸪啼处远人行。"张咏《闻鹧鸪》:"画中曾见曲中闻,不是伤情即断魂。北客南来心未稳,数声相应过前村。"予,大德本作"余"。

【辑评】

宋罗大经《鹤林玉露》卷四:南渡之初,虏人追隆祐太后御舟至造口,不及而还,幼安自此起兴。"闻鹧鸪"之句,谓恢复之事行不得也。

[韩]李晬光《芝峰类说》卷一四《文章部·歌词》:宋辛幼安题江西词曰:"江晚正愁予,山深闻鹧鸪。"罗大经以为南渡之初,虏追隆祐太后,至造口,不及而还。"闻鹧鸪"之句,谓恢复之事行不得也。按鹧鸪志南向,虽东西徊翔,开翅之始,必先南翥。余意幼安此句,盖喻宋之南迁而避虏益南也。

清宋翔凤《乐府余论》:《庆元党禁》云:嘉泰四年,辛弃疾入见,陈用兵之利,乞付之元老大臣。侂胄大喜,遂决意开边。则稼轩先以韩为可倚,后有书江西造口壁一词。《鹤林玉露》言"山深闻鹧鸪"之句,谓恢复之事行不得也,则固悔其轻言。然稼轩之情,可谓忠义激发矣。

清陈廷焯《词则·大雅集》卷二:慷慨生哀。

清陈廷焯《云韶集》卷五:血泪淋漓,古今让其独步。结二语号呼痛哭,音节之悲,至今犹隐隐在耳。

清陈廷焯《白雨斋词话》卷一:稼轩《菩萨蛮·书江西造口壁》一章,用意用笔,洗脱温、韦殆尽,然大旨正见吻合。

俞陛云《唐五代两宋词选释》:词仅四十四字,举怀人恋阙,望远思归,悉纳其中,而以清空出之,复一气旋折,深得唐贤消息。集中之高格也。

陈匪石《宋词举》:温、韦小令作法,句句垂,句句缩,言尽意不尽,比兴之体,深厚之旨,以蕴藉出之。然太白此调,一片神行,千古绝唱,实与温、韦殊途同归,温、韦亦不袭太白之迹也。稼轩此词,盖师太白者。陈廷焯曰"用意用笔,洗脱温、韦殆尽,然大旨正见吻合",是也。《鹤林玉露》:南渡时金人追隆祐太后至此,幼安因以起兴。"闻鹧鸪",谓恢复"行不得也"。寻造口、郁孤台,均在虔州(今江西赣县),章、贡二江合流于此。首句从台上俯瞰所见,"多少行人泪",包括不少伤心事,不专指隆祐而言。"长安"指汴,遥望西北,"无数"之"山"隔之,喻恢复之难也。"青山"二句,借水怨山,"毕竟东流",与望中之西北有"南辕而北其辙"之叹,且亦逝水不回之痛。"江晚正愁余",承上开下,"晚"字更饶迟暮之感。"鹧鸪"为虔州山产,有"行不得也"之声。"山深闻鹧鸪"者,言无知之鸟亦作此声,则余愁更不堪说,进一层语,且亦师五代虚缩之法,以作收笔。全词就造口之所闻所见言,不加涂泽,而以劲气达之,如生铁铸成,不可移动,似浅近,实深厚,乐府中超超元著,实亦从《古诗十九首》得来。

唐圭璋《唐宋词简释》:此首书江西造口壁,不假雕绘,自抒悲愤。小词而苍莽悲壮如此,诚不多见。盖以真情郁勃,而又有气魄足以畅发其情。起从近处写水,次从远处写山。下片,将山水打成一片,慨叹不尽。末句以愁闻鹧鸪作结,尤觉无限悲愤。

夏承焘《宋词系》:罗大经《鹤林玉露》卷四:"南渡之初,虏人追隆祐太后御舟至造口,不及而还。幼安自此起兴,鹧鸪句谓恢复之事行不得也。"

造口当即《嘉庆一统志》之皂口,在万安县西南。郁孤台在虔州,即今赣县。梁启超《稼轩年谱》定此词三十六岁提点江西刑狱时作。予友吴则虞曰:《鹤林玉露》言史事多误,此说则未诬也。《宋史·高宗纪》:"建炎三年,金人至太和县,太后自万安陆行入虔州。"又《后妃传》:"康珏奉太后行次吉州,金人追急,太后乘舟夜行,质明至太和县。舟人景信反,杨维忠兵溃,失官人一百六十,康、珏俱逃,兵卫不满百,遂往虔州。太后及潘妃以农夫肩舆而行。"《刘珏传》及《南宋书》,纪叙略同。《赣州府志》:"刘珏奉太后及潘贵妃自万安以农夫肩舆至虔州,金兵追御舟至皂口,不及而还。"又《万安志》:"宋隆祐太后以大军六万南行,至滩上,夜泊古庙前,庙神大呼曰:朔兵至矣,急登岸。太后等觉,即从五里关遁去得免。后高宗即位,因封是神为刚应侯。"又《江东庙记》云:"隆祐太后驻跸于赣,金人至皂口,江东庙神示灵异,金人畏而遁。"是金人追太后及皂口之见于志乘者也。金德瑛《皂口怀古》诗亦云:"惶恐滩头波浪急,金帅追后行将及。太后福薄天犹怜,虎口幸离啜其泣。"亦咏其事。沈寐叟以此词为幼安赴闽宪时作,当在绍熙二三年间。案此词收在甲集,系早年之词,沈说未是。

邓广铭《稼轩词编年笺注》:《鹤林玉露》金人追隆祐至造口不及而还之说凡数见,当俱出传闻之误。此词前章"西北望长安"句,疑是用李勉登郁孤台北望故事。亦即李白《登金陵凤凰台》诗中所谓"长安不见使人愁"之意。盖自李勉事流传之后,至其地者即多联想及此,故苏轼《虔州八景图》诗亦有一首云:"涛头寂寞打城还,章贡台前暮霭寒。倦客登临无限思,孤云落日是长安。"此与词中"望长安"二句意境已极相近矣。稼轩词中屡以"西北"喻中原神州,此词亦以西北长安喻宋之故都汴京,藉寓北归愿望。罗大经谓"闻鹧鸪之句谓恢复之事行不得也",殊为差谬。稼轩一生奋发有为,其恢复素志、胜利信心,由壮及老,不曾稍改,何得在南归未久即生"恢复之事行不得"之念哉!

菩萨蛮

送祐之弟归浮梁

无情最是江头柳①。长条折尽②还依旧。木叶下平湖③。雁来书有无。　　雁无书尚可。妙语④凭谁和。风雨断肠时。小山生桂枝⑤。

【题解】

此词作于淳熙十四年(1187)前闲居带湖时。词从离别祐之弟写起,立刻转入对别后的描述,由雁书写到唱和,再由唱和写到相招,两句一意,眉目清晰,层层递进,愈转愈深,深入细致地表达出相思相忆之情。其中,过片二句以退为进,贯通上、下片意脉,表达殷切期望,颇堪注意。

【注释】

①“无情”句:韦庄《台城》:“无情最是台城柳,依旧烟笼十里堤。”

②长条折尽:白居易《青门柳》:“为近都门多送别,长条折尽减春风。”

③“木叶”句:屈原《九歌·湘夫人》:“帝子降兮北渚,目眇眇兮愁予。袅袅兮秋风,洞庭波兮木叶下。”

④妙语:大德本作“好语”。

⑤“小山”句:《楚辞·招隐士》:“桂树丛生兮山之幽,偃蹇连蜷兮枝相缭。”

菩萨蛮

赏心亭为叶丞相赋①

青山欲共高人语。联翩万马来无数。②烟雨却低回。望来终不来。　　人言头上发。总向愁中白。拍手笑沙鸥。

一身都是愁。③

【题解】

此词作于淳熙元年(1174)。全篇仰慕友人,亦自抒愁闷心结,只就登临所见之景加以发挥,妙在议论入词,却诙谐风趣,不着痕迹,皆因善用比拟、联想等手法之故。上片借青山托意,奇警异常,谓青山似万马奔腾,联翩而前,可以想见胸中有多少雄兵;望来不来,又可想见南渡以来有多少郁闷失望。下片借沙鸥传情,寓庄于谐,将一腔愁绪,只以嬉笑打趣带过,自我宽解中蕴藏几多无奈。

【注释】

①词题中"赏心亭",大德本作"金陵赏心亭"。

②"青山"二句:苏轼《越州张中舍寿乐堂》:"青山偃蹇如高人,常时不肯入官府。高人自与山有素,不待招邀满庭户。"

③"人言"四句:白居易《白鹭》:"人生四十未全衰,我为愁多白发垂。何故水边双白鹭,无愁头上也垂丝。"杨万里《有叹》:"君道愁多头易白,鹭鸶从小鬓成丝。"

【辑评】

清沈雄《古今词话·词品》下卷:苏长公为游戏之圣,邢俊臣亦滑稽之雄……若稼轩之《重叠金》云:"人言头上发。总向愁中白。拍手笑沙鸥。一身都是愁。"便不成词意。

菩萨蛮

坐中赋樱桃①

香浮乳酪②玻璃碗。年年醉里尝新惯。何物比春风。歌唇一点红。　　江湖清梦断。翠笼明光殿。③万颗写轻匀。低头愧野人。④

【题解】

此词作于淳熙十四年（1187）前闲居带湖时。上片写尝樱桃。"何物"二句以人拟物，格外形象。下片写贡樱桃。"江湖"二句谓樱桃一旦贡入朝廷，就失去了清雅的品格。末二句表达无功而食的愧疚，也是对朝廷当惜民力的讽谕。

【注释】

①词题：大德本作"席上分赋得樱桃"。

②香浮乳酪：据孟晖《潘金莲的发型》，古人在食樱时，流行向新鲜樱桃上浇乳酪以佐味。

③"江湖"二句：杜甫《野人送朱樱》："西蜀樱桃也自红，野人相赠满筠笼。数回细写愁仍破，万颗匀圆讶许同。忆昨赐沾门下省，退朝擎出大明宫。金盘玉箸无消息，此日尝新任转蓬。"韩愈《和水部张员外宣政衙赐百官樱桃诗》："汉家旧种明光殿，炎帝还书本草经……香随翠笼擎初到，色映银盘写未停。"

④"万颗"二句：写轻匀，大德本作"泻轻匀"。杜甫《独酌成诗》："苦被微官缚，低头愧野人。"

西　河

送钱仲耕自江西漕赴婺州①

西江②水。道是西风人泪③。无情却解送行人，月明千里。从今日日倚高楼，伤心烟树如荠④。　　会君难，别君易。草草不如人意。十年著破绣衣茸，种成桃李⑤。问君可是厌承明，东方鼓吹千骑。　　对梅花、更消一醉。有明年、调鼎风味。⑥老病自怜憔悴。过吾庐、定有幽人相问，岁晚渊明归来未。

此词作于淳熙八年(1181)江西安抚使任上。前段从水、月、人三个方面来写送别。中段写钱仲耕的人品与政绩。后段从友我双方写作者的心态。其中,末二句以陶渊明赋"归去来"自喻,用意深远。

【注释】

①词题中"赴婺州",大德本作"移守婺州"。钱仲耕,《重修琴川志》:"钱佃字仲耕,弱冠入太学,登绍兴十五年进士第。累迁左右司检正,兼权吏、兵、工三侍郎。出为江西路转运副使。继使福建,再使江西,奏蠲诸郡之逋。临政不求赫赫声,以安民为先务,所至得民。"

②西江:指赣江。《读史方舆纪要》:"贡水一名东江……西至府城东,环府城而北会于章水"、"章水一名西江,源出南安府聂都山"。

③"道是"句:大德本作"道似西江人泪"。

④烟树如荠:《颜氏家训》卷三引《罗浮山记》:"望平地,树如荠。"

⑤种成桃李:李绚《和杜祁公致仕》:"收得桑榆归物外,种成桃李满人间。"

⑥"对梅花"二句:商朝傅说为相,殷高宗以和羹为喻,将其比之为调味的盐和梅。故《尚书·说命下》云:"若作和羹,尔惟盐梅。"后即以"调鼎"喻宰相之职。有明年,大德本作"看明年"。

【辑评】

清陈廷焯《词则·放歌集》卷一:起悲愤。似豪实郁。

木兰花慢

席上呈张仲固帅兴元①

汉中开汉业,问此地、是耶非。想剑指三秦,君王得意,一战东归。②追亡事、今不见,但山川满目泪沾衣。③落日胡尘未断,西风塞马空肥。④　　一编书是帝王师⑤。小试去征西。

更草草离筵，匆匆去路，愁满旌旗。⑥君思我、回首处，正江涵秋影雁初飞。⑦安得车轮四角，不堪带减腰围。⑧

【题解】

此词当作于淳熙七年(1180)秋。上片由汉中史实发端，抚今追昔，引发深沉感慨。"汉中"五句明写刘邦据汉中以兴汉业，暗责宋室苟安江南，无心复国。"追亡事、今不见"，颂古非今之意甚明。"胡尘未断"、"塞马空肥"，在形象的对比中透出内心的愤慨。下片即在此阔大悲壮的时代背景上抒发友情。先是祝贺、赞美、勖勉，继之惜别、眷念、思恋，既胸怀开阔，又情深一往。末四句分别从人、我两方着笔，两相映照，完美表现深情厚谊。

【注释】

①词题中"呈"，大德本作"送"。张仲固，张坚字仲固，镇江人，绍兴二十四年(1154)进士。淳熙七年(1180)秋，受命知兴元府兼利州东路安抚使。兴元，秦汉以来，皆称汉中。唐德宗曾于兴元元年(784)避乱汉中，遂以其年号改名。北宋平后蜀，升为兴元府。下辖南郑等县，属利州东路。

②"汉中"五句：据《史记·高祖本纪》，项羽自立为西楚霸王，统辖梁、楚地九郡，定都彭城；另立刘邦为汉王，统辖巴、蜀、汉中，定都南郑。又，项羽三分秦地，立秦三降将章邯、司马欣、董翳为雍王、塞王、翟王，统辖关中，以御刘邦入秦。刘邦用韩信之计，暗度陈仓，击败雍王章邯，平定雍地。不久，塞王司马欣、翟王董翳皆降汉，刘邦遂并三秦。

③"追亡事"二句：《史记·淮阴侯列传》载萧何追韩信事。李德裕《次柳氏旧闻》："及羯胡犯阙，乘传遽以告，上欲迁幸，复登楼置酒，四顾凄怆……上将去，复留眷眷，因使视楼下有工歌而善《水调》者乎？一少年心悟上意，自言颇工歌，亦善《水调》。使之登楼且歌，歌曰：'山川满目泪沾衣，富贵荣华能几时。不见只今汾水上，唯有年年秋雁飞。'上闻之，潸然出涕，顾侍者曰：'谁为此词？'或对曰：'宰相李峤。'上曰：'李峤真才子也！'不待曲终而去。"

④"落日"二句：陆游《关山月》："和戎诏下十五年，将军不战空临边。朱门沉沉按歌舞，厩马肥死弓断弦。"

⑤"一编"句:《史记·留侯世家》载张良受《太公兵法》事。一编,大德本作"一篇"。

⑥"更草草"三句:王瑛《诗词曲语词例释》:"草草,匆匆,表状态的形容词,与通常表示粗率、敷衍的含义有所不同。"戴叔伦《送耿十三湋复往辽海》:"仗剑万里去,孤城辽海东。旌旗愁落日,鼓角壮悲风。"

⑦"君思我"二句:杜牧《九日齐山登高》:"江涵秋影雁初飞,与客携壶上翠微。"

⑧"安得"二句:陆龟蒙《古意》:"君心莫淡薄,妾意正栖托。愿得双车轮,一夜生四角。"杜甫《伤秋》:"懒慢头时栉,艰难带减围。"

木兰花慢

滁州送范倅①

老来情味减,对别酒、怯流年。②况屈指中秋,十分好月,不照人圆。无情水、都不管,共西风、只等③送归船。秋晚莼鲈江上,夜深儿女灯前。　　征衫。便好去朝天。玉殿正思贤。想夜半承明,留教视草,却遣筹边。长安故人问我,道寻常、泥酒只依然。④目断秋霄落雁,醉来时响空弦。

【题解】

此词作于乾道八年(1172)滁州知州任上。经历了南归以后十年的蹉跎消磨,开篇直抒胸臆,慨叹岁月如流,年华易老,而别离更易催人老。"秋晚"以下,悬想友人与儿女团聚的温馨画面。下片写对友人的勉励与祝福,也寄托了词人难以实现的理想。结末四句设想故人相问,回到愁肠醉酒、只能"时响空弦"的无奈。从功业之慨与年光之叹成为辛弃疾后来词作的主调这一点来看,此首具有很大的涵盖性和代表性。

【注释】

①词题中"范倅",范昂,自乾道六年(1170)任滁州通判,知州辛弃疾副

手,时任职期满,奉诏回京。

②"老来"二句:苏轼《江神子》:"对尊前,惜流年。"

③只等:大德本作"只管"。

④"长安"二句:韩偓《有忆》:"愁肠泥酒人千里,泪眼倚楼天四垂。"张先《南歌子》:"醉后和衣倒,愁来殢酒醺。"寻常泥酒,大德本作"愁肠殢酒"。

【辑评】

清陈廷焯《词则·放歌集》卷一:一直说去,而语极浑成,气极团炼,总由力量大耳。

俞陛云《唐五代两宋词选释》:"风水无情"二句为送友言,离思黯然。即接以"秋晚"二句,为行人着想,乃极写家庭之乐。论句法,浑成而兼倜傥。下阕"长安"二句有唐人"归去朝端如有问,玉门关外老班超"诗意。结处言壮心未已,闻秋雁尚欲以虚弦下之,如北平飞将,老去犹思射虎也。

朝中措

绿萍池沼絮飞忙。花入蜜脾①香。长怪春归何处,谁知个里迷藏。　　残云剩雨,些儿意思,直恁思量。不是莺声惊觉②,梦中啼损红妆。

【题解】

此词作于闲居带湖期间。起笔写暮春景色。"长怪"二句一转,既照应上两句,又写出飞絮、蜜香中还保留着一点春色,也即发现春归何处的惊喜。下片全从反面落笔,写怨春惜春之情。"残云"三句承春归而发,以俏皮的口吻写出即便是残存的一点春事,也让人放心不下。末二句写伤春之重,却言如果不是被黄莺的啼声惊醒,否则她会"梦中啼损红妆"。

【注释】

①蜜脾:《埤雅·释虫》:"蜜房如脾,谓之蜜脾。"李商隐《闺情》:"红露

花房白蜜脾，黄蜂紫蝶两参差。"

②"不是"句：莺声，大德本作"流莺"。金昌绪《春怨》："打起黄莺儿，莫教枝上啼。啼时惊妾梦，不得到辽西。"

朝中措

篮舆袅袅破重冈。玉笛两红妆。这里都愁酒尽，那边正和诗忙。　　为谁醉倒，为谁归去，都莫思量。白水东边篱落，斜阳欲下牛羊②。

【题解】

此词作于闲居带湖期间。上片于归途中回味歌酒情景，写出闲居生活的闲适情趣。"那边"句相对应地写到祐之弟的生活，引起下片。下片是对祐之弟的寄语，也是词人自己的怅然微吟。过片三句简洁明快，"都莫思量"是因为知道思量也没有用处。结末二句融情于景，表明归园田居之思。

【注释】

①词题：大德本作"醉归寄祐之弟"。
②"斜阳"句：《诗·王风·君子于役》："日之夕矣，羊牛下来。"

祝英台令①

晚　春

宝钗分，桃叶渡。烟柳暗南浦。②怕上层楼，十日九风雨。断肠片片飞红，都无人管，倩谁唤、流莺声住。③　　鬓边觑。试把花卜心期，才簪又重数。④罗帐灯昏，呜咽梦中语。是他春带愁来，春归何处。却不解、将愁归去。⑤

【题解】

此词创作时地未详。代言闺怨。上片由伤别而伤春。"宝钗"三句，描绘离别场面，景中含情。以下，藉由伤春写出既别之后孤苦凄凉光景。下片因盼归而怨春。"鬓边"三句，写花卜归期甚细，揭示女子盼望情人归来心思。但望而不见，盼而不归，不由借梦语抒发怨恨。结末三句不怨人不归，却怨春带愁来、不带愁归，情味愈浓，托意深远。

【注释】

①词调：大德本作"祝英台近"。

②"宝钗"三句：白居易《长恨歌》："含情凝睇谢君王，一别音容两渺茫……唯将旧物表深情，钿合金钗寄将去。钗留一股合一扇，钗擘黄金合分钿。但教心似金钿坚，天上人间会相见。临别殷勤重寄词，词中有誓两心知。七月七日长生殿，夜半无人私语时。在天愿作比翼鸟，在地愿为连理枝。天长地久有时尽，此恨绵绵无绝期。"

③"怕上"五句：秦观《千秋岁》："春去也，飞红万点愁如海。""情谁唤"句，大德本作"更谁劝、啼莺声住"。

④"鬓边"三句：试把、心期，大德本分别作"应把"、"归期"。郭钰《送远曲》："归期未定须寄书，误人莫误灯花卜。"

⑤"罗帐"五句：《后村诗话》前集卷一："雍陶《送春》云：'今日已从愁里去，明年更莫共愁来。'稼轩词云：'是他春带愁来，春归何处，却不解和愁将去。'虽用前语，而反胜之。"呜咽、将愁归去，大德本分别作"哽咽"、"带将愁去"。

【辑评】

宋魏庆之《诗人玉屑》卷二一：此辛稼轩词也。风流妖媚，富于才情，若不类其为人矣……盖其天才既高，如李白之圣于诗，无适而不宜，故能如此。

宋陈鹄《耆旧续闻》卷二：辛幼安词："是他春带愁来，春归何处，却不解带将愁去。"人皆认为佳，不知赵德庄《鹊桥仙》词云："春愁元自逐春来，却不肯随春归去。"盖德庄又本李汉老杨花词："蓦地便和春带将归去。"大抵后辈作词，无非前人已道底句，特善能转换耳。

宋张侃《拙轩词话》卷五：辛幼安《祝英台》云："是他春带愁来，春归何处，又不解和愁归去。"王君玉《祝英台》云："可堪妒柳羞花，下床都懒，便瘦也教春知道。"前一词欲春带愁去，后一词欲春知道瘦，近世春晚词，少有比者。

宋张炎《词源》卷下：辛稼轩《祝英台近》云云，皆景中带情，而存骚雅。故其燕酣之乐，别离之愁，回文题叶之思，岘首西州之泪，一寓于词。若能屏去浮艳，乐而不淫，是亦汉魏乐府之遗意。

清沈谦《填词杂说》：稼轩词以激扬奋厉为工，至"宝钗分，桃叶渡"一曲，昵狎温柔，魂销意尽。才人伎俩，真不可测。昔人论画云，能寸人豆马，可作千丈松。知言哉。

清张惠言《词选》：此与德祐太学生二词用意相似。"点点飞红"，伤君子之弃。"流莺"，恶小人得志也。"春带愁来"，其刺赵、张乎？

俞陛云《唐五代两宋词选释》：首三句言送别之地，后五句言别后之怀，万点飞花，离愁亦万点也。下阕明指伊人，归期屡卜，而消息沈沈，惟有索之梦中，孤灯独语，其深悔杨枝之遣耶？结处"春带愁来"三句，伤春纯是自伤。前之《摸鱼儿》词借送春以寄慨，有抑塞磊落之气；此借伤春以怀人，有徘回宛转之思，刚柔兼擅之笔也。

陈匪石《宋词举》：今案起二句，以词而言，与《贵耳集》说似合。"烟柳"句从江淹《别赋》中来，为惜别时光景。加一"暗"字，便有黯然魂销之意。以"烟柳"为登楼所见，故下句拍到自身，即说"上楼"。然"烟柳"之所以"暗"者，"十日九风雨"，几许春花，全被摧残。此一片愁惨气象中，"飞红"已"无人管"，"流莺"更谁解劝？层楼怕上，端为"断肠"。五句一气，由景入情，令读者亦为肠断。而所谓"风雨"，所谓"飞红"，所谓"流莺"，自当各有所喻，以逐妄为题，似说不到此种地步也。过片从送别而盼"归期"，遥承起句。"鬓边"之"花"，又由"飞红"想出。"觑"、"卜"、"才簪"、"重数"，辗转反侧之情，传神阿堵，语极痴，情极挚。稼轩词中，此种语实不多觏，真所谓摧刚为柔者。继之曰："罗帐灯昏，哽咽梦中语"，则直道相思了无益之意，且见"归期"仍是幻想，所"觑"所"卜"，都无着落可寻，为下文"愁"字摩空作势。于是欲驱此"愁"不得，则溯"愁"之来路，谋"愁"之去路，因从"烟柳"、

202

"飞红"、"流莺"觅得一"春"字,乃觉与春俱来,不与春俱去;不恨留春不住,只恨春去愁留;若能知春之去处,必将请其带愁而去者:言情可谓极工,且极曲折,而寻绎"春"字,又似当有所指也。张炎评之曰:"景中带情而存骚雅。"沈东江评之曰:"昵狎温柔,魂销意尽。"但愚细味此词,终觉风情旖旎中时带苍凉凄厉之气,此稼轩本色未能脱尽者,犹之燕、赵佳人,风韵固与吴姬有别也。

唐圭璋《唐宋词简释》:此首借闺怨以寄意。《贵耳集》谓因吕正己之女而作,殆非其实。就词论,则温柔缠绵,一往情深。上片言人去后之冷落,下片言盼归之切。起言别时凄景,次言别后懒情。"断肠"三句,言人去后飞红既无人管,啼莺亦无人劝。换头三句,觑花卜归,才簪又数,写盼归之痴情可思。"罗帐"两句,言觑卜无凭,但记梦中哽咽之语,情更可伤。末用雍陶"今日已从愁里去,明年莫更共愁来"送春诗,但以问语出之,韵味尤厚。

乌夜啼

山行约范廓之不至[①]

江头醉倒山公。月明中。记得昨宵归路、笑儿童。[②]
溪欲转。山已断。两三松。一段可怜风月、欠诗翁。

【题解】

此词作于闲居带湖期间。起笔写醉倒江头,枕清流而卧明月。再运用山简的典故,写自己昨夜醉归,也惹得途中儿童发笑。过片三句写山行所见,恰似一幅流动的水色山光图。惜墨如金,用字考究。结句写"约范廓之不至",表达遗憾与企盼之情。

【注释】

①词题中"范廓之",大德本作"范先之"。
②"江头"三句:《世说新语·任诞》:"山季伦为荆州,时出酣畅。人为之歌曰:'山公时一醉,径造高阳池。日莫倒载归,酩酊无所知。复能乘骏

马,倒着白接篱。举手问葛彊,何如并州儿?'高阳池在襄阳。彊是其爱将,
并州人也。"

乌夜啼

廓之见和,复用前韵[①]

人言我不如公[②]。酒频[③]中。更把平生湖海、问儿童。

千尺蔓。云叶乱。系长松。却笑一身缠绕、似衰翁。

【题解】

此词作于闲居带湖期间。范廓之和作已佚。起句高度赞许范廓之。
再承上言自己经常醉酒,不过是为了被人忘却、"湖海"隐居所带来的痛苦。
过片三句写松与蔓,写景而似有寓意,也为末句言事作铺垫。"却笑"句以
松拟人,照应上片中"平生湖海",隐约透露出胸中回荡着的不平之气。

【注释】

①词题:大德本作"先之见和,复用韵"。复用韵,指用《乌夜啼》(江头
醉倒山公)韵。

②"人言"句:《世说新语·方正》:"王述转尚书令,事行便拜。文度曰:'故
应让杜、许。'蓝田云:'汝谓我堪此不?'文度曰:'何为不堪,但克让自是美事,恐
不可缺。'蓝田慨然曰:'既云堪,何为复让? 人言汝胜我,定不如我。'"

③酒频:大德本作"酒杯"。

鹊桥仙

为人庆八十席间戏作[①]

朱颜晕酒,方瞳点漆[②],闲傍松边倚杖。不须更展画图

看③，自是个、寿星模样。　　今朝盛事，一杯深劝，更把新词齐唱。人间八十最风流，长帖在、儿儿额上。④

【题解】

此词约作于淳熙十五年（1188）闲居带湖时。应景之作。起首三句正面描写老人形象，体魄健康，精神饱满。下片为惯见祝寿之辞。值得一提的是"人间"二句，与上片"不须"二句同样具有民俗学的认知价值。

叶德辉"光绪丙午夏六月初又日"《辛稼轩长短句十二卷（厉樊榭先生手书本）》识语中涉及此词校勘等，录以附读：

辛稼轩词，宋时有二本。陈振孙《直斋书录解题》著录为四卷本。又云信州本十二卷，视长沙本为多。然则《直斋》著录之四卷本当是长沙本。明毛晋汲古阁刻《宋六十家词》中有《辛稼轩长短句》四卷，后跋不言出自何本，而目录注原本十二卷，则是信州本矣。《宋史·艺文志》云十二卷，必据信州本入载。明嘉靖丙申王诏所刊，及近时桂林王氏四印斋重刊元大德信州书院本，皆此本也。黄丕烈《士礼居题跋记》有元本十二卷，今归聊城杨氏海源阁，桂林王氏假以重刊。王跋谓"毛氏汲古阁本之四卷，即十二卷之合并"，是固然矣。特未考原目，当时已注明耳。士礼居又有校元本，即以信州本校于王诏本之上。其本亦归聊城杨氏。黄跋云："卷十《为人庆八十席上戏作》有云：'人间八十最风流，长贴在儿儿额上。'校者云：'下儿字当作孙。'顾涧蘋以为'儿儿'或是奴家之称。二语之意以八字作眉字解，如此则改'儿'为'孙'，岂不可笑。今按毛晋、王诏两刻，皆已改'儿'为'孙'，可见通人难遇，古今同慨。"此本八卷，为厉樊榭征君鹗手钞真迹，卷数校毛本为多，较信州为少，而词则无所缺佚，"儿儿"未改"儿孙"，知所据必是善本。全谢山撰征君墓碣，称其词深入南宋诸家之胜，王述庵《蒲褐山房诗话》称其词直接碧山、玉田。今观此册，知征君用力之勤，嗜书之笃，宜其与朱竹垞并为浙西一代词宗，岂仅书法古拙足供清玩已哉！

【注释】

①词题中"席间"，大德本作"席上"。

②方瞳点漆：道家谓眼方者寿千岁。《拾遗记》："老聃居山，有父老五

人，方瞳，握青筠杖，共谈天地五方五行之精。"《世说新语·容止》："王右军见杜弘治，叹曰：'面如凝脂，眼如点漆，此神仙中人。'"

③"不须"句：《萍洲可谈》卷三："近世长吏生日，僚佐画寿星为献例，只受文字，其画却回，但为礼数而已。"

④"人间"二句：儿儿即孩儿。宋代习俗，用朱笔书写"八十"字于小孩额头上，祈求长生。陈藻《丘叔乔八十》："大家于此且贪生，八十孩儿题向额。"长帖，大德本作"长贴"。

太常引

寿南涧①

君王著意履声间②。便令押、紫宸班③。今代又尊韩。道吏部、文章泰山。④　　一杯千岁，问公何事，早伴赤松⑤闲。功业后来看。似江左、风流谢安。

【题解】

此词作于淳熙九年(1182)。上片赞颂韩南涧事功、文学。下片写其退归田里。不说归田贵早，而以"问公何事"对其"早伴赤松闲"提出质疑，从而反跌出结二句。从目前想到将来，谓韩南涧异日将被朝廷重用，和谢安一样建立不世之功。

【注释】

①词题：大德本作"寿韩南涧尚书"。

②"君王"句：《汉书·郑崇传》："哀帝擢为尚书仆射。数求见谏争，上初纳用之。每见曳革履，上笑曰：'我识郑尚书履声。'"

③"便令"句：便令，大德本作"便合"。宋制，凡朝会奏事，例由参知政事、宰相分日知印押班，其余官员则随班朝谒。押班，即领班之意。

④"今代"二句：欧阳修《赠王介甫》："翰林风月三千首，吏部文章二

百年。"

⑤赤松：即赤松子，传说中的仙人。《史记·留侯世家》："留侯乃称曰：'家世相韩，及韩灭，不爱万金之资，为韩报仇强秦，天下振动。今以三寸舌为帝者师，封万户，位列侯，此布衣之极，于良足矣。愿弃人间事，欲从赤松子游耳。'乃学辟谷，道引轻身。"

昭君怨

豫章寄张定叟①

长记潇湘秋晚。歌舞橘洲人散。走马月明中。折芙蓉。②
今日西山南浦。画栋珠帘云雨。风景不争③多。奈愁何。

【题解】

此词作于淳熙八年(1181)江西安抚使任上。上片回忆在湖南的生活，意趣潇洒。下片叙述当前在江西的生活。都是通过当地著名景观来写。"今日"二句全用名词意象，而气韵特生动，与王勃原诗工力悉敌。结二句谓滕王阁备受冷落，寓情于景，可见词人怨郁之慨。

【注释】

①词题：大德本作"豫章寄张守定叟"。张定叟，张杓字定叟，张浚次子。《宋史·张杓传》："杓天分高爽，吏材敏给，遇事不凝滞，多随宜变通，所至以治办称。南渡以来论尹京者以杓为首。"

②"长记"四句：据《宋史》，张浚自绍兴末年即家居潭州，卒后葬衡山。上年二月，张杓之兄张栻卒，杓请营葬，即家居潭州。时辛弃疾知潭州兼湖南安抚使，故得与杓同游橘洲。

③不争：不相差。

207

采桑子①

烟迷露麦②荒池柳,洗雨烘晴。洗雨烘晴。一样春风几样青。　提壶脱袴催归③去,万恨千情。万恨千情。各自无聊各自鸣。

【题解】

此词作于闲居带湖期间。上片写博山道中所见,雨后春风,花柳吐青,各自深浅不一。下片写所闻,众鸟唱晴,提壶劝酒,脱袴催归,鸣声有异。由此当悟人间万物,自来不齐。对于罢居田园的词人来讲,此类妙手偶得之作,不啻一种全新的生命体验,差可慰藉不得用世之痛。

【注释】

①词调:大德本作"丑奴儿"。

②烟迷露麦:大德本作"烟芜露芰"。

③提壶、脱袴:俱为鸟名。苏轼《五禽言五首》其二:"昨夜南山雨,西溪不可渡。溪边布谷儿,劝我脱破袴。"自注:"土人谓布谷为脱却破袴。"

【辑评】

吴则虞《辛弃疾词选集》:烘晴洗雨,青色不同,故曰"几样青"。"提壶"劝酒,"脱裤"催耕,勤惰不同,故曰"各自鸣"。上片言见,下片言闻,曰"一"曰"各",见见闻闻,万有不齐。此中有禅机物理,不徒写景。

杏花天

病来自是于春懒。但别院、笙歌②一片。蛛丝网遍玻璃盏。更问③舞裙歌扇。　　　有多少、莺愁蝶怨。甚梦里、春归不管。杨花也笑人情浅。故故④沾衣扑面。

【题解】

此词疑作于淳熙十三年(1186)闲居带湖时。《花草粹编》卷五误作陆游词。上片展现"病来"懒散心态。起句开门见山。接以别院笙歌反衬一己生活的沉寂。再写因病止酒有日,更不用说"舞裙歌扇"。过片的"有多少",其实是说有不少。"甚梦里"句承上,写怨春归去,表明对青春虚度的惋惜。结二句言世人情浅,尚不及杨花对人依依多情。

【注释】

①词题"无题",《四库全书总目》卷一五一《李义山诗集》提要:"无题之中,有确有寄托者,'来是空言去绝踪'之类是也;有戏为艳体者,'近知名阿侯'之类是也;有实寓狎邪者,'昨夜星辰昨夜风'之类是也;有失去本题者,'万里风波一叶舟'之类是也;有与无题相连误合为一者,'幽人不倦赏'之类是也。其摘首二字为题,如《碧城》《锦瑟》诸篇,亦同此例。一概以美人香草解之,殊乖本旨。"

②别院笙歌:宋无名氏《海棠春》(晓莺窗外啼春巧):"宿酲未解,宫娥报道。别院笙歌宴早。"案:《全宋词》列此首入秦观存目词,然首句作"流莺窗外啼声巧"。

③更问:岂可问。

④故故:《诗词曲语词汇释》:"故,犹云故意或特意也"、"复次,故故亦同义。杨万里《癸巳省宿咏南宫小桃》:'孤坐南宫悄,桃花故故红。'言桃花故意红得恼人也。"

踏　歌①

撷厥②。看精神、压一庞儿劣。③更言语、一似春莺滑④。

一团儿、美满香和雪。　　去也。把春衫、换却同心结。向人道、不怕轻离别。问昨宵、因甚歌声咽。　　秋被梦，春闺月。旧家事、却对何人说。告弟弟⑤莫趁蜂和蝶。有春归花落时节。

【题解】

此词作于闲居带湖期间。前段写离人之美，爱意浓郁。中段写别情，无可奈何又心存侥幸。后段写担心离人另觅新欢，因而劝诫。全篇语言不避俚俗，风味如曲。这一点，对于洞察总体而言愈趋于雅化的南宋词坛，以及探查宋元词曲嬗递之迹，都具有相当认知价值。

【注释】

①此调，辛启泰《稼轩词补遗》原分两片。朱祖谋校云："按此为双拽头调，原本分二段，以'问昨宵'句作过片，据朱敦儒《樵歌》改正。"从之。

②攧（diān）厥：体态轻盈状。《唐摭言》卷一二："崔橹酒后失虔州陆郎中肱，以诗谢之曰：'醉时颠厥醒时羞，曲蘖催人不自由。叵耐一双穷相眼，不堪花卉在前头。'"

③"看精神"句：精神压一，谓精神饱满，压倒一切。秦观《品令》："天然个品格，于中压一。"庞儿劣，谓脸庞俊俏。劣，反训词，"好"义。张元干《点绛唇》："怎教宁帖，眼恼儿里劣。"

④春莺滑：白居易《琵琶行》："间关莺语花底滑，幽咽泉流冰下难。"

⑤弟弟：辛启泰《稼轩词补遗》作"第一"。

一络索

闺　思①

羞见鉴鸾孤却②。倩人梳掠。一春长是为花愁③，甚夜夜、东风恶。　　行绕翠帘珠箔。锦笺谁托。玉觞泪满却停觞,怕酒似、郎情薄。

【题解】

此词约作于闲居带湖期间。起笔写闺中人对影自伤,故倩人梳掠,以遣愁绪。再云其人为花而愁,实则愁己。过片言因为得不到音信而心神不宁,相思之情已暗寓其中。末二句最为传神,谓本想借酒浇愁,又怕这落满了相思泪水的酒像那男子一样薄情,只好欲饮又停。

【注释】

①大德本无词题。

②"羞见"句:《异苑》卷三:"罽宾国王买得一鸾,欲其鸣,不可致。饰金繁,餐珍羞,对之愈戚,三年不鸣。夫人曰:'尝闻鸾见其类则鸣,何不悬镜照之。'王从其言,鸾睹影悲鸣,冲霄一奋而绝。"却,语助词。《唐如见故人镜铭》:"青鸾不用羞孤影,开匣当如见故人。"

③"一春"句:欧阳修《望江南》:"才伴游蜂来小院,又随飞絮过东墙。长是为花忙。"

【辑评】

清陈廷焯《云韶集》卷五:深情如见,情致婉转,而笔力劲直,自是稼轩词。

清陈廷焯《词则·放歌集》卷一:中有所感,情致缠绵,而笔力劲直,自是稼轩词。

千秋岁

为金陵史致道留守寿①

塞垣秋草。又报平安好。尊俎上②,英雄表③。金汤生气象,珠玉霏谭笑④。春近也,梅花得似⑤人难老。　　莫惜金尊倒⑥。凤诏看看到。留不住,江东⑦小。从容帷幄去,整顿乾坤了。⑧千百岁,从今尽是中书考⑨。

【题解】

此词作于乾道五年(1169)建康通判任上。曾误入元好问《遗山新乐府》卷五。词中"从容帷幄去,整顿乾坤了"二句为一篇意旨所在。也正是由于有了这两句的内容,就与但言富贵功名的一般颂寿之作拉开了距离。

【注释】

①词题:大德本作"金陵寿史帅致道,时有版筑役"。版筑役,《景定建康志》卷一四:"正志以蔡宽夫宅基创贡院,重建新亭、东冶亭、二水亭,移放生池于青溪,建青溪阁","正志重修镇淮桥、饮虹桥,上为大屋数十楹,极其壮丽"。又卷二〇:"乾道五年,留守史正志因城坏复加修筑,并增立女墙。"

②尊俎上:《战国策·齐策五》:"千丈之城,拔之尊俎之间;百尺之冲,折之衽席之上。"

③英雄表:苏轼《张安道乐全堂》:"我公天与英雄表,龙章凤姿照鱼鸟。"

④"珠玉"句:李白《妾薄命》:"咳唾落九天,随风生珠玉。"

⑤得似:怎似。

⑥"莫惜"句:蔡挺《喜迁莺》:"太平也,且欢娱,不惜金尊频倒。"

⑦江东:魏禧《日录杂说》:"故宋以金陵、太平、宁国、广德为江南东路,以今江西全省为江南西路。"

⑧"从容"二句:《新唐书·房琯传赞》:"遭时承平,从容帷幄,不失为名宰。"

⑨中书考:《旧唐书·郭子仪传》:"史臣裴垍曰:汾阳事上诚荩,临下宽厚……天下以其身为安危者殆二十年。校中书令考二十有四。"

【辑评】

清黄苏《蓼园词选》:按《宋史》高宗绍兴三十二年(1162),立建王为太子,时史浩为王府教授。是年金人略边,高宗亲征,而江淮失守。廷臣争陈退避计,太子请率师为前驱。史浩言太子不宜将兵,乃草奏,请扈跸以供子职。上亦欲令太子遍识诸将,遂扈跸如建康。太子受禅于建康,是为孝宗。

隆兴元年(1163)，以史浩参知政事。是年，山东忠义耿京起兵，复东平府，遣其将贾瑞及掌书记辛弃疾来奏事，召见，授弃疾承务郎，并以节使印告召京。会张安国杀京降金，弃疾至海州，闻变，乃约统制王世隆，径趋金营。安国方与金将酣饮，即众中缚之以归，金将追之不及，献俘行在，斩于市。弃疾改判建康，年才二十三，此词当作于是时。沈际飞以闵刻本抹"凤诏"、"中书"二句，谓其近俚，是并未读史，仅以寻常寿词目之也。是时，戎马倥偬，终日播迁，幼安一见史浩，而即以汾阳恢复规励之，义勇之气，溢于言表。史浩相孝宗，虽未能全行恢复，而得以安然，史称其忠，年八十九卒，谥文惠。此词未为失言矣。

感皇恩

为范倅寿①

春事到清明，十分花柳。唤得笙歌劝君酒。酒如春好，春色年年如旧②。青春元不老，君知否。　　席上看君，竹清松瘦。待与青春斗长久。三山③归路，明日天香襟袖④。更持银盏⑤起，为君寿。

【题解】

此词作于乾道八年(1172)春知滁州任上。此范倅为范昂。寿词而写来颇为轻快不难，但又能同时带有一些谐谑之气，恐怕就是辛弃疾的独诣。

【注释】

①词题：大德本作"滁州寿范倅"。

②如旧：大德本作"依旧"。

③三山：本指海上三仙山蓬莱、方壶、瀛洲，自汉代学者以东观为道家蓬莱山，后人遂有以"三山"、"三岛"、"蓬莱"、"瀛洲"等为馆阁之称者。

④天香襟袖：苏轼《和子由除夜元日省宿致斋三首》其二："朝回两袖天

香满,头上银幡笑阿成。"

⑤银盏:大德本作"金盏"。

青玉案

元 夕

东风夜放花千树。更吹落、星如雨。^①宝马雕车香满路^②。凤箫声动,玉壶光转,一夜鱼龙舞。^③　　蛾儿雪柳黄金缕^④。笑语盈盈暗香去。众里寻他千百度。蓦然回首,那人却在,□□^⑤阑珊处。

【题解】

此词或作于乾道七年(1171)前后初官临安时。《历代诗余》卷四四误题姚述尧作,又姚惠兰《宋代词人姚述尧事迹考辨》一文考出此姚述尧实应为姚毅。词写元夕观灯,灯火阑珊,心底涌起的另一番情味反而愈加缱绻,挥之难去。前一部分打通上下分片通则,极写元夕的辉煌灯火,以及观灯的热闹场面。"众里寻他"以下,写灯火冷落处所苦苦寻觅的心仪对象。在前后极其强烈的对比和反差中,表现出"自怜幽独"(梁启超评语)之意。"绝代有佳人,幽居在空谷","天寒翠袖薄,日暮倚修竹",这样高贵的美人品格,首先是出现在杜甫《佳人》诗里,辛弃疾则将其神理成功地运用到倚声领域。词作极为丰厚的美学内涵的基点,就在于发现"那人"的一瞬间,这"是人生精神的凝结和升华,是悲喜莫名的感情铭篆,是万金无价的人生幸福而又辛酸的一瞬的美好境界"(周汝昌评语)。此前,王国维第三种境界之说的天才发挥,大抵亦如是。

【注释】

①"东风"二句:苏味道《正月十五夜》:"火树银花合,星桥铁锁开。"《东京梦华录》卷六:正月十六夜汴京各坊巷"各以竹竿出灯球于半空,远近高

214

低,望之如飞星然"。

②"宝马"句:郭利贞《上元》:"九陌连灯影,千门度月华。倾城出宝骑,匝路转香车。"骆宾王《咏美人在天津桥》:"整衣香满路,移步袜生尘。"

③"凤箫"三句:《武林旧事》卷二:"灯之品极多……福州所进,则纯用白玉,晃耀夺目,如清冰玉壶,爽彻心目。"《汉书·西域传赞》"鱼龙角抵之戏"颜师古注:"鱼龙者,为舍利之兽,先戏于庭极,毕,乃入殿前,激水化成比目鱼,跳跃漱水,作雾障日,毕,化成黄龙八丈,出水敖戏于庭,炫耀日光。"

④"蛾儿"句:《大宋宣和遗事》:"京师民有似雪浪,尽头上带着玉梅、雪柳、闹蛾儿,直到鳌山下看灯。"《武林旧事》卷二:"元夕节物,妇人皆戴珠翠、闹蛾、玉梅、雪柳、菩提叶、灯球、销金合、貂蝉袖、项帕,而衣多尚白,盖月下所宜也。"

⑤□□:大德本作"灯火"。

【辑评】

王国维《人间词话》:古今之成大事业、大学问者,必经过三种之境界。"昨夜西风凋碧树,独上高楼,望尽天涯路",此第一境也。"衣带渐宽终不悔,为伊消得人憔悴",此第二境也。"众里寻他千百度,蓦然回首,那人却在,灯火阑珊处",此第三境也。此等语皆非大词人不能道。然遽以此意解释诸词,恐为晏欧诸公所不许也。

俞陛云《唐五代两宋词选释》:《武林旧事》记临安灯市之盛,火树银花,自宵达旦。此词自起笔至"笑语"句,皆记"元夕"之游观。惟结末三句别有会心。其回首欲见之人,岂避喧就寂耶? 或人约黄昏,有城隅之俟耶? 含意未申,戛然而止,盖待人寻味也。

俞平伯《唐宋词选释》:上片用夸张的笔法,极力描绘灯月交辉、上元盛况。过片说到观灯的女郎们,"众里寻他"句,写在热闹场中,罗绮如云,找来找去,总找不着,偶一回头,忽然在清冷处看见了,亦似平常的事情。结尾只用"那人却在,灯火阑珊处"一语,即把多少不易说出的悲感和盘托出了。前人对之多加美评。

夏承焘等《唐宋词选》:这首词写元宵灯市。写灯,写看灯的人,更主要地描写了他所思慕的"那人"。开头"花千树"、"星如雨"、"鱼龙舞",都是指灯火。接下写两种看灯的人,一种是坐"宝马雕车"的贵族妇女,一种是平民女子,都不是作者所要寻找的人。最后点出"那人"只有四句,但由于作者运用陪衬、对比的手法,极力加强这个形象,因而当最后"那人"在"蓦然"间出现时,却给读者留下深刻、美好的印象。这词用灯火来烘托看灯的人,又用两种看灯的人烘托他所思慕的"那人",是加倍写法。他写的"那人",是作者自己人格的象征,是写自己被统治阶级所排斥而又不肯趋炎附势的品格。

霜天晓角

旅　兴[①]

吴头楚尾[②]。一棹人千里。休说旧愁新恨,长亭树、今如此。　　宦游吾倦矣。玉人留我醉。明日万花寒食,得且住、为佳耳。[③]

【题解】

此词作于淳熙五年(1178)春应召赴京途中。上片以舟行千里点题起兴,在看似轻快的笔调中,翻出饱含漂泊之感的"旧愁新恨"。"休说",意似否定,实则愁恨交加,不胜负荷,将词意推进一层。以下用桓温叹柳典事,寓"人何以堪"于言外,叹年华飞逝,壮志不酬。过片正面揭出"宦游吾倦"题旨。"玉人留我醉"以下,开解愁闷之笔。结拍因时逢寒食,信手拈来帖语,以文为词。想象愈美,愁恨愈深,深得婉曲层进、欲抑先扬之法。

【注释】

①大德本无词题。

②吴头楚尾:《方舆胜览》:"豫章之地为楚尾吴头。"

③"明日"二句:颜真卿《寒食帖》:"天气殊未佳,汝定成行否。寒食只数日间,得且住为佳耳。"宗懔《荆楚岁时记》:"去冬节一百五日,即有疾风

甚雨,谓之寒食。"万花,大德本作"落花"。

南乡子

舟中记梦①

　　欹枕橹声边②。贪听咿哑聒醉眠。变作③笙歌花底去,依然。翠袖盈盈在眼前。　　别后两眉尖。欲说还休梦已阑。④只记埋冤⑤前夜月,相看。不管人愁独自圆。

【题解】

　　此词约作于淳熙五年(1178)秋由临安赴任湖北转运副使途中。词写舟行寂寞,咿哑橹声中,由醉入梦。恍惚中但觉笙歌花丛,翠袖盈盈,宛然在目。过片转赋别后情思,却从对面着笔,倒叙梦中情境。"只记"二句以少总多,"不管"句无理而妙,韵味不穷。

【注释】

　　①词题:大德本作"舟行记梦"。

　　②"欹枕"句:苏轼《祝英台近》:"酒病无聊,欹枕听鸣橹。"

　　③变作:大德本作"梦里"。

　　④"别后"二句:李清照《一剪梅》:"此情无计可消除,才下眉头,又上心头。"

　　⑤埋冤:即埋怨。

阮郎归

耒阳道中①

　　山前风雨欲黄昏。山头来去云。②鹧鸪声里数家村。潇湘逢故人^③。　　　挥羽扇,整纶巾。少年鞍马尘。^④如今憔悴赋招魂。儒冠多误身。^⑤

【题解】

此词作于淳熙六七年(1179－1180)间湖南安抚使任上。上片叙巧遇故人。通过黄昏村落,鹧鸪声声,山头风起云涌的景物描写,渲染悲喜交加之情。下片是回忆和感叹。回想年轻时代与故人在北方的抗金活动,雄姿英发,豪迈潇洒,对比如今的落魄憔悴,沉沦下僚,形成强烈的反差。进而以酸楚的语调,抒发对现实的不满。全篇妙在上下片末句均借用古人成句以点睛,点染浑化无迹。

【注释】

①词题:大德本作"耒阳道中为张处父推官赋"。耒阳,今湖南耒阳。宋隶衡州衡阳郡,属荆湖南路安抚司。张处父,生平未详。推官,州府所属助理官员,多主军事、刑狱。

②"山前"二句:风雨,大德本作"灯火"。刘长卿《送勤照和尚往睢阳赴太守请》:"来去云无意,东西水自流。"

③"潇湘"句:柳恽《江南曲》:"洞庭有归客,潇湘逢故人。"

④"挥羽扇"三句:张处父很可能是当年随词人起兵抗金并南归的战友。

⑤"如今"二句:屈原《渔父》:"屈原既放,游于江潭,行吟泽畔,颜色憔悴,形容枯槁。"《招魂》,《楚辞》篇名。可能是屈原招楚王亡魂,或宋玉招屈原亡魂(据王逸《楚辞章句》:"《招魂》者,宋玉之所作也……宋玉怜哀屈原,忠而斥弃,愁满山泽,魂魄放佚,厥命将落。故作《招魂》,欲以复其精神,延其年寿,外陈四方之恶,内崇楚国之美,以讽谏怀王,冀其觉悟而还之也。"),或屈原自招其魂之作。这里指带有楚地《招魂》风格的作品。杜甫《奉赠韦左丞丈二十二韵》:"纨袴不饿死,儒冠多误身。"

南歌子

万万千千恨,前前后后山。傍人道我轿儿宽。不道^①被他遮得、望伊难。 今夜江头树,船儿系那边。知他热后甚时眠。万万不成眠后、有谁扇。^②

【题解】

此词疑作于淳熙五年(1178)秋由临安赴任湖北转运副使时。词从女方落笔,纯用口语。一起借眼前群山,用叠字对偶法喻心中之恨。再怨远山遮目,隐寓今后会面之难。下片虚拟设想,全系心理描画。一想对方今宵船泊何处,二想对方热不成眠,三想无人为之打扇。依次层进,亦是体贴入微的情意痴绝语。

【注释】

①不道:不想,不料。李商隐《赠华阳宋真人兼寄清都刘先生》:"但惊茅许同仙籍,不道刘卢是世亲。"

②"知他"二句:两"后"字,皆为语助词,犹呵、啊。王周《问春》:"把酒问春因底意,为谁来后为谁归。"黄庭坚《好女儿》:"假饶来后,教人见了,却去何妨。"

小重山

茉　莉

倩得薰风染绿衣。国香收不起,透冰肌。略开些子^①未多时。窗儿外,却早被人知。 越惜越娇痴。一枝云鬓上,那人宜。莫将他去比荼䕷。分明是,他更的些儿^②。

此词约作于淳熙十四年(1187)闲居带湖时。上片写茉莉花香。临风飘来,浸入肌肤,经久不消,且花刚一开,便已被窗外人闻到。下片写形得神。过片以人衬花,言茉莉花之美,戴在心爱的人鬓上正相宜。最后以花比花,谓茉莉玲珑小巧,韵味十足,荼蘼无法跟它相比。

【注释】

①些子:大德本作"些个"。

②"他更"句:的些,大德本作"韵些",小巧玲珑。

小重山

席上和人韵送李子永①

旋制离歌②唱未成。阳关先画出③,柳边亭。中年怀抱管弦声。难忘处,风月此时情。　　夜雨共谁听。尽教清梦去,两三程。商量诗价重连城④。相如老⑤,汉殿旧知名。

【题解】

此词作于淳熙九年(1182)闲居带湖时。所和何人何作未详。起首三句写宴席上赋诗作画情景。再谓人到中年,常为与亲友分别而感伤,此时情景,尤其令人难忘。过片叹息别后无人共听夜雨,从中透露依依惜别之情。末三句谓李子永诗可宝贵,名动朝廷,也是临别赠言的题中应有之义。

【注释】

①词题:大德本作"席上和人韵送李子永提干"。

②离歌:李颀《送魏万之京》:"朝闻游子唱离歌,昨夜微霜初渡河。"

③"阳关"句:张舜民《京兆安汾叟赴辟临洮幕府南舒李君自画阳关图并诗以送行浮休居士为继其后》:"古人送行赠以言,李君送行兼以画。自写阳关万里情,奉送安西从辟者。"

④连城:《史记·廉颇蔺相如列传》:"赵惠文王时,得楚和氏璧。秦昭王闻之,使人遗赵王书,愿以十五城请易璧。"

⑤"相如"句:《史记·司马相如列传》:"相如既病免,家居茂陵。天子曰:'司马相如病甚,可往从悉取其书;若不然,后失之矣。'"

西江月

渔父词①

千丈悬崖削翠②,一川落日镕金③。白鸥来往本无心。选甚风波一任④。　　别浦鱼肥堪脍,前村酒美重斟。千年往事已沈沈。闲管兴亡则甚⑤。

【题解】

此词作于淳熙五年(1178)由临安赴任湖北转运副使时。上片写江行所见。先写采石黄昏景色之美。再谓白鸥来往无心,人则与世无争,不管风浪如何险恶,都能泰然处之。下片承接上片以鸥鸟喻渔父,兼以自喻之意,写其有鱼堪脍,有酒可斟,悠然自得的闲适生活。过着这样的生活,自然不会去关心千古的兴亡。以"千年"二句的故作反语为江行所感作结,不免包含有失望和不满的情绪。

【注释】

①词题:大德本作"江行采石岸,戏作渔父词"。采石,即采石矶,在今安徽当涂西北。绍兴三十一年(1161),虞允文曾在此击破金主完颜亮南犯之师。

②"千丈"句:《山海经·西山经》:"太华之山,削成而四方,其高五千仞,其广十里。"李贺《赠陈商》:"太华五千仞,劈地抽森秀。"王琦注:"盖太华之峰,拔地峭立,有如削成之状。"

③落日镕金:廖世美《好事近》:"落日水镕金,天淡暮烟凝碧。"

④"选甚"句：选甚，论什么，管什么。韩淲《霜天晓角》："选甚蝇营狗苟，皆现定、有何错。"据李献民《云斋广录》，御史唐介携家渡淮，中流遇大风浪，朗吟诗云："圣宋非狂楚，清淮异汨罗。平生仗忠信，今日任风波。"日暮，舟济南岩，众乃欣然。

⑤"闲管"句：苏轼《临安三绝·将军树》："不会世间闲草木，豫人何事管兴亡。"则甚，即做什么。

减字木兰花

纪壁间题①

盈盈泪眼。往日青楼天样远。秋月春花。输与寻常姊妹家。　水村山驿。日暮行云无气力。锦字偷裁②。立尽西风雁不来。

【题解】

此词作于淳熙六七年(1179－1180)间湖南安抚使任上。《众香词》书集误题明张丽人作。词代无名氏弃妇立言，对其不幸生活遭遇深表同情，写来"怨而不怒"。上片以今昔、人我对比，表达往事不堪回首之痛。下片专就眼前境遇来写，进一步表达而今日暮飘零，托书无人的凄惶悲凉之感。

后来，王士禛也写过一首《减字木兰花·为长沙女子王素音作，用稼轩过长沙道中见妇人题字用其意作韵》，表达的是别一种情怀。录以附读：

离愁满眼。日落长沙秋色远。湘竹湘花。肠断南云是妾家。

掩啼空驿。魂化杜鹃无气力。乡思难裁。楚女楼空楚雁来。

【注释】

①词题：大德本作"长沙道中，壁上有妇人题字，若有恨者，用其意为赋"。

②"锦字"句：《晋书·列女传·窦滔妻苏氏》："滔，苻坚时为秦州刺史，被徙流沙。苏氏思之，织锦为回文旋图诗以赠滔。宛转循环以读之，词甚

凄婉。"

【辑评】

清贺裳《皱水轩词筌》：吴履斋赠妓词，不载于集，又与生平手笔不类。然如"锦字偷裁。立尽西风雁不来"，风致何妍媚也，乃出自稼轩之手，文人固不可测。

清平乐

博山道中即事

柳边飞鞚①。露湿征衣重②。宿鹭惊窥沙影③动。应有鱼虾入梦。　　一川淡月④疏星。浣沙⑤人影娉婷。笑背行人归去，门前稚子啼声。

【题解】

此词作于淳熙十四年(1187)前后闲居带湖时。词写旅途夜景，纯用白描。起首二句柳堤扬鞭，露湿征衣，点明时、地与人。以下描绘马上所见：孤影晃动，那是宿鹭窥沙；何以熟睡却惊？"应有鱼虾入梦"。奇思妙笔，空灵传神。以下写溪水清澈，映照明月疏星，有娉婷人影闪动其间，一派清幽美好景象。许是闻人而惊，浣纱少妇含羞归去的笑声，门前稚子的啼声，顿时打破夜的静谧，平添出无限生气。

【注释】

①鞚(kòng)：马笼头，代指马。

②"露湿"句：露湿，王诏刊本、四印斋本作"雾湿"。李贺《谢秀才有妾缟练改从于人秀才引留之不得后生感忆座人制诗嘲诮贺复继四首》其四："泪湿红轮重，栖乌上井梁。"

③惊窥沙影：大德本作"窥沙孤影"。

④淡月：大德本作"明月"。

⑤浣沙：四印斋本作"浣纱"。

刘永济《唐五代两宋词简析》:此亦农村图画也。即事,乃即眼前所见之事有感于心者写之。此词"宿鹭"二句,虽系眼前实景,而作者对此体会极深刻。盖见睡熟之鹭,孤影摇动,因而体会其摇动之故,必系作梦;又从鹭鸟之梦,体会必系见著鱼虾。层层深入,心细如发。且即此又可见作者此时情感中,还带有讥笑热心名利者梦寐不忘得失之意。词人抒情,随世触发,若隐若现,不可拘泥看,亦不可简单看,必与其人之生活遭遇、学术思想、时代背景相互结合,而后不致武断傅会,流于主观。

清平乐①

　　茅檐低小。溪上青青草。醉里蛮音相媚好。白发谁家翁媪。②　　　大儿锄豆溪东。中儿正织鸡笼。最喜小儿亡赖③,溪头卧剥④莲蓬。

【题解】

　　此词作于闲居带湖期间。词作纯用白描手法绘出农村和谐安宁景象,集中通过一户人家来展示。起笔描绘农村人家的居处环境,自然清幽。"醉里"二句写来颇有顿挫之妙,言但听得杯酒交错,吴语软媚,相谈甚欢,一见之下,原来却是一对白发苍苍的老夫妻。下片写这户人家大儿中儿,各司其业,忙碌有序,小儿无事,溪头卧剥莲蓬,更是传神写照。全篇在结构安排上以"溪"为主轴,脉胳清晰,次序井然,颇见匠心。就声情而言,由上片的紧促到下片的平缓,最后"凝聚"(施议对《唐宋词读法总说》)在愉悦的童真上,亦与词情相契合。

【注释】

①《花庵词选》有词题"村居"。

②"醉里"二句:蛮音,大德本作"吴音"。媪(ǎo),老妇。

③亡赖:《诗词曲语词例释》:"无赖,等于说可爱,可喜,与通常放刁撒

泼义或指品德不端者不同,往往含有亲昵意义。"

④卧剥:大德本作"看剥"。

【辑评】

俞平伯《唐宋词选释》:本篇客观地写农村景象,老人们有点醉了,大的小孩在工作,小的小孩在顽耍。笔意清新,似不费力。(下片)虽似用口语写实,但大儿、中儿、小儿云云,盖从汉乐府《相逢行》"大妇织绮罗,中妇织流黄。小妇无所为,挟瑟上高堂"化出,只易三女为三男耳。末句于剥莲蓬着一"看"字(俞氏所据本作"看剥"),得乐府"无所为"的神理。

吴小如《说辛弃疾的〈清平乐〉》:辛弃疾《清平乐·村居》上片云:……胡《选》及俞平伯师《唐宋词选释》本皆以"醉"属诸翁媪,疑非是。此"醉里"乃作者自醉,犹之"醉里挑灯看剑"之"醉里",皆作者自醉也。若谓翁媪俱醉,作者何由知之?且醉而作吴音,使不醉,即不作吴音乎?"相媚好"者,谓吴音使作者生媚好之感觉,非翁媪自相媚好也。盖作者醉中闻吴语而悦之,然后细视谛听,始知为农家翁媪对话也。此唯夏承焘先生《唐宋词选》初版本注文得其解。……我以为,从含醉意的作者眼中来看农村的一个生活侧面,比清醒的旁观者在听醉人说吴语要更富有诗意。退一步说,即使读者不同意夏先生和我的关于"醉里"的讲法,则此词下片"最喜"二字的主语也该指作者,总不会是指白发翁媪。可见这首词中作者的心情是开朗喜悦的。……除此之外,还想谈两点不同意见。一,此词在四卷本《稼轩词》及广信书院本中均无题,只有《花庵词选》题作"村居",各本多从之。我以为这值得研究。如果讲成作者眼中所见到的村居农民,还勉强说得过去;如把它讲成作者本人村居生活的一部分,则不敢苟同。我以为此当是作者在旅行途中所见到的一幅农村场景,或者说是农村的一个侧面。因为"茅檐低小"的房屋绝非作者自己所居,只能是望中所见。

清平乐

检校山园书所见①

断崖修竹②。竹里藏冰玉。路绕清溪三百曲③。香满黄昏雪屋。　　行人系马疏篱。折残犹有高枝。留得东风数点,只缘娇嫩^④春迟。

【题解】

此词作于闲居带湖期间。起笔谓梅花长在断崖峭壁间,与修竹为伍,有冰清玉洁的姿质。以下一路观赏,由山麓而家园,由白昼而黄昏,幽香满园,点出山园之梅。过片二句的篱边梅残,是铺垫之笔,旨在推出高枝之梅。结末二句谓高枝数点,临风摇曳,风姿翩翩,其所以迟迟不落,挺立枝头,只是因为春天娇懒未到。全篇精妙之处正在于此,形神兼备,虚实相间,写活了梅花唤春报春的特有风神。

【注释】

①大德本无词题。

②修竹:大德本作"松竹"。

③"路绕"句:路绕,大德本作"路转"。苏轼《梅花二首》其二:"幸有清溪三百曲,不辞相送到黄州。"

④娇嫩:大德本作"娇懒"。

清平乐

独宿博山王氏庵

绕床饥鼠。蝙蝠翻灯舞。^①屋上松风吹急雨^②。破纸窗间自语。　　平生塞北^③江南。归来华发苍颜。布被秋宵梦觉,眼前万里江山。

【题解】

此词作于淳熙十四年(1187)前闲居带湖时。上片集中描绘秋夜王氏庵内一派荒凉凄惨景象,老鼠横行,绕床觅食,蝙蝠翻飞,绕灯而舞,更有急雨狂风,震撼屋宇,吹破窗纸。写得跳跃动荡,肃杀凄厉。下片抒发慷慨悲壮之情。平生自北来南,为国奔波,而功业无成。虽罢退闲居,年老鬓衰,依然魂系中原沦陷地区万里江山。

【注释】

①"绕床"二句:李商隐《夜半》:"斗鼠上堂蝙蝠出,玉琴时动倚窗弦。"

②松风吹急雨:卢肇《题清远峡观音院二首》其二:"风入古松添急雨,月临虚槛背残灯。"

③塞北:辛弃疾《美芹十论》自谓南归前曾两次去燕京观察形势。

【辑评】

清陈廷焯《云韶集》卷五:数语写景逼真,不减昌黎《山石》诗。语奇情至。

清陈廷焯《词则·放歌集》卷一:短调中笔势飞舞,辟易千人。结更悲壮精警,读稼轩词胜读魏武诗也。

刘永济《唐五代两宋词简析》:此词乃辛弃疾罢去江西安抚使任,家居上饶时所作。此词有"烈士暮年,壮心不已"之慨。前半阕从眼前景物,写出凄寂难堪之境,因而引起心情中之矛盾,盖抱有热烈之志之人不能堪此种境界也。后半阕即写因此种境界而引起之感慨。辛本先在北后归南,故曰"平生塞北江南"。此词作于辛年近五十岁时,故曰"白发苍颜"。言外有年岁已老,志业未成之意。"布被"二句,为一梦初醒时之感觉,即此"眼前万里江山"六字,已大足表现辛弃疾无时忘却祖国江山。而此"万里江山",乃在凄寂之境中俆现"眼前",其情之悲愤如何,读者不难想象。

清平乐

检校山园书所见①

连云松竹。万事从今足。拄杖东家分社肉。白酒床头初熟。② 西风梨枣山园。儿童偷把长竿。莫遣旁人惊去,老夫静处闲看。

此词作于闲居带湖期间。上片写家园中松竹茂盛,环境幽静,万事皆备,更喜民风古朴淳厚,邻里分赠社肉,配以家酿白酒,自当其乐融融。下片着重描写梨枣园中一幕情景:顽童手握长竿,偷打梨枣,词人有意藏身静处,悠闲观看,且吩咐旁人不要打搅。一少一老,一明一暗,一动一静,相映成趣,场景鲜活。

【注释】

①词题中"检校",原意查核,此为巡视游赏之意。

②"拄杖"二句:古时乡俗,通常在立春、立秋后第五个戊日祭土地神,称社日。每至社日,四邻集会,备牲祭神。祭毕,各家分飨其肉,以求降福,称社肉,也称福肉。这里指秋社分肉。陆游《秋社》:"社肉分初至,官壶买旋倾。"床,指糟床,酿酒器具。

生查子

山行寄杨民瞻

昨宵醉里行,山吐三更月①。不见可怜人,一夜头如雪。
今宵醉里归,明月关山笛②。收拾锦囊诗,要寄扬雄宅。③

【题解】

此词作于闲居带湖期间。起首二句写昨宵月夜山行的情景。不说月儿从山中升起,而说山"吐"月,化静为动,语新意奇。接写相访不值,并夸张表现对杨民瞻的相思之情。下片写今宵赋诗相寄。谓月夜醉归,听着伤别的笛曲,着实无奈,于是赋诗相寄,聊表怀想之意。

【注释】

①"山吐"句:杜甫《月》:"四更山吐月,残夜水明楼。"苏轼《江月五首》其三:"三更山吐月,栖鸟亦惊起。"

②"明月"句:王昌龄《从军行七首》其一:"更吹羌笛关山月,无那金闺

万里愁。"杜甫《洗兵马》:"三年笛里关山月,万国兵前草木风。"

③"收拾"二句:左思《咏史八首》其四:"寂寂扬子宅,门无卿相舆。"李贺《绿章封事》:"金家香衖千轮鸣,扬雄秋室无俗声。愿携汉戟招书鬼,休令恨骨填蒿里。"

生查子

民瞻见和,复用前韵①

谁倾沧海珠,簌弄千明月。②唤取酒边来,软语③裁春雪。
人间无凤凰,空费穿云笛。④醉倒⑤却归来,松菊陶潜宅。

【题解】

此词作于闲居带湖期间。杨民瞻和词已佚。上片赞美杨民瞻和词美如珍珠,诱发了作者的创作冲动。先是基于满天明星和沧海明珠的自然联想,以及神观飞越、无拘无碍的想象,凌空一问,大胆而惊奇。随之而来的"唤取"二句,言与明亮如月之星一同饮酒,一起软语商酌,将人与自然交融一体,又是何等神奇瑰丽的夸张加想象。下片写世无知音,归园田居。借感叹杨词缺乏知音,抒发自己精神上的寂寞,表现绝不与世俗同流合污的品质。

【注释】

①词题:大德本作"民瞻见和,再用韵"。用前韵,指用《生查子·山行寄杨民瞻》韵。

②"谁倾"二句:杜甫《岳麓山道林二寺行》:"地灵步步雪山草,僧宝人人沧海珠。"韩愈《别赵子》:"婆娑海水南,簌弄明月珠。"

③软语:柔和的语音,原指僧侣的语言。杜甫《赠蜀僧闾丘师兄》:"景晏步修廊,而无车马喧。夜阑接软语,落月如金盘。"

④"人间"二句:《列仙传》:"萧史者,秦穆公时人也,善吹箫,能致孔雀、白鹤于庭。穆公有女,字弄玉,好之,公遂以为妻焉。日教弄玉作凤鸣。居

数年,吹似凤声,凤凰来止其屋。公为作凤台,夫妇止其上,不下数年。一旦,皆随凤凰飞去。"穿云笛,苏轼《水龙吟》"一声云杪"句下注云:"诸乐器中,惟笛有穿云裂石之声。"

⑤醉倒:大德本作"醉里"。

山鬼谣

雨岩有石,状怪甚,取《离骚》、《九歌》,名曰山鬼,因赋《摸鱼儿》,改今名。①

问何年、此山来此,西风落日无语。②看君似是羲皇上,直作太初名汝。③溪上路。算只有、红尘不到④今犹古。一杯谁举。笑我醉呼君,崔嵬未起,山鸟覆杯去。　　须记取。昨夜龙湫风雨。门前石浪掀舞。⑤四更山鬼吹灯⑥啸,惊倒世间儿女。依约处。还问我、清游杖屦公良苦。神交心许。待万里携君,鞭笞鸾凤,诵我远游赋。⑦

【题解】

此词作于闲居带湖期间。词作寄情雨岩,通篇使用拟人手法,想象奇特,意境诡谲,呈现出浓郁的浪漫特征。上片探问雨岩怪石身世来历,醉中举杯,欲与之订交。下片写昨夜风雨之中,与山鬼神魂交流,心心相印,山鬼殷切问询词人清游良苦,词人邀约山鬼遨游苍穹,情意密合,超然物外。

【注释】

①词调:大德本作"摸鱼儿"。词序:大德本作"雨岩有石,状甚怪,取《离骚》、《九歌》,名曰山鬼,因赋《摸鱼儿》,改名《山鬼谣》"。山鬼,屈原《九歌·山鬼》中描写的美丽的山林中的神女。

②"问何年"二句:刘过《游古仙岩》:"笑倚飞云访仙迹,夕阳无语伴

人愁。"

③"看君"二句：羲皇上，羲皇以上人，即伏羲氏以前人，太古时代人。太初，太古时代，远古时代。

④红尘不到：郑汝谐《题石门洞》："皓色飞来天际雪，红尘不到水边门。"

⑤"须记取"三句：龙湫，上有悬瀑下有深潭谓之龙湫。掀舞，飞舞，翻腾。李石《王晦叔许惠歙砚作诗迫之》："三年客江湖，风浪恣掀舞。"

⑥山鬼吹灯：杜甫《移居公安山馆》："山鬼吹灯灭，厨人语夜阑。"

⑦"待万里"三句：《九叹·远游》："驾鸾凤以上游兮，从玄鹤与鹪明。"《远游》，《楚辞·九叹》篇名，或谓屈原所作，或谓汉人所作。词末，大德本有注："石浪，庵外巨石也，长三十余丈"。

声声慢

旅次登楼作①

征埃成阵，行客相逢，都道幻出层楼。指点檐牙高处，浪拥②云浮。今年太平万里，罢长淮、千骑临秋。凭栏望，有东南佳气③，西北神州。　　千古怀嵩人去，应笑我、身在楚尾吴头。④看取弓刀，陌上车马如流。从今赏心乐事，剩安排、酒令诗筹。⑤华胥梦⑥，愿年年、人似旧游。

【题解】

此词作于乾道八年(1172)知滁州任上。上片着重写楼。起首五句从行人惊喜指点及仰观的视角，写奠枕楼高耸入云，气势飞动。"今年"二句，补出建楼之由。以下登楼凭栏俯瞰，天下河山，尽收眼底。下片着重抒情。过片承接"西北神州"而动故国之思，更以怀嵩楼为映衬。结末六句，宕开归思，看取现实，勤政养民，一心造福滁州，祝愿未来。

【注释】

①词题:大德本作"滁州作,奠枕楼和李清宇韵"。奠枕楼,乾道八年秋,辛弃疾守滁州时,为安定黎民,收容商旅而建。取四方安定,使民高枕无忧,登临而乐之意。友人周孚(信道)作有《奠枕楼记》。李清宇,延安籍,辛弃疾在滁州结识的友人,原唱已佚。

②浪拥:大德本作"浪涌"。

③东南佳气:班固《白虎通·封禅》:"德至八方则祥风至,佳气时喜。"

④"千古"三句:唐李德裕贬滁州时建怀嵩楼,取怀归嵩洛之意。后李德裕如愿回归北方嵩山。应笑,大德本作"还笑"。

⑤"从今"二句:谢灵运《拟魏太子邺中集诗序》:"建安末,余时在邺宫,朝游夕讌,究欢愉之极。天下良辰、美景、赏心、乐事,四者难并。"剩,尽,尽管。诗筹,行酒令用的筹子之一种。筹上规定背出某人某首诗,或指出筹上诗句的作者,或指出诗句的缺字,或照规定的韵即席成诗等等。能者胜,不能者罚。

⑥华胥梦:《列子·黄帝》:黄帝昼寝,梦游于华胥氏之国。其国无君长,其民无嗜欲,自然而已。黄帝既寤,怡然自得。

满江红

题冷泉亭①

直节堂堂,看夹道、冠缨拱立。②渐翠谷、群仙东下,佩环声急。③闻道天峰飞堕地,傍湖千丈开青壁。④是当年、玉斧削方壶⑤,无人识。 山木润,琅玕⑥湿。秋露下,琼珠滴。⑦向危亭横跨,玉渊澄碧。醉舞且摇鸾凤影,浩歌莫遣鱼龙泣。⑧恨此中、风月⑨本吾家,今为客。

【题解】

此词作于淳熙五年(1178)任大理寺少卿时。起韵从冷泉亭周遭环境写起,着笔于青山翠谷中幽径,选取道路两旁古木挺拔壮伟形象,借用"直节堂"故事,写出词人一腔浩然之气。"渐翠谷"六句,由泉水叮咚之声,带出泉水经过之飞来峰,综合飞来峰仙佛传说,驰骋想象,用笔恣肆。过片以下,从冷泉周围湿润的草木山石,移至晶莹如琼珠秋露的冷泉,进而横跨到清澈潭水中央的冷泉亭,移步换景,顿入佳境。"醉舞"四句转入抒情。眼前似曾相识的美景,触动思乡之情;醉舞浩歌,引出落寞之感,乐极生哀,忧愤深广。

【注释】

①词题:大德本作"冷泉亭"。冷泉亭,在今杭州城西灵隐寺前、飞来峰下。唐代杭州刺史元䓑建。白居易为杭州刺史时尝作《冷泉亭记》。

②"直节"二句:苏辙《南康直节堂记》:"南康太守听事之东,有堂曰'直节',朝请大夫徐君望圣之所作也。庭有八杉,长短巨细若一,直如引绳,高三寻,而后枝叶附之。岌然如揭太常之旗,如建承露之茎;凛然如公卿大夫高冠长剑立于王庭,有不可犯之色。"

③"渐翠谷"二句:柳宗元《至小丘西小石潭记》:"从小丘西行百二十步,隔篁竹,闻水声,如鸣佩环,心乐之。"东下,《宋六十名家词》本、《历代诗余》本作"来下"。李白《梦游天姥吟留别》:"霓为衣兮风为马,云之君兮纷纷而来下。"

④"闻道"二句:据《咸淳临安志》卷二三引晏殊《舆地志》,东晋咸和年间,印度僧人慧理云游到此,登山而叹:"此是中天竺国灵鹫山之小岭,不知何年飞来。佛在世日多为仙灵所隐,今此亦复尔耶?"遂于此地建灵隐寺,称寺前石山为飞来峰。闻道,大德本作"谁信"。

⑤方壶:《列子·汤问》:"渤海之东,不知几亿万里,有大壑焉……其中有五山焉:一曰岱舆,二曰员峤,三曰方壶,四曰瀛洲,五曰蓬莱……所居之人皆仙圣之种。"

⑥琅玕(láng gān):喻绿竹。杜甫《郑驸马宅宴洞中》:"主家阴洞细烟雾,留客夏簟青琅玕。"

⑦"秋露"二句:李白《金陵城西楼月下吟》:"白云映水摇空城,白露垂珠滴秋月。"

⑧"醉舞"二句:柳泌《玉清行》:"狮麟威赫赫,鸾凤影翩翩。"苏辙《中秋

夜八绝》其六:"猿狖号枯木,鱼龙泣夜潭。"

⑨风月:大德本作"风物"。

满江红

照影溪梅,怅绝代、幽人独立①。更小驻、雍容千骑,羽觞
飞急。②琴里新声风响佩,笔端醉墨鸦栖壁。③是使君、文度旧
知名,方相识。④　　清可漱,泉长滴。高欲卧,云还湿。⑤快晚
风吹赠⑥,满怀空碧。宝马嘶归红旆动,团龙试碾铜瓶泣⑦。
怕他年、重到路应迷,桃源客。

【题解】

此词作于淳熙五年(1178)任大理寺少卿时。再用前韵,指用上一首词
韵。上片写游亭所见。先写溪梅犹如绝代佳人,遗世独立,并以梅映亭,显
示其闲雅清幽。再写出守杭州的州郡长官风流儒雅,或作记或题字,提高
了冷泉亭的知名度。下片写冷泉。由泉的特点写到使人产生高卧之意。
煞拍抛开现在悬想未来再游情形,有引人入胜之妙。

【注释】

①"怅绝代"句:《汉书·外戚传》:李延年性知音,善歌舞,武帝爱之。尝
侍上起舞而歌曰:"北方有佳人,绝世而独立。一顾倾人城,再顾倾人国。宁
不知倾城与倾国,佳人难再得。"上叹息曰:"善。世岂有此人乎?"平阳主因
言延年有女弟,上乃召见之,实妙丽善舞。由是得幸。幽人,大德本作"佳人"。

②"更小驻"二句:更小驻,大德本作"便小驻"。《史记·司马相如列
传》:"相如之临邛,从车骑,雍容闲雅甚都。"《楚辞》宋玉《招魂》:"瑶浆密
勺,实羽觞些。"洪兴祖补注:"杯上缀羽,以速饮也。"《汉书·外戚传》:"顾
左右兮和颜,酌羽觞兮销忧。"注引孟康曰:"羽觞,爵也,作生爵形,有头尾

羽翼。"

③"琴里"二句：苏轼《次韵王巩南迁初归二首》其二："平生痛饮处，遗墨鸦栖壁。"

④"是使君"二句：使君、方相识，大德本分别作"史君"、"今方识"。文度，王诏刊本、《宋六十名家词》、四印斋本作"文雅"。《晋书·王坦之传》："坦之字文度，弱冠与郗超俱有重名。时人为之语曰：'盛德绝伦郗嘉宾，江东独步王文度。'"累官中书令，与谢安同朝辅政。及卒，与安书，惟以国家为忧，言不及私。

⑤"清可漱"四句：大德本作"高欲卧，云还湿。清可漱，泉长滴"。

⑥吹赠：大德本作"吹帽"。

⑦"团龙"句：团龙试碾，大德本作"龙团试水"。团龙，又名团茶、龙凤，为茶之上品。《宣和北苑供茶录》：太平兴国初，特置龙凤模，遣使就北苑造团茶，以别庶饮。《归田录》：茶之品，莫贵于龙凤，谓之团茶，凡八饼重一斤。苏轼《岐亭五首》其一："醒时夜向阑，唧唧铜瓶泣。"

满江红

暮　春

可恨东君，把春去春来无迹。便过眼、等闲输了，三分之一。①昼永暖翻红杏雨，风晴扶起垂杨力②。更天涯、芳草最关情③，烘残日。　　湘浦岸，南塘④驿。恨不尽，愁如积⑤。算年年孤负⑥，对他寒食。便恁归来能几许，风流已自⑦非畴昔。凭画栏、一线数飞鸿，沈空碧。

【题解】

此词作于淳熙八年（1181）暮春隆兴府任上。表面上写惜春，实则隐寓关心国家命运主题。以春为喻，是类似词作的一种常用寄托手段。上片借东君对春去春来的任意玩弄抒发感慨,写出春意衰败的忧伤。这也是回顾和总结南归以来的遭遇和经历后,所表达出的对现实的不满。下片借北归的飞鸿,寄托难以平息的悲愤之情,是因为归乡之梦日见渺茫乃至破灭。

【注释】

①"可恨"四句:东君,司春之神。朱熹《春日》:"等闲识得东风面,万紫千红总是春。"江休复《邻几杂志》:"李后主作红罗亭子,四面栽红梅花,作艳曲歌之。韩熙载和云:'桃李不须夸烂漫,已输了春风一半。'时已割淮南与周矣。"

②"风晴扶起"句:章槩《水龙吟》:"傍珠帘散漫,垂垂欲下,依前被风扶起。"

③"更天涯"句:苏轼《蝶恋花》:"枝上柳绵吹又少,天涯何处无芳草。"施肩吾《寄王少府》:"多谢蓝田王少府,人间诗酒最关情。"

④南塘:在隆兴府东湖。《永乐大典》卷二二六二"湖"字韵引《豫章志》:"东湖在郡东南……汉永平中,太守张躬筑堤,以通南路,谓之南塘。"

⑤愁如积:张孝祥《满江红》:"但长洲、茂苑草萋萋,愁如织。"如积,大德本作"如织"。

⑥孤负:大德本作"辜负"。

⑦已自:大德本作"早已"。

满江红

和民瞻送祐之弟还侍浮梁①

尘土西风,便无限、凄凉行色。还记取、明朝应恨,今宵轻别。珠泪争垂华烛暗,雁行中断哀筝切②。看扁舟、幸自涩清溪,休催发。　　白首路,长亭仄。③千树柳,千丝结。怕行人西去,棹歌声阕。黄卷④莫教诗酒污,玉阶⑤不信仙凡隔。但从今、伴我又随君,佳哉月。

此词作于闲居带湖期间。杨民瞻原唱已佚。在尘土西风的凄凉行色中,词人想到的是别后伤感,看到的是华烛垂泪,哀筝断雁,盼望的是溪阴扁舟、柳绊行客,害怕的是棹歌声阕,船去人空。尽管最后是以不信仙凡有隔,同有明月相伴作结,给作品带来几分超脱,但词中一唱三叹的依依不舍之情、一波三折的哀婉离合之辞,着实令人刮目相看。

【注释】
①词题:大德本作"和杨民瞻送祐之弟还侍浮梁"。
②"雁行"句:雁行,指兄弟。《礼记·王制》:"兄之齿雁行。"黄庭坚《宜阳别元明用觞字韵》:"千林风雨莺求友,万里云天雁断行。"中断,大德本作"欲断"。
③"白首"二句:白首、长亭仄,大德本分别作"白石"、"长亭侧"。
④黄卷:指圣贤之书。《新唐书·狄仁杰传》:"为儿时,门人有被害者,吏就诘,众争辨对,仁杰诵书不置,吏让之,答曰:'黄卷中方与圣贤对,何暇偶俗吏语耶?'"
⑤玉阶:帝宫殿阶,指朝廷。岑参《奉和中书舍人贾至早朝大明宫》:"金阙晓钟开万户,玉阶仙仗拥千官。"

满江红

和廓之雪①

天上飞琼,毕竟向、人间情薄。还又跨、玉龙归去,万花摇落。云破林梢添远岫,月临②屋角分层阁。记少年、骏马走韩卢,掀东郭。③　吟冻雁,嘲饥鹊。人已老,欢犹昨。对琼瑶④满地,与君酬酢⑤。最爱霏霏⑥迷远近,却收扰扰还寥廓⑦。待羔儿、酒罢又烹茶⑧,扬州鹤。

　　此词作于闲居带湖期间。范廓之原唱已佚。起首六句写欲雪又止。先用典,暗含飞雪不愿惠顾人间。接着说秋末冬初,艰于雨雪,飞琼又跨玉龙回归天上。再写不但没能下雪,而且天气晴好。以下二句,回忆年少时雪中出猎情景,承上启下。过片谓因下雪可以和范廓之咏雪赋诗,相互赠答,而像少年时捕猎成功一样高兴。再写飞雪漫天,远近迷茫,琼瑶满地,纷扰顿消,令人心旷神怡。煞拍以雪中饮酒、烹茶、论鹤作结。

【注释】

①词题:大德本作"和范先之雪"。

②月临:大德本作"月明"。

③"记少年"二句:《战国策·齐策三》:"韩子卢者,天下之疾犬也;东郭逡者,海内之狡兔也。韩子卢逐东郭逡,环山者三,腾山者五,兔极于前,犬废于后;犬兔俱罢,各死其处。田父见之,无劳倦之苦,而擅其功。"

④琼瑶:韩愈《酬王十二舍人雪中见寄》:"今朝踏作琼瑶迹,为有诗从凤诏来。"

⑤酬酢(zuò):宾主相互敬酒,泛指应酬。

⑥霏霏:《诗·小雅·采薇》:"昔我往矣,杨柳依依。今我来思,雨雪霏霏。"

⑦寥廓:大德本作"空阔"。屈原《远游》:"下峥嵘而无地兮,上寥廓而无天。"

⑧"待羔儿"句:羔儿酒:即羊羔酒。《本草纲目》载宋宣和年化成殿羊羔酒方,用糯米肥羊肉等与曲同酿,十日熟,极甘滑。

满江红

　　稼轩居士花下与郑使君惜别醉赋,侍者飞卿奉命书①

折尽荼蘼,尚留得、一分春色。②还记取、青梅如弹,共伊同摘。③少日对花昏醉梦④,而今醒眼看风月。恨牡丹、笑我倚东风,形如雪。⑤　　人渐远,君休说。榆荚阵,菖蒲叶。⑥算不因风雨,只因鶗鴂。⑦老冉冉兮花共柳,是栖栖者蜂和蝶。⑧也不因、春去有闲愁,因离别。

【题解】

此词作于淳熙十五年(1188)闲居带湖时。与另一首《水调歌头》送别郑厚卿词写法不同,通篇不直接写送行,而是借暮春景象,抒发惜春、伤春之情,寄寓身世之感、时势之忧,最后将所有情景归结到伤别题旨,内蕴丰厚,托意深远。首二句由荼蘼花下饯行即景起兴。接着回忆与友人同摘青梅,亦属春天佳景之记忆留存。以下,对比年轻时与老来看花的不同心态。正因为历经沧桑,所以头白如雪,难免为牡丹所笑。下片谓榆荚凋落,菖蒲叶老,时节更迭,芳华消歇,即便有荼蘼残留,怎经得起风雨摧残,鶗鴂哀鸣。花柳既老,虽有蜂蝶努力,亦无力留住春色。最后绾结全篇,将种种"闲愁"归为"离别"之感,实又不止于此。

【注释】

①词题:大德本作"饯郑衡州厚卿席上再赋"。郑厚卿,郑如崈,曾任朝散郎,淳熙十五年(1188)四月知衡州,绍熙元年(1190)正月罢任。赴任前,辛弃疾连作两词为其饯行,这是其中第二首。第一首为《水调歌头·送郑厚卿赴衡州》。使君,古时对州郡长官的尊称。飞卿,辛弃疾侍妾名。

②"折尽"二句:荼蘼,亦作酴醿。苏轼《杜沂游武昌以酴醿花菩萨泉见饷二首》其一:"酴醿不争春,寂寞开最晚。"王琪《暮春游小园》:"开到酴醿花事了,丝丝天棘出莓墙。"折尽、尚留得,大德本分别作"莫折"、"且留取"。

③"还记取"二句:施肩吾《少妇游春词》:"无端自向春园里,笑摘青梅叫阿侯。"冯延巳《醉桃源》:"南园春半踏青时,风和闻马嘶。青梅如豆柳如丝,日长蝴蝶飞。"记取、如弹,大德本分别作"记得"、"如豆"。

④昏醉梦:大德本作"浑醉梦"。

⑤"恨牡丹"二句:白居易《劝我酒》:"洛阳女儿面似花,河南大尹头如

雪。"高蟾《春》:"人生莫遣头如雪,纵得春风亦不消。"形如雪,大德本作"头如雪"。

⑥"人渐远"四句:白居易《南院》:"杨花飞作穗,榆荚落成堆。"李商隐《一片》:"榆荚散来星斗转,桂花寻去月轮移。"菖蒲,多年生水生草本植物。陈造《田家叹》:"五月之初四月尾,菖蒲叶长楝花紫。"韩元吉《水龙吟》:"正菖蒲叶老,芙蕖香嫩,高门瑞,人知否。""人渐远"四句,大德本作"榆荚阵,菖蒲叶。时节换,繁华歇"。

⑦"算不因"二句:大德本作"算怎禁风雨,怎禁鹈鴂"。屈原《离骚》:"恐鹈鴂之先鸣兮,使夫百草为之不芳。"

⑧"老冉冉"二句:栖栖,忙碌不安的样子。《论语·宪问》:"微生亩谓孔子曰:'丘何为是栖栖者与?无乃为佞乎?'孔子曰:'非敢为佞也,疾固也。'"

满江红

席间和洪舍人兼简司马汉章①

天与文章,看万斛、龙文笔力②。闻道是、一诗曾赐③,千金颜色。欲说又休新意思,强啼偷笑真消息。算人人、合与共乘鸾,銮坡客。④　　倾国艳,难再得。还可恨,还堪忆。看书寻旧锦,衫裁新碧。莺蝶一春花里活,可堪风雨飘红白。问谁家、却有燕归梁,香泥湿。

【题解】

此词作于淳熙八年(1181)江西安抚使任上。上片先称颂洪景卢天赋极高,笔力雄健,诗作一字千金,文学价值很高。再解释这是由于他虽不无顾忌,但有创新精神,加之文章富有真实性,因而获得了生命力。又总结说,凡是富有文学天才的人,都可以和他共登鸾坡,供职翰林。过片二句称颂洪景卢绝世独立,是难得的人才。再说其仕途中虽有憾事,但立朝议论最多,所至有惠政。又谓其阅读古籍之多,且善读古书,能推陈出新。"莺蝶"二句写其归鄱阳后的家庭生活,像莺蝶生活在花丛中一样舒适,却也像百花一样不堪风雨。末二句宕开,兼及对司马汉章的存问之意。

【注释】

①词题:大德本作"席间和洪景卢舍人兼简司马汉章大监"。洪景卢,洪迈。司马倬字汉章,任江南东路提点刑狱,故称"监"或"大监"。

②"看万斛"句:韩愈《病中赠张十八》:"龙文百斛鼎,笔力可独扛。"

③曾赐:大德本作"曾换"。

④"算人人"二句:人人,诸人。欧阳修《蝶恋花》:"翠被双盘金缕凤。忆得前春,有个人人共。"《异闻录》:"开元中明皇与申天师游月中,见素娥十余人,皓衣乘白鸾,笑舞于广庭大桂树下,乐音嘈杂清丽,明皇归制《霓裳羽衣曲》。"《文献通考·职官考八》:"故事,学士掌内庭书诏,指挥边事,晓达机谋,天子机事密命在焉,不当豫外司公事,盖防纤微间,或漏省中语,故学士院常在金銮殿侧,号为深严……前朝因金銮坡以为门名,与翰林院相接,故为学士者称金銮以美之。"

满江红

送徐抚干衡仲之官三山,时马叔会侍郎帅闽①

绝代佳人,曾一笑、倾城倾国。休更叹、旧时清镜②,而今华发。明日伏波堂上客,老当益壮翁应说。③恨苦遭、邓禹笑人来,长寂寂。④　诗酒社,江山笔。松菊径,云烟屐。怕一觞一咏,风流弦绝。我梦横江孤鹤⑤去,觉来却与君相别。记功名、万里要吾身,佳眠食。

【题解】

此词作于淳熙十六年(1189)闲居带湖时。上片勉励徐抚干老当益壮,为国出力,从过去、现在、未来三个方面着笔。下片先言徐抚干诗得江山之助,多有佳作。再说而今之官三山,恐无人畅叙幽情,弦绝无知音。"我梦"二句宕开一笔,写依依别情,言与君作别,似梦非梦。煞拍为临别赠言,劝其保爱身体。

【注释】

①词题:大德本作"送徐行仲抚干"。《上饶县志·孝友传》:"徐安国字衡仲,号西窗。绍兴壬子进士。幼育于龚氏,后事龚氏父母,养生送死,克供子职。年逾五十,为岳州学官,迁连山令。有感于正本明宗之义,言于朝,愿归徐姓,诏可,遂别为龚氏立后而身归于徐。时徐姓父母俱存,兄安仁、安蹈、弟安通皆无故。相与孝养二老,名所居之堂曰一乐堂,张南轩为之记。"三山,福州城西有闽山,东有九仙山,北有越王山,故称三山。马大同,据《严州续志》卷三及《淳熙三山志》,字会叔,绍兴二十四年(1154)进士,淳熙十六年(1189)四月帅闽,明年三月应召还朝。

②清镜:大德本作"青镜"。

③"明日"二句:《后汉书·马援传》:"马援字文渊,扶风茂陵人也……转游陇汉间,常谓宾客曰:'丈夫为志,穷当益坚,老当益壮。'"

④"恨苦遭"二句:《南史·王融传》:"融躁于名利,自恃人地,三十内望为公辅。及为中书郎,尝抚案叹曰:'为尔寂寂,邓禹笑人。'"

⑤横江孤鹤:苏轼《后赤壁赋》:"时夜将半,四顾寂寥,适有孤鹤,横江东来。"

【辑评】

明李濂批点《稼轩长短句》:纵横游戏,无不中度,美哉词也。

吴则虞《辛弃疾词选集》:此亦应酬之词,于此等处见稼轩笔力之高。衡仲此时年似已老,而从"绝代佳人"发唱,起韵凭空而下。"休更叹"、"而今"均为活眼。过片后,叙山中往来情景,"怕"字一跌,转到别后之境,本为寻常笔调。"我梦横江",陡然辟出一境,最为神速。"觉来"句看似平率,其实不如此不能回到题上。空际转身,全局精神一振。结韵常语。此调前后片七

242

字句皆不对,不对则须施隽语,更须有神致,名家于此,必不放过。词中虽无"务头"之名,似有"务头"之实矣。如细心求之,此中似有定格,当别文陈说。

满江红

　　敲碎离愁,纱窗外、风摇翠竹。①人去后、吹箫声断,倚楼人独。②满眼不堪三月暮,举头已觉千山绿。③但试将④、一纸寄来书,从头读。　　相思字,空盈幅。⑤相思意,何时足。滴罗襟点点,泪珠盈掬。芳草不迷行客路,垂杨只碍离人目。⑥最苦是、立尽月黄昏,栏干曲。⑦

【题解】

　　此词或淳熙六七年(1179－1180)作于湖南。词作代言闺怨。一起点出"离愁",借风摇翠竹写出骚动纷乱的心绪,措辞尖新奇警。"人去后"交代原委,"吹箫声断,倚楼人独",别后情境,宛然在目。"满眼"一联是倚楼所见所感,用流水对呈现时序的更迭和思绪的流动。人既不堪碧色满眼之苦,唯有重读来信以慰相思。以下数句,一气贯穿,言情郎空有相思之字而无相思之实,诉到凄怆哀婉处,不禁珠泪涟涟。"芳草"以下,以景唤情,以怨极盼极语渲染无望中的执着,孤独中的忧伤。

【注释】

　　①"敲碎"二句:秦观《满庭芳》:"风摇翠竹,疑是故人来。"

　　②"人去后"二句:李白《忆秦娥》:"箫声咽。秦娥梦断秦楼月。秦楼月。年年柳色,灞陵伤别。"柳永《笛家弄》:"岂知秦楼,玉箫声断,前事难重偶。"

　　③"满眼"二句:李贺《十二月乐词·四月》:"晓凉暮凉树如盖,千山浓绿生云外。"

　　④试将:大德本作"试把"。

⑤"相思"二句:寇准《远恨》:"深情染彩笺,密密空盈幅。"

⑥"芳草"二句:《楚辞·招隐士》:"王孙游兮不归,春草生兮萋萋。"惟审《别友人》:"芳草迷归路,春衣滴泪痕。"

⑦"最苦"二句:《西洲曲》:"鸿飞满西洲,望郎上青楼。楼高望不见,尽日栏杆头。栏杆十二曲,垂手明如玉。"

【辑评】

清陈廷焯《云韶集》卷五:起笔精湛。情致楚楚,那弗心动。低徊宛转,一往情深,非秦、柳所能及。

满江红

倦客新丰①,貂裘敝②、征尘满目。弹短铗、青蛇三尺③,浩歌谁续。不念英雄江左老,用之可以尊中国。叹诗书、万卷致君人,番沉陆。④ 休感叹,年华促。⑤人易老,叹难足。有玉人怜我,为簪黄菊。⑥且置请缨⑦封万户,竟须卖剑酬黄犊⑧。叹当年、寂寞贾长沙,伤时哭。⑨

【题解】

此词或作于淳熙六七年(1179—1180)间。借友人之事,抒一己忧时愤世之怀。上片正面取意,为友人鸣不平。起首四句叠用三事,而以人物形象融贯一气,写出友人怀才不遇、落寞愤慨情状。"不念"二句跳出个人身世,事关家国命运。结处浓缩前人诗文,以钩转之法赋埋没人才、英雄报国无路之痛。下片从侧面立意,烘托题旨,慰友亦自慰。前六句故作旷达狂放语,实是悲中觅欢,聊以相慰。后四句冷嘲热讽语,化实为虚,托古喻今,变汹涌激荡为淡漠冷静,与上片直赋悲愤交相为用。

【注释】

①"倦客"句:《新唐书·马周传》:"舍新丰,逆旅主人不之顾,周命酒一

斗八升，悠然独酌，众异之。"后任监察御史。李贺《致酒行》："吾闻马周昔作新丰客，天荒地老无人识。"

②貂裘敝：《战国策·秦策一》："苏秦始将连横……说秦王书十上，而说不行。黑貂之裘敝，黄金百镒尽。资用乏绝，去秦而归。嬴縢履蹻，负书担橐，形容枯槁，面目黧黑，状有愧色。归至家，妻不下纴，嫂不为炊，父母不与言。"

③青蛇三尺：指宝剑。白居易《鸦九剑》："谁知闭匣长思用，三尺青蛇不肯蟠。"

④"叹诗书"二句：杜甫《奉赠韦左丞丈二十二韵》："读书破万卷，下笔如有神……致君尧舜上，再使风俗淳。"苏轼《沁园春》："胸中万卷，致君尧舜，此事何难。"《庄子·则阳》："其心未尝言，方且与世违，而心不屑与之俱。是陆沉者。"注云："人中隐者，譬无水而没也。"番沉，大德本作"翻沉"。

⑤"休感叹"二句：感叹、年华促，大德本分别作"感慨"、"浇醽醁"。《荆州记》："渌水出豫章康乐县，其间乌程乡有酒官，取水为酒，酒极甘美，与湘东酃湖酒，年常献之，世称酃渌酒。"

⑥"有玉人"二句：苏轼《千秋岁》："美人怜我老，玉手簪黄菊。"

⑦请缨：《汉书·终军传》："南越与汉和亲，乃遣军使南越，说其王，欲令入朝，比内诸侯。军自请：'愿受长缨，必羁南越王而致之阙下。'"

⑧卖剑酬黄犊：《汉书·龚遂传》："民有带持刀剑者，使卖剑买牛，卖刀买犊，曰：'何为带牛佩犊！'"

⑨"叹当年"二句：叹当年，大德本作"甚当年"。《汉书·贾谊传》："天下初定，制度疏阔，诸侯王僭拟，地过古制，淮南、济北王皆为逆，诛。谊数上疏陈政事，多所欲匡建，其大略曰：'臣窃惟事势，可为痛哭者一，可为流涕者二，可为长太息者六。若其它背理而伤道者，难遍以疏举。'"

【辑评】

明卓人月、徐士俊《古今词统》卷一二：有经史气，然非老生常谈。

满江红

暮　春[①]

家住江南，又过了、清明寒食。花径里、一番风雨，一番狼藉。[②]流水暗随红粉去，园林渐觉清阴密。[③]算年年、落尽刺桐花，寒无力。[④]　　庭院静，空相忆。无说处，闲愁极。怕流莺乳燕，得知消息。[⑤]尺素如今何处也，彩云依旧无踪迹。[⑥]谩教人、羞去上层楼，平芜碧。[⑦]

【题解】

此词作于隆兴二年(1164)江阴军签判任上。上年夏，宋军对金军发动进攻，在初战小捷后，金军以重兵反击，符离之役，宋师溃败。《稼轩词编年笺注》认为，上片"风雨"、"狼藉"等语，盖即暗指此事。同样是从政治寓托的角度着眼，郑骞《辛弃疾与韩侂胄》则认为作于"韩侂胄转变作风收揽人望的时候"，即不早于嘉泰二年(1202)。当然，如果采取一种"有寄托入，无寄托出"的认知态度来释读本篇，也未必不可以成立。上片写暮春景象，春去人不归，有岁月如流、年华虚度之慨。一起点明时地，以一"又"字传情。以下六句一气贯注：风雨狼藉，红粉绿阴，实写之笔；"年年"遥应"又"字，说明年复一年，景色如许，闲愁如许。下片即景抒情，写孤寂惶惑、苦闷矛盾的心理状态。"相忆"却言"空"，"愁极"而"无说处"，更恐莺燕窥破内心隐秘。欲寄尺素，行人游踪无凭；羞上层楼，怕见平芜，却又情不自禁，频频登高眺远。整篇以习用章法写常见内容，又能不落一般婉约篇章之窠臼，委婉而不绵软，细腻而不平板。能做到这一步，全赖骨力。

【注释】

①大德本无词题。

②"花径"二句：欧阳修《采桑子》："狼藉残红，飞絮濛濛，垂柳阑干尽

日风。"

③"流水"二句:"流水"句,大德本作"红粉暗随流水去"。秦观《望海潮》:"无奈归心,暗随流水到天涯。"陶渊明《归鸟》:"顾俦相鸣,景庇清阴。"

④"算年年"二句:刺桐,大德本作"拆桐"。刺桐花,刺桐为高大落叶乔木,叶似梧桐,而枝干间有棘刺,故名。其花鲜红,形似成串辣椒,花期通常在阳历三月。

⑤"怕流莺"二句:沈约《八咏诗·会圃临东风》:"舞春雪,杂流莺。"

⑥"尺素"二句:李白《凤凰曲》:"影灭彩云断,遗声落西秦。"彩云,王诏刊本、四印斋本作"绿云"。

⑦"谩教人"二句:谩,空,徒然。李白《菩萨蛮》:"平林漠漠烟如织。寒山一带伤心碧。"欧阳修《踏莎行》:"寸寸柔肠,盈盈粉泪。楼高莫近危栏倚。平芜尽处是春山,行人更在春山外。"

【辑评】

清陈廷焯《云韶集》卷五:幼安《满江红》、《水调歌头》诸作俱能独辟机杼,极沉着痛快之致。亦流宕,亦沉切。

沈曾植《稼轩长短句小笺》:此数章皆髀肉复生之叹。

贺新郎

陈同父自东阳来过余,留十日,与之同游鹅湖,且会朱晦庵于紫溪,不至,飘然东归。既别之明日,余意中殊恋恋,复欲追路。至鹭鸶林,则雪深泥滑,不得前矣。独饮方村,怅然久之,颇恨挽留之不遂也。夜半,投宿泉湖吴氏四望楼,闻邻笛悲甚,为赋《贺新郎》以见意。又五日,同父书来索词。心所同然者如此,可发千里一笑。①

把酒长亭说。看渊明、风流酷似,卧龙诸葛。何处飞来林间鹊,蹙踏松梢微雪②。要破帽、多添华发。剩水残山无态度,被疏梅、料理成风月。③两三雁,也萧瑟。　　　佳人重约还轻别④。怅清江、天寒不渡,水深冰合。路断车轮生四角,此地行人销骨⑤。问谁使、君来愁绝。铸就而今相思错,料当初、费尽人间铁。长夜笛,莫吹裂。⑥

【题解】

　　此词作于淳熙十五年(1188)冬闲居带湖时。词事如序所述。上片回顾送别友人情景。起笔写长亭饮酒话别,以陶渊明、诸葛亮为比,推奖好友。接着寄慨岁月如流,功业无成。"剩水"四句,隐喻山河破碎、偏安一隅的时势。下片写别后相思之苦。友人飘然来去,词人意欲追回,无奈天寒地冻而不果,绵绵别恨离愁,令人销魂蚀骨。"铸就"二句,以铸错形容相思遗恨,措语尖新而情感深浓。结以寒夜悲笛,益增凄怆慷慨之感。

　　陈亮得此词,回赠了一首《贺新郎·寄辛幼安和见怀韵》,的确是"心所同然者如此",录以对读:

　　　　老去凭谁说。看几番、神奇臭腐,夏裘冬葛。父老长安今余几,后死无仇可雪。犹未燥、当时生发。二十五弦多少恨,算世间、那有平分月。胡妇弄,汉宫瑟。　　　　树犹如此堪重别。只使君、从来与我,话头多合。行矣置之无足问,谁换妍皮痴骨。但莫使、伯牙弦绝。九转丹砂牢拾取,管精金、只是寻常铁。龙共虎,应声裂。

【注释】

　　①词序中"陈同父",陈亮字同甫(父),号龙川,婺州永康(今浙江永康)人。绍熙四年(1193)策进士,擢为第一,授建康军节度判官厅公事,未赴任而卒。著有《龙川文集》、《龙川词》。东阳,唐天宝元年(742)曾改婺州为东阳郡,今属浙江金华。紫溪,镇名,在江西铅山南,邻近福建。鹭鹚,地名,古驿道所经之地。史弥宁《鹭鹚林》:"驿路逢梅香满襟,携家又过鹭鹚林。含风野水琉璃软,沐雨春山翡翠深。"方村,在信州东。泉湖,地名,在信州东,方村附近。泉湖吴氏,大德本作"吴氏泉湖"。向秀《思旧赋序》谓其经过故友嵇康、吕安旧居时,"日薄虞渊,寒冰凄然,邻人有吹笛者,发声寥亮。追思曩昔游宴之好,感音而叹,故作赋云"。贺新郎,大德本作"乳燕飞"。

　　②微雪:大德本作"残雪"。

③"剩水"二句:《冷斋诗话》卷三:尝暮寒归,见白鸟,作诗曰:"剩水残山惨淡间,白鸥无事钓舟闲。"态度,此指姿态风度。曹勋《和谢参政卜宅》:"雪残苍岭野云暗,花着疏梅春意浓。"

④"佳人"句:鲍照《赠故人马子乔》六首其二:"春冰虽暂解,冬水复还坚。佳人舍我去,赏爱长绝缘。"

⑤"此地"二句:孟郊《答韩愈李观别因献张徐州》:"富别愁在颜,贫别愁销骨。"

⑥"长夜"二句:据《太平广记》卷二〇四引《逸史》,有一老者独孤生,于筵席上取李謩笛子,谓吹至入破,必裂。遂吹,声发入云,四座震慄,及入破,笛遂破裂,不复终曲。

【辑评】

清李佳《左庵词话》上卷:辛稼轩词,慷慨豪放,一时无两,为词家别调。集中多寓意之作……又如"剩水残山无态度,被疏梅、料理成风月。两三雁,也萧瑟。"此类甚多,皆为北狩南渡而言。以是见词不徒作,岂仅批风咏月。

俞陛云《唐五代两宋词选释》:稼轩与同甫别后,意殊恋恋,往追之,雪深不得前,赋词见意。越日,同甫书来索词,两心相同,有如此者。稼轩与同甫,为并世健者,交谊之深厚,文章之振奇,可称词坛瑜、亮。此词为惬心之作。首三句言渊明之高逸,而以卧龙为比。如尚父之磻溪把钓,景略之扪虱清谈,避世而未忘用世也。"飞鹊"三句写景幽峭,兼有伤老之意。"剩水"二句见春色无私,不以陵谷沧桑而易态。兼有举目河山之异,惟寒梅聊可慰情耳。下阕言车轮生角,自古伤离,孰使君来,铸此相思大错。铸错语而用诸相思,句新而情更挚。通首劲气直达中不使一平笔,学稼轩者,非徒放浪通脱,便能学步也。

贺新郎

同父见和,再用前韵①

老大犹堪说。似而今、元龙臭味,孟公瓜葛。②我病君来

249

高歌饮,惊散楼头飞雪。③笑富贵、千钧如发。④硬语盘空谁来听⑤,记当时、只有西窗月。重进酒,唤鸣瑟。⑥　　事无两样人心别⑦。问渠侬、神州毕竟,几番离合。⑧汗血盐车无人顾,千里空收骏骨。⑨正目断、关河路绝。⑩我最怜君中宵舞,道男儿、到死心如铁。⑪看试手,补天裂。⑫

【题解】

此词作于淳熙十六年(1189)春闲居带湖时。起首三句以陈姓历史名人作比,赞赏陈亮的高尚志向,表明与友人同气相求的深厚友谊。"我病"以下,回忆"鹅湖之会"彻夜长谈情景。惊散飞雪,极写狂放豪迈的襟怀;西窗孤月,映衬世无知音的悲凉。下片先就神州分裂现实,指斥主和派无动于衷,却排挤摧残主战人才;继而正面赞赏陈亮闻鸡起舞、忠贞刚毅、至死不渝的爱国情怀;最后以试手补天、恢复中原的壮志豪情收束全篇。

【注释】

①词题:大德本作"同父见和,再用韵答之"。前韵,指前一首《贺新郎》(把酒长亭说)韵。

②"老大"三句:犹堪,大德本作"那堪"。元龙,陈登字元龙,东汉末名士,颇得刘备称赏。《左传·襄公八年》记季武子曰:"今譬于草木,寡君在君,君之臭味也。"杜预注:"言同类也。"孟公,陈遵字孟公,西汉杜陵人。好客嗜酒,宾客满堂辄关门,取客人车辖投井中,使不得去。事见《汉书·游侠列传》。

③"我病"二句:杨万里《再和罗武冈钦岩酴醾长句》:"江东诗仙花下饮,小摘繁枝篸醉玉。惊飞雪片万许点,乱落酒船百余斛。"

④"笑富贵"句:古时以三十斤为一钧。韩愈《与孟尚书书》:"其危如一发引千钧,绵绵延延,浸以微灭。"

⑤"硬语"句:韩愈《荐士》:"横空盘硬语,妥帖力排奡。"

⑥"重进酒"二句:韩愈《感春五首》其一:"已呼孺人戛鸣瑟,更遣稚子传清杯。"唤鸣瑟,大德本作"换鸣瑟"。

⑦"事无"句：郑谷《十日菊》："自缘今日人心别，未必秋香一夜衰。"

⑧"问渠侬"二句：渠侬，吴地方言，他人、他们。毕竟，究竟，到底。离合，偏义复词，偏指离（分裂）。

⑨"汗血"二句：《汉书·武帝纪》颜师古注引应劭曰："大宛旧有天马种，蹋石汗血，汗从前肩髆出，如血。号一日千里。"《战国策·楚策四》：有千里马负载盐车而上太行山，马蹄局促，膝折皮烂，白汗交流，迁延不能上。伯乐遇见，下车攀而哭之，解衣而盖之，于是千里马俯而喷，仰而鸣，声达于天。《战国策·燕策一》："臣（指郭隗）闻古之君人，有以千金求千里马者，三年不能得。涓人言于君曰：'请求之。'君遣之，三月得千里马；马已死，买其首五百金，反以报君。君大怒曰：'所求者生马，安事死马而捐五百金？'涓人对曰：'死马且买之五百金，况生马乎？天下必以王为能市马，马今至矣。'于是不能期年，千里之马至者三。"李贺《马诗二十三首》其十一："午时盐坂上，蹭蹬溘风尘。"其九："夜来霜压栈，骏骨折西风。"

⑩"正目断"句：钱起《别张起居》："旧国关河绝，新秋草露深。"

⑪"我最"二句：《晋书·祖逖传》：祖逖与刘琨同为司州主簿，情谊深厚，共被同寝。中夜闻荒鸡鸣，祖逖叫醒刘琨，曰："此非恶声也。"因起舞。刘琨与祖逖每论世事，常中宵起坐，相谓曰："若四海鼎沸，豪杰并起，吾与足下当相避于中原耳。"曹操《敕王必领长史令》："忠能勤事，心如铁石，国之良吏也。"孟郊《择友》："若是效真人，坚心如铁石。不谄亦不欺，不奢复不溺。"

⑫"看试手"二句：《淮南子·览冥训》："往古之时，四极废，九州裂，天不兼覆，地不周载……于是女娲炼五色石以补苍天，断鳌足以立四极，杀黑龙以济冀州，积芦灰以止淫水。"

贺新郎

用前韵送杜叔高①

细把君诗说②。怅余音、钧天浩荡，洞庭胶葛。③千尺阴崖尘不到,惟有层冰积雪。乍一见、寒生毛发。④自昔佳人多薄命,对古来、一片伤心月。金屋冷,夜调瑟。⑤　　去天尺五⑥君家别。看乘空、鱼龙惨淡,风云开合。⑦起望衣冠神州路,白日销残战骨。叹夷甫、诸人清绝。夜半狂歌悲风起,听铮铮、阵马⑧檐间铁。南共北,正分裂。

【题解】

此词作于淳熙十六年(1189)春闲居带湖时。上片形容杜叔高诗境界高远、声势浩荡,赞美其人品高洁,慨叹其落拓不遇。词中称赏的诗境之美,高冷绝俗,也可看作词人所追求的某种美学境界。下片转而纵论时势。先以称扬杜家自古是"去天尺五"的名门相激励,谓值此风云变幻之际,定能纵览时局,忧心国事。再谓有感于神州大地战骨销残,朝中小人清谈误国,自当奋发有为,狂歌而起,听夜间檐下铁马铮铮作响,而思跃马疆场为国征战,为只为中原沦丧,南北分裂。

【注释】

①词题:大德本作"用前韵赠金华杜仲高"。前韵,指上两首《贺新郎》韵。杜叔高,曾问道于朱熹,与辛弃疾、陈亮交游。端平元年(1234)以布衣受召,入秘阁校雠。杜仲高是其二兄。

②"细把"句:杜叔高于兄弟五人中诗名尤著。陈亮《复杜仲高书》:"叔高之诗,如干戈森立,有吞虎食牛之气,而左右发春妍以辉映其间。"

③"怅余音"二句:怅,大德本作"恍"。《庄子·天运》记黄帝曾在洞庭之野演奏《咸池》之乐,"其声能短能长,能柔能刚,变化齐一,不主故常。"司马相如《上林赋》:"于是乎游戏懈怠,置酒乎颢天之台,张乐乎胶葛之寓。"

④"千尺"三句:千尺,大德本作"千丈"。鲍照《拟古诗》八首其八:"阴崖积夏雪,阳谷散秋荣。"岑参《天山雪歌送萧治归京》:"晻霭寒氛万里凝,阑干阴崖千丈冰。"屈原《九歌·湘君》:"桂棹兮兰枻,斲冰兮积雪。"陆游《梅花绝句》:"高标逸韵君知否,正在层冰积雪时。"

⑤"自昔"四句:苏轼《薄命佳人》:"自古佳人多命薄,闭门春尽杨花

252

落。"毛熙震《后庭花》:"伤心一片如珪月,闭锁宫阙。"《汉武故事》记汉武帝年少时曾对长公主说:"若得阿娇作妇,当作金屋贮之也。"汉武帝即位,阿娇为皇后,后又被废黜,罢居长门宫。

⑥去天尺五:古代长安城南韦、杜两大家族声望显赫,名人辈出,辛氏《三秦记》记民谣曰:"城南韦杜,去天尺五。"杜甫《赠韦七赞善》:"乡里衣冠不乏贤,杜陵韦曲未央前。尔家最近魁三象,时论同归尺五天。"

⑦"看乘空"二句:杜甫《秋兴》八首其四:"鱼龙寂寞秋江冷,故国平居有所思。"

⑧阵马:俗称铁马。王安石《和崔公度家风琴》八首其八:"疏铁檐间挂作琴,清风才到遽成音。"

贺新郎

听琵琶①

凤尾龙香拨②。自开元、霓裳曲罢,几番风月。③最苦浔阳江头客,画舸亭亭待发。④记出塞、黄云堆雪。马上离愁三万里,望昭阳、宫殿孤鸿没。⑤弦解语,恨难说。⑥　　辽阳驿使音尘绝⑦。琐窗寒、轻拢慢捻,泪珠盈睫。⑧推手含情还却手,一抹梁州哀彻。⑨千古事、云飞烟灭。贺老定场无消息,想沈香亭北繁华歇。⑩弹到此,为呜咽。

【题解】

此词创作时地未详。词人听乐姬弹奏琵琶曲,触动心弦,深有感慨,遂融汇《霓裳羽衣曲》、《琵琶行》、《昭君出塞曲》、《梁州曲》故实而作此篇。词中"自开元、霓裳曲罢"与"贺老定场无消息,想沈香亭北繁华歇",首尾照应,写盛衰之感,统摄全篇。其间穿插个人沦落之苦,或离愁别恨之痛,皆由时世艰难、大势衰微所致,虽世代各异,古今同此感慨。纵观全篇,由听曲起兴,融化琵琶故事,描写生动流利,情感一气贯注,构思完整细密。

【注释】

①词题:大德本作"赋琵琶"。

②"凤尾"句:郑嵎《津阳门》:"玉奴琵琶龙香拨,倚歌促酒声娇悲。"自注:"贵妃妙弹琵琶,其乐器闻于人间者,有逻沙檀为槽,龙香柏为拨者。"苏轼《宋叔达家听琵琶》:"数弦已品龙香拨,半面犹遮凤尾槽。"

③"自开元"二句:白居易《长恨歌》:"渔阳鼙鼓动地来,惊破霓裳羽衣曲。"案:陈寅恪《元白诗笺证稿》谓:"今日本乐曲有所谓《青海波》者,据云即《霓裳》散序之遗音,未知然否也。"

④"最苦"二句:郑文宝《绝句》:"亭亭画舸系寒潭,直到行人酒半酣。"

⑤"记出塞"三句:石崇《王明君辞》序云:"昔公主嫁乌孙,琵琶马上作乐,以慰其道路之思。其送明君,亦必尔也。"欧阳修《明妃曲》:"不识黄云出塞路,岂知此声能断肠。"孔武仲《过马鞍山》:"畏日流金红艳艳,乱沙堆雪白漫漫。"陆游《无题》:"天涯落日孤鸿没,镜里流年两鬓秋。"

⑥"弦解语"二句:白居易《琵琶行》:"低眉信手续续弹,说尽心中无限事。"

⑦"辽阳"句:沈佺期《古意呈补阙乔知之》:"九月寒砧催木叶,十年征戍忆辽阳。白狼河北音书断,丹凤城南秋夜长。"毛文锡《何满子》:"梦断辽阳音信,那堪独守空闱。"

⑧"琐窗寒"二句:白居易《琵琶行》:"轻拢慢捻抹复挑,初为霓裳后六幺。"泪珠,王诏刊本、四印斋本作"珠泪"。

⑨"推手"二句:元稹《连昌宫词》:"逡巡大遍凉州彻,色色龟兹轰陆续。"《开天传信记》:"西凉州俗好音乐,制新曲曰《凉州》。开元中列上献,上召诸王便殿同观。曲终,诸王贺,舞蹈称善,独宁王不拜。上顾问之,宁王进曰:'此曲虽嘉,臣有闻焉,夫音者,始于宫,散于商,成于角徵羽,莫不根柢囊橐于宫商也。斯曲也,宫离而少徵,商乱而加暴。臣闻宫,君也;商,臣也,宫不胜则君势卑,商有余则臣事僭。卑则逼下,僭则犯上。发于忽微,形于音声,播于歌咏,见之于人事。臣恐一日有播越之祸,悖逼之患,莫不兆于斯曲也。'上闻之,默然。及安史作乱,华夏鼎沸,所以见宁王审音之

妙也。"

⑩"千古"三句：元稹《连昌宫词》："夜半月高弦索鸣，贺老琵琶定场屋。"苏轼《虞美人》："定场贺老今何在。几度新声改。"《次柳氏旧闻》："玉环者，睿宗所御琵琶也。异时上张乐宫殿中，每尝置之别榻，以黄柏复之，不以杂他乐器，而未尝持用。至，俾乐工贺怀智取调之，又命禅定寺僧段师取弹之。"郑处诲《明皇杂录》："天宝中，上命宫女子数百人为梨园弟子，皆居宜春北院，上素晓音律，时有马仙期、贺怀智，洞知音律。"

【辑评】

明陈霆《渚山堂词话》卷二：辛稼轩词，或议其多用事，而欠流便。予览其琵琶一词，则此论未足凭也……此篇用事最多，然圆转流丽，不为事所使，称是妙手。

清陈廷焯《云韶集》卷五：此词运典最多，却是一片感慨，故不嫌堆垛。心中有泪，故笔下无一字不呜咽。哀感顽艳，笔力却高。

梁令娴《艺蘅馆词选》丙卷附梁启超评：琵琶故事，网罗胪列，杂乱无章，殆如一团野草，惟其大气足以包举之，故不觉粗率。非其人，勿学步也。

俞陛云《唐五代两宋词选释》：稼轩曾为忠义军书记，精练甲士数千，有揽辔澄清之志。此调借琵琶以写怀。起笔"开元"句，即追想汴京之盛。以下用商妇、明妃琵琶故事，藉以写怨。转头处承上阕"万里离愁"句，接以辽阳望远，慨宫车之沙漠沉沦。"琐窗"、"推手"四句，咏琵琶正面，中含一片哀情。转笔"云飞烟灭"句，笔势动宕。结句，沉香亭废，贺老飘零，自顾亦沦落江东，如龟年之琵琶仅在，宜其罢弹呜咽，不复成声矣。

刘永济《唐五代两词简析》：此词虽题为《赋琵琶》，言外仍是借琵琶以写其所怀也。观其起结皆用开元琵琶事，以见盛衰之感，而结以时无贺老，暗指朝中无人，国势衰微，故有"弹到此，为呜咽"之句。中间历叙琵琶故事。上半阕用《霓裳曲》、浔阳江上妓及昭君三琵琶事，后半阕则虚用戍边人家室之琵琶，皆与怨思有关者，而总以"千古事、云飞烟灭"一句结束之。文家原有托物以言情之法，所托之物，虽无一定，然所托之情，为何种情，则其间大有区别。此词以琵琶乃抒写怨思之物，故历举琵琶故事皆与怨思有关，又借时无琵琶能手如怀智者，一弹可以"定场"，以托其忧国无人之情，虽题曰《赋琵琶》，实非但描写琵琶也。

贺新郎

柳暗清波①路。送春归、猛风暴雨，一番新绿。千里潇湘葡萄涨，人解扁舟欲去。又樯燕、留人相语。②艇子飞来生尘步，唾花寒、唱我新番句。③波似箭，催鸣橹。　　黄陵祠下山无数。听湘娥、泠泠曲罢，为谁情苦。④行到东吴春已暮，正江阔、潮平稳渡。望金雀、觚棱翔舞⑤。前度刘郎今重到，问玄都、千树花存否。愁为倩，幺弦诉。

【题解】

此词作于淳熙七年(1180)暮春湖南安抚使任上。上片写临别之际情形，层层渲染离愁别绪，技法娴熟细致。首句借岸边之柳，引出送别之情。"送春归"，亦是用以映衬送客归，友人一别，似乎也把春光带走。"猛风暴雨"引起潇湘水涨，也引出后文水流似箭、催人快行的难堪。兼写燕子留人，与歌女唱曲，是双倍挽留惜别写法。下片设想友人一路行程，想象丰富，笔致灵动，意蕴饱满。湘灵鼓瑟，承接歌女唱曲，上下呼应，进一层生发伤别之情。行至东吴，江阔潮平，宫阙在望，则已安然抵达临安。友人重游京城，但不知时势如何。"前度刘郎"二句，用刘禹锡本事，有所讽喻。故末两句愁绪甚浓，不仅为离别也。

【注释】

①清波：大德本作"凌波"。

②"又樯燕"句：杜甫《发潭州》："岸花飞送客，樯燕语留人。"

③"艇子"二句：《赵飞燕外传》："后误唾婕妤袖。婕妤曰：'姊唾染人绀袖，正是石上华。假令尚方为之，未必能若此衣之华，以为石华广袖。'"欧阳修《玉楼春》："离歌且莫翻新阕，一曲能教肠寸结。"

④"黄陵"三句：黄陵祠，相传为舜二妃娥皇、女英之庙，亦称黄陵庙、二妃庙。故址在今湖南省湘阴县北。据《水经注·湘水》记载，舜出巡，娥皇、女英从征，溺于湘江，神游洞庭之渊，出入潇湘之浦，故民尊为湘水之神，立祠于水侧。屈原《远游》："使湘灵鼓瑟兮，令海若舞冯夷。"

⑤"望金雀"句：《文选》班固《西都赋》："设璧门之凤阙，上觚棱而栖金爵。"五臣注："凤阙，阙名也。南有璧门。觚棱，阙角也。角上栖金爵，金爵，凤也。"苏轼《皇太妃阁五首》其二："雪残乌鹊喜，翔舞下觚棱。"

【辑评】

清许昂霄《词综偶评》：通首寄慨绝远。"一番新绿"。绿字叶去，见《中原音韵》及《唐音正》。"千里潇湘葡萄涨"。坡诗："春江绿涨葡萄醅。""唾花寒，唱我新翻句"。《飞燕外传》：姊唾染人绀袖，正似石上花唾，花字本此。"望金雀觚棱细舞"《西都赋》："上觚棱而栖金爵。"觚棱，殿阙角也。金爵，凤也。

清陈廷焯《云韶集》卷五：笔态恣肆，是幼安本色。字字有气魄，卓不可及。闲处亦不乏姿态。情景都绝。

水调歌头

严子文同傅安道和盟鸥韵，和以谢之①

寄我五云字，恰向酒边来。②东风过尽归雁，不见客星③回。闻道④琐窗风月，更著诗翁杖屦，合作雪堂猜⑤。岁旱莫留客，霖雨要渠来。　　短檠灯，长剑铗，欲生苔。⑥雕弓挂壁无用，照影落清杯。⑦多病关心药裹，小摘亲锄菜甲，老子正须哀。⑧夜雨北窗竹，更倩野人栽。

【题解】

此词作于淳熙九年（1182）春闲居带湖时。严子文、傅安道和作均已佚。此再和友人之作。上片写殷勤盼客而客不至，不胜惆怅。下片遂转赋自身家居寂寞情态，字里行间，壮志难酬之愤、忧谗畏讥之心灼然可见。

【注释】

①词题：大德本作"严子文同傅安道和前韵，因再和谢之"。傅安道，名自得，泉州人。历任福建转运副使、浙东提点刑狱。晚年闲废，杜门自守。和前韵，指和《水调歌头》(带湖吾甚爱)韵。

②"寄我"二句：《新唐书·韦陟传》："常以五采笺为书记，使侍妾主之，其裁答受意而已，皆有楷法，陟唯署名，自谓所书陟字若五朵云，时人慕之，号郇公五云体。"韦陟袭父封郇国公，故称郇公。后多用以对他人来信的敬称。酒边来，大德本作"酒边开"。

③客星：《后汉书·逸民列传·严光》："因共偃卧，光以足加帝腹上。明日，太史奏客星犯御坐甚急。帝笑曰：'朕故人严子陵共卧耳。'"

④闻道：大德本作"均道"。

⑤"合作"句：大德本下有注："子文作雪斋，寄书云：'近以旱，无以延客。'"

⑥"短檠灯"三句：韩愈《短灯檠歌》："吁嗟世事无不然，墙角君看短檠弃。"短檠灯，大德本作"短檠"。

⑦"雕弓"二句：《风俗通·怪神》：有杜宣者饮酒，见杯中似有蛇，酒后觉胸腹作痛，多方医治无效。后知壁上所悬赤弓照于杯，形如蛇，病即愈。《晋书·乐广传》："尝有亲客久阔不复来，广问其故，答曰：'前在坐，蒙赐酒，方欲饮，见杯中有蛇，意甚恶之，既饮而疾。'于时河南听事壁上有角，漆画作蛇，广意杯中蛇即角影也。"苏轼《刘颐宫苑退老于庐山石碑庵颂陕西人本进士换武家有声伎》："雕弓挂壁耻言勋，笑入渔樵便作群。"

⑧"多病"三句：药裹，药囊。《后汉书·马援传》："诸曹时白外事，援辄曰：'此丞掾之任，何足相烦。颇哀老子，使得遨游。'"钼(chú)，同"锄"。

水调歌头

送太守王秉①

酒罢且勿起，重挽史君须②。一身都是和气，别去意何如。我辈情钟休问，父老田头说尹③，泪落独怜渠。秋水见毛发，千尺定无鱼。④　　望清阙，左黄阁，右紫枢。东风桃李陌上，下马拜除书⑤。屈指吾生余几，多病故人痛饮⑥，此事正愁余。江湖有归雁，能寄草堂无。

【题解】

此词作于闲居带湖期间。词从别宴写起。起笔出人意外，接以"重挽史君须"，则太守与民众之亲密无间可想而知。再写王桂发和蔼可亲，深受乡绅父老爱戴。又谓原因主要在于为政宽猛适度，宽则得众。过片五句是上片内容合乎逻辑的发展，也是对王桂发的良好祝愿，愿其早日升迁。"屈指"以下写作者的现状与希望。先说自己年老多病，来日无多，又因病止酒，很是愁苦，引开话题；但稍纵即收，马上又回到送别上来，写别后对王桂发的相思之情，而结句以询其可否寄书以慰寂寥之情出之，语气婉转。

【注释】

①词题：大德本作"送信守王桂发"。

②"重挽"句：苏轼《庆源宣义王丈求红带戏作》："青衫半作霜叶枯，遇民如儿吏如奴。吏民莫作官长看，我是识字耕田夫。妻啼儿号刺史怒，时有野人来挽须。拂衣自注下下考，芋魁饭豆吾岂无。"史君，王诏刊本、四印斋本作"使君"。

③"父老"句：杜甫《遭田父泥饮美严中丞》："酒酣夸新尹，畜眼未见有……语多虽杂乱，说尹终在口。"

④"秋水"二句：东方朔《答客难》："水至清则无鱼，人至察则无徒。"

⑤除书:韦应物《始除尚书郎别善福精舍(建中二年四月十九日自前栎阳令除尚书比部员外郎)》:"除书忽到门,冠带便拘束。"

⑥"多病"句:杜甫《登高》:"万里悲秋常作客,百年多病独登台。艰难苦恨繁霜鬓,潦倒新停浊酒杯。"故人,大德本作"妨人"。

水调歌头

淳熙丁酉,自江陵移帅隆兴,到官之二月被召。司马监、赵卿、王漕饯别。司马赋《水调歌头》,席间次韵。时王公明枢密薨,坐客终夕为兴门户之叹,故前章及之。①

我饮不须劝,正怕酒尊空。别离亦复何恨,此别恨匆匆。头上貂蝉贵客,花外麒麟高冢②,人世竟谁雄。一笑出门去,千里落花风。③　　孙刘辈,能使我,不为公。④余发种种⑤如是,此事付渠侬。但觉平生湖海,除了醉吟风月,此外百无功。⑥毫发皆帝力,更乞鉴湖东。⑦

【题解】

此词作于淳熙五年(1178)春隆兴安抚使任上。司马汉章原唱已佚。词由频繁的调任和朝内门户之争而发。上片就饯宴切入,点出离别。随即一转,贵人黄土,人生如梦,大可一笑出门,坦然处之。下片借古讽今,抨击世俗,自明节操。"但觉"以下,实牢骚不平语。既难挽狂澜,不如归隐林泉。通篇貌似旷达,实则语含讥讽,悲愤无限。

【注释】

①词序中"赵卿",未详何人。王漕,王希吕字仲衡,时任江西转运副使。王公明,即王炎,曾任枢密使。古代诸侯之死曰薨。唐以后二品以上官员死亡也可称薨。二月,大德本作"三月"。

②"花外"句:杜甫《曲江二首》其一:"江上小堂巢翡翠,苑边高冢卧麒

麟。"花外,四印斋本作"苑外"。

③"一笑"二句:黄庭坚《王充道送水仙花五十枝欣然会心为之作咏》:"坐对真成被花恼,出门一笑大江横。"李白《南陵别儿童入京》:"仰天大笑出门去,我辈岂是蓬蒿人。"杜牧《题禅院》:"今日鬓丝禅榻畔,茶烟轻扬落花风。"一笑出门,王诏刊本、四印斋本作"出门一笑"。

④"孙刘"三句:《三国志·魏书·辛毗传》:"时中书监刘放、令孙资见信于主,制断时政,大臣莫不交好,而毗不与往来。毗子敞谏曰:'今刘、孙用事,众皆影附,大人宜小降意,和光同尘;不然必有谤言。'毗正色曰:'主上虽未称聪明,不为暗劣。吾之立身,自有本末。就与刘、孙不平,不过令吾不作三公而已,何危害之有? 焉有大丈夫欲为公而毁其高节者邪?'"

⑤余发种种:《左传·昭公三年》:"齐侯田于莒,卢蒲嫳见,泣,且请曰:'余发如此种种,余奚能为?'"种种,头发短少稀疏。陆游《长歌行》:"金印煌煌未入手,白发种种来无情。"

⑥"除了"二句:苏轼《秀州报本禅院乡僧文长老方丈》:"师已忘言真有道,我除搜句百无功。"

⑦"毫发"二句:《汉书·张耳陈余传》:"君何言之误! 且先王亡国,赖皇帝得复国,德流子孙,秋毫皆帝力也。"苏轼《次韵子由使契丹至涿州见寄四首》其三:"那知老病浑无用,欲向君王乞镜湖。"

【辑评】

沈曾植《稼轩长短句小笺》:稼轩为叶衡所推毂,二年衡罢,史浩独相,意不喜北人,故有"孙、刘"之譬。

吴则虞《辛弃疾词选集》:此词起首"我饮不须劝"二句,从别筵说起。承以"别离亦复何恨"一韵,盖移帅隆兴仅有三月,聚时太短。此从不恨离别,而折入"此别恨匆匆",将别恨推进一层。"头上貂蝉贵客"三句,貂蝉是王公明之冠冕;"麒麟"是王公明之葬地,至此有"人世竟谁雄"之叹。结到自己"出门一笑去"二句,谓将入行都,"落花风"正筵前景物,措辞清淡,而意境深沉。"出门一笑去",按此调定格应作"一笑出门去"方合。后阕"孙、刘辈"三句,孙、刘其殆指史浩而言。"能使我不为公"者,恐受其排斥。"毫发皆帝力"二句,切内召言。鉴湖尤切地。

261

水调歌头

送郑厚卿赴衡州

寒食不小住,千骑拥春衫。衡阳石鼓城下,记我旧停
骖。①襟似潇湘桂岭,带似洞庭春草,紫盖屹东南。②文字起骚
雅,刀剑化耕蚕。　　　看使君,于此事,定不凡。奋髯抵几堂
上③,尊俎自高谈。莫信君门万里,但使民歌五袴④,归诏凤凰
衔。君去我谁饮,明月影成三。

【题解】

此词作于淳熙十五年(1188)闲居带湖时。送别之作。一起点题,留人
不住,匆匆而去。结拍惜别,无人共饮,唯邀明月。中间叠层铺叙,或描画
山川形胜,或颂扬非凡才干,或预祝凤诏早降,旨在希冀友人努力文治,体
恤民困,严于吏治,兴利除弊,为万民称颂。

【注释】

①"衡阳"二句:据《舆地纪胜》,石鼓山在衡州城东三里。淳熙六年
(1179),辛弃疾任湖南安抚使。

②"襟似"三句:王勃《滕王阁序》:"襟三江而带五湖。"桂岭,亦名香花
岭,在今湖南临武县北。张舜民《南迁录》:"岳州洞庭湖,南名青草,北名洞
庭,所谓重湖也。"《荆州记》:"衡山三峰极秀,曰:紫盖、石囷、芙蓉。"《长沙
记》:"(衡山)七十二峰。最大者五:芙蓉、紫盖、石廪、天柱、祝融。紫盖为
最高。"襟似、带似、春草、东南,大德本分别作"襟以"、"带以"、"青草"、"西
南"。

③"奋髯"句:振须拍案。《汉书·朱博传》:"博……迁琅邪太守,齐郡
舒缓养名,博新视事,右曹掾史皆移病卧……博奋髯抵几曰:'观齐儿欲以
此为俗邪!'……皆斥罢诸病吏。"

④"但使"句：《后汉书·廉范传》："成都民物丰盛，邑宇逼侧，旧制禁民夜作，以防火灾，而更相隐蔽，烧者日属。范乃毁削先令，但严使储水而已。百姓为便，乃歌之曰：'廉叔度，来何暮。不禁火，民安作，平生无襦今五袴。'"

水调歌头

元日投宿博山寺，见者惊叹其老

头白齿牙缺，君勿笑衰翁。无穷天地今古，人在四之中。臭腐神奇①俱尽，贵贱贤愚②等耳，造物也儿童。老佛更堪笑，谈妙说虚空。　　坐堆豗，行答飒，③立龙钟。有时三盏两盏，淡酒醉蒙鸿。④四十九年前事，一百八盘⑤狭路，拄杖倚墙东。老境何所似⑥，只与少年同。

【题解】

此词作于淳熙十六年（1189）元日闲居带湖时。辛弃疾由于南归后政治上屡遭挫折，心力交瘁，所以年仅五十，已显老态：头白齿缺，精神困顿，行动迟碍。但词人并不为此而悲伤，相反显得豁达异常，用齐物的观点看待眼前人事："老境何所似，只与少年同。"表现出昂扬的人生观和积极的处世精神。

【注释】

①臭腐神奇：《庄子·知北游》："故万物一也。是其所美者为神奇，其所恶者为臭腐；臭腐复化为神奇，神奇复化为臭腐。故曰，通天下一气耳。圣人故贵一。"

②贵贱贤愚：白居易《浩歌行》："贤愚贵贱同归尽，北邙冢墓高嵯峨。"苏轼《任师中挽词》："贵贱贤愚同尽耳，君今不尽缘贤子。"

③"坐堆豗(huī)"二句：欧阳修《清明前一日韩子华……》："三日不出

门，堆叠类寒鸦。"《通俗编》卷一四："文与可集有'懒对俗人常答飒'句。《能改斋漫录》，俗谓事之不振者曰踏趿，唐人有此语。《酉阳杂俎》，钱知微买卜，为韵语曰'世人踏趿，不肯下钱'是也。按踏趿、答飒，字异义同，或又作塌飒，范成大诗'生涯都塌飒，心曲漫峥嵘'。"

④"有时"二句：李清照《声声慢》："三杯两盏淡酒，怎敌他、晚来风急。"蒙鸿，即鸿蒙，自然元气，宇宙形成之前的混沌状态。这里指眼睛模糊不清。

⑤一百八盘：黄庭坚《竹枝词二首并跋》其二："浮云一百八盘萦，落日四十八渡明。"任渊注："一百八盘及四十八渡，皆自峡州往黔中路名。"《入蜀记》卷四："二十四日早抵巫山县……隔江南陵山极高大，有路如线，盘屈至绝顶，谓之一百八盘。"

⑥"老境"句：老境，王诏刊本作"老景"。何所似，大德本作"竟何似"。

水调歌头

和德和上南涧韵①

上界足官府，公是地行仙②。青毡剑履旧物，玉立侍天颜。③莫怪新来白发，恐是当年柱下，道德五千言。④南涧旧活计，猿鹤且相安。　　歌秦缶，宝康瓠，⑤世皆然。不知清庙钟磬⑥，零落有谁编。堪笑行藏用舍，试问山林钟鼎，底事有亏全。⑦再拜荷公赐，双鹤一千年。⑧

【题解】

此词作于淳熙十年(1183)闲居带湖时。王德和原唱已佚。词寿韩南涧，谓其居官、归隐两相宜，人生无憾。过片五句含而不露，内蕴深厚，切中任人时弊。清庙钟鼎，无人问津；秦缶康瓠，却为世所重，令人扼腕！联系辛弃疾被劾罢居实际，自不无切肤之痛。

【注释】

①词题:大德本作"席上用黄德和推官韵,寿南涧"。《稼轩词编年笺注》认为,此"黄德和"为王德和之误。王宁字德和,江阴人。三魁乡荐,乾道丙午中乙科,历事三朝,有令闻。淳熙十年(1183)前后任信州推官。

②地行仙:喻闲散逍遥之人。苏轼《乐全先生生日以铁柱杖为寿二首》其一:"先生真是地行仙,住世因循五百年。"施注:"《楞严经》有十种仙,坚固服饵,而不休息,食道圆成,各地行仙。皆于人中炼心,不修正觉,别得生理,寿千万岁。"

③"青毡"二句:《晋书·王献之传》:"夜卧斋中,而有偷人入其室,盗物都尽,献之徐曰:'偷儿,青毡我家旧物,可特置之。'群偷惊走。"《汉宫仪》:"上公九命则剑履。"侍天颜,大德本作"近天颜"。

④"恐是"二句:《史记·张苍传》:"老子为柱下史,盖即立殿之柱下,因以为官名。"《老子韩非列传》:"关令尹喜曰:'子将隐矣,强为我著书。'于是老子乃著书上下篇,言道德之意五千余言而去,莫知其所终。"

⑤"歌秦缶"二句:《史记·廉颇蔺相如列传》:"蔺相如前曰:'赵王窃闻秦王善为秦声,请奏盆缶秦王,以相娱乐。'"李斯《谏逐客书》:"夫击瓮扣缶,弹筝搏髀,而歌呼呜呜,快耳目者,真秦之声也。"贾谊《吊屈原赋》:"斡弃周鼎兮而宝康瓠。"康瓠,空壶,破瓦器。

⑥清庙钟磬:《荀子·礼论》:"清庙之歌,一倡而三叹也。"苏轼《和田国博喜雪》:"岁丰君不乐,钟磬几时编。"

⑦"堪笑"三句:《论语·述而》:"子谓颜渊曰:'用之则行,舍之则藏,唯我与尔有是夫!'"堪笑、试问,大德本分别作"莫问"、"毕竟"。

⑧"双鹤"句:大德本下有注:"公以双鹤见寿"。韩元吉生辰后辛弃疾一日,为五月十二日,故云。

【辑评】

吴则虞《辛弃疾词选集》:起首有"上界足官府"一韵,用韩愈诗句,"地行仙",谓神仙中人耳。接以"青毡剑履旧物","青毡"谓其家世才情;"剑履"谓其尚书威仪。更转以"莫怪新来白发"三句,颂其老寿。结以"南涧旧活计",报以信州之庭园无恙,猿鹤相安。后阕"歌秦缶"三句,秦缶康瓠,皆寻常陋器，非识者所重，而今人偏赏寻常陋器，不识清庙钟鼎，任其零落，此论当时用人情势，语蕴而不露。转以"莫问行藏用舍"，则专对南涧而说。南涧行则钟鼎，藏则山林，用舍皆得其宜，安有所谓亏全者乎。结韵"再拜荷公赐"二句，义见自注。

念奴娇

双陆和坐客韵①

少年握槊②，气凭陵、酒圣诗豪③余事。缩手④旁观初未识，两两三三而已。变化须臾，鸥飞石镜，鹊抵星桥□。捣残秋练，玉砧犹想纤指。⑤　　堪笑千古争心，等闲一胜，拼了光阴费。老子忘机浑谩与⑥，鸿鹄飞来天际⑦。武媚宫中⑧，韦娘局上⑨，休把兴亡记。布衣百万⑩，看君一笑沈醉。

【题解】

此词作于淳熙十四年(1187)闲居带湖时。词写博戏的场面，豪气凭陵，一掷万金，等闲一胜，忘机于千古世事之外，写赌徒醉心投入，胆豪气壮，很能得其神韵。惟"休把兴亡记"一语，貌似洒脱，却说尽了英雄投闲的酸辛，读之令人黯然。

【注释】

①词题：大德本作"双陆和陈仁和韵"。双陆，一种博具。《五杂俎》卷六："双陆一名握槊，本胡戏也……子随骰行，若得双六则无不胜也。"洪遵《双陆序》："以异木为盘，盘中彼此内外各有六梁，故名。"陈仁和当即"坐客"，原唱已佚。

②握槊：大德本作"横槊"。古代博戏之一。《通雅·戏具》："握槊、长行局、波罗塞、双陆，要一类也。"后魏李邵曰：曹植作长行局，胡王作握槊，亦双陆也。"少年握槊，明咏双陆，暗道词人横槊上马，率众起义之往事。

③酒圣诗豪:黄庭坚《和舍弟中秋月》:"少年气与节物竞,酒圣诗豪难争锋。"

④缩手:大德本作"袖手"。

⑤"鸥飞"四句:鸥飞,大德本作"鸥翻"。《诗话总龟》前集卷一三引《郡阁雅谈》:"廖凝字熙绩,十岁《咏棋》诗云:'满汀鸥不散,一局黑全输。'识者见之曰:'必垂名于后。'"□,大德本作"外"。

⑥浑漫与:杜甫《江上值水如海势聊短述》:"老去诗篇浑漫与,春来花鸟莫深愁。"

⑦"鸿鹄"句:《孟子·告子上》:"使奕秋诲二人奕,其一人专心致志,惟奕秋之为听;一人虽听之,一心以为有鸿鹄将至,思援弓缴而射之,虽与之俱学,弗若之矣。"

⑧武媚宫中:《能改斋漫录》卷六引《狄仁杰家传》:"武后语仁杰曰:'朕昨夜梦与人双陆,频不胜,何也?'对曰:'双陆输者,盖谓宫中无子。此是上天之意,假此以示陛下,安可虚储位哉。'"双陆博局有"宫",故狄仁杰借以讽武后立储。

⑨韦娘局上:《新唐书·中宗后韦氏传》:"初,帝幽废,与后约:'一朝见天日,不相制。'至是,与三思升御床博戏,帝从旁典筹,不为忤。"

⑩布衣百万:《晋书·刘毅传》:"于东府聚摴蒱,大掷,一判应至数百万。"杜甫《今夕行》:"咸阳客舍一事无,相与博塞为欢娱……君莫笑,刘毅从来布衣愿,家无儋石输百万。"

念奴娇

用东坡赤壁韵①

倘来轩冕②,问还是、今古人间何物。旧日重城愁万里,风月而今坚壁③。药笼功名,酒垆身世,④可惜蒙头雪。浩歌一曲,坐中人物之杰⑤。　　堪叹⑥黄菊凋零,孤标应也有,梅花争发。醉里重揩西望眼,惟有孤鸿明灭。世事⑦从教,浮云来去，枉了冲冠发。故人何在，长歌⑧应伴残月。

【题解】

此词作于绍熙元年(1190)或二年(1191)闲居带湖时。酒酣耳热之际，念及东坡赤壁词，抒发壮志不酬的感慨。

【注释】

①词题：大德本作"瓢泉酒酣和东坡韵"。

②"倘来"句：《庄子·缮性》："古之所谓得志者，非轩冕之谓也，谓其无以益其乐而已矣。今之所谓得志者，轩冕之谓也。轩冕在身，非性命也，物之傥来，寄者也。寄之，其来不可圉，其去不可止。故不为轩冕肆志，不为穷约趋俗，其乐彼与此同，故无忧而已矣。"

③坚壁：本意坚守壁垒，这里有躲避之意。

④"药笼"二句：《旧唐书·元行冲传》："尝谓仁杰曰：'下之事上，亦犹蓄聚以自资也。譬贵家储积，则脯腊膎胰以供滋膳，参术芝桂以防疴疾。伏想门下宾客，堪充旨味者多，愿以小人备一药物。'仁杰笑而谓人曰：'此吾药笼中物，何可一日无也。'"《史记·司马相如传》："相如与俱之临邛，尽卖其车骑，买一酒舍酤酒，而令文君当垆。相如身自著犊鼻裈，与庸保杂作，涤器于市中。卓王孙闻而耻之，为杜门不出。"

⑤之杰：大德本作"三杰"。

⑥堪叹：大德本作"休叹"。

⑦世事：大德本作"万事"。

⑧长歌：大德本作"长庚"，即金星，亦名太白星、启明星。古人把凌晨出现在东方的金星叫启明星，把傍晚出现在西方的金星叫长庚星。《诗·小雅·大东》："东有启明，西有长庚。"

【辑评】

俞陛云《唐五代两宋词选释》：此作和东坡，其激昂雄逸，颇似东坡，故录之。起句破空而来，有俯视余子之概。"药笼"三句早知身世功名，终付与酒垆药笼，直至霜雪盈头，始期卜筑，深悔其迟也。后言黄菊虽凋，而梅花尚在，犹可结岁寒之侣。"孤鸿明灭"句有消沉今古在长空飞鸟中意。

268

视万事若浮云,则当年一怒冠,宁非无谓。但此意知已无多,伴我者已如残月,为可伤耳。

念奴娇

用前韵和丹桂①

道人元是,道家风、来作烟霞中物。翠幰②裁犀遮不定,红透玲珑油壁。借得春工,惹将秋露,薰做江梅雪。我评花谱,便应推此为杰。　　憔悴何处芳枝,十郎手种,看明年花发。坐对虚空香色界③,不怕西风起灭。别驾④风流,多情更要,簪满姮娥⑤发。等闲折尽,玉斧重倩修月。

【题解】

此词作于绍熙元年(1190)或二年(1191)闲居带湖时。上片吟咏丹桂之花。先写其神清气朗,高雅不俗,有仙家风神韵味。接写其花色艳丽,星星点点掩映于丛绿之中,红透一片。再探求其色冠群芳的成因,并评价丹桂在群芳谱中颇为杰出。过片谓丹桂生命力极强,且香冠群芳而持久。"别驾"句以下从洪莘之方面着墨,由对丹桂的热爱生发开去,借折桂言登科,借修月言治世,在良好祝愿中照应词题,收束全篇。

【注释】

①词题:大德本作"再用韵和洪莘之通判丹桂词"。洪莘之,名樗,洪迈长子,时通判信州。洪莘之原唱已佚。

②幰(xiǎn):车前的帷幔。

③"坐对"句:坐对,大德本作"坐断"。香色界,佛家语,即香界和金色界。《维摩诘经》:"有国名众香,佛号香积,其国香气,比于十方诸佛世界人天之香,最为第一。其界一切皆以香作楼阁,经行香地,苑园皆香,其食香气,周流十方无量世界。时彼佛与诸菩萨方共食,有诸天子,皆号香严,供

养彼佛及诸菩萨。维摩诘化作菩萨,到众香国,礼彼佛足,愿得世尊所食之余。于是香积如来以众香钵,盛满香饭,与化菩萨,须臾之间,至维摩诘舍,饭香普薰毗耶离城及三千大千世界。"《宋高僧传·法照传》:"法照遇老人,曰:汝先发愿于金色界礼觐大圣。"

④别驾:汉州刺史佐吏。宋改置诸州通判,以职守相同,亦称为别驾。苏轼《与梁左藏会饮傅国博家》:"风流别驾贵公子,欲把笙歌暖锋镝。"

⑤姮娥:大德本作"嫦娥"。

念奴娇

赠妓善作墨梅①

江南尽处,堕玉京②仙子,绝尘英秀。彩笔风流,偏解写、姑射冰姿清瘦③。笑杀春工,细窥天巧,妙绝应难有。④丹青图画,一时都愧凡陋。　　还似篱落孤山,嫩寒清晓,只欠香沾袖⑤。淡伫轻盈,谁付与、弄粉调朱纤手。疑是花神,竭来人世⑥,占得佳名久⑦。松篁佳韵,倩君添做三友。

【题解】

此词创作时地未详。上片先写这位歌妓女画家的容貌,再赞其"彩笔风流"。下片正面描绘墨梅形象,并以花喻人,疑花神降临人世,独占佳名。煞尾请女画家再添青松、翠竹"佳韵",颇耐人寻味。将绰约之梅、挺拔之松、劲节之竹合为一幅画,不仅提出了更高的审美理想,也为词作增添了几分豪气。

【注释】

①词题:大德本作"戏赠善作墨梅者"。

②玉京:道教称天帝所居之处。葛洪《枕中书》引《真记》云:"玄都玉京,七宝山周围九万里,在大罗之上。"李白《庐山谣寄卢侍御虚舟》:"遥见

仙人彩云里,手把芙蓉朝玉京。"

　　③姑射冰姿清瘦:《庄子·逍遥游》:"藐姑射之山,有神人居焉,肌肤若冰雪,绰约若处子,不食五谷,吸风饮露。"

　　④"笑杀"三句:韩愈《答孟郊》:"规模背时利,文字觑天巧。人皆余酒肉,子独不得饱。"

　　⑤"还似"三句:《苕溪渔隐丛话》前集卷五六:《冷斋夜话》云:"衡州花光仁老以墨为梅花,鲁直观之,叹曰:'如嫩寒春晓行孤山篱落间,但欠香耳。'"

　　⑥"朅(qiè)来"句:张九龄《岁初巡属县登高安南楼言怀》:"朅来彭蠡泽,载经敷浅原。"

　　⑦"占得"句:罗隐《金钱花》:"占得佳名绕树芳,依依相伴向秋光。"

念奴娇

梅①

　　疏疏淡淡,问阿谁、堪比天真②颜色。笑杀东君虚占断,多少朱朱白白③。雪里温柔,水边明秀,不借春工力。骨清香嫩,迥然天与奇绝。　　尝记宝篽④寒轻,琐窗人睡起,玉纤轻摘。漂泊天涯空瘦损,犹有当年标格⑤。万里风烟,一溪霜月,未怕欺他得。不如归去,阆苑有个人忆⑥。

【题解】

　　此词创作时地未详。词作咏梅,"雪里"三句、"琐窗人"二句,温柔婉约不在晏、周之下;"骨清"二句、"漂泊"二句,又写出了梅花的内在之刚。尤其是"笑杀"二句,将其它只知追逐春天的花一笔抹倒;而"万里"三句,又将梅花傲世独立的"标格"赞美备至,笔力遒劲,且都有象征意义。全篇很好地体现了外柔内刚的艺术特色,堪称寓刚健于温柔之中的代表作之一。

【注释】

①词题：大德本作"韵梅"，王诏刊本、四印斋本作"题梅"。

②天真：王诏刊本、四印斋本作"太真"。

③朱朱白白：韩愈《感春三首》其三："晨游百花林，朱朱兼白白。"

④宝籞(yù)：名园。籞，禁苑或苑囿四围的竹篱。

⑤标格：风范，风度。苏轼《荷华媚》："霞苞电荷碧，天然地、别是风流标格。"

⑥"阆苑"句：大德本作"阆风有个人惜"。

水龙吟

盘园任帅子严安抚挂冠得请，取执政书中语，以"高风"名其堂，来索词，为赋《水龙吟》。芗林，侍郎向公告老所居，高宗皇帝御书所赐名也，与盘园相并云。①

断崖千丈孤松，挂冠更在松高处。平生袖手，故应休矣，功名良苦。笑指儿曹，人间醉梦，莫嗔惊汝。问黄金余几，旁人欲说，田园计、君推去。② 叹息芗林旧隐，对先生、竹窗松户。一花一草，一觞一咏，风流杖屦。野马尘埃，扶摇下视，苍然如许。恨当年、九老图③中，忘却画、盘园路。

【题解】

此词约作于淳熙十三四年(1186－1187)闲居带湖时。词从任诏挂冠写起。以下，揭示挂冠的原因和动机，与那些醉心功名利禄之人不同，可见其高风。并言之所以挂冠，还在于他认为人生如梦，感到众人皆醉我独醒。并且，挂冠归里绝不是作"田园计"。过片二句是说盘园与芗林旧隐为邻，其归隐之价值与取向当亦无异。接写任诏在盘园中自由自在的生活，俯视之下，"苍然如许"，令人心仪。末二句谓白居易当年在洛阳为"九老会"，何等风雅,可惜的是没有把盘园绘入《九老图》中。回应词题,并进一步坐实"高风"二字。

【注释】

①词序:大德本作"盘园任子严安抚挂冠得请,客以高风名其堂,书来索词,为赋"。盘园,范成大《骖鸾录》:"盘园者,前湖南倅任诏子严所居,去芗林里许。其始,酒家之后有古梅,盘结如盖,可覆一亩,枝四垂,以木架之,如坐大酴醾下。"周必大《跋临江军任诏盘园高风堂记》:"(任诏)出于名家,少年已负隽声,下笔辄数百言,莅官所至办治……而侯必欲希踪向公,恳请弗已,后二年竟伸其志。"侍郎向公,向子谭字伯恭,临江人,绍兴初曾任户部侍郎,以坚持抗金,反对秦桧,致仕隐居,于清江建芗林别墅,去任子严所居盘园里许。

②"问黄金"三句:《汉书·疏广传》:"广既归乡里,日令家共具设酒食,请族人故旧宾客,与相娱乐。数问其家金余尚有几所,趣卖以共具。居岁余,广子孙窃谓其昆弟老人广所爱信者曰:'子孙几及君时颇立产业基址,今日饮食费且尽,宜从丈人所,劝说君买田宅。'老人即以闲暇时为广言此计,广曰:'吾岂老悖不念子孙哉?顾自有旧田庐,令子孙勤力其中,足以共衣食,与凡人齐。今复增益之以为赢余,但教子孙怠惰耳。贤而多财,则损其志;愚而多财,则益其过。且夫富者,众人之怨也;吾既亡以教化子孙,不欲益其过而生怨。又此金者,圣主所以惠养老臣也,故乐与乡党宗族共飨其赐,以尽吾余日,不亦可乎!'于是族人说服。皆以寿终。"

③九老图:《新唐书·白居易传》:"尝与胡杲、吉旼、郑据、卢真、刘真、张浑、狄兼谟、卢贞燕集,皆高年不事者,人慕之,绘为九老图。"所列九老姓名有误。会昌五年(845),白居易与胡杲、吉旼、刘真、郑据、卢真、张浑于洛阳履道里相会,为"七老会"。白居易有《胡吉郑刘卢张等六贤皆多年寿予亦次焉偶于弊居合成尚齿之会七老相顾既醉甚欢静而思之此会稀有因成七言六韵以纪之传好事者》记之。当时还有狄兼谟、卢贞,亦与会,但因年不满七十,故"不及列"。赵翼《瓯北诗话》卷四云:"香山《九老图》故事,《新唐书》谓居易与胡杲、吉旼、郑据、刘真、卢真、张浑、狄兼谟、卢贞谦集,皆高年不事者,人慕之,绘为《九老图》,此未考《香山集》也。"已指出《新唐书》之

误。又,白居易《九老图诗序》云:"会昌五年,胡、吉、刘、郑、卢、张等六贤于东都弊居履道坊合尚齿之会。其年夏,又有二老,年貌绝伦,同归故里,亦来斯会。续命书姓名年齿,写其形貌,附于图右,与前七名,题为《九老图》。"乐天自注云:"二老谓洛中遗老李元爽,年一百三十六,归洛僧如满,年九十六。"据知,《九老图》列入者为胡杲、吉旼、郑据、刘真、卢真、张浑、白居易、李元爽、如满。

水龙吟

　　寄题京口范南伯家文官花。花先白,次绿,次绯,次紫,《唐会要》载学士院有之。[①]

　　倚栏看碧成朱[②],等闲褪了香袍粉。上林[③]高选,匆匆又换,紫云衣润。几许春风,朝薰暮染,为花忙损。笑旧家桃李,东涂西抹[④],有多少、凄凉恨。　　拟倩流莺说与,记荣华、易消难整。人间得意,千红百紫,转头春尽。白发怜君[⑤],儒冠曾误,平生官冷。算风流未减,年年醉里,把花枝问。

【题解】

　　此词创作时地未详。上片体物,"看碧成朱"、"匆匆又换,紫云衣润",写文官花颜色的变化,即序中所云"花先白次绿、次绯、次紫"。"几许春风"数句写文官花之盛:春风因花而"忙损",桃李因不如此花而生"凄凉恨",其得意之状可知。下片全写感慨。"拟倩"二句,言花事易逝。"人间"三句转切人世之无常,可谓善感。"白发"以下直抒胸臆,所用之典与所抒之情皆指向词人胸中难以遏抑的愤懑。结末三句故作颓唐语,透露出被迫赋闲时的无可奈何。(参路成文《宋代咏物词史论》)

【注释】

　　①词序:大德本作"寄题京口范南伯知县家文官花。花先白,次绯,次

274

紫,《唐会要》载学士院有之"。牟巘《陵阳集》卷一五《题范氏文官花》:"韩魏公守维扬,郡圃芍药有腰金紫者,四置酒,召同寮王岐公、荆公,而陈秀公亦与。四人皆先后为相,亦异矣……邢台范氏文官花,粉碧绯紫,见于一日之间,变态尤异于腰金紫。辛稼轩尝为赋《水龙吟》,'白发儒冠误',盖属卢溪令君。"

②看碧成朱:王僧孺《夜愁示诸宾》:"谁知心眼乱,看朱忽成碧。"

③上林:《三辅黄图》卷四《苑囿》:"汉上林苑,即秦之旧苑也……(武)帝初修上林苑,群臣远方,各献名果异卉三千余种植其中,亦有制为美名,以标奇异。"

④东涂西抹:《唐摭言》卷三:"薛监晚年厄于宦途,尝策赢赴朝,值新进士榜下缀行而出,时进士团所由辈数十人,见逢行李萧条,前导曰:'回避新郎君。'逢辍然,即遣一介语之曰:'报道莫贫相,阿婆三五少年时,也曾东涂西抹来。'"

⑤白发怜君:苏轼《次韵刘景文西湖席上》:"白发怜君略相似,青山许我定相从。"

水龙吟

题雨岩。岩类今所画观音补陀,岩中有泉飞出,如风雨声

补陀①大士虚空,翠岩谁记飞来处。蜂房万点,似穿如碍,玲珑窗户。②石髓千年,已垂未落,嶙峋冰柱。有怒涛声远,落花香在,人疑是、桃源路。　　又说春雷鼻息,是卧龙、弯环如许。不然应是,洞庭张乐,湘灵来去。我意长松,倒生阴壑,细吟风雨。竟茫茫未晓,只应白发,是开山祖。

【题解】

此词作于闲居带湖期间。绘景之作,领略、探索雨岩之美。虚实相生,

巧设比喻,尤富想象,描绘出一种瑰丽、神奇、幽秘的境界。起韵总写雨岩胜状,便觉奇丽神幻。以下写洞窍、石乳,比喻新颖,启人想象。妙笔最是写岩间飞泉的音响之美,或卧龙鼻息,或洞庭仙乐,或松吟风雨,使人耳不暇给,美不胜听。不仅如此,词人更冠以"又说"、"应是"、"我意"等一系列表悬测的字眼,以致"竟茫茫未晓",由此渲染出一派神幻迷离气氛,令人惊奇之余,顿生一探为快之心。最后以"开山祖"自居,正表现出此种先睹为快的自豪心理。

【注释】

①补陀:王诏刊本、四印斋本作"普陀",梵文音译,即补陀落伽山,佛经谓观音菩萨说法处。今浙江普陀东有普陀山,供奉观音佛像。

②"蜂房"三句:杜牧《阿房宫赋》:"盘盘焉,囷囷焉,蜂房水涡,矗不知其几千万落。"黄庭坚《题落星寺》:"蜂房各自开牖户,蚁穴或梦封侯王。"

水龙吟

题瓢泉①

稼轩何必长贫,放泉檐外琼珠泻。乐天知命②,古来谁会,行藏用舍。人不堪忧,一瓢自乐,贤哉回也。料当年曾问,饭蔬饮水,何为是、栖栖者。　　且对浮云山上,莫匆匆、去流山下。苍颜照影,故应流落③,轻裘肥马④。绕齿冰霜⑤,满怀芳乳,先生饮罢。笑挂瓢风树,一鸣渠碎,问何如哑。⑥

【题解】

此词当作于淳熙十四年(1187)前闲居带湖时。上片表彰颜回的精神,实际上是词人言志,即以颜回为榜样,宁可忍受贫困,也不受富贵的诱惑。下片再以瓢泉在山和出山为喻,以许由挂瓢的故事照应词题,明确表示要与瓢泉为伴,同住山间,摆脱功名的束缚。全篇随手引用经典章句,以己意串连,赋予新的涵义,议论文雅而含蓄,绝无剑拔弩张之势。

【注释】

①词题:大德本作"瓢泉"。《铅山县志》:"瓢泉在县东二十五里,泉为辛弃疾所得,因而名之。其一规圆如臼,其一规直若瓢。周围皆石径,广四尺许,水从半山喷下,流入臼中,而后入瓢,其水澄浮可鉴。"

②乐天知命:《易·系辞上》:"乐天知命,故不忧。"

③流落:大德本作"零落"。

④轻裘肥马:《论语·雍也》:"赤之适齐也,乘肥马,衣轻裘。"

⑤绕齿冰霜:苏轼《寄高令》:"诗成锦绣开胸臆,论极冰霜绕齿牙。"

⑥"笑挂瓢"三句:《逸士传》:"许由手捧水饮。人遗一瓢,饮讫,挂木上,风吹有声。由以为烦,去之。"

【辑评】

明卓人月、徐士俊《古今词统》卷一四:蝉蜕滓秽之中,以庶几乎沧浪孺子、江潭渔父,幼安非挽近人。

清李调元《雨村词话》卷三:辛稼轩词肝胆激烈,有奇气,腹有诗书,足以运之,故喜用《四书》成语,如自己出。如"今日既盟之后"、"贤哉回也"、"先觉者贤乎"等句,为词家另一派。然学之稍粗则堕恶道。其时为稼轩客如龙洲刘过,每学其法,时多称之,然失之粗劣。独《西江月》一词有句云:"天时地利与人和,燕可伐与曰可。"用《四书》语,颇有稼轩气味。

吴则虞《辛稼轩词选集》:此词即宋儒常教人"志伊尹之志,寻颜子之乐"者也。惟有经纶天下之心,而后可以登山临水;惟有"己溺己饥"之志,而后可以"饭蔬饮水"。此词力阐此义。稼轩退居后托此以明志,山上山下,清浊之喻,言之更显,词境益高,不当于字面求之。全首皆集经语,"檐外琼珠"、"冰霜"、"芳乳"三句写泉水,使全首清意盎然。"哑"字韵,韵险字朴,此类词在稼轩集中又一格局。

水龙吟

用些语再题瓢泉，歌以饮客，声韵甚谐，客为之釂^①

听兮清佩琼瑶些。明兮镜秋毫些。^②君无去此，流昏涨腻，生蓬蒿些。^③虎豹甘人，渴而饮汝，宁猿猱些。^④大而流江海，覆舟如芥，君无助、狂涛些。^⑤　　路险兮、山高些。愧余独处^⑥无聊些。冬槽春盎，归来为我，制松醪些。^⑦其外芳芬，团龙片凤，煮云膏些。^⑧古人兮既往，嗟余之乐，乐箪瓢些。

【题解】

此词约作于自福建罢官归来重到期思时。与同调题瓢泉词不同的是，此篇在形式上进行了大胆的创新，借用《楚辞·招魂》句末语助词"些"，融入词中句尾，而实际所押韵脚为"些"字前一字，从而构成"长尾韵"，音韵极为和谐悠扬，歌唱起来艺术效果更为明显。起首二句分别从听觉和视觉来描绘瓢泉，泉声如佩玉相碰，泉水如镜面明亮，写出山中清泉的高洁绝俗，由此引出对出山泉水的担忧与劝诫。"君无"以下，仿《招魂》劝归之意，劝泉水切莫出山而去，因一旦出山，即会变得污浊。又告诫泉水莫为吃人虎豹解渴，一旦流入江海，莫推波助澜，颠覆船只。纵横之笔，神奇之想，影射世途种种凶险，寄寓作者身世之感。下片因以上所述世路凶险，词人唯有退还山中，孤独无聊时，期盼泉水魂兮归来，与我为伴。或为我酿松醪美酒，或为我沏龙凤团茶，如此安贫乐道，亦足以享箪瓢之乐。末句"瓢"字，恰又切合瓢泉之瓢，巧妙照应题旨，别有余味。

【注释】

①词题中"客为之釂"，大德本作"客皆为之釂"。些(suò)，《楚辞》中句末语气词。《楚辞·招魂》："魂兮归来，去君之恒干，何为四方些。舍君之乐处，而离彼不祥些。"釂(jiào)，饮尽杯中酒。

②"听兮"二句：柳宗元《至小丘西小石潭记》："闻水声，如鸣佩环。"《孟子·梁惠王上》："明足以察秋毫之末。"

③"君无"三句：杜牧《阿房宫赋》："渭水涨腻，弃脂水也。"

④"虎豹"三句：《楚辞·招魂》："虎豹九关，啄害下人些……土伯九约……参目虎首，其身若牛些，此皆甘人。"《管子·形势》："坠岸三仞，人之所大难也，而猿猱饮焉。"

⑤"大而"三句：《庄子·逍遥游》："且夫水之积也不厚，则其负大舟也无力。覆杯水于坳堂之上，则芥为之舟，置杯焉则胶，水浅而舟大也。"

⑥愧余独处：《史记·滑稽列传》："今世之处士，时虽不用，崛然独立，块然独处。"愧余，大德本作"块予"。

⑦"冬槽"三句：盎，古代一种口小腹大的盛器。韩维《伏蒙三哥以某再领许昌赋诗为寄谨依严韵》："预装白酒留春盎，旋剪红葩出洛城。"刘禹锡《送王师鲁协律赴湖南使幕》："橘树沙洲暗，松醪酒肆春。"苏轼《中山松醪赋》："收薄用于桑榆，制中山之松醪。救尔灰烬之中，免尔萤爝之劳。取通明于盘错，出膏泽于烹熬。与黍麦而皆熟，沸春声之嘈嘈。味甘余而小苦，叹幽姿之独高。"

⑧"其外"三句：团龙片凤，即龙团、凤团，皆宋代贡茶，圆形饼状，上有龙纹、凤纹，故名。张舜民《画墁录》："丁晋公为福建转运使，始制为凤团，后又为龙团。"《茶谱》："衡州之衡山，封州之西乡，茶研膏为之，皆片团如月。"芳芬，王诏刊本、四印斋本作"芬芳"。

最高楼

送丁怀忠①

相思苦，君与我同心。鱼没雁沈沈。是梦他松后追轩冕，是化为鹤后去山林。②对西风，直怅望，到如今。　　待不饮、奈何君有恨。待痛饮、奈何吾有病。君起舞，试重斟。苍梧云外湘妃泪③，鼻亭山下鹧鸪吟④。早归来，流水外，有知音。

【题解】

此词作于淳熙十六年(1189)闲居带湖时。起笔言一春鱼雁无消息,双方都为相思所苦。接着用两则丁氏典故,进一步写出别后相思之意。再写相思之久。下片前六句描叙送别情景。末三句写别后而劝丁怀忠早归,以钟俞作比,含蕴深遥。

【注释】

①词题:大德本作"送丁怀忠教授入广。渠赴调都下,久不得书,或谓从人辟置,或谓径归闽中矣"。丁怀忠,丁朝佐字怀忠,福建邵武人。淳熙十六年出任桂阳军军学教授。博览群书,尤长考证,曾参与编《欧阳文忠公文集》,一时名流与之交游者甚多。

②"是梦他"二句:《三国志·吴书·孙皓传》裴注引《吴录》:"初,丁固为尚书,梦松树生其腹上,谓人曰:'松字,十八公也;后十八岁,吾其为公乎?'卒如梦焉。"《搜神后记》卷一:"丁令威,本辽东人,学道于灵虚山。后化鹤归辽,集城门华表柱。时有少年,举弓欲射之。鹤乃飞,徘徊空中而言曰:'有鸟有鸟丁令威,去家千年今始归。城郭如故人民非,何不学仙冢累累。'遂高上冲天。"

③"苍梧"句:《博物志》卷八:"尧之二女,舜之二妃,曰湘夫人。舜崩,二女啼,以涕挥竹,竹尽斑。"杜甫《同诸公登慈恩寺塔》:"回首叫虞舜,苍梧云正愁。"

④"鼻亭山"句:鼻亭山,在湖南道州境内,相传舜封其弟象于此,故山下有象庙。黄庭坚《戏咏零陵李宗古居士家驯鹧鸪二首》其二:"终日忧兄行不得,鹧鸪应是鼻亭公。"鼻亭公指舜弟象,舜南巡不返,象因爱兄而来,而鹧鸪鸣声似说"行不得也哥哥",故黄诗想象鹧鸪为象所化。

最高楼

吾拟乞归,犬子以田产未置止我,赋此骂之①

吾衰矣,须富贵何时。②富贵是危机③。暂忘设醴抽身去,未曾得米弃官归。穆先生,陶县令,是吾师。④　待葺个、园儿名佚老。更作个、亭儿名亦好。闲饮酒,醉吟诗。⑤千年田换八百主,一人口插几张匙。⑥休休休,更说甚,是和非。⑦

【题解】

此词约作于绍熙五年(1194)福建安抚使任上。词写训斥反对其辞官归隐的儿子。上片针对儿子的反对意见,阐明贪求富贵之危害,正面提出应该效法的先贤。先说明自己年事已高,富贵不可期待;再申说若一味贪求富贵,难免招致灾祸;进而引出见微知著、见机而退的穆先生,以及不为五斗米折腰而辞官的陶渊明,指明辞官归隐才是正道。过片承接上文,展望归隐后的闲适自在,饮酒赋诗,安享晚年,虽贫亦好。"千年"二句,综合禅宗语录和吴地民谚,形象生动地诠释了人生有涯、敛财无益的人生哲理,如高屋建瓴,醍醐灌顶,发人深省。全篇出入历史掌故和古人诗文语词,或正或反,亦庄亦谐,凝聚着对现实政治、社会人生的深刻思考,尽显睿智明辨、豁达超逸的处世态度。

【注释】

①词题:大德本作"名了"。

②"吾衰"二句:《论语·述而》:子曰:"甚矣吾衰也,久矣吾不复梦见周公。"杨恽《报孙会宗书》:"人生行乐耳,须富贵何时!"

③"富贵"句:《晋书·诸葛长民传》:东晋诸葛长民曾权倾一时,强抢民女,霸占土地,营建奢华府第,又图谋作乱,犹豫未发,感叹曰:"贫贱常思富贵,富贵必履机危。今日欲为丹徒布衣,岂可得也!"后为刘裕所杀。苏轼《宿州次韵刘泾》:"晚觉文章真小技,早知富贵有危机。"

④"暂忘"五句:《汉书·楚元王传》:"元王既至楚,以穆生、白生、申公为中大夫……初,元王敬礼申公等,穆生不耆酒,元王每置酒,常为穆生设醴。及王戊即位,常设,后忘设焉。穆生退曰:'可以逝矣!醴酒不设,王之意怠。不去,楚人将钳我于市。'称疾卧……遂谢病去。"

⑤"待葺个"四句:《庄子·大宗师》:"大块载我以形,劳我以生,佚我以老,息我以死。"刘攽《中山诗话》:"陈文惠尧佐以使相致仕,年八十,有诗

云：'青云歧路游将遍，白发光阴得最多。'构亭号'佚老'，后归政者往往多效之。"戎昱《中秋感怀》："远客归去来，在家贫亦好。"

⑥"千年"二句：《景德传灯录》卷一一："有僧问：'如何是和尚家风？'师云：'千年田，八百主。'僧云：'如何是千年田、八百主？'师云：'郎当屋舍没人修。范成大《丙午新正书怀》十首其四："口不两匙休足谷，身能几屦莫言钱。"自注："吴谚云：一口不能着两匙。"

⑦"休休休"三句：休休休，大德本作"便休休"。王诏刊本作"咄豚奴，愁产业，岂佳儿"。

【辑评】

吴世昌《诗词论丛》：一九八〇年一月五日晚致邓广铭书札：刚才在四川饭店谈起稼轩的《最高楼》一本末三句作："咄豚奴，愁产业，岂佳儿！"此本即毛氏汲古阁六十家词本。他本作："便休休，更说甚，是和非。"今流传各本均依此改本。我想这是错的。因为：一，题自自注"赋此骂之"，末三句正是骂子之词，改为"更说甚，是和非"则不是"骂子"而是发挥他的老庄哲学了。二，上片末二句"陶县令，是吾师"为平仄仄，仄平平，"愁产业，岂佳儿"正与此合。改"更说甚"则成为仄仄仄。辛词格律素严，绝不如此失律。且上文已有"更葺个"，此又有"更"，半首之中，连用此同一意义之字，亦成败笔矣。三，此首上下片全用四支韵，改为"是和非"，末韵变为五微，稼轩填词老斫轮，四支韵又极宽，何至出韵？故我以为此三句应依汲古阁本为是。其他本子不"骂子"而谈处世哲学，乃是后人妄改。有此三证，已可定谳。先生以为如何？

吴世昌《诗词论丛》：一九八〇年一月二十二日复邓广铭函：承询四卷本《最高楼》题下注"名了"二字，乃后人见末三句改后与"骂子"无关，故又妄改。实则此词不仅末三句为"骂子"之词，即开始三句亦是求退之意，与其子之求田问舍相抵触。盖先有妄人改末三句，后人又删题下原注，易以"名了"二字，其实不通，延误至今。汲古阁本宋词较他本为优，我别有跋李一氓藏《知圣道斋烬余词》评论之，暇当检出呈教。

最高楼

答晋臣①

花好处,不趁绿衣郎。缟袂②立斜阳。面皮儿上因谁白,骨头儿里几多香。尽饶他,心似铁,也须忙。　　甚唤得、雪来白倒雪。更唤得③、月来香杀月。谁立马,更窥墙。④将军止渴山南畔⑤,相公调鼎殿东厢。忒高才,经济地,战争场。

【题解】

此词作于庆元六年(1200)春闲居瓢泉时。词写梅花不需绿叶扶持,独立在彩霞映照的斜阳中,通体洁白,透骨清香;还有宰相的风范,像宋广平那样既具铁腕雄心,又多清便富艳。唤得雪来,梅花压倒它的洁白;唤得月来,压倒其中桂花的清香。这样圣洁的梅花,有谁能像苏东坡那样"多情立马待黄昏",欣赏其暗香浮动? 只有像曹孟德那样志在千里的将军、商王武丁那样有所作为的帝王,才能发挥、重视其治国理政之才。总之,以梅花梅子为经邦济世"高才"的象征,如此写法,透露着词人的内心世界,与其身世遭际紧密相关。

【注释】

①词题:大德本作"用韵答赵晋臣敷文"。用韵,指用《最高楼》(花知否)韵。

②缟袂:苏轼《次韵杨公济奉议梅花十首》其一:"月黑林间逢缟袂,霸陵醉尉误谁何。"

③更唤得:更,原空格,从吴讷本补。王诏刊本、四印斋本作"便唤得"。

④"谁立马"二句:白居易《井底引银瓶》:"墙头马上遥相顾,一见知君即断肠。"

⑤"将军"句:《世说新语·假谲》:"魏武行役,失汲道,军皆渴,乃令曰:

'前有大梅林，饶子，甘酸可以解渴。'士卒闻之，口皆出水，乘此得及前源。"

最高楼

为洪内翰庆七十①

金闺②老，眉寿③正如川。七十且华筵。乐天诗句香山里，杜陵酒债曲江④边。问何如，歌窈窕，舞婵娟。　　更十岁、太公方出将。又十岁、武公才入相⑤。留盛事，看明年。直须腰下添金印，莫教头上欠貂蝉。向人间，长富贵，地行仙。

【题解】

此词作于绍熙三年（1192）闲居带湖时。起首三句破题。以下言洪内翰晚年生活虽不如白、杜那样令人羡慕，却也不乏歌舞之乐。下片又以姜太公、卫武公作比，言其七十并不算老，还可以出将入相，享受荣华富贵。结末三句谓不仅长享富贵，还将成为"地行仙"。全篇所写偏于祝颂富贵功名，尘俗平庸。

【注释】

①词题：大德本作"庆洪景卢内翰七十"。

②金闺：指金马门，汉代朝廷征召天下有才之士待诏之处，为著作之庭。谢朓《始出尚书省》："既通金闺籍，复酌琼筵醴。"

③眉寿：古以豪眉为寿者相。《诗·豳风·七月》："为此春酒，以介眉寿。"苏轼《次韵郑介夫二首》其二："收取桑榆种梨枣，祝君眉寿似增川。"

④曲江：即曲江池，在长安东南。秦为宜春苑，汉为乐游原，有河水流曲折，故称曲江。其地有芙蓉苑、杏园、慈恩寺等，为唐代著名游览胜地。

⑤"又十岁"二句：《史记·卫康叔世家》："武公即位，修康叔之政，百姓和集。四十二年，犬戎杀周幽王，武公将兵往佐周平戎，甚有功，周平王命武公为公。"《国语·楚语上》："昔卫武公年数九十有五矣，犹箴儆于国曰：

'自卿以下,至于师长士,苟在朝者,无谓我老耄而舍我,必恭恪于朝,朝夕以交戒我。'"才入相,大德本作"方入相"。

【辑评】

宋魏庆之《诗人玉屑》卷二一引《中兴词话》:寿词最难得佳者,太泛则疏,太著则拘。惟稼轩《庆洪内翰七十》云:"更十岁太公方出将,又十岁武公方入相。"马古洲《庆傅侍郎生日》云:"天子方将申说命,云孙又合为霖雨。"上联工夫在方字,下联以云孙对天子,自然中的,事意俱佳,未易及也。

瑞鹤仙

上洪倅寿①

黄金堆到斗②。怎得似、长年画堂劝酒。蛾眉最明秀。向水沈烟里,两行红袖。笙歌攒就③。争说道、明年时候。被姮娥、做了殷勤,仙桂一枝入手。④ 　　知否。风流别驾,近日人呼,文章太守⑤。天长地久。岁岁上、乃翁寿。记从来人道,相门出相⑥,金印累累尽有。但直须,周公拜前,鲁公拜后。⑦

【题解】

此词作于绍熙二年(1191)闲居带湖时。上片写画堂劝酒,歌儿舞女轻歌曼舞,祝其主人来年实现金榜题名的愿望。下片写洪莘之才华出众,颂寿并祝其入朝为官,谨守父辈事业。

【注释】

①词题:大德本作"寿上饶倅洪莘之,时摄郡事,且将赴漕举"。

②"黄金"句:李白《拟古十二首》其三:"长绳难系日,自古共悲辛。黄金高北斗,不惜买阳春……提壶莫辞贫,取酒会四邻。"王琦注:"《唐书·尉迟敬德传》:王曰:'公之心如山岳然,虽积金至斗,岂能移之。'又唐人诗:'身后堆金柱北斗。'疑当时俚语有此。"

③㧟(ruán)就：迁就，体贴，大德本作"拥就"。张元干《点绛唇》："娇痴后。是事㧟就。只这难依口。"

④"争说道"三句：《晋书·郤诜传》："武帝于东堂会送，问诜曰：'卿自以为何如？'诜对曰：'臣举贤良，对策为天下第一，犹桂林之一枝，昆山之片玉。'"

⑤文章太守：欧阳修《朝中措》："文章太守，挥毫万字，一饮千钟。"

⑥相门出相：《史记·孟尝君列传》："文闻将门必有将，相门必有相。"

⑦"周公"二句：《公羊传·文公十三年》："周公何以称大庙于鲁？封鲁公以为周公也。周公拜乎前，鲁公拜乎后，曰：'生以养周公，死以为周公主。'"

汉宫春

即 事

行李溪头，有钓车茶具，曲几团蒲。①儿童认得，前度过者篮舆。时时照影，甚此身、遍满江湖。怅野老，行歌不住，定堪与语难呼。②　一自东篱摇落，问渊明岁晚，心赏何如。梅花正自不恶，曾有诗无。知翁止酒，待重教、莲社人沽③。空怅望，风流已矣，江山特地愁予。

【题解】

此词作于闲居瓢泉期间。起首三句以陆龟蒙自况，以示处世高洁，不与世俗同流合污。再借助儿童的反应写词人出行情况。"时时"二句言其有心报国，却偏偏要投闲置散。因为苦闷无法解脱，就只好从古代高人逸士的生活中寻求心灵的慰藉。过片三句言东篱黄花摇落，不知渊明岁晚心爱什么，和上片结韵林类拾遗穗自是不同，但在超尘出世这一点上又是一致的。以下紧承"心赏何如"做进一步发挥，言梅花不怕风雪，凌寒独放，本自不恶，渊明是否也心赏梅花，为之赋诗饮酒？最后谓风流人物已成过去，"怅望"也是徒然。但直面现实，又物是人非，不能不使人产生"江山特地愁予"之感。

【注释】

①"行李"三句：《新唐书·陆龟蒙传》："不喜与流俗交，虽造门不肯见。不乘马，升舟设蓬席，赍束书、茶灶、笔床、钓具往来。"

②"怅野老"三句：《列子·天瑞》："林类年且百岁，底春被裘，拾遗穗于故畦，并歌并进。孔子适卫，望之于野，顾谓弟子曰：'彼叟可与言者，试往讯之。'子贡请行，逆之垅端，面之而叹曰：'先生曾不悔乎，而行歌拾穗？'林类行不留，歌不辍。"

③重教莲社人沽：《莲社高贤传》："（慧）远法师与诸贤结莲社，以书招渊明，渊明曰：'若许饮则往。'许之，遂造焉。"

沁园春

弄溪赋①

有酒忘杯，有笔忘诗，弄溪奈何。看纵横斗转，龙蛇起陆②，崩腾决去，雪练倾河。袅袅东风，悠悠倒景，摇动云山水又波。还知否，欠菖蒲攒港，绿竹缘坡③。　　　长松谁剪嵯峨。笑野老来耘山上禾。算只因鱼鸟，天然自乐，非关风月，闲处偏多。芳草春深，佳人日暮，濯发沧浪独浩歌。徘徊久，问人间谁似，老子婆娑。④

【题解】

此词创作时地未详。起首三句层层递进，以"有酒忘杯"衬托"有笔忘诗"，写自己既不想饮酒，也不想赋诗，逼出如果不写诗"弄溪奈何"来。"看纵横"以下，先写弄溪水曲曲折折，纵横驰骋，犹如龙蛇从陆上腾空而起；又像雪练，冲决河堤，滚滚而去。再写在袅袅春风中，云山倒映溪中，随着水波的起伏而摇动，别有一番情趣。只是港中没有丛生的菖蒲，水边没有缘坡的绿竹。过片二句承接上片另辟新境,写溪边松与山上人。人为野老,来耘山上之禾,是以可"笑";松为"长松",高耸入云,突兀险峻,是以可钦。"算只因"四句写闲情。貌似快乐,其实内心是很凄苦的。故"芳草"三句言春深日暮,芳草萋萋,王孙不归,佳人未来,自己只有濯发沧浪,仰首高歌,以抒发胸中的郁闷而已。结末三句写徘徊溪旁,久久不归,隐含对投闲置散生活的不满。

【注释】

①词题中"弄溪",不详。

②龙蛇起陆:《阴符经》:"天发杀机,移星易宿。地发杀机,龙蛇起陆。"孟郊《初于洛中选》:"碧水走龙蛇,蜿蜒绕庭除。"

③"绿竹"句:王褒《责髯奴辞》:"离离若缘坡之竹,郁郁若春田之苗。"

④"问人间"二句:宋玉《神女赋》:"既婉娈于幽静兮,又婆娑乎人间。"《晋书·陶侃传》:"老子婆娑,正坐诸君辈。"

沁园春

再到期思卜筑①

一水西来,千丈晴虹,十里翠屏。喜草堂经岁,重来杜老,②斜川好景,不负渊明。③老鹤高飞,一枝投宿,长笑蜗牛戴屋行。④平章了,待十分佳处,著个茅亭。　　青山意气峥嵘。似为我归来妩媚生。⑤解频教花鸟,前歌后舞⑥,更催云水,暮送朝迎。酒圣诗豪,可能无势,我乃而今驾驭卿⑦。清溪上,被山灵却笑,白发归耕。

【题解】

此词作于绍熙五年(1194)二度罢归带湖时。词人重到瓢泉选地建宅,感慨系之。起首三句以凌云健笔,描绘一川秀水、如虹飞瀑、似屏青峰,全幅展现瓢泉一带雄秀华丽的山水美景,为卜地结庐铺垫。接着以杜甫重归草堂比拟自己再到期思,以陶渊明游历斜川借指自己爱赏瓢泉,抒发重游故地、退居山林的喜悦之情。"老鹤"六句,照应词题"卜筑",谓老鹤倦飞,只须一枝栖息,如蜗牛背屋而行虽属可笑,但以瓢泉如此美景,不于此建屋,实在是有负造化之赐。叙卜筑之意,心态闲适超逸,而略带自嘲。下片全用拟人手法,描绘青山与词人的亲密交往,抒写词人纵情山水的奇情雅趣,笔触鲜活灵动。意谓以青山为知交,它驱使花鸟云雨,前后歌舞,朝暮迎送,殷勤款待,妩媚相对,使人感慨万千,念及罢官以来,寄情诗酒,无权无势,如今却能驾驭山水,欣慰之情溢于言表。结末三句,正面点明重归山水田园之意,带出山灵讥笑,以自我调侃作结。谐谑之余,又不无抑郁悲凉之感。

【注释】

①词题:大德本作"期思卜筑"。

②"喜草堂"二句:杜甫于唐肃宗乾元二年(759)弃官入蜀,依附严武,次年于成都浣花溪畔建草堂。后因西川兵马使徐知道叛乱,杜甫流落于梓州、汉州、阆州等地。广德二年(764)春,严武再度镇蜀,杜甫才得以重返成都浣花草堂。杜甫归成都后所作《草堂》诗有云:"旧犬喜我归,低徊入衣裾。邻舍喜我归,酤酒携胡芦。大官喜我来,遣骑问所须。城郭喜我来,宾客隘村墟。"

③"斜川"二句:斜川,在今江西都昌,山水景致优美。陶渊明于宋武帝永初二年(421)游览斜川,所作《游斜川》诗序曰:"辛酉正月五日,天气澄和,风物闲美,与二三邻曲,同游斜川。临长流,望曾城,鲂鲤跃鳞于将夕,水鸥乘和以翻飞。彼南阜者,名实旧矣,不复乃为嗟叹。若夫曾城,傍无依接,独秀中皋,遥想灵山,有爱嘉名,欣对不足,率尔赋诗。"

④"老鹤"三句:《庄子·逍遥游》:"鹪鹩巢于深林,不过一枝;偃鼠饮河,不过满腹。"陆游《新粘竹隔作暖阁》:"蜗牛负庐亦自容,是岂不足支穷冬。"

⑤"青山"二句:《新唐书·魏徵传》:"帝曰:'人言徵举动疏慢,我但见其妩媚耳。'"

⑥前歌后舞:苏轼《再用前韵》:"麻姑过君急扫洒,鸟能歌舞花能言。"

⑦驾驭卿:陶渊明《晋故征西大将军长史孟府君传》:"温从容谓君曰:'人不可无势,我乃能驾御卿。'"

289

吴则虞《辛弃疾词选集》：首韵"一水西来"三句，概括期思景色，笼罩全词，为稼轩常用之法。承以"喜草堂经岁，重来杜老"四句，承景接情，距初归带湖时已十三年，相隔甚久，故曰"经岁"，经岁当活看。以杜老重归草堂相比，盖此时被谢深甫所劾，重行落职，一再被迫，有如渊明之归斜川。运典以叙事，与剪彩拾华，徒事装点者不同。此等处，见稼轩词笔之细切。更承以"老鹤高飞"三句，深慨此归之不得已，而有"蜗牛戴屋"之嘲。"平章了"三句，言卜筑，至此才点出题。后阕"青山意气"两句，似乎推开很远，凭空接楢。其实正回顾"十里翠屏"，我与青山久别，不但青山不老，而且为我归来益生妩媚，犹《贺新郎》佳句"我见青山多妩媚，料青山见我应如是"之意。青山有情，益见青山外之世事世人之无情。猿鹤惊笑，语犹浅，为我生妩媚，更逼深一层，且有雅润之致。承以"解频教花鸟"四句，花犹带湖之兰菊，鸟犹带湖之猿鹤，今为我而歌而舞。云水犹带湖之云山，朝迎我而暮送我，一切云水花鸟，对我莫不有情。至结语，始正面点明久别重来之意，是逆叙法。

归朝欢

题晋臣积翠岩①

我笑共工缘底怒。触断峨峨天一柱。补天又笑女娲忙，却将此石投闲处。野烟荒草路。先生拄杖来看汝。倚苍苔，摩挲试问，千古几风雨。② 长被儿童敲火苦。时有牛羊磨角去。③霍然④千丈翠岩屏，锵然一滴甘泉乳。结亭三四五。会相⑤暖热携歌舞。细思量，古来寒士，不遇有时遇。

【题解】

此词作于庆元六年(1200)闲居瓢泉时。起首四句，恍如从天而降。词人由积翠岩擎天柱景观，触发想象，熔铸共工、女娲神话，将岩石描绘成撞断的天柱、遗弃的补天石。设想神奇,笔势纵横。"投闲"云云,慨叹擎天之材,不作补天之用,语带双关,耐人寻思。"野烟"四句,词人拄杖深入荒山,探视抚摸,殷勤慰问岩石,间接亦是慰问岩石主人。过片承接上文,岩石不仅饱受风雨侵蚀,更遭儿童敲击,牛羊磨角,其辛酸遭遇与岩石主人乃至作者,不无相通之处。"霍然"以下,笔势一转,豁然开朗,经过悉心清理开发,积翠岩光彩焕然,终遇知音赏识。由此引申出末韵的"古来寒士,不遇有时遇",意谓以积翠岩遭遇推想,如赵不迁这样的"不遇"之士,终有遇到知音,重获起用,大展才华之时。以友人名字说事,风趣诙谐,又诚恳真挚。

【注释】

①词题:大德本作"题赵晋臣敷文积翠岩"。

②"倚苍苔"三句:王安石《谢公墩》:"摩挲苍苔石,点检屐齿痕。"

③"长被"二句:韩愈《石鼓歌》:"牧童敲火牛砺角,谁复着手为摩挲。"

④霍然:突然。

⑤会相:定当。

【辑评】

明卓人月、徐士俊《古今词统》卷一四:慰人穷愁,坚人壮志。

水龙吟

过南剑双溪楼①

举头西北浮云,倚天万里须长剑。②人言此地,夜深长见,斗牛光焰。③我觉山高,潭空水冷,月明星淡。④待燃犀下看,凭栏却怕,风雷怒,鱼龙惨。⑤　　峡束□江对起,过危楼、欲飞还敛。⑥元龙老矣,不妨高卧,冰壶凉簟。千古兴亡,百年悲笑,一时登览。问何人又卸,片帆沙岸,系斜阳缆。⑦

【题解】

此词作于绍熙三年(1192)至五年(1194)为官福建时。上片就宝剑传说发端。首二句起势恢宏,顶天立地,盖登楼远眺西北沦陷地区,但见阴云密布,欲除此万里阴霾,须用此地长剑。"人言"以下,照应传说中的宝剑,虽耳闻夜半时见斗牛光焰,但词人此时看来,山高星淡,潭空水冷,一派清冷景象,绝无剑气宝光。于是想点燃火把探照深水,寻觅宝剑,却又害怕触犯空中风雷、水底鱼龙。想象灵动,构思神奇,笔势劲健;渐转渐冷,隐寓现实失落,托意微妙。下片借景抒情,景中含情。"峡束"二句,乃是以柳宗元游记散文文笔填词的神技,硬语盘空,写山峡对峙而起,奔腾水势深受制约,以致"欲飞还敛",隐含壮志难伸的无奈。故以下萌生高卧思退之意,皆由登楼观览,触发兴亡之感、时势之悲。末三句以斜阳卸帆景语作结,意境苍凉,忧思绵长。全词借登楼观览起兴,以慷慨豪迈开篇,融汇传说,点化景致,顿挫转折,渐次收敛雄心壮怀,以萧瑟冷落收束,变哀婉,成悲凉,隐含无尽感慨忧愤。

【注释】

①词题中"南剑",南剑州,治所在今福建南平。十国闽王延政置镡州,南唐曰剑州,宋改称南剑州,属福建路,元改延平府。南剑,王诏刊本、四印斋本作"南涧",误。双溪楼,一名双溪阁,在今南平市延平区剑溪(建溪)与西溪汇合处,因二溪合流而得名,建于北宋政和(1111-1118)年间。

②"举头"二句:《古诗十九首》:"西北有高楼,上与浮云齐。"曹丕《杂诗》:"西北有浮云,亭亭如车盖。"李白《登金陵凤凰台》:"总为浮云能蔽日,长安不见使人愁。"宋玉《大言赋》:"方地为车,圆天为盖,长剑耿耿倚天外。"《庄子·说剑》:"此剑直之无前,举之无上,案之无下,运之无旁,上决浮云,下绝地纪。此剑一用,匡诸侯,天下服矣。"

③"人言"三句:《晋书·张华传》:"初,吴之未灭也,斗牛之间常有紫气……及吴平之后,紫气愈明。华闻豫章人雷焕妙达纬象,乃要焕宿,屏人曰:'可共寻天文,知将来吉凶。'因登楼仰观。焕曰:'仆察之久矣,惟斗牛之间颇有异气。'华曰:'是何祥也?'焕曰:'宝剑之精上彻于天耳。'……因问曰:'在何郡?'焕曰:'在豫章丰城。'……华大喜,即补焕为丰城令。焕到县掘狱屋基,入地四丈余,得一石函,光气非常,中有双剑并刻题,一曰龙泉,一曰太阿。其夕,斗牛间气不复见焉。焕得剑,宝爱之,常置坐侧。华

292

诛,失剑所在。焕卒,子华为州从事,持剑行经延平津,剑忽于腰间跃出,堕水;使人没水取之,不见剑,但见两龙,各长数丈,蟠萦有文章。没者惧而反。须臾,光彩照水,波浪惊沸,于是失剑。"

④"我觉"三句:《舆地纪胜·南剑州》:"二水交流,汇为澄潭,是为宝剑化龙之津。"曹操《短歌行》:"月明星稀,乌鹊南飞。"

⑤"待燃"四句:《异苑》卷七:"晋温峤至牛渚矶,闻水底有音乐之声,水深不可测。传言下多怪物,乃燃犀角而照之。须臾,水族覆火,奇形异状。"

⑥"峡束"二句:杜甫《秋日夔府咏怀奉寄郑监李宾客一百韵》:"峡束苍江起,岩排古树圆。"□,大德本作"苍"。

⑦"问何人"三句:谢灵运《登临海峤与从弟惠连》:"日落当栖薄,系缆临江楼。"

【辑评】

清周济《宋四家词选》:欲抉浮云,必须长剑。长剑不可得出,安得不恨鱼龙。

清陈廷焯《云韶集》卷五:词直气盛,宝光焰焰,笔阵横扫千军。雄奇之景,非此雄奇之笔,不能写得如此精神。

清陈廷焯《词则·放歌集》卷一:雄奇兀奡,真令江山生色。

水龙吟

别傅倅先之,时傅有召命①

只愁风雨重阳②,思君不见令人老③。行期定否,征车几两④,去程多少。有客书来,长安却早⑤,传闻追诏。问归来何日,君家旧事,直须待、为霖了⑥。 从此兰生蕙长,吾谁与⑦、玩兹芳草。自怜拙者⑧,功名相避,去如飞鸟。只有良朋,东阡西陌,安排似巧。到如今巧处,依前又拙,把平生笑。

【题解】

此词或作于嘉泰二年(1202)闲居瓢泉时。上片写傅先之应召赴职。起笔谓担心满城风雨近重阳,阻碍同傅先之会面。以下,先写向傅先之询问行期、征车以及去程等情况,具体细致。再从京城方面入手,写其应召之重要。又用自问自答的方式,明询其归期,暗写其为政,似纵实收。过片二句承接上文,写对傅先之的依恋,以及对世无知音的叹息。接着转进一层,言尽管不乏差强人意之乐事,但心情哀伤,身世悲苦。最后折回现实,言如今良朋之间再难相聚,致使原有的巧处"依前又拙",从而跌入了谷底。一个"笑"字,包含了多少人生冷暖,语短情长,耐人寻味。

【注释】

①词题:大德本作"别傅先之提举,时先之有召命"。傅先之,傅兆字先之,铅山人,淳熙八年(1181)进士,湖州通判。

②"只愁"句:《冷斋夜话》卷四:"黄州潘大临工诗,多佳句,然甚贫,东坡、山谷尤喜之。临川谢无逸以书问有新作否? 潘答书曰:秋来景物,件件是佳句,恨为俗氛所蔽翳。昨日闲卧,闻撼林风雨声,欣然起,题其壁曰:'满城风雨近重阳。'忽催租人至,遂败意,止此一句奉寄。闻者笑其迂阔。"

③"思君"句:《古诗十九首》:"思君令人老,岁月忽已晚。"

④"征车"句:韩愈《送杨少尹序》:"不知杨侯去时,城门外送者几人? 车几辆? 马几匹?"

⑤早:大德本其下有注:"去声"。

⑥"君家"二句:《离骚》:"说操筑于傅岩兮,武丁用而不疑。"《尚书·说命上》:"若岁大旱,用汝作霖雨。"

⑦"吾谁与"句:《九章·思美人》:"惜吾不及古人兮,吾谁与玩此芳草。"

⑧拙者:潘岳《闲居赋序》:"虽通塞有遇,抑亦拙者之效也。"

卜算子

答晋臣，渠有方是闲、真得归二堂[①]

百郡怯登车，千里输流马[②]。乞得胶胶扰扰[③]身，却笑区区[④]者。　　野水玉鸣渠，急雨珠跳瓦[⑤]。一榻清风方是闲[⑥]，真得[⑦]归来也。

【题解】

此词作于闲居瓢泉期间。起笔写仕宦生涯的苦辛，接着说，即使从动乱不定的生活中解脱出来，也觉得实在有点可笑。过片二句选取野水鸣渠、急雨跳瓦一个侧面，用如珠似玉来加以形容，则山水田园生活给人带来的快慰可想而知。最后指出，要过闲适生活，只有真正归园田居才行。

中国诗歌在发展过程中，陆续出现过许多杂体诗，其中有藏头诗、句用字体、药名诗、人名诗等。宋人受到前代诗人的影响，也运用藏字的艺术技巧写入词中，沈雄《古今词话·词品》上卷"隐字"条云："《词综》曰：《踏青游》一词为赠妓念四之作，政和间士人所制，隐念四字。词云：'似赌赛，六只浑四'，'同倚画楼十二，倚了又还重倚'，'拼三八清斋，望永同鸳被'。"苏轼也写过这类词，如《减字木兰花·赠润守许仲涂且以郑容落籍高莹从良为句首》，便是一首藏"郑容落籍高莹从良"于句首的藏字词。辛弃疾此词中"一榻清风方是闲，真得归来也"，又《水调歌头·题赵晋臣敷文真得归、方是闲二堂》中"真得归来笑语，方是闲中风月，剩费酒边诗"，又《菩萨蛮·赵晋臣席上时张菩提叶灯，赵茂嘉扶病携歌者》中"看灯原是菩提叶，依然会说菩提法。法似一灯明，须臾千万灯"，又《永遇乐·戏赋辛字送茂嘉十二弟赴都》中"得姓何年，细参辛字，一笑君听取。艰辛做就，悲辛滋味，总是辛酸辛苦。更十分向人辛辣，椒桂捣残堪吐"，便分别藏赵晋臣二堂名、"菩提叶"、"灯"、六个"辛"字于句中。这些词句，意象灵动，意脉贯通，并不因为藏字、嵌字而影响词意的表述，显示出运用语言的高超才能。

【注释】

①词题:大德本作"用韵答赵晋臣敷文,赵有方是闲、真得归堂"。

②流马:《三国志·蜀书·诸葛亮传》:"十二年春,亮悉大众由斜谷出,以流马运。"

③胶胶扰扰:动乱不安貌。《庄子·天道》:"然则胶胶扰扰乎?"王安石《芙蓉堂二首》其二:"乞得胶胶扰扰身,五湖烟水替风尘。"

④区区:愚拙,凡庸。《孔雀东南飞》:"阿母谓府吏,何乃太区区!"

⑤"急雨"句:黄庭坚《谢黄从善司业寄惠山泉》:"急呼烹鼎供茗事,晴江急雨看跳珠。"

⑥方是闲:《苕溪渔隐丛话》前集卷三九引《遁斋闲览》:"予尝于驿壁间见人题两句云:'谋生待足何时足,未老得闲方是闲。'"

⑦真得:大德本作"真是"。

江神子

和人韵①

梨花著雨晚来晴②。月胧明。泪纵横。绣阁香浓,深锁凤箫声。③未必人知春意思,还独自,绕花行。　　酒兵昨夜压愁城④。太狂生。转关情。写尽胸中,块磊⑤未全平。却与平章珠玉价,看醉里,锦囊⑥倾。

【题解】

此词创作时地未详。起笔写晚春景色,景中有人,以既有诗情画意又极度悲伤的艺术境界有力地带起全词。接写其人身份不俗,但生活枯寂。再人景合写,言春已归去,而人却未必能了解春去之意;百无聊赖,只好独自一人绕花徘徊,表现满腔怨春情绪和形象,具体而动人。下片先言原本想借酒消愁,不料愁尚未消,却又被情思牵系。接写醉后赋诗,而愤懑之情并未能平抑下去。最后诗酒合写，言诗借酒力，倾泻而出，篇篇精品，字字珠玑。

【注释】

①大德本无词题。所和何人何作未详。

②"梨花"句：白居易《长恨歌》："玉容寂寞泪阑干，梨花一枝春带雨。"阑干，泪纵横貌。宋无名氏《鹧鸪天》："无一语，对芳尊。安排肠断到黄昏。甫能炙得灯儿了，雨打梨花深闭门。"

③"绣阁"二句：李贺《秦宫》："楼头曲宴仙人语，帐底吹笙香雾浓。"又《将进酒》："烹龙炮凤玉脂泣，罗帏绣幕围香风。"

④"酒兵"句：《南史·陈暄传》："酒犹兵也，兵可千日而不用，不可一日而不备，酒可千日而不饮，不可一日而不醉。"李贺《雁门太守行》："黑云压城城欲摧，甲光向日金鳞开。"黄庭坚《行次巫山宋楙宗遣骑送折花厨酝》："攻许愁城终不开，青州从事斩关来。"

⑤胸中块磊：《世说新语·任诞》："王孝伯问王大：'阮籍何如司马相如?'王大曰：'阮籍胸中垒块，故须酒浇之。'"

⑥锦囊：李商隐《李贺小传》："每旦日出……恒从小奚奴，骑距驴，背一古破锦囊，遇有所得，即书投囊中。及暮归，太夫人使婢受囊出之，见所书多，辄曰：'是儿要当呕出心始已耳!'上灯，与食，长吉从婢取书，研墨叠纸足成之，投他囊中。"

江神子

和陈仁和韵①

宝钗飞凤鬓惊鸾。望重欢。水云宽。肠断新来，翠被□香残。②待得来时春尽也，梅著子③，笋成竿。　　湘筠帘卷泪痕斑。佩声闲。玉垂环。个里温柔④，容我老其间。却笑将军三羽箭，何日去，定天山。⑤

【题解】

此词当作于淳熙十四年(1187)闲居带湖时。陈仁和原唱已佚。谪居思归,辛弃疾此词也是代陈氏所思之人而赋,写来婉媚绮丽。像"宝钗飞凤"等句,何止雅丽,直是绮艳,并可见出雕琢之痕。但绮丽之中又有清疏刚健甚而奇崛,也是很明显的。上结三句,不只有怨,更已是愤。下结三句,又从怨愤转为旷达,谓幸亏你未回还,否则在这温柔乡中,如何像薛仁贵那样,去成就一番定天山的大事业。貌似旷达的自解自慰,仍旧是不言怨而怨愤更深。

【注释】

①大德本无词题。

②"肠断"二句:何逊《嘲刘郎诗》:"稍闻玉钏远,犹怜翠被香。"李商隐《夜冷》:"西亭翠被余香薄,一夜将愁向败荷。"□,大德本作"粉"。

③梅著子:大德本作"梅结子"。

④个里温柔:《赵飞燕外传》:"是夜进合德,帝大悦,以辅触体,无所不靡。谓为温柔乡。谓嬺曰:'吾老是乡矣,不能效武皇帝求白云乡也。'"

⑤"却笑"三句:《新唐书·薛仁贵传》:"薛仁贵,绛州龙门人……诏副郑仁泰为铁勒道行军总管……时九姓众十余万,令骁骑数十来挑战,仁贵发三矢辄杀三人,于是虏气慑,皆降……军中歌曰:'将军三箭定天山,壮士长歌入汉关。'"将军,大德本作"平生"。

【辑评】

顾随《驼庵词话》卷六:"写柔情用健笔,写柔情不用《红楼》笔法而用《水浒》笔法,此稼轩之所以为稼轩。"

鹧鸪天

鹅湖归病起作①

著意寻春懒便回。何如信步两三杯。山才好处行还倦,诗未成时雨早催②。　　携竹杖,更芒鞋。朱朱粉粉野蒿开。

谁家寒食归宁③女，笑语柔桑陌上来。

【题解】

此词作于淳熙十三年(1186)闲居带湖时。词写走出家园，在山水之间寻觅春色和诗意，虽然还有些慵懒和疲惫，但悠然信步，饮酒赋诗，无论晴雨，心境都闲适自然。当然，更令人开怀的，是农村淳朴自然、充满生命活力的美好场景——原野上红红白白的烂漫花草，以及走在桑田间充满欢声笑语的回家探亲的媳妇们。比起王维《山居秋暝》中的"竹喧归浣女"，"笑语柔桑陌上来"别有一种鲜活自然、温婉柔和的美。

【注释】

①大德本无词题。

②"诗未成"句：杜甫《陪诸贵公子丈八沟携妓纳凉晚际遇雨二首》其一："片云头上黑，应是雨催诗。"早，大德本下有注："去声"。

③归宁：《诗·周南·葛覃》："害游害否，归宁父母。"

【辑评】

清黄苏《蓼园词选》：通首总是随遇而安之意，山纵好而行难尽，诗未成而雨已来，天下事往往如是。岂若随遇而乐，境愈近而情愈真乎。语意如此，而笔墨入化。故随笔拈来，都成妙谛。末二句尤属指与物化。

鹧鸪天

席上再用韵

水底明霞十顷光。天教铺锦①衬鸳鸯。最怜杨柳如张绪②，却笑莲花似六郎③。　　方竹簟，小胡床。晚风④消得许多凉。背人白鸟都飞去，落日残□更断肠。⑤

【题解】

此词作于淳熙十四年(1187)前闲居带湖时。席上及再用韵，所指均未详。起笔言阳光照入水中，水底灿若云霞，像是铺上了锦缎，衬得鸳鸯更加美丽。再写莲花和杨柳，抑莲扬柳，进一步表达对美好事物的怜惜。过片另起新意，写出晚风习习，或坐或卧，消夏生活的凉爽和舒适。结末二句言白鸟飞去，残鸦无多，夕阳西下，一派迟暮景象，表达内心的悲苦。至此，亦可悟出词作前七句乃是以乐景写哀情。

【注释】

①铺锦：《西清诗话》："事见李石《开成承诏录》。文宗论德宗奢靡云：'闻得禁中老宫人，每引流泉，先于池底铺锦。'则知（王）建诗皆摭实，非蓄空语也。"程大昌《雍录》卷四："禁苑池中有山，山上建鱼藻宫，王建《宫词》曰：'鱼藻宫中锁翠娥，先皇行处不曾过。只今池底休铺锦，菱角鸡头积渐多。'先皇，德宗也。池底铺锦，引水被之，令其光艳透见也。德宗亦已奢矣，故横取厚积，如大盈之类，岂独为供军之用也。若非王建得之内侍，外人安得而知。"

②"最怜"句：《南史·张绪传》：宋明帝每见张绪，辄叹赏其清淡。人献弱柳数枝，树条甚长，状若丝缕，武帝植于灵和殿前，常赏玩咨嗟，曰："此杨柳风流可爱，似张绪当年时。"

③"却笑"句：《旧唐书·杨再思传》：唐代张易之、张昌宗兄弟以姿貌得武则天宠幸，人称五郎、六郎。宰相杨再思曾奉迎张昌宗说："人言六郎面似莲花，再思以为莲花似六郎，非六郎似莲花也。"

④晚风：大德本作"晚来"。

⑤"背人"二句：温庭筠《渭上题三首》其一："吕公荣达子陵归，万古烟波绕钓矶。桥上一通名利迹，至今江鸟背人飞。"□，大德本作"鸦"。

鹧鸪天

败棋赋梅雨①

漠漠轻□拨不开②。江南细雨熟黄梅③。有情无意东边日④，已怒重惊忽地雷。　　云柱础⑤，水楼台。罗衣费尽博山灰。当时一识和羹味,便道为霖消息来。

【题解】

此词创作时地未详。起首二句言轻云漠漠,拨之不开,江南细雨,催熟黄梅。以下紧扣梅雨的特点,从三个方面展开铺叙。一是突然而来,飘然而去;二是每逢梅雨季节,楼台像被浸泡过,一切都是潮湿的;三是衣物须用炉烟熏烤,否则会发霉。结末二句从梅可和羹讲到为政,以开为合,进一步坐实"梅雨"二字。

【注释】

①词题:大德本作"败棋罚赋梅雨"。

②"漠漠"句:韩愈《同水部张员外籍曲江春游寄白二十二舍人》:"漠漠轻阴晚自开,青天白日映楼台。"苏轼《有美堂暴雨》:"游人脚底一声雷,满座顽云拨不开。"□,大德本作"阴"。

③"江南"句:杜甫《梅雨》:"南京西浦道,四月熟黄梅。湛湛长江去,冥冥细雨来。"苏轼《赠岭上梅》:"不趁青梅尝煮酒,要看细雨熟黄梅。"

④"有情"句:刘禹锡《竹枝词二首》其一:"杨柳青青江水平,闻郎江上唱歌声。东边日出西边雨,道是无晴却有晴。"

⑤云柱础:《埤雅》:"江湘二浙,梅欲黄时,柱础皆汗,郁蒸成雨。"

鹧鸪天

重九席上再赋①

有甚闲愁可皱眉。老怀无绪自伤悲②。百年旋逐花阴转,万事长看鬓发知。　　溪上枕,竹间棋。怕寻酒伴懒吟诗。③十分筋力夸强健,只比年时病起时。

【题解】

此词作于闲居带湖之初。观词意,当在游鹅湖归来、病体恢复后的第一个重阳节。词人此前有《鹧鸪天·重九席上》，意犹未尽，而作本篇。开篇直抒胸臆，点明满腹愁绪，皱眉苦况，皆因老怀凄凉，独自伤悲。接着具体申说老怀伤悲：人生几何，去日苦多，而功业无成，壮志难酬，两鬓苍白。可见叠经磨难，老境落寞。过片三句照应上片"无绪"，连饮酒赋诗都索然无味，遑论其他。再谓即使硬夸强健，强打精神，亦只是比先前病起时略好而已，毕竟难掩衰颓境况。萧瑟悲凉，溢于言外。

【注释】

①大德本无词题。

②"老怀"句：陈师道《九日不出魏衍见过》："九日登临迫闭藏，老怀无恨自凄凉。"冯延巳《蝶恋花》："窗外寒鸡天欲曙。香印成灰，坐起浑无绪。"

③"溪上"三句：《世说新语·排调》："孙子荆年少时欲隐，语王武子当枕石漱流，误曰'漱石枕流'。王曰：'流可枕，石可漱乎？'孙曰：'所以枕流，欲洗其耳；所以漱石，欲砺其齿。'"李商隐《即目》："小鼎煎茶面曲池，白须道士竹间棋。"陆游《剧暑》："或欲溪上钓，或思竹间棋。"

【辑评】

吴则虞《辛弃疾词选集》：首二句言本无闲愁而伤年老，壮志未伸。"旋逐花阴"之"旋"字，宋人读去声，此处犹"渐"字意。后阕"十分筋力"二句，自奋老犹强健，壮志不衰，而只能比年时病起之时，可见腰脚已大不如前。强言强健，而实已衰老。用此法其传神皆在一、二虚字。

鹧鸪天

石门道中①

山上飞泉万斛珠。悬崖千丈落鼪鼯②。已通樵径行还碍，似有人声听却无。　　闲略彴③，远浮屠。溪南修竹有茅庐。莫嫌杖屦频来往，此地偏宜著老夫。

此词作于闲居瓢泉期间。结处点出绝爱大自然、寄情山水的题旨,前此纯乎绘景。起笔写山泉飞泻,喻以万斛珠玉,极言其晶莹光洁;写悬崖峭壁,则衬以鼪鼯起落,极言其险峻难攀。接写山间之幽深离迷,"似有人声听却无",别有洞天,非身历其境者不能味其妙。过片三句为远眺之景。溪上静卧小桥,云间隐约浮屠,溪南绿竹葱茏,更有三两茅庐点缀。如此画意诗情,绝佳胜境,难怪词人流连忘返,杖屦频来。

【注释】

①词题中"石门",在铅山女城山附近。

②鼪鼯(shēng wú):松鼠,飞鼠。《庄子·徐无鬼》:"夫逃虚空者,藜藋柱乎鼪鼬之径,踉位其空,闻人足音跫然而喜矣。"

③闲略彴(zhuó)三句:《汉书·武帝纪》注:"师古曰:榷者,步渡桥,《尔雅》谓之石杠,今之略彴是也。"《广韵》十八药:"彴,横木渡水。"苏轼《同王胜之游蒋山》:"略彴横秋水,浮屠插暮烟。"于"略彴"下自注:"横木桥"。

鹧鸪天

送欧阳国瑞入吴中①

莫避春阴上马迟。春来未有不阴时。②人情展转闲中看,客路崎岖倦后知。　　梅似雪,柳如丝。试听别语慰相思。短篷炊饭鲈鱼熟,除却松江枉费诗。

【题解】

此词作于闲居瓢泉期间。起笔劝勉欧阳国瑞不要再因"春阴"而逗留,应早日出发,因为整个春天都没有不阴的时候。再就"人情"与"客路"闲闲道来,充满感慨叹息之情。过片即景生情,以梅、柳起兴,表达对欧阳的深情厚谊。尤其是听别语以慰相思,写得缠绵柔厚,情浓语真。结韵谓到了松江那样一个富有诗情画意的地方,别忘了作几首诗寄回来。融会吴中风景,颇见生活情趣。

【注释】

①词题中"欧阳国瑞",江西铅山人。朱熹《跋欧阳国瑞母氏锡诰》:"淳熙己亥春二月,熹以卧病铅山崇寿精舍,邑士欧阳国瑞来见,出其母太孺人锡号训辞及诸名胜跋语,俾熹亦题其后。熹观国瑞器识开爽,陈义甚高,其必有进乎古人为己之学而使国人愿称焉。"

②"莫避"二句:杜甫《人日二首》其一:"元日到人日,未有不阴时。"

鹧鸪天

送廓之秋试①

白苎新袍入嫩凉。春蚕食叶响回廊。② 禹门已准桃花浪③,月殿先收桂子香。　　鹏北海,凤朝阳。又携书剑路茫茫④。明年此日青云去⑤,却笑人间举子忙。⑥

【题解】

此词作于淳熙十三年(1186)闲居带湖时。围绕"秋试"生发,写月宫折桂、禹门化龙、青云直上,中心突出,形象生动,运笔开阖自如。

【注释】

①词题中"廓之",大德本作"范先之"。

②"白苎"二句:宋代举子都穿苎麻袍。《王直方诗话》:"梅圣俞在礼部考校时,和欧公《春雪》诗云:'有梦皆蝴蝶,逢袍只苎麻。'"欧阳修《礼部贡院阅进士就试》:"无哗战士衔枚勇,下笔春蚕食叶声。"新袍,大德本作"千袍"。

③"禹门"句:《三秦记》:河津一名龙门,桃花浪起,江海鱼集龙门下,跃而上之,跃过者化龙,否则点额暴腮。

④"又携"句:许浑《别刘秀才》:"三献无功玉有瑕,更携书剑客天涯。"

⑤青云去:大德本作"青云上"。《史记·范雎列传》:"须贾顿首言死罪,曰:'贾不意君能自致于青云之上。'"

⑥举子忙:钱易《南部新书》:"长安举子自六月已后,落第者不出京,谓之过夏……七月后投献新课,并于诸州府拔解,人为语曰:槐花黄,举子忙。"

鹧鸪天

和赵文鼎雪①

莫上扁舟向剡溪。浅斟低唱正相宜。②从□犬吠千家白,且与梅成一段奇。③　　香暖处,酒醒时。画檐玉箸④已偷垂。笑君解释春风恨,倩拂蛮笺⑤只费时。

【题解】

此词作于淳熙十一年(1184)闲居带湖时。赵文鼎原唱已佚。上片咏雪却未作任何直接描绘,而是全以前人典故或诗句出之。过片三句写雪融后结成玉箸,另辟新境。前七句打破上下片界限,一气贯注。末二句以情人赋诗咏雪作结,其实也是表明自己意欲咏雪。

【注释】

①词题:大德本作"用前韵和赵文鼎提举赋雪"。用前韵,指用《鹧鸪天》(千丈阴崖百丈溪)韵。赵文鼎,名善扛,号解林居士,隆兴人。太宗第四子元份之六世孙。历知蕲、湖、处诸州。提举,官名,主管专门事务。宋设提举常平、提举市舶、提举学事等官。

②"莫上"二句:向剡溪,大德本作"访剡溪"。《世说新语·任诞》:"王子猷居山阴,夜大雪,眠觉,开室,命酌酒。四望皎然,因起彷徨,咏左思《招隐诗》,忽忆戴安道。时戴在剡,即便夜乘小舟就之。经宿方至,造门不前

305

而返。人问其故，王曰：'吾本乘兴而行，兴尽而返，何必见戴？'"柳永《鹤冲天》："忍把浮名，换了浅斟低唱。"

③"从□"二句：□，大德本作"教"。柳宗元《答韦中立书》："仆来南二年，冬大雪，逾岭，被南越中数州，数州之犬皆苍黄吠噬狂走者累日。"苏轼《次韵王巩留别》："不辞万里别，成此一段奇。"

④玉箸：《开元天宝遗事》卷下："冬至日大雪，至午雪霁，有晴色，所结檐溜，皆为冰条。妃子使侍儿敲下二条看玩。帝自晚朝视政回，问妃子曰：'所玩何物耶？'笑而答曰：'妾所玩者，冰箸也。'帝谓左右曰：'妃子聪惠，比象可爱也。'"高适《燕歌行》："铁衣远戍辛勤久，玉箸应啼别离后。"刘孝威《独不见》："谁怜双玉箸，流面复流襟。"

⑤蛮笺：即蜀笺，始于薛涛。李商隐《送崔珏往西川》："浣花笺纸桃红色，好好题诗咏玉钩。"《资暇集》卷下："元和初，薛陶尚斯色，而好制小诗，惜其幅大，不欲长乃命匠狭小之。蜀中才子既以为便，后减诸笺亦如是，特名曰薛陶笺。"钱易《南部新书》"陶"作"涛"。《唐音癸签》卷二九："诗笺始薛涛。涛好制小诗，惜纸幅长剩，命匠狭小为之，时称便，因行用。其笺染潢作十种色，故诗家有十样蛮笺之语。"《负暄杂录》："唐中国纸未备，多取于外夷，故唐人诗多用蛮笺字，亦有谓也。高丽岁贡蛮纸，书卷多用为衬。"

鹧鸪天

徐衡仲惠琴不受①

千丈阴崖百丈溪。孤桐枝上凤偏宜②。玉音落落虽难合，横理庚庚定自奇。③　　人散后，月明时。试弹幽愤泪空垂。不如却付骚人手，留和南风解愠诗。

【题解】

此词作于淳熙十一年（1184）闲居带湖时。上片以咏物为主，寓情于物。起笔渲染孤桐，傍悬崖，临清溪，栖凤凰，言其处境清幽，质地高洁，是先声夺人之笔。继而赋琴，"横理庚庚"，言其纹理奇特；"玉音落落"，言其不同凡响。写琴之高洁、孤傲，正是写琴主——友人的品性，也是自我抒怀。下片以抒情为主，却也情不离物，扣紧题目，说明何以"惠琴不受"。人散月明，一曲《幽愤》，不过徒增悲恨而已。不若付与骚人，以期唱和《南风》。这表明词人虽身居田园，犹心存时政。

【注释】

①词题中"徐衡仲"，大德本作"徐衡仲抚干"。

②"孤桐"句：郭璞《梧桐赞》："桐实嘉木，凤凰所栖。爰伐琴瑟，八音克谐。"谢惠连《琴赞》："峄阳孤桐，裁为鸣琴。"

③"玉音"二句：《后汉书·耿弇传》："帝谓弇曰：'……将军前在南阳建此大策，常以为落落难合，有志者事竟成也。'"《汉书·文帝纪》："代王报太后，计犹豫未定。卜之，兆得大横。占曰：'大横庚庚，余为天王，夏启以光。'"玉音，大德本作"玉香"。二句下，大德本有注："山谷《听摘阮歌》云：'玄璧庚庚有横理。'"

鹧鸪天

代人赋①

陌上柔条初破芽②。东邻蚕种已生些。平冈细草鸣黄犊，斜日寒林点暮鸦。　　山远近，路横斜。青旗沽酒有人家。城中桃李愁风雨，春在溪头野荠③花。

【题解】

此词最晚作于淳熙十四年(1187)。词写对田野风光的热爱。桑条开始吐芽，家蚕已经生长，平冈上细草柔茵，寒林里归鸦点点，充满自然生趣。词人为景色所陶醉，忘记了"山远近，路横斜"的旅途辛劳。眼看快到了"青旗沽酒人家"，又可以获得旅途暂时的歇息，有片刻闲暇去悠然欣赏田野风景。结末二句补充说明，真正自由自在的春天，应该到溪头野外去寻找。城中生活，风雨摧人，大约可以看作官场龌龊争斗的写照。

与辛词的更富于生活气息相比，王驾《晴景》所写迥然有别："雨前初见花间叶，雨后全无叶底花。蛱蝶飞来过墙去，却疑春色在邻家。"绝无社会风俗的影迹，而纯粹是对春天自然景物的描写。

【注释】

①大德本无词题。

②柔条初破芽：大德本作"柔桑破嫩芽"。

③野荠：大德本作"荠菜"。

【辑评】

明沈际飞《草堂诗余别集》卷二：善读此词，便许看陶诗，许评王、孟。

清陈廷焯《词则·放歌集》卷一："城中"二语，有多少感慨。信笔写去，格调自苍劲，意味自深厚，有不可强而致者，放翁、改之、竹山学之，已成效颦，何论余子。

清陈廷焯《云韶集》卷五："斜日"七字，一幅图画，以诗为词，词愈出色。

俞陛云《唐五代两宋词简析》：稼轩集中多雄慨之词，纵横之笔，此调乃闲放自适，如听雄笳急鼓之余，忽闻渔唱在水烟深处，为之意远。

刘永济《唐五代两宋词简析》：此调乃作者退居时所作。词中鲜明画出一幅农村生活图像，而末尾二句，可见作者之人生观。盖以"城中桃李"与"溪头荠菜"对比，觉"桃李"方"愁风雨"摧残之时，而"荠菜"则得春而荣茂，是桃李不如荠菜，亦即城市生活不如田野生活也。此词与东坡《望江南》后半阕"微雨过，何处不催耕。百舌无言桃李尽，柘林深处鹁鸪鸣，春色属芜菁"，用意相同，皆以城市繁华难久，不如田野之常得安适。再推言之，则热心功利之辈，常因失意而愁苦，不如无营、无欲者之常乐。此种思想与道家乐恬退、安淡泊之理相合。盖稼轩出仕之时，历尽尘世忧患，退居以来，始知田野之可乐，故见溪头荠菜而悟及此理也。

吴则虞《辛弃疾词选集》：此写江南乡村风色，关心农人勤苦之词也……"城中桃李"二句，见溪头之荠菜花欣欣向荣，而想到城中桃李反不禁风雨之摧残。春在野而不在城，此显然深有寄慨。

鹧鸪天

游鹅湖醉书家壁①

春日平原荠菜花②。新耕雨后落群鸦。多情白发春无奈,晚日青□酒易赊③。　　闲意态,细生涯。牛□④西畔有桑麻。青裙缟袂谁家女⑤,去趁蚕生看外家。

【题解】

此词作于闲居带湖期间。起笔以词人钟爱的原野上的荠菜花作为春天生命力的表征,点染以新耕田垄上雨后的群鸦,颇具江南春天的典型特征。再以春色反衬自己白发早衰,唯有借酒浇愁。下片着力描绘农村充满活力的生活场景:牛栏桑麻,质朴自然,闲适平静;村中少妇,青裙白衣,农闲省亲,充满欢愉。那种淳厚朴实、安宁和谐、无忧无虑的生活状态,无不寄托着词人的爱慕与神往。

【注释】

①词题:大德本作"春日即事题毛村酒垆"。

②"春日"二句:楼钥《过苍岭》:"黄云满坞沙田稻,白雪漫山荠菜花。"春日,四卷本作"春入"。

③"晚日"句:杜甫《对雪》:"金错囊从罄,银壶酒易赊。"□,大德本作"帘"。

④□:大德本作"栏"。

⑤"青裙"句:苏轼《於潜女》:"青裙缟袂於潜女,两足如霜不穿屦。"

鹧鸪天

元溪不见梅①

千丈清溪②百步雷。柴门都向水边开。乱云剩带炊烟去,野水闲将日影来。　　穿窈窕,历崔嵬。③东林试问几时栽。动摇意态虽多竹,点缀风流却少梅④。

【题解】

此词作于闲居带湖期间。首、尾句分别写"元溪"、"不见梅",中间数句穿插叙写元溪风物,不即不离,运笔舒卷自如。

【注释】

①词题中"元溪",不详。

②清溪:大德本作"冰溪"。

③"穿窈窕"二句:陶渊明《归去来兮辞》:"即窈窕以寻壑,亦崎岖而经丘。"历,大德本作"过"。

④少梅:大德本作"欠梅"。

鹧鸪天

送元省干①

敧枕婆娑两鬓霜。起听檐溜碎喧江②。那边云筋销啼粉,这里车轮转别肠③。　　诗酒社,水云乡。可堪醉墨几淋浪④。画图恰似归家梦,千里河山寸许长。

【题解】

此词作于闲居瓢泉期间。起笔谓元济之倚枕而卧,显得有些衰老。接写其有时起来,走到廊下,谛听檐沟流水的喧嚣声,以消磨时光。"那边"二句欲写元济之思念家乡,先写家人思念元济之。过片三句言元济之与友人聚会结社,饮酒赋诗,徜徉于水云之乡,似乎极为潇洒飘逸,其实内心是很凄苦的。结末二句承"醉墨"借画发挥,言其能尺幅千里,转瞬之间实现"归家梦",表达送别之意。

【注释】

①词题:大德本作"送元济之归豫章"。元济之,生平不详。

②"起听"句:韩愈、孟郊《雨中寄孟刑部几道联句》:"檐泻碎江喧,街流浅溪迈。"

③"这里"句:《古乐府歌》:"离家日趋远,衣带日趋缓。心思不能言,肠中车轮转。"韩愈、孟郊《远游联句》:"别肠车轮转,一日一万周。"

④醉墨几淋浪:《新唐书·张旭传》:"嗜酒,每大醉,呼叫狂走,乃下笔,或以头濡墨而书,既醒自视,以为神,不可复得也。"欧阳修《奉送原甫侍读出守永兴》:"新诗醉墨时一挥,别后寄我无辞远。"

西江月

夜行黄沙道中

明月别枝惊鹊,清风半夜鸣蝉。①稻花香里说丰年。听取蛙声一片。　　七八个星天外,两三点雨山前。②旧时茅店社林边。路转溪桥忽见。③

【题解】

此词作于闲居带湖期间。全篇写景,都用白描手法。上片写夜行所见所闻。明月清风下的惊鹊鸣蝉,既是夏夜典型景象,也反衬出农村夜间的寂静,又从侧面见出词人悄然独行、留神四周动静的情形。稻花飘香,丰收在望,却有意不从词人眼中写出,而是采用拟人手法,借由一片蛙声来报道丰年消息,寄托词人内心喜悦,妙笔生花,别饶谐趣。下片写夜行遇雨。过片二句描写夏夜降雨情状极为真切,盖天上云层聚集,仅见七八颗星星,而两三点雨洒落,预示或有大雨来临。故结末二句描绘词人急于寻找避雨之所:记得往常来过的树林边那个茅店就在附近,何以不见了呢? 等到转过一个弯,茅店忽然呈现在眼前。情景活灵活现,词人的欣慰和释然见于言外。

【注释】

①"明月"二句:苏轼《次韵蒋颖叔》:"月明惊鹊未安枝,一棹飘然影自随。"周邦彦《蝶恋花》:"月皎惊乌栖不定。更漏将残,轳辘牵金井。"方干《旅次洋州寓居郝氏林亭》:"鹤盘远势投孤屿,蝉曳残声过别枝。"

②"七八"二句:卢延让《松寺》:"两三条电欲为雨,七八个星犹在天。"

③"旧时"二句:温庭筠《商山早行》:"鸡声茅店月,人迹板桥霜。"

【辑评】

清许昂霄《词综偶评》:后叠似乎太直,然确是夜行光景。

清陈廷焯《词则·别调集》卷二:的是夜景。所闻所见,信手拈来,都成异彩,总由笔力胜故也。

俞平伯《唐宋词选释》:蛙声无意,却认作有心,本是个愚人的笑话,这里却转为隽美之语。结句写出晚上走路,旧地重经,恍惚喜悦的神情。

菩萨蛮

　　淡黄弓样鞋儿小。腰肢只怕风吹倒。蓦地管弦催。一团红雪飞。　　曲终娇欲诉①。定忆梨园②谱。指日按新声。主人朝玉京。

【题解】

此词创作时地未详。赠妓之作。从装束、身段、技艺、前程诸方面塑造出了一个色艺双绝的歌伎形象,与一般的狎妓词不同。

【注释】

①诉:《诗词曲语词汇释》:"辞酒之义。"韦庄《对梨华赠皇甫秀才》:"且恋残阳留绮席,莫推细袖诉金巵。"周邦彦《定风波》:"休诉金尊推玉臂,从醉。明朝有酒谁遣持。"

②梨园:唐明皇曾选乐工三百人,宫女数百人,教授乐曲于梨园,亲自订正声误,号皇帝梨园弟子。后因称戏班艺人为梨园子弟。

菩萨蛮

乙巳冬前间举似前作,因和之①

锦书谁寄相思语。天边数遍飞鸿数。一夜梦千回。梅花入梦来。　　涨痕粉树发②。霜落沙洲白③。心事莫惊鸥④。人间千万愁。

【题解】

此词作于淳熙十二年(1185)闲居带湖时。上片写因韩南涧"举似前作"而追思叶衡,盼其音讯,而致入梦中,终于得到了消息。过片二句回忆往日与南涧的交往。最后写厌恶世路艰险,表达归隐山水田园的愿望。

【注释】

①词题:大德本作"用前韵"。前间,一般认为乃"南涧"之误。前作,指《菩萨蛮》(青山欲共高人语)。

②"涨痕"句:张祜《和岳州徐员外云梦新亭二十韵》:"树失湘潭发,山明楚塞沤。"范成大《崇德庙》:"不知新涨高几画(离堆石壁旧有水则,记涨痕,占岁事,一画为一则),但觉楼前奔万雷。"

③沙洲白:大德本作"潇湘白"。张若虚《春江花月夜》:"空里流霜不觉飞,汀上白沙看不见。"

④惊鸥:杜甫《题玄武禅师屋壁》:"锡飞常近鹤,杯渡不惊鸥。"

菩萨蛮

双韵赋摘阮①

阮琴斜挂香罗绶。玉纤初试琵琶手。桐叶雨声干②。真珠落玉盘③。　　朱弦调未惯。笑倩春风伴④。莫作别离声。

且听双凤鸣。⑤

【题解】

此词创作时地未详。起笔以用丝罗作绶带写出主人对阮咸的珍爱,接写弹阮女初试身手,拨出的音色之美妙。下片再写弹阮女边笑边拨弄对她来说实为生疏的乐器的情景,最后寄托词人的美好祝愿:愿弹阮女郎弹奏出的都是欢乐吉祥,永远不会出现伤离恨别之音。

黄庭坚曾作有一首《听宋宗儒摘阮歌》,辛词的构思和立意与之大体近似。录以参读:

翰林尚书宋公子,文采风流今尚尔。自疑耆域是前身,囊中探丸起人死。貌如千岁枯松枝,落魄酒中无定止。得钱百万送酒家,一笑不问今余几。手挥琵琶送飞鸿,促弦聒醉惊客起。寒虫催织月笼秋,独雁叫群天拍水。楚国羁臣放十年,汉宫佳人嫁千里。深闺洞房语恩怨,紫燕黄鹂韵桃李。楚狂行歌惊市人,渔父拏舟在葭苇。问君枯木著朱绳,何能道人意中事。君言此物传数姓,玄璧庚庚有横理。闭门三月传国工,身今亲见阮仲容。我有江南一丘壑,安得与君醉其中,曲肱听君写松风。

【注释】

①词题:大德本作"赋摘阮"。摘阮,弹奏阮咸。阮咸,琵琶的一种。《晋书·阮咸传》:"咸字仲容……妙解音律,善弹琵琶。"《新唐书·元行冲传》:"有人破古冢得铜器似琵琶,身正圆,人莫能辨。行冲曰:'此阮咸所作器也。'命易以木,弦之,其声亮雅,乐家遂谓之阮咸。"

②"桐叶"句:温庭筠《更漏子》:"梧桐树,三更雨。不道离情正苦。一叶叶,一声声,空阶滴到明。"

③"真珠"句:白居易《琵琶行》:"嘈嘈切切错杂弹,大珠小珠落玉盘。"

④"笑情"句:黄庭坚《次韵答曹子方杂言》:"往时尽醉冷卿酒,侍儿琵琶春风手。"春风,王诏刊本、四印斋本作"东风"。

⑤"莫作"二句:李贺《听颖师弹琴歌》:"别浦云归桂花渚,蜀国弦中双凤语。"

朝中措

为人寿①

年年金蕊艳西风。人与菊花同。霜鬓经春重绿,仙姿不饮长红。　　焚香度日尽从容。笑语调儿童。一岁一杯为寿,从今更数千钟。

【题解】

此词创作时地未详。所寿何人未详。曾误入元好问《遗山新乐府》卷五。词作所写主要是被寿者的日常生活,具有浓厚的生活气息。而且,即景言情,就事立意,不仅避免了滥俗之词,也使作品更富于表现力。如借菊言人,既点出了被寿者出生的时间,又写出了他不畏风霜的品格。

【注释】

①大德本无词题。

鹊桥仙

和祐之归浮梁①

小窗风雨,从今便忆,中夜笑谈清软。啼鸦衰柳自无聊,更管得、离人肠断。　　诗书事业,青毡犹在,头上貂蝉会见。莫贪风月卧江湖,道日近、长安路远②。

【题解】

此词当作于淳熙十四年(1187)前闲居带湖时。辛弃疾曾写过五首词送祐之。与另外的四首《蝶恋花》(衰草残阳三万顷)、《菩萨蛮》(无情最是江头柳)、《满江红》(尘土西风)、《临江仙》(钟鼎山林都是梦)主要写离别相思,而不涉及仕进问题不同,此首勉励辛祐之戮力"诗书事业",积极进取,争取从政,所谓"莫贪风月卧江湖"。

【注释】

①词题:大德本作"和范先之送祐之弟归浮梁"。范先之原唱已佚。

②"道日近"句:《世说新语·夙惠》:"晋明帝数岁,坐元帝膝上。有人从长安来……因问明帝:'汝意谓长安何如日远?'答曰:'日远。不闻人从日边来,居然可知。'元帝异之。明日,集群臣宴会,告以此意,更重问之。乃答曰:'日近。'元帝失色,曰:'尔何故异昨日之言邪?'答曰:'举目见日,不见长安。'"

鹊桥仙

山行书所见①

松冈避暑。茅檐避雨。闲去闲来几度。醉扶孤石②看飞泉,又却是、前回醒处。　　东家娶妇。西家归女③。灯火门前笑语。酿成千顷稻花香,夜夜费、一天风露。

【题解】

此词写于淳熙十六年(1189)闲居带湖时。词写山行所见所感。上片写山行中的闲情逸趣,突出"闲"字。词人多少次"闲去闲来",足见心情之悠闲,常常又是带着醉意游山玩水,平添了几分闲逸和孤寂。下片转写村民和田野。首先见到的是娶媳嫁女的欢乐场面,灯火通明,欢声笑语,热闹非凡,和上片的清幽孤寂适成鲜明对照。结拍把视线投向丰收的田野,流露出无限的喜悦之情。

【注释】

①词题:大德本作"己酉山行书所见"。

②孤石：大德本作"怪石"。

③归女：嫁女。《诗·周南·桃夭》："之子于归,宜其室家。"

临江仙

和南涧韵①

风雨催春寒食近,平原一片丹青。溪边②唤渡柳边行。花飞蝴蝶乱,桑嫩野蚕生。　　绿野先生闲袖手③,却寻诗酒功名。未知明日定阴晴。今宵成独醉,却笑众人醒。

【题解】

此词创作时地未详。韩南涧原唱已佚。上片写景。清明寒食,平原青青,溪头唤渡,蝶舞花飞,野蚕嫩桑,一派盎然春意。下片写人。人物清闲自在,以诗酒自娱,不关心世事。上下片互相映衬,景物的秀丽清新正好反衬人物的寂寥难耐,不甘心于"闲袖手"的处境。

【注释】

①词题：大德本作"即席和韩南涧韵"。

②溪边：大德本作"溪头"。

③"绿野"句：韩愈《祭柳子厚文》："不善为斫,血指汗颜。巧匠旁观,缩手袖间。"

临江仙

为岳母寿

住世都无①菩萨行,仙家风骨精神。寿如山岳福如云。金花汤沐诰②,竹马绮罗群③。　　更愿升平添喜事,大家祷祝殷勤。明年此地庆佳辰。一杯千岁酒,重拜太夫人。

【题解】

此词当作于淳熙五年(1178)由大理寺少卿出为湖北转运副使时。上片着重写其岳母的风神与福气。过片二句宕开一笔,言希望社会升平,喜事多多;接着马上收合,回到为岳母祝寿上来,因为喜事多多,便可不断地向她道喜,殷勤地给她祝寿。以下再拓展开去,写明年此时此地再为其庆祝华诞,重祝太夫人健康长寿,则今年的祝寿自然隐寓其中。

【注释】

①都无:大德本作"都知"。

②"金花"句:刘宰《故公安范大夫及夫人张氏行述》:夫人张氏,"姑赵夫人(即稼轩岳母),皇叔士经女,贵重,夫人事之惟谨,甚暑不敢挟扇。有以姑命至,必拱立而听。"宋敏求《春明退朝录》卷中:"凡官诰之制……郡夫人,常使金花罗纸七张,法锦褾袋。"《后汉书·邓皇后纪》:"永初元年,爵号太夫人为新野君,万户供汤沐邑。"注云:"汤沐者,取其赋税以供汤沐之具也。"苏轼《送程建用》:"会看金花诰,汤沐奉朝请。"

③绮罗群:王诏刊本、四印斋本作"绮罗裙"。

定风波

用药名招马荀仲游雨岩。马善医①

山路风来草木香②。雨余凉意到胡床③。泉石膏肓吾已甚④。多病。堤防风月费篇章⑤。　　孤负寻常山简醉⑥。独自。故应知子草玄忙⑦。湖海早知身汗漫⑧。谁伴。只甘松竹共凄凉⑨。

【题解】

此词作于闲居带湖期间。用药名写成诗词作品,其来已久。李壁《王荆文公诗集注》卷一六于《和微之药名劝酒》诗题下注云:"世传以为起于亚,非也。自梁以来,如简文帝、元帝,皆有药名诗。庾肩吾、沈约,亦各有一首。至唐张籍为离合诗,有云:江皋岁暮相逢地,黄叶霜前半下枝。子夜吟诗问松桂,心中万事喜君知。以此观之,则药名诗初不始于亚也。"王楙《野客丛书》卷一七云:"《西清诗话》云:'药名诗起自陈亚,非也。东汉已有离合体,至唐始著药名之号,如张籍《答鄱阳客》诗。'仆谓此说亦未深考,不知此体已著于六朝,非起于唐也。当时如王融、梁简文、元帝、沈约、竟陵王皆有,至唐而是体盛行,如卢受采、权、张、皮、陆之徒多有之。吴曾《漫录》谓药名诗,庾肩吾、沈约亦各有一者,非始于唐,所见亦未广也。本朝如钱穆父、黄山谷之辈,亦多此作。"前人所作,不过兴会所触,偶拈入诗。辛弃疾受到他们的影响,写了两首药名词,送给做医生的朋友马荀仲,借以发抒感慨。

【注释】

①词题中"马荀仲",大德本作"婺源马荀仲"。马荀仲,事历不详。

②"山路"句:暗藏"木香"药名。《本草纲目》卷一四:"木香,草类也,本名蜜香,因其香气如蜜也。古方治痈疽。"

③"雨余"句:以"雨余凉"谐音暗藏"禹余粮"药名。《本草纲目》卷一〇:"禹余粮,石中有细粉如面,故曰余粮,俗呼为太一禹余粮。主治欬逆、寒热烦满、下利赤白、血闭症瘕、大热。炼饵服之,不饥。"

④"泉石"句:暗藏"石膏"药名。《本草纲目》卷九:"石膏,其文理细密,故名细理石,其性大寒如水,故名寒水石。主治中风寒热、心下逆气惊喘、口干舌焦、不能息、腹中坚痛,除邪鬼、产褥金疮。"《新唐书·田游岩传》:"高宗幸嵩山,亲至其门,游岩野服出拜。帝谓曰:'先生比佳否?'对曰:'臣所谓泉石膏肓,烟霞痼疾者。'"

⑤"堤防"句:暗藏"防风"药名。《本草纲目》卷一三:"防风,防者,御也,其功疗风最要,故名。主治大风头眩痛、恶风风邪、目盲无所见、风行周身、骨节疼痛,久服轻身。"

⑥"孤负"句:暗藏"常山"药名。《本草纲目》卷一七:"常山乃郡名,亦今真定,岂此药始产于此得名欤!主治伤寒寒热、热发温疟鬼毒、胸中痰结吐逆。"

⑦"故应"句:以"知子"谐音暗藏"卮子"药名。《本草纲目》卷三六:"卮

子,卮,酒器也,卮子象之,故名,俗作栀。主治五内邪气、胃中热气、面赤、酒齄皶鼻、白癞赤癞疮疡。”

⑧“湖海”句:以“海早”谐音暗藏“海藻”药名。《本草纲目》卷一九:“海藻,近海诸地采取,亦作海菜,乃立名目,货之四方云。主治瘿瘤结气、散颈下硬核痛、痈肿症痕坚气、腹中上下雷鸣、下十二水肿。”

⑨“只甘”句:暗藏“甘松”药名。《本草纲目》卷一四:“甘松香,产于川西松川,其味甘,故名。甘松芳香能开脾郁,少加入脾胃药中,甚醒脾气。”

定风波

席上送范廓之游建康①

听我尊前醉后歌。人生亡奈别离何。但使情亲千里近。须信。无情对面是山河。②　　寄语石头城③下水。居士。而今浑不怕风波。借使未如鸥鸟惯④。相伴⑤。也应学得老渔蓑。

【题解】

此词作于绍熙元年(1190)闲居带湖时。送行之作,格调明快爽朗,开人胸怀。一起点明离宴,似悲实旷。从眼前离别扩展到人生悲欢,人生以离别为常事,本属无奈,何必徒自悲伤。“但使”三句,语意更为拓展,直是王勃“海内存知己,天涯若比邻”(《送杜少府之任蜀州》)诗意,既情意深厚,又胸次开阔。下片寄语建康山水,实是寄语建康故人。“风波”承上文“城下水”而来,意谓自己已隐归田园,当再无宦海风波之虞。最后说明自己确无出仕之心,只以遁迹山水为乐。

【注释】

①词题:大德本作“席上送范先之游建邺”。

②“但使”三句:《景德传灯录》:“石霜往见杨大年,杨言:‘对面不相识,

千里却同风。'"

③石头城：李吉甫《元和郡县志》卷二五："石头城在上元县西四里，即楚之金陵城也。吴改为石头。"

④未如鸥鸟惯：大德本作"未成鸥鹭伴"。

⑤相伴：大德本作"经惯"。

定风波

再和前韵药名①

仄月高寒水石乡。倚空青碧对禅床②。白发自怜心似铁③。风月。使君子细与平章④。　　已判生涯筇竹杖⑤。来往。却惭沙鸟笑人忙⑥。便好剩留黄绢句⑦。谁赋。银钩小草晚天凉⑧。

【题解】

据词题中"再和前韵"，此首应与《定风波》(山路风来草木香)大致作于同时，可合并理解。

【注释】

①词题：大德本作"药名"。

②"倚空"句：暗藏"空青"药名。《本草纲目》卷一〇："空青，阴石也，产上饶，似钟乳者佳。主治青盲耳聋、明目、利九窍、通血脉、养精神、益肝气，久服轻身延年。"禅床，大德本作"禅房"。

③"白发"句：以"怜心"谐音暗藏"莲心"药名。《本草纲目》卷三三："莲薏，即莲子中青心也，主治清心去热。"《稼轩词编年笺注》认为，此句另暗藏"发自"(谐音法子，即半夏)一药名。

④"使君"句：暗藏"使君子"药名。《本草纲目》卷一八："使君子，原出海南交趾，今闽之绍武，蜀之眉州皆栽种之，亦易生。主治健脾胃、除虚热，

治小儿百病疮癣。"

⑤"已判"句：暗藏"筇（qióng）竹"药名。《本草纲目》卷三七："暴节竹出蜀中，高节磈砢，即筇竹也。"已判，大德本作"平昔"。

⑥"却惭"句：以"惭沙"谐音暗藏"蚕沙"药名。《本草纲目》卷三九："蚕之屎曰沙"，"蚕属火，其性燥，燥能胜风去湿，故蚕沙主疗风湿之病"。

⑦"便好"句：以"留黄"谐音暗藏"硫黄"药名。《本草纲目》卷一一："石硫黄，秉纯阳火石之精气而结成，性质通硫，色赋中黄，故名硫黄。含其猛毒，为七十二石之将，故药品中号为将军。"

⑧"银钩"句：暗藏"小草"药名。《本草纲目》卷一二："远志，苗名小草。此草服之，能益智强志，故有远志之称。"

定风波

大醉自诸葛溪亭归，窗间有题字令戒饮者，醉中戏作①

昨夜山公倒载归。儿童应笑醉如泥。②试与扶头浑未醒。休问。梦魂犹在葛家溪。③　　千古醉乡来往路。知处。温柔东畔白云西。④起向绿窗高处看。题遍。刘伶元自有贤妻。

【题解】

此词约作于闲居带湖期间。词中写醉归情境生动有趣；其妻范氏题字"绿窗"劝戒酒的细节很是传神；结句与妻调侃，风趣盎然，令人想见词人夫妻间和谐幽默、又因醉酒间有摩擦的情状。

【注释】

①词题：大德本作"大醉归自葛园，家人有痛饮之戒，故书于壁"。

②"昨夜"二句：山公，大德本作"山翁"。李白《襄阳歌》："傍人借问笑何事，笑杀山翁（一作公）醉似泥。"

③"试与"三句：扶头，即扶头酒。白居易《早饮湖州酒寄崔使君》："一

植扶头酒,泓澄泻玉壶。"又,古人谓卯时所饮为扶头酒,也称卯酒。白居易《卯饮》:"卯饮一杯眠一觉,世间何事不悠悠。"《太平寰宇记》:"葛溪水出上饶县灵山,过当县李诚乡,在(弋阳)县西二里。昔欧冶子居其侧,以此水淬剑,又有葛仙冢焉,因曰葛水。"葛园、诸葛溪亭,均应与此相干。

④"千古"句:大德本作"欲觅醉乡今古路"。

定风波

施枢密席上赋①

春到蓬壶特地晴。神仙队里相公行。翠玉相挨呼小字。须记。笑簪花底是飞琼。　　总是倾城来一处。谁妒。谁携歌舞到园亭。柳妒腰肢花妒艳。听看。流莺直是妒歌声②。

【题解】

此词作于绍熙元年(1190)闲居带湖时。全篇多写施枢密席上侍女们的容貌和技艺,内容较为单薄,写法却很讲究。一是直接叙述,如"神仙队里"、"总是倾城",以见其貌若天仙;二是通过动作刻画性格,如"相挨呼小字"、"笑簪花底",写其聪慧矜持;三是以博喻之法,如用杨柳、鲜花以及黄莺对侍女的妒忌,写其身段、容貌之美和技艺之高,并能巧妙地把群像描写与个体特写结合在一起,手法多样,运用自如。

【注释】

①词题:大德本作"施枢密圣与席上赋"。据《宋史》本传,施师点字圣与,上饶人。淳熙十四年(1187)除知枢密院事。十五年春,以资政殿大学士知泉州,除提举临安府洞霄宫。绍熙二年(1191)除知隆兴府、江西安抚使。三年,得疾薨,年六十九。

②"流莺"句:韩愈《和武相公早春闻莺》:"春风红树惊眠处,似妒歌童作艳声。"

定风波

百紫千红过了春②。杜鹃声苦不堪闻③。却解啼教春小住。风雨。空山招得海棠魂。 一似蜀宫当日女。无数。猩猩血染赭罗巾。④毕竟花开谁作主。记取。大都花属惜花人⑤。

【题解】

此词约作于闲居瓢泉期间。上片写春去花落,杜鹃啼苦,仿佛是在为幽居空谷的海棠招魂,以留春"小住"。过片三句,通过联想和比喻写杜鹃花的红艳,同时融入一定的社会内涵。结末三句,言花多为惜花人而开放,只有惜花人才能发现它的美。全篇将杜鹃花、鸟融为一体,借助相关典事,以及适当的议论升华,抒发内心的忧怨之情。

【注释】

①词题:大德本作"赋杜鹃花"。

②"百紫"句:王安石《越人幕养花因游其下二首》其一:"幕天无日地无尘,百紫千红占得春。"

③"杜鹃"句:《太平寰宇记》:蜀帝杜宇被逼禅位于其相,死后,魂化杜鹃,啼至流血。《华阳风俗录》:"杜鹃大如鹊而羽乌,其声哀而吻有血。土人云:春至则鸣,闻其初声则有离别之苦。"顾况《子规》:"杜宇冤亡积有时,年年啼血动人悲。"

④"一似"三句:一似,大德本作"恰似"。司空曙《杜鹃行》:"古时杜宇称望帝,魂作杜鹃何微细……岂知昔日居深宫,嫔嫱左右如花红。"赭(zhě),红褐色。

⑤"大都"句：白居易《游云居寺赠穆三十六地主》："胜地本来无定主，大都山属爱山人。"

浣溪沙

赠子文侍人名笑笑①

侬是嵚崎②可笑人。不妨开口笑③时频。有人一笑坐④生春。　　歌欲颦时还浅笑，醉逢笑处却轻颦。宜颦宜笑越精神。

【题解】

此词作于乾道四年（1168）或五年（1169）任建康通判时。上片称赞严子文侍人不同流俗，才貌出众，频频发笑，满座粲然，不断带来欢乐和活力。下片写"笑笑"的颦笑。谓唱到让人皱眉的时候，她却面带微笑，让人舒心；醉到让人坐起喧哗时，又微皱眉头，使人清醒。不论是颦还是笑，都能恰到好处，当颦则颦，当笑则笑，使其愈发可人。全篇赠妓调笑，巧妙重复"笑笑"二字，俳谐有味。

【注释】

①词题中"子文"，即严焕，乾道二年（1166）至五年通判建康府，与辛弃疾同官。

②嵚崎：《晋书·桓彝传》："桓彝字茂伦……雅为周顗所重，顗尝叹曰：'茂伦嵚崎历落，固可笑人也。'"

③开口笑：杜牧《九日齐山登高》："尘世难逢开口笑，菊花须插满头归。"

④坐：自然，自然而然地。鲍照《行药至城东桥》："容华坐消歇，端为谁苦辛。"

浣溪沙

别成上人并送性禅师①

梅子熟时到几回②。桃花开后不须猜③。重来松竹意徘徊④。　惯听禽声浑可谱,饱观鱼阵已能排。⑤晚云挟雨唤归来⑥。

【题解】

据《稼轩词编年笺注》,此词当作于庆元初:"韩淲和词称稼轩为'辛卿'。稼轩绍熙四年(1193)方任太府卿,知此词系稼轩自闽归后所作。又据唱和词意,知其时盖初归未久,因次于庆元初。"

【注释】

①词题中"成上人"、"性禅师",事历均未详。邓广铭《辛稼轩交游考》谓:《蠹斋铅刀编》卷三〇有《铭性上人朴庵文》一首,疑性上人即性禅师。

②"梅子"句:《五灯会元》卷三:"(大梅法常)初参大寂,问:'如何是佛?'寂曰:'即心是佛。'师即大悟,遂之四明梅子真旧隐缚茅燕处……大寂闻师住山,乃令僧问:'和尚见马大师得个甚么?便住此山?'师曰:'大师向我道:即心是佛。我便向这里住。'僧曰:'大师近日佛法又别。'师曰:'作么生?'曰:'又道:非心非佛。'师曰:'这老汉惑乱人,未有了日。任他非心非佛,我只管即心即佛。'其僧回举似马祖,祖云:'梅子熟也!'"

③"桃花"句:《五灯会元》卷四:"(灵云)初在沩山,因见桃花悟道。有偈曰:'三十年来寻剑客,几回落叶又抽枝。自从一见桃华后,直至如今更不疑。'"

④"重来"句:《五灯会元》卷九:"一日,(香岩智闲)芟除草木,偶抛瓦砾,击竹作声,忽然醒悟。"

⑤"惯听"二句:禅宗主张一切声是佛声,一切色是佛色,所以不管是猿

啼鸟鸣,驴叫马嘶,都可以成为悟道的触媒,而且这种将禽鸟、鱼儿对举的说法,更是禅僧的口头禅。

⑥"晚云"句:僧人常常被称为云水僧、行脚僧等,因为他们为寻师求道,常常到各地去,行动自由,居无定所,好像天上自由飘动的云。而法雨又可喻佛法能够普度众生,就像雨水滋润万物一样。云水、法雨也是禅僧的常用语。

浣溪沙

种梅菊

百世孤芳肯自媒①。直须诗句与推排②。不然③唤近酒边来。　　自有渊明④方有菊,若无和靖即无梅。只今何处向人开。

【题解】

此词或作于庆元元年(1195)或二年(1196)。上片合写梅、菊品性孤高,不把自己轻易许人,所以一直要等到有人把它们跟诗、酒联系起来,才渐渐引起世人重视。下片言咏菊史上陶渊明的领先地位不可动摇,咏梅之最则非林逋莫属。而今知己已没,再来栽梅种菊,又将"何处向人开"? 全篇引进诗文题材以拓展词体,咏物自遣,寄托遥深。尤其是上片善用虚字,以文为词,增加了歌词的层次变化,曲折表达独立不阿的精神,坎坷失志的忧伤,以及对庆元党禁的憎厌。

【注释】

①肯自媒:肯,岂肯。自媒,自荐。

②推排:犹云考校、安排。

③不然:《诗词曲语辞汇释》:"犹云不成也,亦难道之义。"

④渊明:大德本作"陶潜"。

浣溪沙

漫兴作①

未到山前骑马回。风吹雨打已无梅。共谁消遣②两三杯。　　一似旧时春意思③，百无是处老形骸④。也曾头上带花⑤来。

【题解】

此词约作于闲居带湖期间。上片写本打算春日游山，却因无梅可赏，无友共饮，未到山前就败兴而返。过片二句续写此次春游"意思"，言与旧时不同的只是人变老了，而且落了个"百无是处"。结句比对今昔，落寞处境与难言悲愤一以轻松语调出之。

【注释】

①大德本无词题。

②消遣：排遣。苏轼《乞数珠赠南禅湜老》："从君觅数珠，老境仗消遣。"

③"一似"句：一似，确如。意思，意味。

④老形骸：犹言这副老骨头。

⑤带花：大德本作"戴花"。

杏花天

嘲牡丹

牡丹比得谁颜色。似宫中、太真第一①。渔阳鼙鼓边风急②。人在沈香亭北。　　买栽池馆多何益③。莫虚把、千金抛掷④。若教解语倾人国⑤。一个西施也得⑥。

【题解】

此词作于庆元元年（1195）或二年。起笔言在艳丽这一点上，"妖花"（陈文蔚《和贾元永醉杨妃》）牡丹可以和杨太真相提并论。接写唐玄宗杨太真荒淫误国。过片二句指出好花于社会无益，买再多牡丹栽在池馆里也没有益处，还是不要浪费财物的好。末二句转谓女色祸国也未必都是事实。全篇游走于历史和现实之间，咏物怀古，背后涌动着强烈的忧患意识。

【注释】

①太真第一：杨贵妃号太真。李白《宫中行乐词八首》其二："宫中谁第一，飞燕在昭阳。"

②渔阳"句：渔阳，唐郡名，治所在今河北蓟县。鼙鼓，战鼓，此指安禄山叛军。

③"买栽"句：罗邺《牡丹》："买栽池馆恐无地，看到子孙能几家。"

④"莫虚把"句：张又新《牡丹》："牡丹一朵值千金，将谓从来色最深。今日满阑开似雪，一生辜负看花心。"

⑤"若教"句：倾人国，大德本作"应倾国"。《开元天宝遗事》卷下："明皇秋八月，太液池有千叶白莲数枝盛开，帝与贵戚宴赏焉，左右皆叹美。久之，帝指贵妃示于左右曰：'争如我解语花。'"罗隐《牡丹花》："若教解语应倾国，任是无情亦动人。"

⑥"一个"句：卢注《西施》："惆怅兴亡系绮罗，世人犹自选青娥。越王解破夫差国，一个西施已是多。"

鹊桥仙

赠　人

风流标格，惺松①言语，真个十分奇绝。三分兰菊十分梅②，斗合③就、一枝风月。　　笙簧④未语，星河易转，凉夜厌厌留客⑤。只愁酒尽各西东,更把酒、推辞一霎。⑥

【题解】

此词创作时地未详。赠妓之作。上片极写其清雅素艳,意态妖娆。下片细致描绘其复杂微妙的心理活动。颇为明显地流露出欣赏之意。

【注释】

①惺松:同"惺忪",流利轻快。周邦彦《望江南》:"浅淡梳妆疑见画,惺松言语胜闻歌。"

②"三分"句:十分,全是。以十分之三的梅花和全部兰菊,即可凑合成一枝风月。

③斗合:《诗词曲语辞汇释》:"斗,犹凑也,拼也,合(入声)也……斗合联用,同义之重言也。"晁补之《扬州杂咏》:"双堤斗起如牛角,知是隋家万里桥。"

④笙簧:《诗·小雅·鹿鸣》:"吹笙鼓簧,承筐是将。"

⑤"凉夜"句:《诗·小雅·湛露》:"厌厌夜饮,不醉无归。"毛传:"厌厌,安也。"安闲貌。

⑥"只愁"二句:李壁注王安石《寄程给事》:"东西,酒器名,今犹有玉东西。"《墨庄漫录》卷四:"王禹玉(当为王安石之误)丞相《寄程公辟》诗云:'舞急锦腰迎十八,酒酣玉盏照东西。'乐府六幺曲有花十八,古有玉东西杯,其对甚新也。"

鹊桥仙

为岳母庆八十①

八旬庆会,人间盛事,齐劝一杯春酿②。胭脂小字点眉间,犹记得、旧时宫样。　　彩衣更著③,功名富贵,直过太公④以上。大家著意记新词,遇著个、十字⑤便唱。

此词约作于淳熙十五年(1188)闲居带湖时。岳母赵氏,乃皇叔士经之女。辛弃疾对岳母十分恭顺孝敬,做寿时总是会巧妙地恭维其皇族出身。即如此首"胭脂"二句,以诙谐语调写来,几乎不露痕迹,轻便欢快之中,还淡化了森严礼法,增强了喜庆气氛。

【注释】

①词题:大德本作"庆岳母八十"。

②春酿:春酒。《诗·豳风·七月》:"为此春酒,以介眉寿。"

③彩衣更著:《孝子传》:"老莱子者,楚人,行年七十,父母俱存,至孝蒸蒸。常著斑兰之衣,为亲取饮上堂,脚跌,恐伤父母之心,因僵仆为婴儿啼。"

④太公:姜太公。

⑤十字:大德本作"十年"。

鹊桥仙

贺余察院生日①

豸冠②风采,绣衣声价,曾把经纶少试。看看有诏日边③来,便入侍、明光殿④里。　　东君未老,花明柳媚,且引玉尘⑤沈醉。好将三万六千⑥场,自今日、从头数起。

【题解】

此词作于闲居带湖期间。宋袭唐制,中央御史台以御史大夫、御史中丞为正、副长官,下设台、殿、察三院。《宋史·职官志四》云:"监察御史。六人,掌分察六曹及百司之事,纠其谬误,大事则奏劾,小事则举正。"上片写余察院的政治才干及其发展愿景,下片写把酒祝其健康长寿。

【注释】

①词题:大德本作"寿余伯熙察院"。

②豸冠:即獬豸冠,也称法冠。《后汉书·舆服志》:"獬豸神羊,能别曲直,楚王尝获之,故以为冠。胡广曰:'……秦灭楚,以其君服赐执法近臣御史服之。'"

③日边:《却扫编》卷中:"宣和间,先公守南都,地当东南水陆之冲,使传络绎不绝,一岁中抚问者至十数。故尝有谢表曰:'天阙梦回,必有感恩之泪;日边人至,常闻念旧之言。'后因生日,府掾张矩臣献诗曰云云,盖用表语也。"

④明光殿:汉宫殿名。《汉官仪》:"尚书郎奏事明光殿。"

⑤玉尘:大德本作"玉船"。玉制酒器。《武林旧事》卷七:"淳熙六年三月十五,车驾过宫,恭请太上、太后幸聚景园……上(孝宗)亲捧玉酒船上寿酒,酒满玉船,船中人物多能举动如活,太上喜见颜色。"

⑥三万六千:李白《襄阳歌》:"鸬鹚杓,鹦鹉杯,百年三万六千日,一日须倾三百杯。"

鹊桥仙

送粉卿行

轿儿排①了,担儿装了,杜宇一声催起。从今一步一回头②,怎睚③得、一千余里。 旧时行处,旧时歌处,空有燕泥香坠④。莫嫌白发不思量,也须有、思量去里⑤。

【题解】

庆元二年(1196)夏,辛弃疾"以病止酒,且遣去歌者",作《水调歌头》(我亦卜居者),又连续写了《鹊桥仙·赠人》及此篇等,送歌姬离去。此首送别粉卿去千里之外,情深一往。上片写粉卿临歧之际,依依难舍。通过杜鹃苦啼、无情催促以及佳人回望场景的衬托渲染,侧写词人心境。下片写粉卿去后,余音绕梁,情思悠悠。全篇以事带情,作者直接进入角色,且运用口语方言,直叙明言,通俗自然。

【注释】

①排：排备，安排准备。元稹《梁州梦》："亭吏呼人排去马，忽惊身在古梁州。"

②一步一回头：丘为《留别王维》："亲劳簪组送，欲趁莺花还。一步一回首，迟迟向近关。"

③睚(yá)：望。

④"空有"句：薛道衡《昔昔盐》："暗牖悬蛛网，空梁落燕泥。"

⑤"也须有"句：也自有思量处哩！

虞美人

送赵达夫①

一杯莫落吾人②后。富贵功名寿。胸中书传有余香。看写兰亭小字、记流觞。　　问谁分我渔樵席。江海消闲日。看君③天上拜恩浓。却恐画楼无处、著东风④。

【题解】

此词作于淳熙十二(1185)或十三年(1186)闲居带湖时。上片写送别，同时反映出作者的生活情趣和闲居心理。起首二句劝君更进一杯酒，略带一点调侃的味道。以下运典，言赵达夫学富五车，也像王羲之一样记下了此次宴集盛况。过片二句的设问，是希望赵达夫能理解其处境，并为其分忧。结末二句写皇恩浩荡，而自己却无处"拜恩"，由人及己，深得含蓄之妙。

【注释】

①词题：大德本作"用前韵"。赵达夫，赵充夫，字可大，魏悼王廷美七世孙；始名达夫，字兼善，孝宗为更名，赵本人亦易其字。从外舅寓居信州铅山，曾在湖州诸地为官。

②吾人：大德本作"他人"。

③看君：大德本作"看看"。

④"却恐"句:却恐、东风,大德本分别作"却怕"、"春风"。

虞美人

赵文鼎生日①

翠屏罗幕遮前后。舞袖翻长寿。紫髯冠佩②御炉香。看取明年归奉、万年觞③。　　今宵池上蟠桃席。咫尺长安日。宝烟飞焰万花浓。试看中间白鹤、驾仙风。

【题解】

此词疑作于淳熙十二年(1185)或十三年(1186)闲居带湖时。《全宋词》又收作无名氏词,题"寿赵仓";《诗渊》题为芮辉作。起笔写寿筵。"翻长寿"既写出舞姿飘逸,又照应词题。再写寿主雍容华贵,愿其像班超一样功成名就。过片再写今宵寿筵之隆重热烈,祝友人仕途畅达。末二句以景结情,写足寿颂之意。

【注释】

①词题:大德本作"寿赵文鼎提举"。

②紫髯冠佩:李白《司马将军歌》:"身居玉帐临河魁,紫髯若戟冠崔嵬。"

③"看取"句:《后汉书·班超传》:班超出使西域,欲借此行平诸国,上书请兵说:"目见西域平定,陛下举万年之觞,荐勋祖庙,布大喜于天下。"

虞美人

夜深困倚屏风后。试请毛延寿①。宝钗小立白翻香。旋唱新词犹误、笑持觞。　　四更山月寒侵席。歌舞催时日。问他何处最情浓。却道小梅摇落、不禁风。

【题解】

此词疑作于淳熙十二年(1185)或十三年(1186)闲居带湖时。词作赠妓。起首二句写其深夜困倚屏风,宛如一幅凄美的图画。"宝钗"句以下,写其彻夜竭力歌舞劝饮。结末二句以问答方式总括前文,对其苦不堪言的生活表达怜惜之意。

【注释】

①毛延寿:《西京杂记》卷二:"元帝后宫既多,不得常见,乃使画工图形,案图召幸之。诸宫人皆赂画工,多者十万,少者亦不减五万。独王嫱不肯,遂不得见。匈奴入朝,求美人为阏氏。于是上案图以昭君行。及去召见,貌为后宫第一,善应对,举止娴雅。帝悔之,而名籍已定。帝重信于外国,故不复更人。乃穷案其事,画工皆弃市,籍其家资,皆巨万。画工有杜陵毛延寿,为人形,丑好老少必得其真。安陵陈敞,新丰刘白、龚宽,并工为牛马飞鸟众势,人形好丑,不逮延寿。下杜阳望亦善画,尤善布色,樊育亦善布色。同日弃市,京师画工,于是差稀。"《世说新语·贤媛》载案图召幸事,然无画师姓名。

虞美人

赋荼蘼

群花泣尽朝来露①。争奈②春归去。不知庭下有荼蘼。偷得十分春色、怕春知。 淡中有味清中贵。飞絮残英③避。露华微渗④玉肌香。恰似杨妃初试、出兰汤⑤。

【题解】

此词创作时地未详。上片以春末众芳摇落,虽泣尽朝露,也留不住春归为铺垫,写"无意苦争春"的荼蘼花,寂寞晚开,却独占了十分春色。过片接写荼蘼花淡雅有韵致,清丽而华贵的品格,使得"飞絮残英"无法不退避三舍。末二句以宫中美人出浴的形象比喻，写出荼蘼花的美丽动人。全篇于咏物之中应有所寄托。

【注释】

①"群花"句：李贺《李凭箜篌引》："昆山玉碎凤凰叫，芙蓉泣露香兰笑。"

②争奈：大德本作"争怨"。

③残英：大德本作"残红"。

④微渗：大德本作"微浸"。

⑤"恰似"句：陈鸿《长恨传》谓杨贵妃初承恩时，唐玄宗"别疏汤泉，诏赐藻莹。既出水，体弱力微，若不任罗绮，光彩焕发，转动照人。上甚悦。"屈原《九歌·云中君》："浴兰汤兮沐芳，华采衣兮若英。"

蝶恋花

送人行①

意态憨生元自好。学画鸦儿，旧日偏他巧。②蜂蝶不禁花引调③。西园④人去春风少。　　春已无情秋又老。谁管闲愁，千里青青草。今夜倩簪黄菊了。断肠明月⑤霜天晓。

【题解】

此词作于闲居带湖期间。所送之人，《稼轩词编年笺注》释"千里"句云当为一董姓侍者："《后汉书·五行志》：献帝践祚之初，京师童谣曰：'千里草，何青青；十日卜，不得生。'按：'千里草'为董，'十日卜'为卓。疑稼轩此词，为送董姓侍者而赋也。"上片感叹此女既憨且巧，离去之后，西园风光便不再美好。过片接写时光流逝，美景良辰都已成为过去，别绪离愁犹如一望无际的青草，挥之不去。末二句回到本题，又从"今夜"送别生发开去，设想别后柔肠寸断苦况。

【注释】

①词题：大德本作"用前韵，送人行"。用前韵，指用《蝶恋花》（九畹芳菲兰佩好）韵。

②"意态"三句：生，语助。《隋遗录》："炀帝幸江都，洛阳人献合蒂迎辇花，帝令御车女袁宝儿持之，号曰司花女。时召虞世南草《征辽指挥德音敕》于帝侧，宝儿注视久之。帝谓世南曰：'昔传飞燕可掌上舞，朕常谓儒生饰于文字，岂人能若是乎？及今得宝儿，方昭前事。然多憨态，今注目于卿，卿才人，可便嘲之。'世南应诏为绝句曰：'学画鸦黄半未成，垂肩弹袖太憨生。缘憨却得君王惜，长把花枝傍辇行。'"

③"蜂蝶"句：不禁，经受不住。引调，引动。黄庭坚《归田乐令》："引调得、甚近日心肠不恋家。宁宁地、思量他，思量他。"

④西园：即带湖居第西边的园圃。辛弃疾《蝶恋花》："点检笙歌多酿酒。蝴蝶西园，暖日明花柳。"

⑤明月：大德本作"明日"。

蝶恋花

戊申元日立春席间作①

谁向椒盘簪彩胜。整整韶华，争上春风鬓。②往日不堪重记省③。为花长把④新春恨。　　春未来时先借问。晚恨开迟，早又飘零近。今岁花期消息定。只愁风雨无凭准⑤。

【题解】

此词作于淳熙十五年（1188）闲居带湖时。一起即以"椒盘"、"彩胜"点题，又写出家人之欢乐，用笔经济。由簪彩胜而春上鬓发，联想动人。描摹他人之乐，旨在衬托一己之悲。"少年不识愁滋味"的时代逝若流水，不堪记省；而今老去，时值春日，却又每多惜花之恨。过片三句写花期难测，忧

337

迟怕早，刻画惜花心理，深婉入微。结末二句上句应题，神魂甫定，下句却又转出，怕风雨无定，花期再生变数，因而忧愁迭起。

【注释】

①词题：大德本作"元日立春"。

②"谁向"三句：椒盘，《尔雅翼·释木三》："后世率以正月一日，以盘进椒，饮酒则撮置酒中，号椒盘焉。"彩胜，即幡胜。苏轼《叶公秉王仲至见和次韵答之》："强镊霜须簪彩胜，苍颜得酒尚能韶。"整整，完整。正月初一立春，整个春天完好无缺，故称。

③记省：记起。张先《天仙子》："送春春去几时回，临晚镜。伤流景。往事后期空记省。"

④长把：四印斋本作"常把"。

⑤凭准：准信。欧阳修《品令》："懊恼人人薄幸。负云期雨信。终日望伊来，无凭准。"

【辑评】

清陈廷焯《白雨斋词话》卷一：稼轩《蝶恋花·元日立春》云："今岁花期消息定。只愁风雨无凭准。"盖言荣辱不定，迁谪无常。言外有多少哀怨，多少疑惧。

清陈廷焯《云韶集》卷五：只是惜春，却写得姿态如许！笔致伸缩，真神品也！

蝶恋花

和江陵赵宰①

老去怕寻年少伴。画栋珠帘，风月无人管。公子看花朱碧乱。新词搅断相思怨。　　凉夜愁肠千百转。一雁西风，锦字何时遣。毕竟啼鸟才思短。唤回晓梦天涯远。

【题解】

此词作于淳熙八年(1181)江西安抚使任上。赵景明原唱已佚。起笔谓赵景明去后,自己没能赋词相赠,关合人我。"公子"二句写接读赵氏词作喜不自胜的情景,点出词题。下片写愁肠百转,长夜难眠,却因啼鸟惊醒晓梦,不能同远在天涯之人哪怕是在梦中欢聚。既像是对赵景明"新词"内容的复述,又写出了对友人的思念之情。

【注释】

①词题:大德本作"和赵景明知县韵"。

蝶恋花

送赵元英①

莫向城头听漏点②。说与行人,默默情千万。总是离愁无近远。人间儿女空恩怨③。　　锦绣心胸冰雪面。旧日诗名,曾道空梁燕。倾盖未偿平日愿。一杯早唱阳关劝。

【题解】

此词作于淳熙十一年(1184)闲居带湖时。上片泛写离愁,以渲染送别气氛。过片三句写赵元英诗名之高,倾慕之情溢于言表,交代上片反复渲染离愁的因由。末二句言未得深交之恨,融惜别之情与送别之意为一体,可谓曲终雅奏。全篇情真意切,叙次井然。

【注释】

①词题,大德本作"用赵文鼎提举送李正之提刑韵送赵元英",《花庵词选》作"别意"。赵文鼎原唱已佚。赵元英,福建文山人。曾居官成都。赵蕃《忆赵蕲州善扛诗》谓赵文鼎和李正之筑居南涧为邻:"吾州忆当南渡初,居有曾吕守则徐……尔来风流颇寂寞,南池二公也不恶。李公作州大如斗,公更蕲春方待守。"

②"莫向"句:城头,大德本作"楼头"。漏点,即漏刻,漏壶所报的时间。古代以漏壶滴水计时,故云。

③"人间"句:韩愈《听颖师弹琴》:"昵昵儿女语,恩怨相尔汝。"

感皇恩

寿范倅①

七十古来稀,人人都道。不是阴功②怎生到。松姿虽瘦,偏耐云寒霜晓③。看君双鬓底,青青好。　　楼雪初晴,庭闱④嬉笑。一醉何妨玉壶倒。从今康健,不用灵丹仙草。更看一百岁,人难老⑤。

【题解】

此词创作时地未详。范倅,据《稼轩词编年笺注》考证,并非范昂,旧注谓为辛弃疾岳父范邦彦亦非是。而此范倅究属何人,则难以确考。词云"范倅"平生所修"阴功"甚多,所以年逾古稀,仍是青鬓松姿,耐得霜寒。结末数句,亦不脱祝颂长命不老的俗套。辛弃疾三十多首寿词,其中也有相当数量的泛泛谀美俗词,此为其一。

【注释】

①大德本无题。

②阴功:犹阴德。古人认为积阴功者可长寿。

③云寒霜晓:晓,原作"冷",改从大德本。

④庭闱:父母居所。杜甫《送韩十四江东觐省》:"我已无家寻弟妹,君今何处访庭闱。"

⑤难老:《诗·鲁颂·泮水》:"既引旨酒,永锡难老。"

一枝花

醉中戏作

千丈擎天手。万卷悬河口①。黄金腰下印，大如斗。更千骑弓刀，挥霍遮前后。②百计千方久。似斗草③儿童，赢个他家偏有。　　算枉了、双眉长恁皱。白发空回首。那时闲说向，山中友。看丘陇牛羊，更辨贤愚否。④且自栽花柳。怕有人来，但只道、今朝中酒。

【题解】

此词，《稼轩词编年笺注》据其与另外三首同调词中"千骑弓刀"、"家山何在"、"江南尽处"、"漂泊天涯"等语，推知"皆作于闽地"。张廷杰《宋词艺术论》则认为，应定为作于福建罢职、第一次瓢泉闲居时。词以戏谑的口吻和夸张的语言，尽情抒写醉中感慨。上片谓自己具有经天纬地之才，期望建功立业，且长期以来都在尽心竭力实现报国理想。过片转而喟叹功业未成，徒伤老大，不堪回首。接写罢职闲居以后，只能将身世遭际向山中好友诉说，深感迷茫。最后表明独善其身之志。全篇将身世之感、愤世之情寓于嘲戏之中，从而强化了对南宋当局贤愚不分的辛辣讽刺与有力抨击。

【注释】

①悬河口：《晋书·郭象传》："太尉王衍每云：听象语，如悬河泻水，注而不竭。"

②"更千骑"二句：晁补之《摸鱼儿》："弓刀千骑成何事，荒了邵平瓜圃。"

③斗草：《荆楚岁时记》："五月五日谓之浴兰节。荆楚人并踏百草，又有斗百草之戏。"白居易《观儿戏》："弄尘复斗草，尽日乐嬉嬉。"

④"丘陇"二句：六朝乐府："今日牛羊上丘陇，当年近前面发红。"

341

永遇乐

送陈光宗知县①

紫陌长安，看花年少，无限歌舞。白发怜君，寻芳较晚，卷地惊风雨。②问君知否，鸱夷载酒，不似井瓶身误③。细思量，悲欢梦里，觉来总无寻处。　　芒鞋竹杖，天教还了，千古玉溪佳句。④落魄东归，风流赢得，掌上明珠⑤去。起看清镜，南冠⑥好在，拂了旧时尘土。向君道，云霄万里，这回稳步。

【题解】

此词作于淳熙十四年(1187)闲居带湖时。上片写对陈仁和仕途失意的同情。"细思量"三句劝慰之意甚明。过片言陈仁和谪居期间诗酒登临，信江山水因之生辉。接写老来得子，且结束一年编管，得以自便。最后是送别赠言，告诫期望，语重心长。

【注释】

①词题：大德本作"送陈仁和自便东归。陈至上饶之一年，得子，甚喜"。

②"寻芳"二句：《唐诗纪事》卷五六："(杜)牧佐宣城幕，游湖州。刺史崔君张水戏，使州人毕观，令牧间行阅奇丽，得垂髫者十余岁。后十四年，牧刺湖州，其人已嫁，生子矣。乃怅而为诗曰：'自是寻春去较迟，不须惆怅怨芳时。狂风落尽深红色，绿叶成阴子满枝。'"

③井瓶身误：白居易《井底引银瓶》："井底引银瓶，银瓶欲上丝绳绝。

石上磨玉簪，玉簪欲成中央折。瓶沉簪折知奈何，似妾今朝与君别。"

④"芒鞋"三句：玉溪，指信江，因其源出怀玉山故。

⑤掌上明珠：《述异记》上："越俗以珠为上宝，生女谓之珠娘，生儿谓之珠儿。"白居易《哭崔儿》："掌珠一颗儿三岁，发雪千茎父六旬。"

⑥南冠：《左传·成公九年》："晋侯观于军府，见钟仪。问之曰：'南冠而絷者谁也?'有司对曰：'郑人所献楚囚也。'"

御街行

山中问盛复之提干行期

山城甲子冥冥雨①。门外青泥路。杜鹃只是等闲啼，莫被他催归去。垂杨不语，行人去后，也会风前絮。　　情知梦里寻鸂鶒。玉殿追班处。②怕君不饮太愁生③，不是苦留君住。白头自笑④，年年送客，自唤春江渡。

【题解】

此词约作于淳熙末闲居带湖时。盛复之，洪迈《夷坚志》支丁卷七《灵山水精》云："……丽水人盛庶字复之，名士也。曾仕于信。"又据《丽水县志·选举门》，盛庶于淳熙五年(1178)姚颖榜进士及第，仕至福建提举。上片先写春雨渐沥，一片空濛，门外青泥路泥泞不堪，难以远行。接写不要因杜鹃随意而鸣的"催归"之声，便动身离去。再说垂杨表面看似无动于衷，实际上却有愁思。借物言情，表达惜别之意。过片转写按理说盛复之赴任心切，自然是希望早行的。再说担心饯行时盛复之因依依难舍而不能畅饮。结末三句扣题，含蓄询问行期。

【注释】

①"山城"句：《朝野佥载》卷一："俚谚云：春雨甲子，赤地千里。夏雨甲子，乘船入市。秋雨甲子，禾头生耳。"杜甫《雨》："冥冥甲子雨，已度立

春时。"

②"情知"二句:崔国辅《奉和圣制上巳祓禊应制》:"鹓鹭千官列,鱼龙百戏存。"王维《和太常韦主簿五郎温汤寓目之作》:"青山尽是朱旗绕,碧涧翻从玉殿来。"

③太愁生:《六一诗话》:"李白《戏杜甫》云:'借问别来太瘦生,总为从前作诗苦。''太瘦生',唐人语也,至今犹以'生'为语助,如'作么生'、'何似生'之类是也。"

④自笑:大德本作"笑我"。

御街行

无 题

阑干四面山无数。供望眼、朝与暮。好风催雨过山来,吹尽一帘烦暑。纱厨如雾,簟纹如水,①别有生凉处。　　冰肌不受铅华污。更旎旎、真香聚。临风一曲最妖娇,唱得行人且住②。藕花都放,木犀开后,待与乘鸾去。

【题解】

此词约作于淳熙二年(1175)闲居带湖时。上片由外而内,写夏初生活环境。起笔谓居处四面环山,可供朝暮览观,怡悦性情。接写一阵"好风"把雨从山那边催赶过来,带走帘内的暑热。再写室内陈设华美,承上启下。过片由境及人,言佳人清丽柔婉,令人销魂;临风浩歌,优美动听。末三句顺势由人及物、由内而外,言夏去秋来,希望与其同赏明月。写来颇有飘飘出尘之思。

【注释】

①"纱厨"二句:周邦彦《浣溪沙》:"薄薄纱厨望似空。簟纹如水浸芙蓉。"

②"唱得"句:行人,大德本作"行云"。《列子·汤问》:"薛谭学讴于秦青,未穷青之技,自谓尽之,遂辞归。秦青弗止,饯于郊衢,抚节悲歌,声振林木,响遏行云。"

生查子

游雨岩①

溪边照影行,天在清溪底。天上有行云,人在行云里。高歌谁和余,空谷清音起。②非鬼亦非仙,一曲桃花水。③

【题解】

此词作于闲居带湖期间。上片写溪水清冷澄澈,以蓝天、白云、人影烘托渲染。天在清溪,行云入水,人浮云间,景象奇妙,令人心旷神怡。下片咏溪水清音之空谷回响,与词人浩歌交相呼应。空谷无人,高歌谁和? 隐隐流露出政治失意后的落寞感。

【注释】

①词题:大德本作"独游雨岩"。

②"高歌"二句:左思《招隐》二首其一:"非必丝与竹,山水有清音。"

③"非鬼"二句:苏轼《夜泛西湖五绝》其五:"湖光非鬼亦非仙,风恬浪静光满川。"一曲,一弯。

渔家傲

为金伯熙寿。信之谶云:"水打乌龟石,三台出此时。"伯熙旧居城西,直龟山之北。溪水啮山足矣,意伯熙当之耶。伯熙学道有新功,一日语余云:溪上尝得异石,有文隐然,如记姓名,且有"长生"等字。余未之见也。因其生朝,姑摭二事为词以寿之。①

道德文章传几世。到君合上三台位。自是君家门户事②。当此际。龟山正抱西江水。　　三万六千排日醉。鬓毛只恁青青地。江里石头争献瑞。分明是。中间有个长生字。

【题解】

　　此词疑作于闲居带湖期间。上片写寿主家学渊源深厚，官至三台有其必然性和合理性，并且上合天意，信而有征。下片主要借江山"献瑞"一事祝寿主长寿。结合词序来看，尚未失去用事的分寸。全篇虽为词序内容所范围，但并不简单重复，能稍收韵散相成之功。

【注释】

　　①词序中"为金伯熙寿"，四卷本作"为余伯熙寿"，大德本作"为余伯熙察院寿"。余氏信州人，余未详。谶（chèn），预言吉凶祸福的文字。三台，后汉称尚书为中台，御史为宪台，谒者为外台，合称三台。摭（zhí），摘取。《汉书·扬雄传》："往往摭《离骚》文而反之。"

　　②"自是"句：《晋书·孙盛传》："著《魏氏春秋》、《晋阳秋》，并造诗赋论难复数十篇。《晋阳秋》词直而理正，咸称良史焉。既而桓温见之，怒谓盛子曰：'枋头诚为失利，何至乃如尊君所说！若此史遂行，自是关君门户事。'其子遽拜谢，谓请删改之。"

好事近

元夕立春①

彩胜斗华灯，平地②东风吹却。唤取雪中明月，伴使君行乐。　　红旗铁马响春冰③，老去此情薄。惟有前村梅在，倩一枝随著。④

此词作于绍熙三年(1192)正月闲居带湖时。上片写陪伴"使君"共享元宵佳节。东风吹拂,大地回春,华灯彩胜,争奇斗妍,交相辉映,一派热闹欢乐景象。下片先谓而今落职闲居,年事又高,从俗娱乐的兴致锐减。再化用齐己诗意,反承上文,言其对踏雪寻梅却情有独钟,先抑后扬,振动全篇。

【注释】

①词题:大德本作"席上和王道夫赋元夕立春"。据陈傅良《止斋集》卷五〇《王道甫圹志》:王道夫,名自中。登淳熙五年(1178)进士第。知光化军、信州,召赴行在。丁太安人忧,服阕,再被召,以论罢。主管建宁府武夷山冲佑观,起知邵州兴化军,连以论罢。兴化之命下,道甫已病,庆元五年(1199)七月也。八月二十三日卒。官至朝请郎,年六十。

②平地:大德本作"平把"。

③"红旗"句:《芸窗私志》:"元帝时临池观竹,既枯,后每思其响,夜不能寝。帝为作薄玉龙数十枚,以缕线悬于檐外,夜中因风相击,听之与竹无异。民间效之,不敢用龙,以什骏代。今之铁马,是其遗制。"苏轼《上元夜》:"牙旗穿夜市,铁马响春冰。"

④"惟有"二句:《五代史补》卷三:"僧齐己,长沙人……天性颖悟,于风雅之道日有所得……时郑谷在袁州,齐己因携所撰诗往谒焉。有《早梅》诗曰:'前村深雪里,昨夜数枝开。'谷笑谓曰:'数枝非早,不若一枝则佳。'齐己矍然,不觉兼三衣叩地膜拜。自是,士林以谷为齐己一字之师。"

好事近①

和泪唱阳关,依旧字娇声稳。②回首长安何处,怕行人归晚。   垂杨折尽只啼鸦,把离愁勾引。③却笑远山无数,被行云低损。

此词当作于闲居带湖期间。上片从席上令人动容的离歌写起,烘托送别时的感伤氛围。接写对行人去后的担念。过片二句再以垂杨折尽极言离愁。末二句写为离愁所苦,不说自己情痴,却笑远山被行云遮断,情深语婉,与欧阳修"平芜尽处"二秀句同工异曲。

【注释】

①词题:大德本作"送李复州致一席上和韵"。原唱未详。李致一,名籍仕历不详。复州,南宋属荆湖北路,即今湖北仙桃。

②"和泪"二句:任半塘《唐声诗》:"此诗入乐以后,名《渭城曲》。凡称《阳关》者,多数指声,不指曲名。宋人因其唱法有三叠句,其突出,乃改称《阳关曲》或《阳关三叠》,以夺《渭城曲》原名。"苏轼《江城子》:"掩霜纨。泪偷弹。且尽一尊,收泪唱阳关。"

③"垂杨"二句:李商隐《离亭赋得折杨柳二首》其二:"为报行人休尽折,半留相送半迎归。"

行香子

归去来兮。行乐休迟。命由天、富贵何时。①百年光景②,七十者稀。奈一番愁,一番病,一番衰。　　名利奔驰。宠辱惊疑③。旧家时④、都有些儿。而今老矣,识破关机⑤。算不如闲,不如醉,不如痴。

【题解】

此词约作于庆元初闲居瓢泉时。词作反思人生。起笔用陶诗,提出应急流勇退,潇洒欢度晚年。接着说富贵不可强求,人生苦短,衰老忧患不可避免。过片追忆前半生,在名利场中历经波折。"而今"折入眼前,谓参破尘缘,在清浊难辨的时代,何如疏放闲适,自我韬晦,徜徉于闲静醉乡之中,求得自我消解与超越。煞拍用老庄玄禅思想反观尘世,凝聚多少人生感喟,愤懑无奈,展现出词人心境悲凉消沉,却又并不放纵沉迷的一面。

【注释】

①"行乐"二句:《论语·颜渊》:"死生有命,富贵在天。"

②百年光景:《礼记·曲礼上》:"人生十年曰幼,学……百年曰期,颐"。

③宠辱惊疑:《老子》:"宠为下,得之若惊,失之若惊,是谓宠辱若惊。"

④旧家时:过去、从前。李清照《南歌子》:"旧时天气旧时衣。只有情怀不似、旧家时。"

⑤关机:犹"机关",指名利场中的权谋机诈。

南歌子

独坐蔗庵①

玄入参同契,禅依不二门。②静看③斜日隙中尘。始觉人间何处、不纷纷。 病笑春先老④,闲怜懒是真⑤。百般啼鸟苦撩人。除却提壶⑥此外、不堪闻。

【题解】

此词约作于淳熙十二年(1185)后、郑舜举离开信州以前,时辛弃疾闲居带湖。蔗庵,郑汝谐居第,在上饶城隅一山巅。郑汝谐,字舜举,曾做过两浙转运判官,后任江西转运使。上片写看见一线阳光中飞舞的无数尘埃,联想到人间也是如此,处处充满了纷纷扰扰。这是通过观察分析、体味洞悉日常生活,对所提炼出的世事人情深刻哲理的形象表现,它有可能超越抒情主体的个人经验,上升到对人生普遍之理的表现。过片二句写因病而对气候敏感,比别人先知道春天的到来,又因闲而领悟到疏懒是一种接近本性的生活状态。结末二句言百鸟啼鸣,春光大好,令人不能无动于衷。而在众鸟声中,唯独愿意听"提壶"鸟的鸣叫。下片的抒情非但没有映证上片的玄理,反而泄露了词人内心忘世不易的痛苦。

【注释】

①词题中"蔗庵",大德本作"庶庵"。

②"玄入"二句:玄,本指深奥、神妙。《老子》:"玄之又玄,众妙之门。"指道家之道,特指道家。《南齐书·百官志》:"太始六年,以国学废,初置总明观,玄、儒、文、史四科,科置学士各十人。"参同契,书名。《唐志》列《参同契》于五行类。《四库全书总目》卷一四五《周易参同契通真义》提要云:"葛洪《神仙传》称魏伯阳作《参同契》,五行相类,凡三卷。其说是《周易》,其实假借爻象以论作丹之意。"禅,梵语"禅那"之省称。意译"思维修",静思之意。此处指代佛理。不二门,佛家语,即"不二法门"。佛教谓有八万四千法门,不二法门在诸法门之上,能直见圣道,不可言传,后亦用以比喻独一无二的门径或方法。

③静看:大德本作"细看"。

④先老:大德本作"先到"。

⑤"闲怜"句:闲怜,大德本作"闲知"。杜甫《漫成》:"近识峨嵋老,知余懒是真。"

⑥提壶:鸟名。《九华山志》:"提壶,芦状,类燕子,色错黄褐。春日则叫曰:'提壶芦,沽美酒。'人多见之。"刘禹锡《和苏郎中寻丰安里旧居寄主客张郎中》:"池看科斗成文字,鸟听提壶忆献酬。"

南歌子①

世事从头减②,秋怀彻底③清。夜深犹道④枕边声。试问清溪底事、不能平⑤。　　　月到愁边⑥白,鸡先远处鸣。是中无有利和名。因甚山前未晓、有人行。

【题解】

此词作于淳熙十四年(1187)前闲居带湖时。词写山中夜坐静思,对社会人生有所求索。上片就溪水起兴,万籁俱静、秋怀澄澈之际,词人忽惊于枕边溪流之声,幽咽跌宕,疑而作问:此山间溪水为谁而鸣不平? 下片就月白鸡鸣起兴,又是深深一问:山民但求温饱,不争名利,何以有人如此辛苦早行? 至此,上下片两结一意贯穿,词旨豁然开朗,意谓人间何其不公如此。此类主题,于词中少见。

【注释】

①四印斋本有词题"山中夜坐"。

②从头减:彻底消失。

③彻底:通透到底,自始至终。《玉台新咏》题江淹《西洲曲》:"置莲怀袖中,莲心彻底红。"

④犹道:大德本作"犹送"。

⑤"试问"句:不能,大德本作"未能"。底事,何事,何以。白居易《放言》五首其一:"朝真暮伪何人辨,古往今来底事无。"韩愈《送孟东野序》:"大凡物不得其平则鸣。草木之无声,风挠之鸣;水之无声,风荡之鸣。"

⑥月到愁边:黄庭坚《减字木兰花》:"想见牵衣,月到愁边总不知。"

清平乐

寿道夫①

此身长健。还却功名愿。枉读平生三万卷②。满酌金杯听劝。　　男儿玉带金鱼。能消几许诗书。料得今宵醉也,两行红袖争扶③。

【题解】

此词作于绍熙二年(1191)秋闲居带湖时。起笔祝愿王道夫身体康健,言有了健康的身体,才能达到追求功名富贵的目的。接着反用典故,是说平生饱读诗书,所学应该派上用场。过片二句紧承"枉读"句,通过对比抒发感慨,有进一步为王道夫鸣不平之意,也似是在借他人酒杯浇一己块磊。末二句想象醉后"红袖争扶"情景,以见寿宴之乐。

【注释】

①词题:大德本作"寿信守王道夫"。王道夫,据魏了翁《鹤山大全集》卷七六《宋故籍田令知信州王公墓志铭》,王自中字道夫,绍熙二年(1191)出知信州,故称信守。

②"枉读"句:陈师道《送苏尚书知定州》:"枉读平生三万卷,貂蝉当复作兜鍪。"

③"两行"句:杜牧《兵部尚书席上作》:"偶发狂言惊满坐,两行红袖一时回。"又《寄杜子二首》其一:"不识长杨事北胡,且教红袖醉来扶。"

清平乐

寿赵民则提刑,时新除,且素不喜饮①

诗书万卷。合上明光殿。案上文书看未遍。眉里阴功早见。　　十分竹瘦松坚。看君自是长年。若解尊前痛饮,精神便是神仙。

【题解】

此词作于绍熙五年(1194)福建安抚使任上。起笔谓赵民则读书万卷,理应入朝为官,巧妙地点出"新除"之意。再赞扬其忠于职守,公正廉明。过片二句祝愿赵民则长寿。末二句言其如果能常喝点酒,就更会像神仙一样精神。照应词题,可谓一笔不漏。

【注释】

①词题中"赵民则",据杨万里《诚斋集》卷一一九《朝请大夫将作少监赵公行状》,赵像之字民则,秦悼王六世孙。历官郢州知州、福建提点刑狱公事。新除,指新任提刑之职。

清平乐

题上卢桥①

清溪奔快。不管青山碍。②千里③盘盘平世界。更著溪山襟带。　　古今陵谷茫茫。市朝往往耕桑。④此地居然形胜⑤,似曾小小兴亡。

【题解】

此词作于闲居带湖期间。起笔谓清溪奔腾,不顾山峦重重阻碍,一往无前。接着描绘上卢桥一带曲折回旋的地势,点染出溪水冲决阻碍后的自在轻松景象,襟山带水,清幽秀美。下片即景遐想,由对眼前山水形胜的清赏,兴发人世兴亡之感,因小见大,意味深永。

【注释】

①词题中"上卢桥",在上饶境内。

②"清溪"二句:清溪,大德本作"清泉"。王安石《江》:"逆折山能碍,奔流海与期。"

③千里:大德本作"十里"。

④"古今"二句:《诗·小雅·十月之交》:"高岸为谷,深谷为陵。"韩偓《乱后春日途经野塘》:"眼看朝市成陵谷,始信昆明是劫灰。"

⑤"此地"句:《史记·高祖本纪》:"秦,形胜之国,带河山之险,县隔千里。"

【辑评】

吴则虞《辛弃疾词选集》:前阕写流泉景色,后阕有兴亡之感。清泉从高处直奔山下,不管两面青山阻碍而终流至平地。"十里盘盘平世界"二句,流泉宛转曲折而流于坦途,前后左右,襟带溪山,有小中见大之境。后阕"茫茫"言大,"居然"言小;"兴亡"言大,"小小"又言小,亦自小以见大。兴亡过眼,诚大小一例也,此亦老年之词。

浪淘沙

送子似①

金玉旧情怀。风月追陪。扁舟千里兴佳哉。不似子猷行半路,却棹船回。　来岁菊花开。记我清杯。西风雁过瑱山台。把似②倩他书不到,好与同来。

【题解】

此词作于庆元六年(1200)闲居瓢泉时。上片写二人情同金玉。"风月追陪"谓二人赏风吟月,过从甚密。接着反用雪夜访戴典意,写出对吴子似的真挚情谊。过片二句是说来年重阳佳节,你会记起我们登高赏菊、饮酒赋诗的情景。从对方着笔,写出自己的别后相思之意。再紧承上文,以委婉的语气,约吴子似明年重来相会,充分表达依依惜别之情。

【注释】

①词题:大德本作"送吴子似县尉"。

②把似:假如。

浪淘沙

赋虞美人草

不肯过江东①。玉帐匆匆②。至今③草木忆英雄。唱著虞兮当日曲④,便舞春风。　儿女此情同。往事朦胧。湘娥竹上泪痕浓。舜盖重瞳堪痛恨,羽又重瞳。⑤

【题解】

此词作于庆元元年(1195)或二年闲居带湖时。虞美人草,沈括《梦溪笔谈》卷五云："高邮桑景舒性知音。旧传有虞美人草,闻人作《虞美人曲》,则枝叶皆动,他曲不然。景舒试之,诚如所传。详其曲声,皆吴音也。"

此词上片用霸王别姬、乌江自刎的典故,加上虞美人草闻《虞美人曲》便在春风中起舞的传说,融虞美人与虞美人草为一体,表达出对这一历史悲剧的深切叹息。过片三句由草木自然过渡到人事,表明人们至今依然深深地怀念着项羽。然而英雄不再,壮志未酬,实在让人泪痕难消。结末二句起波澜于平地,对作为"重瞳"苗裔的项羽不思德政,兵败身亡,深致惋惜。全篇借古伤今,哀怨悲凉。

【注释】

①"不肯"句:《史记·项羽本纪》:"于是项王乃欲东渡乌江。乌江亭长舣船待,谓项王曰:'江东虽小,地方千里,众数十万人,亦足王也。愿大王急渡。今独臣有船,汉军至,无以渡。'项王笑曰:'天之亡我,我何渡为!且籍与江东子弟八千人渡江而西,今无一人还,纵江东父兄怜而王我,我何面目见之?纵彼不言,籍独不愧于心乎?'……乃自刎而死。"李清照《夏日绝句》:"生当作人杰,死亦为鬼雄。至今思项羽,不肯过江东。"

②玉帐匆匆:许彦国《虞美人草行》:"三军散尽旌旗倒,玉帐佳人坐中老。香魂夜逐剑光飞,青血化为原上草。"案:《诗话总龟》前集卷二一引《冷斋夜话》,谓此诗为曾布妻魏氏作,《苕溪渔隐丛话》前集卷六已证其误:"此诗乃许彦国表民作。表民,合肥人。余昔随侍先君守合肥,尝借得渠家集,集中有此诗。又合肥老儒郭全美,乃表民席下旧诸生,云亲见渠作此诗。今曾端伯编《诗选》,亦列此诗于表民诗中,遂与余所见所闻暗合,览者可以无疑,亦知冷斋之妄也。"

③至今:大德本作"只今"。

④虞兮当日曲:《史记·项羽本纪》:项羽被汉军困于垓下,夜起,"饮帐中。有美人名虞,常幸从;骏马名骓,常骑之。于是项王乃悲歌慷慨,自为诗曰:'力拔山兮气盖世,时不利兮骓不逝。骓不逝兮可奈何,虞兮虞兮奈若何!'歌数阕,美人和之。项王泣数行下。"

⑤"舜盖"二句:《史记·项羽本纪》:"太史公曰:吾闻之周生曰:舜目盖重瞳子,又闻项羽亦重瞳子,羽岂其苗裔邪?何兴之暴也?"

虞美人

赋虞美人草①

当年得意如芳草。日日春风好。拔山力尽忽悲歌。饮罢虞兮从此、奈君何。　　人间不识精诚苦。贪看青青②舞。蓦然敛袂却亭亭③。怕是曲中犹带、楚歌声④。

【题解】

此词作于庆元元年(1195)或二年闲居带湖时。起首二句写项羽当年春风得意,所向无敌。"拔山"句承上启下,化用项羽的悲歌写其由盛而衰的急剧变化,并引出"饮罢"二句的末路之悲。下片言虞姬是项羽末路失意的目击者与悲慨不幸之情的分担者,而虞美人草又是虞姬的化身,因而,今日于春风中舞动,与当日于四面楚歌的玉帐中闻歌起舞,其精神、内心之痛苦、伤悲,怕是等无差别的。无奈今日"贪看青青舞"的人们,全不理解此情此意。其中无疑渗透着词人自己的身世感慨。

【注释】

①虞美人草:《碧鸡漫志》卷四:"《益州草木记》:雅州名山县,出虞美人草,如鸡冠花。叶两两相对,为唱《虞美人曲》,应拍而舞,他曲则否。"

②青青:茂盛貌。《诗·卫风·淇奥》:"瞻彼淇奥,绿竹青青。"

③亭亭:孤立无依之貌。曹丕《杂诗》:"西北有浮云,亭亭如车盖。"注:"亭亭,迥远无依之貌。"

④"怕是"句:《史记·项羽本纪》:"项王军壁垓下,兵少食尽,汉军及诸侯兵围之数重。夜闻汉军四面皆楚歌,项王乃大惊曰:'汉皆已得楚乎?是何楚人之多也!'"

【辑评】

吴则虞《辛弃疾词选集》:此咏物词,以虞姬与虞美人草双关写去,空际取神,开阖动荡。

新荷叶

初秋访悠然①

物盛还衰，眼看春叶秋萁。②贵贱交情，翟公门外人稀。酒酣耳热③，又何须、幽愤裁诗④。茂林修竹，小园曲径疏篱。

秋以为期⑤。西风黄菊开时。拄杖敲门⑥，从他颠倒裳衣⑦。去年堪笑，醉题诗、醒后方知。而今东望，心随去鸟先飞⑧。

【题解】

此词作于庆元六年(1200)。上片应是对另一本词题中所谓"赵茂嘉赵晋臣和韵"之作的回应。起笔由自然界的物盛还衰起兴，借翟公之典，刻画世间人情冷暖。接着反用"幽愤裁诗"等典故之意，言寄情于酒，又何须借酒赋诗，抒写郁积胸中的幽愤。再写怡情山林之乐，自然过渡到下片。过片四句，悬想今秋如约共同造访悠然阁的欢快情景。以下先宕开一笔，写去年同游之赏心乐事；再收合，以描摹期待之情写明欣然应约之意。

【注释】

①词题：大德本作"赵茂嘉赵晋臣和韵，见约初秋访悠然，再用韵"。悠然，悠然阁。再用韵，指用同调"种豆南山"韵。

②"物盛"二句：《淮南子·道应训》："物盛而衰，乐极则悲。"萁(qí)，豆秸。

③酒酣耳热：曹丕《与吴质书》："每至觞酌流行，丝竹并奏，酒酣耳热，仰而赋诗。当此之时，忽然不自知乐也。"

④幽愤裁诗：《晋书·嵇康传》："后安为兄所枉诉，以事系狱，辞相证引，遂复收康。康性慎言行，一旦缧绁，乃作《幽愤诗》。"

⑤秋以为期：《诗·卫风·氓》："将子无怒，秋以为期。"

⑥拄杖敲门：苏轼《寓居定惠院之东杂花满山有海棠一株土人不知贵也》："不问人家与僧舍，拄杖敲门看修竹。"

⑦"从他"句：从他，大德本作"任他"。《诗·齐风·东方未明》："东方未晞，颠倒裳衣。"

⑧"心随"句：韩愈《奉使镇州行次承天行营奉酬裴司空》："旋吟佳句还鞭马，恨不身先去鸟飞。"

生查子

独游西岩①

青山非不佳，未解留侬住。②赤脚踏沧浪③，为爱清溪④故。
朝来山鸟啼，劝上山高处。我意⑤不关渠，自要寻兰⑥去。

【题解】

此词作于闲居带湖期间。起笔言青山并非不秀丽，但它却不知道如何让我停下脚步。接着解释说，这是因为自己热爱清澈溪水的缘故。下片同样采取先抑后扬之法。过片二句坐实"青山非不佳"。"劝上"二字，化静为动，充分描绘山中花鸟之可亲可爱。结末二句先宕开，再反跌收合，写出习惯于登高望远的词人，如何在西岩赤脚踏浪之际，意外地获得灵境的启示与无尽的诗情。

【注释】

①大德本无词题。西岩，《上饶县志》云："在县南六十里，岩石拔起，中空如洞，内有悬石如螺，滴水垂下，味甘冷。"

②"青山"二句：李德裕《登崖州城作》："青山似欲留人住，百匝千遭绕郡城。"

③"赤脚"句：杜甫《早秋苦热堆案相仍》："南望青松架短壑，安得赤脚踏层冰。"沧浪，大德本作"层冰"。

④清溪：大德本作"青溪"。

⑤我意：大德本作"栽意"。

⑥寻兰：大德本作"寻诗"。

西江月

赋丹桂①

宫粉厌涂娇额②，浓妆要压③秋花。西真人④醉忆仙家。飞佩丹霞羽化⑤。　　十里芬芳未足，一亭风露先加。杏腮桃脸费铅华。终惯秋蟾影下。

【题解】

此词创作时地未详。上片写丹桂之形。起笔言其犹如天生佳丽，本色浓艳，盖过其它秋花。从反面着笔，写丹桂之引人注目。接写丹桂花开，艳若丹霞，状如飞佩，飘飘欲仙。下片写丹桂之神。先说其香未必十分浓郁，却能盛开于万花摧抑之际。再说桃杏得意于春风送暖之时，而丹桂习惯于秋月下的寂寞年华。抑扬反衬之法，突出表现其品格可嘉。

【注释】

①词题：大德本作"和杨民瞻赋丹桂韵"。杨民瞻原唱已佚。

②宫粉"句：王安石《与微之同赋梅花得香字三首》其一："汉宫娇额半涂黄，粉色凌寒透薄妆。"

③要压：四印斋本作"再压"。

④西真人：李剑国辑校《宋代传奇集·贤鸡君传》："贤鸡君鲁敢，因行西城道上，遇青衣曰：'君东斋有客，伺君久矣。'乃归。步庭际，见女子揉英弄蕊，映身花阴。君疑狐妖，正色远之。女亦徐去。月余，飞空而来曰：'奴西王母之裔，家于瑶池西真阁。'恍如梦中，引君同跨彩麟，在寒光碧虚中，临万丈绝壑，陟蟠桃岭。西顾琼林，烂若金银世界，曰：'此瑶池也。'……命君升西真阁，曰：'尝见紫云娘诵君佳句。'语未毕，见千万红妆，珠佩丁当，

星眸丹脸，霞冠霓裳。一人面特秀丽，艳发其旁，西真曰：'此吾西王母也。'……须臾，觥筹递举，霞衣吏请奏《鸾凤和鸣曲》，又奏《云雨庆仙期曲》。酒酣，复入一洞，碧桃艳杏，香凝如雾。西真顾谓君曰：'他日与君人间还，双栖于此。'……次早，君乃辞归，诸仙举乐而别。"

⑤羽化：苏轼《前赤壁赋》："飘飘乎如遗世独立，羽化而登仙。"

唐多令

淑景斗清明。和风拂面轻。小杯盘、同集郊坰①。著个篼儿②不肯上，须索③要、大家行。　　行步渐轻盈。行行笑语频。凤鞋儿、微褪些根④。忽地倚人陪笑道，真个是、脚儿疼。

【题解】

此词创作时地未详。先写良辰美景，是郊游的好日子。再说春风拂面，轻暖宜人，从天气方面作必要的扩写与补充。"小杯盘"句先写所带器物，以见供张毕具，后写地点。着一"同"字，意味结伴出行。"著个"以下为第二部分，写春游中的侍女。词人带着同去郊游的一个侍女，肯定是觉得坐轿不够味儿，非要和大家一起步行不可。一开始步履轻盈，有说有笑。慢慢地，难忍束缚之苦，就把脚从鞋内退出，微微露出些后跟。走着走着，忽然倚着旁人不好意思地说，脚儿真疼，不能再走了。笔调轻松活泼，描写生动传神。

【注释】

①郊坰（jiōng）：郊野。

②篼（jiāo）儿：辛启泰辑《稼轩词补遗》作"轿儿"。

③须索：必须。《祖堂集》卷一三："'未审从上宗乘如何举唱？'与摩须索你亲问始得。'"

④微褪些根:刘过《沁园春》:"衬玉罗悭,销金样窄,载不起、盈盈一段春。嬉游倦,笑教人款捻,微褪些跟。"

王孙信

调陈萃叟①

有得许多泪。又闲却、许多鸳被。②枕头儿、放处都不是。旧家时、怎生睡。　　更也没书来,那堪被、雁儿调戏。道无书、却有书中意。排几个、人人字。

【题解】

此词作于淳熙末闲居带湖时。代陈萃叟写其思念妻子之情,寓调笑之意。上片极写忆内难耐情态。两眼含泪,躺在床上辗转反侧,无论枕头怎样放都难以入睡。这也可以是一笔两面的实写。下片虚拟,将相思情推进一层。久不见面,期盼书信来。信没来,替人传书的雁儿像故意调戏人似的,在天上排成"人"字飞行,更让陈萃叟想起内人。化故典出新意,诙谐幽默,有无限情致。

【注释】

①词调:大德本作"寻芳草"。词题,大德本作"调陈萃叟忆内"。陈萃叟未详。

②"有得"二句:又,大德本作"更"。《本事诗·情感》:"朱滔括兵,不择士族悉令赴军,自阅于球场。有士子容止可观,进趋淹雅。滔自问之曰:'所业者何?'"曰:'学为诗。'问:'有妻否?'曰:'有。'即令作寄内诗,援笔立成。词曰:'握笔题诗易,荷戈征戍难。惯从鸳被暖,怯向雁门寒。瘦尽宽衣带,啼多渍枕檀。试留青黛着,回日画眉看。'……滔遗以束帛,放归。"

一剪梅

记得同烧此夜香。人在回廊。月在回廊。而今独自睡昏黄①。行也思量。坐也思量。　　锦字都来②三两行。千断人肠。万断人肠。雁儿何处是仙乡。来也恓惶③。去也恓惶。

【题解】

此词创作时地未详。上片对比叙写往昔共度良宵,互诉衷肠,而今独捱黄昏,无处不思量。下片写锦书传来,反而更添惆怅,令人肠断恓惶。全篇清晰刻画出一位多情女子的苦苦思念,正邹祗谟所谓"间作妩媚语,观其得意处,真有压倒古人之意"(《远志斋词衷》)。

【注释】

①"而今"句:睡(yá),犹捱,熬。韩偓《曲江晚思》:"水冷鹭鸶立,烟月愁昏黄。"

②都来:总共。

③恓(xī)惶:张籍《送韦评事归华阴》:"老大谁相识,恓惶又独归。"

一剪梅①

独立苍茫醉不归。日暮天寒,归去来兮。探梅踏雪几何时。今我来思。杨柳依依。　　白石江头曲岸□②。一片闲愁,芳草萋萋③。多情山鸟不须啼。桃李无言。下自成蹊。④

【题解】

此词作于淳熙元年(1174)江东安抚司参议官任上。词写不久前与叶

362

衡同到蒋山踏雪探梅,而今故地重游,已是依依杨柳的春天。景致是一样的美好,却不能再与已赴朝任职的友人尽兴游乐,眼见萋萋芳草,引动"一片闲愁"。

【注释】

①大德本有词题作"游蒋山呈叶丞相"。蒋山,即钟山。汉末有秣陵尉蒋子文逐盗死事于此,吴大帝为立庙,封曰蒋侯。大帝祖讳钟,因改曰蒋山。

②"白石"句:大德本作"白石冈头曲岸西"。白石冈,在建康朱雀门外。

③芳草萋萋:崔颢《黄鹤楼》:"晴川历历汉阳树,芳草萋萋鹦鹉洲。"

④"桃李"二句:《史记·李将军列传》:"传曰:'其身正,不令而行;其身不正,虽令不从。'其李将军之谓也……谚曰:'桃李不言,下自成蹊。'"《索隐》:"按姚氏云:桃李本不能言,但以华实感物,故人不期而往,其下自成蹊径也。"

【辑评】

吴则虞《辛弃疾词选集》:此题云"呈叶丞相",当为后来补题。乙集本其所以无题者,其时方兴门户之争,故隐去耳。此词上片言时序之速,颇有投闲置散之感。下片似有通诚瞻望之意,措词极委婉。

玉楼春

席上为黄倅赋。龙嵸,雨岩堂名。通判雨,当时民谣。吏垂头,亦渠摄郡时事。①

　　往年龙嵸堂前路。路上人夸通判雨。去年拄杖过瓢泉,县吏垂头民笑语②。　　　学窥圣处文章古③。清到穷时风味苦。尊前老泪不成行,明日送君天上去。

【题解】

此词至晚作于淳熙末闲居带湖时。上片写黄倅政绩。从时间、地域和内容方面着笔,涵盖其整个任期、信州大部地区以及吏治民事等,又云乃作者亲见亲闻,显得真实可信。过片接写黄倅学识、人品,点出他之所以取得上述政绩的原因,进一步丰富其清官循吏形象。结末二句点题,言老泪纵横,把酒话别,依依不舍,祝愿友人青云直上,鹏程万里。

【注释】

①词序中"席上为黄倅赋",大德本作"席上赠别上饶黄倅"。黄倅未详。巃嵸(lóng zǒng),山势险峻貌。欧阳修《秋怀二首寄圣俞》其二:"群木落空原,南山高巃嵸。"

②笑语:大德本作"叹语"。

③"学窥"句:《世说新语·文学》:"褚季野语孙安国云:'北人学问,渊综广博。'孙答曰:'南人学问,清通简要。'支道林闻之,曰:'圣贤固所忘言。自中人以还,北人看书如显处视月,南人学问如牖中窥日。'"刘孝标注:"支所言,但譬成孙、褚之理也。然则学广则难周,难周则识暗,故如显处视月。学寡则易核,易核则智明,故如牖中窥日也。"李冶《敬斋古今黈》卷五:"圣人之心如日,贤人之心如烛。"则"窥日"即窥圣人之心。

玉楼春

客有游山者,忘携具,以词来索酒,用韵以答。时余有事不往①

山行日日妨风雨。风雨晴时君不去。墙头尘满短辕车,门外人行芳草路。   南城东野应联句。好记琅玕题字处。②也应竹里著行厨③,已向瓮头防吏部④。

【题解】

此词作于庆元二年(1196)闲居瓢泉时。上片写友人雨中游山。起句言游山须防风雨。突兀之起,力振全篇。接着说友人游山恰巧碰上了刮风下雨的日子,实暗示友人忘携雨具。再宕开一笔,说自己不能相陪。下片写友人索酒。先说游山途中,经过上次联句题竹的地方,想必会唤起大家的美好记忆。再说题竹之外,也应该准备饭食,以供饮酒娱乐之需。结句用典自然逗出题面。整篇笔触曲折风趣。

【注释】

①词题中"时余有事不往",大德本作"余时以病不往"。

②"城南"二句:韩愈、孟郊有《城南联句》。琅玕,竹。韩愈《游城南十六首·赠张十八助教》:"喜君眸子重清朗,携手城南历旧游。忽见孟生题竹处,相看泪落不能收。"

③"也应"句:杜甫《严公仲夏枉驾草堂兼携酒馔得寒字》:"竹里行厨洗玉盘,花边立马簇金鞍。"

④"瓮间"句:《世说新语·任诞》注引《晋中兴书》:"毕卓字世茂……太兴末为吏部郎,尝饮酒废职。比舍郎酿酒熟,卓因醉,夜至其瓮间取饮之。主者谓是盗,执而缚之;知为吏部也,释之。卓遂引主人燕瓮侧,取醉而去。"苏轼《成伯家宴造坐无由辄欲效颦而酒已尽入夜不欲烦扰戏作小诗求数酌而已》:"隔篱不唤邻翁饮,抱瓮须防吏部来。"

玉楼春

再　和①

人间反覆成云雨②。凫雁江湖来又去。十千一斗饮中仙③,一百八盘天上路④。　　旧时枫叶吴江句⑤。今日锦囊无著处。看封关外水云侯⑥,剩按山中诗酒部⑦。

【题解】

此词作于庆元二年(1196)闲居瓢泉时。上片写世事反复无常,变化多端,世路艰险,仕途曲折,令人非但难以效法昔贤,恣酒欢谑,甚且不能如凫雁一样自由来去。下片写闲居生活。先说自己过去诗名一般,而今作品数量却多得连锦囊也装不下。再以愤激诙谐语作结,化骈为散,一则说退处山林,所管领者惟有云水;一则说落职闲居,顶多也只能管管诗酒之类的事了。全篇大多采取诗中常用的进退格,以两句一组的组内强烈反差表现英雄失路、落魄江湖之悲。

【注释】

①词题中"再和",指和上一首《玉楼春》(山行日日妨风雨)韵。

②"人间"句:杜甫《贫交行》:"翻手作云覆手雨,纷纷轻薄何须数。"

③"十千"句:李白《将进酒》:"陈王昔时宴平乐,斗酒十千恣欢谑。"杜甫《饮中八仙歌》:"李白斗酒诗百篇,长安市上酒家眠。天子呼来不上船,自称臣是酒中仙。"

④"一百"句:黄庭坚《次韵楘宗送别二首知命》其一:"一百八盘天上路,去年明日送流人。"

⑤"旧时"句:枫叶吴江,大德本作"枫落吴江"。《新唐书·崔信明传》:"崔信明,青州益都人……褰亢,以门望自负,尝矜其文,谓过李百药,议者不许。扬州录事参军郑世翼者,亦鸷倨,数轻佻忤物,遇信明江中,谓曰:'闻公有'枫落吴江冷',愿见其余。'信明欣然多出众篇,世翼览未终,曰:'所见不逮所闻。'投诸水,引舟去。"

⑥"看封"句:三国魏设关外侯,位次关内侯及关中侯,不食租,为虚封爵。

⑦"剩按"句:剩,作"多"解。宋代各路使臣按视所属州郡,称为按部。

南乡子①

好个主人家。不问因由便去嗏②。病得那人妆晃了③,巴巴④。系上裙儿稳也哪。　　别泪没些些。海誓山盟总是赊⑤。今日新欢须记取,孩儿,更过十年也似他。

【题解】

此词创作时地未详。上片写一个歌妓不经了解,便轻信那是个好人家,轻率地走进了那家的门。接下来,却发现"那人"样子原来很难看,只好强作欢颜,苦苦期待转机。过片接写终于还是到了被迫离开的时候,流不出一滴眼泪,原来海誓山盟都是骗人的。末三句是对眼下像曾经的那个歌妓一样结"新欢"者的告诫:别看现在是这样,等过了十年,可能还是会像那个曾经的"主人家",毫无理由地又去了。善意提醒中兼有同情之意。

【注释】

①辛启泰《稼轩词补遗》有词题"赠妓"。

②嗏(chā):语气助词。

③"病得"句:妆晃,样子难看,出丑。了,《稼轩词补遗》作"子"。

④巴巴:等待,期望。

⑤赊:《诗词曲语词汇释》:"有相反之二义,一为有余义,一为不足义。就唐诗检讨之,觉唐人对于赊字之用法颇宽","可从不足义引者,例如下,张说《岳州作》诗:'物土南州异,关河北信赊。'此为渺渺义。"

南乡子

无 题

隔户语春莺①。才挂帘儿敛袂行。渐见凌波罗袜步,盈盈。随笑随颦百媚生②。   著意听新声。尽是司空自教成③。今夜酒肠还道窄④,多情。莫放笼纱⑤蜡炬明。

【题解】

此词,大德本置于《南乡子·舟行记梦》之前。"舟行记梦"是辛弃疾江行途中"梦里笙歌花底去,依然。翠袖盈盈在眼前"的梦中艳想之作,大德本编者以类相从,把"这首写歌姬的艳词"(郑小军《众里寻他千百度:辛弃

367

疾词》)与"舟行记梦"放在一起了。所以,一般认为的作于淳熙五年(1178)由临安调湖北转运副使时,恐不无疑问。上片描写歌姬音容。未见其人,先闻其声,隔户聆听,娇声如春莺婉转。循声而带出挂帘、整装之细致端庄形态,继以凌波微步的轻盈,含嗔带笑的娇媚,活画出歌姬的风采神韵。下片写席间听歌感想。歌姬所唱,尽是主人调教的新曲,听来令人生出无限情愫。结句谓莫遣良宵虚度,意极幽婉。此首正范开《稼轩词序》所谓"清而丽、婉而妩媚"者。

【注释】

①春莺:北宋王诜有歌姬名啭春莺,此处意含双关。

②"随笑"句:白居易《长恨歌》:"回眸一笑百媚生,六宫粉黛无颜色。"

③司空自教成:《本事诗·情感》:"刘尚书禹锡罢和州,为主客郎中、集贤学士,李司空罢镇在京,慕刘名,尝邀至第中,厚设饮馔。酒酣,命妙妓歌以送之。刘于席上赋诗曰:'鬖鬌梳头宫样妆,春风一曲杜韦娘。司空见惯浑闲事,断尽江南刺史肠。'李因以妓赠之。"

④"今夜"句:酒肠,指酒量。韦蟾《和柯古穷居苦日喜雨》:"玉律诗调正,琼卮酒肠窄。"还道,大德本作"难道"。

⑤笼纱:大德本作"纱笼"。

忆王孙

集 句①

登山临水送将归。悲莫悲兮生别离。不用登临怨落晖。昔人非。惟有年年秋雁飞。②

【题解】

此词当作于闲居带湖期间。首句取自宋玉《九辩》,照应另一本"秋江送别"词题,非常恰当。次句借用屈原《九歌·少司命》中名句,深化伤别主题,且与《九辩》开篇悲凉情调相通,衔接极为自然。第三句取杜牧诗句,语调一转,劝慰友人,亦是自劝之词。第四五句袭用苏轼、李峤语句,承接第三句之意,谓感伤怨恨皆无益于事,只因人生也有涯,而江山常存,秋雁长飞。看似通达的开解中,蕴涵了几多人生的无奈和悲哀。全篇虽集古人成句,而意脉相连,情景相融,韵调相合,顿挫流转自如,足以见出词人驾驭古句的超强功力,完全可以视为一种艺术的再创造。

【注释】

①大德本无词题,四印斋本题作"秋江送别,集古句"。

②分别集自宋玉《九辩》:"悲哉秋之为气也,萧瑟兮草木摇落而变衰。憭栗兮若在远行,登山临水兮送将归。"屈原《九歌·少司命》:"悲莫悲兮生别离,乐莫乐兮新相知。"杜牧《九日齐山登高》:"但将酩酊酬佳节,不用登临怨落晖。"苏轼《陌上花三首》其一:"陌上花开蝴蝶飞,江山犹是昔人非。"李峤《汾阴行》:"不见只今汾水上,惟有年年秋雁飞。"

柳梢青

赋牡丹①

姚魏②名流。年年揽断③,雨恨风愁。解释春光,剩须破费,酒令诗筹。　　玉肌红粉温柔。更染尽、天香未休。今夜簪花,他年第一,玉殿东头。

【题解】

此词作于绍熙元年(1190)闲居带湖时。范开原唱已佚。上片言牡丹年年盛开于春花凋零之际,可以使人们在诗酒吟赏中抒发情怀,消解春愁。过片二句写牡丹之国色天香,承上启下。末三句谓范先之今夜席上头簪牡丹,预示着以后科第高中,顺利进入仕途。

【注释】

①词题:大德本作"和范先之席上赋牡丹"。范先之,即范开。

②姚魏:欧阳修《洛阳牡丹记》:"姚黄者,千叶,黄花,出于民姚氏家……魏家花者,千叶,肉红花,出于魏相(仁溥)家。"

③揽断:揽尽。

惜分飞

春 思①

翡翠楼②前芳草路。宝马坠鞭曾驻③。最是周郎顾。尊前几度歌声误。④　　望断碧云空日暮。流水桃源⑤何处。闻道春归去。更无人管飘红雨⑥。

【题解】

此词创作时地未详。词写幽幽情思。上片写翡翠楼前,芳草路边,曾与佳人相遇。下马盘桓,歌酒欢聚。过片言想望佳人而不至,无由传达相思之意。最后寓情于景,谓听说春已归去,无法唤取"归来同住",也就没有人再去理会那"有意"的落花。

【注释】

①大德本、四卷本无词题。

②翡翠楼:未详。

③"宝马"句:曾驻,大德本作"暂驻"。白行简《李娃传》:"尝游东市还,自平康东门入,将访友于西南。至鸣珂曲,见一宅,门庭不甚广,而室宇严邃。阖一扉,有娃方凭一双鬟青衣立,妖姿要妙,绝代未有。生忽见之,不觉停骖久之,徘徊不能去。乃诈坠鞭于地,候其从者,救取之,累眄于娃,娃回眸凝睇,情甚相慕。竟不敢措辞而去。"

④"周郎"二句:《三国志·吴书·周瑜传》:"瑜少精意于音乐,虽三爵之后,其有阙误,瑜必知之,知之必顾,故时人谣曰:'曲有误,周郎顾。'"

⑤桃源:《艺文类聚》卷七引《幽明录》:"汉明帝永平五年,剡县刘晨、阮

肇共入天台山，度山，出一大溪，溪边有二女子，资质妙绝，遂留半年。怀土求归，既出，亲旧零落，邑屋改异，无复相识。讯问，得七世孙。"

　　⑥飘红雨：李贺《将进酒》："况是青春日将暮，桃花乱落如红雨。"

六州歌头

　　西湖万顷，楼观矗千门。春风路，红堆锦，翠连云。俯层轩。风月都无际，荡空蔼，开绝境，云梦泽，饶八九，不须吞。①翡翠明珰，争上金堤去，勃窣媻姗。②看贤王高会，飞盖入云烟。白鹭振振，鼓咽咽。③　　记风流远，更休作，嬉游地，等闲看。君不见，韩献子，晋将军，赵孤存。④千载传忠献，两定策，纪元勋。⑤孙又子，方谈笑，整乾坤。直使长江如带，依前是、□赵须韩。⑥伴皇家快乐，长在玉津边。只在南园⑦。

【题解】

　　此词，《稼轩词编年笺注》谓与《西江月》(堂上谋臣帷幄)、《清平乐》(新来塞北)"三词均为寿韩侂胄或颂其功业者，当作于嘉泰四年(1204)稼轩起废之后与开禧三年(1207)还信上之前者，姑汇录于此。《西江月》与《清平乐》亦不知究系稼轩所作否"。上片从西湖之大与临安之美和繁华，写到西湖风月无际，景物妙绝，气吞云梦，以及都人游湖之盛，再正面描写韩侂胄西湖之旅。过片言韩侂胄有功于国，不可等闲视之。再从韩厥存赵孤，以及韩琦定两策，立英宗、神宗为帝，写到韩侂胄等议定策立嘉王为宁宗，最后总括强调韩侂胄之功。

【注释】

　　①"云梦"三句：司马相如《子虚赋》："云梦者，方九百里，其中有山焉……秋田乎青丘，彷徨乎海外，吞若云梦者八九于其胸中，曾不蒂芥。"

　　②"翡翠"三句：《子虚赋》："于是郑女曼姬，被阿绵，揄纻缟……错翡翠

之威蕤，缪绕玉绥。眇眇忽忽，若神仙之仿佛。于是乃相与獠于蕙圃，罃姗教窣，上乎金堤。"明珰（dāng），耳珠。教窣罃姗，形容女子上堤时伛身摇摆状。

③"白鹭"二句：《诗·鲁颂·有驳》："夙夜在公，在公明明。振振鹭，鹭于下。鼓咽咽，醉言舞。于胥乐兮。"

④"韩献子"三句：《史记·韩世家》："晋景公之三年，晋司寇屠岸贾将作乱，诛灵公之贼赵盾。赵盾已死矣，欲诛其子赵朔。韩厥止贾，贾不听。厥告赵朔，令亡。朔曰：'子必能不绝赵祀，死不恨矣。'韩厥许之。及贾诛赵氏，厥称疾不出。程婴、公孙杵臼之藏赵孤赵武也，厥知之……于是晋作六卿，而韩厥在一卿之位，号为献子。晋景公十七年，病，卜，大业之不遂者为祟。韩厥称赵成季之功，今后无祀，以感景公。景公问曰：'尚有世乎？'厥于是言赵武，而复与故赵氏田邑，续赵氏祀。"

⑤"千载"三句：《宋史·韩琦传》：宋仁宗病，不能视朝，韩琦力排众议，立宗实为皇太子，是为英宗。及英宗寝疾，乃奉旨立颖为太子，是为神宗。韩琦为国家安定做出了重大贡献，但从不居功自傲。他死后，"发两河卒为治冢，琢其碑曰：'两朝顾命定策元勋'。赠尚书令，谥曰忠献"。定策，指拥立皇帝。

⑥"长江"二句：《史记·高祖功臣侯者年表序》："使河如带，泰山若厉。国以永宁，爰及苗裔。"□，《稼轩词编年笺注》以意补作"存"。

⑦南园：《武林旧事》卷五："南园，中兴后所创。光宗朝赐平原郡王韩侂胄，陆放翁为记。"

六州歌头

属得疾，暴甚，医者莫晓其状。小愈，困卧无聊，戏作以自释①

晨来问疾，有鹤止庭隅②。吾语汝③。只三事，太愁予。病难扶。手种青松树。碍梅坞。妨花径，才数尺。如人立。

372

却须锄。　　（其一）秋水堂前，曲沼④明于镜，可烛眉须。被山头急雨，耕垄灌泥涂。谁使吾庐。映污渠⑤。　　（其二）叹青山好，檐外竹，遮欲尽，有还无。删竹去，吾乍可，食无鱼。爱扶疏。⑥又欲为山计，千百虑，累吾躯。　　（其三）凡病此。吾过矣⑦。子奚如。口不能言臆对⑧，虽扁鹊、药石难除。有要言妙道，往问北山愚。庶有瘳乎。⑨（事见《七发》）

【题解】

此词作于闲居瓢泉期间。词作借鉴贾谊《鵩鸟赋》的手法，通过人鹤对话讨论病症，戏笔自我宽解。先以晨鹤问病引出病况自述，症结包括青松妨碍梅坞花径，清澈曲沼被泥水污染和竹子遮挡眼前山景。似乎稀松平常的山居中草木山水的困扰问题，多少折射出内心难以调和的冲突挣扎。这种内心的隐秘，通过代鹤回答，委婉地流露出来。词人的病主要是心病，不是靠名医的药石可以治疗，只有用北山神灵的要言妙道或者还有机会治愈。联系辛词中多次借用《北山移文》自嘲入山而又出山从政，那么，这心病应该就是隐世而不忘世事，身在山中而心忧天下的痛苦纠结。

【注释】

①词题中"属（zhǔ）"，恰遇。

②"有鹤"句：贾谊《鵩鸟赋》："谊为长沙王傅，三年，有鵩飞入谊舍……鵩集予舍，止于坐隅兮，貌甚闲暇。"苏轼《鹤叹》："园中有鹤驯可呼，我欲呼之立坐隅。"

③吾语汝：《论语·阳货》："居！吾语女。"

④曲沼：刘禹锡《奉和中书崔舍人八月十五日夜玩月二十韵》："曲沼疑瑶镜，通衢若象筵。"

⑤映污渠：韩愈《符读书城南》："二十渐乖张，清沟映污渠。"

⑥"删竹"四句：《战国策·齐策四》："（冯谖）居有顷，倚柱弹其剑，歌曰：'长铗归来乎！食无鱼。'"扶疏，枝叶繁茂。

⑦吾过矣：《礼记·檀弓上》："子夏投其杖而拜曰：'吾过矣，吾过矣，吾

离群而索居，亦已久矣。'"

⑧"口不能"句：《鹏鸟赋》："鹏乃叹息，举首奋翼，口不能言，请对以臆。"

⑨"虽扁鹊"四句：扁鹊，大德本作"卢扁"。枚乘《七发》："今太子之病，可无药石、针刺、灸疗而已，可以要言妙道说而去也。"北山愚，指《北山移文》中的北山神灵。因其不如周颙那样热衷利禄、机巧善变。一说指《列子·汤问》中的北山愚公。瘳（chōu），病愈。《庄子·人间世》："庶几其国有瘳乎。"

满江红

卢宪移漕建宁，陈端仁给事同诸公饯别。余为酒困，卧青涂堂上，三鼓方醒。卢赋词留别，席上和韵。青涂，端仁堂名也。①

宿酒醒时，算只有、清愁而已。人正在、青涂堂上，月华如洗。纸帐梅花②归梦觉，莼羹鲈鲙秋风起。问人生、得意几何时，吾归矣。　　君若问，相思事。料长在，歌声里。这情怀只是，中年如此。明月何妨千里隔③，顾君与我何如耳④。向尊前、重约几时来，江山美。

【题解】

此词作于绍熙四年（1193）福建安抚使任上。卢氏原唱已佚。上片谓饯别宴后醉卧青涂堂上，醒来时只见月光皎洁而略带寒意，再一回想自己醉梦中曾像张翰当年见秋风起而思故乡，不再留恋仕宦生活，就感到了凄凉与愁苦，不禁感叹人生在世，得意时少而失意时多，还是不如"归去来"的好。下片言人生向来喜聚不喜散，尤其是中年伤别，别后相思自然绵绵难绝。不过，好在千里婵娟，江山信美，后会有期，暂时分别，又有何妨。全篇融人生得失与友朋聚散为一体，饯别伤别，相思相期，写来跌宕有致，乐观旷达。

【注释】

①词序:大德本作"卢国华由闽宪移漕建安,陈端仁给事同诸公饯别。余为酒困,卧青涂堂上,三鼓方醒。国华赋词留别,席上和韵。青涂,端仁堂名也。"卢彦德,字国华,丽水人。绍兴二十四年(1154)进士。时继辛弃疾任福建提刑。陈岘,字端仁,闽县人,绍兴二十七年(1157)进士,见《淳熙三山志》卷二九。淳熙中虽帅四川,时废退家居。给事,即给事中,为门下省要职,掌驳正政令之违失。

②纸帐梅花:朱敦儒《鹧鸪天》:"道人还了鸳鸯债,纸帐梅花醉梦间。"林洪《山家清事》:"法用独床,旁置四黑漆柱,各挂一半锡瓶,插梅数枝,后设黑漆板约二尺,自地及顶,欲靠以清坐。左右设横木一,可挂衣,角安斑竹书贮一,藏书三四,挂白麈一。上作大方目顶,用细白楮衾作帐罩之。前安小踏床……中只用布单、楮衾、菊枕、蒲褥,乃相称'道人还了鸳鸯债,纸帐梅花醉梦间'之意。"

③"明月"句:谢庄《月赋》:"美人迈兮音尘阙,隔千里兮共明月。"

④"顾君"句:《史记·陈丞相世家》:"吕媭常以前陈平为高帝谋执樊哙,数谗曰:'陈平为相非治事,日饮醇酒,戏妇女。'陈平闻,日益甚。吕太后闻之,私独喜。面质吕媭于陈平曰:鄙语曰'儿妇人口不可用',顾君与我何如耳。无畏吕媭之谗也。"

满江红

山居即事

几个轻鸥,来点破、一泓澄绿。更何处、一双鸂鶒,故来争浴。①细读离骚还痛饮②,饱看修竹何妨肉。有飞泉、日日供明珠,三千③斛。　　春雨满,秧新谷。闲日永,眠黄犊。看云连麦垄,雪堆蚕簇。④若要足时今足矣,以为未足何时足。⑤被野老、相扶入东园,枇杷熟。

此词作于庆元元年(1195)或二年。赋山居生活之乐。上片写乐在自然景色幽美绝胜。飞鸥点水,破静为动,大有情趣。鸂鶒争浴,则于喧嚣欢乐中益见清幽之境。此外,更有修竹掩映,飞泉泻玉。词人置身其间,耳闻目接,心感神受,把盏痛饮而细读《离骚》,俨然翩翩名士风度矣。但细味用事,则又隐有自笑自嘲之意。下片写乐在农村风光、乡土人情。过片六句,渲染出一派风调雨顺、农桑丰收的美好景象。结二句信手写出农村父老真挚淳朴情谊。"若要"二句为全篇题旨所在,所谓知足长乐,然细味词意,又觉词人似应别有所求。

【注释】

①"更何处"二句:杜甫《卜居》:"无数蜻蜓齐上下,一双鸂鶒对沈浮。"又《春水》:"已添无数鸟,争浴故相喧。"鸂鶒(xī chì),水鸟名,亦称紫鸳鸯。

②"细读"句:《世说新语·任诞》:"王孝伯言:'名士不必须奇才,但使常得无事,痛饮酒,熟读《离骚》,便可称名士。'"

③三千:大德本作"五千"。

④"看云连"二句:麦垄,大德本作"麦陇"。王安石《绝句·木末》:"缫成白雪桑重绿,割尽黄云稻正青。"

⑤"若要"二句:《三国志·魏书·王昶传》:"语曰:'如不知足,则失所欲。'故知足之足常足矣。"白居易《知足吟和崔十八未贫作》:"自问此时心,不足何时足。"

永遇乐

检校停云新种杉松戏作。时欲作亲旧报书,纸笔偶为大风吹去,末章及之①

投老②空山,万松手种③,政尔堪叹。何日成阴,吾年有几,似见儿孙晚。④古来池馆,云烟草棘,长使后人凄断。想当年、良辰已恨,夜阑酒空人散。　　停云高处,谁知老子,万事不关心眼⑤。梦觉东窗,聊复尔耳,起欲题书简。霎时风怒,倒翻笔砚,天也只教吾懒。又何事,催诗雨急,片云斗暗。⑥

【题解】

此词作于庆元三四年(1197－1198)间闲居瓢泉时。上片抒写烈士暮年萧索怀抱。一起"万松手种"应题,但"投老空山",已见叹老嗟衰之意。以下由停云新松层层生发开去:念及新松"何日成阴",故生迟暮之嗟;池馆草棘,良辰不再,则有古今兴衰之叹。下片承上作自我排遣,即以静修身养心。然置身"停云","梦觉东窗",亲友之思,不能自已,遂有提笔作书之举。"霎时"以下,全作诙谐语。风翻笔砚,是天教吾懒;急雨催诗,却又是天容不得我懒。盖此中亦似有所寄托者。

【注释】

①词题中"末章及之",大德本作"末章因及之"。

②投老:临老。《后汉书·仇览传》:"母守寡养孤,苦身投老,奈何肆忿于一朝,欲致子以不义乎?"王安石拜相日题诗壁间曰:"霜松雪竹钟山寺,投老归欤寄此生。"

③万松手种:苏轼《寄题刁景纯藏春坞》:"白首归来种万松,待看千尺舞霜风。"

④"何日"三句:白居易《栽松二首》其一:"栽植我年晚,长成君性迟。如何过四十,种此数寸枝。得见成阴否,人生七十稀。"

⑤"万事"句:王维《酬张少府》:"晚年惟好静,万事不关心。"

⑥"又何事"三句:雨急,大德本作"急雨"。斗,突然。

兰陵王

赋一丘一壑

一丘壑①。老子风流占却。茅檐上、松月桂云,脉脉石泉逗山脚。寻思前事错。恼杀晨猿夜鹤。终须是、邓禹辈人,锦绣麻霞坐黄阁。^②　　　长歌自深酌。看天阔鸢飞,渊静鱼跃。^③西风黄菊芗喷薄^④。怅日暮云合,佳人何处,纫兰结佩带杜若^⑤,入江海曾约。　　　遇合^⑥。事难托。莫系馨门前,荷蒉人过,^⑦仰天大笑冠簪落。^⑧待说与穷达,不须疑著。古来贤者,进亦乐,退亦乐。^⑨

【题解】

　　此词约作于庆元元年(1195)秋。起首二句直接入题,领起全篇。"茅檐"一韵,以优美风景写占尽此一丘一壑者的风流意态。以下转写此前入仕之"错",一反一正,反借山间猿鹤烦怨表明自己本性合居于山中,正借邓禹辈人的得志表明功名之事本不属于自己。中片先言菊花香浓,饮酒放歌,仰观鸢飞,俯看鱼跃,自由舒畅。以下,写怅望一位曾约定同游江海、而今不见踪迹的"佳人"。此佳人更像是作者所创造的自我精神的化身。下片先从中片所述意路上转回,轻轻逗出对君臣遇合之难的感叹。再写自己笑傲林泉、不以穷达为怀的风采,知其达而守其穷的定力,表明不以退处为忧,反觉其中自有乐处。

【注释】

　　①一丘壑:班固《汉书·叙传》:"渔钓于一壑,则万物不奸其志;栖迟于一丘,则天下不易其乐。"《晋书·谢琨传》:"尝使至都,明帝在东宫见之,甚相亲重,问曰:'论者以君方庾亮,自谓何如?'答曰:'端委庙堂,使百僚准则,臣不如亮;一丘一壑,自谓过之。'"

　　②"终须"二句:邓禹,东汉新野人,字仲华。幼游学长安,与刘秀亲善。秀起兵至河北,禹杖策往见,佐秀运筹帷幄。秀称帝,拜为大司徒,封酂侯,食邑万户。国内既定,论功禹第一,封为高密侯。卒谥元侯。李贺《秦宫》:"秃襟小袖调鹦鹉,紫绣麻霞踏哮虎。"《汉旧仪》:"丞相……听事阁曰黄阁。"

　　③"看天阔"二句:《诗·大雅·旱麓》:"鸢飞戾天,鱼跃于渊。"

　　④芗喷薄:大德本作"香喷薄"。

⑤"怅日暮"三句:《九歌·湘君》:"采芳洲兮杜若,将以遗兮下女。"

⑥遇合:《史记·佞幸列传》:"谚曰:'力田不如逢年,善仕不如遇合。'"

⑦"莫击"两句:《论语·宪问》:"子击磬于卫,有荷蒉而过孔氏之门者,曰:'有心哉,击磬乎!'既而曰:'鄙哉,硁硁乎!莫己知也,斯己而已矣。深则厉,浅则揭。'子曰:'果哉!末之难矣。'"蒉(kuì),草筐。

⑧"仰天"句:《史记·滑稽列传》:"齐王使淳于髡之赵请救兵,赍金百斤,车马十驷。淳于髡仰天大笑,冠缨索绝。"

⑨"古来贤者"三句:《庄子·让王》:"古之得道者,穷亦乐,通亦乐。所乐非穷通也,道德于此,则穷通为寒暑风雨之序矣。"

【辑评】

吴则虞《辛弃疾词选集》:此亦斥退隐居时之作,"退亦乐"三字为一词之主旨。上阕言不早退之非;中阕"天阔渊静,日暮云合",言退居之境界;下阕次第拈出"退亦乐"本意,而以"进亦乐"陪衬。全首不着一牢骚语,不着一忧愤语,此稼轩之品格身份之所以过人处。

蓦山溪

昌父赋一丘一壑,格律高古,因效其体①

饭蔬饮水,客莫嘲吾拙。高处看浮云,一丘壑、中间甚乐。功名妙手,壮也不如人,今老矣,②尚何堪,堪钓前溪月。

病来止酒,辜负鸱夷杓。③岁晚念平生,待都与、邻翁细说。人间万事,先觉者贤乎④,深雪里,一枝开,春事梅先觉。⑤

【题解】

此词作于庆元三年(1197)闲居瓢泉时。"志士凄凉闲处老"(陆游《病起》),是真虎而弃置不用,对词人来说,实在是刻骨铭心的悲哀。其间,虽然徜徉于一丘一壑间,觉得"一松一竹真朋友,山鸟山花好弟兄",但"不向

379

长安路上行,却教山寺厌逢迎"(《鹧鸪天》)的失路之感却时时缠绕着他,即使故作超脱,也免不了牢骚情绪的时时流露。即如此词,词面写安贫乐道的闲居生活,词心抒发的却是岁月流逝而壮志难酬的痛苦和愤懑。

【注释】

①词题中"昌父",大德本作"赵昌父"。赵昌父之作未详。

②"壮也"二句:《左传·僖公三十年》:"佚之狐言于郑伯曰:'国危矣!若使烛之武见秦君,师必退。'公从之。辞曰:'臣之壮也,犹不如人;今老矣,无能为也已。'"

③"病来"二句:黄庭坚《戏答王子予送凌风菊二首》其一:"病来孤负鸬鹚杓,禅板蒲团入眼中。"

④"先觉"句:《论语·宪问》:"子曰:不逆诈,不亿不信,抑亦先觉者,是贤乎!"

⑤"深雪里"三句:齐己《早梅》:"前村深雪里,昨夜一枝开。"郑谷《咸通十四年府试木向荣》:"庾岭梅先觉,隋堤柳暗惊。"

蓦山溪

停云竹径初成

小桥流水,欲下前溪去。唤取①故人来,伴先生、风烟杖屦。行穿窈窕,时历小崎岖,斜带水,半遮山,翠竹栽成路。

一尊遐想,剩有渊明趣。山上有停云,看山下、濛濛细雨。野花啼鸟,不肯入诗来,②还一似,笑翁诗,句没③安排处。

【题解】

此词作于闲居瓢泉期间。词就陶渊明《停云》诗所表达的思亲友与饮酒两方面内容加以发挥,再结合停云堂竹径初成事进行构思,从而使停云堂恬静清丽的景物、词人怡然自得的心情以及与故人相聚游赏饮酒的乐事融合为一,塑造了一个三者统一的艺术形象。堂取陶诗命名,诗情从渊明隐居田园的志趣引发,故词中数处巧用陶诗成句意,如此一来,词人又与陶渊明合而为一了,真正是"情与貌,略相似"。

【注释】

①唤取:大德本作"唤起"。

②"野花"二句:陈抟《归隐》:"携取琴书归旧隐,野花啼鸟一般春。"王安石《送程公辟得谢归姑苏》:"白傅林塘传画去,吴王花鸟入诗来。"

③句没:大德本作"自没"。

满庭芳

和洪丞相景伯韵①

倾国无媒,入宫见妒,古来罩损蛾眉。②看公如月,光彩众星稀。③袖手高山流水,听群蛙、鼓吹荒池。④文章手,直须补衮,藻火粲宗彝。⑤　　痴儿。公事了,吴蚕缠绕,自吐余丝。⑥幸一枝粗稳,三径新治。且约湖边风月,功名事、欲使谁知。都休问,英雄千古,荒草没残碑。

【题解】

此词作于淳熙八年(1181)江西安抚使任上。洪适原唱作于淳熙八年,辛弃疾三和其韵,此为其三。起首以蛾眉比兴,指出贤才遭妒,古来皆然,立足较高,概括性极强。以下迭赞洪适文章人品,光彩如月,妙手补衮,却于"袖手"处作一跌宕,谓如此人才只能怡情山水,听蛙荒池,岂非君国不幸?下片承"袖手"句意,写洪相归隐家居。公事虽了,余情不断,"春蚕到死丝方尽",称颂友人身心未衰,仍不时咏志抒怀。以下"风月"、"功名"对举,牢骚自明。结拍谓英雄荒草,自古而然,是劝慰语,亦是激愤语;既寄情洪适,也是自我抒怀。全篇以议论为主,却也是通过比兴、典故的运用和具体的事物描写实现的,因而并不觉得枯燥僵硬。

【注释】

①词题:四卷本作"和洪景伯丞相韵"。

②"倾国"三句:韩愈《县斋有怀》:"谁为倾国媒,自许连城价。"《史记·鲁仲连邹阳列传》:"故女无美恶,入宫见妒。"骆宾王《讨武曌檄》:"入宫见妒,蛾眉不肯让人。"

③"看公"二句:《淮南子·说林训》:"百星之明,不如一月之光。"

④"袖手"二句:《南齐书·孔稚珪传》:"孔稚珪字德璋,会稽山阴人也……不乐世务,居宅盛营山水,凭几独酌,傍无杂事。门庭之内,草莱不剪,中有蛙鸣,或问之曰:'欲为陈蕃乎?'稚珪笑曰:'我以此当两部鼓吹,何必期效仲举。'"

⑤"直须"二句:补衮,补救或谏正皇帝的过失。《诗·大雅·烝民》:"衮职有阙,维仲山甫补之。"注:"有衮冕者,君之上服也。仲山甫补之,善补过也。"藻、火,士的服饰上的图案。宗彝,宗庙彝尊。《尚书·益稷》:"予欲观古人之象,日、月、星辰、山、龙、华虫,作会;宗彝、藻、火、粉米、黼、黻,绨绣,以五采彰施于五色作服,汝明。"

⑥"痴儿"四句:《晋书·傅咸传》:"骏弟济素与咸善,与咸书曰:'江海之流混混,故能成其深广也。天下大器,非可稍了,而相观每事欲了。生子痴,了官事,官事未易了也。'"

满庭芳

和昌父①

西崦②斜阳,东江流水,物华不为人留。铮然一叶,天下已知秋。③屈指人间得意,问谁是、骑鹤扬州。君知我,从来雅意④,未老已沧州。　　无穷身外事,百年能几,一醉都休。⑤恨儿曹抵死,谓我心忧⑥。况有溪山杖屦,阮籍辈、须我来游。

还堪笑,机心早觉,海上有惊鸥。

【题解】

此词作于庆元三年(1197)闲居瓢泉时。赵昌父原唱已佚。既以隐为乐,乐而忘忧;复乐中带忧,机心犹在——此词人此期心境的真实写照。上片主旨在尾三句,前此均作议论,意分三层,从三种不同角度立说,从而导致以隐为乐的结论。议论而不流于枯燥者,盖借诸形象描绘和生动人事。如:写物华之不为我留,则出以夕阳西下,江水东流;写政治上的敏感,则出以"一叶""知秋",并用"铮然"摹其声响;写人情之难全,便用"骑鹤扬州"之事。下片用笔灵动,跳荡有致。"谓我心忧"继"一醉都休"之后,才说罢寄情山水,不问世事,却又笑自己机心未除;心里实有愁苦,口上却硬说是无,一切借诸儿辈之口道出、海上惊鸥传出,颇具诙谐情趣,也如实地表现出了词人复杂的心理状态。

【注释】

①词题:大德本作"和章泉赵昌父"。

②西崦(yān):西方的崦嵫山,在今甘肃天水西。古人常以此为日没之处。

③"铮然"二句:《淮南子·说山》:"以小明大,见一叶落,而知岁之将暮。"

④雅意:大德本作"雅兴"。

⑤"无穷"三句:杜甫《绝句漫兴九首》其四:"莫思身外无穷事,且尽生前有限杯。"

⑥谓我心忧:《诗·王风·黍离》:"知我者,谓我心忧;不知我者,谓我何求。"

【辑评】

吴则虞《辛弃疾词选集》:此调作者如林,久而调滑,然有不可不注意者。中间两个六字句中,"得意"二字,"杖屦"二字,必仄仄。三个四字、五字两句,首四字句"一叶"二字必平仄。"一字"入声可通平。"雅兴"二字、"早觉"二字必仄仄。三个五字句中之第一字必平,或用去上。两个四字对句,虽对法不拘而不可不对。凡此皆为此调定格。换头一句藏短韵,亦有不叶者,此首不叶。

最高楼

客有败棋者,代赋梅

花知否,花一似何郎。又似沈东阳。①瘦稜稜地天然白,冷清清地许多香。笑东君,还又向,北枝忙。　　著一阵、霎时间底雪。更一个、缺些儿底月。山下路,水边墙。风流怕有人知处,影儿守定竹旁厢。且饶他,桃李趁,少年场。

【题解】

此词作于庆元六年(1200)闲居瓢泉时。先用拟人之法,以问花的方式发端,借用两位历史人物状梅,点出所赋梅花的色彩和姿态:白和瘦。接着进一步申足梅花之白、瘦。再描写梅花盛开。下片从刻画梅之色泽、神态、茂密转到渲染环境。"山下路"四句,仍是渲染氛围,谓梅花静悄悄地开放,不愿人知,也怕被人知。结末三句始露出端倪,原来词人是在颂扬梅花独守清真的可贵品格。通篇运用口语化的语言,形成谐俗的风格,并以这种风格来表现高雅的咏梅题材,通过构思上的别出心裁,造成鉴赏上的心理反差。

【注释】

①"花一似"二句:《世说新语·容止》:"何平叔美姿仪,面至白,魏明帝疑其傅粉。"宋璟《梅花赋》:"俨如傅粉,是谓何郎。"《南史·沈约传》:"约与徐勉素善,遂以书陈情于勉,言已老病,百日数旬,革带常移孔,以手握臂,率计月小分半。"李商隐《韩冬郎即席为诗相送一座尽惊他日余方追吟连宵侍坐裴回久之向有老成之风因成二绝寄酬兼呈畏之员外》其二:"为凭何逊休联句,瘦尽东阳姓沈人。"

最高楼

闻周氏旌表有期^①

君听取,尺布尚堪缝。斗粟也堪春。人间朋友犹能合,古来兄弟不相容。^②棣华诗,悲二叔,吊周公。　　长叹息、脊令原上急。重叹息、豆其煎正泣^③。形则异,气应同。周家五世将军后,前江千载义居风。^④看明朝,丹凤诏,紫泥封。

【题解】

此词作于庆元四年(1198)闲居瓢泉时。前一部分述评古代兄弟之间相争相残的著名事例,作为周氏三百年间兄弟义居的反面陪衬。自"周家五世"以下,正面描写周氏义居,在强烈的对比中表达出对周氏义居的肯定之义。此篇对于认识义居这一历史现象,也具有一定的史料价值。

【注释】

①词题中"周氏",大德本作"前冈周氏"。

②"君听取"五句:《史记·淮南厉王传》:"淮南厉王为高祖少子。孝文帝初即位,自以为最亲,傲不奉法,称制,自为法令。事发,乃不食死。孝文十二年,民有作歌曰:'一尺布,尚可缝;一斗粟,尚可春。兄弟二人,不能相容。'"

③其煎正泣:《世说新语·文学》:"文帝尝令东阿王七步中作诗,不成者行大法。应声便为诗曰:'煮豆持作羹,漉菽以为汁。萁在釜下然,豆在釜中泣。本是同根生,相煎何太急。'帝深有愧色。"

④"周家"二句:据韩元吉《铅山周氏义居记》,周家是从金陵迁到鹅峰下居住的,大约有三百年的时间。有祠号将军者,最其始祖也。至周钦若,与其兄弟同居而不异籍。绍兴二十四年(1154)病危,留下遗嘱给四个儿子:"汝等尽孝以事母,当以义协居。"淳熙四年,其母虞氏乃以遗命陈于民

部,祈给之凭。至庆元四年(1198),诏旌其闾。前江,大德本作"前冈"。

江神子

送元济之归豫章

乱云扰扰水潺潺。笑溪山。几时闲。更觉桃源,人去隔仙凡。①万壑千岩楼外雪,琼作树,玉为栏。　　倦游回首且加餐。短篷寒。画图间。见说娇鬟,拥髻待君看。二月东湖湖上路,官柳嫩,野梅残。

【题解】

此词作于闲居瓢泉期间。上片写送别之景,表现词人对纷扰尘世的厌恶情绪,对仙家清静生活的向往。下片抒情。先写殷勤送别,次拟朋友归程,再写元济之归后情景:娇妻美妾拥髻以待,意欲倾诉衷肠。营造了一个十分温馨的环境,虽多系虚拟,然自在情理中。全篇情调闲逸,富有诗情画意。

【注释】

①"更觉"二句下:大德本有自注:"桃源乃王氏酒垆,与济之作别处。"

木兰花慢

题广文克明菊隐①

路傍人怪问②,此隐者、姓陶不。甚黄菊如云,朝吟暮醉,唤不回头。纵无酒成怅望,只东篱、搔首亦风流。与客朝餐一笑,落英饱便归休。　　古来尧舜有巢由,江海去悠悠③。待说与佳人,种成香草,莫怨灵修。④我无可无不可⑤,意先生、出处有如丘。闻道问津人过，杀鸡为黍相留。⑥

【题解】

此词创作时地未详。上片赞隐者过着陶渊明式的生活。饮酒赏菊，固然高雅，即便无酒，"只东篱、搔首亦风流"，朝饮坠露，夕餐落英，一饱便休，高雅洁净，脱去尘俗。下片列举前贤事迹，表明自己的人生观。其中，篇末用孔子"无可无不可"的话进一步加以强调，说明吴克明的生活与之相似。

【注释】

①词题：大德本作"寄题吴克明广文菊隐"。

②"路旁"句：陈师道《寄邓州杜侍郎纮》："道旁过者怪相问，共言杜母真吾亲。"

③"江海"句：《庄子·刻意》："就薮泽，处闲旷，钓鱼闲处，无为而已矣；此江海之士，避世之人，闲暇者之所好也。"

④"种成"二句：屈原《离骚》："怨灵修之浩荡兮，终不察夫民心。"

⑤无可无不可：《论语·微子》："子曰：'不降其志，不辱其身，伯夷、叔齐与！……我则异于是，无可无不可。'"

⑥"闻道"二句：《论语·微子》："长沮、桀溺耦而耕，孔子过之，使子路问津焉"，"子路从而后，遇丈人，以杖荷蓧……子路拱而立。止子路宿，杀鸡为黍而食之。见其二子焉。"

木兰花慢

题上饶郡圃翠微楼①

旧时楼上客，爱把酒、向南山②。笑白发如今，天教放浪，来往其间。登楼更谁念我，却回头、西北望层栏。云雨珠帘画栋，笙歌雾鬓云鬟。　　近来堪入画图看。父老愿公欢。甚拄笏悠然，朝来爽气，正尔相关。③难忘使君后日，便一花一

387

草报平安④。与客携壶且醉,雁飞秋影江寒。

【题解】

此词作于闲居瓢泉期间。起韵以"旧时"唤起,回顾初次罢归带湖,登楼眺望时的悠闲情景。再转回眼前,写今日二度罢归后再登斯楼,眼中是令人陶醉的南山风景,心中还能想到别人不注意的西北神州,貌似甘心闲处,实则心思幽苦。下片接写楼观如画图的美景和父老愿与郡守登楼同欢共观的心情,把对郡守的赞扬从政通人和的层次写到其趣味层次。再顺势而下,表达对郡守的良好祝愿。最后巧用典故,既回到眼前郡楼外围寥廓景致的描写上,也暗合了"翠微楼"之名。

【注释】

①词题中"翠微楼",《上饶县志·古迹志》:"翠微楼在县治南,宋庆元间知州赵伯瓒所建。"

②向南山:大德本作"对南山"。

③"甚拄笏"三句:《世说新语·简傲》:"王子猷作桓车骑参军,桓谓王曰:'卿在府久,比当相料理。'初不答,直高视,以手版拄颊云:'西山朝来,致有爽气。'"苏轼《次韵胡完夫》:"老去上书还北阙,朝来拄笏望西山。"

④报平安:《酉阳杂俎续集·支植篇下》:"童子寺有竹一窠,才长数尺。相传其寺纲维,每日报竹平安。"

木兰花慢

中秋饮酒,将旦,客谓前人诗词有赋待月无送月者,因用天问体赋。①

可怜今夕月,向何处、去悠悠。是别有人间,那边才见,光影东头。是天外空汗漫,但长风、浩浩送中秋。飞镜无根谁系,嫦娥不嫁谁留。② 谓洋海底问无由。恍惚使人愁。③

怕万里长鲸,纵横触破,玉殿琼楼。④虾蟆故堪浴水,问云何、玉兔解沈浮。⑤若道都齐无恙,云何渐渐如钩。

【题解】

此词作于庆元间闲居瓢泉时。主要围绕"送月"题旨,专就月亮运行变化设问,实际上提出了九个问题:月亮向西落下要去何处? 是否落向另一个人间,这边落下,那边才刚升起? 是否浩荡秋风将明月送走? 谁把无根的月亮拴着在太空运行? 谁将未嫁的嫦娥留在月宫? 月亮向下运行是否真会穿过海底? 真要穿过海底,万里长鲸是否会戳破月宫? 真要穿过海底,月亮中的白兔不会游泳怎么办? 要都没事,那月亮为什么会由圆变缺? 词人以《天问》体入词,专赋送月,已属创举。至于综合神话传说,放纵想象,驰骤思绪,间有惊人发现,比如大胆设想此处月落西方时,彼处正月出东方,则又已暗合近代天体学说。

【注释】

①词序中"待月",犹言望月。《曲洧旧闻》卷七:"中秋玩月,不知起何时。考古人赋诗,则始于杜子美,而戎昱《登楼望月》,冷朝阳《与空上人宿华严寺对月》,陈羽《鉴湖望月》,张南史《和崔中丞望月》,武元衡《锦楼望月》,皆在中秋。则自杜子美以后,班班形于篇什。前乎杜子,想已然也。第以赋咏不著见于世耳。"

②"飞镜"二句:嫦娥,大德本作"姮娥"。《淮南子·览冥训》:"羿请不死之药于西王母,姮娥窃以奔月。"高诱注:"姮娥,羿妻。羿请不死之药于西王母,未及服之,姮娥盗食之,得仙,奔入月中,为月精也。"姮娥亦作"恒娥",汉代避文帝刘恒讳,改称"常娥",俗作"嫦娥"。

③"谓洋"二句:卢仝《月蚀》:"烂银盘从海底出,出来照我草屋东。"谓洋,大德本作"谓经"。

④"怕万里"三句:《拾遗记》:"翟乾祐于江岸玩月,或问:'此中何有?'翟笑曰:'可随我观之。'俄见月规半天,琼楼玉宇烂然。"

⑤"虾蟆"二句:岑参《晦日陪侍御泛北池》:"月带虾蟆冷,霜随獬豸寒。"李白《古朗月行》:"白兔捣药成,问言与谁餐。"

王国维《人间词话》：词人想象,直悟月轮绕地之理,与科学家密合,可谓神悟。

声声慢

隐括渊明停云诗

停云霭霭,八表同昏,尽日时雨濛濛。搔首良朋,门前平陆成江。春醪湛湛独抚,限弥襟、闲饮东窗。空延伫,恨舟车南北,欲往何从。　　叹息东园佳树,列初荣枝叶,再竞春风。日月于征,安得促席从容。翩翩何处飞鸟,息庭树①、好语和同。当年事,同几人、亲友似翁。

【题解】

此词约作于闲居瓢泉之初。词作隐括陶渊明的《停云》诗而成,可见对待志同道合的朋友一往情深,是真性情的陶、辛二人的契合点之一。陶诗序云:"停云,思亲友也。樽湛新醪,园列初荣,愿言不从,叹息弥襟。"诗云:

霭霭停云,濛濛时雨。八表同昏,平路伊阻。静寄东轩,春醪独抚。良朋悠邈,搔首延伫。停云霭霭,时雨濛濛。八表同昏,平陆成江。有酒有酒,闲饮东窗。愿言怀人,舟车靡从。东园之树,枝条再荣。竞用新好,以招余情。人亦有言,日月于征。安得促席,说彼平生。翩翩飞鸟,息我庭柯。敛翮闲止,好声相和。岂无他人,念子实多。愿言不获,抱恨如何。

比较来看,辛弃疾此词步趋陶诗,逞才角技,或不能免,但结末二句,并非陶诗原意,想系隐寄词人闲居独处之处境。

【注释】

①庭树:大德本作"庭柯"。

八声甘州

夜读《李广传》，不能寐。因念晁楚老、杨民瞻约同居山间，戏用李广事赋以寄之。^①

故将军、饮罢夜归来，长亭解雕鞍。恨灞陵醉尉，匆匆未识，桃李无言。^②射虎山横一骑，裂石响惊弦。落托封侯事，岁晚田间。^③ 谁向桑麻杜曲，要短衣匹马，移住南山。看风流慷慨，谈笑过残年。汉开边、功名万里，甚当时、健者也曾闲。纱窗外、斜风细雨，一障轻寒。^④

【题解】

此词作于闲居带湖期间。上片照应"夜读《李广传》"，写李广事迹，着重选取将军罢后闲居一段。先借李广受霸陵尉呵斥故事，写出虎落平阳的悲哀，和世态炎凉的可恨。继而一转，以李广之勇猛射虎故事，见出英雄之壮心不已，猛志常在。接着再一转，对李广不能封侯和闲居田园的落魄遭遇，深表同情和不平。哀李广，更是自哀。下片针对友人"约同居山间"，抒发愿望与感慨。先说要和友人一同仿效李广，移居南山，慷慨风流，共度晚年。转而又对开边用兵时代李广罢职闲居一事提出质问，问而不答，而含意甚明。最后以窗外风雨凄迷之景语作结，余韵悠悠，含蓄不尽，无限感慨与愤懑皆在不言中。

【注释】

①词序中"晁楚老"，沈曾植《稼轩长短句小笺》疑为晁谦之后人。《江西通志》："晁谦之，字恭祖，澶州人。渡江亲族离散，极力收聚，因居信州。仕至敷文阁直学士。卒葬铅山鹅湖，子孙家焉。"

②"故将军"五句：《史记·李将军列传》："广家与故颍阴侯孙屏野居蓝田南山中射猎。尝夜从一骑出，从人田间饮。还至霸陵亭，霸陵尉醉，呵止

广。广骑曰：'故李将军。'尉曰：'今将军尚不得夜行，何乃故也！'止广宿亭下。"

③"落托"二句：《史记·李将军列传》："诸广之军吏及士卒或取封侯。广尝与望气王朔燕语，曰：'自汉击匈奴而广未尝不在其中，而诸部校尉以下，才能不及中人，然以击胡军功取侯者数十人，而广不为后人，然无尺寸之功以得封邑者，何也？岂吾相不当侯邪？且固命也？'"落托、田间，大德本分别作"落魄"、"田园"。

④"纱窗外"三句：张志和《渔父》："青箬笠，绿蓑衣。斜风细雨不须归。"一障，大德本作"一阵"。

【辑评】

吴则虞《辛弃疾词选集》：此退居带湖所作也。题中所云："晁楚老、杨民瞻约同居山间"，不过故为闪烁惝恍之词耳。"故将军"与"健者曾闲"实此词之主旨，乃假李广事以现身说法。此类词在《稼轩词》中实不少，而此首最鲜明。稼轩词语达而不率，尤善于制题。此类词如题作"感事"、"书愤"，便无意思。此调见于宋词者，以柳永"对潇潇暮雨洒江天"一首为最早，首句如七言诗加一领字，不起韵，次句始起韵，句法如五言拗体诗。稼轩用"亭"字，另一首用"陵"字皆然。次韵三个四字句，如《木兰花慢》之第二韵，只第一句仄落耳。结韵第二句柳永原作"倚阑干处"，中二字相连，名家都遵之，而稼轩二者皆不如此。

水调歌头

送施圣与枢密帅隆兴。信之谶云："水打乌龟石，方人也大奇。""方人也"实施字。①

相公倦台鼎②，要伴赤松游。高牙千里东下，箛鼓万貔貅。试问东山风月，更著中年丝竹，留得谢公不。孺子宅边水，云影自悠悠。③　　占古语，方人也，正黑头。④穹龟突兀千丈,石打玉溪流。金印沙堤⑤时节,画栋珠帘云雨,一醉早归休。贱子亲再拜⑥,西北有神州。

【题解】

此词作于绍熙二年(1191)闲居带湖时。上片写施圣与离开枢密之职,离京东下,又用徐孺子和滕王阁加以点化,暗示其出任江西安抚使之职。下片用信州的两条谶语言施圣与为奇人奇事,并及其光辉前程,但作者认为都不值得留恋,他所期望的是,施圣与致力于抗金北伐,收复失地。这样就把前述一切高人逸士,高官厚禄,统统集中了起来。

【注释】

①词序:大德本作"送施枢密圣与帅隆兴。信之谶云:'水打乌龟石,方人也大奇。'实施字"。《广信府志》:"乌龟山在上饶西南五里,一名五桂山。谚云:'水打乌龟石,信州出状元。'"

②"相公"句:韩愈《送郑十校理得洛字》:"相公倦台鼎,分正新邑洛。"

③"孺子"二句:东汉徐稺字孺子。《太平寰宇记》:"洪州南昌县徐孺子宅,在州东北三里。"王勃《滕王阁序》:"人杰地灵,徐孺下陈蕃之榻。"

④"占古语"三句:《世说新语·识鉴》:"诸葛道明初过江左,自名道明,名亚王、庾之下。先为临沂令,丞相谓曰:'明府当为黑头公。'"

⑤沙堤:《唐国史补》卷下:宰相初拜,京兆使人载沙填路,自府第至于城东街,名沙堤。

⑥"贱子"句:杜甫《奉赠韦左丞丈二十二韵》:"丈人试静听,贱子请具陈。"亲再拜,大德本作"祝再拜"。

水调歌头

长恨复长恨,裁作短歌行。②何人为我楚舞,听我楚狂声。③余既滋兰九畹,又树蕙之百亩,秋菊更餐英。门外沧浪水,可以濯吾缨。　　　一杯酒,问何似,身后名。人间万事,□□④常重泰山轻。悲莫悲生离别,乐莫乐新相识,儿女古今情。富贵非吾事,归与白鸥盟。⑤

【题解】

此词作于绍熙三年(1192)福建提点刑狱兼福建安抚使任上。在看似"不应有恨"的时候,词人唱出了"长恨复长恨"的悲歌。此"长恨"之叹,乃是将十年闲退、违心出仕、壮志难伸及离愁别绪种种,尽情喷发。接写知音稀少、孤独无助的悲凉。再借屈原"香草"手法及《沧浪歌》隐喻手法,映出自己的高洁品性及崇高志向,间接点出不为世容、难觅知音的根源。下片着重表达超越世俗名利观念、归隐田园的志趣,同时照应词题,写出对新结识的朋友的依依惜别之情。结末二句是全篇主旨,慷慨磊落,声情激越。全篇基本袭用古人诗文词句,几近集句词,而融化如己出,满腔忧愤,一气奔腾,纵横恣肆,略无窒碍。

【注释】

①词题:大德本作"壬子三山被召,陈端仁给事饮饯席上作"。

②"长恨"二句:《短歌行》,乐府《相和歌辞·平调曲》的乐曲名,因其声调短促,故名。多为宴席上唱的乐曲。这里借指这首《水调歌头》。

③"何人"二句:《史记·留侯世家》:戚夫人哭泣,高祖刘邦曰:"为我楚舞,吾为若楚歌。"歌数阕,戚夫人嘘唏流泪,刘邦起身离去,罢酒。《论语·微子》:"楚狂接舆歌而过孔子曰:'凤兮凤兮,何德之衰! 往者不可谏,来者犹可追。已而已而,今之从政者殆而!'"邢昺疏:"接舆,楚人,姓陆名通,字接舆也。昭王时,政令无常,乃披发佯狂不仕,时人谓之楚狂也。"

④□□:大德本作"毫发"。

⑤"富贵"二句:陶渊明《归去来兮辞》:"已矣乎,寓形宇内复几时,曷不委心任去留。胡为乎遑遑欲何之? 富贵非吾愿,帝乡不可期。"黄庭坚《登快阁》:"万里归船弄长笛,此心吾与白鸥盟。"

明李濂批点《稼轩长短句》：意匠经营，全无痕迹。

清陈廷焯《白雨斋词话》卷六：愤激语而不离乎正。

清陈廷焯《云韶集》卷五：一片幽郁，不可遏抑。运用成句，长袖善舞。郁勃肮脏，笔力恣肆，声情激越。

清陈廷焯《词则·放歌集》卷一：悲愤填膺，不可遏抑，运用成句，纯以神行。

吴则虞《辛弃疾词选集》：此词浑如急管繁弦，悲促愤慨。稼轩帅闽未久，纵有扼腕龃龉之情，莅任未久，不应如是之甚。端仁废职家居，相对固不免有牢落之思，离筵赠答之词，亦不作如此倾吐。窃疑此词之题虽云"席上作"，实则稼轩赋此词不必为陈端仁，亦不必专指赴召事。稼轩帅闽，本非所愿，奉召多时，迟迟而前，《山花子》"三山戏作"一词尤能见其胸抱。此词主旨在"富贵非吾事"一语，稼轩身虽贵，而富贵非其所愿，端仁虽失位，而沧浪容与，长结鸥盟。"乐莫乐新相识"者亦在此。此词妙处皆多于言外见之。

水调歌头

将迁新居不成，有感戏作。时以病止酒，且遣去歌者，末□及之①

我亦卜居者，岁晚望三闾。②昂昂千里，泛泛不作水中凫。好在书携一束，莫问家徒四壁④，往日置锥无④。借车载家具，家具少于车。⑤　　舞乌有，歌亡是，饮子虚。⑥二三子者爱我，此外故人疏。幽事欲论谁共，白鹤飞来似可，忽去复何如。众鸟欣有托，吾亦爱吾庐。⑦

【题解】

此词作于庆元二年(1196)将迁居瓢泉时。带湖遗火，雪楼被焚，词人有感于迁居未成，作此以自嘲。起首四句明志。自况屈原者，不独生平遭遇近似，且放废卜居后，志趣相仿：宁清贫而独立，不随波逐流。此缩用《卜居》中语，情志贴切而言简意赅。以下叙"将迁新居"之事，纯系夸张戏谑之辞，不可拘泥。察其本旨，当在强化虽清贫而志不屈、乐不改。下片迭用乌有、亡是、子虚，也颇有诙谐之趣，以身外之物，不足多虑也。真正令人感伤者，倒是故人迹疏，欲语无人。结韵钩转，且喜此身有归。此旷达冲淡语，爱吾庐者，亦爱渊明之品性胸襟也。于旷达冲淡乃至诙谐幽默中，略寄政治失意之痛，正是词人罢居家园后词作的一个显著特点。

【注释】

①词题中"有感戏作"、"末□"，大德本分别作"戏作"、"末章"。

②"我亦"二句：王逸《楚辞章句》："屈原与楚同姓，仕于怀王，为三闾大夫。三闾之职，掌王族三姓，曰昭、屈、景。""《卜居》者，屈原之所作也。屈原……己执忠直而身放弃，心迷意惑，不知所为，乃往至太卜之家，稽问神明，决之蓍龟，卜己居世，何所宜行，故曰卜居也。"

③家徒四壁：《史记·司马相如列传》："文君夜亡奔相如，相如乃与驰归。家居徒四壁立。"

④"往日"句：《荀子·儒效》："虽隐于穷阎漏屋，无置锥之地。"《景德传灯录》卷一一《袁州仰山慧寂禅师》："师问香严：'师弟近日见处如何？'严曰：'某甲卒说不得。'乃有偈曰：'去年贫，未是贫；今年贫，始是贫。去年无卓锥之地，今年锥也无。'师曰：'汝只得如来禅，未得祖师禅。'"

⑤"借车"二句：孟郊《借车》："借车载家具，家具少于车。借者莫弹指，贫穷何足嗟。百年徒役役，成事尽随花。"

⑥"舞乌有"三句：司马相如《子虚赋》："楚使子虚使于齐，王悉发车骑，与使者出畋。畋罢，子虚过诧乌有先生，亡是公存焉。"《史记·司马相如列传》："相如曰：'请为天子游猎赋，赋成奏之。'……相如以'子虚'，虚言也，为楚称；'乌有先生'者，乌有此事也，为齐难；'无是公'者，无是人也，明天子之义。故空藉此三人为辞，以推天子诸侯之苑囿。其卒章归之于节俭，因以风谏。奏之天子，天子大说。"

⑦"众鸟"二句：陶渊明《读山海经》："众鸟欣有托，吾亦爱吾庐。"

　　吴则虞《辛弃疾词选集》：首韵"我亦卜居者"，直用屈赋字面义，有将迁入新居之意。《卜居》有云"昂昂沉沉"，以喻行踪恍惚，迁居未成之意。"好在"一转，"莫问"又一折，往日置锥之地且无之，今已有置锥之地矣，反用此语，而倍觉隽永。结韵用孟郊诗，极自然。后阕因题内有"止酒"、"遣去歌者"语，点出题目。"舞乌有，歌亡是，饮子虚"三句，皆假用典故，取其字面。歌舞与酒，三者皆无之。"二三子者爱我"一韵，对歌舞与酒，犹有不舍之情，不料皆辞我而去，则知我者疏矣。至此转出"幽事欲论谁共"三句，能有白鹤飞来，旧雨相晤，而无奈忽然又去何，极写孤寂之状。结韵用陶诗浑成作结，新居有寄，终觉欣然，歌者有归，是亦有托，语新颖而不佻。

水调歌头

醉　吟

　　四坐且勿语，听我醉中吟。[①]池塘春草未歇，高树变鸣禽。鸿雁初飞江上，蟋蟀还来床下，时序百年心。[②]谁要卿料理，山水有清音。　　欢多少，歌长短，酒浅深。而今已不如昔，后定不如今。[③]闲处直须行乐，良夜更教秉烛，高会惜分阴。[④]白发短如许，黄菊倩谁簪。

【题解】

　　此词约作于闲居瓢泉期间。起笔袭用古诗中常见句式以点题，亦切合现场情景。接着化用前人诗句，逐次呈现四季景象，揭示时光轮转，岁月如流，人生苦短。再化用晋人语句，意谓料理政务不如游赏山水，写出词人罢官归来后的愤懑与超越，引起下片及时行乐之意。过片言人生在世，能有多少欢愉，几许歌舞宴饮之乐。继引白居易诗意，慨叹今不如昔，后不如今，盖痛感于时势衰微，世道沦丧，人心不古。言外有生不逢时、时不我待之悲。故借《古诗十九首》诗意,谓闲居退处,唯有及时行乐,秉烛夜游,珍惜友朋欢会。悲凉转为放旷。末尾融合杜甫、苏轼诗意,慨叹老来知音难觅,欢会难得,放旷复转为无尽悲凉。

【注释】

①"四坐"二句:《玉台新咏》卷一《古诗八首》其六:"四座且莫喧,听我歌一言。"杜荀鹤《与友人对酒吟》:"凭君满酌酒,听我醉中吟。"

②"鸿雁"三句:《礼记·月令》:"季秋之月……鸿雁来宾。"《诗·豳风·七月》:"十月蟋蟀入我床下。"杜甫《春日江村五首》其一:"乾坤万里眼,时序百年心。"

③"而今"二句:白居易《东城寻春》:"今既不如昔,后当不如今。"

④"闲处"三句:《古诗十九首》:"昼短苦夜长,何不秉烛游。为乐当及时,何能待来兹。"《晋书·陶侃传》:"大禹圣者,乃惜寸阴,至于众人,当惜分阴。"

【辑评】

清陈廷焯《词则·放歌集》卷一:若整若散,一片神行,非人力可及。

清陈廷焯《云韶集》卷五:此词似整不整,一片神行,非人得到。悲愤,魄力劲甚。

吴则虞《辛弃疾词选集》:此亦退居之词也。"四座且勿语,听我醉中吟"一韵,点明以下皆醉吟之句。"四座"未必一定是坐客,在稼轩目中,云物鱼鸟皆为其坐客,皆欲听我醉吟。"池塘生春草"自冬日回春,"高树变鸣禽",自春入夏,又承以"鸿雁初飞江上"三句,"鸿雁初飞"正自夏入秋,"蟋蟀床下",自秋至冬。如此年复一年,总束以"时序百年心",则百年心事,任其风光游转,不免有岁不我与、壮志难成之慨。结句"谁要卿料理,山水有清音"一韵,卿非四座之客,正是云物鱼鸟,风光流转,正不须春草、鸣禽、鸿雁、蟋蟀来料理,而山水自有清音。料理犹言部署、布置。……后阕说出光阴迅速,韶华易谢,欢之多少,歌之长短,酒之浅深,究有几何?从正面写出。紧接"而今已不如昔,后定不如今"一韵,断定欢与歌酒,今不如昔矣,后更不如今矣。"闲处行乐","良夜秉烛"三句,人生行乐须及时也。结句,似切九日言。

水龙吟

爱李延年歌、淳于髡语,合为词,庶几高唐、神女、洛神赋之意云①

昔时曾有佳人,翩然绝世而独立。未论一顾倾城,再顾又倾人国。宁不知其,倾城倾国,佳人难得②。看行云行雨,朝朝暮暮,阳台下、襄王侧。　　堂上更阑烛灭。记主人、留髡送客。合尊促坐,罗襦襟解,微闻芗泽。当此之时,止乎礼义,不淫其色。③但□□□□,啜其泣矣,又何嗟及。④

【题解】

此词或作于庆元元年(1195)闲居瓢泉时。合用李延年、宋玉诗赋,其意当在讽刺南宋朝廷沉醉于淫靡生活,忘却恢复大业。与林升《题临安邸》为同一机杼。又,程继红《带湖与瓢泉——辛弃疾在信州日常生活研究》认为,此篇歇拍转向太快,据其隐括《诗经》语原意推测,似乎可以理解为辛弃疾因为家庭经济状况,此时已有将要遣去歌者的悲慨。

【注释】

①词题中"淳于髡语",《史记·滑稽列传》:"淳于髡者,齐之赘婿也。长不满七尺,滑稽多辩,数使诸侯,未尝屈辱……威王大说,置酒后宫,召髡赐之酒。问曰:'先生能饮几何而醉?'对曰:'臣饮一斗亦醉,一石亦醉……日暮酒阑,合尊促坐,男女同席,履舄交错,杯盘狼藉,堂上烛灭,主人留髡而送客,罗襦襟解,微闻芗泽,当此之时,髡心最欢,能饮一石。'"

②难得:大德本作"难再得"。

③"止乎"二句:《毛诗·关雎序》:"故变风发乎情,止乎礼义。发乎情,民之性也;止乎礼义,先王之泽也………是以《关雎》乐得淑女以配君子,忧在进贤,不淫其色。"

④"但□"三句:《诗·王风·中谷有蓷》:"有女仳离,啜其泣矣。啜其

泣矣,何嗟及矣。"□□□□,大德本作"啜其泣矣"。

【辑评】

吴世昌《词林新话》:稼轩《水龙吟》(昔时曾有佳人)殊无谓,不意稼轩作此乏味之词。

贺新郎

福州游西湖①

翠浪吞平野。挽天河、谁来照影,卧龙山下。烟雨偏宜晴更好,约略西施未嫁。②待细把、江山图画③。千顷光中堆滟滪,似扁舟、欲下瞿塘马。④中有句,浩难写。⑤　　诗人例入西湖社⑥。记风流、重来手种,绿阴成也。⑦陌上游人夸故国,十里水晶台榭⑧。更复道、横空清夜⑨。粉黛中□歌妙曲⑩,问当年、鱼鸟无存者。堂上燕,又长夏。

【题解】

此词作于绍熙三年(1192)福建提点刑狱任上。《古今图书集成·山川典》卷二九一西湖部艺文四误作辛次膺词。赵汝愚第二次帅闽至绍熙二年(1191)十月止,作者为闽宪始于三年夏,故有"堂上燕,又长夏"句。蔡国黄《辛弃疾在福建的词——兼及与赵汝愚的关系》一文则认为,此首及同调另两首词"觅句如东野"、"碧海成桑野"均应系于绍熙五年。

此词上片回忆赵汝愚排除干扰,浚治西湖,造福百姓。下片追述五代时期闽国的繁华景象,颇有怀念其歌舞升平的意味。而"问当年、鱼鸟无存者"一语,又隐寓淡淡的哀愁。无论近事还是往事,皆不免兴废之感。

【注释】

①词题:大德本作"三山雨中游西湖,有怀赵丞相经始"。赵丞相,指赵汝愚。帅闽时,奏请朝廷疏浚西湖,以兴利除害。

②"烟雨"二句:苏轼《饮湖上初晴后雨二首》其二:"水光潋滟晴方好,山色空濛雨亦奇。欲把西湖比西子,淡妆浓抹总相宜。"

③"待细把"句:柳永《望海潮》:"异日图将好景,归去凤池夸。"岳珂《桯史》卷一记载完颜亮遣画工描绘西湖景的事,云:"及得志,将图南牧,遣我叛臣施宜生来贺天申节,隐画工于中,使图临安之城邑及吴山、西湖之胜以归。既进绘事,大喜,瞯然有垂涎杭、越之想。"

④"千顷"二句:王谠《唐语林》补遗四:"滟滪大如马,瞿唐不可下。滟滪大如牛,瞿唐不可留。"

⑤"中有"二句:指赵汝愚疏浚福建西湖事受到责难。朱熹《与赵汝愚书》:"去冬见议开湖事,熹谓须先计所废田若干,所溉田若干,所用工料若干,灼见利多害少,然后为之。后来但见匆匆兴役,至今议者犹以费多利少为疑。浮说万端,虽不足听,然恐亦初计之未审也。"

⑥西湖社:《梦粱录》卷一九:"文士有西湖诗社,此乃行都缙绅之士及四方流寓儒人寄兴适情,赋咏脍炙人口,流传四方,非其他社集之比。"

⑦阴成:四印斋本作"成阴"。

⑧"陌上"二句:闽为五代十国之一,故称。《十国春秋》:"闽王延钧于城西筑水晶宫,与其后陈金凤采莲湖中,后制《乐游曲》,宫女倚声歌之。"此水晶宫,指荷花丛中幽静处。姜夔《惜红衣》序即云:"吴兴号水晶宫,荷花盛丽。"

⑨"更复道"句:《闽都记》:"西湖周回十数里,闽王延钧筑室其上,号水晶宫。时携后庭游,不出庄陌,乃由子城复道跨罗城而下,不数十步至其所。"

⑩"粉黛"句:《金凤外传》:闽王延钧端阳日,造彩舫数百于西湖,每舫载宫女二三十人,衣短衣,鼓楫争先。延钧登大龙舟以观。金凤作《乐游曲》,使宫女同声歌之。曲曰:"……西湖南湖斗彩舟,青蒲紫蓼满中洲。波渺渺,水悠悠,长奉君王万岁游。"□、妙曲,大德本分别作"洲"、"何曲"。

【辑评】

明卓人月、徐士俊《古今词统》卷一六:淡妆浓抹之喻,重为洗出。

贺新郎①

觅句如东野。想钱塘、风流处士,水仙祠②下。更隐小孤烟浪里,望断彭郎欲嫁。③是一色、空濛难画。谁解胸中吞云梦,试呼来、草赋看司马。须更把,上林写。④　　鸡豚旧日渔樵社⑤。问先生、带湖春涨,几时归也。为爱琉璃三万顷⑥,正卧水亭烟榭。对玉塔、微澜深夜⑦。雁鹜如云休报事⑧,被诗逢敌手皆勍者⑨。春草梦,也宜夏。

【题解】

此词作于绍熙三年(1192)福建提点刑狱任上。词以写景寄意,由眼前福州西湖的景色而联想到江南的名胜佳景,又联想到带湖隐居时的生活情景,词句跌宕跳跃,思想感情也随之而起伏不平。词人满腹经纶,对自己的才华是颇为自信的,但时事却偏不成就像他这样的英雄人物,故面对现实,感慨孔多。

【注释】

①大德本有词题"和前韵",指用《贺新郎》(翠浪吞平野)韵。

②水仙祠:在杭州西湖第三桥北。苏轼《书林逋诗后》:"不然配食水仙王,一盏寒泉荐秋菊。"

③"更隐"二句:小孤山在今江西彭泽北、安徽宿县东。彭郎矶在其对岸。《归田录》卷二:"江南有大小孤山,在江水中巋然独立,而世俗转孤为姑。江侧有一石矶,谓之澎浪矶,遂转为彭郎矶,云:彭郎者,小姑婿也。"更隐,大德本作"更忆"。

④"谁解"四句:《史记·司马相如列传》:"蜀人杨得意为狗监,侍上。上读《子虚赋》而善之,曰:'朕独不得与此人同时哉!'得意曰:'臣邑人司马相如自言为此赋。'上惊,乃召问相如。相如曰:'有是。然此乃诸侯之事,

未足观也。请为天子游猎赋,赋成奏之。'……天子大说。"

⑤"鸡豚"句:韩愈《南溪始泛三首》其二:"愿为同社人,鸡豚燕春秋。"

⑥琉璃三万顷:杜甫《漠陂行》:"天地黯惨忽异色,波涛万顷堆琉璃。"

⑦"对玉塔"句:苏轼《江月五首并引》其一:"一更山吐月,玉塔卧微澜。正似西湖上,涌金门外看。"

⑧"雁鹜"句:韩愈《蓝田县丞厅壁记》:"文书行,吏抱成案诣丞,卷其前,钳以左手,右手摘纸尾,雁鹜行以进"。

⑨勍(qíng)者:强敌手。

贺新郎

别茂嘉十二弟。鹈鸪、杜鹃实两种,见《离骚补注》

绿树听鹈鸪。更那堪、鹧鸪声住,杜鹃声切。啼到春归无寻处,苦恨芳菲都歇。算未抵、人间离别。马上琵琶关塞黑①,更长门、翠辇辞金阙。看燕燕,送归妾。②　　将军百战身名裂,向河梁、回头万里,故人长绝。③易水萧萧西风冷,满座衣冠似雪。正壮士、悲歌未彻。④啼鸟还知如许恨,料不啼清泪长啼血。谁共我,醉明月。

【题解】

据杨罗生《辛弃疾的〈贺新郎·别茂嘉十二弟〉作年考》,此词作于开禧元年(1205)连降两官之后调离镇江之前。《稼轩词编年笺注》则认为当作于闲居瓢泉期间,或即送族弟往北"筹边"(刘过《沁园春·送辛稼轩弟赴桂林官》)时。词写离别之恨,以啼鸟悲鸣、芳菲衰歇起兴,叠举四事,极写人间离别之悲苦有远甚于此者。上片所举二事,皆为女子之离别:一为昭君辞别汉宫出塞,关隘昏黑,琵琶声悲;二为庄姜送戴妫,瞻望不及,泪如雨下。下片续举二事,皆为男子之离别:一为李陵饯别苏武,苏武回首万里,一别长绝;二为众白衣人送荆轲谋刺秦王,荆轲悲歌淋漓,一去不返。叙毕四事,又以啼鸟回应篇首,鸟若知此悲恨,亦应啼血不止,更何况人?结末二句,归结到"别茂嘉"题意,余韵袅袅,怅惘不已。全篇结构精巧,前后呼应,中间铺张扬厉,如泣如诉,情辞慷慨悲凉,仿佛江淹《别赋》、《恨赋》手法,于词中亦属创格。

【注释】

①"马上"句:石崇《王明君辞》序:"昔公主嫁乌孙,令琵琶马上作乐,以慰其道路之思。其送明君,亦必尔也。"杜甫《梦李白》二首其一:"魂来枫叶青,魂返关塞黑。"

②"看燕燕"二句:卫庄公之妻庄姜,美而无子,庄公妾戴妫生子完,庄姜以为己子。庄公死,完继位。不久州吁作乱,杀完。戴妫乃归陈国,庄姜远送于野,作诗云:"燕燕于飞,差池其羽。之子于归,远送于野。瞻望弗及,泣涕如雨。"诗见《诗·邶风·燕燕》。于飞,比翼而飞。

③"将军"三句:《汉书·苏武传》:苏武居匈奴十九年,始终不屈,匈奴与汉和亲时,苏武得以归汉。临行,李陵置酒送别,贺苏武曰:"异域之人,一别长绝。"又起舞歌曰:"径万里兮度沙漠,为君将兮奋匈奴。路穷绝兮矢刃摧,士众灭兮名已隤。老母已死,虽欲报恩将安归?"题李陵《与苏武》三首其三:"携手上河梁,游子暮何之。"声名裂,四卷本原作"声名列",此从大德本。

④"易水"三句:《史记·刺客列传》:燕太子丹请荆轲谋刺秦王,临行,太子及宾客知其事者,皆白衣冠以送之。至易水之上,高渐离击筑,荆轲和而歌曰:"风萧萧兮易水寒,壮士一去兮不复还。"歌声慷慨,士皆瞋目,发皆冲冠,于是荆轲上车而去,不复回顾。易水,在今河北省西部。

【辑评】

清许昂霄《词综偶评》:上三项说妇人,此二项言男子。中间不叙正位,却罗列古人许多离别,如读文通《别赋》,亦创格也。

清陈廷焯《白雨斋词话》卷一:稼轩词,自以此《贺新郎》一篇为冠,沉郁苍凉,跳跃动荡,古今无此笔力。

清陈廷焯《云韶集》卷五:沉郁顿挫,姿态绝世,换头处起势峻嶒。

王国维《人间词话删稿》:稼轩《贺新郎》词送茂嘉十二弟,章法绝妙,且语语有境界,此能品而几于神者。然非有意为之,故后人不能学也。

梁令娴《艺蘅馆词选》丙卷附梁启超评:《贺新郎》调以第四韵之单句为全首筋节,如此最可学。

陈匪石《宋词举》:寻江淹《别赋》、《恨赋》,皆首尾述意,中间历叙若干事,而此则拟《别赋》者。在词自属变格,盖冶前后遍为一炉,前起后束,中列离别四事,前二者属女子,后二者属男子,末句归到自身以结之,其"送茂嘉"只末二句。张惠言谓"茂嘉以得罪遣徙,故有是言",固嫌穿凿;周济谓"马上琵琶"为"北都旧恨","易水萧萧"为"南都新恨",亦似附会。在稼轩,只因别茂嘉而广征古事言离别之恨耳。若详释之,自注依《离骚补注》,鹈鴂非杜鹃,是指鴂言,即司至之伯赵,以五月鸣。"绿树"举五月之景物,"春归"、"芳歇"亦然。因"听鹈鴂",遂追溯鴂鸣以前,有"行不得也"之"鹧鸪",有"不如归去"之"杜鹃",皆有关离别。及啼到伯赵,则如《离骚》所说,百草不芳矣。"算未抵"句由鸟之悲鸣转到人之离别,以老辣之笔出之,拟之于诗,实为兴体。自此句入题后,乃第一事举昭君辞汉,第二事举庄姜送戴妫,第三事举李陵别苏武,第四事举易水送荆轲。"人间"二字冒下,"如许"二字结上。四层叙完,再以"啼鸟"应起处。"不啼清泪常啼血",鸟且如此,人何以堪? 故一到"我"字便收,实不必呆说"寄托"。陈廷焯评之曰"沉郁苍凉,跳跃动荡,古今无此笔力",得之矣。愚谓稼轩以生龙活虎之才,为铸史熔经之作,格调不惮其变,隶事不厌其多,其佳者竟成古今绝唱,却不容人学步。并世如陈同甫、刘龙洲,后世如陈其年,善学辛者,亦多杰作,然究涉粗犷。学者读稼轩词,宜取神遗貌,藉药纤弱之病;而发风动气,则所当慎也。

唐圭璋《唐宋词简释》:此首送茂嘉十二弟,尽集古人许多离别故事,如文通《别赋》,妙在大气包举,沉郁悲凉。起五句,一气奔赴,如长江大河。连用"鹈鴂"、"鹧鸪"、"杜鹃"三鸟名,如温飞卿《南歌子》之运用鹦鹉、凤凰、鸳鸯三鸟名然。"算未抵"一句,束上起下,由景入情。"马上"三句,即用昭君、陈皇后、庄姜三妇人离别故事。下片,更举苏李、荆轲离别故事,运化灵动,声情激越。"正壮士"一句,束上起下,由情入景,与篇首回应。末句,揭出己之独愁,是送别正意。周止庵谓此首"前片北都旧恨,后片南渡新恨",

观其前片所举之例极凄惨,而后片所举之例又极慷慨,则知止庵之说精到。

贺新郎

邑中园亭,仆皆为赋此词。一日,独坐停云,水声山色,竞来相娱,意溪山欲援例者,遂作数语,庶几仿佛渊明思亲友之意云。①

甚矣吾衰矣。怅平生、交游零落,只今余几。白发空垂三千丈②,一笑人间万事。问何物、能令公喜。③我见青山多妩媚,料青山、见我应如是。情与貌,略相似。　　一尊搔首东窗里。想渊明、停云诗就,此时风味。江左沈酣求名者,岂识浊醪妙理。④回首叫、云飞风起⑤。不恨古人吾不见,恨古人、不见吾狂耳。⑥知我者,二三子。⑦

【题解】

此词约作于嘉泰元年(1201)闲居瓢泉时。《汇选历代名贤词府全集》卷八误题史德卿作。词题瓢泉停云堂。起句浩叹,只为老来罢退,万事蹉跎,幽居山林,故交零落,亦即《感皇恩》“白发多时故人少”之感。其时词人六十二岁,平生知交相继过世,因有世间尚有何物能令人欣喜之语。“我见”以下,谓只有转向青山觅知音。与青山互赏妩媚,即李白“相看两不厌,唯有敬亭山”之境界,唯此处更为酣畅恣肆。下片再转向古人求知。闲饮东窗,赋诗思友,渊明与我风味相似,情思相通,自是异代知己。此是从正面写。江东名流,醉中求名,岂知酒中妙理,岂是吾辈知己。此是从反面写。由此发出不恨我不见古人、只恨古人不见我狂之号呼,风云激荡,慷慨淋漓,一扫开篇的衰颓感伤,狂态复萌,豪气不除,俨然有雄视万世之概。末二句回应上文“只今余几”,归结思亲友题旨,用以自慰。

【注释】

①词序中“停云”,停云堂。

②"白发"句：李白《秋浦歌》："白发三千丈，缘愁似个长。"

③"问何物"句：《世说新语·宠礼》："王珣、郗超并有奇才，为大司马所眷拔。珣为主簿，超为记室参军。超为人多髯，珣状短小，于时荆州为之语曰：'髯参军，短主簿，能令公喜，能令公怒。'"

④"江左"二句：苏轼《和陶饮酒诗二十首》其三："道丧士失己，出语辄不情。江左风流人，醉中亦求名。渊明独清真，谈笑得此生。"杜甫《晦日寻崔戢李封》："浊醪有妙理，庶用慰沉浮。"

⑤云飞风起：《史记·高祖本纪》："高祖还归过沛，置酒沛宫，自为歌诗曰：'大风起兮云飞扬，威加海内兮归故乡，安得猛士兮守四方。'"

⑥"不恨"二句：《南史·张融传》："张融善草书，常自美其能。帝曰：'卿书殊有骨力，但恨无二王法。'答曰：'非恨臣无二王法，亦恨二王无臣法。'……常叹云：'不恨我不见古人，所恨古人又不见我。'"

⑦"知我者"二句：二三子，借用《论语》中孔子对其弟子常用的称呼。如"二三子何患于丧乎"，"二三子以我为隐乎"等等。此指二三人。

【辑评】

夏承焘等《唐宋词选》：辛氏喜欢用南北朝人的语言入词，像这首词"不恨古人吾不见"二句，是用《南史》张融语。"江左沉酣求名者"两句则是评议南朝人语。因为南宋偏安江左，政治局面和南朝相似，所以南宋人的感慨，也与南朝人相近。陆游诗、辛弃疾词都多用南朝人语，这是和他们的时代身世有密切的关系的。

吴则虞《辛弃疾词选集》：此首是稼轩罢福建安抚任，卜筑期思以后之作，其时稼轩已五十六岁。首韵"甚矣吾衰矣"，深慨老而无用。"怅平生、交游零落"二句，云稼轩在上饶隐居十年间，洪景伯、罗瑞良、韩南涧、汤朝美、钱仲翔、王宣子、施圣与、陆九渊、陈同父先后下世。平生故交，零落殆尽，但余陆放翁、朱晦庵、刘政之数人而已。"停云亲友"之思，正自此中生出。人不我知，世不我用，水声山色，聊以相娱。"青山妩媚"二句，托意尤远。与李白《敬亭山》诗所云"众鸟高飞尽，孤云独去闲。相看两不厌，只有敬亭山"，同一气度，亦同一心境。后阕"一尊搔首东窗里"三句，正如渊明思亲友而作《停云诗》之境界。今日停云独坐，亦有"八表同昏"之感。"回首叫"以下,风云跌荡,有老骥伏枥之慨。"知我者,二三子",关照上片之故人余几,且又表出胸中之无限气势。此等处如满纸牢愁,有何呈取。假用张融语,放开境界,益觉嵲兀。使读者知此词是借题寓慨,用意不在本位上。

沁园春

和吴尉子似①

我见君来,顿觉吾庐,溪山美哉。怅平生肝胆,都成楚越,②只今胶漆③,谁是陈雷。搔首踟蹰,爱而不见,④要得诗来渴望梅。还知否,快清风⑤入手,日看千回。　　直须抖擞尘埃⑥。人怪我柴门今始开⑦。向松间乍可,从他喝道,⑧庭中且莫,踏破苍苔⑨。岂有文章,谩劳车马,⑩待唤青刍白饭⑪来。君非我,任功名意气,莫恁徘徊。

【题解】

此词作于庆元五年(1199)闲居瓢泉时。吴子似原唱已佚。上片以浓厚的情思抒写与吴子似的亲密无间状,颇有一日不见如隔三秋的意味。谓即使人不相聚,能见到手泽,看到诗篇,也是极大的安慰。下片写自己虽然隐退山墅间,柴门少开,但吴子似若来则还是会欣然相接。又从二人各自处境的不同,勉励友人好好干一番事业,不要像自己这样废置闲散。

【注释】

①词题:大德本作"和吴子似县尉"。

②"怅平生"二句:《庄子·德充符》:"自其异者视之,肝胆楚越也;自其同者视之,万物皆一也。"

③胶漆:《后汉书·独行传》载,东汉陈重与雷义,二人友善亲密,情同手足。有"胶漆自谓坚,不如雷与陈"之誉。

④"搔首"二句:《诗·邶风·静女》:"静女其姝,俟我于城隅。爱而不见,搔首踟蹰。"

⑤清风:《诗·大雅·烝民》:"吉甫作诵,穆如清风。"朱熹注:"清风,清微之风,化养万物者也。"

⑥抖擞尘埃:苏轼《送曹焕往筠州》:"君到高安几日回,一时抖擞旧尘埃。"

⑦柴门今始开:杜甫《客至》:"花径不曾缘客扫,蓬门今始为君开。"

⑧"向松间"二句:《苕溪渔隐丛话》前集卷二二引《西清诗话》:"《义山杂纂》品目数十,盖以文滑稽者。其一曰杀风景,谓清泉濯足,花上晒裈,背山起楼,烧琴煮鹤,对花啜茶,松下喝道。"

⑨踏破苍苔:苏轼《书麐公诗后》小序引宋滏水僧人宝麐诗:"满院秋光浓欲滴,老僧倚杖青松侧。只怪高声问不应,嗔余踏破苍苔色。"

⑩"岂有"二句:杜甫《宾至》:"岂有文章惊海内,漫劳车马驻江干。"

⑪青刍白饭:杜甫《入奏行赠西山检察使窦侍御》:"为君酤酒满眼酤,与奴白饭马青刍。"

沁园春

将止酒,戒酒杯使勿近

杯汝来前①,老子今朝,点检形骸②。甚长年抱渴,咽如焦釜,于今喜睡,气似奔雷。③汝说刘伶,古今达者,醉后何妨死便埋。④浑如此,叹汝于知己,真少恩哉。⑤　　更凭歌舞为媒。算合作平居鸩毒猜⑥。况怨无大小⑦,生于所爱,物无美恶,过则为灾⑧。与汝成言⑨,勿留亟退,吾力犹能肆汝杯⑩。杯再拜,道麾之即去,招则须来。⑪

【题解】

此词作于庆元二年(1196)由带湖移居瓢泉时。词写戒酒,以嘲戏寓正理,并将酒杯拟人化,设计出人与酒杯的对话,生动活泼,翻空出奇,表现出隐居无所为的词人,因为苦闷而不得不借酒浇愁,又因为过度纵酒伤害了身体,不得不戒酒养病的矛盾痛苦。表面上是在对酒杯发牢骚,实际上是吐露自己政治失意后的苦闷无聊。

【注释】

①来前:王诏刊本、四印斋本作"前来"。

②点检形骸:韩愈《赠刘师服》:"丈夫命存百无害,谁能点检形骸外。"

③"甚长年"四句:《战国策·齐策二》:"且夫救赵之务,宜若奉漏瓮,沃焦釜。"黄庭坚《题东坡字后》:"(东坡居士)性喜酒,然不能三四龠已烂醉,不辞谢而就卧,鼻鼾如雷。"喜睡,大德本作"喜眩",《宋六十名家词》作"喜溢"。

④"汝说"三句:《世说新语·文学》注引《名士传》:"伶字伯伦,沛郡人。肆意放荡,以宇宙为狭。常乘鹿车,携一壶酒,使人荷锸随之,云:'死便掘地以埋。'土木形骸,遨游一世。"

⑤"浑如此"三句:韩愈《毛颖传》:"汝于知己,真少恩哉!"如此,大德本作"如许"。

⑥"算合作"句:《后汉书·霍谞传》:"触冒死祸,以解细微。譬犹疗饥于附子,止渴于鸩毒。"《左传·闵公元年》:"宴安鸩毒,不可怀也。"平居,大德本作"人间"。

⑦大小:大德本作"小大"。

⑧过则为灾:《左传·昭公元年》:"六气曰阴、阳、风、雨、晦、明也,分为四时,序为五节,过则为灾。"

⑨成言:屈原《离骚》:"初既与余成言兮,后悔遁而有他。"《左传·襄公二十七年》:"壬戌,楚公子黑肱先至,成言于晋。丁卯,宋向戌如陈,从子木成言于楚。"

⑩"吾力"句:《论语·宪问》:"公伯寮愬子路于季孙。子服景伯以告,曰:'夫子固有惑志于公伯寮,吾力犹能肆诸市朝。'"

⑪"道麾之"二句:《汉书·汲黯传》:汲黯辅佐少主,严守城池时,"招之不来,麾之不去"。则须,大德本作"亦须"。

清沈雄《古今词话·词品》下卷:陈子宏曰:稼轩《沁园春》止酒词,如《答宾戏》、《解嘲》等作,以游戏文章,寓意填词,词所不禁也。

俞陛云《唐五代两宋词选释》:稼轩词使其豪迈之气,荡决无前,几于嬉笑怒骂,皆可入词。宋人评东坡之词为"以诗为词",稼轩之词为"以论为词",集中此类词颇多,录此阕以见词中之一格。

吴则虞《辛弃疾词选集》:此及下首之作,正在止酒之初。词语嘲诙诡谲,已开元曲之先河,力求痛快,亦复如之。

沁园春

城中诸公载酒入山,余不得以止酒为解,遂破戒一醉,再用韵

杯汝知乎,酒泉罢侯①,鸱夷乞骸②。更高阳入谒,都称麴
生,③杜康初筮,正得云雷④。细数从前,不堪余恨,岁月都将
曲糵埋。君诗好,似提壶却劝,沽酒何哉。　　君言病岂无
媒。似壁上雕弓蛇暗猜。记醉眠陶令,终全至乐,独醒屈子,
未免沈灾。欲听公言,惭非勇者,司马家儿解覆杯⑤。还堪
笑,借今宵一醉,为故人来。⑥

【题解】

此词与《沁园春》(杯汝来前)为姊妹篇,同作于闲居瓢泉初期。其中,
"岁月都将曲糵埋",《全宋诗》据阴时夫《韵府群玉》卷三误录作辛诗断句。
前词写戒酒,此词写开戒。认真戒酒之后不久,又因为朋友们带酒前来看
望并劝饮而开戒,于是用前韵作自嘲自解。全篇由开始的竭力申说不
饮,经过朋友们语语透心的开解,直到带着羞惭之色,再度端起酒杯,以议
论涵容叙事,首尾圆密、详细地描述出破戒的过程和心理,并融入了深沉的
生命感慨。

【注释】

①"酒泉"句：酒泉，郡名，汉置，在今甘肃省，以城下有金泉，味如酒，故名。据《拾遗记》，羌人姚馥嗜酒，但言渴于酒，人呼为"渴羌"。后武帝擢为朝歌宰，迁酒泉太守。杜甫《饮中八仙歌》："道逢曲车口流涎，恨不移封向酒泉。"

②鸱((chī)夷乞骸：扬雄《酒箴》："子犹瓶矣。观瓶之居，居酒之眉……鸱夷滑稽，腹大如壶。尽日盛酒，人复借酤。"《汉书·公孙弘传》："愿归侯，乞骸骨，避贤者路。"

③"更高阳"二句：《史记·郦生列传》：郦食其，陈留高阳人，欲见刘邦，守门人以刘邦不见儒生而拒其入见。郦生嗔目按剑叱之曰："吾高阳酒徒也，非儒人也。"

④云雷：《易经·屯卦·象》："云雷屯，君子以经纶。"

⑤"司马"三句：《世说新语·规箴》注引邓粲《晋纪》，谓司马睿"性素好酒，将渡江，王导深以谏，帝乃令左右进觞，饮而覆之，自是遂不复饮"。

⑥"借今宵"二句：大德本下有自注："用邴原事。"《三国志》注引《邴原别传》："原旧能饮酒，自行之后，八九年间，酒不向口。单步负笈，苦身持力……临别，师友以原不饮酒，会米肉送原。原曰：'本能饮酒，但以荒思废业，故断之耳。今当远别，因见赆饯，可一饮宴。'于是共坐饮酒，终日不醉。"

【辑评】

吴则虞《辛弃疾词选集》：此阕主旨在"醉眠陶令，终全至乐，独醒屈子，未免沈灾"四语，稼轩入山以来词，语语不忘身世家国之感。上阕妙在运典，空灵融活，有底有面，然亦不脱宋四六习气。后阕一番议论，借题以抒愤怨。

哨 遍

秋水观

蜗角斗争，左触右蛮，一战连千里。①君试思、方寸此心

微^②。总虚空、并包无际。喻此理。何言泰山毫末,从来天地
一稊米^③。嗟大小相形,鸠鹏自乐,之二虫又何知。^④记跖行仁
义孔丘非^⑤。更殇乐长年老彭悲。火鼠论寒,冰蚕语热,定谁
同异。^⑥　　噫。贵贱随时。连城才换一羊皮。^⑦谁与齐万物,
庄周吾梦见之。正商略遗篇,翩然顾笑,空堂梦觉题秋水。
有客问洪河,百川灌雨,泾流不辨涯涘。于是焉河伯欣然喜。
以天下之美尽在己。渺沧溟望洋东视。逡巡向若惊叹,谓我
非逢子。大方达观之家,未免长见,犹然笑耳。^⑧北堂^⑨之水几
何其。但清溪一曲而已。

【题解】

　　此词作于庆元五年(1199)闲居瓢泉时。以《庄子·秋水》所阐发的齐
物思想为基础,以眼前的秋水观为起兴,以词为论,同时借用庄子所用的寓
言典故,讨论大小、是非、寿夭、冷热、贵贱的相对性,认为一切差别皆由心
造,自己正不妨借着"清溪一曲"的秋水观,与庄子同参玄言妙理:秋水观虽
然浅陋,但同样可以陶冶性情,自得其乐,所谓"进亦乐,退亦乐"。不过,词
人的本意却似乎是进不乐,退亦不乐,又其《鹧鸪天》所谓"此身忘世浑容
易,使世相忘却自难"。

　　值得注意的是,"蛮触"、"蜗角"之典盛行于南宋诗文词中,成了南宋文
人,包括辛弃疾等党争的"旁观者"(沈松勤《南宋文人与党争》)用以反省
"朋党之恶"的一个常用词。又,缪钺《论词》一文论词之"径狭"时提出,此
词读之索然无味,适足证明辛弃疾以词说理的试验并不成功。

【注释】

　　①"蜗角"三句:《庄子·则阳》:"有国于蜗之左角者,曰触氏,有国于蜗
之右角者,曰蛮氏,时相与争地而战,伏尸数万,逐北旬有五日而后反。"

　　②方寸此心微:《列子·仲尼》:"吾见子之心矣,方寸之地虚矣。"

　　③稊米:《庄子·秋水》:"计中国之在海内,不似稊米之在大仓
乎?……知天地之为稊米也,知毫末之为丘山也,则差数等矣。"

④"嗟大小"三句：大小，大德本作"小大"。《庄子·逍遥游》："有鱼焉，其广数千里，未有知其修者，其名为鲲。有鸟焉，其名为鹏，背若太山，翼若垂天之云，抟扶摇羊角而上者九万里……斥鴳笑之曰：'彼且奚适也，我腾跃而上，不过数仞而下，翱翔蓬蒿之间，此亦飞之至也。而彼且奚适也？'此小大之辨也。"

⑤"记跖行"句：《庄子·盗跖》记盗跖与孔子辩论事。盗跖大怒曰："……今子修文武之道，掌天下之辩，以教后世，缝衣浅带，矫言伪行，以迷惑天下之主，而欲求富贵焉，盗莫大于子。天下何故不谓子为盗丘，而乃谓我为盗跖？"《庄子·盗跖》："柳下季之弟，名曰盗跖。盗跖从卒九千人，横行天下，侵暴诸侯；穴室枢户，驱人牛马，取人妇女，贪得忘亲，不顾父母兄弟，不祭先祖；所过之邑，大国守城，小国入保，万民苦之。"

⑥"火鼠"三句：苏轼《徐大正闲轩》："冰蚕不知寒，火鼠不知暑。"《太平御览》引《吴录》："日南比景县有火鼠，取毛为布，烧之而精，名火浣布。"《拾遗记》：员峤山"有冰蚕，长七寸，黑色，有角有鳞，以霜雪覆之，然后作茧，长一尺。其色五彩，织为文锦，入水不濡，以之投火，经宿不燎。"《庄子·齐物论》："使异乎我与若者正之？既异乎我与若矣，恶能正之！使同乎我与若者正之？既同乎我与若矣，恶能正之！"

⑦"贵贱"二句：《庄子·秋水》："以道观之，物无贵贱；以物观之，自贵而相贱；以俗观之，贵贱不在己。"《史记·秦本纪》："缪公闻百里奚贤，欲重赎之，恐楚人不与，乃使人谓楚曰：'吾媵臣百里奚在焉，请以五羖羊皮赎之。'"

⑧"百川"十句：《庄子·秋水》："秋水时至，百川灌河，泾流之大，两涘渚崖之间，不辨牛马。于是焉，河伯欣然自喜，以天下之美为尽在己。顺流而东行，至于北海，东面而视，不见水端。于是焉，河伯始旋其面目，望洋向若而叹，曰：'野语有之曰：闻道百，以为莫己若者，我之谓也……吾非至于子之门，则殆矣！吾长见笑于大方之家。'"犹然，大德本作"悠然"。

⑨北堂：大德本作"此堂"。

【辑评】

明卓人月、徐士俊《古今词统》卷一六：向秀注《庄》，独无《秋水》一篇，而郭象补之。此篇出，向秀之注不亡矣，焉用郭？

吴则虞《辛弃疾词选集》：贾似道行乐处亦题"秋水观"，与稼轩之命名同，而寄意大异。此名"秋水"者，有"即景"、"即意"两层意义。景者，就堂前之水"清溪一曲"而言；意者，盖取《庄子·秋水篇》义，所谓"空堂梦觉题秋水"也。此调凡两赋，其主旨在"盈虚如代，天耶何必人知"一语。

哨　遍

用前韵①

一壑自专②，五柳笑人，晚乃归田里。问谁知、几者动之微③。望飞鸿、冥冥天际。论妙理。浊醪正堪长醉。从今自酿躬耕米。嗟美恶难齐，盈虚如代，④天耶何必人知。试回头五十九年非⑤。似梦里欢娱觉来悲。夔乃怜蚿⑥，谷亦亡羊⑦，算来何异。　　嘻。物讳穷⑧时。丰狐文豹罪因皮⑨。富贵非吾愿，皇皇乎欲何之。正万籁都沈，月明中夜，心弥万里清如水。即自觉神游，归来坐对，依稀淮岸江涘。看一时鱼鸟忘情喜。会我已忘机更忘己⑩。又何曾物我相视。非会濠梁⑪遗意，要是吾非子。但教河伯、休惭海若，大小⑫均为水耳。世间喜愠更何其。笑先生三仕三已。⑬

【题解】

此词作于庆元五年(1199)闲居瓢泉时。起首三句，谓自己像陶渊明一样乐于闲居。以下，从全身远祸、醉酒寻乐、齐是非和等悲欢等方面论述何以归隐。过片五句写"富贵非吾愿"的人生哲学。"正万籁"六句写其生活理想和归宿。"看一时"五句写物我相忘的思想，说明自己何以能够幽闲清静。"但教"五句写世间喜怒哀乐无须介意，再一次表达轻富贵、齐"喜愠"的超脱世俗之思。

【注释】

①词题中"用前韵",指用《哨遍》(蜗角斗争)韵。

②"一壑"句:《庄子·秋水》:"且夫擅一壑之水,而跨跱埳井之乐,此亦至矣。"王安石《偶书》:"我亦暮年专一壑,每逢车马便惊猜。"苏轼《儋耳》:"残年饱饭东坡老,一壑能专万事灰。"

③"几者"句:《易·系辞下》:"几者,动之微。吉之先见者也。"孔颖达疏:"几,微也。是已动之微。动谓心动事动。初动之时,其理未著,惟纤微而已。若其已著之后,则心事显露,不得为几。若未动之前,又寂然顿无,兼亦不得称几也。几是离无入有,在有无之际,故云'动之微'也。"

④"嗟美恶"二句:诸葛亮《心书》:"知人之性,莫难察焉,美恶既殊,情貌不一。"《庄子·秋水》:"察乎盈虚,故得而不喜,失而不忧,知分之无常也。"《中庸》:"辟如四时之错行,如日月之代明。"

⑤五十九年非:《庄子·寓言》:"孔子行年六十而六十化。始时所是,卒而非之。未知今之所谓是之非五十九年非也。"

⑥夔乃怜蚿:《庄子·秋水》:"夔怜蚿,蚿怜蛇,蛇怜风,风怜目,目怜心。夔谓蚿曰:'吾以一足趻踔而行,予无如矣。今子之使万足,独奈何?'蚿曰:'不然。子不见夫唾者乎?喷则大者如珠,小者如雾,杂而下者不可胜数也。今予动吾天机,而不知其所以然。'"夔,传说中的独足兽。蚿,马蚿,多足虫。

⑦谷亦亡羊:《庄子·骈拇》:"臧与谷二人,相与牧羊,而俱亡其羊。问臧奚事,则挟策读书;问谷奚事,则博塞以游。二人者,事业不同,其于亡羊均也。"

⑧讳穷:《庄子·秋水》:"孔子曰:……我讳穷久矣,而不免,命也;求通久矣,而不得,时也。"

⑨"丰狐"句:《庄子·山木》:"夫丰狐文豹,栖于山林,伏于岩穴,静也;夜行昼居,戒也;虽饥渴隐约,犹且胥疏于江湖之上而求食焉,定也;然且不免于罔罗机辟之患,是何罪之有哉,其皮为之灾也。"

⑩忘机更忘己:《庄子·天地》:"有机械者必有机事,有机事者必有机心。机心存于胸中,则纯白不备。"

416

⑪非会濠梁：大德本作"非鱼濠上"。

⑫大小：大德本作"小大"。

⑬"世间"二句：《论语·公冶长》："令尹子文三仕为令尹，无喜色；三已之，无愠色。"

【辑评】

明卓人月、徐士俊《古今词统》卷一六：东坡隐括《归去来辞》作《哨遍》，不过得其皮毛，此乃得其神髓。

俞陛云《唐五代两宋词选释》：稼轩生平，由绚烂归于平淡，集中多作达语，此词尤为了悟，当在奇狮归后所作。"五十九年"数语，悲欢之境，因醒梦而顿殊，但醒后生悲，仍是梦中之梦，又安用悲耶？"丰狐文豹"句荣利累人，诚如皮之为累。但老子云："吾所以有大患者，为吾有身。"无身则皮将焉附？后言清夜澄观，而归来则淮雨江云，依然尘世，仍是上阕之梦欢而醒悲耳。结处云物我两忘，则真有濠上非鱼之意，又何论三仕三已乎！

吴则虞《辛弃疾词选集》：前首意犹未尽，故又为之。词境较为显豁。起首"一壑自专"三句，从秋水堂前胜境说起，接以问"谁知几者动之微"二句，说静观万象，能识几微。"望飞鸿冥冥天际"至"从今自酿躬耕米"四句，写当前活计，而总论以"嗟美恶难齐，盈虚如代，天耶何必人知"三句，是两首主旨所在。《秋水篇》曰："察乎盈虚，故得而不喜，失而不忧。"稼轩用此义以自抒怀抱之所谓"失而不忧"也。故接以"试回头五十九年非"二句。庆元五年(1199)，稼轩年正六十，则二词作于庆元四年无疑。结以"夔乃怜蚿，谷亦亡羊"三句，论定人世得失，毫不足论，而愤懑抑郁之情，蕴其内心。后阕"嘻，物讳穷时"二句，志在求通久矣，而深慨乎不得其时也。此句点睛，意极沉痛。接以"丰狐文豹罪因皮"一韵，喻人之嫉己，而不得申其志。承以"富贵非吾愿"至"心弥万里清如水"五句，抒写心迹，其如一片冰心，惟天可鉴。至此更推开一层，接以"却自觉神游"至"会我忘机更忘己"五句，神游坐对，有如鱼鸟相忘，齐视万物，有不得已之苦衷。至此又一转，从"又何曾、物我相视"至"大小均为水耳"五句，归到题名"秋水"之意。结以"世间喜愠更何其，笑先生三仕三已"二句，正指当年帅赣、帅湘、帅闽三仕，却为王蔺、黄艾、何澹所弹劾而三次落职。故今日归而怡情山水，本无喜愠，

417

乃此词之主旨。其言无愠,正所以有愠,内心郁结,反逼而出。稼轩词大半皆有本事,而喜以恣肆惝恍之言推开说去,笔不粘滞,而意转层深。

念奴娇

赋梅花①

未须草草,赋梅花,多少骚人词客。总被西湖林处士,不肯分留风月。疏影横斜,暗香浮动,□□②春消息。尚余③花品,未忝④今古人物。　　看取香月堂前,岁寒相对,楚两龚之洁。⑤自与诗家成一种,不系南昌仙籍。怕是当年,香山老子,姓白来江国。谪仙人,字太白、还又名白。

【题解】

此词作于庆元六年(1200)前闲居瓢泉时。上片先说咏梅不宜草草动笔。接写在众多的咏梅诗人中,林逋写出了梅之神韵,占尽了梅之风情,非常引人注目。再谓要品评梅花,须细参今古人物,方可写出无愧于古今之作。过片吟咏两梅的清高品格。"自与"二句言两梅虽与梅福同姓,从诗家角度看,却能自成一种。以下紧承"诗家"发挥,既指出两梅均开白花,又以唐代两大诗人作比,突出了梅花无与伦比的地位。

【注释】

①词题:大德本作"赋傅岩叟香月堂两梅"。香月堂两梅,陈文蔚《答赵昌甫送徐天锡》自注:"双梅在岩叟家香月堂,清古可爱,昌甫每与稼轩同领略之。"

②□□:大德本作"把断"。

③尚余:大德本作"试将"。

④未忝:大德本作"细参"。

⑤"楚两龚"句:《汉书·两龚传》:"两龚皆楚人也,胜字君宾,舍字君

418

倩。二人相友,并著名节,故世谓之楚两龚。少皆好学明经,胜为郡吏,舍不仕。"扬雄《法言·问明》:"楚两龚之絜,其清已乎!"

念奴娇

和赵录国兴韵①

为沽美酒,过溪来、谁道幽人难致。更觉元龙楼百尺,湖海平生豪气。自叹年来,看花索句,老不如人意。东风归路,一川松竹如醉。　　怎得身似庄周,梦中蝴蝶,花底人间世。②记取江头三月暮,风雨不为春计。万斛愁来,金貂头上,不抵银瓶贵。③无多笑我,此篇聊当宾戏④。

【题解】

此词作于闲居瓢泉期间。赵国兴原唱已佚。词中虽以庄周自诩,饶逍遥之趣,而豪气未除。"老不如人意"一语泄露天机,一篇《宾戏》,聊以狂歌当哭而已。辛弃疾是渴望超脱的。诗与酒都能使人走出苦海似的人世烦恼,使人走进"朦胧状态",那个境界无忧无愁,似乎幻想的仙境一样美丽。"东风归路,一川松竹如翠"正是接近这样的境界。人不是神,所以不能完全脱离现实世界;但是这现实世界太痛苦,所以需要与之保持一定的距离。那就是庄周蝴蝶梦醒来时候的朦胧状态。"花底人间世"中"花底"是美丽世界,"人间世"是痛苦世界,这两者结合在一起,人间世才会变成比较美好的、值得活下去的境界。这与诗、酒使人走进美好境界是一样的道理。(参[韩]尹寿荣《稼轩词中的人生、人世和自然》)

【注释】

①词题:大德本作"和赵国兴知录韵"。赵国兴,事历不详。知录,属官"知录事参军"的省称,掌管文书、纠查府事等。

②"怎得"三句:《庄子·齐物论》:"昔者庄周梦为胡蝶,栩栩然胡蝶也,

自喻适志与,不知周也。俄然觉,则蘧蘧然周也。不知周之梦为胡蝶与,胡蝶之梦为周与,周与胡蝶则必有分矣。此之谓物化。"

③"万斛"三句:庾信《愁赋》:"且将一寸心,能容万斛愁。"《晋书·阮孚传》:"(孚)迁黄门侍郎散骑常侍,尝以金貂换酒。"杜甫《少年行》:"马上谁家白面郎,临轩下马坐人床。不通姓字粗豪甚,指点银瓶索酒尝。"

④宾戏:班固《答宾戏序》:"永平中为郎,典校秘书,专笃志于儒学,以著述为业。或讥以无功,又感东方朔、扬雄自喻,以不遭苏、张、范、蔡之时,曾不折之以正道,明君子之所守,故聊复应焉。"

【辑评】

吴则虞《辛弃疾词选集》:此词选家颇重之。然在稼轩词中属意义较为单薄之作。挥洒有致,却自不凡。前阕专咏沽酒,后阕言酒中之境。首句"为沽美酒过溪来",即点出来意。"元龙豪气"盖别有所属,似非专指赵氏。"自叹"三句,一折到自身,字字轻倩,写沽酒未饮以前之情意。"东风"二句,写归途景色,沽酒已饮以后之情意。松竹有醉而人未醉,实醉在人而不在松竹。后阕"怎得"三句,勾引起牢愁。"梦中""花底",亦即酒中之境。"记取"二句,推开去说,春光已暮,而更为风雨摧残,不作留春之计。轻轻说来,暗蕴时局,至此仍转回饮酒。"万斛愁来"三句,此两四字句,"万斛愁来",一顿,"金貂头上,不抵银瓶贵"一气连贯。结语假孟坚语说出胸中郁拂,妙在不着许多气力。

感皇恩

寿陈丞及之①

富贵不须论,公应自有。且把新词祝公寿。②当年仙桂,父子同攀希有。人言金殿上,他年又。　　冠冕在前,周公拜手。同日催班鲁公后。此时人羡,绿鬓朱颜依旧。亲朋来贺喜,休辞酒。

【题解】

此词当作于闲居瓢泉期间。以绝大篇幅集中写陈及之功名富贵,表达祝其春风得意、飞黄腾达、永葆青春之意。末二句以亲朋贺寿作结。

【注释】

①词题:大德本作"寿铅山陈丞及之"。陈及之,《淳熙三山志》卷三一:"陈拟,字及之,罗源人。父与行,同榜,终通直郎。"其父子同榜进士及第在绍熙元年(1190)。

②"富贵"三句:《史记·范睢蔡泽列传》:"蔡泽者,燕人也。游学干诸侯小大甚众,不遇。而从唐举相……蔡泽知唐举戏之,乃曰:'富贵吾所自有,吾所不知者寿也,愿闻之。'"

感皇恩

读庄子有所思①

案上数编书,非庄即老。会说忘言始知道②。万言千句,自不③能忘堪笑。朝来梅雨霁,青青好。④　　一壑一丘,轻衫短帽。白发多时故人少⑤。子云何在,应有玄经□草。⑥江河流日夜,何时了。⑦

【题解】

此词作于庆元六年(1200)闲居瓢泉时。大约是正在阅读《庄子》时,听到朱熹去世的消息,故连接两事而作此词。

【注释】

①词题:大德本作"读庄子,闻朱晦庵即世"。即世,去世。

②"会说"句:《庄子·外物》:"言者所以在意,得意而忘言,吾安得夫忘言之人而与之言哉!"《庄子·列御寇》:"知道易,忘言难。"

③自不:大德本作"不自"。

④"朝来"二句:朝来、青青,大德本分别作"今朝"、"青天"。

⑤"白发"句:元稹《酬杨司业十二兄早秋述情见寄》:"白发故人少,相逢意弥远。"

⑥"子云"二句:《汉书·扬雄传》:"实好古而乐道,其意欲求文章成名于后世,以为经莫大于《易》,故作《太玄》;传莫大于《论语》,作《法言》。"□草,大德本作"遗草"。

⑦"江河"二句:杜甫《戏为六绝句》其二:"王杨卢骆当时体,轻薄为文哂未休。尔曹身与名俱灭,不废江河万古流。"谢朓《暂使下都夜发新林至京邑赠西府同僚》:"大江流日夜,客心悲未央。"

【辑评】

明李濂批点《稼轩长短句》:千载高情,宛然在目。

吴则虞《辛弃疾词选集》:上片切读《庄》言"雨霁天青",颇有禅趣,兼摄晦庵生死事。下片论晦庵之出处,"江河流日夜"二句,用杜甫诗"尔曹身与名俱灭,不废江河万古流"之意,讽刺攻击道学之韩侂胄。此词佳胜,实在上片。

感皇恩

为婶母王氏庆七十①

七十古来稀,未为稀有。须是荣华更长久。满床靴笏②,罗列儿孙新妇③。精神浑是④个,西王母⑤。　　遥想画堂,两行红袖。妙舞清拥前后。大男小女,逐个出来为寿。一个一百岁,一杯酒。

【题解】

此词创作时地未详。抓住婶母寿祝活动中的精彩细节,营造喜庆祥和的艺术氛围。此类寿词,已经淡化了传统的孝悌人伦的理性色彩,所具有的,是与这种社会风俗及创作机制相联系的轻松愉快的艺术氛围,以及幽默戏谑的特殊美感。

【注释】

①词题:大德本作"庆婶母王恭人七十"。王恭人,疑为辛祐之之母,辛次膺之子媳。恭人,古代妇人的封号。按宋制:中散大夫以上官员的母亲、妻子可以封为恭人。据《潜确类书》,北宋政和年间,诏:"执政以上封夫人,尚书以上封淑人,侍郎以上封硕人,大中大夫以上封令人,中散大夫以上封恭人,朝奉大夫以上封宜人,朝奉郎以上封安人,通直郎以上封孺人。"

②"满床"句:《旧唐书·崔神庆传》:"开元中,神庆子琳等皆至大官,群从数十人,趋奏省闱。每岁时家宴,组佩辉映,以一榻置笏,重叠于其上。"

③新妇:《麈史》卷中《辨误》:"今之尊者斥卑者之妇曰新妇,卑对尊称其妻及妇人自称者则亦然。"

④浑是:大德本作"浑似"。

⑤西王母:《太平广记》卷五六引《集仙录》:"西王母者,九灵太妙龟山金母也……生于神州伊川,厥姓侯氏……周穆王时……持白珪重锦,以为王母寿。"

南乡子

庆周氏旌表①

无处著春光②。天上飞来诏十行③。父老欢呼童稚舞,前江④。千载周家孝义乡。　　草木尽芬芳。更觉溪头水也香。我道乌头门侧畔,诸郎。准备他年昼锦堂⑤。

【题解】

此词作于庆元四年(1198)闲居瓢泉时。起首二句写朝廷下达旌表诏书。皇恩浩荡,天上无处著放,而降临到人世。从"父老"句至"水也香",写旌表诏书下达后,给当地人带来的欢乐,凸显出旌表的巨大作用和深远意义。"我道"三句是对周家的祝贺。

【注释】

①词题:大德本作"庆前冈周氏旌表"。

②春光:大德本作"风光"。

③"天上"句:韩愈《忆昨行和张十一》:"践蛇茹蛊不择死,忽有飞诏从天来。"

④前江:大德本作"前冈"。

⑤昼锦堂:韩琦有昼锦堂,欧阳修为作《相州昼锦堂记》。昼锦者谓富贵而归故乡,似衣锦昼行也。

小重山

与客游西湖①

绿涨连云翠拂空。十分风月处,著衰翁。垂杨影断岸西东。君恩重,教且种芙蓉。② 十里水晶宫。有时骑马去,笑儿童。殷勤却谢打头风。船儿住,且醉浪花中。

【题解】

此词作于绍熙三年(1192)福建提刑任上。与客泛湖,即景抒情。上片写景,垂杨夹岸,绿波连云。"拂"字灵动,足以想见湖水扬波卷澜之美。置身如此湖光水色中,堪称人生一大乐事。但作者自称"衰翁",则隐然已有颓唐放逸之意。"君恩重,教且种芙蓉",意似顺接,实则逆转,喜乎其外,而悲乎其内。盖词人志不在徜徉山水,而在恢复故土。下片承湖上美景,赋游湖之乐。一由岸边纵马来写,而以儿童笑语为陪衬,此为宾。一由水上泛舟着笔,此为主,颇能启人联想。"殷勤却谢打头风"者,谢它使己清醒,抗金复国之路并非平坦。既然难行顶风船,不如领受君恩,且种芙蓉,"且醉浪花"。综观全词,不用一事,纯系白描,而又语浅意深。

【注释】

①词题:大德本作"三山与客泛西湖"。

②"君恩重"二句:陈与义《虞美人》:"今年何以报君恩。一路繁花相送、过青墩。"

婆罗门引

别叔高。叔高长于楚词①

落花时节,杜鹃声里送君归。②未消文字湘累。只怕蛟龙云雨③,后会渺难期。更何人念我,老大伤悲④。　　已而已而。算此意、只君知。记取岐亭买酒,云洞题诗。⑤争如不见,才相见、便有别离时。⑥千里月、两地相思。

【题解】

此词作于庆元六年(1200)闲居瓢泉时。本年,杜叔高再访时,辛弃疾长期闲居,因世态炎凉,门可罗雀;而声气相投之故人远道来访,自然兴奋之至。二人相得甚欢,恨不永久团聚。因此,在别离时,就特别难舍难分。词中抒发了极强烈的郁勃的爱国激情。意谓杜叔高非池中物,终当风云际会;而自己功业未就,老大伤悲,此情只有杜知。挚友短促的相会而又别离,徒然引起感情的波澜。"争如不见"二句,点化出离情之苦,以见二人友情之深。

【注释】

①词题:大德本作"别杜叔高。叔高长于楚词"。

②"落花"二句:杜甫《江南逢李龟年》:"正是江南好风景,落花时节又逢君。"

③蛟龙云雨:《三国志·吴书·周瑜传》:"刘备以左将军领荆州牧……

瑜上疏曰：'刘备以枭雄之姿，而有关羽、张飞熊虎之将，必非久屈为人用者……恐蛟龙得云雨，终非池中物也。'"

④老大伤悲：古乐府《长歌行》："少壮不努力，老大徒伤悲。"杜甫《曲江对酒》："吏情更觉沧洲远，老大徒伤未拂衣。"

⑤"记取"二句：苏轼《岐亭五首》叙云："元丰三年正月，余始谪黄州。至岐亭北二十五里山上，有白马青盖来迎者，则余故人陈慥季常也。为留五日。"诗云："知我犯寒来，呼酒意颇急。""定应好事人，千石供李白。"

⑥"争如"二句：司马光《西江月》："相见争如不见，有情何似无情。"

婆罗门引

用韵别郭逢道①

绿阴啼鸟，阳关未彻早催归。歌珠凄断累累②。回首海山何处，千里共襟期。叹高山流水，弦断堪悲。　　中心怅而③。似风雨、落花知。更拟停云君去，细□陶诗④。见君何日，待琼林、宴⑤罢醉归时。人争看、宝马来思。

【题解】

此词作于庆元六年（1200）闲居瓢泉时。上片是说阳关曲还未唱完，又传来啼鸟催归之音，送别宴上一片凄凉。离歌悱恻动人，闻者无不泪下。日后回首往事，山高水长，已不知人在何处，但彼此都会把对方视为知音。可叹的是后会难期，怎不令人悲伤。下片则谓送别友人，内心惆怅，唯有风雨、落花才能理解自己。不如挽留友人，到停云堂共和陶诗，畅叙友情。无奈天下没有不散的筵席，只有祝愿友人他日金榜题名，到那时再归来相见。

【注释】

①词题中"用韵"，指用《婆罗门引》（落花时节）韵。

②"歌珠"句：《礼记·乐记》："故歌者，上如抗，下如队，曲如折，止如槁

426

木,倨中矩,句中钩,累累乎端如贯珠。"

③中心怅而:陶渊明《荣木》:"静言孔念,中心怅而。"

④细□陶诗:□,大德本作"和"。黄庭坚《跋子瞻和陶诗》:"子瞻谪岭南,时宰欲杀之。饱吃惠州饭,细和渊明诗。"

⑤琼林宴:宋代新中进士及第者之恩荣宴,在琼林苑中举行,故曰琼林宴。叶梦得《石林燕语》:"琼林苑,乾德中置……岁赐二府从官宴及进士闻喜宴,皆在其间。"

婆罗门引

晋臣张灯甚盛,索赋。偶忆旧游,末章因及之①

　　落星万点,一天宝焰下层霄。人间叠作仙鳌。最爱金莲②侧畔,红粉裛花梢。更鸣鼍击鼓,喷玉吹箫。　　　　曲江画桥。记花月、可怜宵。想见闲愁未了,宿酒才消。东风摇荡,似杨柳、十五女儿腰③。人共柳、那个无聊④。

【题解】

此词作于庆元六年(1200)闲居瓢泉时。上片写赵晋臣施放焰火,银花火树,蔚为壮观。"最爱"四句重点描述放灯的突出景观。下片先回忆旧时汴京元夜州桥观灯的情形。接写可以想见的是,身处金人统治之下,虽能借酒消愁,可"闲愁未了",愁苦不堪。最后说春回大地,东风荡漾,柳随风摇,不由自主,而我当时亦如弱柳,怎能快乐起来?

【注释】

①词题:大德本作"赵晋臣敷文张灯甚盛,索赋。偶忆旧游,末章因及之",四卷本作"晋臣张灯甚盛,席上索赋。偶忆旧游,末章因及之"。

②金莲:谓灯烛。《新唐书·令狐绹传》:"还为翰林承旨,夜对禁中,烛尽,帝以乘舆金莲花炬送还,院吏望见,以为天子来,及绹至,皆惊。俄同中

427

书门下平章事。"范成大《上元记吴中节物》诗自注云:"莲花灯最多。"

③"似杨柳"句:杜甫《绝句漫兴九首》其九:"隔户杨柳弱袅袅,恰似十五女儿腰。"

④无聊:不乐也。刘向《九思·逢尤》:"心烦愦兮意无聊,严载驾兮出戏游。"注:"聊,乐也。"

行香子

福州作①

好雨当春②。要趁归耕。况而今、已是清明。小窗坐地,侧听檐声。恨夜来风,夜来月,夜来云。　　花絮飘零。莺燕丁宁。怕妨侬、湖上闲行。天心肯后,费甚心情。放霎时阴,霎时雨,霎时晴。

【题解】

此词作于绍熙五年(1194)福建安抚使任上。词写归耕之志,间涉小人掣肘,君意难测之意。发端三句,直道思归之愿,文义十分明显。接着叙写听雨情状,为下文借自然物象抒情作一引导。再以一感情色彩极浓的"恨"字贯串"夜来风"三句,以春夜阴晴无定、变幻莫测的天象,喻示已不堪忍受官场小人的谗谤迫扰。下片先以清明后春事阑珊、花柳飘零比喻政治上的好时光已白白过去,次以莺燕叮咛之语暗示自己尚受到种种牵制,未必能自由归去。最后是说君心难测,就如自然界忽风忽雨,忽阴忽晴,令人捉摸不透,真叫人闷杀!

【注释】

①词题:大德本作"三山作"。

②好雨当春:杜甫《春夜喜雨》:"好雨知时节,当春乃发生。"

【辑评】

梁启超《辛稼轩先生年谱》:此告归未得请时作也。发端云:"好雨当春。要趁归耕。况而今、已是清明。"直出本意，文义甚明。次云："小窗坐地，侧听檐声。恨夜来风，夜来月，夜来云。"谓受谗谤迫扰，不能堪忍也。下半阕云："花絮飘零，莺语丁宁。怕妨侬湖上闲行。"尚虑有种种牵制，不得自由归去也。次云："天心肯后，费甚心情。放霎时阴，霎时雨，霎时晴。"谓只要俞旨一允，万事便了；却是君意难测，然疑间作，令人闷杀也。此诗人比兴之旨，意内言外，细绎自见。先生虽功名之士，然其所惓惓者，在雪大耻，复大仇，既不所藉手，则区区专阃虚荣，殊非所愿……盖已知报国夙愿不复能偿，而厌弃此官抑甚矣。度自去冬今春，已累疏乞休，而朝旨沉吟，久无所决，故不免焦急也。

行香子

山居客至

白露园蔬。碧水溪鱼。笑先生、网钓①还锄。小窗高卧，风展残书。②看北山移，盘谷序，辋川图。③ 白饭青刍。赤脚长须④。客来时、酒尽重沽。听风听雨，吾爱吾庐。笑本无心，刚自瘦，此君疏。⑤

【题解】

此词创作时地未详。上片写渔、耕、读三种活动。起首三句清新可人：园中的蔬菜上白露未晞，鱼儿在碧绿的溪水中欢游，先生既躬耕、又亲钓。"先生"二字点出与一般山间老农的不同，文人的身份令他在全身心投入劳作的同时，又能出得其外，有意识地欣赏、品味劳动的乐趣。下片出语朴实，淡淡写来，其实也有所本。与白饭青刍、赤脚长须相联系的都是奴、婢、马一类的角色，粗朴而充满意趣，体现出宋代几乎无物不可入词的特点。"吾爱吾庐"，表达对隐居生活的满意。最后三句，"笑"字拟人，写出受风后竹子的动态，笑与无心相连，刚与瘦相关，醉翁之意在于似竹之人。全篇用语、意境清新自然,词句深厚的背景消融在闲适自得的氛围中。

【注释】

①网钓:大德本作"钓罢"。

②"小窗"二句:韩偓《安贫》:"手风慵展一行书,眼暗休寻九局图。"

③"看北山移"四句:南齐周颙和孔稚珪等初隐居钟山,后来周颙应诏出山做官,期满进京,再过钟山时,孔稚珪作《北山移文》,假托山灵,讽刺周颙违约出仕,拒周入山。盘谷在今河南济源北二十里。韩愈作《送李愿归盘谷序》,说明在当时的社会上,不愿同流合污者,只有退隐一途。辋川为王维隐居处,在陕西蓝田。《唐朝名画录》:"王维画辋川图,山谷郁盘,云水飞动,意出尘外,怪生笔端。"

④赤脚长须:韩愈《寄卢仝》:"一奴长须不裹头,一婢赤脚老无齿。"

⑤"笑本"三句:大徐本《说文解字》竹部笑字下引李阳冰刊定《说文》:"从竹从夭义云:竹得风,其体夭屈,如人之笑。"笑本无心,大德本作"叹苦无心"。

行香子

云岫如簪。野涨挼蓝②。向春阑、绿醒红酣。青裙缟袂,两两三三。把曲生禅,玉版句,一时参。③　挂杖弯环。过眼嵌岩④。岸轻乌、白发鬖鬖⑤。他年来种,万桂千杉。听小绵蛮,新格磔,旧呢喃。⑥

【题解】

此词疑作于闲居瓢泉期间。其中,"曲生禅,玉版局,一时参"三句,沈雄《古今词话·词辨》下卷误为苏轼词断句。上片先写远景,谓云岫形似玉簪,其上云蒸霞蔚,整个原野像一片绿色的海洋,一派欣欣向荣景象。再写近景,言时届春深,绿叶绿得耀眼,红花红得盛满。而游女如云,穿行在花丛中,也形成了一道亮丽的风景。又借佛家语,说明自己将在饮酒食笋中体味妙理,借以避世。下片谓老之将至,不能不使人产生归欤之叹。云岩如此之美,他年归隐,将来此种树,一年四季沉浸在大自然中,享受生活的安静与闲适。

【注释】

①词题中"云岩",山名。《铅山县志》:"云岩在县西十八里,直嵩山之前。松径数百步,始至其巅。两崖怪石崚嶒,有一穴,可容百人,云出则雨降。"又《上饶县志》:"云岩在县南六十里乾元乡,巉岩峭拔,云气往来,中空如室,有石观音、半面罗汉等形。"

②挼蓝:指水的颜色。黄庭坚《同世弼韵作寄伯氏在济南兼呈六舅祠部》:"山光扫黛水挼蓝,闻说樽前惬笑谈。"

③"把曲生"三句:《冷斋夜话》卷七:"东坡又尝要刘器之同参玉版和尚……至廉泉寺,烧笋而食,器之觉笋味殊胜,问此笋何名?东坡曰:'即玉版也。此老师善说法,要能令人得禅悦之味。'于是器之乃悟其戏。"玉版句,大德本作"玉版局"。

④嵌岩:山洞。卢照邻《五悲·悲昔游》:"因嵌岩以为室,就芬芳以列筵。"

⑤"岸轻乌"句:王安石《次吴氏女子韵》:"孙陵西曲岸乌纱,知汝凄凉正忆家。"鬖鬖(sān),下垂貌。

⑥"听小绵蛮"三句:《诗·小雅·绵蛮》:"绵蛮黄鸟,止于丘隅。"

粉蝶儿

和晋臣赋落花①

昨日春如,十三女儿学绣。②一枝枝、不教花瘦。甚无情,便下得,雨僝风僽。向园林、铺作地衣红绉。　　而今春似,轻薄荡子难久。记前时、送春归后。把春波,都酿作、一江春

431

酎③。约清愁、杨柳岸边相候。

【题解】

此词约作于庆元六年(1200)闲居瓢泉时。赵晋臣原唱已佚。词写惜花伤春之感，言语通俗，设喻新异，风格婉丽。上片写明丽的春花春色被无情风雨摧折。先说昨日之春光明媚，正如十三岁小女孩绣花一般，总想把每一枝上的花朵都绣得饱满可人。可转眼之间，风吹雨打，花朵飘零，园中落红满地。下片写送春归去的清愁。过片承上写春色既已凋零，犹如轻薄浪子难以久留。以下回忆去年送春归去，亦是无法挽留，足以把一江春水都酿成浓酒，在杨柳岸边等候应约而至的满怀清愁，而送之别之。

【注释】

①词题：大德本作"和赵晋臣敷文赋落梅"。

②"昨日"二句：蔡居厚《诗史》："陈羽有诗百余首，古意一篇，集中所无。其词云：'十三学绣罗衣裳，自怜红袖闻馨香。'"乐府民歌《焦仲卿妻》："十三能织素。"白居易《琵琶行》："十三学得琵琶成。"王建《宫词一百首》其三十一："十三初学擘箜篌。"古代诗人常以女子十三岁学技艺，写入作品中，当非确指。

③春酎(zhòu)：大德本作"醇酎"，醇酒。

【辑评】

明卓人月、徐士俊《古今词统》卷一一：淡雅宜人，绝非红紫队中物。

清李佳《左庵词话》卷下：稼轩《千年调》词："左手把青霓，右手挟明月。(略)"又《粉蝶儿》云："昨日春如十三女儿学绣。(略)"用笔如龙跳虎卧，不可羁勒，才情横溢，海天鼓浪。然以音律绳之，岂能细意熨帖？

清陈廷焯《白雨斋词话》卷七：稼轩《粉蝶儿·落梅》起句云："昨日春如十三女儿学绣。"后半起句云："而今春似轻薄荡子难久。"两喻殊觉纤陋，令人生厌。后世更欲效颦，真可不必。

夏敬观《评稼轩词》：连续诵之，如笛声宛转，乃不得以他文词绳之，勉强断句。此自是好词，虽去别调不远，却仍是秾丽一派也。

钱仲联《唐宋词谭》：《粉蝶儿》的艺术构思颇为巧妙，前后阕作了对比的描写,而在前半阕中,前二句与后二句又作了一个转折。主题是落花,却先写它未落前的秾华。用十三岁小女儿学绣作明喻,礼赞神妙的春工,绣出像蜀锦一样绚烂的芳菲图案,"一枝枝不教花瘦",词心真是玲珑剔透极了。突然急转直下,递入落花正面。好花的培养者是春,而摧残它的偏又是无情的春风春雨。于是,用嗔怨的口气,向春神诘问。就在诘问的话中,烘染了一幅"残红作地衣"的着色画,用笔非常经济。下半阕"而今"句跟上阕"昨日"作对照,把临去的春光比之于轻薄荡子,紧跟着上句的"无情"一意而来,作者"怨春不语"的心情也于言外传出。"记前时"三句又突作一转,转到过去送春的旧恨。这里,不仅春水绿波都属有情之物,酿成了醉人的春醪,连不可捕捉的清愁也形象化了,在换了首夏新妆的杨柳岸边等候着。正因为年年落花,年年送春,清愁也就会年年应约而来。就此煞住,不须再着悼香、惜红一字,而不尽的余味,已曲包在内。

锦帐春

席上和叔高韵①

　　春色难留,酒杯常浅。把旧恨②、新愁相间。五更风,千里梦,看飞红几片。这般庭院。③　　几许风流,几般娇懒。问相见、何如不见。燕飞忙,莺语乱。恨重帘不卷。翠屏平远④。

【题解】

　　此词作于庆元六年(1200)闲居瓢泉时。杜叔高原唱已佚。起首三句,言时当暮春,美人将去,不仅"春色难留",而且"酒杯常浅",因而引起并加重了"愁"和"恨"。"五更风"四句是预想酒阑人散之后绵绵不断的"愁"和"恨"。过片三句写留在记忆中的美人形象无法忘却,平添几多"愁""恨",因有"相见何如不见"之问。"燕飞忙"二句承"千里梦"写枕上的烦乱心绪。

"恨重帘"二句谓词人笔下的那位抒情主人公,正恨无人替他卷起的重重珠帘遮住视线,而当视线移向翠屏上的江山平远图,便恍惚迷离,以画境为真境,目望神驰,去追寻美人的芳踪。(参《霍松林选集》)

【注释】

①词题:大德本作"席上和杜叔高"。

②把旧恨:大德本作"更旧恨"。

③"五更"四句:王建《宫词一百首》其七十七:"树头树底觅残红,一片西飞一片东。自是桃花贪结子,错教人恨五更风。"千里,大德本作"十里"。

④翠屏平远:苏轼《郭熙画秋山平远》:"离离短幅开平远,漠漠疏林寄秋晚。"温庭筠《归国遥》:"谢娘无限心曲,晓屏山断续。"赵令畤《蝶恋花》:"飞燕又将归信误,小屏风上西江路。"

【辑评】

俞陛云《唐五代两宋词选释》:此词以"旧恨新愁"四字总绾全篇。绝好之春光庭院,而眼前只见几片飞红,况昔梦随风,何堪追忆,旧恨与新愁并写。下阕一重帘幕,如隔蓬山,"别时容易见时难",则由旧恨而动新愁矣。稼轩伤春、怨别之词,大都有感而发。光绪间王鹏运校刊《稼轩词》十二卷,列诸《四印斋集》中,题其后云:"层楼风雨黯伤春,烟柳斜阳独怆神。多少江湖忧乐意,漫呼青兕作词人。"稼轩于千载后,得词苑知音矣。

夜游宫

苦俗客

几个相知可喜。才厮见、说山说水。颠倒烂熟只这是。怎奈向,一回说,一回美。　　有个尖新底。说底话、非名即利。说得口干罪过你。且不罪,俺略起,去洗耳①。

【题解】

此词或作于庆元六年(1200)闲居瓢泉时。此为绝妙讽刺小品。起二句微带揶揄口吻。"颠倒烂熟",贬词无疑。"怎奈向",无可奈何之意甚明。就俗客言,说一回,美一回,自觉津津有味。就听者言,滚瓜烂熟老一套。由此可知,上片当是嘲讽故作清高、附庸风雅的俗客。下片言某人滔滔不断,"非名即利",堪称俗中之最,尤不足与语,唯有离去洗耳。词为"俗客"画像,又紧扣一个"苦"字以抒高洁胸怀。通篇冷嘲热讽,语辞浅俗而俏皮,流畅而犀利。

【注释】

①洗耳:《高士传》:"许由字武仲,尧致天下而让焉,由以为污,乃临池洗耳。"

浪淘沙

山寺夜半闻钟

身世酒杯中。万事皆空。①古来三五个英雄。雨打风吹何处是,汉殿秦宫。　　梦入少年丛。歌舞匆匆。②老僧夜半误鸣钟。惊起西窗眠不得,卷地西风。③

【题解】

此词作于淳熙十四年(1187)闲居带湖时。秋日出游,寄宿山寺,夜半闻钟,有感而作。上片抒情。先抒发个人身世之感,眼见得垂垂老去,而功业无望,万事皆空,唯有将平生烦恼付诸酒杯。进而抒发历史兴衰之感,承接"万事皆空",谓史上英雄流芳千古者屈指可数,再看雄极一时的秦汉宫殿,早被历史风雨洗刷一空,哪有遗迹可寻?写来慷慨悲怆,雄浑浩荡。下片照应词题。先写梦中与一群少年歌舞欢乐场景,再写被山寺钟声惊醒打断,是乐景衬哀情笔法。继写窗下黯然失眠,窗外卷地西风,则是渲染烘托笔法。钟声和着风声,莽莽苍苍中,感慨无尽,发人深省。

词题既云"山寺夜半闻钟",词中却说"老僧夜半误鸣钟",可以理解为是词人内心感受的外露。因为过片二句云:"梦入少年丛,歌舞匆匆。"正在这时，忽然响起了钟声，惊破了欢乐的梦，于是，词人无限惆怅，带着埋怨的口吻，说老僧大约半夜打错钟了吧。在那不该打钟的时候打钟，所以说"误"鸣钟。

【注释】

①"身世"二句：王令《庭草》："时节看风柳，生涯寄酒杯。"白居易《风雨晚泊》："忽忽百年行欲半，茫茫万事坐成空。"朱敦儒《西江月》："屈指八旬将到，回头万事皆空。"

②"梦入"二句：白居易《赠梦得》："放醉卧为春日伴，趁欢行入少年丛。"贺铸《六州歌头》："狡穴俄空，乐匆匆。"

③"老僧"三句：李弥逊《次韵林襄然知县留题筠庄因寄之》："只愁卷地西风里，幽梦圆时与子妨。"《苕溪渔隐丛话》前集卷二三引《王直方诗话》："欧公言唐人有'姑苏城外寒山寺，夜半钟声到客船'之句，说者云：'句则佳也，其如三更不是撞钟时！'余观于鹄《送官人入道》诗云：'定知别后宫中伴，遥听缑山半夜钟。'而白乐天亦云：'新秋松影下，半夜钟声后。'岂唐人多用此语也？倘非递相沿袭，恐必有说耳。"吴企明《苕溪诗学丛稿初编》谓：《王直方诗话》记欧公语，原出《六一诗话》。对于欧阳修的说法，前人纷纷撰文辨证，如陈岩肖《庚溪诗话》、王观国《学林新编》、无名氏《续墨客挥犀》、郎瑛《七修类稿》等，这些文字，提供了唐代僧寺确有半夜钟的明证（不仅苏州有，其他地方也有）。到了宋代，情况有所变化。陆游《老学庵笔记》卷一〇说："恐唐时僧寺，自有夜半钟也。京都街鼓今尚废，后生读唐诗文及街鼓者，往往茫然不能知，况僧寺夜半钟乎！"说明宋代僧寺打钟时间已有更易。陈正敏《遁斋闲览》："尝过姑苏，宿一寺，夜半闻钟，因问寺僧，皆曰：'分夜钟，曷足怪乎？'寻闻他寺皆然，始知夜半钟声唯姑苏有之。"龚明之《中吴纪闻》卷一云："诗话尝辨之云，姑苏寺钟多鸣于半夜。予以其说为未尽，姑苏钟唯承天寺至夜半则鸣，其他皆五更钟也。"都说明宋代各地僧寺于五更打钟，但姑苏仍保留夜半钟。辛词词题，明确记载所到山寺亦保留夜半钟的习惯。由此可见，唐代僧寺于夜半打钟；宋代也还有一些地方，一些僧寺在半夜打钟。

【辑评】

清陈廷焯《云韶集》卷五：沉郁顿挫中自觉眉飞色舞。笔力雄大，辟易千人。结数语,如闻霜钟,如听秋风,读者神色都变。

清陈廷焯《词则·放歌集》卷一:粗莽。必如稼轩,乃可偶一为之,余子不能学也。结三语,忽有所悟,不知其何所感。

唐河传

效花间集[①]

春水。千里。孤舟浪起。梦携西子。觉来村巷夕阳斜。几家。短墙红杏花。[②] 晚云做造些儿雨。折花去。岸上谁家女。太狂颠。那岸边。柳绵。被风吹上天。[③]

【题解】

此词创作时地未详。上片写词人春日泛舟千里,波浪颠簸之余,昏昏沉沉之间,不觉进入白日梦乡,梦见自己像范蠡那样,携手西施,泛舟五湖,尽享艳福。一觉醒来,已是黄昏时分,夕阳斜照的村落中,时见红杏出墙,逗引词人余兴。下片续写江行所见景象,傍晚的轻云微雨,岸边少女的采花身影,尤其是被风直吹上天的颠狂的柳絮,无不引起词人的兴趣。全篇以写景为主,语词生动流利,描绘鲜活明快,风调婉媚清丽。

【注释】

①词题:大德本作"效花间体"。后蜀赵崇祚编《花间集》,收录晚唐至五代十八位词人的五百首作品,为我国第一部文人词总集,奠定了词的基本体制及发展基础,所收词内容以风花雪月为主,风格香软轻艳,后人称为花间体。

②"觉来"三句:陆游《马上作》:"杨柳不遮春色断,一枝红杏出墙头。"叶绍翁《游园不值》:"春色满园关不住,一枝红杏出墙来。"

③"太狂颠"四句:杜甫《绝句漫兴九首》其五:"颠狂柳絮随风去,轻薄桃花逐水流。"李商隐《临发崇让宅紫薇》:"桃绶含情依露井,柳绵相忆隔章台。"狂颠,大德本作"颠狂"。那岸边,大德本作"那边"。

西江月

题可卿影像①

人道偏宜歌舞,天教只入丹青。喧天画鼓要他听。把著花枝不应。　　何处娇魂瘦影,向来软语柔情。有时醉里唤卿卿。却被傍人笑问。

【题解】

此词创作时地未详。这应该是一首悼亡词。起句写人们盛赞阿卿特别能歌善舞。次句陡转,写无情的老天爷偏不让阿卿歌舞,要她走入图画之中。后两句描写一个细节:外面锣鼓喧天,欢歌盛舞,词人便像往常一样叫唤阿卿一起去听歌观舞,但尽管千呼万唤,画像上的阿卿只是拿着花枝不答应。以上,作者把阿卿生前的动人形象与死后的一纸画像巧妙地联系起来。下片,笔触从阿卿的遗像宕开,写对阿卿的刻骨思念。在政治风浪中到处碰壁的词人,回到家中有《满江红》(倦客新丰)所谓"有玉人怜我",为他歌舞排解,也许会减轻内心的苦痛,暂时消除烦恼,然而,如今这位"玉人"已经无处可觅,他内心的痛苦是可想而知的。最后两句是细节描写,说词人有时在醉梦中还叫唤阿卿,直到旁人笑问他时才醒悟过来。逼真地写出对阿卿的深切思念,简直到了如痴如狂的程度。(参王恒昌、玉贵福《男儿到死心如铁:辛弃疾作品赏析》)

【注释】

①词题中"可卿",大德本作"阿卿"。据邓广铭《辛稼轩年谱》,辛弃疾侍妾可考者凡六人,她们是:整整、钱钱、田田、香香、卿卿和飞卿。

西江月

以家事付儿曹，示之①

万事云烟忽过②，一身蒲柳先衰③。而今何事最相宜。宜醉宜游宜睡。　　早趁催科了纳，更量出入收支。乃翁依旧管些儿。管竹管山管水。

【题解】

此词作于闲居瓢泉期间。乍读之下，往往容易着眼于它的上下两结，为其狂放不羁、清雅洒脱的风神所吸引。琐细家事，信笔写来，平易自然，尤其是三"宜"、三"管"，笔调轻松流畅，更富诙谐幽默情趣。但细细想来，起首二句也很重要。往事如烟云过眼，自身似蒲柳先衰，其间思绪纷纭，一边参悟人生，看破红尘，一边却又自伤不遇，感慨万千，牢骚满腹。由此看来，三"宜"、三"管"不过聊以自我遣怀，为辛弃疾独具之抒情方式而已。

【注释】

①词题：大德本作"示儿曹，以家事付之"。

②"万事"句：苏轼《宝绘堂记》："譬之烟云之过眼，百鸟之感耳。岂不欣然接之，去而不复念也。"

③"一身"句：一身，大德本作"百年"。《世说新语·言语》："顾悦与简文同年而发早白，简文曰：'卿何以先白？'对曰：'蒲柳之姿，望秋而落；松柏之质，经霜弥茂。'"

【辑评】

明卓人月、徐士俊《古今词统》卷六：杨诚斋词："一道官街清彻骨，别有监临主守。主守清风，监临明月，兼管栽花柳。"当与稼轩相视而笑。幼安宁、理朝拥节钺，奉身勇退，悉以家事付儿曹。此词意极超脱，其人可想见矣。

吴则虞《辛弃疾词选集》：此词说明不复再有用世之心。宜醉、宜游、宜睡，是不宜入仕也。管竹、管山、管水，只管风景不管家计。国事他人了之，家事儿曹任之。此类词与杨诚斋诗境有相近处。

丑奴儿

书博山道中壁

少年不识愁滋味，爱上层楼。爱上层楼。为赋新词强说愁。　　而今识尽愁滋味，欲说还休①。欲说还休。却道天凉好个秋。

【题解】

此词作于闲居带湖期间。上片写少不更事，登楼觅愁，为赋"新词"无愁说愁。下片转写而今历尽沧桑，却无可诉说，只好出之以仿佛言不及义的"天凉好个秋"。不言之言，包孕深广，意味深长。略如冰心一九二四年所感叹的那样："真看得我寂然心死。他虽只说'愁'字，然已盖尽了其他种种一切！——真不知文字情绪不能互相表现的苦处，受者只有我一个人，或是人人都如此？"（《寄小读者》）

值得注意的是词中"新词"一语，其实是从音乐角度而言的"新声"。柳永《玉蝴蝶》即云："要索新词，殢人含笑立尊前。按新声、珠喉渐稳，想旧意、波脸增妍。"比照李清照《词论》所言："逮至本朝，礼乐文武大备。又涵养百余年，始有柳屯田永者，变旧声作新声，出《乐章集》，大得声称于世。""为赋新词强说愁"之"新词"，"更有可能是指柳永风格的慢词"（张港《错！错！错：一直被误会的经典古诗词》）。"少年不识"、"而今识尽"的"愁"，都是壮志难酬的"愁"。"为赋新词""强说"的"愁"，是凄凄切切、朝朝暮暮一类的"愁"。身处无望境地的辛弃疾，无可奈何的忧国之情、报国之心并没有真的"休"。只是，越到后来，越是"识尽愁滋味"，离开婉约"新词"的步伐走得越来越远。从中也约略可以见出，辛弃疾从一开始就不对"新词"持赞赏态度。

此词,曾被美国学者傅汉思译成英文,介绍给西方读者,能够和在其前后的外译宋词一道,在一定程度上彰显中国古典文学作品的世界影响。兹录以附读:

> When I was young I did not know the taste of grief. I loved to climb tall buildings. I loved to climb tall buildings. Composing original poems that artificially spoke of grief.　Now I fully know the taste of grief. I want to speak of it but don't. I want to speak of it but don't. I just say, "What a nice cool autumn day!"(《梅花与宫闱佳丽:中国诗选译随谈》)

【注释】

①欲说还休:李清照《凤凰台上忆吹箫》:"生怕闲愁暗恨,多少事、欲说还休。"

【辑评】

夏承焘《唐宋词欣赏》:这首词上片四句是说少年时没有尝到愁的滋味,不知道什么叫"愁",为了要作新词,没有愁勉强说愁。这四句是对下片起衬托作用的。下片首句说"而今识尽愁滋味",按一般写法,接下应该描写现在是怎样的忧愁,但是它下面却重复了两句"欲说还休,欲说还休",最后只用"却道天凉好个秋"一句淡话来结束全篇。这是吞咽式的表情,表示有许多愁不能说明。我们联系作者的身世遭遇来看,是能体会他这一句话的深长的含义的。

吴则虞《辛弃疾词选集》:此谙尽世情有阅历感慨之言。上片是强说。"爱上层楼",自寻烦恼,为强说之本。下片"欲说还休",是强不说。"天凉好个秋",秋光宜人,正须及时行乐,犹其《一枝花·醉中戏作》云:"怕有人来,但只道:今朝中酒。"同为推开之词。即所谓不作庄语,"王顾左右而言他"也。怨而不怒,可以观,可以怨。

破阵子

赠　行

少日春风满眼,而今秋叶辞柯。便好消磨心下事,莫忆^①寻常醉后歌。可怜^②白发多。　　明日扶头颠倒,倩谁伴舞婆娑^③。我定思君拚瘦损,君不思兮可奈何。天寒将息呵。

【题解】

此词创作时地未详。起笔以昔之风华正茂,反衬今之残败衰老,心境之悲凉不言而知。再言衰残固然使人不堪,但同时也提供了消闲的契机,正好可以用来消磨斗志,化解不平之气。然而,忘世太难,超越自我也不大可能,所以刚平静下来的心潮再起微澜。过片二句写借酒消愁但愁恨难消,既照应词题,又婉转表达了惜别之意。再写别后为思君而消瘦,进一步表达惜别之意。末句为临别嘱咐。

【注释】

①莫忆:大德本作"也忆"。

②可怜:大德本作"新来"。

③婆娑:《尔雅·释训》:"婆娑,舞也。"郭璞注:"舞者之容。"

破阵子

硖石道中有怀子似^①

宿麦畦中雉鷕^②,柔桑陌上蚕生。骑火^③须防花月暗,玉唾^④长携彩笔行。隔墙人笑声。　　莫说弓刀^⑤事业,依然诗酒功名。千载图中今古事,万石溪头长短亭。小塘风浪平。^⑥

此词写于庆元四年至六年（1200）闲居瓢泉时。起笔写景,动静相间,生机勃勃。接写所想,希望领略并描绘硖石风光,以便和友人共赏。再写所闻,通过隔墙笑声,把自己从遐想中拉回来。过片二句为劝勉之辞,于无为中求有为,无奈中求超脱。结句再写小塘景色,与开篇遥相呼应,以小塘的风平浪静喻示自己超脱的态度。

【注释】

①词题:大德本作"硖石道中有怀吴子似县尉"。硖（xiá）石,《铅山县志》:"硖石在县西二十里,两崖对峙,苍翠壁立,中有泉石之胜。"

②雌雅（yǎo）:《诗·邶风·匏有苦叶》:"有㳽既盈,有鷕雌鸣。"鷕,雌雉鸣声。

③骑火:张孝祥《六州歌头》:"看名王宵猎,骑火一川明。"

④玉唾:《稼轩词编年笺注》认为:"稼轩《鹧鸪天》（叹息频年廪未高）阕有'干玉唾,秃锥毛'句,均以笔与玉唾连举,因疑玉唾应指砚滴而言。"

⑤弓刀:王建《东征行》:"同时赐马并赐衣,御楼看带弓刀发。"

⑥大德本篇末有作者自注:"时修图经,筑亭堠。"

定风波

送卢提刑,约上元重来①

少日犹堪话别离。老来怕作送行诗。极目南云无过雁②。君看。梅花也解寄相思。　　无限江山行未了。父老③。不须和泪看旌旗。后会丁宁何日□④。须记。春风十日⑤放灯时。

【题解】

此词作于绍熙四年（1193）知福州兼福建安抚使任上。词写与友人的依依惜别之情。一起挑明送行题旨,以"少日"陪衬"老来"离别之不堪,盖来日无多,深畏再见之难。再借眼前景色,巧为点染,冬无过雁,是虚写,亦陪衬之笔;眼前梅花,是实写,暗用陆凯寄梅诗意,想象别后思恋之情,含蓄蕴藉,而意极深厚。过片三句承写送别之意,但"无限"句高瞻远瞩,放眼万里江山,不作儿女情态,视野和心胸极为开阔。"父老"二句写出当地人民对友人的眷恋,"不须"二字既抚慰父老,更自然带出下文。结三句应题"约上元重来"。人未登程,先约后会,情切意浓。"春风十里放灯时"一句景象极美,与"无限江山"相呼应,开朗乐观,扫尽送别感伤气氛。

【注释】

①词题:大德本作"三山送卢国华提刑,约上元重来"。

②过雁:大德本作"雁过"。

③父老:大德本作"父母"。

④何日□:大德本作"何日是"。

⑤十日:大德本作"十里"。

定风波

再用韵,卢置歌舞甚盛①

莫望中州叹黍离②。元和圣德要君诗③。老去不堪谁似我。归卧。青山活计费寻思。　　谁筑诗墙④高十丈。直上。看君斩将更搴旗⑤。歌舞正浓还有语。记取。须髯不似少年时。

【题解】

此词作于绍熙四年(1193)知福州兼福建安抚使任上。身在歌舞之间,不作歌舞之语。心怀国忧,而倡导诗词新风。《黍离》之叹,诚然可以使人莫忘故国,但抗金复国大业尤需激励人心的诗篇;巍巍诗坛,岂全然儿女辈清歌曼舞之地,亦当为英雄辈叱咤风云之所。此种文学观道出南宋爱国诗人的心声,亦时代精神的体现。以上正面激励。"老去"三句,以己之今况作反面陪衬,冀友引以为戒。结处更从眼前浓歌酣舞生发开去:歌舞虽好,但我辈已非少年,岂可沉溺丧志,理应惜时励志,庶几无愧于国,不虚此生。语重心长,而措辞委婉,规勉得体。

【注释】

①词题:大德本作"用韵,时国华置酒,歌舞甚盛"。

②"莫望"句:《毛诗序》:"《黍离》,闵宗周也。周大夫行役,至于宗周,过故宗庙宫室,尽为禾黍,闵周室之颠覆,彷徨不忍去而作是诗也。"

③"元和"句:元和年间,唐王朝平定淮西吴元济之乱,威慑各地藩镇割据势力,使国内稍趋统一。诗人纷纷作诗以颂。韩愈所作为《元和圣德颂》。

④诗墙:大德本作"诗坛"。

⑤斩将更搴旗:《史记·货殖列传》:"故壮士在军,攻城先登,陷阵却敌,斩将搴旗,前蒙矢石,不避汤火之难者,为重赏使也。"

踏莎行

赋稼轩,集经句

进退存亡①,行藏用舍。小人请学樊须稼②。衡门之下可栖迟③,日之夕矣□□下④。　　去卫灵公⑤,遭桓司马⑥。东西南北之人也⑦。长沮桀溺耦而耕,丘何为是栖栖者。

【题解】

此词约作于闲居带湖之初。词借集用儒家经典中的语句,抒发个人备遭打击的怨愤。

【注释】

①进退存亡:《易经》:"知进退存亡而不失其正者,其唯圣人乎!"

②"小人"句:《论语·子路》:"樊迟请学稼。子曰:'吾不如老农。'请学为圃。曰:'吾不如老圃。'樊迟出。子曰:'小人哉,樊须也!'"

③"衡门"句:《诗·陈风·衡门》:"衡门之下,可以栖迟。泌之洋洋,可以乐饥。"

④"日之夕矣"句:□□,大德本作"牛羊"。

⑤去卫灵公:《论语·卫灵公》:"卫灵公问陈于孔子。孔子对曰:'俎豆之事,则尝闻之矣;军旅之事,未之学也。'明日遂行。"

⑥遭桓司马:《孟子·万章上》:"孔子不悦于鲁卫,遭宋桓司马将要而杀之,微服而过宋。是时孔子当厄。"

⑦东西南北之人:《礼记·檀弓上》:"孔子既得合葬于防,曰:'吾闻之,古也墓而不坟。今丘也,东西南北之人也,不可以弗识也。'于是封之,崇四尺。"

【辑评】

清张德瀛《词征》卷五:若辛稼轩之用四书语,气韵之胜,离貌得神,又非徒以青兕自雄者。

吴则虞《辛弃疾词选集》:此词虽句句集经语,却句句稼轩自道。第三句点明"稼"字,紧接"衡门",言退居之境。"去卫灵公"二句,言当年遭受之波折。"东西南北"言南北驰驱。"长沮、桀溺"言避世避人。"耕"字又映照"稼"。"何为栖栖者",言无心出山营营。用古人语道自己志,天衣无缝,无一笔呆滞。集句最易流于小巧,如此做法,为词家别辟一畦町。

汉宫春

立春日①

春已归来,看美人头上,袅袅春幡②。无端风雨,未肯收尽余寒。年时燕子,料今宵、梦到西园。浑未办、黄柑荐酒,更传青韭堆盘③。　　却笑东风从此,便薰梅染柳,更没些闲。闲时又来镜里，转变朱颜。清愁不断，问何人、会解连环④。生怕见、花开花落，朝来塞雁先还。

【题解】

此词作于隆兴元年(1163)寓居京口时。据《稼轩词编年笺注》考证，可能是作者从金人占领区南归的第一首作品。全篇从风俗民情入手，先写春已归来，再设想春之归去，迎春、怨春又恋春，往复回旋，委曲深沉。

这首词的情调是愤懑伤感的，在抒发个人愁情的同时，又别有寄托。词中的寓意，未必像周济所说的那般确凿无疑："'春幡'九字，情景已极不堪。燕子犹记年时好梦，'黄柑'、'青韭'，极写宴安鸩毒。换头又提动党祸。结用雁与燕激射，却捎带五国城旧恨。辛词之怨，未有甚于此者。"（《宋四家词选》）不过，周济确实是敏感地意识到了这首《汉宫春》有象有思，很富于暗示性，它至少暗示出了"词人的感伤不只是为了春光易老，良辰不再"（程千帆、吴新雷《两宋文学史》）。如眷怀故都、讥刺偏安等，也许都在梁启勋所评"极回荡之致"（《词学》下编）的范围内。这一点，是值得读者深思的。《宋词三百首》选入此词，或者正缘于此。

【注释】

①词题：大德本作"立春"。

②春幡：《岁时风土记》："立春之日，士大夫之家，剪裁为小幡，或悬于家人之头，或缀于花枝之下。"

③"浑未办"二句：古代风俗，立春日取生菜、果品等置于盘中为食，取迎新之意，称为春盘。《遵生八笺》卷三："立春日作五辛盘，以黄柑酿酒，谓之洞庭春色。故苏诗云：'辛盘得青韭，腊酒是黄柑。'"

④解连环：《战国策·齐策六》："秦昭王尝遣使者遗君王后玉连环，曰：'齐多知，而解此环不？'君王后以示群臣，群臣不知解，君王后引锥椎破之，谢秦使曰：'谨以解矣。'"

【辑评】

俞陛云《唐五代两宋词选释》：上阕铺叙"立春"而已。转头处向东风调笑，已属妙语。更云人盼春来，我愁春至，因其暗换韶光，老却多少朱颜翠鬓,语尤隽妙。然则岁岁之花开花落,春固徒忙,人亦徒增惆怅耳。

归朝欢

齐庵菖蒲港,皆长松茂林,独野梅花一株,山上盛开,照映可爱。不数日,风雨摧败殆尽。意有感,因效介庵体为赋,且以菖蒲绿名之。丙辰岁三月三日也。①

山下千林花太俗。山上一枝看不足。春风正在此花边,菖蒲自蘸清溪绿②。与花同草木。问谁风雨飘零速。莫怨歌,夜深岩下,惊动白云宿。③　　病怯残年频自卜。老爱遗编④难细读。苦无妙手画於菟,人间雕刻真成鹄。⑤梦中人似玉⑥。觉来更忆腰如束⑦。许多愁,问君有酒,何不日丝竹。

【题解】

此词作于庆元二年(1196)闲居瓢泉时。上片先写野梅花及其之所以让人"看不足"的原因。再写野梅花和草木也有共同的命运,不堪风吹雨打而衰残,所不同的是,野梅衰败更早、命运更惨而已。并言莫要为野梅花的不幸遭遇而悲歌。过片转言自己残年多病,命运难期,心绪欠佳,难以静下心来细读赵介庵遗篇,也就难以掌握其精神实质。再写对因愁早逝的赵介庵的追忆,既哀悼赵介庵亦即野梅花之不幸,又表现出了对其不能超脱悲哀的惋惜。

【注释】

①词题中"齐庵菖蒲港"、"野梅花",大德本分别作"灵山齐庵菖蒲港"、"野樱花"。灵山,《广信府志》:"灵山在府城西北七十里上饶县境内,信之镇山也。高千有余丈,绵亘百余里。"齐庵,具体位置不详。介庵,赵德庄名彦端,号介庵,为赵宋宗室。淳熙二年去世。时任江南东路转运副使,驻节建康。

②"菖蒲"句:赵彦端《看花回》:"看波面、垂杨蘸绿。最好是、风梳

448

烟沐。"

③"莫怨歌"三句:莫怨歌,大德本作"莫悲歌"。陶渊明《拟古九首》其五:"青松夹路生,白云宿檐端。"

④遗编:大德本作"遗篇"。

⑤"苦无"二句:马援《诫兄子书》:"效伯高不得,犹为谨敕之士,所谓刻鹄不成,尚类鹜者也。效季良不得,陷为天下轻薄子,所谓画虎不成反类狗者也。"

⑥人似玉:赵彦端《虞美人》:"酒中倒卧南山绿。起舞人如玉。"

⑦腰如束:宋玉《登徒子好色赋》:"腰如束素,齿若含贝。"

玉蝴蝶

追别杜叔高①

古道行人来去,香红满树,风雨残花。望断青山,高处都被云遮。客重来、风流觞咏,春已去、光景桑麻②。苦无多。一条垂柳,两个啼鸦。　　人家。疏疏翠竹,阴阴绿树,浅浅寒沙。醉兀③篮舆,夜来豪饮太狂些。到如今、都齐醒却,只依旧、无奈愁何。试听呵。寒食近也,且住为佳。

【题解】

此词作于庆元六年(1200)闲居瓢泉时。起首五句写送别时的景色。先以近景烘托出一派送别气氛,再以远景同时暗示行人或在云深处,坐实"追别"二字。从"客重来"到"太狂些"写客来重聚的情景。以下嘱别。"到如今"二句紧承"夜来"二字而发,言不论是友人还是自己,都已经从昨夜狂饮"醉兀"中醒来,面对离别的现实,依旧为离愁所苦。末三句又从"无奈愁何"生发出来,融惜别之情与送别之意为一体。

【注释】

①词题中"杜叔高",大德本作"杜仲高"。

②光景桑麻：王安石《出郊》："风日有情无处着，初回光景到桑麻。"

③醉兀：白居易《对酒》："所以刘阮辈，终年醉兀兀。"

雨中花慢

登新楼有怀昌甫、斯远、仲止、子似、民瞻①

旧雨常来，今□不来，佳人偃蹇谁留。②幸山中芋栗，今岁全收。③贫贱交情落落，古今吾道悠悠④。怪新来却见，文反离骚，诗□秦州。⑤　　功名只道，无之不乐，那知有更堪忧。怎奈向、儿曹抵死，唤不回头。⑥石卧山前认虎，蚁喧床下闻牛。⑦为谁西望，凭栏一饷，却下层楼。

【题解】

此词作于庆元六年（1200）闲居瓢泉时。此登楼思友抒怀之作。起结明说思友，中间就生活境遇、诗词创作、功名忧乐诸事娓娓写来，既自我抒怀，也似与知友促膝谈心，两者交融，倍觉自然亲切。上片由芋栗全收点出生活清贫，从而发出"贫贱交情落落，古今吾道悠悠"的感叹。言外之意，唯题序诸君子方是贫贱不移、生死与共的知己。下片写儿曹抵死不解功名之事，实也衬托唯诸君子与己气味相投，灵犀相通。词中对诗词创作的体会，正与诗歌"穷而后工"的传统说法相契合；而对功名之事"有更堪忧"的理解，则是二十多年宦海生涯的深刻总结，涵括了无限辛酸与悲愤。"文反离骚"和"石卧山前"两联，属对工稳新巧，足见词人用典使事和驾驭语言的非凡工力。

【注释】

①词题：大德本作"登新楼有怀赵昌甫、徐斯远、韩仲止、吴子似、杨民瞻"。新楼，不详。

②"旧雨"三句：杜甫《秋述》诗序："秋，杜子卧病长安旅次，多雨生鱼，

青苔及榻，常时车马之客，旧雨来，今雨不来。"范成大《新正书怀》："人情旧雨非今雨，老境增年是减年。"《九歌·湘君》："君不行兮夷犹，蹇谁留兮中洲。"□，大德本作"雨"。

③"幸山中"二句：杜甫《南邻》："锦里先生乌角巾，园收芋栗未全贫。"

④吾道悠悠：杜甫《发秦州》自注云："乾元二年，自秦州赴同谷县纪行。"末云："大哉乾坤内，吾道长悠悠。"

⑤"文反离骚"二句：《汉书·扬雄传》："又怪屈原文过相如，至不容，作《离骚》，自投江而死，悲其文，读之未尝不流涕也。以为君子得时则大行，不得时则龙蛇，遇不遇命也，何必湛身哉！乃作书，往往摭《离骚》文而反之，自岷山投诸江流以吊屈原，名曰《反离骚》。"又，扬雄《反离骚》嘲屈原"不能回复旧都，何必湘渊与涛濑。"其实是借嘲讽屈原为自己趋炎附势、投靠王莽辩解。辛更儒《辛弃疾词选》认为，显然喻指当时美化韩侂胄的怪论。□，大德本作"发"。

⑥"怎奈向"二句：《苕溪渔隐丛话》前集卷五七："雪窦禅师尝作偈云：'三分光阴二分过，灵台一点不揩磨。贪生逐日区区去，唤不回头争奈何。'"

⑦"石卧"二句：《世说新语·纰漏》："殷仲堪父病虚悸，闻床下蚁动，谓是牛斗。"

临江仙

侍者阿钱将行，赋钱字以赠之①

一自酒情诗兴懒，舞裙歌扇阑珊。②好天良夜月团团。杜陵真好事，留得一钱看。③　　岁晚人欺程不识④，怎教阿堵⑤留连。杨花榆荚雪漫天⑥。从今花影下，只看绿苔⑦圆。

【题解】

此词作于庆元二年(1196)闲居瓢泉时。侍妾钱钱即将离去，词人赋此赠别。先写自己懒于饮酒赋诗和欣赏歌舞,暗喻人已老大,对声色的兴趣淡薄。接着反衬补足,一则是说,月圆而人却即将分别;二则是说,虽然时值好天良夜,也无意于舞裙歌扇。再巧妙借用杜诗,意在说明决计让阿钱离去。下片先进一步解释不能留下阿钱的另一个原因——年事已高,受人欺辱,无法再庇护阿钱。既借灌夫之语切"钱"字,又将身世之感寓于其中。接句也是借写实景来暗寓阿钱即将离去,大有"流水落花春去也"的惆怅。最后设想钱钱去后情景:绿苔如钱,而阿钱已去,物是人非,情何以堪,所以临别之际反觉依依不舍。全篇多用与"钱"字有关的事典连缀成文,虽迹近文字游戏,但也可见作者学识的广博和才思的敏捷。

【注释】

①阿钱:陶宗仪《书史会要》卷六:"田田、钱钱,辛弃疾二妾也,皆因其姓而名之。皆善笔札,常代弃疾答尺牍。"

②"一自"二句:白居易《咏怀》:"白发满头归得也,诗情酒兴渐阑珊。"苏轼《答陈述古二首》二首:"闻道使君归去后,舞衫歌扇总生尘。"

③"杜陵"二句:杜甫《空囊》:"囊空恐羞涩,留得一钱看。"

④"岁晚"句:《史记·魏其武安侯列传》:"行酒次至临汝侯,临汝侯方与程不识耳语,又不避席。夫无所发怒,乃骂临汝侯曰:'生平毁程不识不直一钱,今日长者为寿,乃效女儿呫嗫耳语!'"

⑤阿堵:《世说新语·规箴》:"王夷甫雅尚玄远,常嫉其妇贪浊,口未尝言钱字。妇欲试之,令婢以钱绕床,不得行。夷甫晨起,见钱阂行,呼婢曰:'举却阿堵物。'"

⑥"杨花"句:韩愈《游城南十六首·晚春》:"杨花榆荚无方思,惟解漫天作雪飞。"汉代有榆荚钱。《汉书·食货志》:"汉兴,以为秦钱重,难用,更令民铸榆荚钱。"如淳注:"如榆荚也。"后代诗人常以之入诗,如庾信《燕歌行》:"桃花颜色好如马,榆荚新开巧如钱。"岑参《戏问花门酒家翁》:"道旁榆荚青如钱,摘来沽酒君肯否?"李贺《残丝曲》:"榆荚相催不知数,沈郎青钱夹城路。"

⑦绿苔:《古今注·草木》:"空室无人行则生苔藓,或紫或青,名曰圆藓,又曰绿藓,亦曰绿钱。"

临江仙

鼓子花开春烂漫①，荒园无限思量。今朝拄杖过西乡。急呼桃叶渡，为看牡丹忙。　　不管昨宵风雨横，依然红紫成行。白头陪奉少年场②。一枝簪不住，推道帽檐长。

【题解】

此词疑作于嘉泰二年(1202)闲居瓢泉时。上片曰"急呼"，曰"忙"，足见看花情切。下片白头少年，不负红紫成行。"簪花屡堕"，而谓"一枝簪不住，推道帽檐长"，风趣可人。全篇自然清畅，生动诙谐。

【注释】

①"鼓子花"句：鼓子花，即旋花，叶狭长，花红白色，形似鼓。郑谷《长江县经贾岛墓》："重来兼恐无寻处，日落风吹鼓子花。"《能改斋漫录》卷一一："王元之谪齐安郡，民物荒凉，殊无况。营妓有不佳者，公作诗云：'忆昔西都看牡丹，稍无颜色便心阑。而今寂寞山城里，鼓子花开也喜欢。'唐《抒情集》记朝士在外地观野花，追思京师旧游诗云：'曾过街西看牡丹，牡丹未谢即心阑。如今变作村田眼，鼓子花开也喜欢。'盖王刊定此诗耳。"

②"白头"句：白居易《重阳席上赋白菊》："还似今朝歌舞席，白头翁入少年场。"

【辑评】

吴则虞《辛弃疾词选集》：此类词，别成风格，颇似北宋人词。选此以见稼轩词面目之多，非拘于一格。"一枝"两句，丰神骀荡。以豪放限稼轩，诚目论矣。

玉楼春

　　三三两两谁家女①。听取鸣禽枝上语。提壶沽酒已多时，婆饼焦时须早去。②　　醉中忘却来时路。借问行人家住处。只寻古庙那边行，更过溪南乌桕树。③

【题解】

　　此词当作于闲居瓢泉初。上片写三三两两游女，聆听树上鸣禽，鸣禽如作人语，劝提壶买酒者及早回家。以上场景皆自醉人（当即词人）朦胧的视觉、听觉中写出。鸣禽之语实际针对醉者沽酒不归而发，语带戏谑，妙趣横溢。下片照应上文，写醉人起身欲回，一时竟不知家之所在，反倒借问行人，由行人指点回家之路。写醉人醉态，极力调侃打趣，场景鲜活如见。同时，侧面见出民风淳朴厚道，乡里和睦安宁，彼此熟悉，亲密无间的状态。全篇语言通俗，"竟是白话"（《古今词统》卷八），巧用禽言诗体、拟人手法，又极力渲染主客颠倒情景，写来极富谐趣。

【注释】

　　①"三三"句：柳永《夜半乐》："岸边两两三三，浣溪游女。"谁家女，大德本作"谁家妇"。

　　②"提壶"二句：承接上句，模拟鸣禽在树枝上的巧语："提壶买酒已多时，婆饼焦了快回家。"婆饼焦，鸟名，因鸣声如"婆饼焦"而得名。梅尧臣《禽言》四首其三"山鸟"："婆饼焦，儿不食。"王质《林泉结契》卷一："婆饼焦，身褐，声焦急，微清，无调。作三语：初如云'婆饼焦'，次云'不与吃'，末云'归家无消息'。后两声若微于初声。"

　　③"只寻"二句：南朝民歌《西洲曲》："日暮伯劳飞，风吹乌臼树。树下即门前，门中露翠钿。"

南歌子

新开池,戏作

散发披襟处,浮瓜沈李杯。[①]涓涓流水细侵阶。凿个池儿,唤个月儿来。　　画栋频摇动,红葵[②]尽倒开。斗匀红粉照香腮。有个人人,把做镜儿猜。

【题解】

此词约作于庆元二年(1196)闲居带湖、迁居瓢泉之前。《古今图书集成·考工典》卷一二七池沼部艺文二误作辛次膺词。词作紧扣夏夜纳凉题面来写,是以句句关合池水,笔笔带出轻松愉悦的情趣。词由一池泉水生发出浮瓜沉李、涓流侵阶,更有明月、画栋、红葵,乃至佳人临镜。不只物象丰富美丽,而且用语和描摹也颇见特色。"凿个"、"有个"二句,皆用方言口语,清新活泼,具有民歌风味。不说水月自来,而言"凿个池儿,唤个月儿来",妙语解颐。画栋红葵,一"频摇动",一"尽倒开",下语浅俗,而收动静相间之效。池中红葵,池畔佳人,两相比看,也有相互辉映之趣。

【注释】

①"散发"二句:柳永《过涧歇近》:"水边石上,幸有散发披襟处。"曹丕《与吴质书》:"浮甘瓜于清泉,沉朱李于寒水。"

②红葵:大德本作"红蕖"。

品　令

族姑庆八十,来索俳语[①]

更休说。便是个、住世观音菩萨。甚今年、容貌八十岁,见底道、才十八。　　莫献寿星香烛。莫祝灵龟椿鹤②。只消得、把笔轻轻去，十字上、添一撇。

【题解】

此词创作时地未详。上片谓其族姑为活神仙，虽已八十高龄，却越活越年轻，像个十八岁的大姑娘。过片二句正话反说，言不用给您献"寿星香烛"，也用不着祝贺您"灵龟椿鹤"。并以之为陪衬，逼出下面"只消得"二句，从汉字的笔画上翻新出奇，用转进一层的手法，表达出祝其永远长寿之意。写来曲折婉转，欲进故退，诙谐有趣。

【注释】

①词题中"族姑"，未详。俳语，戏谑之语。这里指俳谐词。

②灵龟椿鹤：大德本作"灵椿龟鹤"，四卷本作"重龟椿鹤"，此从吴讷本校改。

武陵春①

桃李风前多妩媚，杨柳更温柔。唤取笙歌②烂熳游。且莫管闲愁。　　好趁春晴③连夜赏，雨便一春休。草草杯盘不要收。才晓便④扶头。

【题解】

此词创作时地未详。上片谓春光明媚宜人，把歌儿舞女唤来尽情游赏。下片接写趁着天气晴好，连夜赏花。最后写醉酒。言其杯盘草草，尚未收起，又准备来日侵晓再饮扶头酒，以便长醉不长醒，暗示借酒消愁之意。

【注释】

①王诏刊本、四印斋本有词题"春兴"。

②笙歌：合笙之歌。王维《奉和圣制十五夜然灯继以酺宴应制》："上路

笙歌满,春城漏刻长。"

③春晴:大德本作"晴时"。

④便:大德本作"又"。

鹧鸪天

聚散匆匆不偶然。二年遍历楚山川。①但将痛饮酬风月,莫放离歌入管弦②。　　萦绿带,点青钱③。东湖春水碧连天④。明朝放我东归去,后夜相思月满船。⑤

【题解】

此词作于淳熙五年(1178)江西安抚使任上,时奉诏入京。词写对现实的不满和对豫章友人的眷恋。起笔叙事简洁,"二年"句概括力极强;"不偶然"三字含而不露,道出难言之隐。接写但醉风月,莫放离歌,似旷实郁,最是稼轩本色。过片三句承上"风月"而来,美景如画,眷恋依依。结拍想象别后殷切思友,情景交融,韵味深长,深得令词含蓄蕴藉之旨。

【注释】

①"聚散"二句:欧阳修《浪淘沙》:"聚散苦匆匆,此恨无穷。"遍历,大德本作"历遍"。

②"莫放"句:欧阳修《别滁》:"我亦且如常日醉,莫教管弦作离声。"

③点青钱:杜甫《绝句漫兴九首》其七:"糁径杨花铺白毡,点溪荷叶叠青钱。"

④"东湖"句:韦庄《菩萨蛮》:"春水碧于天,画船听雨眠。"

⑤"明朝"二句:张孝祥《鹧鸪天》:"今宵拚醉花迷坐,后夜相思月满川。"

鹧鸪天

席上子似诸公和韵^①

翰墨诸君久擅场^②。胸中书传许多香。苦无^③丝竹衔杯乐,却看龙蛇落笔^④忙。　　闲意思,老风光。酒徒今有几高阳。黄花不怯秋风^⑤冷,只怕诗人两鬓霜。

【题解】

此词作于庆元四年至六年(1200)间闲居瓢泉时。起笔谓很久以来吴子似诸友驰骋诗坛,有称雄一方之势,这得力于他们饱读诗书,胸藏万卷,并承继其先人的家学传统。以下正反相兼,既描叙出诸友赋诗的情景,又进一步探讨了他们诗歌成就的主观原因。过片三句宕开,写诸友及词人的豪气,以问句出之,似问实答。末二句再论诸友之诗,婉转表达出希望能再次见到诸友新的和章,照应上片,收束全篇。

【注释】

①词题:大德本作"席上吴子似诸友见和,再用韵答之"。吴子似等人和作已佚。再用韵,指用《鹧鸪天》(掩鼻人间臭腐场)韵。

②"翰墨"句:诸君,大德本作"诸公"。《唐国史补》卷上:"唐人燕集,必赋诗,推一人擅场。郭暖尚昇平公主,盛集,李端擅场;送刘相巡江淮,钱起擅场。"钱易《南部新书》:"昇平公主宅即席,李端擅场;送王相公之幽州,翃擅场;送刘相公巡江淮,钱起擅场。"《苕溪渔隐丛话》后集卷六引《能改斋漫录》:"乃知子美诗'画手看前辈,吴生远擅场',唐人素有此语。"

③苦无:大德本作"都无"。

④龙蛇落笔:苏轼《是日偶至野人汪氏之居有神降于其室自称天人李全字德通善篆字用笔奇妙而字不可识云天篆也与予言有所会者复作一篇仍用前韵》:"已闻龟策通神语,更看龙蛇落笔痕。"

⑤秋风:大德本作"西风"。

鹧鸪天

和昌父①

万事纷纷一笑中②。渊明把菊对秋风。细看爽气今犹在,惟有南山一似翁。　　情味好,语言工。三贤高会古来同。谁知止酒停云老,独立斜阳数过鸿③。

【题解】

此词作于庆元三年(1197)闲居瓢泉时。赵昌父原唱已佚。起笔写陶渊明的超脱与情趣。言人间万事,纷纷扰扰,陶渊明一笑了之,而于萧瑟秋风中,把菊东篱,何其潇洒风流。接写陶令虽然作古,但勃勃生气仍永存于天地间。过片三句,写自己和赵昌父在淡薄名利、乐于归隐等方面惊人地相似,因而咏陶渊明就是咏赵昌父,也是咏自己。末二句语涉无奈,既写对赵昌父的思念之意,又写出失路英雄的满腹伤心事,足见词人本心。

【注释】

①词题:大德本作"和章泉赵昌父"。章泉,在江西玉田县,赵昌父即居于此。

②一笑中:苏轼《和邵同年戏赠贾收秀才三首》其一:"倾盖相欢一笑中,从来未省马牛风。"

③"独立"句:苏轼《纵笔三首》其二:"溪边古路三岔口,独立斜阳数过人。"

鹧鸪天

点尽苍苔色欲空。竹篱茅舍要诗翁。①花余歌舞欢娱外,诗在经营惨淡中②。　　　听软语,笑衰容。一枝斜坠翠鬟松。浅颦轻笑③谁堪醉,看取萧然林下风④。

【题解】

此词作于绍熙四年(1193)福建安抚使任上。上片先写暮春景色,暗示思归。接写思归之情,却是从远处说起,说山中诗友邀他回去。再以花之残败反衬诗歌创作之成功,一自然,一人力,对比鲜明,既是词人诗词创作经验的总结,又反映出面对春残花落之景,企盼以诗自慰的心境。下片转而设想自己回乡之后,听着夫人温婉絮语,笑其容颜衰老。又谓其虽然衰老,但有竹林名士之风,神情散朗超逸,折射出词人的归隐情趣。

【注释】

①"点尽"二句:杜甫《醉时歌》:"先生早赋归去来,石田茅屋荒苍苔。"

②"诗在"句:杜甫《丹青引赠曹将军霸》:"诏谓将军拂绢素,意匠惨淡经营中。"

③轻笑:大德本作"深笑"。

④"看取"句:萧然,大德本作"潇然"。《世说新语·贤媛》:"王夫人神情散朗,故有林下风气。"苏轼《题王逸少帖》:"谢家夫人淡丰容,萧然自有林下风。"

鹧鸪天

用韵赋梅。三山梅开时,犹有青叶甚盛,予时病齿①

病绕梅花酒不空。齿牙牢在莫欺翁②。恨无飞雪青松畔,却放疏花翠叶中。　　　冰作骨,玉为容。当年③宫额鬓云松。直须烂醉烧银烛,横笛难堪一再风④。

此词作于绍熙四年(1193)福建安抚使任上。上片写梅之开。先写词人抱病赏梅。以"酒不空"暗示客常满,且与客共赏梅花。一"病"一"绕",写出赏梅兴趣之浓与观赏之细。再言梅子虽酸,而自己"齿牙牢在",是骗不得的。又以写实之笔描叙三山梅开时的特异之景。下片写梅之落。先盛赞其玉肌冰骨,再用寿阳公主典故,写梅花的一桩趣事,最后写深夜举烛赏梅,表达惜梅之意。

【注释】

①词题:大德本作"用前韵赋梅。三山梅开时,犹有青叶,予时病齿"。用前韵,指用前一首《鹧鸪天》(点尽苍苔色欲空)韵。

②"齿牙"句:苏轼《送刘攽倅海陵》:"君不见阮嗣宗,臧否不挂口,莫夸舌在牙齿牢,是中惟可饮醇酒。"

③当年:大德本作"常年"。

④"横笛"句:横笛,指笛曲。《乐府诗集·横吹曲辞·汉横吹曲》:"《梅花落》,本笛中曲也。"杜牧《题宣州开元寺水阁阁下宛溪夹溪居人》:"深秋帘幕千家雨,落日楼台一笛风。"

鹧鸪天

黄沙道中①

句里春风正剪裁。溪山一片画图开。②轻鸥自趁虚船去,荒犬还迎野妇回。　　松菊竹③,翠成堆。要擎残雪斗疏梅。乱鸦毕竟无才思,时把琼瑶蹴下来。

【题解】

此词作于闲居带湖期间。词作描绘出一幅富于生机生趣的溪山图景。起句标明主旨。词人正在"剪裁""春风"之句,恰好峰回路转,眼前一片溪山画境迎上来,展开去,正和词人心中的境界凑泊在一起。其时正是残冬已尽,春色将回,疏梅缀红,松竹增翠,而鸥鸟虚船,荒犬野妇,也已经开始活动。时当冬春之交,尚有残雪,松竹无花可与疏梅比美,可它们却用枝叶"擎"(托)住了余雪,来和梅花对映争辉。结末写松竹栖鸦,为行人惊起,踏落琼瑶,也是一种动态和生机,也正是词人所要"剪裁"的"春风"的表现和暗示之一。这样写,并不是真有所不满于乱鸦。有了这样的一结,不但使全篇更活,更有意趣,而且也使所要表现的那一内容和神情更加完整、更加精彩了。(参周汝昌《诗词赏会》)

【注释】

①词题:大德本作"黄沙道中即事"。黄沙,《上饶县志》:"黄沙岭在县西四十里乾元乡,高约十五丈,谽谺敞豁,可容百人。下有两泉,水自石中流出,可溉田十余亩。"

②"句里"二句:贺知章《咏柳》:"不知细叶谁裁出,二月春风似剪刀。"

③松菊竹:大德本作"松共竹"。

鹧鸪天

石壁虚云积渐高。溪声绕屋①几周遭。自从一雨花零乱②,却爱微风草动摇。   呼玉友③,荐溪毛④。殷勤野老苦相邀。杖藜忽避行人去,认是翁来却过桥。

【题解】

此词作于庆元四年至六年(1200)间闲居瓢泉时。此村居小唱,富有田舍风味,农家情趣,格调清新自然,流露出一种轻松愉悦之情。上片写景,是作客途中所见。白云溪水,无限清幽。以下由落花带出芳草,虽是暮春景象,却无一点伤春意绪。下片野老招宴,虽无珍馐佳肴,但野蔬薄酒足表农家淳朴好客之意。"殷勤"而继之以"苦",则被邀者自当难负盛情佳意了。结二句刻画野老心理情态尤妙:桥头迎客,因老眼昏花,屡屡误将行人作客。今回又将"忽避"开去,而细认之下,确乎辛翁,于是立即挂杖过桥,

462

热诚相迎。寥寥十四字,言简意赅,一波三折,逼真传神而富谐趣。

【注释】

①溪声绕屋:苏轼《寄吴德仁兼简陈季常》:"门前罢亚十顷田,清溪绕屋花连天。"

②零乱:大德本作"零落"。

③玉友:《珊瑚钩诗话》:"以糯米药曲作白醪,号玉友。"卢纶《题贾山人园林》:"五字每将称玉友,一尊曾不顾金囊。"

④荐溪毛:《左传·隐公三年》:"苟有明信,涧、溪、沼、沚之毛,蘋、蘩、蕰、藻之菜……可荐于鬼神,可羞于王公。"

鹧鸪天

自古高人最可嗟。只因疏懒取名多①。居山一似庚桑楚②,种树真成郭橐驼③。　　云子饭,水晶瓜。④林间携客更烹茶。君归休矣吾忙甚,要看蜂儿趁晚衙⑤。

【题解】

此词作于庆元中闲居瓢泉时。上片谓古来"高人"最可嗟叹,他们是那么"疏懒",却又取得那么多的名声,让人感到不可思议。那些高人隐居山中,就像庚桑楚一样弃知任愚,无为而治;他们种树也能顺其自然,和郭橐驼没什么两样。下片言山居生活,何其闲适。末二句一方面写出词人性格的真率,又点出所谓"忙甚",实际上是像上片所云高人,有点闲得无聊,只不过不为世人所知而已。

【注释】

①疏懒取名多:杜甫《寄张十二山人彪三十韵》:"疏懒为名误,驱驰丧我真。"

②庚桑楚:《庄子·庚桑楚》:"老聃之役,有庚桑楚者,偏得老聃之道,

以北居畏垒之山……居三年,畏垒大穰。"

③郭橐驼:柳宗元《种树郭橐驼传》:"郭橐驼,不知始何名,病偻……故乡人号之驼……驼业种树,凡长安豪富人为观游及卖果者,皆争迎取养。视驼所种树,或移徙,无不活……有问之,对曰:'橐驼非能使木寿且孳也,能顺木之天,以致其性焉尔。'"

④"云子饭"二句:水晶,大德本作"水精"。杜甫《与鄠县源大少府宴渼陂得寒字》:"应为西陂好,金钱罄一餐。饭抄云子白,瓜嚼水精寒。"云子,即云子石,一种如饭粒样的白色小石。

⑤"要看"句:《埤雅》:"蜂有两衙应潮。"趁晚,大德本作"晚趁"。

鹧鸪天

寻菊花无有,戏作

掩鼻人间臭腐场。古来惟有酒偏香。①自从归住②云烟畔,直到而今歌舞忙。　　呼老伴,共秋光。黄花何事③避重阳。要知烂熳开时节,直待西风一夜霜。

【题解】

此词作于庆元四年至六年(1200)闲居瓢泉时。一起直斥"人间臭腐场",并以"掩鼻"表示厌恶和鄙弃,反映出词人叠遭弹劾、二度罢官以来的愤懑(按:辛弃疾屡受言者论列,跟他不拘小节的个性气质、处事方式、所居之位等有关,也有其在时人眼中的形象以及朝廷对他的任用态度等方面的因素,未可一概视为诬陷之辞。后人似亦不必因其英雄光环,而曲意回护。参陶然《论辛弃疾之被弹劾》)。与官场的臭腐形成鲜明对比的是酒香。酒之所以香,一来是重阳节有饮菊花酒的习俗,说菊花酒香符合实情,也间接照应了词题;二来是酒能解忧,近乎知己,主观上感觉偏香。以下,描绘退居山林以来超脱闲放的境界,进一步与"人间臭腐场"对比。过片三句,具体照应词题,不说不见菊花,却说菊花躲避重阳,笔法灵活俏皮。结二句,说要待菊花鲜艳绽放,还需一番寒风严霜。发语警策,侧面展示了词人饱经风霜、傲岸不屈的风骨。

【注释】

①"掩鼻"二句:《孟子·离娄下》:"西子蒙不洁,则人皆掩鼻而过之。"《庄子·知北游》:"万物一也,是其所美者为神奇,其所恶者为臭腐。"《世说新语·文学》:"人有问殷中军:'何以将得位而梦棺器,将得财而梦矢秽?'殷曰:'官本是臭腐,所以将得而梦棺尸;财本是粪土,所以将得而梦秽污。'时人以为名通。"古来,王诏刊本、四印斋本作"古今"。

②归住:大德本作"来住"。

③何事:大德本作"何处"。

鹧鸪天

和子似山行韵①

谁共春光管日华②。朱朱纷纷野蒿花。闲愁投老无多子③,酒病而今较减些。　　山远近,路横斜。正无聊处管弦哗。去年醉处犹能记,细数溪边第几家。

【题解】

此词作于庆元四年至六年(1200)闲居瓢泉时。吴子似原唱已佚。上片先写山行所见自然景色。再言临到老年闲愁不多,酒病也较之前减轻不少,表现出词人虽有闲愁却仍欢慰的心态。过片续写山行所见所感。言正当百无聊赖时,从近傍传来管弦喧哗的声音,给人带来了一份惊喜。最后是说去年曾在此醉酒听歌,依稀尚可记忆,而今到来,倒要仔细数算一下,那是溪边第几户人家。

【注释】

①词题中"子似",大德本作"吴子似"。

②日华:谢朓《和徐都曹出新亭渚》:"日华川上动,风光草际浮。"

③"闲愁"句:苏轼《追和子由去岁试举人洛下所寄九首·暴雨初晴楼上晚景》:"烟云好处无多子,及取昏鸦未到间。"王安石《拟寒山拾得二十首》其十:"若除此恶习,佛法无多子。"

鹧鸪天

占断雕栏只一株。春风费尽几工夫。天香夜染衣犹湿,国色朝酣酒未苏。　　娇欲语,巧相扶。不妨老干自扶疏②。恰如翠幕高堂上,来看红衫百子图。

【题解】

此词作于闲居瓢泉期间。其中,"来看红衫百子图",《全宋诗》据阴时夫《韵府群玉》卷三误录作辛诗断句。全篇紧扣"一本百朵"四字展开描叙,纯用白描手法,叙写牡丹色、香、态之美。起笔总写,既点题,又为"百子"设下伏笔。接写牡丹香、色之可贵,非凡花可比。下片就"百朵"二字着墨,写其态。先说牡丹花色娇艳,流光溢彩,似欲和人对语;而其枝叶与花朵互相映衬,互为依存,又似乎巧妙相扶。再言此株牡丹虽然久经风霜,仍旧枝繁叶茂,生机勃勃;又坐落绿叶丛中,开出上百朵红花,繁花似锦,令人心旷神怡。

【注释】

①词题中"祝良显",名籍事历不详。

②扶疏:茂盛。宋之问《莲花赋》:"君之驾兮旖旎,莲之叶兮扶疏。"

鹧鸪天

翠盖牙签几百株。杨家姊妹夜游初。五花结队香如

雾,①一朵倾城醉未苏。　　闲小立,困相扶。夜来风雨有情
无。愁红惨绿今宵看,却似吴宫教阵图。

【题解】

　　此词作于闲居瓢泉期间。上片先写园中牡丹品种珍贵且众多,再以杨
家姊妹出游来比园中牡丹,言其富贵艳丽,无与伦比,香气四溢,沁人心脾。
过片二句既是描摹牡丹情状,也可以是写词人观赏牡丹。"夜来"句不说自
己担心牡丹被风雨吹落,而是询问风雨是否有情。末二句言满园牡丹浅红
深绿,极为整饬,给人以美的感受。

【注释】

　　①"杨家"二句:《旧唐书·杨贵妃传》:"(杨贵妃)有姊三人,皆有才貌,
玄宗并封国夫人之号:长曰大姨,封韩国;三姨,封虢国;八姨,封秦国。并承
恩泽,出入宫掖,势倾天下……玄宗每年十月幸华清宫,国忠姊妹五家扈从,
每家为一队,著一色衣,五家合队,照映如百花之焕发……(天宝)十载正月
望夜,杨家五宅夜游,与广平公主骑从争西市门。"苏轼《虢国夫人夜游图》:
"佳人自鞚玉花骢,翩如惊燕踏飞龙。金鞭争道宝钗落,何人先入明光宫。"

鹧鸪天

再　赋

　　浓紫深红①一画图。中间更著②玉盘盂。先裁翡翠装成
盖,更点胭脂染透酥。　　香潋滟,锦模糊③。主人长得醉工
夫。莫携弄玉④栏边去,羞得花枝一朵无。

【题解】

　　此词作于闲居瓢泉期间。再赋,是指承上篇《鹧鸪天》之题再赋牡丹。
但与前一首风格迥异,通篇没有用典,而是采用正面描写的手法。上片整

体描绘,下片典型刻画,写出了牡丹的风神情韵,摇曳多姿。词中并无寄托,读者却能够读出作者的自我,因为词人的精神元气已经与吟咏对象融为一体了。

【注释】

①深红:大德本作"深黄"。

②更著:大德本作"更有"。

③锦模糊:驼背以锦帕蒙之,谓之锦模糊。杜甫《送蔡希曾还陇右因寄高三十五书记》:"马头金狎帕,驼背锦模糊。"

④弄玉:词人赋白牡丹《念奴娇》有"最爱弄玉团酥,就中一朵,曾入扬州咏"等句,疑弄玉为一种白牡丹的名称。

鹧鸪天

不 寐

老病那堪岁月侵。霎时光景值千金。①一生不负溪山债,百药难治书史淫②。 随巧拙,任浮沈。人无同处面如心③。不妨旧事从头记,要写行藏入笑林。④

【题解】

此词约作于庆元中闲居瓢泉时。词写不寐之思。上片自我抒怀明志。老病惜时,但禀性难移,绝不随波逐流,俯仰随人;归隐生涯,唯寄情山水、潜心书史而已。"一生不负溪山债"句,生动明快,涉笔成趣,是天生好言语。下片由己及人,忽念庸人世态。巧于心计,看风使舵,正是风派人物典型特征。如果从头一一记来,大可写成一部当代《笑林》,语带诙谐嘲谑,却又笔锋犀利,入木三分。

【注释】

①"老病"二句:王安石《寄陈宣叔》:"忽惊岁月侵双鬓,却喜山川共一

杯。"苏轼《春夜》："春宵一刻值千金,花有清香月有阴。"

②书史淫:《晋书·皇甫谧传》:"(谧)耽玩典籍,忘寝与食,人谓之书淫。"

③面如心:《左传·襄公三十一年》:"子产曰:'人心之不同,如其面焉。吾岂敢谓子面如吾面乎!'"

④"不妨"二句:《三国志·魏志·王粲传》:"自颍川邯郸淳、繁钦、陈留路粹、沛国丁仪、丁廙、弘农杨修、河内荀纬等,亦有文采,而不在此七人之列。"裴松之注引《魏略》曰:"会临淄侯植亦求淳,太祖遣淳诣植。植初得淳甚喜,延入坐,不先与谈。时天暑热,植因呼常从取水自澡讫,傅粉。遂科头拍袒,胡舞五椎锻,跳丸击剑,诵俳优小说数千言讫,谓淳曰:'邯郸生何如邪?'"《笑林》,唐代尚存,《新唐书·艺文志》子部小说家类著录"邯郸淳《笑林》三卷"。此书今已佚,鲁迅辑其逸文入《古小说钩沉》。又于《中国小说史略》中云:"《笑林》今佚,遗文存二十余事,举非违,显纰缪,实《世说》之一体,亦后来诽谐文字之权舆也。"

【辑评】

吴则虞《辛弃疾词选集》:此词全首无"寐"意,其题恐衍。上片"一生不负溪山债",看来似恬淡,实则三仕三已之幽愤全蕴乎其中。下片"人无同处面如心",骂尽谗小。"行藏入《笑林》"者为何,即前"随巧拙,任浮沈"之注脚,颇悔屡出山、屡退居之失计。"霎时光阴值千金"者,退居生涯,实为可贵,而浪出从宦,翻其反矣。此调用意用笔首尾回旋,篇法最完密,小令中有此组织,洵少见之。

鹧鸪天

戏题村舍

鸡鸭成群晚不收。桑麻长过屋山头。①有何不可吾方羡,要底都无饱便休。②　　新柳树,旧沙洲。去年溪打那边流。自言此地生儿女,不嫁金家③即聘周。

此词作于闲居带湖初期。上片写农家一派丰盛安逸光景,引出词人的现实感想。"鸡鸭"二句描绘村中黄昏时分鸡鸭成群,将收未收景象,以及桑麻长势喜人,高过屋顶的情景,为下两句感慨作铺垫。词人因此生发羡慕和向往之情。下片写自然界虽有"新""旧"变化,河流虽有改道,总不外乎顺其自然。而村中淳朴美好的民俗风情、婚丧嫁娶,代代相传,亘古不变。自然界的变与农村生活的不变,从本质上看,皆是顺应各自规律、随遇而安而已。由此含蓄巧妙地照应上片"有何不可"的感想。看来词人在经历世途跌宕起伏之后,确是希望能够在农村里安定下来了。

【注释】

①"鸡鸭"二句:晚不收,大德本作"晚未收"。陶渊明《归园田居》五首其二:"相见无杂言,但道桑麻长。桑麻日已长,我土日已广。"范成大《颜桥道中》:"一段农家好风景,稻堆高出屋山头。"

②"有何"二句:黄庭坚《四休居士诗序》:"太医孙君昉,字景初,为士大夫发药,多不受谢。自号四休居士。山谷问其说。四休笑曰:'粗茶淡饭饱即休,补破遮寒暖即休。三平二满过即休,不贪不妒老即休。'山谷曰:'此安乐法也。夫少欲者,不伐之家也;知足者,极乐之国也。'"

③金家:大德本作"余家"。

鹧鸪天

博山寺作①

不向长安路上行。却教山寺厌逢迎。味无味处求吾乐,材不材间过此生。② 宁作我③,岂其卿。人间走遍却归耕④。一松一竹真朋友⑤,山鸟山花好弟兄⑥。

【题解】

此词约作于闲居带湖期间。起首二句应题:我已闲居乡里,不再走向

"长安路"了,却想不到会一次次地游览远离都城的博山寺,以至于让它都厌于对我逢迎。此时,令人想起老庄的话头来,只有从中寻找乐趣,以之为处世方法。过片表明,不会改变自己的本性去迁就别人,宁学躬耕者不屈其志而得真名的精神。词人南归以来,一直在地方官的任上转徙不停,一个"却"字,实又流露出对当政者的不满。篇末承转,表明人世无君子可处,只好与松竹花鸟为友,无奈兼以自我开脱。

【注释】

①词题中"博山寺",《广丰县志》:"博山寺在邑西南崇善乡,本名能仁寺,五代时天台韶国师开山,有绣佛罗汉留传寺中。宋绍兴间悟本禅师奉诏开堂,辛稼轩为记。"嘉靖《永丰县志》:"其先历城人,后家铅山,往来于永丰博山寺,旧有辛稼轩读书堂。"

②"味无味"二句:《老子》:"为无为,事无事,味无味。"《庄子·山木》:庄子过山,见到有些树木由于不成材而免于砍伐;过友人家,却见到主人杀不鸣之雁以待客。明日,有弟子问:"昨日山中之木以不材得终其天年,今主人之雁以不材死,先生将何处?"庄子笑曰:"将处乎材与不材之间。"

③宁作我:《世说新语·品藻》:"桓公少与殷侯齐名,常有竞心。桓问殷:'卿何如我?'殷云:'我与我周旋久,宁作我。'"

④"人间"句:苏轼《江神子》:"梦中了了醉中醒。只渊明。是前生。走遍人间,依旧却躬耕。"

⑤"一松"句:元结《丐论》:"古人乡无君子,则与云山为友;里无君子,则与松竹为友;座无君子,则与琴酒为友。"

⑥"山鸟"句:杜甫《岳麓山道林二寺行》:"一重一掩吾肺腑,山鸟山花共友于。"

【辑评】

吴则虞《辛弃疾词选集》:此词厌朝市之纷纷,耽山林之活计也。首句即明白揭出。次句"厌逢迎"其实不厌,"无味"亦即有味。"材不材"求对之工,在此并无议论。后阕首三句,着力处在"人间走遍"四字。"真朋友"、"好弟兄"侧面衬出仕路人情之可畏。

鹧鸪天

寄叶仲洽①

是处移花是处开②。古今兴废几池台。背人翠羽偷鱼③去,抱蕊黄须趁蝶来。　掀老瓮,拨新醅。④客来且尽两三杯。日高盘馔供何晚,市远鱼鲑⑤买未回。

【题解】

此词约作于庆元元年至二年(1196)闲居瓢泉时。起笔谓花的生命力极强,不论移植到什么地方,它都能在那里开放。接写人世有兴有废,和自然现象相比,就不能不感慨系之。再就昆虫与禽鸟的向、背,言世上万事万物,各有其活动规律,不必强求一律,贵在随缘自适而已。下片写待客之诚。不论池台如何兴废,社会如何变迁,人间友谊长存,词人与他企盼能来相会的叶仲洽之间的友谊,自然也不例外。

【注释】

①词题中"叶仲洽",信州人,名籍事历不详。

②"是处"句:白居易《移牡丹栽》:"红芳堪惜还堪恨,百处移将百处开。"是处,到处、处处之意。

③翠羽偷鱼:白居易《题王家庄临水柳亭》:"翠羽偷鱼人,红腰学舞回。"

④"掀老瓮"二句:白居易《醉吟先生传》:"吟罢自哂,揭瓮拨醅,又饮数杯,兀然而醉。"

⑤鲑(xié):鱼类菜肴。

浣溪沙

黄沙岭

寸步人间百尺楼。孤城春水一沙鸥。①天风吹树几时休。

突兀趁人山石狠^②，朦胧避路野花羞。人家平水庙^③东头。

此词约作于闲居带湖期间。上片先写黄沙岭寸步千里，地势极高，为人间之峻岭。再写春水茫茫，一望无际，而自己则如一只沙鸥，与孤城相对，倍感渺小与孤寂。又说风从天空吹下，无止无休地吹打着树木，不知何时才是尽头。过片谓山石很高，突然出现在面前，让人觉得可怕。再说路旁花草众多，形状模糊不清，远离行人，给人以羞涩之感。末谓在岭上回视平地之景，见到"人家"的喜悦溢于言表。

【注释】

①"寸步"二句：杜甫《旅夜书怀》："名岂文章著，官应老病休。飘飘何所似，天地一沙鸥。"

②"突兀"句：杜甫《青阳峡》："突兀犹趁人，及兹叹冥漠。"苏轼《僧顺清新作垂云亭》："路穷朱栏出，山破石壁狠。"

③平水庙：《上饶县志》：在县东。

【辑评】

吴则虞《辛弃疾词选集》：稼轩有《西江月》词，题为"夜行黄沙道中"，又有《鹧鸪天》词，题为"黄沙道中即事"，即黄沙岭也。"寸步人间百尺楼，孤城春水一沙鸥"，上句言黄沙岭之高，下句乃稼轩在岭上自况。"天风吹树"，言岭高风大。后阕"突兀趁人山石狠"，"突兀趁人"用杜诗语，形容山石之情势，而情势则狠。润州甘露寺有狠石。"朦胧避路"，形容野花之情态，而有羞涩避人之意。二句极写山行之幽境。"突兀"、"朦胧"，俱叠韵对。"人家平水庙东头"，在岭上回视平地之景色。

浣溪沙

泉湖道中赴闽宪，别诸君^①

细听春山杜宇啼。一声声是送行诗。朝来白鸟背人飞。

对郑子真岩石卧^②，趁^③陶元亮菊花期。而今堪诵北山移^④。

【题解】

此词作于绍熙三年(1192)福建提刑任上。十年家居，一旦出山为官，还是忘怀不了与鸥鹭为盟的生涯，于是借此总结十年退闲生涯，颇有自嘲意味，可见词人的矛盾心情。而词中对出仕的自嘲自责，又都是通过引用典故和比兴实现的，所以别有风度和雅趣。

【注释】

①词题：大德本作"壬子春赴闽宪别瓢泉"。

②"对郑子真"句：《法言·问神》："谷口郑子真，不屈其志而耕乎岩石之下，名震于京师。岂其卿，岂其卿！"《汉书·两龚传序》："后谷口有郑子真，蜀有严君平，皆修身自保，非其服弗服，非其食弗食，成帝时元舅大将军王凤以礼聘子真，子真遂不屈而终。"

③趁：大德本作"赴"。

④"而今"句：《宋史·种放传》："种放字明逸……独放与母俱隐终南豹林谷之东明峰……放屡至阙下，俄复还山。人有贻书嘲其出处之迹，且劝以弃位居岩谷，放不答……尝曲宴令群臣赋诗，杜镐以素不属辞，诵《北山移文》以讥之。"王安石《松间》："偶向松间觅旧题，野人休诵北山移。"

【辑评】

清沈雄《古今词话·词品》上卷：周雪客曰："稼轩对句，如'对郑子真岩石卧，赴陶元亮菊花期'，生硬不可按歌。固不若丁飞涛之'懒对虱嫌嵇叔拙，贫来鬼笑伯龙痴'，用事用意为有情致。"

浣溪沙

种松竹未成

草木于人也作疏。秋来咫尺共荣枯^①。空山晚翠孰华余^②。　　　孤竹君穷犹抱节^③,赤松子嫩已生须。主人相爱肯留无。

【题解】

此词约作于移居瓢泉未久。其时所种松竹尚未成长起来,加以言者论列,罢宫观,生活索寞,感而赋词,托物寓意。在抒写胸中不平之气的同时,也表达出以松、竹为友的企盼。

【注释】

①"秋来"句:共,大德本作"异"。杜甫《自京赴奉先县咏怀五百字》:"朱门酒肉臭,路有冻死骨。荣枯咫尺异,惆怅难再述。"

②"空山"句:晚翠,大德本作"岁晚"。屈原《九歌·山鬼》:"留灵修兮憺忘归,岁既晏兮孰华予。"

③"孤竹君"句:苏轼《和文与可洋川园池三十首·此君庵》:"寄语庵前抱节君,与君到处合相亲。"

浣溪沙

偶　作^①

艳杏夭桃^②两行排。莫携歌舞去相催。次第^③未堪供醉眼,去年栽。　　　春意才从梅里过,人情都向柳边来。咫尺东家还又有,海棠开。

【题解】

此词作于庆元二年(1196)瓢泉新居初成时。上片从桃、杏落笔,言艳杏夭桃排成两行,供人观赏。接着宕开一笔,言随其自然,静待花时,不要携歌带舞,催其开放,表达惜春爱花之意。再解释缘由,言其为去年新栽,尚未长成,度其光景,不堪供醉眼恣意赏玩。过片二句谓冬去春来,人们由看梅转向赏柳,似有言外之意。最后说继艳杏夭桃之后,海棠又开,已是花谢春去之时,过此则无春可酬。

【注释】

①词调:大德本作"添字浣溪沙"。以下二首调亦为《摊破浣溪沙》。词题,大德本作"答傅岩叟酬春之约"。

②艳杏夭桃:柳永《剔银灯》:"艳杏夭桃,垂杨芳草,各斗雨膏烟腻。"

③次第:《诗词曲语词汇释》:"迅急之辞。辛弃疾《山花子》词:'次第未堪供醉眼,去年栽。'意言去年就栽之桃杏,匆匆急就,未足供养也。"

浣溪沙

与客赏山茶,一朵忽堕地,戏作

酒面低迷翠被重。黄昏院落月朦胧。堕髻啼妆孙寿醉,泥秦宫。①　　试问花留春几日,略无人管雨和风。瞥向绿珠②楼下见,坠残红。

【题解】

此词创作时地未详。上片写"与客赏山茶"花。言所赏之花犹如人醉酒后一样,在黄昏院落中看上去恍惚迷离。再言其有类孙寿,堕髻啼妆,搔首弄姿,显得更加艳丽。下片写"一朵忽堕地"。先从主、客观两个方面探询山茶早落的原因。接下来仍以美女作比,谓花之落犹如绿珠坠楼一般,美丽的生命在无奈中殒落,甚是可惜。

【注释】

①"堕髻"二句:《后汉书·梁冀传》:"寿(梁冀妻孙寿)色美而善为妖态,作愁眉,啼妆,堕马髻,折腰步,龋齿笑,以为媚惑……冀爱监奴,秦宫官至太仓令,得出入寿所。寿见宫辄屏御者,托以言事,因与私焉。"《后汉书·梁冀传》李贤注引《风俗通义》:"啼妆者,薄拭目下若啼处。堕马髻者,

侧在一边。"堕马髻,即堕髻、鬓髻,汉唐女子流行的发髻式样,侧在一边,欲堕不堕。汉乐府《陌上桑》:"头上倭堕髻,耳中明月珠。"李贺《美人梳头歌》:"妆成鬓髻欹不斜,云裾数步踏雁沙。"

②绿珠:《晋书·石崇传》:"崇有妓曰绿珠,美而艳,善吹笛。孙秀使人求之……崇勃然曰:'绿珠吾所爱,不可得也。'……秀怒……矫诏收崇……崇正宴于楼上,介士到门,崇谓绿珠曰:'我今为尔得罪。'绿珠泣曰:'当效死于官前。'因自投于楼下而死。"

浣溪沙

赋清虚①

强欲加餐竟未佳。只宜长伴病僧斋。心似风吹香篆过,也无灰。②　　山上③朝来云出岫,随风一去未曾回。次第前村行雨了,合归来。

【题解】

此词,汲军、应子康《辛弃疾信州词与信州生活》认为约作于庆元五年(1199)。停云建在瓢泉山顶,要登上去,对于病后的词人而言,还是需要些筋力的,这证明他已从疾病中挺过来了。可是,食欲还未恢复,仍然觉得胃口不佳,将自己比喻成僧侣,自然就要像僧人一样,心似香篆风吹而过,清净无物。词人用一种调侃的方式,来形容自己病中状况。但其内心似乎非常悠然,尤其是坐在停云堂中,心随云动,平静而惬意。朝云、风雨"合归来",似也是大病初愈时的欣慰,让词人有了生命的归来之感。

【注释】

①词题:大德本作"病起独坐停云"。

②"心似"二句:苏轼《上元夜赴儋守召独坐有感》:"灯花结尽吾犹梦,香篆消时汝欲归。"

③山上:大德本作"山下"。

浣溪沙①

新葺茅檐次第成②。青山恰对小窗横。去年曾共燕经营。
病怯③杯盘甘止酒,老依香火苦翻经④。夜来依旧管弦声。

【题解】

此词作于庆元二年(1196)瓢泉新居初成时。坐在逐渐修葺完善的新居中,透过小窗望见远山横卧的优美景致,词人难以表达喜悦之情。不过,如今年纪大了,身体也变差了,不时生病,酒自然是不敢多喝了。闲来无聊,也只有依香读经。这白日的时光还好打发,可到了夜里,愁绪就只好借着管弦声来排遣。不经意间,仍然道出表面上对目前的生活安之若素,可内心依旧放不下的情状。

【注释】

①大德本有词题"瓢泉偶作"。

②"新葺(qì)"句:方岳《答赵汝玉》:"园成次第自花草,山是知闻空薜萝。"次第,《诗词曲语辞汇释》:"此次第字义同规模,成次第,犹云具规模也。"

③病怯:大德本作"病却"。

④"老依"句:秦观《题法海平阇黎》:"因循移病依香火,写得弥陀七万言。"

【辑评】

明卓人月、徐士俊《古今词统》卷四:禅心艳思,夹杂不清,英雄本色。

吴则虞《辛弃疾词选集》:稼轩于庆元二年移居期思之瓢泉,玩此词意,瓢泉之经营修建,当在庆元元年之春,而二年落成迁入者。稼轩《和赵昌父问讯新居》之作,有"草堂经始上元初"句,此又云:"去年曾共燕经营。"俱足以证明。"夜来依旧管弦声",据此,此时歌姬应尚未遣去。

浣溪沙

偕叔高、子似宿山寺戏作①

花向今朝粉面匀。柳因何事翠眉颦。东风吹雨细于尘②。　　自笑好山如好色，只今怀树更怀人。③闲愁闲恨一番新。

【题解】

此词作于庆元六年(1200)闲居瓢泉时。此春日小唱。春花展容，如佳人脂粉轻匀，欣然新妆；而新柳紧皱未伸，则恰似少女含愁颦眉；东风微拂中的丝丝春雨细如轻尘，飘洒半空。上片描绘自然春色，词清句丽，有情多姿，别有风韵。下片因景抒怀，以"自笑"领起，应词题"戏作"二字。孔子曰："吾未见好德如好色者也。"(《论语·子罕》)词人偏偏"好山如好色"，不好德而好山水。既然弃政归田，乐于山水，理当超世绝尘，无奈"怀树更怀人"，不禁时念故人知音。这就无端平添出一番新愁新恨。命笔新巧，不落窠臼。"自笑"二句流水对兼句中对；下片三句又各以两字重叠，读来既流利清畅，又别具音韵之美。

【注释】

①词题：大德本作"偕杜叔高、吴子似宿山寺戏作"。

②"东风"句：卢纶《长安春望》："东风吹雨过青山，却望千门草色闲。"

③"自笑"二句：苏轼《自径山回得吕察推诗用其韵招之宿湖上》："多君贵公子，爱山如爱色。"《诗·召南·甘棠》朱熹注："召伯循行南国，以布文王之政。或舍甘棠之下。其后人思其德，故爱其树而不忍伤也。"

浣溪沙

赵景山席上用偶赋溪台和韵①

台倚崩崖玉灭瘢②。青山却作捧心鬟。远林烟火几家村。　　引入沧浪鱼得计，展成寥阔鹤能言。几时高处见层轩。

【题解】

此词应作于闲居带湖期间。词人善于以"物我欣然一处"（《鹊桥仙》）来排解英雄失意之悲。即如此首，谓青山似西子捧心，鱼得计，鹤能言，移情于山水花鸟，亦可见它们对人满怀深情。这样的作品，较之使用单纯的拟人手法来写，艺术性当然要更高。

【注释】

①词题：大德本作"席上赵景山提干赋溪台，和韵"。赵景山，名籍事历均不详，原唱已佚。

②"台倚"句：瘢，王诏刊本、四印斋本作"痕"。《汉书·王莽传》："莽疾，(孔)休候之，莽缘恩意，进其玉具宝剑，欲以为好，休不肯受。莽因曰：'诚见君面有瘢，美玉可以灭瘢。'"

【辑评】

夏敬观《跋毛钞本稼轩词》：稼轩词往往以乡音叶韵，全集中不胜枚举。如《浣溪沙》词用元寒韵之瘢、言、轩与真谆韵鬟、村同叶，殆其乡音如此。而三本瘢皆作痕，匪特不典，且忘言、轩亦在元寒韵。此类妄为窜改之迹实不可掩。

浣溪沙^①

　　总把平生入醉乡^②。大都三万六千场。今古悠悠多少事，莫思量。　　微有寒些^③春雨好，更无寻处野花香。年去年来还又笑，燕飞忙。

【题解】

　　此词作于庆元二年（1196）闲居瓢泉时。辛弃疾希望有所作为，但在以苟安妥协为基本国策的年代，这种追求注定是困难重重、难以实现的，于是不得不从政治舞台上淡出，也不能不以酒为隐，从中寻找超脱和慰藉。下片写词人随缘自适，苦中寻乐。春寒料峭，乍暖还寒，虽难将息，却喜春雨及时，滋养万物，给大地带来勃勃生机。所以，见了野花也会觉得香气宜人。末二句以燕自比，言年去年来，不停地奔波，到头来仍是白忙一阵，实在可笑。

【注释】

　　①大德本有词题"简傅岩叟"。此首调为《摊破浣溪沙》。

　　②醉乡：王绩《醉乡记》："醉之乡，去中国不知其几千里也。其土旷然无涯，无丘陵阪险；其气和平一揆，无晦明寒暑；其俗大同，无邑居聚落；其人任清，无爱憎喜怒。吸风饮露，不食五谷，其寝于于，其行徐徐。与鸟兽鱼鳖杂处，不知有舟车器械之用。昔者黄帝氏尝获游其都，归而杳然丧其天下，以为结绳之政已薄矣。降及尧舜，作为千钟百壶之献。因姑射神人以假道，盖至其边鄙，终身太平。禹汤立法，礼繁乐杂，数十代与醉乡隔。其臣羲和，弃甲子而逃，冀臻其乡，失路而道夭，故天下遂不宁。至乎末孙桀纣，怒而升糟丘，阶级千仞，南向而望，卒不见醉乡。成王得志于世，乃命公旦立酒人氏之职，典司五齐，拓土七千里，仅与醉乡达焉，故四十年刑措不用。下逮幽厉，迄乎秦汉，中国丧乱，遂与醉乡绝，而臣下之爱道者，往往窃至焉。阮嗣宗、陶渊明等十数人，并游于醉乡，没身不返，死葬其壤，中国以为酒仙云。嗟乎，醉乡氏之俗，其古华胥氏之国乎？其何以淳寂也如是？

是将游焉,故为之记。"

③寒些:王诏刊本、四印斋本作"些寒"。

浣溪沙

常山道中①

北陇田高踏水频。西溪禾早已尝新。隔墙沽酒□②纤鳞。
忽有微凉何处雨,更无留影霎时云。卖瓜声过③竹边村。

【题解】

此词作于嘉泰三年(1203)赴任绍兴府兼浙东安抚使途中。宛如一幅
生机盎然的浙西初夏农村图卷。上片先写北陇踏水灌田,西溪收稻尝新,
继写沽酒煮鱼。足见农事辛勤,生活安乐。下片写忽降微雨,清凉宜人,转
眼云影飘散,蓝天当空,绿竹掩映的村庄传来卖瓜声。

【注释】

①词题:大德本作"常山道中即事"。常山,今浙江常山县,以境内有常
山而得名。绝顶有湖,亦称湖山。

②□:大德本作"煮",吴讷本作"醉"。

③声过:大德本作"人过"。

【辑评】

俞陛云《唐五代两宋词选释》:咏乡村风物,潇洒出尘。稼轩于荣利之
场,能奉身勇退,其高洁本于天性,故其写野趣弥真也。

新荷叶

上巳日,子似谓古今无此词,索赋①

曲水流觞,赏心乐事良辰。兰蕙光风②,转头天气还新③。

明眸皓齿④,看江头、有女如云⑤。折花归去,绮罗陌上芳尘。

能几多春。试听啼鸟殷勤。览物兴怀,向来哀乐纷纷。⑥
且题醉墨,似兰亭、列序时人。后之览者,又将有感斯文。

【题解】

此词当作于庆元四年至六年(1200)闲居瓢泉时。词作隐括王羲之《兰亭集序》,一如原文,有生死之慨。天道无穷而人事倏忽,辛弃疾因此时被迫退隐林下,其建功立业之志与时岁不居的生命意识不能不发生冲突,所以,当别的词人都以关注生活的热情去写其他的节令与相关的民俗活动时,他却写下了人谓"古今无此"的上巳词。此词主要不是节序活动的反映,却是人生哲理的感叹,对生命意识的追寻与揭示。人类少年时期的狂欢节日已成过去,但是词人仍在借上巳日的题目,表明对人生与生命的理解。"应该说,在这点上并没有背离上巳日原始的意义。"(邓乔彬《人情不似春情薄:宋词中的人生百味》)

【注释】

①词题中"子似",大德本作"吴子似"。

②"兰蕙"句:宋玉《招魂》:"光风转蕙,泛崇光些。"

③天气还新:杜甫《丽人行》:"三月三日天气新,长安水边多丽人。"

④明眸皓齿:杜甫《哀江头》:"明眸皓齿今何在,血污游魂归不得。"

⑤有女如云:《诗·郑风·出其东门》:"出其东门,有女如云。"

⑥"览物"二句:览物,大德本作"对景"。

生查子①

漫天春雪来,才抵梅花半。最爱雪边人,楚些裁成乱②。
雪儿偏解歌③,只要金杯满。谁道雪天寒,翠袖阑干暖。

此词作于闲居瓢泉期间。起笔谓春雪漫天而来,虽然也可以为春天增色,但比起报春的梅花来相差甚远。接写雪边人即景生情,对雪吟诗,出口成章,最为惹人喜爱。过片二句写春雪也可以引起人们听歌赏雪的兴趣。末二句谓佳人久倚阑干,而阑干亦为之温暖,谁还能说雪天寒冷?

【注释】

①大德本有词题"和赵晋臣敷文春雪"。赵晋臣原唱已佚。

②"楚些"句:《楚辞·招魂》句末均用"些"字,篇末用"乱曰"总括作结。

③"雪儿"句:《北梦琐言》卷二:"唐韩定辞为镇州王镕书记,聘燕帅刘仁恭,舍于宾馆,命马彧延接。马有诗赠韩,意在征其学问,韩亦于座上酬之云:'……盛德好将银笔述,丽词堪与雪儿歌。'他日,或问以雪儿事,韩曰:'……雪儿者,李密之爱姬,能歌舞,每见宾僚文章有奇丽入意者,即付雪儿叶音律以歌之。'"

生查子①

去年燕子来,帘幕深深处。香径得泥归,都把琴书污。②
今年燕子来,谁听呢喃语。不见卷帘人,一阵黄昏雨。

【题解】

此词作于闲居带湖期间。

【注释】

①大德本有词题"有觅词者,为赋"。

②"去年"四句:杜甫《绝句漫兴九首》其三:"熟知茅斋绝低小,江上燕子故来频。衔泥点污琴书内,更接飞虫打著人。"帘幕、香径,大德本分别作"绣户"、"花径"。

昭君怨

人面不如花面。花到开时重见。^①独倚小阑干。许多山。

落叶西风时候。人共青山都瘦^②。说道梦阳台。几曾来。^③

【题解】

此词创作时地未详。起笔谓人之颜面虽美,却一去无踪,不可再睹,花则有重开之日,花到开时重见,则人不如花可知。接写伊人独倚阑干,面对众山,默默无语,一腔怨恨。过片二句既照应上片,又摹写秋色,为下一句造势。叶落山空,故曰山瘦;为伊消得人憔悴,是谓人瘦。结末二句言自己虽然入梦,却没有梦见所思之人,以幻灭作结,突出悲愤之情。

【注释】

①"人面"二句:崔护《题都城南庄》:"去年今日此门中,人面桃花相映红。人面不知何处去,桃花依旧笑春风。"

②"人共"句:《能改斋漫录》卷八:"《雪浪斋日记》云:'背秋转觉山形瘦,新雨还添水面肥。'《渔隐丛话》云:'山形瘦之语,古今少有道者。'予尝记唐人一联而忘其名,云:'山自古来和石瘦,水因秋后漾沙清。'前诗盖出于此而不及也。"吴曾独不记韩愈诗,因《游青龙寺赠崔大补阙》早已道出:"南山逼冬转清瘦,刻划圭角出崖崄。"

③"说道"二句:说道,王诏刊本、四印斋本作"说到"。《诗话总龟》前集卷三五:"濠州西有高唐馆,俯近淮水,御史阁钦授宿此馆,题诗曰:'借问襄王安在哉,山川此地胜阳台。今朝寓宿高唐馆,神女何曾入梦来。'"

乌夜啼

晚花露叶风条。燕飞高[1]。行过长廊西畔,小红桥。歌再起[2],人再舞,酒才消。更把一杯重劝、摘樱桃。

【题解】
此词当作于闲居带湖期间。词写参加朋友夜宴的欢快情绪。
【注释】
①燕飞高:大德本作"燕高高"。
②歌再起:大德本作"歌再唱"。

朝中措

九日小集,世长将赴省[1]

年年团扇怨秋风。愁绝宝杯空。山下卧龙丰度,台前戏马英雄。　　而今休矣[2],花残人似[3],人老花同。莫怪东篱韵减,只今丹桂香浓。

【题解】
此词当作于闲居带湖期间。起笔由班婕妤失宠事,联想到自己遭受排挤、打击,以致落到削职闲居的境地,表达怨愤之情。以下逆入远事,回忆当年金戈铁马的人生经历,抒发壮志未酬、功业未竟的哀伤。过片三句以花喻人,直抒英雄老去的悲哀。最后由重阳小集抒发一己哀愁转向对杨世长的祝福。
【注释】
①词题:大德本作"九日小集,时杨世长将赴南宫"。杨世长,事历未

详。南宫,谓礼部。王禹偁《赠礼部宋员外阁老》:"未还西掖旧词臣,且向南宫作舍人。"自注:"礼部员外,号南宫舍人。"

②休矣:大德本作"休也"。

③人似:大德本作"一似"。

朝中措

夜深残月过山房。睡觉北窗凉。起绕中庭独步,一天星斗文章①。　　朝来客话,山林钟鼎,那处难忘。君向沙头细问,白鸥知我行藏。

【题解】

此词当作于淳熙十四年(1187)前闲居带湖时。起笔言午夜以后,一轮残月掠过山中书房,高卧北窗,一觉醒来,微觉有些凉意。接写夜色之美,进一步表现闲居之乐。过片三句设为客话,提出在朝为官,钟鸣鼎食,与退隐山林,粗茶淡饭,两种不同的生活道路如何选择的问题。最后含蓄回答客人的问询,言你可以去问问白鸥,因为它知道我的态度。

【注释】

①星斗文章:杜牧《华清宫三十韵》:"雷霆驰号令,星斗焕文章。"

河渎神

女誡效花间体①

芳草绿萋萋。断肠绝浦相思。山头人望翠云旗。蕙香佳酒②君归。　　惆怅画檐双燕舞。东风吹散灵雨③。香火冷残箫鼓。斜阳门外今古。

此词当作于闲居瓢泉期间。起笔谓芳草萋萋,而游子尚未归来,让人肠断,表达出思妇的相思之情。再写相待。言其准备了蕙香佳酿,盼望夫君驾鸾车、拥云旗及早归来。下片写画檐双燕飞翔,令思妇睹景怀人,但好雨既已被风吹散,会面的希望落空,自视人不如鸟,不免心怀惆怅。末云游子未归,门庭冷落,只有独自面对斜阳,慨叹古今而已。

【注释】

①词题中"女誡":吴讷本作"女诫",大德本作"女城祠",四卷本作"女城词"。女城,《大明一统名胜志》:"女城山在(铅山)县东三十里。山形似乳,故以女名之。其处有蕊云洞。"

②蕙香佳酒:大德本作"蕙肴桂酒"。《九歌•东皇太一》:"蕙肴蒸兮兰藉,奠桂酒兮椒浆。"

③灵雨:《诗•鄘风•定之方中》:"灵雨既零,命彼倌人。"郑《笺》:"灵,善也。"

太常引

建康中秋为吕叔潜赋①

一轮秋影转金波。飞镜又重磨。②把酒问姮娥。被白发、欺人奈何。③　　乘风好去,长空万里,直下看山河。④斫去桂婆娑。人道是、清光更多。⑤

【题解】

此词当作于淳熙元年(1174)江东安抚司参议官任上。紧扣中秋明月加以生发,想象灵动,思绪飞扬。上片由一轮皓月映照下的银色世界,联系到头上丝丝白发,因问月中嫦娥,人生为何有如此多的忧伤,以至于让人白发丛生？下片转而想摆脱忧伤的世界,因而乘风飞去,翱翔于万里长空;但俯瞰下界山河,不由触动愁绪:中原沦陷,山河破碎,而收复无期。一腔热血壮志,无从发泄,最终借杜甫诗意,以斫除月中阴暗、使其重放光明的理想作结。

【注释】

①词题:大德本作"建康中秋夜为吕潜叔赋"。吕叔潜,吕大虬字叔潜,婺州金华(今浙江金华)人。尚书右丞吕好问的孙子,吕祖谦的叔父。词人与吕叔潜、吕祖谦叔侄皆有交往。

②"一轮"二句:李白《峨眉山月歌》:"峨眉山月半轮秋,影入平羌江水流。"《汉书·礼乐志》载《郊祀歌》:"月穆穆以金波,日华耀以宣明。"颜师古注:"言月光穆穆,若金之波流也。"刘孝先《草堂寺寻无名法师》:"飞镜点青天,横照满楼前。"李白《把酒问月》:"皎如飞镜临丹阙,绿烟灭尽清辉发。"

③"把酒"二句:薛能《春日使府寓怀二首》其一:"青春背我堂堂去,白发欺人故故生。"

④"乘风"三句:李贺《梦天》:"遥望齐州九点烟,一泓海水杯中泻。"

⑤"斫去"二句:杜甫《一百五日夜对月》:"斫却月中桂,清光应更多。"《酉阳杂俎》前集卷一:"旧言月中有桂,有蟾蜍,故异书言月桂高五百丈,下有一人常斫之,树创随合。人姓吴名刚,西河人,学仙有过,谪令伐树。"韩愈《月蚀诗效玉川子作》:"依前使兔操杵臼,玉阶桂树闲婆娑。"

【辑评】

清陈廷焯《词则·放歌集》卷一:以劲直胜,后人自是学不到。用杜诗意亦有所刺。

吴则虞《辛弃疾词选集》:稼轩赋此词时在建康,正当少壮。白发姮娥,徒托意耳。此即"可怜今夕月"阕"姮娥不嫁谁留"之意。姮娥老去,喻己之怀才难展。下片"乘风"三句,用宗愨语。"直下"即"直上",此长短句用字之妙。"斫去"二句,用工部诗,喻小人盈廷,障翳光明,安得假以斧柯尽去君侧奸佞,使朝政清明,得遂其复国雪仇之志耶?此题"为吕潜叔赋",稼轩词题往往故为闪烁,隐晦其意。此等词不可于题中求之也。

清平乐

谢叔良惠木犀①

少年痛饮。忆向吴江醒。明月团圆高树影②。十里蔷薇水冷③。　　大都④一点宫黄。人间直恁芳芳。怕是九天⑤风露，染教世界都香。

【题解】

此词作于闲居带湖期间。起笔回顾年轻时痛饮吴江，酒酣沉醉，醉而复醒的情景。接写由惺忪醉眼观赏月夜桂树，呼吸桂花芬芳。其中，"明月"句的描绘似乎还包含传说中的月中桂树，影像丰富而优美，也符合醉中奇妙的观赏状态；"十里"句引出下片专咏桂花芳香。过片二句感慨微小的一点桂花，竟能使人间如此芬芳。赞赏有加，即小见大。末二句意犹未尽，激情满怀，放言凭借秋天风露，桂花会将整个世界熏染得芳香无比。词人借由吴江赏桂引发的回忆，将美好的胸襟和理想，生动地呈现在读者面前。

【注释】

①词题：大德本作"忆吴江赏木樨"。吴江，今江苏吴江。辛弃疾南归后不久，曾寓居吴江。

②"明月"句：李白《古朗月行》："小时不识月，呼作白玉盘……仙人垂两足，桂树作团团。"团圆，大德本作"团团"。

③蔷薇水冷：大德本作"水沉烟冷"。杜牧《为人题赠》二首其一："桂席尘瑶佩，琼炉烬水沉。"苏轼《九日舟中望见有美堂上鲁少卿饮以诗戏之》二首其二："西阁珠帘卷落晖，水沉烟断佩声微。"

④大都：不过。

⑤九天：大德本作"秋天"。

清平乐①

东园向晓。阵阵西风好。唤起仙人金小小②。翠羽玲珑装了。　　一枝枕畔开时。罗帏翠幕低垂③。恁地十分遮护。打窗早有蜂儿。

【题解】

此词当作于闲居带湖期间。上片写拂晓时分，东园吹过阵阵西风，吹绽了园花。其中，木犀开出小小的黄花，被琉璃似的、光泽鲜艳的翠叶簇拥着，显得格外醒目，清雅而富韵致。下片谓木犀花数量不多，开在屋内，加上精心保护，遮盖严密，香气不易扩散。尽管如此，蜜蜂还是闻香而至，早就在外边扑打窗棂了。

【注释】

①大德本有词题"再赋"，当指用《清平乐》(月明秋晓)韵再赋。

②金小小：未详。

③低垂：大德本作"垂低"。

清平乐

春宵睡重。梦里还相送。枕畔起寻双玉凤①。半日才知是梦。　　一从卖翠人还。又无音信经年。却把泪来做水，流也流到伊边。

【题解】

此词作于庆元元年至二年(1196)间。上片先写春夜里痴情女子不知不觉进入梦乡,在梦里还送别那人。接写其为了送别,赶快去枕边寻找双凤钗,找了半天没找到,醒来方知刚才是在做梦。过片二句承接上片对往事的回忆,写那人去后杳无音信。结末二句写女子相思之苦,作决绝语而妙。

【注释】

①双玉凤:指玉凤钗。张祜《寿州裴中丞出柘枝》:"青娥十五柘枝人,玉凤双翘翠帽新。"

菩萨蛮①

旌旗依旧长亭路。尊前试点莺花数。何处捧心颦。人间别样春。　　功名君自许。少日闻鸡舞。诗句到梅花。春风十万家。(时籍中有放自便者。②)

【题解】

此词作于绍熙四年(1193)福建安抚使任上。起笔写出送别卢国华赴任福建转运使的地点。接写饯别宴上有歌儿舞女以佐清欢,暗含让那些脱籍之人听点而去之意。再谓这些人虽不知来何处,但像西施一样美丽,也是可资饯别之人。下片先言卢国华少年时期即以功名自许,有志于建功立业,所以受到朝廷重用。再写其喜咏梅花,以梅之冰清玉洁激励自己,到任之后,自然也将惠及民众。

【注释】

①大德本有词题作"和卢国华提刑"。卢国华原唱已佚。

②时籍中有放自便者:《渑水燕谈录》卷一〇:"(苏)子瞻通判钱塘,尝权领州事,新太守将至,营妓陈状,以年老乞出籍从良,公即判曰:'五日京兆,判状不难;九尾野狐,从良任便。'"

菩萨蛮

赠周国辅侍人

画楼影蘸①清溪水。歌声响彻行云里。帘幕燕双双。绿杨低映窗。　　曲中特地误。要试周郎顾。醉里客魂消。春风大小乔②。

【题解】

此词创作时地未详。周国辅未详。这是一首赠妓之作,从"燕双双"、"大小乔"可知"侍人"是姊妹二人。过片二句,既描绘出侍者绣口锦心,又点出了周国辅善解音律。盎然情趣与优雅的环境相得益彰,不禁令醉客销魂。

【注释】

①蘸:映照。赵抃《寄酬前人上巳日鉴湖即事三首》其三:"弦管夜声传井邑,楼台春影蘸江湖。"柳永《破阵乐》:"露花倒影,烟芜蘸碧,灵沼波暖。"

②大小乔:《三国志·吴志·周瑜传》:"乔公两女皆国色也,策自纳大乔,瑜纳小乔。"

菩萨蛮

赠张医道服为别,且令馈河豚①

万金不换囊中术。上医元自能医国②。软语到更阑③。绨袍范叔寒④。　　江头杨柳路。马踏春风去。快趁两三杯。河豚欲上来⑤。

【题解】

此词创作时地未详。上片谓张医生医术高明,对其心仪已久,软语交谈,直至深夜,且以道服相赠,表达送别之意。过片二句写目送张医生离去的情景。再以举酒相送作为陪衬,并借用苏诗成句明写春江晚景,暗写"令馈河豚",语意双关。

【注释】

①词题中"张医",名籍事历不详。

②"上医"句:《国语·晋语八》:"平公有疾,秦景公使医和视之……赵文子曰:'医及国家乎?'对曰:'上医医国,其次医人,固医官也。'"

③"软语"句:杜甫《赠蜀僧闾丘师兄》:"夜阑接软语,落月如金盆。"

④"绨(tí)袍"句:《史记·范雎蔡泽列传》:"范雎既相秦,秦号曰张禄,而魏不知,以为范雎已死久矣。魏闻秦且东伐韩、魏,魏使须贾于秦。范雎闻之,为微行,敝衣间步至邸,见须贾……须贾意哀之,留与坐饮食,曰:'范叔一寒至此哉!'乃取其一绨袍以赐之。"

⑤"河豚"句:苏轼《题惠崇春江晚景二首》其一:"竹外桃花三两枝,春江水暖鸭先知。蒌蒿满地芦芽短,正是河豚欲上时。"

菩萨蛮

晋臣张菩提叶灯,席上赋①

看灯元是菩提叶②。依然会说菩提法。法似一灯明。须臾千万灯。③　　灯边花更满。谁把空花散。说与病维摩。而今天女歌。(赵茂中扶病携歌者来。)④

【题解】

此词约作于闲居瓢泉期间。上片从看到菩提灯,想起菩提法,写到佛法无边,照亮大千世界。过片二句写天女散花,再承续又反拨,意谓不想皈依佛法,而要享受世俗生活。这样写,既切尾注所云生活实际,又借题发挥,表明词人自己的态度。

【注释】

①词题:大德本作"赵晋臣席上。时张菩提叶灯,赵茂嘉扶病携歌者"。

②菩提叶:《酉阳杂俎·木篇》:"菩提树出摩伽陀国……盖释迦如来成道时树……茎干黄白,枝叶青翠,经冬不凋。至佛入灭日……国王人民,大作佛事,收叶而归,以为瑞也。"周必大诗自注谓杭州报恩寺菩提叶灯最佳。

③"法似"二句:《楞严经》:"有法门名无尽灯,汝等当学。无尽灯者,譬如一灯燃百千灯,冥者皆明,明终不尽。"

④"谁把"三句:《维摩诘经·观众生品》:维摩诘因以身疾,广为说法。佛告文殊师利:"汝行诣问疾。"时维摩诘室有一天女,见诸天人,闻所说法,便现其身,即以天花散诸菩萨大弟子上。花至诸菩萨即皆堕落,至大弟子便著不堕。天女曰:"结习未尽,故花著身。"

菩萨蛮

题云岩

游人占却岩中屋。白云只向①檐头宿。谁解探玲珑,青山十里空。② 松篁通一径。喋喋③山花冷。今古几千年。西乡小有天④。

【题解】

此词当作于闲居瓢泉期间。上片先言岩中有石屋,被游人占却,白云无处容身,只好寄宿檐头。以人拟物,写出云岩之高大,景物之秀丽。再作进一步发挥,以探询的口气写出云岩景色之奇。过片紧承"青山"二字,写云岩的自然景观,无不予人以清幽之感。结末二句再写岩洞,谓其由来已久,不能不让人刮目相看。

【注释】

①只向,大德本作"只在"。

②"谁解"二句:大德本作"啼鸟苦相催,夜深归去来。"

③噤喽(shān):即寒噤。

④小有天:《云笈七签》卷二七:"太上曰:十大洞天者,处大地名山之间,是上天遣群仙统治之所。第一王屋山洞,周回万里,号曰小有清虚之天。"杜甫《秦州杂诗二十首》其十四:"万古仇池穴,潜通小有天。"

菩萨蛮

昼眠秋水

葛巾自向沧浪濯。朝来漉酒那堪著。①高树莫鸣蝉②。晚凉秋水眠。　　竹床能几尺。上有华胥国。山上咽飞泉。梦中琴断弦。

【题解】

此词当作于闲居瓢泉期间。上片写闲居秋水一天的平凡生活。从朝来漉酒,写到昼眠秋水,流露出追求随缘自适,不拘形迹的放浪生活之意。下片先写入梦,享受怡然自得、与人无争的生活。末二句写惊梦,谓梦中没有听到优美的仙乐,而是听到琴弦崩断的声响,惊醒之后,方才发现是山上飞泉的呜咽声。联系梦境和现实,融会内心的凄苦和环境的悲凉。

【注释】

①"葛巾"二句:《宋书·陶潜传》:"值其酒熟,取头上葛巾漉酒,毕,还复著之。"

②"高树"句:《吴越春秋·夫差内传》:"夫秋蝉登高树,饮清露,随风挥挠,长吟悲鸣,自以为安。"

柳梢青

　　辛酉生日前两天,梦一道士话长年之术,梦中以理折之,觉而赋八难之辞。①

　　莫炼丹难。黄河可塞,金可成难。②休辟谷③难。吸风饮露,长忍饥难。　　劝君莫远游难。何处有、西王母难。④休采药难。人沈下土,我上天难。

【题解】

此词作于嘉泰元年(1201)闲居瓢泉时。如题所述,写词人与梦中道士辩论,对"长年之术"——炼丹、辟谷、求仙、采药——加以痛斥。当然,对"八难"的铺叙,也可以理解为表达人世追求之艰难之意。

石孝友、张养浩分别写过独木桥体词《惜奴娇》、独木桥体散曲《正宫·塞鸿秋》,录以参读:

　　　　我已多情,更撞著、多情底你。把一心、十分向你。尽他们,劣心肠、偏有你。共你。风了人、只为个你。　　宿世冤家,百忙里、方知你。没前程、阿谁似你。坏却才名,到如今、都因你。是你。我也没、星儿恨你。

　　　　春来时绰然亭香雪梨花会,夏来时绰然亭云锦荷花会,秋来时绰然亭霜露黄花会,冬来时绰然亭风月梅花会。春夏与秋冬,四时皆佳会,主人此意谁能会。

【注释】

①词序中"八难",《汉书·高祖本纪》:"(郦)食其欲立六国后以树党,汉王刻印,将遣食其立之。以问张良,良发八难。汉王辍饭吐哺,曰:'竖儒几败乃公事!'令趣销印。"《稼轩词编年笺注》云:"此词中诸'难'字,均系只取其音而用作语助者,略如口语中'哪'字'啊'字也。"颇有见地。林克胜《词谱律析》谓:"设将此词中'难'字皆去,其文为……是篇语意十分通畅的

散文,恰与小序所言符合。"每个句尾加一"难"字后,则语意不顺,句句别扭。何以如此?辛弃疾改为词作,而词又不能无韵,便以此语助词作韵脚。此与其另篇词作《水龙吟·咏瓢泉》句尾皆用"些"字,是同一道理。

②"黄河"二句:《汉书·郊祀志》:康后欲媚上,乃遣方士栾大求见言方。栾大对汉武帝说:"臣常往来海中,见安期、羡门之属……臣之师曰:'黄金可成,而河决可塞,不死之药可求,而仙人可致也。'然臣恐效文成,则方士皆掩口,恶敢言方哉!"苏轼《寄吴德仁兼简陈季常》:"东坡先生无一钱,十年家火烧凡铅。黄金可成河可塞,只有双鬓无由玄。"

③辟谷:古称行导引之术,不食五谷,可以长生。道家方士,乃附会为神仙入道之术。《史记·留侯世家》《集解》:"服辟谷之药,而静居行气。"

④"劝君"二句:屈原《远游》:"闻赤松之清尘兮,愿承风乎遗则。"《汉书·古今人表》颜师古注:"赤松子,仙人号也,神农时为雨师,服水玉,教神农能入火自烧。至昆山上,常止西王母石室,随风雨上下。炎帝少女追之,亦得仙俱去。"

贺新郎

　　严和之好古博雅,以严本庄姓,取蒙庄、子陵四事:曰濮上、曰濠梁、曰齐泽、曰严濑,为四图,属予赋词。予谓蜀君平之高,扬子云所谓虽隋和何以加诸者,班孟坚独取子云所称述为王贡诸传序引,不敢以其姓名列诸传,尊之也。故予谓和之当并图君平像,置之四图之间。庶几严氏之高节者备焉。作《乳燕飞》词使歌之。①

　　濮上看垂钓。更风流、羊裘泽畔,精神孤矫。楚汉黄金公卿印,比著渔竿谁小。②但过眼、才堪一笑。惠子焉知濠梁乐,望桐江、千丈高台好。烟雨外,几鱼鸟。　　　古来如许高人少。细平章、两翁似与,巢由同调。③已被尧知方洗耳,毕竟尘污人了。④要名字、人间如扫。我爱蜀庄沈冥者,解门前、不使征书到⑤。君为我,画三老⑥。

【题解】

此词当作于闲居瓢泉期间。写古代高士隐逸生活的题画作品,这样的题材很容易写成风格恬淡之作。但庄子亦庄亦谐,自有豪宕不拘之质;严子陵浪迹江湖,"侣鱼虾而友麋鹿"(苏轼《赤壁赋》),也豪气未除;加上西汉蜀之严遵,高蹈不仕,萧散飘逸;所以词人以此"三老"为题,就是要通过感叹"古来如许高人少"来寄寓自己的"精神孤矫"。因此,字里行间无不透出放浪不羁的豪宕之气。

【注释】

①词序中"予",大德本皆作"余"。谓和之、高节者,大德本分别作"以谓和之"、"高节"。严和之,名籍事历不详。严本庄姓,汉明帝名庄,时人为避其讳而改姓严。蒙庄,《史记·老子韩非列传》:"庄子,蒙人也。"子陵,《后汉书·逸民列传》:"严光字子陵,一名遵,会稽余姚人也。少有高名,与光武同游学。及光武即位,乃变名姓,隐身不见。"濮上,《庄子·秋水》:"庄子钓于濮水,楚王使大夫二人往先焉,曰:'愿以境内累矣。'庄子持竿不顾。"齐泽,《后汉书·逸民列传》:"帝思其贤,乃令以物色访之。后齐国上言:'有一男子,披羊裘钓泽中。'帝疑其光,乃备安车玄纁,遣使聘之。三反而后至。"严濑,《后汉书·逸民列传》:严光"除为谏议大夫,不屈,乃耕于富春山。后人名其钓处为严陵濑焉。"蜀君平,《高士传》:"严遵字君平,蜀人也。隐居不仕。尝卖卜于成都市,日得百钱以自给。卜讫,则闭肆下帘,以著书为事。"隋和,指隋侯之珠与和氏之璧。扬雄《法言·问明》:"蜀庄沈冥,蜀庄之才之珍也。不作苟见,不治苟得,久幽而不改其操,虽隋和何以加诸?""班孟坚"三句,班固著《汉书》,按扬雄对严君平的评论,将严君平写入《王贡两龚鲍传》序引里,不把他的姓名列入传中,是对严君平的尊重。王,贡,王吉、贡禹。

②"楚汉"二句:《湘山野录》:"范文正公过严陵钓台,撰一律送神曰:'世祖功臣三十六,云台争似钓台高。'"

③"细平章"二句:谓庄子、严子陵和巢父、许由。

④"已被"二句:《高士传》:"许由隐于沛泽之中,尧让天下于许由……

于是遁耕于中岳颍水之阳，箕山之下……尧又召为九州长，由不欲闻之，洗耳于颍水滨。"《世说新语·轻诋》："庾公权重，足倾王公。庾在石头，王在冶城坐，大风扬尘，王以扇拂尘曰：'元规（庾亮字）尘污人。'"

⑤"解门前"句：征书，大德本作"征车"。《汉书·王贡两龚鲍传》序引："杜陵李彊素善雄，久之，为益州牧，喜谓雄曰：'吾真得严君平矣。'雄曰：'君备礼以待之，彼人可见而不可得诎也。'彊心以为不然。及至蜀，致礼与相见，卒不敢言以为从事。"

⑥三老：指庄子、严子陵和严君平。

【辑评】

吴则虞《辛弃疾词选集》：此词疑稼轩斥退铅山时有愤而发。制题云云，恐托意也。"蜀庄沈冥，解门前、不使征车到"，为此词主旨所在，亦即稼轩托意所在。三仕三已，久厌风尘，斥退严居，无情再出。我忘世矣，世未必忘我；世不忘我，实我未能忘世之响应。濮上严濑尚有征辟之车，是犹未与世相忘也。蜀庄沈冥，益州牧卒不敢以征辟为言，可谓卓矣。此时疑有规稼轩图起复者，或有为稼轩进言者，故赋此词欤？上片竭力推崇庄周、严子陵，下片逆入严君平，扬抑之间，义蕴自见。"小"、"了"两韵极其洒脱，通首笔笔超拔，无一笔板直，即"君为我，画三老"亦切题紧凑。

贺新郎

题赵兼善东山园小鲁亭①

下马东山路。恍临风、周情孔思②，悠然千古。寂寞东家丘③何在，缥缈危亭小鲁。试重上、岩岩④高处。更忆公归西悲日，正濛濛、陌上多零雨。⑤嗟费却，几章句。　谢安雅志还成趣⑥。记风流、中年怀抱，长携歌舞。政尔良难君臣事，晚听秦筝声苦。⑦快满眼、松篁千亩。把似⑧渠垂功名泪，算何如、且作溪山主。双白鸟，又飞去。⑨

500

此词作于闲居瓢泉期间。词题赵兼善东山园小鲁亭,以"东山"二字为线索,运用周公、孔子和谢安的典故,抒写赵氏建亭因由,暗示其被放归的不满情绪,表现其周情孔思、归隐溪山的东山之志,借以表达词人寄情山水的乐趣,以及旷达背后的幽怨。

【注释】

①词题:大德本作"题赵兼善龙图东山小鲁亭"。东山,在铅山县东三里,山间有亭,赵充夫治其地为东园。《通判龙图赵公墓志铭》谓其"守吴兴时,忤时宰之亲,遣归故里,结亭二十有五,放怀岩壑,若将终身"。小鲁亭,《孟子·尽心上》:"孔子登东山而小鲁,登泰山而小天下。"朱熹注:"此言圣人之道大也。东山,盖鲁城东之高山。而泰山则又高矣。此言所处益高,则其视下益小;所见既大,则其小者不足观也。"

②周情孔思:李汉《韩吏部文集序》:"周情孔思,目光玉洁。"周公东征,三年而归,士大夫美之,为赋"我徂东山"诗。孔子登东山而小鲁。赵兼善既建亭东山,且以"小鲁"为名,故此处称周、孔之事以美之。

③东家丘:《孔子家语》:"孔子西家有愚夫,不知孔子为圣人,乃曰:'彼东家丘。'"

④岩岩:《诗·鲁颂·閟宫》:"泰山岩岩,鲁邦所詹。"

⑤"更忆"二句:《诗·豳风·东山》:"我徂东山,慆慆不归。我来自东,零雨其濛。我东曰归,我心西悲。"

⑥"谢安"句:谢安,大德本作"谢公"。《世说新语·排调》:"谢公在东山,朝命屡降而不动。后出为桓宣武司马,将发新亭,朝士咸出瞻送。高灵时为中丞,亦往相祖,先时多少饮酒,相倚如醉,戏曰:'卿屡违朝旨,高卧东山,诸人每相与言:安石不肯出,将如苍生何。今亦苍生将如卿何?'谢笑而不答。"

⑦"政尔"二句:《晋书·桓伊传》:"伊便抚筝而歌《怨诗》曰:'为君既不易,为臣良独难。忠信事不显,乃有见疑患。'"

⑧把似:与其似。

⑨"双白鸟"二句:欧阳修《和韩学士襄州闻喜亭置酒》:"清川万古流不尽,白鸟双飞意自闲。"

贺新郎

和徐斯远下第谢诸公载酒相访韵①

逸气轩眉宇。似王良、轻车熟路,骅骝欲舞。②我觉君非池中物,咫尺蛟龙云雨。时与命、犹须天付。③兰佩芳菲无人问,叹灵均、欲向重华诉。空壹郁,共谁语。④　　儿曹不料扬雄赋。怪当年、甘泉误说,青葱玉树。⑤风引船回沧溟阔,目断三山伊阻。但笑指、吾庐何许。门外苍官千百辈,尽堂堂、八尺须髯古。⑥谁载酒,带湖去。

【题解】

此词作于庆元二年(1196)瓢泉新居已成、尚未移居时。徐斯远原唱已佚。词作主要表达对徐斯远落第遭遇的同情,以及对当朝主持考试官员遗弃贤才行为的斥责。据《两朝纲目备要》卷四,徐斯远的下第,应该是受了理学的牵连,成为韩侂胄伪学禁的牺牲品。从这首词中,可以看出词人对伪学禁的反对,在当时政治斗争中,站在了韩侂胄集团的对立面上。词中大量运用典故,使作者感情、议论的表达更加深邃幽远,又充满了浓厚的韵味。

【注释】

①词题:大德本作"和徐斯远下第谢诸公载酒韵"。徐斯远,徐文卿字斯远,信州玉山人。叶适《徐思远文集序》赞其淡功名,乐山水,"以文达志,为后生法"。徐斯远于庆元元年初领乡荐,次年礼部应试落第。

②"似王良"二句:《淮南子·览冥训》:"昔者王良,造父之御也,上车摄辔,马为整齐而敛谐,投足调均,劳逸若一。"韩愈《送石处士序》:"若驷马驾轻车,就熟路,而王良造父为之先后也。"骅骝,良马名,相传为周穆王八骏之一。

③"时与命"句：苏轼《与毛令方尉游西菩寺二首》其二："人生此乐须天付，莫遣儿郎取次知。"天付，大德本作"天赋"。

④"兰佩"四句：屈原《离骚》："忳郁邑余侘傺兮，吾独穷困乎此时也"，"济沅湘以南征兮，就重华而陈辞。"

⑤"儿曹"三句：扬雄《甘泉赋》："翠玉树之青葱兮，璧马犀之磷瑶。"左思《三都赋序》评曰："然相如赋《上林》而引卢橘夏熟，扬雄赋《甘泉》而陈玉树青葱……假称珍怪，以为润色……考之果木，则生非其壤；校之神物，则出非其所。于辞则易为藻饰，于义则虚而无征。"《碧鸡漫志》卷五："《国史纂异》：'云阳县多汉离宫故地，有树似槐而叶细，土人谓之玉树。扬雄《甘泉赋》玉树青葱，左思以为假称珍怪者，实非也，似之而已。'予谓：云阳既有玉树，即《甘泉赋》中未必假称。"

⑥"门外"二句：苍官、髯须，指松。始皇登泰山，避雨松下，因封松为五大夫。武则天封柏为五品大夫。王安石《红梨》："岁晚苍官才自保，日高青女尚横陈。"范成大《青青硐上松送致远入官》："苍官何当归，相望长相忆。"苏轼《同王胜之游蒋山》："夹路苍髯古，迎人翠麓偏。"又《三月二十日开园三首》其三："郁郁苍髯真道友，丝丝红蓁是乡人。"千百，大德本作"三百"。

【辑评】

吴则虞《辛弃疾词选集》：此等词在稼轩词中，又一笔路。下片"儿曹"二韵，"风引"一韵，用事何等切贴。稼轩掉书袋处，用成语多而用事少，此宋四六习气移入词中，宋格诗亦有此病。而此等手法，化实为虚，不由堆砌而成，语既畅茂，而风华特胜。"但笑指"以下，语转古朴，然又开一境，殊有滩起涡旋之势。全首皆说失意事，不着一衰煞语，亦不作激愤语，词境高下于此分焉。

贺新郎

题傅岩叟悠然阁①

路入门前柳。到君家、悠然细说，渊明重九。岁晚凄其无诸葛，惟有黄花入手。②更风雨、东篱依旧。斗顿③南山高如许,是先生、拄杖归来后。山不记,何年有。　　是中不减康庐秀。倩西风、为君唤起,翁能来否。鸟倦飞还平林去,云肯④无心出岫。剩准备、新诗几首。欲辨忘言当年意,慨遥遥、我去羲农久。天下事,可无酒。

【题解】

此词作于庆元六年(1200)闲居瓢泉时。词作句句不离陶事、陶语,不唯用来自然贴切,而且颂陶托意,隐然自身情怀。一起"门前柳"三字,便欣然道出此间有五柳先生遗风。"悠然细说",语意双关,切阁名无痕。以下皆"悠然细说"文字。渊明归来,青山增色;读词人"青山意气峥嵘,似为我归来妩媚生"(《沁园春》),知非偶合。下片以悠然阁风光与匡庐并举,故有倩西风唤陶翁共游之想。"鸟倦"数句似写悠然阁景色,实借陶诗抒怀。"欲辨"以下,陶耶? 吾耶? 更是浑然莫辨,而感叹世风日下之意甚明。结韵"天下事"三字欲放还敛,旋以"可无酒"慨然作结,寓时局不堪收拾于言外。谓晋? 抑或南宋? 当在似与不似之间,全在知者神会心领。

【注释】

①词题中"悠然阁",傅岩叟庭宅中的一座亭阁。以陶渊明《饮酒》诗中"悠然见南山"诗句命名。

②"岁晚"句:岁晚,大德本作"晚岁"。黄庭坚《宿旧彭泽怀陶令》:"岁晚以字行,更始号元亮。凄其无诸葛,肮脏犹汉相。"

③斗顿:大德本作"陡顿",突然。

④云肯:大德本作"云自"。

贺新郎

题君用山园①

曾与东山约。为鯈鱼、从容分得,清泉一勺。堪笑高人读书②处,多少松窗竹阁。甚长被、游人占却。万卷何言达时用,士方穷、早(去声)与人同乐。新种得,几花药。　　山头怪石蹲秋鹗。俯人间、尘埃野马,孤撑高攫。挂杖危亭扶未到,已觉云生两脚。更换却、朝来毛发③。此地千年曾物化,莫呼猿、且自多招鹤。吾亦有,一丘壑。

【题解】

此词作于闲居瓢泉期间。用白描手法,勾画出傅君用山园的雄奇面貌和游乐状况,表现作者的归隐情趣。上片先以略显无奈的口吻,描绘山园受游人欢迎的景象,别有一番情趣。再言傅君用读书万卷,且有"达则兼善天下"(《孟子·尽心上》)之志,目前尚未获得一展宏图的时机,故修治山园,增种药草花木,供游人观赏,以实现"与人同乐"之志。下片写山园的自然面貌,极有气势。末二句言自己也有隐居之处,暗示傅君用山园也是块隐居的好地方,卒章显志。

【注释】

①词题:大德本作"题傅君用山园"。

②高人读书:苏轼《游道场山何山》:"高人读书夜达旦,至今山鹤鸣夜半。"

③"更换却"句:《论衡·书虚》:"传书或言:颜渊与孔子俱上鲁太山,孔子东南望吴阊门外有系白马,引颜渊指以示之,曰:'若见阊门乎?'颜渊曰:'见之。'孔子曰:'门外何有?'曰:'有如系练之状。'孔子抚其目而止之,因与俱下。下而颜渊发白齿落,遂以病死。"

贺新郎

用韵题赵晋臣敷文积翠岩,余欲令筑陂于其前①

挂杖重来约。对东风②、洞庭张乐,满空箫勺。巨海拨犀头角出③,来向此山④高阁。尚两两、三三前却⑤。老我伤怀登临际,问何方、可以平哀乐。唯酒是⑥,万金药。　　劝君且作横空鹗。便休论、人间腥腐,纷纷乌攫⑦。九万里风斯在下,翻覆云头雨脚。更直上⑧、昆仑濯发。好卧长虹陂十里,是谁言、听取双黄鹤。⑨推翠影,浸云壑。

【题解】

此词作于闲居瓢泉期间。用韵,即用前一首同调词韵。起笔谓重来践约,东风驰荡,积翠岩上空古乐缭绕,充满典雅气息。接写积翠岩之千姿百态。再言年老力衰,登临伤怀,哀乐异常,唯有借酒消愁而已。过片三句寓情于景,写欲假积翠岩之手,行铲除社会腐败之实。"九万里"三句以大鹏喻积翠岩,引出结末四句所写"令筑陂于其前"。谓赵晋臣应当听取他的建议,于积翠岩前筑十里长陂,拦洪蓄水,让翠色之影倒映陂中,陂水浸润云覆之深谷,有山有水,使积翠岩变得更加美丽。

【注释】

①词题中"余欲令",大德本作"余谓当"。

②对东风:大德本作"到东风"。

③"巨海"句:《南越志》:"高州平之县,巨海有大犀,其出入有光,水为之开。"

④来向此山:四卷本作"来向北山",大德本作"东向北山"。

⑤"尚两两"句:大德本作"尚依旧、争前又却"。

⑥酒是:大德本作"是酒"。

⑦乌攫:《汉书·黄霸传》:黄霸为颍川太守,"尝欲有所司察,择长年廉吏遣行,属令周密。吏出,不敢舍邮亭,食于道旁,乌攫其肉。"

⑧更直上:大德本作"快直上"。

⑨"好卧"二句:《汉书·翟方进传》:"翟方进字子威,汝南上蔡人也……汝南旧有鸿隙大陂,郡以为饶。成帝时,关东数水,陂溢为害。方进为相……以为决去陂水,其地肥美,省堤防费而无水忧,遂奏罢之……王莽

时常枯旱,郡中追怨方进,童谣曰:'坏陂谁,翟子威。饭我豆食羹芋魁。反乎覆,陂当复。谁云者,两黄鹄。"

贺新郎

韩仲止判院山中见访,席上用前韵[①]

听我三章约[②]。(用世说语。)有谈功、谈名者舞,谈经深酌。作赋相如亲涤器,识字子云投阁。[③]算枉把、精神费却。此会不如公荣者,莫呼来、政尔妨人乐。[④]医俗士[⑤],苦无药。

当年众鸟看孤鹗。意飘然、横空直把,曹吞刘攫。[⑥]老我山中谁来伴,须信穷愁有脚。似剪尽、还生僧发。自断此生天休问,倩何人、说与乘轩鹤。吾有志,在沟壑。[⑦]

【题解】

此词作于闲居瓢泉期间。用前韵,指用《贺新郎》(曾与东山约)韵。词作感慨身世,愤世嫉俗。上片借司马相如、扬雄的不幸遭遇,表达对功名、儒术的厌弃之情。下片回顾自己当年的超迈群伦、意气风发,慨吟而今落魄山中,穷愁不断。"自断"以下总束,意谓今生已矣,决心终老山林。全词多用事典,在曲折含蓄、虚实相生的笔锋中,抨击统治者埋没人才,倾诉平生失意,读之使人扼腕。

【注释】

①词题中"韩仲止",韩淲字仲止,号涧泉,韩元吉之子,颇有诗名,与赵昌甫并称"信上二泉"。判院,官署名,北宋称判院者为高官,南宋也尊称任职判院的低级官员为判院。据《东南纪闻》,韩仲止因是尚书之子,以荫补京官,"为京局,终身不出,人但以韩判院称"。

②三章约:《世说新语·排调》:"魏长齐雅有体量,而才学非所经。初宦当出,虞存嘲之曰:'与卿约法三章:谈者死,文笔者刑,商略抵罪。'魏怡

然而笑，无忤于色。”

③"作赋"二句：《汉书·扬雄传》："王莽时，刘歆、甄丰皆为上公。莽既以符命自立，即位之后，欲绝其原，以神前事，而丰子寻、歆子棻复献之，莽诛丰父子，投棻四裔。辞所连及，便收不请。时雄校书天禄阁上，治狱使者至，欲收雄，雄恐不能自免，乃从阁上自投下，几死。王莽闻之曰：'雄素不与事，何故在此？'间请问其故，乃刘棻尝从雄学作奇字，雄不知情，有诏勿问。然京师为之语曰：'惟寂寞，自投阁；爰清净，作符命。'"杜甫《醉时歌》："相如逸才亲涤器，子云识字终投阁。"

④"此会"二句：《世说新语·简傲》："王戎弱冠诣阮籍，时刘公荣在坐。阮谓王曰：'偶有二斗美酒，当与君共饮，彼刘公荣者无预焉。'……或有问之者，阮答曰：'胜公荣者，不得不与饮；不如公荣者，不可不与饮；唯公荣，可不与饮酒。'"《晋书·向秀传》："始秀欲注（《庄子》），嵇康曰：'此书讵复须注，正是妨人行乐耳。'"《世说新语·排调》："嵇、阮、山、刘在竹林酣饮，王戎后往，步兵曰：'俗物已复来败人意。'王笑曰：'卿辈意亦复可败耶！'"

⑤医俗士：苏轼《於潜僧绿筠轩》："人瘦尚可肥，士俗不可医。"

⑥"当年"三句：孔融《荐祢衡表》："鸷鸟累百，不如一鹗。使衡立朝，必有可观。"元稹《唐故工部员外郎杜君墓系铭》："上薄风骚，下该沈宋，古傍苏李，气吞曹刘。"

⑦"自断"四句：《左传·闵公二年》："狄人伐卫。卫懿公好鹤，鹤有乘轩者。将战，国人受甲者皆曰：'使鹤！鹤实有禄位，余焉能战？'"沟壑，大德本作"丘壑"。

贺新郎①

高阁临江渚。访层城②、空余旧迹。黯然怀古。画栋珠帘当日事，不见朝云暮雨。但遗意、西山南浦③。天宇修眉浮新绿④，映悠悠、潭影长如故。空有恨，奈何许。　　王郎健笔夸翘楚。到如今、落霞孤鹜，竞传佳句。⑤物换星移知几度，梦想珠歌翠舞。为徙倚、阑干凝伫。目断平芜苍波晚,快江风、一瞬澄襟暑。谁共饮,有诗侣。

【题解】

此词作于淳熙八年(1181)江西安抚使任上。上片即景怀古抒情,下片由怀古写所见所感。王勃侍送其父王福畤官六合县令,路过洪州,参加滕王阁大宴,写下著名的《秋日登洪府滕王阁饯别序》。词人高度赞扬王勃健笔堪称一流。其"落霞与孤鹜齐飞,秋水共长天一色"的警句,人们至今竞相称颂。但物换星移,人世沧桑,经历几度历史风雨的淘洗,昔日繁华竞逐的滕王阁,而今已是萧瑟冷落。词人孤独地伫立栏杆边,放眼平芜,苍波晚烟,迷失了万物,正好像凄迷的前途,令人捉摸不定。好在突来一阵凉风,消尽身上的暑气。况且与我共饮的,还有这么多相知的诗友。

【注释】

①大德本有词题作"赋滕王阁"。阁在今江西南昌市,为唐高祖之子滕王元婴所建。王勃作有《滕王阁序》及《滕王阁》诗。诗云:"滕王高阁临江渚,佩玉鸣鸾罢歌舞。画栋朝飞南浦云,珠帘暮卷西山雨。闲云潭影日悠悠,物换星移几度秋。阁中帝子今何在,槛外长江空自流。"

②层城:《世说新语·言语》:"桓征西治江城甚丽,会宾僚出江津望之,云:'若能目此城者有赏。'顾长康时为客在座,目曰:'遥望层城,丹楼如霞。'桓即赏以二婢。"

③"但遗意"句:西山,又名南昌山,在新建县西大江之外。南浦,在旧南昌城广润门外,往来船只多停泊于此。

④"天宇"句:韩愈《南山》:"天宇浮修眉,浓绿画新就。"

⑤"王郎"三句:《新唐书·王勃传》:勃过钟陵,"九月九日都督大宴滕王阁,宿命其婿作序以夸客;因出纸笔遍请客,莫敢当,至勃,抗然不辞。"又,据《唐摭言》,当读到"落霞"二句时,都督矍然而起,称赞说:"此真天才,当垂不朽矣。"

水龙吟

　　老来曾识渊明，梦中一见参差是①。觉来幽恨，停觞不御，欲歌还止。白发西风，折腰五斗，不应堪此。②问北窗高卧，东篱自醉，应别有、归来意。　　须信此翁未死。到如今、凛然生气。③吾侪心事，古今长在，高山流水。富贵他年，直饶未免，也应无味。甚东山何事，当时也道，为苍生起。

【题解】

　　此词当作于闲居瓢泉期间。起笔"老来曾识"为饱经沧桑之言。梦见陶渊明，极写思慕景仰之情。耻为五斗米折腰，辞官归里，显现陶渊明高风亮节。虽夏卧北窗，秋醉东篱，亦非浑身静穆，此中应别有深意。过片二句称颂陶翁精神永存，富有生气。继写与陶翁心境相通，当为异代知音。以下抒怀明志，宁可田园而终，不同流合污；即便出山再仕，也志在为民，不求个人荣华。

【注释】

　　①参差是：好像是。白居易《长恨歌》："中有一人字太真，雪肤花貌参差是。"

　　②"白发"三句：《宋书·陶潜传》："郡遣督邮至，县吏白应束带见之。潜叹曰：'我不能为五斗米折腰向乡里小人。'即日解印绶去职。赋《归去来》。"五斗米，县令的俸禄。

　　③"须信"二句：《世说新语·品藻》："庾道季云：'廉颇、蔺相如，虽千载上死人，懔懔恒如有生气。'"

【辑评】

　　夏承焘等《唐宋词选》：全首赞美陶潜，其实是自抒被迫罢官以后的幽恨，不满当时政治现状，以放旷语反面写出。作者说陶潜的辞官应该别有用意，就是指他不满当时的政治现状说的。又说他是个"凛然有生气"的

510

人,就是说他不仅是个隐逸诗人。这是和一般人的看法大不相同处,这里含有作者的感慨。

水龙吟

用瓢泉韵戏陈仁和兼简诸葛元亮,且督和词①

被公惊倒瓢泉,倒流三峡词源泻②。长安纸贵③,流传一字,千金争舍。割肉怀归,先生自笑,又何廉也。(渠坐事失官。)④但衔杯莫问,人间岂有,如孺子、长贫者。⑤　　谁识稼轩心事,似风乎、舞雩⑥之下。回头落日,苍茫万里,尘埃野马。更想隆中,卧龙千尺,高吟才罢。⑦倩何人与问,雷鸣瓦釜,甚黄钟哑。⑧

【题解】

此词作于淳熙十四年(1187)闲居带湖时。以词代书。起笔先写陈仁和词气势惊人,声价甚高。再用东方朔之典,暗喻其"脏污不法",本意虽曲为之讳,但戏谑的味道也很浓。又谓陈仁和仍会发迹变泰,鼓励劝勉,语重心长。过片五句插叙作者的生活理想和处世态度,同时也是劝陈仁和要乐其日用之常,纯任自然。自"更想"句以下,转以诸葛亮比诸葛元亮,言其才华过人,喜欢赋诗,正隐于信州。接写己作如"瓦釜",却发出雷鸣般的声音,诸葛元亮词如黄钟大吕,却听不到它发声,谁能告诉我原因何在呢?

【注释】

①词题中"用瓢泉韵",指用《水龙吟》(稼轩何必长贫)韵。

②"倒流"句:杜甫《醉歌行》:"词源倒流三峡水,笔阵独扫千人军。"

③长安纸贵:《晋书·左思传》:左思构思十年,写成《三都赋》,"豪贵之家竞相传写,洛阳为之纸贵"。

④"割肉"三句:自注"渠坐事失官",大德本无。《汉书·东方朔传》:

511

"伏日，诏赐从官肉。大官丞日晏不来，朔独拔剑割肉，谓其同官曰：'伏日当蚤归，请受赐。'既怀肉去。大官奏之。朔入，上曰：'昨赐肉，不待诏，以剑割肉而去之，何也？'朔免冠谢。上曰：'先生起自责也。'朔再拜曰：'朔来，朔来，受赐不待诏，何无礼也；拔剑割肉，壹何壮也；割之不多，又何廉也；归遗细君，又何仁也。'上笑曰：'使先生自责，乃反自誉。'复赐酒一石，肉百斤，归遗细君。"

⑤"人间"二句：孺子，指陈平。《史记·陈丞相世家》："张负女孙五嫁而夫辄死，人莫敢娶。平欲得之……张负归，谓其子仲曰：'吾欲以女孙予陈平。'张仲曰：'平贫不事事，一县中尽笑其所为，独奈何予女乎？'负曰：'人固有好美如陈平而长贫贱者乎？'卒与女。"

⑥风乎舞雩：《论语·先进》："浴乎沂，风乎舞雩，咏而归。"朱熹注："故其动静之际，从容如此，而其言志，则又不过即其所居之位，乐其日用之常，初无舍己为人之意，而其胸次悠然，直与天地万物上下同流，各得其所之妙，隐然自见于言外。"舞雩，即舞雩台，古代祷雨之地，在今山东曲阜城南。

⑦"更想"三句：此处同姓相切。东汉末，诸葛亮于隆中结草庐隐居，好为《梁父吟》，时人称为卧龙先生。

⑧"雷鸣"二句：《楚辞·卜居》："世溷浊而不清，蝉翼为重，千钧为轻；黄钟毁弃，瓦釜雷鸣。谗人高张，贤士无名。吁嗟默默兮，谁知吾之廉贞。"

水调歌头

题张晋英提举玉峰楼①

木末翠楼出，诗眼②巧安排。天公一夜，削出四面玉崔嵬③。畴昔此山安在，应为先生见挽，④万马一时来。白鸟飞不尽，却带夕阳回。　　劝公饮，左手蟹，右手杯。人间万事变灭，今古几池台。君看庄生达者，犹对山林皋壤，哀乐未忘怀。⑤我老尚能赋，风月试追陪。

此词作于绍熙五年(1194)福建安抚使任上。词写山间树梢处一楼挺出,恰到好处如诗眼龙睛。如此妙景胜地,何以到今天才被发现?白鸟翔于林间,夕阳照在山顶,好一处玉楼所在!上片赞楼。下片则抒怀。庄子哀乐尚未忘怀,何不趁吾辈能酒、食、歌、赋时,追风逐月,赏心乐事!

【注释】

①词题中"张晋英",张涛字晋英,曾任敕令所删定官、中书舍人兼实录院同修,秉笔直书,风采照人。时任福建提举茶盐公事。玉峰楼,未详。

②诗眼:苏轼《僧清顺新作垂云亭》:"天工争向背,诗眼巧增损。"

③玉崔嵬:王安石《次韵和甫咏雪》:"奔走风云四面来,坐看山陇玉崔嵬。"

④"畴昔"二句:《史记·平津侯主父列传》:主父偃,临淄人,上书君主,早上启奏,晚上召见。是时,徐乐、严安俱上书言世务。"天子召见三人,谓曰:'公等皆安在,何相见之晚也。'"见挽,大德本作"见晚"。

⑤"君看"三句:《庄子·知北游》:"山林与,皋壤与,使我欣然而乐与!乐未毕也,哀又继之。哀乐之来,吾不能御;其去,弗能止。悲夫,世人直为物逆旅耳。"

【辑评】

清张德瀛《词征》卷五:稼轩词,趣昭事博,深得漆园遗意,故篇首以秋水观冠之。其题张提举玉峰楼词,借庄叟自喻,意已可知……其词凌高厉空,殆夸而有节者也。

水调歌头

题永丰杨少游提点一枝堂①

万事几时足,日月自西东。无穷宇宙,人是一粟太仓中。②一葛一裘经岁,一钵一瓶终日,老子旧家风。③更著一杯酒,梦觉大槐宫。　　记当年,嚇腐鼠④,叹冥鸿。衣冠神武门外,惊倒几儿童。休说须弥芥子⑤,看取鹍鹏斥鷃,小大若为同。君欲论齐物,须访一枝翁。

【题解】

此词作于闲居带湖期间。词借友人堂名,阐发庄子"齐物"哲理,"小大若为同"为一篇主旨所在。上片切"一枝"题意,数言其小。下片前五句犹在题前盘旋,"休说"二句始转出主旨:既无有小大,小亦自乐,则友人"一枝"何言其小,友人正可悠然心会而自乐。全篇通过对宇宙万物的观照,引发出人生价值的思考。

【注释】

①词题中"永丰",县名,宋属信州,隶江南西路。杨少游,名籍事历未详。

②"无穷"二句:王勃《滕王阁序》:"天高地迥,觉宇宙之无穷。"

③"一葛一裘"三句:韩愈《送石处士序》:"冬一裘,夏一葛。"《景德传灯录》:"有僧问如何是和尚家风。(守清禅师)曰:'一瓶兼一钵,到处是生涯。'"

④嚇腐鼠:《庄子·秋水》:"夫鹓雏发于南海而飞于北海,非梧桐不止,非练实不食,非醴泉不饮。于是鸱得腐鼠,鹓雏过之,仰而视之,曰:'嚇!'"

⑤"休说"句:芥子,芥菜的种子。喻小。《维摩诘经》卷中:"若菩萨住是解脱者,以须弥之高广,内芥子中,无所增减。"

【辑评】

吴则虞《辛弃疾词选集》:杨少游一枝堂,取《庄子》鹪鹩栖一枝之意,极言其所占之小,能识小者,方能知大,方知齐物,含蕴怨愤嫉俗之气,而词貌不露。稼轩题此,盖意有所寄也。首韵"万事几时足"二句,人间万事永远无穷,"无穷宇宙",人处其中,但太仓一粟耳,小之至也。一葛一裘,可经数十冬夏;一钵一瓶,可经一日饮食;本来如此之微。杯酒相娱,酣然一梦,正如南柯梦里之槐安国,枉自大耳。梦觉乃知其小。前阕通体写一"小"字,切"一枝"言。后阕"记当年"至"惊倒几儿童"四句,稼轩自述往事,以"记当年"领起三事,南来之后,朝夕见营营扰扰者,如鸱得腐鼠,而稼轩视之曰

"嚇",一也。鸿飞冥冥,而弋人欲制御之,遭谗受谤,稼轩不能不慨叹,二也。淳熙八年,两浙提刑落职,归隐带湖,挂冠神武门而惊倒几儿童,三也。至此放开议论,转出"休说须弥芥子"三句,须弥之大极矣,芥子之小极矣,识者可纳须弥于芥子之中,何有大小。鹍鹏有垂天之翼,乘风而飞九万里,而斥鷃翔于蓬蒿间,亦何尝不适。"小大若为同"是一篇主旨。知此而可以论齐物,故结语云耳。通篇虽言"小",大小皆有待而然,"小"固有不小在也。处处切"一枝"言,而能题前虚步,题外发挥,故能成其大。

水调歌头

题子似瑱山经德堂,堂,陆象山所名也①

唤起②子陆子,经德问何如。万钟③于我何有,不负古人书。闻道千章松桂,剩有四时柯叶,霜雪岁寒余。此是瑱山境,还似象山④无。　　耕也馁,学也禄,⑤孔之徒。青衫毕竟升斗,此意正关渠。⑥天地清宁高下⑦,日月东西寒暑,何用著工夫。两字君勿惜,借我榜吾庐。

【题解】

此词作于闲居瓢泉期间。孟子认为:天爵既修,人爵方至。陆象山题吴子似读书堂为"经德堂",其旨不泥于此。人爵如何? 要辩礼义,学本事,依乎天理而求之,但问耕耘而已,收获不可苛求。既然如此,那吴县尉用"经德"名堂何益? 词人开玩笑说,不如让我受用这二字吧! 于诙谐中表现沉郁之情:过去自己为朝廷所付出的,与今天罢居瓢泉所遭遇的,不正像陆象山所阐释的那样吗?

【注释】

①词题中"子似"、"所名",大德本分别作"吴子似县尉"、"取名"。

②唤起:陆象山卒于绍熙三年十二月,吴子似任铅山县尉时陆氏已去

世数年,故云"唤起"。

③万钟:《孟子·告子上》:"万钟则不辨礼义而受之,万钟于我何加焉。"钟为古代量器,万钟本指丰富的粮食,后转指官员薪俸。

④象山:在江西贵溪,原名应天山。《象山先生年谱》:"淳熙十四年登贵溪应天山讲学。初,门人彭兴宗世昌访旧于贵溪应天山麓张氏,因登山游览,则陵高而谷邃,林茂而泉清,乃与诸张议结庐以迎先生讲学,先生登而乐之,乃建精舍居焉……淳熙十五年易应天山为象山。"

⑤"耕也馁"二句:《论语·卫灵公》:"子曰:'君子谋道不谋食。耕也,馁在其中矣;学也,禄在其中矣。君子忧道不忧贫。'"

⑥"青衫"二句:《经德堂记》:"孟子曰:'古之人修其天爵而人爵从之,今之人修其天爵以要人爵,既得人爵而弃其天爵,则惑之甚者也。'后世发策决科而高第可以文艺取,积资累考而大官可以岁月致,则又有不必修其天爵者矣。生其早辨而谨思之。"

⑦"天地"句:《老子》:"天得一以清,地得一以宁……侯王得一以为天下贞。"

水调歌头

题晋臣真得归、方是闲二堂①

十里深窈窕,万瓦碧参差②。青山屋上,流水屋下绿横溪。③真得归来笑语,方是闲中风月,剩费④酒边诗。点检歌舞⑤了,琴罢更围棋。　　王家竹,陶家柳,谢家池。知君勋业未了,不是枕流时。莫向痴儿说梦⑥,且作山人索价⑦,颇怪鹤书⑧迟。一事定嗔我,已办北山移。

【题解】

此词作于闲居瓢泉期间。上片极言赵晋臣庭院幽深,环境清雅,确为闲居胜地,并通过描写其归来之后悠然自得的生活,说明以真得归、方是闲名堂的内涵。下片则谓赵晋臣命名其堂,并不意味着真的要过归隐山林的生活,因其勋业尚未完成;且言不要向那些不懂得归隐真谛的人解说这样命名的含义。最后以戏谑的口吻,写"我"之庆幸归来。两相结合,将退隐生活的悖论表露无遗。

【注释】

①词题中"晋臣",大德本作"赵晋臣敷文"。

②"万瓦"句:苏轼《二十七日自阳平至斜谷宿于南山中蟠龙寺》:"起观万瓦郁参差,目乱千岩散红绿。"王安石《即席》:"曲沼融融泮尽渐,暖烟笼瓦碧参差。"

③"青山"二句:苏轼《司马君实独乐园》:"青山在屋上,流水在屋下。"

④剩费:犹言"甚费"、"大费"。

⑤歌舞:大德本作"笙歌"。

⑥痴儿说梦:黄庭坚论陶渊明《责子》诗有云:"观渊明此诗,想见其人慈祥戏谑。俗人便谓渊明诸子不肖,而渊明愁叹见于诗,所谓痴人前不得说梦也。"《爱日斋丛钞》卷三:"始东坡诗云:'我笑陶渊明,种秫二顷半。如言既不用,还有责子叹。'苏公肯亦效痴人说梦邪?"《冷斋夜话》卷九:"僧伽,龙朔中游江淮间,其迹甚异。有问之曰:'汝何姓?'答曰:'姓何。'又问:'何国人?'答曰:'何国人。'唐李邕作碑,不晓其言,乃书传曰:'大师姓何,何国人。'此正所谓对痴人说梦耳。"

⑦山人索价:韩愈《寄卢仝》:"少室山人索价高,两以谏官征不起。"注云:"李渤与仲兄涉偕隐庐山,久之徙终南少室山。"

⑧鹤书:书体名。以其仿佛鹤头,故云。古代征辟贤士的诏书用此字体。孔稚珪《北山移文》:"乃其鸣驺入谷,鹤书赴陇,形驰魂散,志变神动。"

水调歌头

席上为叶仲洽赋

高马勿捶面,千里事难量。长鱼变化云雨,无使寸鳞伤。①一壑一丘吾事,一斗一石皆醉,风月几千场。须作猬毛礫^②，笔作剑锋长。　　我怜君，痴绝似，顾长康。纶巾羽扇颠倒，又似竹林狂。解道澄江如练^③，准备停云堂上，千首买秋光。怨调为谁赋，一斛贮槟榔。^④

【题解】

此词作于闲居瓢泉期间。高马捶面，伤世之不爱士；怨调谁赋，哀友人之不遇。通篇不作激愤语，或为友人画像，或颂其人品酒品，或赞其画品诗品，而惜士伤才之意自见。

【注释】

①"高马"四句：杜甫《三韵三篇》其一："高马勿捶面，长鱼无损鳞。辱马马毛焦，困鱼鱼有神。君看磊落士，不肯易其身。"

②"须作"句：须如刺猬。《晋书·桓温传》："温豪爽有风概，姿貌甚伟……愻尝称之曰：'温眼如紫石棱，须作猬毛磔，孙仲谋、晋宣王之流亚也。'"

③"解道"句：澄江，大德本作"长江"。谢朓《晚登三山还望京邑》："余霞散成绮，澄江静如练。"李白《金陵城西楼月下吟》："解道澄江静如练，令人长忆谢玄晖。"

④"怨调"二句：《南史·刘穆之传》："穆之少时家贫，诞节，嗜酒食，不修拘检。好往妻兄家乞食，多见辱，不以为耻。其妻江嗣女，甚明识，每禁不令往。江氏后有庆会，属令勿来，穆之犹往；食毕，求槟榔，江氏兄弟戏之曰：'槟榔消食，君乃常饥，何忽须此？'妻复截发市肴馔为其兄弟以饷穆之，自此不对穆之梳沐。及穆之为丹阳尹，将召妻兄弟，妻泣而稽颡以致谢，穆之曰：'本不匿怨，无所致忧。'及至，醉饱，穆之乃令厨人以金柈贮槟榔一斛以进之。"

【辑评】

明卓人月、徐士俊《古今词统》卷一二：此调第三、第六句最难安置。世有稼轩，可谓悉新于辛。

吴则虞《辛弃疾词选集》：稼轩席上赋之，如画出其人……全篇皆用逆笔，突兀嶙峋，但无挟弩张弓之窘态。

水调歌头

赵昌父七月望日用东坡韵,叙太白东坡事见寄,过相褒借,且有秋水之约。八月十四日,余卧病博山寺中,因用韵为谢,兼简子似。①

我志在寥阔,畴昔梦登天②。摩挲素月,人世俯仰已千年。有客骖麟③并凤,云遇青山赤壁,相约上高寒。酌酒援北斗,我亦虱其间。④　　少歌⑤曰,神甚放,形则眠。鸿鹄一再高举,天地睹方圆。⑥欲重歌兮梦觉,推枕惘然独念,人事底亏全。⑦有美人可语,秋水隔娟娟。⑧

【题解】

此词作于庆元四年至六年(1200)闲居瓢泉时。辛词借鉴屈原、贾谊辞赋以及李白歌行、苏轼词的艺术手法,挥写梦境。起句破空而出,凌云壮志,冲天浩气,借由登天之梦尽情宣泄。梦中抚摸皓月,感受人间瞬息千年,慨叹年光如电,时不我待。"有客"五句,描绘乘鸾驾凤,邀遨太空,与李白、苏轼共上月宫,以北斗为勺酌酒痛饮,写得酣畅淋漓,奔放恣肆。下片由酒酣而转入小歌微吟,虽形体安卧,而神思飞腾,随天鹅一飞再飞,居高临下,纵观天地方圆。无奈从歌中醒来,欲重回天宫而不得,因就梦境与现实对比,感叹人间为何多有残缺之事。发问警策,蕴涵无限失落愤懑。结句"秋水"云云,化用杜甫诗意,既承接上文,写美人可望不可及,抒发怅惘之情,又照应题旨,暗含相约秋水堂之意。

【注释】

①词序中"余卧病"、"兼简子似",大德本分别作"卧病"、"兼寄吴子似"。

②"畴昔"句:《礼记·檀弓上》:"予畴昔之夜,梦坐奠于两楹之间。"屈原《九章·惜诵》:"昔余梦登天兮,魂中道而无杭。"

③骖麟:大德本作"骖鸾"。

④"酌酒"二句:《九歌·东君》:"操余弧兮反沦降,援北斗兮酌桂浆。"韩愈《泷吏》:"得无虱其间,不武亦不文。"

⑤少歌:小声吟唱。《九章·抽思》有"少歌"一词,王逸注:"小吟讴谣以乐志也。少,亦作小。"

⑥"鸿鹄"二句:贾谊《惜誓》:"黄鹄之一举兮,知山川之纡曲;再举兮睹天地之圆方。"

⑦"欲重歌"三句:苏轼《水龙吟》:"推枕惘然不见,但空江月明千里。"又《谢苏自之惠酒》:"醉者坠车庄生言,全酒未若全于天。达人本自不亏缺,何暇更求全处全。"

⑧"有美人"二句:杜甫《寄韩谏议》:"美人娟娟隔秋水,濯足洞庭望八荒。"娟娟,大德本作"婵娟"。

【辑评】

吴则虞《辛弃疾词选集》:稼轩此等词有意学步眉山,不粘不脱,别有机抒。如一味摹肖,则有貌而无情矣。

念奴娇

晋臣十月望生日,自赋词,属余和韵①

看公风骨,似长松磊落,多生奇节。②世上儿曹都蓄缩③,冻芋旁堆秋颣④。结屋溪头,境随人胜,不是江山别。紫云⑤如阵,妙歌争唱新阕。　　尊酒一笑相逢,与公臭味⑥,菊茂兰须悦。天上四时调玉烛⑦,万事宜询黄发⑧。看取东归,周家叔父,手把元龟说。⑨祝公长似,十分今夜明月。

【题解】

此词作于闲居瓢泉期间。上片先从不同侧面对赵晋臣的品节做充分的衬托与描述,表现其要做磊落的长松,不做畏缩如冻芋的儿曹的高风亮节。再承上启下,既描述赵晋臣诗酒歌舞的生活,又暗示出众歌妓为其祝寿的热闹场面。下片由两人的亲密关系,写到朝廷注重问询黄发之言,祝其建立不世功业。最后表达祝寿之意,以景结情。

【注释】

①词题中"晋臣",大德本作"赵晋臣敷文"。

②"看公"三句:《世说新语·赏誉》:"庾子嵩目和峤:森森如千丈松,虽磊砢有节目,施之大厦,有栋梁之用。"

③蓄缩:退缩。《汉书·息夫躬传》:"躬上疏历诋公卿大臣,曰:'方今丞相王嘉健而蓄缩,不可用。'"

④"冻芋"句:韩愈等《石鼎联句》:"秋瓜未落蒂,冻芋强抽萌。"瓞(dié),小瓜。

⑤紫云:指歌妓。《唐诗纪事》卷五六:"(杜)牧为御史,分务洛阳,时李愿罢镇闲居,声伎豪侈,高会朝客,杜瞪目注视,问李云:'闻有紫云者,孰是?'李指之,杜凝睇良久,曰:'名不虚传,宜以见惠。'"

⑥与公臭味:黄庭坚《再答冕仲》:"秋堂一笑共灯火,与公草木臭味同。"

⑦玉烛:《尔雅·释天》:"四时和,谓之玉烛。"

⑧黄发:谓老人。《尚书·秦誓》:"尚猷询兹黄发,则罔所愆。"

⑨"看取"三句:周武王崩,三监及淮夷叛,周公相成王,将东征,作《大诰》,中有云:"用宁王遗我大宝龟,绍天明,即命曰:'有大艰于西土,西土人亦不静。'"

念奴娇

重九席上

龙山何处,记当年高会,重阳佳节。谁与老兵①供一笑,落帽参军华发。莫倚忘怀,西风也会,点检尊前客。②凄凉今古,眼中三两飞蝶。　　须信采菊东篱,高情千载,只有陶彭泽。爱说琴中如得趣,弦上何劳声切。试把空杯,翁还肯道,何必杯中物。③临风一笑,请翁同醉今夕。

【题解】

此词作于闲居瓢泉期间。上片由眼前重阳酒席而想到晋人于重阳佳节高友会饮的故事,表现出词人对酒中趣的体会和知音难得的寂寞。下片逆反上片末韵语意,在一片凄凉的历史感中,唯独突出陶渊明一人,以其可为异代知己。

【注释】

①老兵:《晋书·谢奕传》:"与桓温善,温辟为安西司马……尝逼温饮,温走入南康主门避之……奕遂携酒就听事,引温一兵帅共饮,曰:'失一老兵,得一老兵,亦何所怪。'温不之责。"

②"莫倚"三句:也会,大德本作"也解"。苏轼《常润道中有怀钱塘寄述古五首》其二:"世上功名何日是,尊前点检几人非。"

③"试把"三句:苏轼《和陶饮酒二十首》其一:"偶得酒中趣,空杯亦常持。"

【辑评】

宋罗大经《鹤林玉露》卷一:辛幼安《九日》词云:"谁与老兵供一笑,落帽参军华发。莫倚忘怀,西风也解,点检尊前客。凄凉今古,眼中三两飞蝶。"意谓嘉不当从温,故西风落其帽以贬之,若免冠然。

吴则虞《辛弃疾词选集》:此亦退居瓢泉之作。"当年高会",用晋人典,亦有所属。"西风也解",颇有升沉兴衰之感。"三两飞蝶"与"两三雁也萧瑟",用意用语略同,皆所以状幽寂。元人彭元逊《紫萸香慢》:"尽乌纱卷随风去,要天知道,华发如此星星。"即从此片蜕出,正可为此作诠释。后阕皆从陶潜事说起,妙在"试把空杯"一韵,此用东坡《和陶饮酒》第一首"偶得酒中趣,空杯亦常持"之意,而又进之。稼轩喜以禅机入词,俊雅且不流于浑俗。此中且有名理家意。"临风一笑"一结,看来现成,然不如此结,则全阕撑不起。

顾随《稼轩词说》:此词起得不见有甚好,为是重九席上,所以又只好如此起。迤逦写来,到得"谁与老兵供一笑,落帽参军华发"两句,便已透得些子消息。老兵者谁?昔之桓温,今之稼轩也。桓温当年面前尚有一个孟嘉,可供一笑。稼轩此时眼中一个孟嘉也无。往者古,来者今,上是天,下是地,当此秋高气爽,草木摇落之际,登高独立,眇眇余怀,何以为情?所以又有"莫倚忘怀,西风也解,点检尊前客"三句,是嘲是骂,是哭是笑,兼而有之。却又嫌他忒杀锋铓逼人,所以今日被苦水一眼觑破,一口道出。直到"凄凉今古,眼中三两飞蝶",写得如此其感喟,而又如彼其含蓄;纳芥子于须弥,而又纳须弥于芥子。直使苦水通身是眼,也觑不破,遍体排牙,也道不出。英雄心事,诗人手眼,悲天悯人,动心忍性,而出之以蕴藉清淡,若向此等处会得,始不辜负这老汉;若一味向卤莽灭裂处求之,便到驴年也不会也。

念奴娇

用韵答傅先之①

　　君诗好处,似邹鲁儒家,还有奇节。下笔如神强压韵,遗恨都无毫发。②炙手炎来③,掉头④冷去,无限长安客。丁宁黄菊,未消勾引蜂蝶。　　天上绛阙清都⑤,听君归去,我自癯山泽⑥。人道君才刚百炼,美玉都成泥切⑦。我爱风流,醉中颠倒⑧,丘壑⑨胸中物。一杯相属⑩,莫孤风月今夕⑪。

【题解】

　　此词作于闲居瓢泉期间。上片回答诗歌创作问题。先评论傅诗合乎孔孟之道,艺术形式也有不同寻常之处。再宕开,批评当时诗歌创作中的不良倾向,借以告诫傅先之要善于自持,保持自身的高洁品格和诗歌的优良传统,免堕恶趣。下片先写对傅先之出仕的态度,接写自己宁可过清苦的生活,也要隐居山泽。再写傅先之的才干,又谓自己更喜欢放浪不羁,潇洒送日月的生活方式。末二句用搁置法收拢,言请君多饮几杯,不要辜负今晚的美好时光,别的暂且不去说吧。

【注释】

①词题:大德本作"用韵答傅先之提举"。用韵,指用《念奴娇》(龙山何处)韵。

②"下笔"二句:压韵,大德本作"押韵"。《南史·王筠传》:"筠又尝为诗……能用强韵,每公宴并作,辞必妍靡。"杜甫《敬赠郑谏议十韵》:"毫发无遗憾,波澜独老成。"

③炙手炎来:《新唐书·崔铉传》:"铉……进尚书左仆射,兼门下侍郎……所善者郑鲁、杨绍复、段环、薛蒙,颇参议论,时语曰:'郑、杨、段、薛,炙手可热。欲得命通,鲁、绍、环、蒙。'"

④掉头:《庄子·在宥》:"鸿蒙拊髀雀跃掉头曰:吾弗知!吾弗知!"杜甫《送孔巢父谢病归游江东兼呈李白》:"巢父掉头不肯住,东将入海随烟雾。"

⑤"天上"句:《晋书·孙楚传》:楚遗书孙皓:"使窃号之雄,稽颡绛阙。"《列子·周穆王》:"清都紫微,钧天广乐,帝之所居。"

⑥癯山泽:《史记·司马相如列传》:"相如以为列仙之传居山泽间,形容甚臞,此非帝王之仙意也,乃遂就《大人赋》。"

⑦美玉泥切:《列子·汤问》:"西戎献昆吾之剑,其剑长尺有咫,炼钢赤刃,用之切玉如泥。"《山海经·中山经》:"昆吾之山,其上多赤铜。"郭璞注:"此山出名铜,色赤如火,以之作刃,切玉如割泥也。周穆王时,西戎献之,《尸子》所谓昆吾之剑也。"

⑧颠倒:大德本作"倾倒"。

⑨丘壑:厉霆《大有诗堂》:"胸中元自有丘壑,盏里何妨对圣贤。"

⑩一杯相属:韩愈《八月十五夜赠张功曹》:"沙平水息声影绝,一杯相属君当歌。"

⑪风月今夕:《梁书·徐勉传》:勉居选官,"常与门人夜集,客有虞暠,求詹事五官,勉正色答云:'今夕止可谈风月,不宜及公事。'故时人咸服其无私。"

新荷叶

曲水流觞,赏心乐事良辰。今几千年,风流禊事如新。
明眸皓齿,看江头、有女如云。折花归去,绮罗陌上芳尘。

丝竹纷纷。杨花飞鸟衔巾②。争似群贤,茂林修竹兰亭。
一觞一咏,亦足以畅叙幽情。清欢未了,不如留住青春。

【题解】

此词作于庆元四年至六年(1200)闲居瓢泉时,时吴子似为铅山县尉。
与辛弃疾改定前之作相比,似仅在结末二句暗示祝寿之意,谓修禊的清闲
之欢尚未过去,生日之乐随之而至。

【注释】

①词题:大德本作"徐思上巳乃子似生日,因改定"。

②"杨花"句:杜甫《丽人行》:"杨花雪落覆白蘋,青鸟飞去衔红巾。"

新荷叶

再题悠然阁①

种豆南山,零落一顷为萁。②岁晚渊明,也吟草盛苗稀。③
风流划地,向尊前、采菊题诗。悠然忽见,此山正绕东篱。

千载襟期。高情想像当时。小阁横空,朝来翠扑人衣④。
是中真趣⑤,问骋怀、游目谁知。无心出岫,白云一片孤飞。

525

　　此词作于庆元六年(1200)闲居瓢泉时。上片写"悠然"二字的来历。谓陶渊明晚年生活虽然困苦,但并不戚戚于贫贱,汲汲于名利,而是安贫守道,纯任自然,依旧采菊、饮酒、赋诗,无意中发现南山胜境,恰与自己意趣相凑泊,妙不可言。点出傅岩叟以"悠然"名阁,深得渊明归隐田园,淡泊自守的意趣。下片阐述"悠然"二字的"真趣"。先言想象陶渊明的高尚情操,光照千古的旷达胸怀,不禁使人产生仰慕之情,傅岩叟自然也是如此。再写悠然阁横空出世,高居林表,山林翠色,尽收眼底。登上悠然阁,游目骋怀,欣赏眼前美景,观察宇宙万物,悠然自得其乐,这其中有"真趣"在,可惜世人对它很少了解。末二句言无意求富贵却出来做官,如今闲居独处,也像"白云一片孤飞"那样自由自在,超然不群。

　　【注释】

　　①词题:大德本作"再题傅岩叟悠然阁"。其中"再题",是针对《贺新郎·题傅岩叟悠然阁》而言。

　　②"种豆"二句:杨恽《报孙会宗书》:"其诗曰:'田彼南山,芜秽不治。种一顷豆,落而为萁。'"

　　③"岁晚"二句:陶渊明《归田园居》五首其三:"种豆南山下,草盛豆苗稀。"

　　④"朝来"句:杜牧《除官归京睦州雨霁》:"水声侵笑语,岚翠扑衣裳。"

　　⑤是中真趣:陶渊明《饮酒二十首》其五:"此中有真意,欲辨已忘言。"

婆罗门引

用韵答先之①

　　龙泉佳处,种花满县却东归。腰间玉若金累。须信功名富贵,长与少年期。怅高山流水,古调今悲。　　卧龙暂而。算天上、有人知。最好五十学易②,三百篇诗③。男儿事业④,

看一日、须有致君时。端的了⑤、休更寻思。

【题解】

此词作于庆元六年（1200）闲居瓢泉时。上片写傅先之归前的事功。先说其宰龙泉的政绩，再写其年轻有为。言外之意，作为老人，自己也许与功名富贵无缘了。这就把人与我结合起来，既赞美了傅先之，又抒发了自身的感慨。又谓自己视傅先之为知音，不知傅先之是否也如此。下片写归后的劝勉。先说归里是暂时的，再劝勉其利用这次机会加强自身修养，讲究风节操守，追求人格自我完善，以求"致君时"。结句谓明白了修身养性同致君尧舜之间的关系，就要付诸实践，表达出对傅先之的殷切关怀与期望。

【注释】

①词题：大德本作"用韵答傅先之，时傅宰龙泉归"。《龙泉县志》卷八："傅兆，上饶人，庆元初知县。为民备荒，出所得俸钱六十万有奇。会岁丰谷贱，尽以博籴，为米三百余斛，置仓别仁。俟农事方殷，旧谷将没，则如其价以出之，至秋复敛。名其仓曰劝储，择邑有行者司之。岁律为常，民怀其惠。"用韵，指用《婆罗门引》(落花时节)韵。

②五十学易：《论语・述而》："子曰：'加我数年，五十以学《易》，可以无大过矣。'"

③三百篇诗：《论语・子路》："诵《诗》三百，授之以政，不达。使于四方，不能专对，虽多，亦奚以为。"

④男儿事业：杜牧《醉赠薛道封》："男儿事业知公有，卖与明君直几钱。"

⑤端的了：明白了、懂得了。

行香子

博山戏简昌父、仲止①

少日尝闻。富不如贫。贵不如、贱者长存。②由来至乐，总属闲人。且饮瓢泉，弄秋水，看停云。　　岁晚情亲③。老语④弥真。记前时、劝我殷勤。都休殢酒，也莫论文。把相牛经，种鱼法，教儿孙。⑤

【题解】

此词创作时地未详。词作表现自己对于人生的参悟，在平静闲淡之中暗藏有与"都将万字平戎策，换得东家种树书"（《鹧鸪天》）相近的愤懑。上片从年轻时听到的教训写起，表明自己参悟了贫贱长存、闲人最乐的事理。内心非常痛苦，却偏要说"由来至乐，总属闲人"，故意把山居生活说成是乐趣无穷。这显然不是他的心声。下片写自己记得老友们的真情劝告，不再耽酒、论文，而是教一点实实在在的贫贱生计给儿孙辈。正因为耽酒伤身，论文无用，壮志成空，词人才如此以戏语写悲怀。外示闲淡，内藏愤懑，以游戏之笔掩饰、遏制怒激之情，以自我宽慰。正如王国维《人间词话删稿》所云："诗人视一切外物，皆游戏之材料也。然其游戏，则以热心为之，故诙谐与严重二性质，亦不可缺一也。"

【注释】

①词题：大德本作"博山戏呈赵昌甫、韩仲止"。

②"富不如贫"二句：《后汉书·逸民列传》："向长字子平……潜隐于家。读《易》至《损》、《益》卦，喟然叹曰：'吾已知富不如贫，贵不如贱，但未知死何如生耳。'"

③岁晚情亲：杜甫《奉简高三十五使君》："行色秋将晚，交情老更亲。"

④老语：苏轼《和犹子迟赠孙志举》："诗词各璀璨，老语徒周谆。"

⑤"把相牛经"三句：《隋书·经籍志》著录《相马经》一卷，下注："梁有齐侯大夫宁戚《相牛经》。"《旧唐书·经籍志》"农家类"有《相牛经》，注曰："宁戚撰。"《新唐书·艺文志》同。《世说新语·汰侈》刘孝标注引《相牛经》："《牛经》出宁戚，传百里奚。汉世河西薛公得其书，以相牛，千百不失。本以负重致远，未服辎耕，故文不传。至魏世，高堂生又传以与晋宣帝，其后王恺得之。"宁戚《相牛经》实为伪托之书。春秋时人宁戚，贫穷时，喂牛叩角而作歌，桓公闻之，举为客卿。事见屈原《离骚》王逸注："宁戚，卫人。

宁戚修德不用，退而商贾，宿齐东门外。桓公夜出，宁戚方饭牛，叩角而商歌。桓公闻之，知其贤，举用为客卿，备辅佐也。"后人作《相牛经》，假其名。《少室山房笔丛》卷一四《四部正讹》："有传古人之名而伪者，戚饭牛而《相牛经》著，是也。"种鱼法，陶朱公有《养鱼经》，后人假托之作。

【辑评】

吴则虞《辛弃疾词选集》：此词稼轩自写退而自乐之境，且记瓢泉今雨之劝也。"少日常闻"三句，用《汉书·逸民传》语，此时觉有至理。句法两个四字句俱叶韵，亦可第一句不叶；对否不拘。"由来至乐"二句，盖稼轩此时绝无再出山之意，由无责无欲而生至乐，方是闲人。此二句流水对法。"且饮瓢泉，弄秋水，看停云"三句，以互对为多，亦可两句相对。后阕"岁晚情亲"至"劝我殷勤"三句，记赵、韩二人之相劝。"都休嫌酒"至"教儿孙"五句，即赵、韩相劝之语。前二事言修养精神，后二事指治生计之道。

江神子

闻蝉蛙戏作

簟铺湘竹帐垂纱[①]。醉眠些。梦天涯。一枕惊回，水底沸鸣蛙[②]。借问喧天成鼓吹，良自苦，为官哪[③]。　　心空喧静不争多。病维摩。意云何。扫地烧香，且看散天花。斜日绿阴枝上噪，还又问，是蝉么。

【题解】

此词作于闲居带湖期间。禅宗语录往往通过戏谑、反常的话语方式指示真谛，启人开悟。如《景德传灯录》卷五："僧问：'如何是佛法大意？'师曰：'庐陵米作么价？'"又卷一三："问：'如何是古佛心？'师曰：'镇州萝卜重三斤。'"受禅宗影响的辛弃疾，也极善于在日常生活中发现禅理禅趣，并以幽默的笔法写入词中。即如此词，是说在一次听到蝉噪蛙鸣的时候，词兴大发,借以表达对参禅的理解与开玩笑。上片是在开青蛙的玩笑,说你干吗这么卖力地叫,难道是为官府鸣锣打鼓?下片则是表达初参禅时的心理,以为只要心静即可,岂料又被枝上蝉声所扰,便用谐音开玩笑说,是"蝉(禅)"吗?可以说,辛弃疾是词人当中运用幽默手法最为成功的。除了受到传统幽默讽刺文化影响之外,就是禅宗的启示。

【注释】

①垂纱:大德本作"笼纱"。

②"水底"句:苏轼《赠王子直秀才》:"水底笙歌蛙两部,山中奴婢橘千头。"

③为官哪:《晋书·惠帝纪》:"帝又尝在华林园,闻虾蟆声,谓左右曰:'此鸣者为官乎,私乎?'或对曰:'在官地为官,在私地为私。'"

江神子

侍者请先生赋词自寿

两轮屋角走如梭①。太忙些。怎禁他。拟倩何人,天上劝羲娥②。何似从容来小住③,倾美酒,听高歌。 人生今古不须磨④。积教多。似尘沙。未必坚牢,划地事堪嗟⑤。漫道⑥长生学不得,学得后,待如何。

【题解】

此词作于嘉泰元年(1201)闲居瓢泉时。此首自寿之作,不写富贵功名,神仙龟鹤,只是说人生易老,长生难学,却又隐见祝颂之意,可谓别开生面。起首三句,清醒地认识到岁月流逝是人力无法阻挡的。既然如此,何不及时行乐,快意今朝?"拟倩何人"以下,词人作天外之想,举杯邀月中嫦娥来从容稍住,放酒高歌,尽情享受生活。岁月流逝,必然伴随世事的兴衰,人物的更替。整个下片,词人进一步阐述对生老病死的看法。新陈代谢是自然的,也是必要的,否则这个世界岂不是要拥挤不堪,人似尘沙了吗?而人往往被自己信奉的观念束缚,实在令人慨叹。歇拍三句更多地渗入现实内容,反映了词人对现实生活及自身境遇的不满,一句"待如何",多少失望与厌倦尽在其中。

【注释】

①"两轮"句:王安石《客至当饮酒二首》其二:"天提两轮光,环我屋角走。自从红颜时,照我至白首。"两轮,指日、月。

②羲娥:羲和、嫦娥,以日神、月神分别代指日、月。

③小住:大德本作"少住"。

④须磨:大德本作"消磨"。

⑤"划地"句:《诗词曲语辞汇释》:"此当作到底解,言到底堪嗟也。"事堪嗟,王诏刊本、四印斋本作"实堪嗟"。

⑥漫道:大德本作"莫道"。

沁园春

灵山齐庵赋,时筑偃湖未成①

叠嶂西驰,万马回旋,众山欲东。②正惊湍直下,跳珠倒溅,小桥横截,缺月初弓。老合投闲③,天教多事,检校长身十万松。吾庐小,在龙蛇影外,风雨声中。④　　争先见面重重。看爽气朝来三数峰。似谢家子弟,衣冠磊落,相如庭户,车骑雍容。⑤我觉其间,雄深雅健,如对文章太史公。⑥新堤路,问偃湖何日,烟水濛濛。

【题解】

此词约作于庆元二年(1196)闲居带湖时。词作以描绘灵山气势和风度仪态取胜,是词人山水词中的杰作。起首三句,以广角远景呈现山势,重重山峦如万马驰骤,向西奔腾,忽又回旋向东,把静态的群峰写得鲜龙活跳,气势磅礴。接着写近景,飞瀑溅起跳珠,小桥犹如弯月,雄浑壮景一变而为清幽境界。进而写齐庵周边松林,照应词题。"老合"三句,以戏谑口吻,间接抒发词人罢官以来的幽愤,巧妙引出十万松林掩映中的齐庵,眼前松枝似龙蛇舞动,耳畔松涛如风雨作响,令人恍如身临其境。下片着重写早晨群山的仪态风韵。"争先"二句,写晨雾渐渐退去,群峰争相露脸,与词人相见,景象鲜活爽朗。"似谢家"以下七句,以谢家子弟衣冠、司马相如车骑,乃至司马迁文章来比山的风韵气度,想象神奇,设喻独到,极富创造性,亦可以看出词人及其词作独特的神韵、风貌。

【注释】

①词题中"灵山",在江西上饶西北六十里,山脉绵亘百余里。

②"叠嶂"三句:苏轼《游径山》:"众峰来自天目山,势若骏马奔平川。中途勒破千里足,金鞭玉镫相回旋。"

③投闲:韩愈《进学解》:"动而得谤,名亦随之。投闲置散,乃分之宜。"

④"吾庐"三句:白居易《草堂记》:"夹涧有古松。如龙蛇走。"苏轼《戏作种松》:"我昔少年日,种松满东冈……不见十余年,想作龙蛇长。夜风波浪碎,朝露珠玑香。"石延年《古松》:"影摇千尺龙蛇动,声撼半天风雨寒。"

⑤"似谢家"四句:《世说新语·言语》:"谢太傅问诸子侄:'子弟亦何预人事,而正欲使其佳?'诸人莫有言者,车骑答曰:'譬如芝兰玉树,欲使其生于阶庭耳。'"

⑥"我觉"三句:《新唐书·柳宗元传》载,韩愈评柳宗元文曰:"雄深雅健,似司马子长,崔、蔡不足多也。"

【辑评】

明杨慎《词品》卷四引庐陵陈子宏评:且说松,而及谢家、相如、太史公,自非脱落故常者,未易闯其堂奥。刘改之所作《沁园春》,虽颇似其豪,而未免于粗。

清先著、程洪《词洁》卷六:稼轩词于宋人中自辟门户,要不可少。有绝佳者,不得以粗、豪二字蔽之。如此种创见,以为新奇,流传遂成恶习。存一以概其余。世以苏、辛并称,辛非苏类,稼轩之次则后村、龙洲,是其偏裨也。

沁园春

寿赵茂嘉郎中,时以制置兼济仓振济里中,除直秘阁①

甲子相高,亥首曾疑,绛县老人。②看长身玉立,鹤般风度,方颐须磔,虎样精神。文烂卿云③,诗凌鲍谢④,笔势骎骎更右军。浑余事,羡仙都梦觉,金阙名存。 门前父老忻忻。焕奎阁新褒诏语温。记他年帷幄,须依日月,只今剑履,快上星辰。人道阴功,天教多寿,看到貂蝉七叶⑤孙。君家里,是几枝丹桂,几树灵椿。⑥

【题解】

此词作于庆元五年(1199)闲居瓢泉时。上片先写寿主赵茂嘉的精神风度与才艺。"浑余事"以下随写随扫,贬抑以上所写,言其为朝廷所知,暗示并照应词题。下片写赵茂嘉置兼济仓的影响,以及善行分别给他自己和子孙带来的好处。末三句收合,用窦仪父子的典故,既承上句祝其子金榜题名,又贺其寿如灵椿,长生不老。

【注释】

①词题:大德本作"寿赵茂嘉郎中,时以置兼济仓振济里中,除直秘阁",四卷本作"寿赵茂嘉郎中,时以制置兼济仓里中振济,除直秘阁"。

②"甲子"三句:《左传·襄公三十年》:"晋悼夫人食舆人之城杞者,绛县人或年长矣,无子而往,与于食。有与疑年,使之年。曰:'臣,小人也,不知纪年。臣生之岁,正月甲子朔,四百有四十五甲子矣。其季于今三之一也。'吏走问诸朝。师旷曰:'……七十三岁矣。'史赵曰:'亥有二首六身,下二如身,是其日数也。'士文伯曰:'然则二万二千六百有六旬也。'"

③文烂卿云:《世说新语·文学》:"孙兴公云:潘文烂若披锦,无处不善。"《南齐书·文学传》:史臣曰:"卿、云巨丽,升堂冠冕;张、左恢廓,登高

不绝。"

④诗凌鲍谢：杜甫《遣兴五首》其五："赋诗何必多，往往凌鲍谢。"

⑤七叶：七世。《敬斋古今黈》卷七："左思《咏史》云：'金张藉旧业，七叶珥汉貂。'善曰：'班固《汉书·金日磾赞》曰：夷狄亡国，羁虏汉庭，七叶内侍，何其盛也。七叶，自武至平也。又《张汤传赞》曰：张氏之子孙相继自宣元以来，为侍中、中常侍者凡十余人。侍中、中常侍，固珥貂矣。'然言七叶珥汉貂者，乃金氏，非张氏也。举其贵宠，因连言之。"

⑥"是几枝"句：《宋史·窦仪传》载窦仪兄弟五人相继登科。其父禹钧之友冯道赠诗云："灵椿一株老，丹桂五枝芳。"

喜迁莺

晋臣赋芙蓉词见寿，用韵为谢①

暑风凉月。爱亭亭②无数，绿衣持节。掩冉如羞，参差似妒，拥出芙渠③花发。步衬潘娘堪恨④，貌比六郎谁洁。添白鹭，晚晴时，公子佳人并列。⑤　　休说。搴木末。当日灵均，恨与君王别。心阻媒劳，交疏怨极，恩不甚兮轻绝。⑥千古离骚文字，芳至今犹未歇。⑦都休问，但千杯快饮，露荷翻叶⑧。

【题解】

此词作于闲居瓢泉期间。词作步赵晋臣寿词原韵，以此咏荷词答谢。起笔点明节令，描绘亭亭玉立的青枝绿叶，由掩映的荷叶逗引出争奇斗艳的荷花。再以潘妃、六郎反衬荷花高洁绝俗；以白鹭公子映衬荷花佳人。时反时正，笔势翻飞；状物拟人，妙趣横生。下片由屈原咏荷诗句转入议论抒情。词人抓住《湘君》中的一段诗加以发挥，叹惜当年屈原忠而被谤，信而见疑，楚王与之交疏恩绝，由此寄托自身赤诚报国，却迭遭弹劾打击的惨痛经历和愤懑不平之情。末三句欲说还休，借千杯痛饮，浇胸中垒块。"露荷翻叶"一石二鸟,既巧喻倾杯畅饮,又照应"赋芙蓉"题旨。

【注释】

①词题:大德本作"谢赵晋臣敷文赋芙蓉词见寿,用韵为谢"。

②亭亭:周敦颐《爱莲说》:"中通外直,不蔓不枝,香远益清,亭亭净植。"

③芙蕖:《花庵词选》作"芙蓉"。

④"步衬"句:《南史·齐纪下·废帝东昏侯》:"凿金为莲华以帖地,令潘妃行其上,曰:'此步步生莲华也。'"

⑤"添白鹭"三句:杜牧《晚晴赋》:"白鹭潜来兮,邀风标之公子,窥此美人兮,如慕悦其容媚。"

⑥"休说"七句:屈原《九歌·湘君》:"采薜荔兮水中,搴芙蓉兮木末。心不同兮媒劳,恩不甚兮轻绝。"

⑦"千古"二句:屈原《离骚》:"芳菲菲而难亏兮,芬至今犹未沫。"

⑧露荷翻叶:殷英童《采莲曲》:"藕丝牵作缕,莲叶捧成杯。"

永遇乐

赋梅雪

怪底①寒梅,一枝雪里,直恁愁绝。问讯无言,依稀似妒,天上飞英白。江山一夜,琼瑶万顷,此段②如何妒得。细看来,风流添得,自家越样标格。　　晓来③楼上,对花临镜,学作半妆宫额④。著意争妍,那知却有,人妒花颜色。无情休问,许多般事,且自访梅踏雪。待行过溪桥,夜半更邀素月。

【题解】

此词创作时地未详。上片先写梅之愁和怨,关合梅雪,点明词题。"依稀"二字很有分寸,似妒非妒。"江山"句以下宕开一笔,状雪之大、之洁;再收合,言梅雪相映,格外俊俏。下片先由梅妆写人梅争妍,再以反衬手法进一步突出梅花之美,最后写月夜踏雪寻梅。

【注释】

①怪底:难怪。杜甫《奉先刘少府新画山水障歌》:"堂上不合生枫树,怪底江山起烟雾。"苏轼《周教授索枸杞因以诗赠录呈广倅萧大夫》:"短檠照字写如毛,怪底昏花悬两目。"

②此段:这般。辛更儒《辛弃疾研究丛稿》认为,《稼轩词编年笺注》谓"此段"即"此",恐不甚确切。杨万里《钓雪舟中霜夜望月》:"更约梅花作渠伴,中秋不是欠此段。"陆游《书适》:"此段家风君试看,京尘扑面独何欤。"

③晓来:大德本作"晚来"。

④半妆宫额:宫额,大德本作"额"。《南史·梁元帝徐妃传》:"元帝徐妃讳昭佩……无容质,不见礼,帝三二年一入房。妃以帝眇一目,每知帝将至,必为半面妆以俟,帝见则大怒而出。"《太平御览》卷三〇引《杂行五书》:"宋武帝女寿阳公主,人日卧于含章殿檐下,梅花落公主额上,成五出花,拂之不去。皇后留之,看得几时,经三日洗之,乃落。宫女奇其异,竞效之。今梅花妆是也。"

永遇乐

戏赋辛字送十二弟赴都①

烈日秋霜,忠肝义胆,千载家谱。②得姓何年,细参辛字,一笑君听取。艰辛做就,悲辛滋味,总是辛酸辛苦。更十分,向人辛辣,椒桂捣残堪吐。③　　世间应有,芳甘浓美,不到吾家门户。比著儿曹,累累却有,金印光垂组。④付君此事,从今直上,休忆对床风雨。⑤但赢得,靴纹绉面,⑥记余戏语。

【题解】

此词疑作于闲居瓢泉期间。与《贺新郎》(绿树听鹈鴂)虽同为送弟之作,但手法迥然有异。前首主要借古人古事抒情,本篇则主要借戏赋"辛"字表情达意,身世之感益为明显。上片从正面立意,吟赋辛氏忠义家世,并以此贯穿全篇,含勉励族弟之意。起笔总括辛氏家谱,"细参辛字"以下,就辛字内涵、外延巧为文章,表明自我艰辛、辛苦、辛辣的为人和际遇。下片由反面立意,谓"辛"字与"芳甘浓美"无缘,宁不教儿曹金印累累,决不附权媚势,有损辛氏清白刚直门风。"付君"三句归到送别题旨,勉励茂嘉致力国事,勿以离别为怀。末以"记余戏语"收束,意谓"辛"的内涵和真谛茂嘉日后自会亲身领略。

【注释】

①词题:大德本作"戏赋辛字送茂嘉十二弟赴调"。赴调,前往吏部听候调迁。

②"烈日"三句:《新唐书·段秀实颜真卿传》:"虽千五百岁,其英烈言言,如严霜烈日,可畏而仰哉!"苏轼《王元之画像赞》:"耿然如秋霜夏日,不可狎玩。"

③"更十分"三句:曾布有《从驾》诗二首,押"辛"字韵,苏轼用其原韵,一和再和,恐布不胜其烦,故于诗中自嘲云:"最后数篇君莫厌,捣残椒桂有余辛。"

④"累累"二句:《汉书·佞幸传·石显》:"显与中书仆射牢梁、少府五鹿充宗结为党友,诸附倚者皆得宠位。民歌之曰:'牢邪?石邪?五鹿客邪?印何累累,绶若若邪!'言其兼官据势也。"颜师古注:"累累,重积也。若若,长貌。"

⑤"付君"三句:据苏辙《逍遥堂诗引》,苏辙读韦应物《示全真元常》:"宁知风雪夜,复此对床眠。"恻然有感,乃与兄苏轼相约,早退为闲居之乐。故苏轼《辛丑十一月十九日既与子由别于郑州西门之外马上赋诗一篇寄之》有云:"寒灯相对记畴昔,夜雨何时听萧瑟。君知此意不可忘,慎勿苦爱高官职。"

⑥"但赢得"二句:《归田录》卷二:"田元均为人宽厚长者,其在三司,深厌干请者,虽不能从,然不欲峻拒之,每温颜强笑以遣之。尝谓人曰:'作三司使数年,强笑多矣,直笑得面似靴皮。'"

吴则虞《辛弃疾词选集》：此词题为："戏赋辛字"，意在咏辣。稼轩生有辣性，以此自遣，不仅别弟而已。前韵"烈日秋霜，忠肝义胆"三句，四事皆具辣性。"千载家谱"，即是"老"辣。接以"得姓何年"三句，夏、殷封支子于辛，由来已久。"细参辛字"，大有新义。即接"艰辛做就"三句，解说新义，艰辛是劳瘁困阨，悲辛是怨恨凄凉，"辛酸辛苦"是悲凉哀痛，取平生往事而以一"辛"字括之。结以"更十分、向人辛辣"二句，点出"辣"字，更辣气逼人，捣残椒桂，犹多余味。……稼轩词粗豪大笔，然小处决不放过，读稼轩词者当识之。

归朝欢

寄题郑元英文山巢经楼。楼之侧有尚友斋，欲借书者，就斋中取读，书不借出。[①]

万里康成西走蜀。药市船归书满屋[②]。有时光彩射星躔[③]，何人汗简雠天禄[④]。好之宁有足。请看良买藏金玉。记斯文，千年未丧，四壁闻丝竹。[⑤] 试问辛勤携一束。何似牙签三万轴。[⑥]古来不作借人痴[⑦]，有朋只就云窗读。忆君清梦熟。觉来笑我便便腹[⑧]。倚危楼，人间何处，扫地八风曲。[⑨]

【题解】

此词疑作于淳熙十六年(1189)闲居带湖时。词作寄题郑元英文山巢经楼，故运用了诸多相关典故，在多角度描叙中对郑元英的做法大加赞赏，也在词末的自嘲中隐隐发抒不被重用的郁闷之情。

【注释】

①词序中"郑元英文山巢经楼"，大德本作"三山郑元英巢经楼"。巢经楼、尚友斋，迹址已无可考。

②"药市"句:《成都古今记》:"正月灯市,二月花市……九月药市,十月酒市。"

③星躔(chán):星宿的位置、序次。

④"何人"句:《太平御览》卷六〇六引《风俗通义》:"刘向《别录》:'杀青者,直治竹作简书之耳。新竹有汁,善折蠹,凡作简者,皆于火上炙干之。陈、楚间谓之汗。汗者,去其汁也。吴、越间曰杀,亦治也。'刘向为孝成皇帝典校书籍二十余年,皆先书竹,改易刊定,可缮写者以上素也。由是言之,杀青者竹,斯为明矣。"《拾遗记》卷六:"刘向于成帝之末,校书天禄阁,专精覃思。夜有老人,著黄衣,植青藜杖,登阁而进,见向暗中独坐诵书。老父乃吹杖端,烟燃,因以见向,说开辟已前。向因受《洪范五行》之文,恐辞说繁广忘之,乃裂裳及绅,以记其言。至曙而去,向请问姓名。云:'我是太一之精,天帝闻金卯之子有博学者,下而观焉。'乃出怀中竹牒,有天文地图之书,'余略授子焉'。至向子歆,从向受其术,向亦不悟此人焉。"

⑤"记斯文"三句:《论语·子罕》:"天之将丧斯文也,后死者不得与于斯文也;天之未丧斯文也,匡人其如予何?"《水经注·泗水》:"汉武帝时,鲁恭王坏孔子旧宅,得《尚书》、《春秋》、《论语》、《孝经》……于时闻堂上有金石丝竹之音,乃不坏。"

⑥"试问"二句:韩愈《送诸葛觉往随州读书》:"邺侯家多书,插架三万轴。一一悬牙签,新若手未触。"

⑦"古来"句:《资暇集》卷下:"借借书籍:俗曰借一痴,借二痴,索三痴,还四痴。"

⑧便便腹:《后汉书·边韶传》:"(韶)曾昼日假卧,弟子私嘲之曰:'边孝先,腹便便。懒读书,但欲眠。'韶潜闻之,应时对曰:'边为姓,孝为字。便便腹,五经笥。但欲眠,思经事。寐与周公通梦,静与孔子同意。师而可嘲,出何典记?'"

⑨"人间"二句:何处,大德本作"谁舞"。《新唐书·祝钦明传》:"祝钦明字文思,京兆始平人……擢明经,为东台典仪。永淳、天授间,又中英才杰出、业奥六经等科……初,后属婚,上食禁中,帝与群臣宴,钦明自言能八风舞,帝许之。钦明体肥丑,据地摇头睆目,左右顾盻,帝大笑。吏部侍郎

卢藏用叹曰:'是举五经扫地矣。'"

瑞鹤仙

南剑双溪楼

片帆何太急。望一点须臾,去天咫尺。舟人好看客[1]。似三峡风涛,嵯峨剑戟。溪南溪北。正遐想、幽人泉石。看渔樵、指点危楼,却羡舞筵歌席。　　叹息。山林钟鼎,意倦情迁,本无欣戚。转头陈迹。飞鸟外,晚烟碧。问谁怜旧日,南楼老子,最爱月明吹笛[2]。到而今、扑面黄尘,欲归未得。

【题解】

此词作于闽中任上。与另一首《水龙吟》同题之作对读,此为妩媚语,另一为英雄语,作风大为不同。但这首词说"欲归未得",可见其环境之恶劣且险急,与《水龙吟》一样,皆非一般模山范水之作。就词作本身看,开头颇见动意,接着归结于"转头陈迹",对于眼前一切似有一点勘破之意,但又说"欲归未得",其间充满矛盾。词作体现了作者因前途险阻,想归去而又希望继续干一番事业的矛盾心态。归与不归,"构成了'稼轩体'矛盾冲突的两个方面"(施议对《宋词一百首》)。

【注释】

①"舟人"句:《唐摭言》卷一三:令狐楚镇扬州,处士张祜常与狎宴。楚视祜,改令曰:"上水船,风又急,帆下人,须好立。"祜应声曰:"下水船,船底破,好看客,莫倚柁。"苏轼《送杨杰》:"过江风急浪如山,寄语舟人好看客。"

②"南楼"二句:黄庭坚《念奴娇》:"老子平生,江南江北,最爱临风曲。"

【辑评】

清陈廷焯《云韶集》卷五:笔势如涛奔涌,不可遏抑,极尽词中能事。短句字字跳掷。"问谁怜旧日"以下,合坡翁、山谷为一手。

清陈廷焯《词则·放歌集》卷一：笔势如涛奔云涌，不可遏抑。

吴梅《词学通论》：《瑞鹤仙·南剑双溪楼》等作，不免剑拔弩张。

玉蝴蝶

叔高书来戒酒用韵①

贵贱偶然，浑似随风帘幌，篱落飞花。②空使儿曹，马上羞面频遮。③向空江、谁捐玉佩，寄离恨、应折疏麻。④暮云多。佳人何处，数尽归鸦。　　侬家。生涯蜡屐，功名破甑，交友抟沙。⑤往日曾论，渊明似胜卧龙些。记从来、人生行乐，休更问、日饮亡何。⑥快斟呵。裁诗未稳，得酒良佳。

【题解】

此词作于庆元六年(1200)闲居瓢泉时。词言戒酒不易，却从人生"贵贱偶然"切入，自有深意，谓人生失意，唯以酒遣愁耳。"渊明胜似卧龙"者，无人频顾茅庐，唯自况渊明以自适。是以"人生行乐"云云，貌旷达而实勃郁。全篇在手法上远起近落，写对劝人戒酒者的回答。从"贵贱偶然"开始，直到下片最后两韵才归入本题，形散神凝。不仅处处表明不能戒酒的原因，而且又借叔高劝戒酒一事，抒发自己对命运和处境的苦闷和愤懑。在抒情态度上，明显旷达和欢乐，暗寓悲凉与苦闷。使悲哀苦闷之情，闪闪摇摇，令人痛心。

【注释】

①词题中"叔高"，大德本作"杜仲高"。用韵，指用《玉蝴蝶·追别杜叔高》韵。

②"贵贱"三句：帘幌，大德本作"帘幕"。《南史·范缜传》："子良问曰：'君不信因果，何得富贵贫贱？'缜答曰：'人生如树花同发，随风而堕，自有拂帘幌坠于茵席之上，自有关篱墙落于粪溷之中。坠茵席者殿下是也，落

粪溷中下官是也。贵贱虽复殊途,因果竟在何处。'"

③"空使"二句:《南齐书·刘祥传》:"祥少好文学,性韵刚疏,轻言肆行,不避高下。司徒褚渊入朝,以腰扇鄣日,祥从侧过,曰:'作如此举止,羞面见人,扇鄣何益?'渊曰:'寒士不逊。'祥曰:'不能杀袁刘,安得免寒士?'"

④"向空江"二句:《九歌·湘君》:"捐余玦兮江中,遗余佩兮醴浦。"《列仙传》亦载有江妃赠佩郑交甫事。《九歌·大司命》:"折疏麻兮瑶华,将以遗兮离居。"谓将复函以抒离居之愁。

⑤"侬家"四句:《世说新语·方正》:"祖士少好财,阮遥集好屐,并恒自经营,同是一累,而未判其得失。人有诣祖,见料视财物,客至,屏当未尽,余两小簏著背后,倾身障之,意未能平。或有诣阮,见自吹火蜡屐,因叹曰:'未知一生当著几量屐。'神色闲畅。于是胜负始分。"《后汉书·郭太传》:"孟敏荷甑堕地,不顾而去,林宗问其意,对曰:'既已破矣,视之何益。'"苏轼《与周长官李秀才游径山二君先以诗见寄次其韵二首》其一:"功名一破甑,弃置何用顾。"苏轼《二公再和亦再答之》:"亲友如抟沙,放手还复散。"

⑥"记从来"二句:记从来、休更问,大德本分别作"算从来"、"休更说"。《史记·袁盎传》:"徙为吴相,辞行,种谓盎曰:'吴王骄日久,国多奸。今苟欲劾治,彼不上书告君,即利剑刺君矣。南方卑湿,君能日饮,毋何,时说王曰毋反而已。如此幸得脱。'盎用种之计,吴王厚遇盎。"

满江红

呈茂中,前章记广济仓事①

我对君侯,长怪②见、两眉阴德。更长梦③、玉皇金阙,姓名仙籍。旧岁炊烟浑欲断,被公扶起千人活④。算胸中、除却五车书,都无物。　　溪左右,山南北。⑤花远近,云朝夕。看风流杖屦,苍髯如戟。种柳已成陶令宅,散花更满维摩室。劝人间、且住五千年,如金石。

此词作于庆元二年(1196)或三年闲居瓢泉时。上片写赵茂嘉兼济仓活人甚众的伟绩,及其义举已上报朝廷,并谓赵氏之所以这样做,是饱读诗书,效法古圣先贤的结果。下片写赵茂嘉的生活环境、生活情趣及生活理想。末三句表达祝颂之意。

【注释】

①词题:四卷本作"呈茂中,前章记兼济仓事",大德本作"寿赵茂嘉郎中。前章记兼济仓事"。

②长怪:大德本作"怪长"。

③更长梦:大德本作"还梦见"。

④千人活:《汉书·元后传》:"(王)贺,字翁孺……以奉使不称免,叹曰:'吾闻活千人者有封子孙,吾所活者万人,后世其兴乎!'"

⑤"溪左右"二句:大德本作"山左右,溪南北"。

雨中花慢

子似见和,再用韵为别①

马上三年,醉帽吟鞭②,锦囊诗卷长留③。怅溪山旧管,风月新收。④明便关河杳杳,去应日月悠悠⑤。笑千篇索价,未抵蒲萄,五斗凉州。⑥ 停云老子,有酒盈尊,琴书端可消忧。⑦浑未办⑧、倾身一饱,渐米矛头⑨。心似伤弓塞雁⑩,身如喘月吴牛⑪。晚天凉也⑫,月明谁伴,吹笛南楼。

【题解】

此词作于庆元六年(1200)闲居瓢泉时。吴子似和作已佚。上片先写吴子似在担任县尉的三年中,同时创作了许多有价值的诗篇,在作诗方面有新收获。再写送别,并言其大材小用。过片转写词人弹琴饮酒赋诗打发日子,借以消释胸中的忧愁。接写虽然落职闲居,生活上还不到艰窘的地步,但身心遭受严重摧残。最后表达依依惜别之情,谓吴子似走后,自己的生活将更加孤苦,因而也会更加思念他。

【注释】

①词题中"子似",大德本作"吴子似"。再用韵,指用《雨中花慢》(旧雨常来)韵。

②吟鞭:大德本作"吟鞍"。

③"锦囊"句:杜甫《送孔巢父谢病归游江东兼呈李白》:"诗卷长留天地间,钓竿欲拂珊瑚树。"

④"怅溪山"二句:黄庭坚《赠李辅圣》:"旧管新收几妆镜,流行坎止一虚舟。"任渊注:"'旧管''新收'本吏文书中语,山谷取用,所谓以俗为雅也。"

⑤日月悠悠:《诗·邶风·雄雉》:"瞻彼日月,悠悠我思。"

⑥"笑千篇"三句:《三国志·魏志·明帝纪》注引《三辅决录》:"中常侍张让专朝政……(孟)他又以蒲桃酒一斛遗让,即拜凉州刺史。"

⑦"有酒"二句:陶渊明《归去来兮辞》:"携幼入室,有酒盈尊……悦亲戚之情话,乐琴书以消忧。"

⑧"浑未办":未办,大德本作"未解"。陶渊明《饮酒二十首》其十:"倾身营一饱,少许便有余。"

⑨"淅米"句:《晋书·顾恺之传》:"桓玄时与恺之同在仲堪坐,共作了语……复作危语。玄曰:'矛头淅米剑头炊。'仲堪曰:'百岁老翁攀枯枝。'"

⑩塞雁:大德本作"寒雁"。

⑪"身如"句:《风俗通义》:"吴牛望见月则喘,使之苦于日,见月怖而喘焉。"《世说新语·言语》刘孝标注:"今之水牛,唯生江淮间,故谓之吴牛也。南土多暑,而此牛畏热,见月疑是日,所以见月则喘。"

⑫晚天凉也:大德本作"晚天凉夜"。

洞仙歌

所居伎山为仙人舞袖形[①]

婆娑欲舞,怪青山欢喜。分得清溪半篙水。[②]记平沙鸥鹭,落日渔樵,湘江上,风景依然如此。　　东篱多种菊,待学渊明,酒兴诗情不相似。十里涨春波,一棹归来,只做个、五湖范蠡。是则是、一般弄扁舟,争知道,他家有个西子。

【题解】

此词作于闲居带湖期间。这是词人第一次罢归带湖时的思想写照。园林中新开成的南溪,引发了对为官湖南时的往事的回想,使依旧强烈向往建功立业的他,产生了不甘寂寞却又无可奈何的政治苦闷。从末数句的诙谐语调中,可见其大事未成的不甘与苦闷,浓得如那南溪清流,令人触手可及。

【注释】

①词题:大德本作"开南溪初成赋"。南溪,洪迈《稼轩记》不载,当是辛弃疾园林中新开辟的一条溪流。

②"婆娑"三句:据洪迈《稼轩记》,辛弃疾新居中有婆娑堂。苏轼《和鲜于子骏郓州新堂月夜二首》其一:"池中半篙水,池上千尺柳。"

洞仙歌

晋臣和李能伯韵,属余同和。赵以弟兄皆有职名为宠,词中颇叙其盛,故末章有"裂土分茅"之句。[①]

旧交贫贱,太半成新贵。冠盖门前几行李[②]。看匆匆西笑③,争出山来,凭谁问,小草何如远志④。　　悠悠今古事。得丧乘除⑤,暮四朝三⑥又何异。任掀天勋业,冠古文章,有几个、笙歌晚岁。况满屋貂蝉未为荣,记裂土分茅⑦,是公家世。

【题解】

此词约作于闲居瓢泉期间。李能伯原唱、赵晋臣和作均已佚。上片先用侧面衬托的手法,写赵晋臣兄弟出仕的盛况,再写时人对其出仕的看法。下片言处世法则没有什么变化,照旧为人们所沿用,估算着个人的得与失。但得总是相对的,失则是绝对的。再进一步指出,一个人尽管做过惊天动地的事业,写过名冠古今的文章,而晚景凄凉者不在少数。所以,即使父子兄弟均为显宦达官,也算不上什么荣耀。从而逼出结末二句,谓只有"裂土分茅",封王封侯,才足以表明赵晋臣兄弟之荣宠。

【注释】

①词序中"晋臣"、"赵以弟兄皆有",大德本分别作"赵晋臣"、"赵以兄弟有"。李能伯,名处端,原籍洛阳,为李淑曾孙,乾道九年曾任江都令,后累官镇江府签判。兄弟皆有职名,赵晋臣为赵士称之子,兄弟六人先后登进士第,时人名所居曰丛桂坊。

②行李:《左传·僖公三十年》:"若舍郑以为东道主,行李之往来,共其乏困,君亦无所害。"

③西笑:《宋六十名家词》本作"哂笑"。

④"小草"句:《世说新语·排调》:"谢公始有东山之志,后严命屡臻,势不获已,始就桓公司马。于时,人有饷公药草,中有远志。公取以问谢:'此药又名小草,何一物而有二称?'谢未即答。时郝隆在坐,应声答曰:'此甚易解,处则为远志,出则为小草。'谢甚有愧色。桓公目谢而笑曰:'郝参军此过乃不恶,亦极有会。'"

⑤得丧乘除:韩愈《三星行》:"无善名已闻,无恶声已扬。名声相乘除,得少失有余。"

⑥暮四朝三:《庄子·齐物论》:"劳神明为一,而不知其同也,谓之朝三。何谓朝三?狙公赋芧,曰:'朝三而暮四。'众狙皆怒。曰:'然则朝四而

暮三。'众狙皆悦。名实未亏而喜怒为用,亦因是也。"

⑦裂土分茅:分茅,大德本作"分封"。裂土,谓裂地受封。分茅,古代帝王均封五色土为社,分封诸侯时,用白茅裹着该方色的泥土授予被封者,象征授予土地和权力。

洞仙歌

浮石庄,余友月湖道人何同叔之别墅也。山类罗浮,故以名。同叔尝作游山次序榜示余,且索词,为赋《洞仙歌》以遗之。同叔顷游罗浮,遇一老人,庞眉幅巾,语同叔云:"当有晚年之契。"盖仙云。①

松关桂岭,望青葱无路。费尽银钩榜佳处。怅空山岁晚,窈窕谁来,须著我,醉卧石楼②风雨。　　仙人琼海上,握手当年,笑许君携半山去。剗③叠嶂,卷飞泉,洞府凄凉,又却怪、先生多取。怕夜半、罗浮有时还,好长把云烟,再三遮住。④

【题解】
此词作于庆元六年(1200)闲居瓢泉时。起笔谓浮石山树木葱郁,望之无路可登,起势突兀。接写《游山次序榜》把何氏山庄的佳处一一榜示出来,便于游人览观。再写词人岁晚游览情景。过片先言何同叔在琼海之上,得遇仙人事。再写山庄周围自然美景,犹如神仙洞府。末三句写山庄烟云缭绕,照应开头。在这里,词人不说山庄笼罩着云烟,而说上天担心"罗浮"归去海上,所以让云烟把它遮住,免得归去,顿显盎然情韵。

【注释】
①词序中"浮石庄",大德本作"浮石山庄"。何同叔,何异字同叔,抚州崇仁人,绍兴二十四年进士,历官石城主簿、泉州知州等职,进宝章阁直学士。高自标致,有诗名。著有《月湖诗集》。《宋史》有传。罗浮,山名,在广

东境内。相传晋代葛洪于此得仙术。被称为道教第七洞天,第三十四福地。游山次序榜,书名,已佚。《直斋书录解题》卷八:"《何氏山庄次序本末》一卷,尚书崇仁何同叔撰。其别墅曰'三山小隐'。三山者:浮石山、岩石山、玲珑山,其实一山也。周回数里。叙其景物次序为此编。自号月湖,标韵清绝如神仙中人,膺高寿而终。其山闻今芜废矣。""同叔"六句,《贵耳集》卷中:"月湖何文昌异,为广幕,校文惠州,因游罗浮,至大石楼,遇黄野人,一见便言:'做得尚书。年九十。'袖出一柑,分食之。月湖由是清健无疾,后果如其言。"

②石楼:《茅君内传》:"罗浮二山隐天,唯石楼一路可登。"

③劖(chán):刺也。

④"怕半夜"三句:罗浮山为浮山与罗山之合体。《茅君内传》:"罗山绝顶曰飞云峰,夜半见日……其下与浮山相接处,有石如梁曰铁桥。浮山之绝顶曰蓬莱峰,在铁桥之西。"

鹧鸪天

欲上高楼去避愁。愁还随我上高楼。经行几处江山改,多少亲朋尽白头。[1]　　归休去,去归休。不成人总要封侯。浮云出处元无定,得似浮云也自由。

【题解】

此词创作时地未详。这首羁旅词在表情达意上采用剥蕉抽笋之法,由愁→时光流逝之愁→功业难成之愁→游宦成羁旅之愁,由远而近,填充越来越具体的生命痛苦,从而越来越清晰地透露出愁苦的来处。

【注释】

①"经行"二句:陶渊明《拟古九首》其九:"枝条始欲茂,忽值山河改。"

鹧鸪天

一片归心拟乱云。春来谙尽恶①黄昏。不堪向晚檐前雨,又待今宵滴梦魂。　　炉烬冷,鼎香氛。酒寒谁遣为重温。何人柳外横双笛,客耳那堪不忍闻。

【题解】

此词创作时地未详。这是一首中年宦游思归之作,通过对黄昏檐雨、香冷酒寒、柳外横笛诸多意象的描绘,情寓景中,从而步步深入地把旅居异乡的客人如乱云一般的乡思愁绪,具体生动地刻画出来。

【注释】

①恶:原作"要",从吴讷本校改。

卜算子①

修竹翠罗寒,迟日江山暮②。幽径无人独自芳,此恨知无数。　　只共梅花语。懒逐游丝③去。著意寻春不肯香,香在无寻处。

【题解】

此词作于淳熙十六年(1189)或绍熙元年(1190)闲居带湖时。《阳春白雪》卷四作曹组词。词咏佳人而自况。起笔谓一位身着罗衣的佳人,在春寒日暮的时候,独倚修竹,孤苦无依。接写其幽居空谷,无人相怜,只能孤芳自赏,身世之感,幽居之恨,难以用语言表达。过片转写佳人爱憎分明,坚贞不屈,人品之高洁,与梅花相似。末言其美好理想及理想尚难实现的悲苦。

【注释】

①王诏刊本、四印斋本有题作"寻春作"。

②"迟日"句:杜甫《绝句二首》其一:"迟日江山丽,春风花草香。"

③游丝:沈约《会圃临春风》:"游丝暖如烟,落花雾似雾。"

卜算子①

欲行且起行,欲坐重来坐。坐坐行行有倦时,更枕闲书卧。　　病是近来身,懒是从前我。静扫②瓢泉竹树阴,且恁随缘过。

【题解】

此词作于淳熙十六年(1189)或绍熙元年(1190)闲居带湖时。词主要写自适随缘,旨远言近,但大德本文不对题。《稼轩词编年笺注》疑是另篇之注偶尔夺落。

【注释】

①大德本题作"闻李正之茶马讣音"。

②静扫:王诏刊本、四印斋本作"净扫"。

卜算子

荷　花①

红粉靓梳妆,翠盖低风雨。占断人间六月凉,期月②鸳鸯浦。　　根底藕丝长,花里莲心苦。只为风流有许愁,更衬佳人步。

此词作于淳熙十六年(1189)或绍熙元年(1190)闲居带湖时。起笔以比拟手法写红莲翠叶,相映相衬。再言六月炎热而荷下却可纳凉,尤其是月夜,更适于浦中鸳鸯栖宿。过片谓荷之根部为藕,其丝细长;而莲子之心,其味甘苦。语意双关,暗示佳人相思之悠长与相恋之甘苦。又谓莲花因为风流俊俏,却引出许多愁苦,要衬托佳人步行,要莲步随歌转。由物及人,托意深远。

【注释】

①词题:大德本作"为人赋荷花"。

②期月:大德本作"明月"。

点绛唇

身后功名①,古来不换生前醉。青鞋自喜。不踏长安市。

竹外僧归,路指霜钟寺②。孤鸿起。丹青手里,剪破松江水。③

【题解】

此词作于闲居带湖期间。起笔开门见山,表明对富贵利达极度鄙弃的态度。接写以不汲汲于功名富贵为喜。过片二句写交游,进一步衬托其超尘绝俗的品格。末谓孤鸿飞起,剪破了如画的松江江水,打破江天寂静,在词人心中荡起涟漪。

【注释】

①功名:大德本作"虚名"。

②霜钟寺:吴企明《莳溪诗学丛稿初编》谓,霜钟寺以虚指为宜,泛指竹外僧归,路指传来钟声之寺院。霜钟,语见《山海经·中山经》:"丰山……

有九钟焉,是知霜鸣。"郭璞注:"霜降则钟鸣,故言知也。"李白《听蜀僧濬弹琴》:"客心洗流水,遗响入霜钟。"又《庐山东林寺夜怀》:"霜清东林钟,水白虎溪月。"

③"丹青"二句:杜甫《戏题王宰画山水图歌》:"安得并州快剪刀,剪取吴松半江水。"

谒金门

和廓之五月雪楼小集韵①

遮素月。云外金蛇②明灭。翻树啼鸦声未彻。雨声惊落叶。　　宝蜡③成行嫌热。玉腕藕花谁雪④。流水高山弦断绝。怒蛙⑤声自咽。

【题解】

此词作于绍熙元年(1190)闲居带湖时。范廓之善鼓琴,五月的一个夜晚,携琴来雪楼小聚,为词人弹奏名曲《高山流水》。时风雨骤至,屋内的乐声和屋外的鸦声、雨声、蛙声响成一片,又有荧荧烛光,似雪佳人,遂惹动无限云愁雨恨。

【注释】

①大德本无词题。范廓之原唱已佚。

②金蛇:喻闪电。苏轼《望湖楼晚景五绝》其三:"雨过潮平江海碧,电光时掣紫金蛇。"

③宝蜡:大德本作"宝炬"。

④"玉腕"句:杜甫《陪诸贵公子丈八沟携伎纳凉晚际遇雨二首》其一:"公子调冰水,佳人雪藕丝。"藕花,大德本作"藕丝"。

⑤怒蛙:《韩非子·内储说上》:"越王虑伐吴,欲人之轻死也。出见怒蛙,乃为之式……御者曰:'何为式?'王曰:'蛙有气如此,可无为式乎?'"

谒金门

山吐月。画烛从教风灭。一曲瑶琴才听彻。金蕉三两叶。　　骤雨身凉还热。似欠舞琼歌雪。近日醉乡音问绝。有时清泪咽。

【题解】

此词作于绍熙元年(1190)闲居带湖时。起笔谓月亮从山中升起,皎洁的月光洒满大地,听任风吹烛灭,以享受夜色之美。接写月下听歌饮酒。过片二句宕开一笔,先写夜雨骤至,多少给人带来一些凉意,但雨过之后又热了起来。再以"似欠"二字,写出杯酒之后,以不得观舞为憾的心理。末二句言近日止酒,不得进入醉乡而难过。

东坡引①

玉纤②弹旧怨。还敲绣屏面。清歌目送西风雁。雁行吹字断。雁行吹字断。　　夜深拜月,琐窗西畔。但桂影、空阶满。翠帏自掩无人见。罗衣③宽一半。罗衣宽一半。

【题解】

此词作于绍熙初闲居带湖时。起笔写闺中人理琴,幽怨之深不言可知。再描绘闺中人面对音讯皆无的愁苦和无奈。过片言随着时间由昼入夜,闺中人的情绪又由无奈转向期望,企图通过拜月,求得月圆人圆,孰料再一次陷入失望的深渊,更加悲苦的境地。最后写闺中人由室外转入室内,通过写闺中人的消瘦,更进一步写出其怨苦之深、之重。

①王诏刊本、四印斋本有题作"闺怨"。

②玉纤:温庭筠《菩萨蛮》:"玉纤弹处真珠落。流多暗湿铅华薄。"

③罗衣:温庭筠《菩萨蛮》:"看取薄情人。罗衣无此痕。"

【辑评】

清焦循《雕菰楼词话》:毛大可称词本无韵,是也。偶检唐宋人词,如杜安世《贺圣朝》,用计(霁)媚(寘)待(贿)爱(队)……辛弃疾《东坡引》,用怨(愿)面(霰)雁(谏)断(翰)满(旱)……按唐人应试用官韵,其非应试,如韩昌黎《赠张籍》诗,以城、堂、江、庭、童、穷一韵,则庚、青、江、阳、东通协,不拘拘如律诗也。至于词,更宽可知矣。

醉花阴①

　　黄花谩说年年好。也趁秋光老。绿鬓不惊秋,若斗②尊前,人好花堪笑。　　　蟠桃③结子知多少。家住三山岛。何日跨归鸾④,沧海飞尘⑤,人世因缘了。

【题解】

　　此词创作时地未详。上片写所寿之人"绿鬓不惊秋",不会像黄花那样随着秋天的来临而衰老。言下之意,当及时行乐,保持青春。下片的酬应贺寿文字谓其异日将乘鸾归去,飞升仙界,了却尘缘,终成正果。

【注释】

①大德本有题作"为人寿"。

②斗:对。

③蟠桃:《十洲记》:"东海有山,名度索山,上有大桃树,蟠屈三千里,曰蟠桃。"

④归鸾:大德本作"飞鸾"。

⑤沧海飞尘:《神仙传》卷三:"麻姑自说云:'接待以来,已见东海三为

桑田。向到蓬莱,又水浅于往日,会时略半耳,岂将复为陵陆乎?'(王)远叹曰:'圣人皆言,海中行复扬尘也。'"

清平乐

清词索笑。莫厌银杯小小①。应是天孙②新与巧。剪恨裁愁句好。　　有人梦断关河。小窗日饮亡何。想见重帘不卷,泪痕滴尽湘娥。

【题解】

此词创作时地未详。上片写诗酒情怀,略带自嘲而又自解的口吻,谓大概是天孙可怜自己,新近所作诗工于言愁。同时说明近来为愁恨所袭扰而不能自已,巧妙地引出下片。过片言归乡不得,而借酒消愁,可见乡思之重。再用深一层的写法,写出对家人的思念之苦。不说自己为见不到家人而流泪,反说家人因为见不到自己而无情无绪,重帘不卷,滴尽泪痕。

【注释】

①"莫厌"句:苏轼《莫笑银杯小答乔太博》:"陶潜一县令,独饮仍独酌。犹将公田二顷五十亩,种秫作酒不种稅。我今号为二千石,岁酿百石何以醉宾客。请君莫笑银杯小,尔来岁旱东海窄。"王文诰案:"时削减公使库钱太甚,岁造酒不得过百石,诗意专指此事。"

②天孙:织女星。柳宗元《乞巧文》:"窃闻天孙专巧于天,繆彠璇玑,经纬星辰,能成文章,黼黻帝躬。"

清平乐

为儿铁柱作①

灵皇醮罢。福禄都来也。试引鹓雏花树下。断了惊惊怕怕。^②　　从今日日聪明。更宜潭妹嵩兄^③。看取辛家铁柱，无灾无难公卿^④。

【题解】

此词当作于淳熙十年（1183）前闲居带湖期间。写对幼子的关爱与期望，意切情真。

【注释】

①词题中"铁柱"，当为辛䅽乳名。辛弃疾共有九子二女，未知铁柱为第几子。

②"试引"二句：为儿童驱惊，与祈福一样，均为宋时习俗。鸑雏，鸾凤一类的鸟，这里指少子。《旧唐书·薛收传》附兄子元敬传："元敬，隋选部侍郎迈子也。有文学，少与收及收族兄德音齐名，时人谓之'河东三凤'。"

③潭妹嵩兄：未详潭妹嵩兄为其第几子、第几女。

④"无灾"句：苏轼《洗儿戏作》："人皆养子望聪明，我被聪明误一生。惟愿孩儿愚且鲁，无灾无难到公卿。"

清平乐

赋木犀词^①

月明秋晓。翠盖团团好。碎剪黄金教恁小。都著叶儿遮了。　　折来^②休似年时。小窗能有高低。无顿许多香处，只消三两枝儿。

【题解】

此词当作于闲居带湖期间。上片先写木犀叶的形状和观感，再准确描绘木犀花的大小、形状和颜色。过片紧承上片，谓词人去年也曾折养木犀，对木犀之爱不言可知。最后用夸张的手法写出木犀花香之浓烈。朱淑真

《秋夜牵情六首》其四有云："人与花心各自芳。"辛弃疾与之审美情趣及人品是一样的脱俗清高。或许也因此,此词与辛弃疾另一同调咏木犀佳作"少年痛饮",同被收入陈景沂编《全芳备祖》前集卷一三。

【注释】

①词题:大德本作"木犀"。

②折来:大德本作"打来"。

醉翁操

顷余从廓之求观家谱,见其冠冕蝉联,世载勋德。廓之甚文而好修,意其昌未艾也。今天子即位,覃庆中外,命国朝勋臣子孙之无见仕者官之。先是,朝廷屡语甄录元祐党籍家。合是二者,廓之应仕矣。将告诸朝,行有日,请予作歌以赠。属予避谤,持此戒甚力,不得如廓之请。又念廓之与予游八年,日从事诗酒间,意相得欢甚,于其别也,何独能恝然。顾廓之长于《楚词》,而妙于琴,辄拟《醉翁操》,为之词以叙别。异时廓之绾组东归,仆当买羊沽酒,廓之为鼓一再行,以为山中盛事云。①

长松。之风。②如公。肯余从。山中。人心与吾兮谁同③。湛湛千里之江。上有枫④。噫,送子东。望君之门兮九重⑤。女无悦己⑥,谁适为容。　　不龟手药,或一朝兮取封。⑦昔与游兮皆童。我独穷兮今翁。一鱼兮一龙。劳心兮忡忡⑧。噫,命与时逢。子取之食兮万钟。

【题解】

此词作于绍熙元年(1190)闲居带湖期间。词前长序,详尽记载了与范廓之的友谊及依依惜别的深情,和词作本身同样感人。全词采用《楚辞》体的句法,非常恰当地表达了词人对范廓之的爱重和师友之间感情的深厚。

下片是临别赠言,先说仕宦自有缘分,继言穷达有命,寄寓对自己命运不公的愤慨,最后鼓励范廓之勇于进取。

【注释】

①词序:大德本作"顷余从范先之求观家谱,见其冠冕蝉联,世载勋德。先之甚文而好修,意其昌未艾也。时覃庆,勋臣子孙无见仕者,命官之。先是,屡诏甄录元祐党籍家。合是二者,先之应仕矣。将告诸朝,行有日,请余作诗以赠。属余避谤,持此戒甚力,不得如先之之请。又念先之与余游八年,日从事诗酒间,意相得欢甚,于其别也,何独能恝然。顾先之长于《楚词》,而妙于琴,辄拟《醉翁操》,为之词以叙别。异时先之绾组东归,仆当买羊沽酒,先之为鼓一再行,以为山中盛事云"。序中"今天子即位",据《宋史·孝宗纪》,淳熙十六年二月初二日,孝宗禅位于皇太子惇,是为光宗。元祐党籍,宋徽宗崇宁元年九月,籍元祐及元符末司马光、文彦博以下宰执、侍从、余官、内侍、武臣一百二十人为"邪党",诏颁天下,并立党人碑于端礼门。高宗即位后诏还元祐党人及上书人恩数,后又屡诏追复。恝(jiá)然,淡然置之。买羊沽酒,韩愈《寄卢仝》:"买羊沽酒谢不敏,偶逢明月曜桃李。"为鼓一再行,《史记·司马相如列传》:"酒酣,临邛令前奏琴曰:'窃闻长卿好之,愿以自娱。'相如辞谢,为鼓一再行。"司马贞《索隐》:"乐府《长歌行》、《短歌行》,行者曲也。此言'鼓一再行',谓一两曲。"

②"长松"二句:《世说新语·言语》:"刘尹云:'人想王荆产佳,此想长松下当有清风耳。'"

③"人心"句:屈原《九章·抽思》:"何灵魂之信直兮,人之心不与吾心同。"

④"湛湛"二句:宋玉《招魂》:"湛湛江水兮上有枫,目极千里兮伤春心。"王逸注:"言湛湛江水,浸润枫木,使之茂盛,伤己不蒙君惠而身放弃,曾不若枫树得其所也。"

⑤"望君"句:宋玉《九辩》:"岂不郁陶而思君兮,君之门以九重。"五臣云:"虽思见君,而君门深邃,不可至也。"

⑥女无悦己:司马迁《报任安书》:"士为知己者用,女为悦己者容。"

⑦"不龟手"二句:《庄子·逍遥游》:"宋人有善为不龟手之药者,世世

以洴澼絖为事。客闻之,请买其方百金。聚族而谋曰:'我世世为洴澼絖,不过数金,今一朝而鬻技百金,请与之。'客得之,以说吴王。越有难,吴王使之将,冬与越人水战,大败越人。裂地而封之。能不龟手一也,或以封,或不免于洴澼絖,则所用之异也。"郭象注:"其药能令手不拘坼,故常漂絮于水中也。"

⑧"劳心"句:《诗·召南·草虫》:"未见君子,忧心忡忡。"

【辑评】

明卓人月、徐士俊《古今词统》卷一一:小词中《离骚》也。

清张德瀛《词征》卷一:后三十年,有庐山玉涧道人崔闲,工鼓琴,请于苏东坡为之词,律吕和协。辛稼轩"长松。之风"一阕,其和章也。元明人无赋是调者。惟于本朝得三阕焉。

俞陛云《唐五代两宋词选释》:此赠范先之作。范为世臣之后,与稼轩交甚久。其时廷旨录用元祐党籍后裔,先之将趋朝应仕,稼轩因其长于楚辞,且工琴,为赋《醉翁操》以赠别。上阕言与其仕隐殊途,故有人心不同之句。后言昔童而今叟,子龙而我鱼,言之慨然。此词为《稼轩集》中别调,亦庄亦谐,似骚似雅,固见交谊深久,亦见感怀激越也。

西江月

为范南伯寿①

秀骨青松不老,新词玉佩相磨。灵槎准拟泛银河②。剩摘天星几个③。　　奠枕楼东④风月,驻春亭⑤上笙歌。留君一醉意如何。金印明年斗大。

【题解】

此词作于乾道八年(1172)知滁州任上。起笔写范南伯才貌,言其骨秀神奇如青松,诗词写得掷地有金石声。接写范南伯家事,言其归乡与妻相会,犹如乘灵槎泛天河,多摘几颗天星,多生贵子。过片二句写范南伯与词人滁州会晤、游赏之乐。结末二句为劝勉。把求取个人功名与报效君国联系起来,显出此祝寿之作的不俗。

【注释】

①词题:大德本作"寿范南伯知县"。范南伯,范如山字南伯,邢台人。刘宰《漫塘集》卷三四《故公安范大夫及夫人张氏行述》:"南轩先生张公帅荆南,志在经理中原,以公北土故家,知其豪杰,熟其形势,辟差长州卢溪令,改摄江陵之公安,实欲引以自近。公治官犹家,抚民若子,人思之至今……女弟归稼轩先生辛公弃疾,辛与公皆中州之豪,相得甚。"

②"灵槎"句:《博物志》:"天河与海通,近世有人居海渚者,年年八月有浮槎去来,不失期。人有奇志,立飞阁于槎上,多赍粮,乘槎而去。"

③"剩摘"句:大德本有注:"南伯去岁七月生子"。

④楼东:大德本作"楼头"。

⑤驻春亭:未详,疑亦滁州的一座亭台。

丑奴儿

和陈簿①

鹅湖山下长亭路,明月临关②。明月临关。几阵西风落叶干。　　新词谁解裁冰雪③,笔墨生寒。笔墨生寒。会说离愁千万般。

【题解】

此词当作于闲居瓢泉期间。起笔写送别时地,再写送别时的景色,进一步烘托悲苦气氛。过片宕开一笔,转写陈簿别词意极清畅,字里行间透露出一股寒气,让人为之颤动。最后称赞其词善写离愁,细致入微,借以表达伤离惜别之意。

破阵子

为范南伯寿。时南伯为张南轩辟宰泸溪,南伯迟迟未行,因作此词以勉之。①

掷地刘郎玉斗②,挂帆西子扁舟。千古风流今在此,万里功名莫放休。君王三百州。　　燕雀岂知鸿鹄③,貂蝉元出兜鍪。却笑泸溪如斗大,肯把牛刀④试手不。寿君双玉瓯。

【题解】

此词作于淳熙五年(1178)湖北转运副使任上。如题所云激勉妻兄戮力国事,遂有别于一般寿词。起韵以两范姓事相勉。以下转至正面题意,"君王三百州"力重千钧。过片六言对起:人不可无大志,但万里功业须从小处做起。用事取譬,有的放矢,议论精辟。"却笑"二句劝南伯就职成行,间寓勖勉,读来倍觉亲切。结句点出祝寿题面,"玉瓯"遥应篇首"玉斗",不无谐趣:我非"刘郎",君当不为范增。

【注释】

①词序中"泸溪"、"作此词以勉之",大德本分别作"卢溪"、"赋此词勉之"。张南轩,张栻字南轩,抗金名将张浚之子,时任荆湖北路转运副使。

②"掷地"句:《史记·项羽本纪》:鸿门宴上,项羽不听范增劝谏,放走刘邦。范增怒将刘邦送给自己的一双玉斗掷于地,使剑击破,愤愤而去。

③"燕雀"句:《史记·陈涉世家》:秦末起义领袖陈涉少时与人佣耕,对同伴说:"燕雀安知鸿鹄之志哉!"

④牛刀:《论语·阳货》:"割鸡焉用牛刀?"

破阵子

为陈同甫赋壮语以寄①

　　醉里挑灯看剑,梦回吹角连营。②八百里分麾下炙,五十弦翻塞外声。③沙场秋点兵。　　马作的卢飞快,弓如霹雳弦惊。④了却君王天下事,赢得生前身后名。可怜白发生。

【题解】

　　此词创作时地未详。全篇描写军旅生活和战斗场景,突出塑造了一位斗志昂扬的爱国将领的形象。上片写军营中场景。先写自夜至晓景象,夜间醉里看剑,拂晓醒来听连营军号,生动地描绘出将军日夜不忘杀敌报国的雄心。"八百里"三句,逐次写军中将士分享牛肉、演奏军乐和检阅部队情形,场面不断拓展扩大,气势一浪高过一浪。下片描写战斗场面。将军策马飞驰,弓箭响如霹雳,写出勇往直前、志在必胜的战斗风貌,由此自然而然引出为王前驱、收复中原、功成名就的宏大志愿。全词至此达到最高潮。但最后一句"可怜白发生"陡然一转,宣告了以上宏愿到老来全部落空的悲哀。

【注释】

①词题:大德本作"为陈同甫赋壮词以寄之"。

②"醉里"二句:高言《干友人》:"男儿慷慨平生事,时复挑灯把剑看。"

③"八百里"二句:《世说新语·汰侈》:晋王恺有牛名八百里驳,王济与王恺比赛射箭,约定以此牛为赌注,王济先射。一箭中的,便喝令左右速取牛心来,须臾烤牛肉至,王济尝一块便离去。苏轼《约公择饮是日大风》:"要当啖公八百里,豪气一洗儒生酸。"《史记·封禅书》:"太帝使素女鼓五

十弦瑟,悲,帝禁不止,故破其瑟为二十五弦。"李商隐《锦瑟》:"锦瑟无端五十弦,一弦一柱思华年。"

④"马作"二句:《三国志・蜀志・先主传》注引《世语》记刘备为逃避追杀,曾骑的卢马渡檀溪水,溺水不得出,刘备急曰:"的卢,今日厄矣,可努力!"的卢马乃一跃三丈,越过檀溪。《南史・曹景宗传》记曹景宗曾对人说:"吾昔在乡里,骑快马如龙,与年少辈数十骑,拓弓弦作霹雳声,箭如饿鸱叫……此乐使人忘死,不知老之将至。"

【辑评】

清沈辰垣等编《历代诗余》卷一一八引《古今词话》:陈亮过稼轩,纵谈天下事。亮夜思幼安素严重,恐为所忌,窃乘其厩马以去。幼安赋《破阵子》词寄之。

清张宗橚《词林纪事》卷一一引《说海》:幼安流寓江南,陈同甫来访,近有小桥,同甫引马三跃,而马三却,同甫怒,拔剑斩马首,徒步而行,幼安适倚楼,见之大惊异,即遣人往询,而陈已及门,遂与定交。后数十年,幼安帅淮,同甫尚落落贫甚,乃诣幼安,相与谈天下事。幼安酒酣,因指南北利害,云南之可以并天下者如此,北之可以并南者如此,钱塘非帝王居,断牛头山,天下无援兵,决西湖水,满城皆鱼鳖。饮罢,宿同甫斋中。同甫夜思幼安沉重寡言,因酒误发,若醒而悟,必杀我灭口,遂中夜盗其骏马而逃,后致书幼安,微露其意,假十万缗以济之,幼安如数与焉。此词殆作于是时,故题云:"赋壮词以寄之。"

清陈廷焯《云韶集》卷五:字字跳掷而出,"沙场"五字,起一片秋声,沉雄悲壮,凌轹千古。

清陈廷焯《词则・放歌集》卷一:感激豪宕,苏辛并峙千古,然忠爱恻怛,苏胜于辛,而淋漓怨悲,顿挫盘郁,则稼轩独步千古矣。稼轩词魄力雄大,如惊雷怒涛,骇人耳目,天地巨观也,后惟迦陵有此笔力,而郁处不及。

梁令娴《艺蘅馆词选》丙卷附梁启超评:无限感慨,哀同甫亦自哀也。

顾随《稼轩词说》:一首词,前后片共是十句。前九句,真是海上蜃楼突起,若者为城郭,若者为楼阁,若者为塔寺,为庐屋,使见者目不暇给。待到"可怜白发生",又如大风陡起,巨浪掀天,向之所谓城郭、楼阁、塔寺、庐屋也者,遂俱归幻灭,无影无踪,此又是何等腕力,谓之为率,又不可也。复次,稼轩自题曰"壮词",而词中亦是金戈铁马,大戟长枪,像煞是豪放,但结尾一句,却曰:"可怜白发生。"夫此白发之生,是在事之了却、名之赢得之前乎? 抑在其后者乎? 此又是千古人生悲剧,其哀音愁凄,亦当不得。谓之豪放,亦皮相之论也。一部《稼轩长短句》,无论是说看花饮酒,或临水登山,无论是慷慨悲歌,或委婉细腻,也总是笼罩于此悲哀的阴影之中。

夏承焘《唐宋词欣赏》:全首词到了末了才来一个大转折,并且一转即结束,文笔很是矫健有力。前九句写军容雄心都是想象之辞。末句却是现实情况,以末了一句否定了前面的九句,以末了五个字否定了前面几十个字。前九句写的酣畅淋漓,正为加重末五字失望之情。这样的结构不但宋词中少有,在古代诗文中也很少见。这种艺术手法也正表现了辛词的豪放风格和独创精神。

千年调

开山径得石壁,事出望外,意天之所赐邪,喜而赋之①

左手把青霓,右手挟明月。吾使丰隆前导,叫开阊阖。②周游上下,径入寥天一。③览县(平声)圃,万斛泉,千丈石。④

钧天广乐,燕我瑶之席⑤。帝饮予觞甚乐,赐汝苍璧⑥。嶙峋突兀,正在一丘壑。余马怀,仆夫悲,下怳惚。⑦

【题解】

此词作于闲居瓢泉后期。词由"意天之所赐"引出,放纵思绪,驰骋想象,效屈原《离骚》飞天之辞,叙述上达天庭,天帝赏赐石壁经过。起句写词人于太空中挟持虹霓明月,突如其来,异想天开,狂放奇伟。接写驱策风神,叫开天门,周游天庭,尽显伟岸豪纵,超凡绝俗。继而终于在天上园林中发现万斛飞泉、千丈石壁,照应词题。下片写天帝奏乐开宴,殷勤劝酒,恩赐苍璧,相得甚欢。所赐苍璧,正落于瓢泉中。"嶙峋突兀"的苍璧形象,亦正与词人傲岸偃蹇的气度相似。末三句,由天庭返回人间,隐寓罢官回

564

乡之感,自不免恍惚惆怅,感喟不已。

【注释】

①词题:大德本作"开山径得石壁,因名曰苍壁。事出望外,意天之所赐邪,喜而赋"。

②"左手"四句:屈原《离骚》:"飘风屯其相离兮,帅云霓而来御。"李贺《绿章封事》:"青霓扣额呼宫神,鸿龙玉狗开天门。"《离骚》:"吾令丰隆乘云兮,求宓妃之所在。"又"吾令帝阍开关兮,倚阊阖而望予。"丰隆,神话传说中的云神。

③"周游"二句:《离骚》:"及余饰之方壮兮,周流观乎上下。"《庄子·大宗师》:"安排而去化,乃入于寥天一。"郭象注:"安于推移,而与化俱去,故乃入于寂寥而与天为一也。"

④"览玄圃"三句:《离骚》:"朝发轫于苍梧兮,夕余至乎县圃。"斛,古代量米容器,一斛为十斗。万斛,极言其多。

⑤瑶之席:屈原《九歌·东皇太一》:"瑶席兮玉瑱,盍将把兮琼芳。"

⑥苍璧:大德本作"苍壁"。

⑦"余马"三句:《离骚》:"仆夫悲余马怀兮,蜷局顾而不行。"王逸注:"屈原设去世离俗,周天匝地,意不忘旧乡,忽望见楚国,仆御悲感,我马思归,蜷局诘屈而不肯行。此终志不去,以词自见,以义自明也。"

【辑评】

清李佳《左庵词话》卷下:稼轩《千年调》:"左手把青霓……。"又《粉蝶儿》:"昨日春如……。"用笔如龙跳虎卧,不可羁勒,才情横溢,海天鼓浪。然以音律绳之,岂能细意熨贴。

祝英台近

与客饮瓢泉,客以泉声喧静为问,余未及答。或以"蝉噪林逾静"代对,意甚美矣。翌日,为赋此词褒之也。①

水纵横,山远近。拄杖占千顷。老眼羞将②,水底看山影。度教水动山摇,吾生堪笑,似此个、青山无定。　　一瓢饮。人问翁爱飞泉,来寻个中静。绕屋声喧,怎做静中境。我眠君且归休,维摩方丈③,待天女、散花时问。

【题解】

此词约作于绍熙五年(1194)或庆元元年(1195)第二次罢居带湖,瓢泉新居初成时。上片抒发山水之乐,动静之趣。山为静,水为动,山影入水,而水动山摇,则静中有动,动中见静,动静莫辨。并妙在自喻身世飘摇,涉笔成趣。下片主客问答,不是简单复述词序。问得巧:何以动中取静?答得妙:请从"天女散花"这一佛经故事中自去领会。质言之,菩萨尘断心净,所以花不沾身;我辈只有心静,方能化动为静,动中取静。

【注释】

①词序中"余未及答"、"褒之也",大德本分别作"余醉,未及答"、"以褒之";"蝉噪"句,出自王籍《入若耶溪》:"蝉噪林逾静,鸟鸣山更幽。"

②羞将:大德本作"羞明"。

③方丈:佛寺长老及住持说法之处。后即用为对寺院长老及住持的代称。

【辑评】

明卓人月、徐士俊《古今词统》:《娑罗清话》云:"月随云走,月竟不移;岸逐舟行,岸终自若。"于此可以悟禅。

吴则虞《辛弃疾词选集》:此假禅理以言遭际也。起首"水纵横"三句,写尽瓢泉之闲适。接以"老眼羞明"二句,醉眼恍惚,从水底看山,山在蘋花荇带之间,此景已奇绝。紧接以"试教水动山摇"三句,山光既在水中,水动则山摇,山亦飘荡不定,不觉失笑青山也不能镇静而自为摇动;转悟吾生正如青山之摇动而不能镇静。此中意境,应有所寄,恐指屡次落职,出处无常而言。

祝英台近

绿杨堤,青草渡。花片水流去。百舌声中,唤起海棠睡。断肠几点愁红,啼痕犹在①,多应怨、夜来风雨。　　别情苦。马蹄踏遍长亭,归期又成误。帘卷青楼,回首在何处。②画梁燕子双双,能言能语,不解说、相思一句。

【题解】

此词创作时地未详。上片写流水落花春去。起笔点明人在堤岸渡口,暗寓思归之意。以下伤春情怀皆由"断肠"、"愁红"、"啼痕"、"应怨"等字面透出。下片明写思归怀人,意分三层:归期又误,青楼不见,怨及双燕。与恰似其姊妹篇的《祝英台近》(宝钗分)并读,正是两地相思之意。

【注释】

①啼痕犹在:元稹《会真记》:"张生辨色而兴,自疑曰:'岂其梦耶?'及明,睹妆在臂,香在衣,泪光荧荧然,犹莹于茵席而已。"

②"帘卷"二句:杜牧《赠别》:"春风十里扬州路,卷上珠帘总不如。"

江神子

別子似,末章寄潘德久①

看君人物汉西都②。过吾庐。笑谈初。便说公卿,元自要通儒③。一自梅花开了后,长怕说,赋归欤。　　而今别恨满江湖。怎消除。算何如。杖屦当时,闻早放教疏④。今代故交新贵后,浑不寄,数行书。⑤

　　此词作于庆元六年(1200)闲居瓢泉期间。起笔称颂吴子似才学、人品超群绝伦。接写吴子似的远见卓识,也是宏伟抱负,同时也写出两人倾心的深层原因,当是建立在对时局政坛的共同理解之上。再自然地引出对别意的抒写。下片先写别恨郁积心头,挥之难去。再通过追忆前此同吴子似交往的情景,反衬出今日之难分难舍,痛苦不堪,谓早知如此,何必当初,以退为进,进一步展现出与吴子似的友谊和依依惜别的深情。最后提醒吴子似,别忘了以"数行书"慰"故交"之思念与寂寥。

【注释】

　　①词题:大德本作"别吴子似,末寄潘德久"。潘德久,《温州府志》:"潘柽字德久,永嘉人,仕阁门舍人,授福建兵马钤辖。平生喜为诗,下笔立成,声名籍甚,永嘉言唐诗自柽始。有《转庵集》。"

　　②"看君"句:苏轼《次韵钱穆父》:"大笔推君西汉手,一言置我二刘间。"

　　③通儒:《尉缭子·治本》:"野物不为牺牲,杂学不为通儒。"《后汉书·杜林传》:"林从竦学,博洽多闻,时称通儒。"李贤注引《风俗通义》云:"儒者,区也。言其区别古今,居则玩圣哲之词,动则行典籍之道,稽先王之制,立当时之事,此通儒也。"

　　④放教疏:苏轼《送杨奉礼》:"更谁哀老子,令得放疏慵。"又《满庭芳》:"且趁闲身未老,尽放我、些子疏狂。"

　　⑤"今代"三句:苏轼《醉落魄》:"旧交新贵音书绝,惟有佳人,犹作殷勤别。"

清平乐

　　呈昌父,时仆以病止酒,昌父日作诗数篇,末章及之①

云烟草树。山北山南雨。溪上行人相背去。惟有啼鸦一处。　　门前万斛春寒。梅花可暵②摧残。使我长忘酒易,要君不作诗难。

【题解】

此词作于庆元三年(1197)闲居瓢泉时。起笔言细雨如愁,草树笼烟,呈现出词人凝望远山的景象和愁苦心态。再通过对人去、鸦啼的描述,进一步衬托寂寥而又悲苦的情绪。过片二句字面上写梅花,事实上是以梅喻人,比喻词人虽遭风雨严寒的摧残而始终不改其志节的高贵品格,向赵昌父袒露胸襟。末二句写诗酒,照应词题,颂美赵昌父诗歌创作之勤奋,顺便收合友、我双方。

【注释】

①词题:大德本作"呈赵昌甫,时仆以病止酒,昌父作诗数篇,末章及之"。

②可暵(shà):岂是,可是。

临江仙

苍壁初开,传闻过实。客有来观者,意其如积翠清风岩石玲珑之胜。既见之,乃独为是突兀而止也,大笑而去。主人戏下一转语,为苍壁解嘲。①

莫笑吾家苍壁小,稜层②势欲摩空。相知惟有主人翁。有心雄泰华,无意巧玲珑。　　天作高山③谁得料,解嘲试倩扬雄。君看当日仲尼穷。从人贤子贡④,自欲学周公。

【题解】

此词作于移居瓢泉晚期。与《千年调》同为抒情明志,但述意角度不同,采用手法有异,互为补充,堪称姊妹篇。《千年调》由"天赐"苍壁起兴而神游天庭,纯是虚构幻想。此则因客笑苍壁而效扬雄驳难解嘲,针对现实而发。人怜小巧玲珑,我爱"嶙峋突兀";人笑苍壁平实无奇,我独赏其峥嵘摩空之势,独会其争雄泰华之意。通过对照,揭出词人不同流俗的审美观和不甘人后的奇志壮怀。下片再就古今人事加以评说。天赐苍壁,初不为人赏识;而孔丘生时也不为人知,以至有"子贡贤于仲尼"之说,但他终成千古一圣。由此可见,上下片归结到一点,即托物寄意,借石明志。

【注释】

①词序:大德本作"戏为山园苍壁解嘲"。词题中"一转语",是禅师之间问答时富于禅机的答语。《五灯会元》卷一九载,五祖法演一次请佛鉴等"各人下一转语"。于是,佛鉴曰:"彩凤舞丹霄。"佛眼曰:"铁蛇横古路。"佛果曰:"看脚下。"师曰:"灭吾宗者,乃克勤尔。"于此可见禅僧或者居士禅学修养的高低。

②稜层:山石高险貌。

③天作高山:《诗·周颂·天作》:"天作高山,大王荒之。"

④"从人"句:《论语·子张》:"叔孙武叔语大夫于朝,曰:'子贡贤于仲尼。'""陈子禽谓子贡曰:'子为恭也,仲尼岂贤于子乎?'"

临江仙

和王道夫信守韵,谢其为寿,时作闽宪①

记取年年为寿客,只今明月相随②。莫教弦管便生衣③。引壶觞自酌④,须富贵何时。　　入手清风词更好,细书白茧乌丝。海山问我几时归。枣瓜如可啖,直欲觅安期。⑤

【题解】

此词作于绍熙三年(1192)夏福建提点刑狱任上。王道夫原唱已佚。起笔开门见山,写对王道夫的为寿永志不忘。再写王道夫的具体祝愿。下片称赞王道夫词写得好，并对王道夫为寿略致答意。使用"如可"的假设之辞，暗示尚无避世之意，但含而未露。

【注释】

①词题：大德本作"和信守王道夫韵，谢其为寿。时仆作闽宪"。

②明月相随：李白《闻王昌龄左迁龙标遥有此寄》："我寄愁心与明月，随风直到夜郎西。"

③"莫教"句：苏轼《次韵刘贡父李公择见寄二首》其二："何人劝我此间来，弦管生衣甑有埃。"

④"引壶觞"句：陶渊明《归去来兮辞》："引壶觞而自酌，眄庭柯以怡颜。"

⑤"枣瓜"二句：《史记·封禅书》载方士李少君语："臣常游海上，见安期生，安期生食巨枣大如瓜。安期生仙者，通蓬莱中，合则见人，不合则隐。"

临江仙

和叶仲洽赋羊桃①

忆醉三山芳树下，几曾风韵忘怀。黄金颜色五花开。味如卢橘②熟，贵似荔枝来③。　　闻道商山余四老④，橘中自酿秋醅。试呼名品细推排。重重香腑脏⑤，偏殢圣贤杯。

【题解】

此词作于闲居瓢泉期间。叶仲洽原唱已佚。起笔以追忆的方式写出羊桃风韵之美，又点出产地。接写羊桃的特点与身价，言其色味俱佳，异常名贵。过片二句另辟新意，用传说的故事写橘汁味美如酒。再写橘之外的名贵果品，谓无须醉酒自娱，品味羊桃之类的名贵果品，也同样令人陶醉。

【注释】

①词题中"羊桃"，闽中嘉果，七八月熟，味酸而有韵。

②卢橘:生时青色,熟时金黄色。

③荔枝来:杜牧《过华清宫绝句三首》其一:"一骑红尘妃子笑,无人知是荔枝来。"

④"闻道"句:商山四老,即"商山四皓",是指秦末的唐秉(东园公)、吴实(绮里季)、崔广(夏黄公)、周术(角里先生)等四位"博士"隐士。

⑤腑脏:大德本作"肺腑"。

临江仙

元亮席上见和,再用韵①

夜语南堂新瓦响,三更急雨珊珊。②交情莫作细沙团③。死生贫富际,试向此中看。　　记取他年耆旧传,与君名字牵连。④清风一枕晚凉天。觉来还自笑,此梦倩谁圆⑤。

【题解】

此词作于庆元二年(1196)闲居瓢泉时。起笔写南堂夜雨的景色,同时表现与诸葛元亮的深厚友谊。接写交情对人极为重要,而两人之间友谊的纯洁和牢固,不受死生、富贵影响,是以道义相交的典范。过片转写对诸葛元亮的期望,谓其有声乡里,将来可以入耆旧传,名垂青史。以下宕开一笔,遥承首句写宜人的夜色,言风清枕凉,适于睡眠。末二句寄实于虚,问谁来帮我实现名垂青史的好梦? 言外之意,只有靠友情的力量,依靠诸葛元亮了。

【注释】

①词题:大德本作"诸葛元亮席上见和,再用韵"。诸葛元亮和作已佚。

②"夜语"二句:夜语,大德本作"夜雨"。苏轼《南堂五首》其三:"他时夜雨困移床,坐厌愁声点客肠。一听南堂新瓦响,似闻东坞小荷香。"

③"交情"句:苏轼《二公再和亦再答之》:"亲友如抟沙,放手还复散。"细沙,大德本作"碎沙"。

④"记取"二句:晋习凿齿撰《襄阳耆旧记》,亦名《襄阳耆旧传》。诸葛亮少时隐于襄阳之邓县,在襄阳城西二十里。《耆旧传》中记载了诸葛亮的生平事迹。

⑤"此梦"句:《正字通》谓占梦以决吉凶为圆梦。《次柳氏旧闻》:"安禄山之叛也,玄宗忽遽播迁于蜀,百官与诸司多不知之。有陷在贼中者,为禄山所胁从,而黄幡绰同在其数;幡绰亦得出入左右。及收复,贼党就擒,幡绰被拘至行在,上素怜其敏捷,释之。有于上前曰:'黄幡绰在贼中,与大逆圆梦,皆顺其情,而忘陛下积年之恩宠。禄山梦见衣袖长,忽至阶下,幡绰曰当垂衣而治之;禄山梦见殿中槅子倒,幡绰曰革故从新。推之,多此类也。'幡绰曰:'臣实不知陛下大驾蒙尘赴蜀,既陷在贼中,宁不苟悦其心,以脱一时之命。今日得再见天颜,以与大逆圆梦,必知其不可也。'上曰:'何以知之。'对曰:'逆贼梦衣袖长,是出手不得也;又梦槅子倒者,是胡不得也。以此臣故先知之。'上大笑而止。"《通俗编》卷二一:"《浩然斋视听钞》,圆梦出南唐近事,冯僎举进士,时有徐文幼能圆其梦。"

南乡子

送筠州赵司户,茂中之子。茂中尝为筠州幕官,题诗甚多。①

日日老莱衣。更解风流僧绰②嬉。膝上放教文度去③,须知。要使人看玉树枝。　　剩记乃翁诗。绿水红莲觅旧题。归骑春衫花满路,相期。来岁流觞曲水时。

【题解】

此词作于闲居瓢泉期间。上片写赵国宜对待老人像老莱子那样斑衣娱亲,克尽孝道;对待兄弟又像僧绰一样宽容,关爱备至。再写赵茂嘉对儿子的疼爱与培养。下片勉励赵国宜继承父业,谓赵国宜来日任满荣归时,将与之畅叙幽情,融劝勉之情与送别之意为一体。

①词序:大德本作"送赵国宜赴高安户曹。赵乃茂嘉郎中之子。茂嘉尝为高安幕官,题诗甚多"。高安,宋属江南西路,即今江西高安县。

②蜡凤:《南史·王僧虔传》:"僧虔,金紫光禄大夫僧绰弟也。父昙首,与兄弟集会子孙,任其戏适……僧绰采蜡烛珠为凤皇,僧达夺取打坏,亦复不惜……或云僧虔采烛珠为凤皇,弘称其长者云。"

③"膝上"句:《世说新语·方正》:"王文度为桓公长史时,桓为儿求王女,王许咨蓝田。既还,蓝田爱念文度,虽长大,犹抱著膝上。"

玉楼春

乐令谓卫玠曰:人未尝捣虀餐铁杵、乘车入鼠穴,以谓世无是事故也。余谓世无是事而有是理,乐所谓无,犹之有也。戏作数语以明之。①

　　有无一理谁差别。乐令区区浑未达②。事言无处未尝无,试把所无凭理说。　　伯夷饥采西山蕨。何异捣虀餐杵铁。仲尼去卫又之陈③,此是乘车入④鼠穴。

【题解】

此词创作时地未详。起笔点题,指出乐令对"有无一理"还认识不足,理解不透。再从理论上进行分析,意谓"世无是事",并不一定不存在这个理,只要把乐令之所谓"无"并非真的所无、反而是"有"的道理讲清楚,问题就解决了。下片申说上片,即事言理,举出伯夷和孔子两个人的遭遇加以证实。

【注释】

①词序中"乐令"至"故也"四句,《世说新语·文学》:"卫玠总角时,问乐令梦。乐云:'是想。'卫曰:'形神所不接而梦,岂是想邪?'乐云:'因也。未尝梦乘车入鼠穴、捣虀啖铁杵,皆无想无因故也。'"犹之,大德本

作"犹云"。

②"乐令"句:《商君书·修权》:"今乱世之君臣,区区然皆擅一国之利而当一官之众,以便其私,此国之所以危也。"浑未,大德本作"犹未"。

③"仲尼"句:《史记·孔子世家》:"居卫月余,灵公与夫人同车,宦者雍渠参乘,出,使孔子为次乘,招摇市过之。孔子曰:'吾未见好德如好色者也。'于是丑之,去卫……遂去陈,主于司城贞子家。"

④入:大德本作"穿"。

玉楼春

隐湖戏作①

客来底事逢迎晚。竹里鸣禽寻未见。日高犹苦圣贤中,门外谁酣蛮触战。　　多方为渴寻泉遍②。何日成阴松种满。不辞长向水云来,只怕频烦③鱼鸟倦。

【题解】

此词作于庆元三四年(1198)闲居瓢泉时。上片谓寻访隐湖,而隐湖却迟迟不来"逢迎",甚至竹里鸣禽也未寻见。于是只好转而深深地隐于酒。下片写泉隐与松隐。对于一个一棵松树也没有的湖来说,把无说成有,的确带有"戏作"味道。最后说只要鱼、鸟不厌倦,他愿意"长向水云来",表达出对隐湖的美好印象与重访隐湖的愿望。

【注释】

①词题中"隐湖",《铅山县志》卷一:"隐湖山在崇义乡,去县东二十里。"辛弃疾所居瓢泉,即在铅山县东二十五里处,盖与隐湖相邻。

②寻泉遍:大德本作"泉寻遍"。

③频烦:大德本作"频频"。

玉楼春

何人半夜推山去。四面浮云猜是汝。①常时相对两三峰，走遍溪头无觅处。　　西风瞥起云横度。忽见东南天一柱②。老僧拍手笑相夸，且喜青山依旧住。

【题解】

此词作于庆元二年(1196)秋冬之际闲居瓢泉时。题曰"戏赋"，则用意命笔自带欢快戏谑色彩。观其写云山奇景，无非八字：云来山隐，云去山现。但一经夸张渲染，波澜起伏，便觉风趣异常。劈首奇问，使人如坠十里雾中，茫然不知何意，读次句方悟其妙。不说青山隐于浮云，却说浮云将山推走，想象奇特，又出以猜度语气，益增其趣。以下溪头寻山，故弄玄虚，极写山重水复，正为下片柳暗花明出力。下片果然风起云散，还我天柱云峰。言"忽见"，惊喜之状可睹——浮云终难遮青山，情调极其开朗乐观。

【注释】

①"何人"二句：《庄子·大宗师》："夫藏舟于壑，藏山于泽，谓之固矣。然而夜半有力者负之而走，昧者不知也。"黄庭坚《次韵东坡壶中九华》："有人夜半持山去，顿觉浮岚暖翠空。"

②天一柱：据《铅山县志》，铅山县南旌孝乡有天柱峰。曹唐《仙都即景》："孤峰应碍日，一柱自擎天。"

【辑评】

明卓人月、徐士俊《古今词统》卷八：一气呵成，无穷转折。

吴则虞《辛弃疾词选集》：此用禅理作词也。慧忠曰："念想由来幻，性自无始终。若得此中意，长波自当止。"浮云翳山山不见，念想幻也。云去山住，性自在也。此类词似写景，实似偈语。在《稼轩词》又是一格。

玉楼春

青山不曾②乘云去。怕有愚公惊著汝。人间踏地出租钱③,借使移将无著处。　　三星④昨夜光移度。妙语来题桥上柱。黄花不插满头归,定倩白云遮且住。

【题解】

此词作于庆元二年(1196)闲居瓢泉时。用韵,指用《玉楼春》(何人半夜推山去)韵。上片写青山常在。谓青山虽不懂得乘云而去,却有点担心移山的愚公把山移开,使之受惊。更言现在官府收税名目繁多,踏地也要交租钱,即使想把山移开,也会因无钱租地放置而作罢。下片写唱和赠答。谓傅、叶、赵三人犹如三星,昨夜移光照射我处,光临云山,和司马相如当年题柱一样,写下绝妙好词。再言之所以未能和傅岩叟等人携壶登山,尽兴而游,是因为青山请出"白云遮且住"。

【注释】

①词题:大德本作"用韵答傅岩叟、叶仲洽、赵国兴"。

②不曾:大德本作"不解"。

③"人间"句:《新唐书·食货志》:"武宗即位,盐铁转运使崔珙又增江淮茶税。是时茶商所过州县有重税,或掠夺舟车,露积雨中,诸道置邸以收税,谓之'踏地钱'。"苏轼《鱼蛮子》:"人间行路难,踏地出赋租。"

④三星:《诗·唐风·绸缪》:"绸缪束薪,三星在天。"此指题中三客而言。

玉楼春

少年才把笙歌盏。夏日非长秋夜短。因他老病不相饶,把好心情都做懒。　　　故人别后书来劝①。乍可停杯强吃饭。云何相遇②酒边时，却道达人须饮满③。

【题解】

此词作于庆元六年(1200)闲居瓢泉时。辛弃疾心目中的"白乐天体"，可能是指白居易作品的清新自然、明白如话而言。上片以少年时生活的欢快，反衬老来生活的慵懒。过片二句另出新意，写故人别后书来劝其戒酒。再言既然如此，为何在酒边相逢时，却又劝人多饮呢？既照应了开头，又从欲戒酒又思饮的矛盾态度中，写出留恋之意。此处的恋酒，事实上是留恋少年时的欢快生活。

【注释】

①"故人"句：据辛弃疾同期所作《玉蝴蝶》(贵贱偶然浑似)小序"叔高书来戒酒"，知此处"故人"当指杜叔高。

②相遇：大德本作"相见"。

③饮满：四印斋本作"引满"。

玉楼春

用韵答子似①

君如九酝台粘盏。我似茅柴风味短。②几时秋水美人来，长恐扁舟乘兴懒。　　　高怀自饮无人劝。马有青刍奴白饭。向来珠履玉簪人，颇觉斗量车载③满。

【题解】

此词作于庆元六年(1200)闲居瓢泉时。上片遥念友人，以酒品喻人，颇见新奇。对吴子似人品的尊崇，对彼此友情的珍爱，由此全盘托出。下片言自饮无侣，清贫自高，结处语带讽嘲：迩来但见新贵日增，却不知于国

578

竟有何补。

【注释】

①词题:大德本作"用韵答吴子似县尉"。用韵,指用《玉楼春》(少年才把笙歌盏)韵。

②"君如"二句:《西京杂记》卷一:"汉制:宗庙八月饮酎,用九酝太牢,皇帝侍祠。以正月旦作酒,八月成,名曰酎,一名九酝,一名醇酎。"白居易《蔷薇正开春酒初熟因招刘十九张大夫崔二十四同饮》:"瓮头竹叶经春熟,阶底蔷薇入夏开。似火浅深红压架,如饧气味绿粘台。"韩驹《茅柴酒》:"惯饮茅柴谙苦硬,不知如蜜有香醪。"

③斗量车载:《三国志·吴志·吴主传》裴松之注引《吴书》:"咨字德度,南阳人,博闻多识,应对辩捷。权为吴王,擢中大夫,使魏。魏文帝善之,嘲咨曰:'吴王颇知学乎?'……又曰:'吴如大夫者几人?'咨曰:'聪明特达者八九十人,如臣之比,车载斗量,不可胜数。'咨频载使魏,魏人敬异。"

玉楼春

用韵呈仲洽①

狂歌击碎村醪②盏。欲舞还怜衫袖短③。身如溪上钓矶闲,心似道旁官堠懒。④　　山中有酒提壶劝。好语多君堪鲊饭⑤。至今有句落人间,渭水西风黄叶满⑥。

【题解】

此词作于庆元六年(1200)闲居瓢泉时。起笔言高兴时有时放歌,但很少起舞。"欲舞"句,包含了几多人世冷暖和生活辛酸!再写自己身心俱懒。过片写饮食起居。言承君"好语"相劝,虽闲居山中,还有酒可饮,有鲊鱼堪供下饭。末二句写对叶仲洽的思念。

【注释】

①词题:大德本作"用韵答叶仲洽"。用韵,指用《玉楼春》(少年才把笙

歌盏)韵。

②村醪：罗隐《岁除夜》：“官历行将尽，村醪强自倾。”

③“欲舞”句：《韩非子·五蠹》：“今不行法术于内，而事智于外，则不至于治强矣。鄙谚曰：‘长袖善舞，多钱善贾。’此言多资之易为工也。”

④“身如”二句：身如，大德本作“心如”。心似，大德本作“身似”。白居易《社日关路作》：“愁立驿楼上，厌行官堠前。”

⑤“好语”句：多君，大德本作“怜君”。鲊(zhǎ)，腌鱼、糟鱼之类。苏轼《仇池笔记》：“江南人好作盘游饭，鲊脯脍炙无有不，然皆埋之饭中。故里谚曰：‘掘得窖子’。”

⑥“渭水”句：贾岛《忆江上吴处士》：“秋风吹渭水，落叶满长安。”西风，大德本作“秋风”。大德本句下有自注：“谚云：馋如鹞子，懒如堠子。”

鹧鸪天

和人韵有所赠

趁得东风汗漫游①。见他歌后怎生愁。事如芳草春长在，人似浮云影不留。　　眉黛敛，眼波流。十年薄幸谩扬州②。明朝短棹轻衫梦，只在溪南罨画楼③。

【题解】

此词作于闲居带湖期间。和人韵，当是指《鹧鸪天》(梦断京华故倦游)词题中所云余伯山词韵。《辛弃疾词新释辑评》认为，此篇截取浪子与歌妓一段恋情加以描写，构思精巧，容量巨大，非一般艳情词可比。或者正因如此，它才会入选施蛰存《花间新集》的吧。

【注释】

①“趁得”句：东风，大德本作“春风”，王诏刊本、四印斋本作“西风”。汗漫，谓放浪不羁，无拘无束。孟浩然《送元公之鄂渚寻观主张骖鸾》：“应是神仙子，相期汗漫游。”

②“十年”句：杜牧《遣怀》：“十年一觉扬州梦，赢得青楼薄幸名。”谩，王诏刊本、四印斋本作“说”。

③罨画楼：《纬略》卷七：“《墨客挥犀》曰：‘罨画，今之生色也。’余尝谓五采彰施于五服，此固生色之始也。秦韬玉诗：‘花明驿路胭脂暖，山入江亭罨画开。’……卢赞元诗：‘花外小楼云罨画，杏波晴叶退微红。’李商隐爱义兴罨画溪者，亦以其如画也。”句中暗含“罨画溪”一名在内，意即罨画溪南罨画楼。类似的情况，还有如李贺《雁门太守行》“塞上胭脂凝夜紫”，即涵“紫塞”一名；吴文英《八声甘州》“时靸双鸳响，廊叶秋声”，二句中涵“响屧廊”一名。罨画溪，又名沂溪，为阳羡九溪之一，在今江苏宜兴县境内。许浑《送上元王明府赴任》：“荒城树暗沉书浦，旧宅花连罨画溪。”晏殊《渔家傲》：“罨画溪边停彩舫。仙娥绣被呈新样。”

鹧鸪天

峡石用前韵答子似①

叹息频年廪未高②。新词空贺此丘遭③。遥知醉帽时时落，见说吟鞭步步摇。　　干玉唾，秃锥毛④。只今明月费招邀。最怜乌鹊南飞句，不解风流见二乔⑤。

【题解】

此词作于庆元四年至六年(1200)闲居瓢泉时。起笔言自己连年“廪未高”，让吴子似空赋新词相贺了，从一个侧面反映出对现实、对生活的失望情绪。接写过峡石所想，是在外对吴子似居官随心所欲生活的推测。两相对比，说明“叹息”不为无据。过片写欲作答词却又难于写好。这固然可以看作是谦辞，也是有意和吴子似作对比，进一步暗示自己的不得志。结末二句言曹操诗写得很好，可惜风流一世却未能实现政治抱负，暗示即使自己的词写得再好，而政治抱负难以实现，终究令人遗憾。

【注释】

①词题：大德本作"过峡石，用韵答吴子似"。用韵，指用《鹧鸪天》(石壁虚云积渐高)韵。

②廪未高：《诗·周颂·丰年》："丰年多黍多稌，亦有高廪，万亿及秭，为酒为醴。"苏轼《东坡八首》其一："喟然释耒叹，我廪何时高。"

③贺此丘遭：柳宗元《钴鉧潭西小丘记》："书于石，所以贺兹丘之遭也。"

④秃锥毛：秃头毛笔。韩愈《毛颖传》："后因进见，上将有任使，拂拭之。因免冠谢。上见其发秃，又所摹画不能称上意，上嘻笑曰：'吾尝谓君中书，君今不中书邪？'对曰：'臣所谓尽心者。'因不复召。"

⑤"不解"句：杜牧《赤壁》："东风不与周郎便，铜雀春深锁二乔。"

鹧鸪天

重九席上作①

　　戏马台②前秋雁飞。管弦歌舞更旌旗。要知黄菊清高处，不入当年二谢诗。　　倾白酒，绕东篱。只于陶令有心期。明朝重九③浑潇洒，莫使尊前欠一枝。

【题解】

此词作于闲居带湖期间。词从重阳节写起。言刘裕在秋雁南飞之时，于戏马台上大会群僚，饮酒赋诗，有"管弦歌舞更旌旗"之盛，却无吟咏黄花之雅趣。不独刘裕，谢灵运、谢朓也不爱菊。下片转写陶、辛之爱菊、咏菊。陶渊明为隐逸诗人，而菊花为"花之隐逸者也"(周敦颐《爱莲说》)，故词人以"心期"写两者之间的关系。结末二句谓重阳佳节不要只顾饮酒而冷落了菊花，从而表达出对菊花的爱怜之情。

【注释】

①词题：大德本作"重九席上"。

②戏马台:《山川古今记》:"彭城西南有项羽戏马台,宋武帝尝九日登之。"

③重九:大德本作"九日"。

鹧鸪天

睡起即事

水荇参差动绿波①。一池蛇影噤群蛙。因风野鹤饥犹舞,积雨山栀病不花。　　名利处,战争多。门前蛮触日干戈。不知更有槐安国,梦觉南柯日未斜。

【题解】

此词作于闲居瓢泉期间。词写看到荇菜参差不齐,在水面上随波浮动,其影映入池中,犹如满池水蛇,吓得群蛙噤不出声。再由虚拟的蛇蛙之争,联想到社会上的名利之争。结末使用"南柯梦"典故,对社会上争名逐利之人予以嘲讽,彻底否定功名利禄。

【注释】

①"水荇"句:《诗·周南·关雎》:"参差荇菜,左右流之。"荇菜,水生植物,嫩时可食。

鹧鸪天

有　感

出处从来自不齐①。后车方载太公归②。谁知孤竹夷齐子,正向空山赋采薇。③　　黄菊嫩,晚香枝。一般同是采花时。蜂儿辛苦多官府,蝴蝶花间自在飞。④

此词作于闲居瓢泉期间。"出处"句为一篇主脑。以下,分别示以历史人物和花间蜂蝶,说明出处不齐,万物有别。其间既有人世不平之慨,更见自甘隐处之意,思绪颇纷杂。

【注释】

①"出处"句:苏轼《送欧阳主簿赴官韦城四首》其二:"出处年来恨不齐,一樽临水记分携。"

②"后车"句:《史记·齐太公世家》:"太公望吕尚者,东海上人……周西伯猎,果遇太公于渭之阳,与语,大悦……载与俱归,立为师。"后车,副车,侍从之车。

③"谁知"二句:孤竹夷齐子、正向空山,大德本分别作"寂寞空山里"、"却有高人"。

④"蜂儿"二句:罗隐《蜂》:"采得百花成蜜后,不知辛苦为谁甜。"

【辑评】

吴则虞《辛弃疾词选集》:"出处"二字即词题也。此稼轩晚年有出不如处之感,盖悔出而壮志仍不达。

鹧鸪天

子似过秋水

秋水长廊水石间。有谁来共听潺湲①。羡君人物东西晋,分我诗名大小山②。　　穷自乐,懒方闲③。人间路窄酒杯宽。看君不了痴儿事,又似风流靖长官④。

【题解】

此词作于庆元四年至六年(1200)闲居瓢泉时。起首二句点题。先写秋水堂庄重典雅,有廊堂水石,极其优美;又从"水"字生发,以设问句式化实为虚,言吴子似到秋水来"共听潺潺"水声,畅叙幽情。接着赞美吴子似的诗歌和人品。过片转写作者世路艰难之叹。这是愤激之语,也是为精神困惑而寻找出路和慰藉的经验之谈。末二句谓吴子似身为县尉,官事未易了断,但为人风流倜傥,既能入世,也能出世。

【注释】

①潺湲:大德本作"潺潺"。

②"分我"句:《楚辞·招隐士》:"《招隐士》者,淮南小山之所作也。昔淮南王安,博雅好古,招怀天下俊伟之士。自八公之徒,咸慕其德,而归其仁。各竭才智,著作篇章,分造辞赋,以类相从,故或称小山,或称大山。其义犹《诗》有《小雅》、《大雅》也。"

③懒方闲:大德本作"晚方闲"。

④靖长官:仙人。《集仙传》:"靖不知何许人,唐僖宗时为登封令,既而弃官学道,遂仙去。隐其姓而以名显,故世谓之靖长官。"苏轼《送范景仁游洛中》:"试与刘夫子,重寻靖长官。"自注:"刘几云:曾见人嵩山幽绝处,眼光如猫,意其为靖长官也。"

鹧鸪天

有客慨然谈功名,因追念少年时事戏作

壮岁旌旗拥万夫。锦襜突骑渡江初。①燕兵夜娖(侧角切)银胡䩮,汉箭朝飞金仆姑。②　追往事,叹今吾。春风不染白髭须。③都将万字平戎策,换得东家种树书。④

【题解】

此词作于庆元六年(1200)闲居瓢泉时。词人饱经忧患,退居山林,不愿多谈功名,故此番"追往事,叹今吾",仍以戏笔出之。上片回忆早年壮举,笔势豪纵,横扫千军。"燕兵"二句突出敌我双方剑拔弩张、针锋相对的形势,场面极为生动。下片回到现实处境,青春不再,功业无成,徒呼奈何而已。末二句以生动的对比交换,诙谐自嘲的语调,映带出英雄无用武之地、被迫归耕田园的沉痛和悲凉,写来婉转蕴藉。

【注释】

①"壮岁"二句:宋高宗绍兴三十一年,金主完颜亮大举南侵。时年二十二岁的辛弃疾于山东聚众二千人起义反金,后投耿京,为掌书记,共图恢复,拥兵二十五万。次年,辛弃疾奉表归宋,得到高宗召见。辛弃疾北还召耿京,闻叛徒张安国杀耿京降金,遂率轻骑五十余突袭金营,于众中擒拿张安国,献俘临安,斩之于市。事见《宋史·辛弃疾传》。黄庭坚《送范德孺知庆州》:"春风旆旗拥万夫,幕下诸将思草枯。"襜(chān),短衣。《后汉书·光武帝纪》:"会上谷太守耿况、渔阳太守彭宠各遣其将吴汉、寇恂等将突骑来助击王郎。"注:"突骑,言能冲突军阵。"张孝祥《水调歌头》:"少年荆楚剑客,突骑锦襜红。"

②"燕兵"二句:娖(chuò),整理,整顿。银胡籙,银色箭囊。《左传·庄公十一年》:"乘丘之役,公以金仆姑射南宫长万。"杜预注:"金仆姑,矢名。"

③"追往事"三句:欧阳修《圣无忧》:"好酒能消光景,春风不染髭须。"

④"都将"二句:都将,大德本作"却将"。辛弃疾南渡归来后,曾上奏《美芹十议》、《九议》等抗金复国方略。据《新唐书·王忠嗣传》,唐代名将王忠嗣曾上"平戎十八策"。又,据《史记·始皇本纪》,秦始皇焚书时,仅保留"医药、卜筮、种树之书"。韩愈《送石洪处士赴河阳幕》:"长把种树书,人云避世士。"

【辑评】

金刘祁《归潜志》卷八:党承旨怀英,辛尚书弃疾,俱山东人,少同舍,属金国初遭乱,俱在兵间。辛一旦率数千骑南渡,显于宋。党在北方,擢第入翰林,有名,为一时文字宗主。二公虽所趋不同,皆有功业荣宠,视前朝陶谷、韩熙载,亦相况也。后辛退闲,有词《鹧鸪天》云:"壮岁旌旗拥万夫云云。"盖纪其少时事也。

清陈廷焯《白雨斋词话》卷一:稼轩《鹧鸪天》云:"却将万字平戎策,换得东家种树书。"哀而壮,得毋有"烈士暮年"之慨耶?

清陈廷焯《白雨斋词话》卷八:放翁《蝶恋花》云:"早信此生终不遇,当年悔草长杨赋。"情见乎词,更无一毫含蓄处。稼轩《鹧鸪天》云:"却将万字平戎策,换得东家种树书。"亦即放翁之意,而气格迥乎不同,彼浅而直,此郁而厚也。

俞陛云《唐五代两宋词选释》:金国初乱,稼轩率数千骑,渡江而南,高宗录用之。归田后有客过访,慨然谈功名,因追述少年时事,有英雄种菜之感。生平宦游南北,江统平戎之策,橐驼种树之书,一身兼之。词中不言何去何从,观其以家事付儿曹,赋《西江月》词以见志,有"宜醉宜游宜睡"、"管竹管山管水"之句,知其天性淡泊,东郊戢影,固义命自安也。

鹧鸪天

寿子似,时摄事城中①

上巳风光好放怀。忆君②犹未看花回。茂林映带谁家竹,曲水流传第几杯。　　摘锦绣,写琼瑰。长年富贵属多才。要知此日生男好,曾有周公被褓来。③

【题解】

此词作于庆元四年至六年(1200)闲居瓢泉时。起笔写上巳风光之美,暗示出吴子似生日之乐。接写吴子似列坐茂林修竹之下,清溪之旁,流觞曲水,娱乐宾朋的情景。过片三句再言吴子似不仅生于富贵之家,外出为官,而且多才多艺,善于铺陈华丽之辞,写作如琼似瑰的精美文字,以纪节日之盛。以上明写上巳,暗写祝寿,以节日之盛显示其生活之乐。结末二句明写祝寿,映带节日活动,再次巧妙地把二者融会在了一起。

【注释】

①词题:大德本作"寿吴子似县尉,时摄事城中"。

②忆君:大德本作"故人"。

③"要知"二句:《晋书·束晳传》:"武帝尝问挚虞三日曲水之义,虞对

曰:'汉章帝时,平原徐肇以三月初生三女,至三日俱亡,村人以为怪,乃招携之水滨洗祓,遂因水以泛觞,其义起此。'帝曰:'必如所说,便非好事。'皙进曰:'虞小生,不足以知,臣请言之。昔周公成洛邑,因流水以泛酒,故逸诗云:羽觞随波。又秦昭王以三日置酒河曲,见金人奉水心之剑,曰:今君制有西夏。乃霸诸侯,因此立为曲水。二汉相缘,皆为盛集。'"《北史·高琳传》:"琳母尝被褉泗滨,遇见一石,光彩朗润,遂持以归……及生子,因名琳,字季珉焉。"被褉,祓除不祥。

鹧鸪天

再赋牡丹①

去岁君家把酒杯②。雪中曾见牡丹开。而今纨扇薰风里,又见疏枝月下梅。　　欢几许,醉方回。明朝归路有人催。低声待向他家道,带得歌声满耳来。

【题解】

此词作于庆元末闲居瓢泉时。上片从"再赋"二字入手写先后两次赏牡丹。谓如今和风吹拂,牡丹盛开,同在月夜下欣赏,也觉得是一样的朦胧可爱。下片紧承上片,以浓笔重墨,对今次赏牡丹的美好感受作生动而具体的描叙。

【注释】

①大德本无词题。再赋,未审原赋何指。

②"去岁"句:君家,未详所指。王安石《过外弟饮》:"一自君家把酒杯,六年波浪与尘埃。"

鹊桥仙

赠鹭鸶

溪边白鹭。来吾告汝。溪里鱼儿堪数。主人怜汝汝怜鱼，要物我、欣然一处。　　白沙远浦。青泥别渚。剩有虾跳鳅舞。任君[1]飞去饱时来，看头上、风吹一缕。

【题解】

此词创作时地未详。全篇皆为主人（词人）告诫溪边白鹭之语。白鹭的主食是鱼，由于长期捕食，溪中之鱼日渐减少，以至所剩无几，而主人又特别爱惜鱼儿，故谆谆叮咛白鹭要爱惜鱼儿，就像主人爱惜白鹭一样。"要物我、欣然一处"，是全篇主旨。下片是说，除了鱼之外，远处水边的虾、泥鳅之类，随白鹭吃个够，吃饱回来时，主人会开心地恭候白鹭。末句描绘白鹭"头上风吹一缕"，形象生动传神，颇具高情逸致。

【注释】

①任君：大德本作"听君"。

西江月

寿钱塘弟正月十六日，时新居成①

画栋新垂帘幕，华灯未放笙歌。一杯潋滟泛金波。先向太夫人贺。　　富贵吾应自有，功名不用渠多。只将绿鬓抵羲娥。金印须教斗大。

【题解】

此词作于庆元四年至六年（1200）闲居瓢泉时。先写祝寿的时间和地点,以及向太夫人敬酒贺喜。再写富贵功名,并贺祐之弟升官。

【注释】

①词题:大德本作"寿祐之弟,时新居落成"。

西江月

正月四日和建宁陈安行舍人,时被召①

风月亭危致爽,管弦声脆休催。主人只是旧时怀②。锦瑟旁边须醉③。　　玉殿何须侬去,沙堤只要公来。④看看红药又翻阶⑤。趁取西湖春会。

【题解】

此词作于绍熙四年(1193)福建任上应诏赴临安途中。陈安行原唱已佚。上片写陈安行对作者的盛情招待,带来愉快而美好的感受,自己因为感激主人而醉酒。下片写双方的去留,以"何须侬(自己)去"衬托陈安行应当去。并相约西湖再会,共叙旧谊。

【注释】

①词题:大德本作"癸丑正月四日,自三山被召,经从建安,席上和陈安行舍人韵"。陈安行,楼钥《攻愧集》卷八九《华文阁直学士奉政大夫致仕赠金紫光禄大夫陈公行状》载,陈居仁字安行,福建莆田人。历户部右曹郎官,兼直学士院,绍熙三年进焕章阁待制,移知建宁府。

②旧时怀:大德本作"旧情怀"。

③"锦瑟"句:杜甫《曲江对雨》:"何时诏此金钱会,暂醉佳人锦瑟旁。"

④"玉殿"二句:何须,王诏刊本、四印斋本作"何曾"。只要,大德本作"正要"。

⑤"看看"句:谢朓《直中书省》:"红药当阶翻,苍苔依砌上。"

西江月

三山作

贪数明朝重九。不知过了中秋。人生有得许多愁。惟有^①黄花如旧。　　万象亭^②中㫋酒。九江阁^③上扶头。城鸦唤我醉归休。细雨斜风时候。

【题解】

此词作于绍熙三年(1192)福建提点刑狱任上。起笔言重阳节还未到来,自己就数算着何时能到,因为过于贪求,不知不觉之间便过了中秋。接写对菊花的赞叹,实是暗示对隐逸生活的向往。过片言在万象亭中醉,在九仙阁上亦醉,简直是无时无地不醉。最后说在斜风细雨中,城头上传来乌鸦的叫声,可见天色向晚,在催他归去了。

【注释】

①惟有:大德本作"只有"。

②万象亭:《淳熙三山志》卷七:"万象亭,燕堂之北。绍兴十四年,叶观文梦得创。"韩元吉《南涧甲乙稿》卷一《万象亭赋序》:"绍兴十有三年,石林先生自建康留钥移帅长乐……时闽人岁饥,余盗且扰;曾未易岁,既怀且威。仓廪羡赢,野无燧烟,民饱而歌。乃辟府治燕寝后,筑台建亭,尽揽四山之胜,字曰万象。公时以宴闲临之,命宾客觞酒赋诗,以纪一时之盛。"

③九江阁:九江,大德本作"九仙"。《淳熙三山志》卷七:"九仙楼,楼下东衣锦阁,西五云阁。旧小厅之西南有清风楼、爽心阁,即此也。楼,旧有之;阁,嘉祐八年元给事绛创。熙宁间更名为九仙楼、赏心阁。"

西江月

遣　兴

醉里且贪欢笑,要愁那得工夫。近来始觉古人书。信著全无是处。^①　　昨夜松边醉倒,问松我醉何如。只疑松动要来扶。以手推松曰去^②。

【题解】

此词作于庆元间闲居瓢泉时。上片写闲居中的饮酒读书生活。满腹愁绪,借酒浇愁,却偏偏强颜欢笑,反说要愁都没工夫,正是欲盖弥彰之法。"近来"二句,化用《孟子》,实际上并非针对古书而发,而是痛感于社会现实与古书上说的至理名言大相径庭,故而发出感慨,实在是抚时感事的愤激之语。下片描写醉中情态。词人醉倒松树边,无人照应,故醉眼蒙眬中唯有问讯松树,见出孤独无奈、世无知音的悲凉。醉得东倒西歪,恍惚间感到松树晃动,似乎要来扶,径直用手推开松树,叫松树走开。描绘醉态,惟妙惟肖,同时也写活了词人独立不移、傲岸倔强的鲜明个性。

【注释】

①"近来"二句:《孟子·尽心下》:"尽信《书》,则不如无《书》。吾于《武成》,取二三策而已矣。仁人无敌于天下,以至仁伐至不仁,而何其血之流杵也?"

②"以手"句:《汉书·龚胜传》:"博士夏侯常见胜应禄不和,起至胜前谓曰:'宜如奏所言。'胜以手推常曰:'去!'"

【辑评】

胡云翼《宋词选》:作者说古人书"信著全无是处",意思不是菲薄古人,否定一切古书的意义,而是针对当时政治上没有是非和古人至理名言被抛弃的现状,发出的激愤之辞。词中写醉态、狂态,都是对政治现实不满的一种表示。

夏承焘《唐宋词欣赏》：这首词题目是"遣兴"，从词的字面看，好像是抒写悠闲的心情。但骨子里却透露出他那不满现实的思想感情和倔强的生活态度。下片四句不仅写出维妙维肖的醉态，也写出了作者倔强的性格。仅仅二十五个字，构成了剧本的片段：有对话，有动作，有神情，又有性格的刻划，内容之丰富乃小令中少见。"以手推松曰去"乃用散文句法入词，是辛弃疾豪放词风格的特色之一。

吴则虞《辛弃疾词选集》：下片写醉态，无意求新，而能戛戛独造。此词实写一"愁"字，纯从反面写。

西江月

和晋臣登悠然阁[①]

一柱中擎远碧，两峰旁倚高寒[②]。横陈削就短长山。莫把一分增减[③]。　　我望云烟目断，人言风景天悭。被公诗笔尽追还。更上层楼一览[④]。

【题解】

此词作于闲居瓢泉期间。赵晋臣原唱已佚。上片先言一柱居中，擎起远山的碧色；两峰旁耸，上插高寒之天。寥寥数语实写山的形状，层次分明，开阔淡雅。再言远山近峰相伴横陈于地，有高有低，起伏不定，犹如天公削就，错落有致，赏心悦目。下片言登上悠然阁，极目远眺，目力所及，是一望无际的云烟。不说没看到好风景，而说天不让人看到好风景，乃虚拟烘托之法。这样的好风景到底有没有呢？被写到赵晋臣的作品中去了。既是对赵晋臣登悠然阁词的赞美，又进一步写出登临所见的风物之美。结句言悠然风物如此动人，须更上层楼，一览胜景。虚笔传神，写尽登临之意。

【注释】

①词题:大德本作"悠然阁"。

②"两峰"句:杜甫《九日蓝田崔氏庄》:"蓝水远从千涧落,玉山高并两峰寒。"旁倚,大德本作"旁耸"。

③"莫把"句:宋玉《登徒子好色赋》:"增之一分则太长,减之一分则太短。"

④"更上"句:更上,大德本作"重上"。王之涣《登鹳雀楼》:"欲穷千里目,更上一层楼。"

西江月

堂上谋臣帷幄,边头猛将干戈。天时地利与人和①。燕可伐②与曰可。 此日楼台鼎鼐,他时剑履③山河。都人齐和大风歌。管领群臣来贺。

【题解】

此词当作于嘉泰四年(1204)至开禧三年(1207)间。全篇通过畅想,描写北伐从谋划到凯旋的全过程,风格豪迈,爱国主义精神跃然纸上,颇似杜甫《闻官军收河南河北》。

【注释】

①"天时"句:《孟子·公孙丑下》:"天时不如地利,地利不如人和。"

②"燕可伐"句:《孟子·公孙丑下》:"沈同以其私问曰:'燕可伐与?'孟子曰:'可。'"

③剑履:《吴礼部词话》作"带砺"。

生查子

独游西岩①

青山招不来,偃蹇②谁怜汝。岁晚太寒生,唤我溪边住。
山头明月来,本在高高③处。夜夜入清溪,听读离骚去。

【题解】

此词作于闲居带湖期间。上片采用拟人手法,描写词人与青山的交流对话。先从词人对山所说,见出青山傲岸不同流俗的品性、孤独无人怜惜的处境,依稀折射出词人的品性与处境。接着写青山殷切邀请词人同住溪边,相伴共度寒冬。下片以同样的手法写山头明月陪伴词人。一轮皓月本在天上,只因有感于词人独住溪边,于是有意从空中倒映入清溪,夜夜陪伴词人,听其吟诵《离骚》。全篇传写孤寂忧闷,与李白《月下独酌》各臻其妙。

【注释】

①大德本无词题。

②偃蹇:高耸。苏轼《越州张中舍寿乐堂》:"青山偃蹇如高人,常时不肯入官府。"

③高高:大德本作"天高"。

生查子

简子似①

高人千丈崖,千古②储冰雪。六月火云③时,一见森毛发。
俗人如盗泉④,照眼都昏浊。高处挂吾瓢,不饮吾宁渴⑤。

【题解】

此词作于庆元六年(1200)闲居瓢泉时。以词代简,扬清激浊,主旨甚明。上下片清浊对举,对比鲜明;通篇比喻,生动具体。上片以千丈冰崖比拟高人,言其崇伟孤傲,亮节高风,虽六月火云之境,无改其清纯冰雪之姿,望之令人敬畏。此即颂吴子似诸君子。下片以盗泉喻俗人,泉水混浊,照影也觉昏而不明,望之顿生厌恶之心,虽挂瓢而不取,宁干渴而不饮。此所以近高士而远俗客,非吴子不交纳也。同时,也隐含宁清贫而节操自守、终不同流合污之意。

【注释】

①词题:大德本作"简吴子似县尉"。

②千古:大德本作"太古"。

③六月火云:黄庭坚《戏和文潜谢穆父松扇》:"张侯哦诗松韵寒,六月火云蒸肉山。"

④盗泉:在今山东泗水。相传盗泉不流。

⑤"不饮"句:《尸子》:"孔子过于盗泉,渴矣而不饮,恶其名也。"

卜算子

饮酒败德

盗跖傥名丘,孔子还名①跖。跖圣丘愚直至今②,美恶无真实。　　简册③写虚名,蝼蚁侵枯骨④。千古光阴一霎时,且进杯中物。

【题解】

此词作于庆元元年(1195)闲居带湖时。词写倘若当初给盗跖、孔丘起的名分别是丘和跖,名实颠倒,名与实就相悖了。而如果果真像那样颠倒过来且流传至今,恶名与美名就都失去了真实,也就失去了意义。因为不论是孔丘还是盗跖,死后都将变成枯骨,史书虽然能够把他们的虚名写进去,但对枯骨来说还有什么意义? 末二句写坚持饮酒,话虽超脱,感慨甚深。宋代三教并行,"以佛修身,以道养性,以儒治世"(宋孝宗《三教论》),词中所云不尚虚名,超尘脱俗,正从一个侧面反映出当时文苑学坛的这一现实。

【注释】

①还名,王诏刊本、四印斋本作"如名"。

②至今:大德本作"到今"。

③简册:大德本作"简策"。

④"蝼蚁"句:杜甫《遣兴三首》其一:"朽骨穴蝼蚁,又为蔓草缠。"

卜算子

饮酒成病

一个去学仙,一个去学佛。仙饮千杯醉似泥①,皮骨如金石。　　不饮便康强,佛寿须千百。八十余年入涅槃②,且进杯中物。

【题解】

此词作于庆元元年(1195)闲居带湖时。先以神仙为例,说明饮酒并不一定致病。再以佛为例,说明不饮酒的人也不见得长寿。既然正、反两方面的事实都证明"不饮"无益于"康强",还是暂且饮酒吧。全篇以超旷的姿态,从理论上解决了要不要饮酒的问题。

【注释】

①醉似泥:《后汉书·儒林列传·周泽》:"一年三百六十日,三百五十九日斋。"李贤注:"《汉官仪》此下云:'一日不斋醉如泥。'"

②"八十"句:佛家谓释迦牟尼年八十,圆寂于跋陀河之遮罗双树间。

涅槃,佛家语,谓永离诸趣,入不生不灭之门。亦曰圆寂。

卜算子

饮酒不写书

一饮动连宵^①,一醉长三日。废尽寒暄不写书,富贵何由得。^②　　请看冢中人,冢似当时笔。^③万札千书只恁休,且进杯中物。

【题解】

此词作于庆元元年(1195)。上片写因酒废事,写不出书来,求不到功名富贵。过片三句紧承上片结句,回答"不写书"的问题。言有的人用过的笔多到可以造一座笔冢,不也成了冢中人了,所写的"万札千书"不也只是就此完结,身后还有富贵可言吗?结句是超脱语,也是愤激语。

【注释】

①"一饮"句:白居易《和祝苍华》:"痛饮困连宵,悲吟饥过午。"

②"废尽"二句:寒暄,大德本作"寒温"。杜甫《柏学士茅屋》:"富贵必从勤苦得,男儿须读五车书。"

③"请看"二句:《唐国史补》卷中:"长沙僧怀素好草书,自言得草圣三昧,弃笔堆积埋于山下,号曰笔冢。"

卜算子

齿落

刚者不坚牢,柔者难摧挫。不信张开口了看,舌在牙先堕。^①　　已阙两边厢,又豁中间个。说与儿曹莫笑翁,狗窦从君过②。

【题解】

此词创作时地未详。这首嬉笑怒骂的讽刺作品，上片以齿刚不牢、舌柔难挫为喻，反映当时黑暗败坏的现实：刚肠嫉恶的正直之士备受排抑，因致沉沦失意，而"甘国老"、"秦吉了"一流的人却充斥要路，富贵寿考。下片则是对谤毁诬陷自己的人的辛辣讽刺与无情嘲骂。

【注释】

①"刚者"四句：《说苑·敬慎》："常枞有疾，老子往问焉……张其口而示老子曰：'吾舌存乎？'老子曰：'然。''吾齿存乎？'老子曰：'亡。'常枞曰：'子知之乎？'老子曰：'夫舌之存也，岂非以其柔耶？齿之亡也，岂非以其刚耶？'曰：'嘻，是已！'"柔者，大德本作"柔底"，王诏刊本、四印斋本作"柔的"。口了，王诏刊本、四印斋本作"口角"。

②"狗窦"句：《世说新语·排调》："张吴兴年八岁，亏齿，先达知其不常，故戏之曰：'君口中何为开狗窦？'张应声答曰：'正使君辈从此中出入。'"

【辑评】

吴则虞《辛弃疾词选集》：韩愈落齿便有忧衰伤老之感。稼轩此词以谑语出之，亦见其胸怀之旷达。"齿堕舌存"似有含义，然不必于此等处故为深解，反成理障。

卜算子

用庄语

一以我为牛，一以吾为马。①人与之名受不辞，善学庄周者。②　　江海任虚舟③，风雨从飘瓦。醉者乘车坠不伤，全得于天也。④

此词作于闲居瓢泉期间。全篇化用《庄子》,写自然主义的人生观,表示自己要虚心应世,随遇而安。把客观的相关事物看作无意而必然的结果,像江海上的虚舟相撞,风雨中飘瓦砸头,醉汉不知不觉地坠车摔伤,一切听其自然,这样便能保全精神的自由。这当然是词人的愤慨语,不过存在的时间极为短暂,势必很快就会被主导的淑世思想所克服。

【注释】

①"一以"二句:《庄子·应帝王》:"泰氏其卧徐徐,其觉于于;一以己为马,一以己为牛;其知情信,其德甚真,而未始入于非人。"王先谦《集解》:"成云:或马或牛,随人呼召。"吾为马,大德本作"我为马"。

②"人与"二句:《庄子·天道》:"昔者子呼我牛也,而谓之牛;呼我马也,而谓之马。苟有其实,人与之名而弗受,再受其殃。"

③"江海"句:《庄子·山木》:"君其涉于江而浮于海,望之而不见其崖,愈往而不知其所穷……方舟而济于河,有虚船来触舟,虽有偏心之人不怒……人能虚己以游世,其孰能害之。"

④"风雨"三句:《庄子·达生》:"夫醉者之坠车,虽疾不死。骨节与人同,而犯害与人异,其神全也……彼得全于酒而犹若是,而况得全于天乎?……复仇者不折镆干,虽有忮心者,不怨飘瓦,是以天下平均,故无攻战之乱。"

卜算子①

夜雨醉瓜庐②,春水行秧马③。点检田间快活人,未有如翁者。　　秃尽兔毫锥④,磨透铜台瓦⑤。谁伴扬雄作解嘲,乌有先生也。

【题解】

此词作于闲居瓢泉期间。起二句写实,春雨霏霏,夜醉瓜庐,闲看秧马行进于春水中,一派悠闲自适之态。以下"点检"二句直以"田间快活人"自命,备见自我欣慰之情。下片由闲适自在的农耕生涯联想到清苦辛劳的笔耕生涯,慨叹扬雄作《解嘲》,何等孤独寂寞。借古喻今,不无自况之意。由此可见,上片所谓"田间快活人",亦无非自我"解嘲",词人胸中自有一段难以排遣的郁闷之气。

【注释】

①王诏刊本有词题"漫兴三首",包括以下两首。

②瓜庐:《三国志·魏志·管宁传》注引《魏略》:"自作一瓜牛庐,净扫其中。营木为床,布草蓐其上。"

③秧马:插秧农具。苏轼《秧马歌并引》引云:"予昔游武昌,见农夫皆骑秧马……日行千畦。"

④"秃尽"句:李白《醉后赠王历阳》:"书秃千兔毫,诗裁两牛腰。"秃尽,大德本作"扫秃"。

⑤"磨透"句:《春渚纪闻》卷九:"相州魏武故都,所筑铜雀台,其瓦初用铅丹杂胡桃油捣治火之,取其不渗,雨过即干耳。后人于其故基,掘地得之,镶以为砚,虽易得墨而终乏温润,好事者但取其高古也。"《旧五代史·桑维翰传》附《旧五代史考异》引《春渚纪闻》云:"桑维翰试进士,有司嫌其姓,黜之。或劝勿试,维翰持铁砚示人曰:'铁砚穿,乃改业。'"

【辑评】

吴则虞《辛弃疾词选集》:上阕言天下之快活人,莫如凿井而饮、耕田而食之老农,是陪衬语。下阕则有慨乎世人不识,而用以自嘲也。"扫秃""磨透"以言其费力。而所制之奏议与歌词,举世之人无有能识其志者。既无同调,又无人知,只有乌有先生也。

卜算子

珠玉作泥沙①,山谷量牛马②。试上累累丘垅看,谁是强梁者③。　　水浸浅深檐,山压高低瓦。山水朝来笑问人,翁早④(去声)归来也。

【题解】

　　此词作于闲居瓢泉期间。上片写富贵不可恃。起首二句言有的人大富大贵，视珠玉如泥沙，用山谷量牛马。身后如何呢？三四句做了回答。用生前的煊赫，反衬身后的凄凉。下片写山水之乐。"水浸"二句写青山绿水，流水孤村，充分显示山居生活之美。化静为动，使自然山水增加了审美情趣。结末二句借助山水发问，表达归隐山林的愿望。移情于物，借山水之爱词人衬托出词人之爱山水。

【注释】

　　①"珠玉"句：杜牧《阿房宫赋》："鼎铛玉石，金块珠砾……奈何取之尽锱铢，用之如泥沙。"

　　②"山谷"句：《史记·货殖列传》："乌氏倮畜牧，及众，斥卖，求奇缯物，间献遗戎王。戎王什倍其偿，与之畜，畜至用谷量马牛。"

　　③强梁者：强有力之人。《老子》："强梁者不得其死。"

　　④早：早晚，即何时。

卜算子

　　千古李将军，夺得胡儿马。①李蔡为人在下中，却是封侯者。②　　芸草去陈根，笕竹添新瓦。万一朝家举力田，舍我其谁也。③

【题解】

　　此词作于闲居瓢泉期间。上片平叙故实，以李广和李蔡作鲜明对比。身经百战，功勋卓著，而沉沦下位；人品平庸，却有封侯之赏。虽语不褒贬，但影射比附之意甚明。过片二句写实，赋其闲淡田园生涯，上片的述古正是由此起兴。以抗金复国为己任的英才志士,却落得归耕山林,锄草浇园,岂非荒唐可笑? 以下索性放笔直书:欲举力田,舍我其谁? 语出《孟子》,反其意而用之,不唯愤懑之情溢于辞表,且是对当朝用人政策的嘲讽。

【注释】

①"千古"二句:《史记·李将军列传》:"李将军广者……广以卫尉为将军,出雁门击匈奴。匈奴兵多,破败广军,生得广。单于素闻广贤,令曰:'得李广必生致之。'胡骑得广,广时伤病,置广两马间,络而盛卧广。行十余里,广佯死,睨其旁有一胡儿骑善马,广暂腾而上胡儿马,因推堕儿,取其弓,鞭马南驰数十里,复得其余军,因引而入塞。"千古,王诏刊本作"汉代"。

②"李蔡"二句:《史记·李将军列传》:"初,广之从弟李蔡与广俱事孝文帝……蔡为人在下中,名声出广下甚远,然广不得爵邑,官不过九卿,而蔡为列侯,位至三公。"

③"万一"二句:朝家,王诏刊本、石印斋本作"朝廷"。汉朝曾多次下诏举荐"力田"、"孝弟"等人才。《孟子·公孙丑下》:"夫天未欲平治天下也。如欲平治天下,当今之世,舍我其谁也?"

【辑评】

清先著、程洪《词洁》卷一:南渡以后名家,长调虽极意雕镂,小调不能不敛手。以其工出意外,无可著力也。稼轩本色自见,亦足赏心。

哨　遍

赵昌父之祖季思学士,退居郑圃,有亭名鱼计,宇文叔通为作古赋。今昌父之弟成父,于所居凿池筑亭,榜以旧名。昌父为成父作诗,属余赋词,余为赋《哨遍》。庄周论于蚁弃知,于鱼得计,于羊弃意,其义美矣。然上文论虱托于豕而得焚,羊肉为蚁所慕而致残,下文将并结二义,乃独置豕虱不言而遽论鱼,其义无所从起。又间于羊蚁两句之间,使羊蚁之义离不相属,何耶! 其必有深意存焉,顾后人未之晓耳。或言蚁得水而死,羊得水而病,鱼得水而活,此最穿凿,不成义趣。

余尝反复寻绎,终未能得。意世必有能读此书而了其义者。他日倘见之而问焉,姑先识余疑于此词云尔。①

池上主人,人适忘鱼,鱼适还忘水。洋洋乎②,翠藻青萍里。想鱼兮、无便于此。尝试思,庄周正谈两事。一明豕虱一羊蚁。说蚁慕于膻,于蚁弃知,又说于羊弃意。甚虱焚于豕独忘之。却骤说于鱼为得计。千古遗文,我不知言,以我非子。　　子固非鱼,噫。鱼之为计子焉知。河水深且广,风涛万顷堪依。有网罟如云,鹈鹕成阵,过而留泣计应非。③其外海茫茫,下有龙伯④,饥时一啖千里。更任公五十犗为饵。使海上人人厌腥味。⑤似鹍鹏、变化能几。东游入海,此计直以命为嬉。古来谬算狂图,五鼎烹死⑥,指为平地。嗟鱼欲事远游时。请三思而行可矣⑦。

【题解】

此词创作时地未详。基本上可以视为一篇词论。上片提出问题。起首五句写鱼最便于生活在池水中。以下寻根溯源,指出《庄子》原文在叙事上的纰漏,从正面提出"鱼计"问题。下片分析解决问题。"子固非鱼"三句再退一步,说明"鱼计"难知。接写黄河看似堪依,但有枯鱼过河泣的风险;海水茫茫,也并非乐土。末五句结合上述分析,指明现实危险,提出"三思而行"的建议。全篇议论化、散文化特征非常明显,正因如此,《钦定词谱》卷三九云:"全篇纯用散文体,平仄不足为据,故不参校入谱。"

【注释】

①词序中"郑圃",古地名,在今河南新郑一带,列子曾居此。宇文叔通,宇文虚中字叔通,华阳人,宋徽宗大观年间进士。《宋史》、《金史》皆有传。成父,昌父弟,号定庵。"庄周论"云云,谓辛弃疾认为,《庄子·徐无鬼》中这段话的最后三句,并结上文"濡需者"与"卷娄者"二义,没有再提"豕虱",只提到羊和蚁,又突然说"于鱼得计",不知从何说起。"于鱼得计"

放在"于蚁弃知"和"于羊弃意"之间，把"羊"和"蚁"意义分开，又不知是何道理。

②洋洋乎：《孟子·万章上》："始舍之，圉圉焉，少则洋洋焉，攸然而逝。"

③"有网罟(gǔ)"三句：《庄子·外物》："鱼不畏网而畏鹈鹕。"罟，网的通称。鹈鹕(hú)，捕食鱼类的水鸟。古乐府："枯鱼过河泣，何时悔复及。"

④龙伯：《列子·汤问》："龙伯之国有大人，举足不盈数步，而暨五山之所，一钓而连六鳌，合负而趣归其国。"

⑤"更任公"二句：《庄子·外物》："任公子为大钩巨缁，五十犗以为饵……已而大鱼食之……任公子得若鱼，离而腊之。自制河以东，苍梧以北，莫不厌若鱼者。"犗(jiè)，泛指牛。

⑥五鼎烹死：《史记·平津侯主父列传》："丈夫生不五鼎食，死即五鼎烹耳。"五鼎，古祭礼，以五鼎分盛五种祭品，后形容贵族官僚生活之奢侈。

⑦"请三思"句：《论语·公冶长》："季文子三思而后行。子闻之，曰：'再，斯可矣。'"

兰陵王

己未八月二十日夜，梦有人以石研屏见饷者，其色如玉，光润可爱。中有一牛，磨角作斗状，云：湘潭里中有张其姓者，多力善斗，号张难敌。一日，与人搏，偶败，忿赴河而死。居三日，其家人来视之，浮水上，则牛耳。自后，并水之山，往往有此石。或得之，里中辄不利。梦中异之，为作诗数百言，大抵皆取古之怨愤变化异物等事，觉而忘其言。后三日，赋词以识其异。

恨之极。恨极销磨不得。苌弘事，人道后来，其血三年化为碧。①郑人缓也泣。吾父攻儒助墨。十年梦，沈痛化余，秋柏之间既为实。② 相思重相忆。被怨结中肠，潜动精魄。望夫江上岩岩立③。嗟一念中变，后期长绝。君看启母愤所激。又俄顷为石。④　　难敌。最多力。甚一念沈渊，精气为物。依然困斗磨角。便影入山骨，至今雕琢。发思人世，只合化，梦中蝶。

【题解】

此词作于庆元五年(1199)闲居瓢泉时。序中说作者梦到有人送给他一件石研屏，并讲述了一个离奇的故事：湘潭张难敌因搏斗而死，死后化为斗牛石，使里中得之者不利。梦境本不足为凭，却是作者情感思想的某种曲折反映。此首记梦词，通过古来苌弘、郑人缓、望夫妇、启母等四件因怨愤变化为石的记载，参证张难敌的故事。上片写两男因恨化石，是父子君臣事。中片写两妇因怨化石，是夫妇事。下片写张难敌虽然斗败，但化为石后仍作困斗的形象，赞扬其抵死不屈的斗争精神。文词诙谐诡谲，构思却极巧妙。全篇赋体入词，借张难敌的不屈形象，抒发胸中激愤不平的怨气，用以影射当时的政治斗争。

【注释】

①"苌弘"三句：《庄子·外物》："苌弘死于蜀，藏其血，三年而化为碧。"苌(cháng)弘，周之大夫。

②"郑人"五句：《庄子·列御寇》："郑人缓也，呻吟裘氏之地，只三年，而缓为儒。河润九里，泽及三族，使其弟墨。儒墨相与辩，其父助翟。十年，而缓自杀。其父梦之曰：'使而子为墨者予也。阖胡尝视其良，既为秋柏之实矣。'"缓，人名。

③"望夫"句：《初学记》卷五引《幽明录》："武昌北山上有望夫石，状若人立。古传云：昔有贞妇，其夫从役，远赴国难，携弱子饯送北山，立望夫而化为立石。"

④"君看"二句：启母化石后，石破生启。《山海经·中山经》郭璞注"泰室之山"云："即中岳嵩高山也"，"启母化为石而生启，在此山，见《淮南子》"。

【辑评】

梁启超《辛稼轩先生年谱》：词文恢诡冤愤，盖借以抒其积年胸中块磊不平之气。

沈曾植《稼轩长短句小笺》:《兰陵王》,己未八月二十日。按己未为庆元五年,是时韩侂胄方严伪学之禁,赵忠简卒于贬所。苌弘碧血,儒墨相争,托意甚微,非偶然涉笔也。

吴则虞《辛弃疾词选集》:此首以"恨"、"怨"、"愤"三字分布上、中、下三片。上片苌弘事言"忠";中阕与末阕皆言"愤"。"忠愤"二字,为此词之骨,意在言外,岂真为张难敌作哉!读者当于此探其深旨。沈曾植《稼轩长短句小笺》云云,此言甚是。

贺新郎

赋海棠

著厌霓裳素。染胭脂、苎罗山下,浣沙溪渡。①谁与流霞千古酽,引得东风相误。从奥②入、吴宫深处。鬓乱钗横浑不醒③,转越江、刬地迷归路。烟艇小,五湖去。　　当时倩得春留住。就锦屏一曲,种种断肠风度④。才是清明三月近,须要诗人妙句。笑援笔、殷勤为赋。十样蛮笺⑤纹错绮,粲珠玑、渊掷惊风雨⑥。重唤酒,共花语。

【题解】

此词作于闲居带湖期间。起笔写海棠初开,妍丽可爱,犹如西施生于苎罗山下浣沙溪头一样。以下,谓犹如西施被送入吴宫,海棠也被移入宫廷,与世隔绝;又如西施惨遭蹂躏后流落江海一样,海棠也随流水消逝。过片先写当时留住春光,如今见到风情万种的秋海棠,让人得以欣赏其"风度"。再说清明节近,海棠将开,援笔为赋。结句唤酒语花,表达爱惜之意。全篇融西施与海棠、海棠与词人为一体,不言海棠而句句都有海棠在,借咏海棠而寓托身世之感。

【注释】

①"染胭脂"二句：《吴越春秋·勾践阴谋》："（越王）得苎罗山鬻薪之女曰西施。"注云："苎罗山在诸暨县南五里，西施、郑旦所居。下临浣江，江中有浣纱石。"

②从臾：怂恿。

③"鬓乱"句：《太真外传》："上皇登沉香亭，诏妃子，时卯酒未醒，命侍儿扶掖而至。妃子醉韵残妆，鬓乱钗横，不能再拜。上皇笑曰：'是岂妃子醉，直海棠睡未足耳。'"

④断肠风度：《琅嬛记》卷中引《采兰杂志》：昔有妇人思所欢不见，常洒泪于北墙之下，日久洒处生草开花，色如妇面，名曰断肠花，又名八月春，即今之秋海棠。

⑤十样蛮笺：蜀地所产彩笺。《升庵诗话》卷一引宋赵抃《成都古今记》谓十样为深红、粉红、杏红、明黄、深青、浅青、深绿、浅绿、铜绿、浅云十色。韩浦《寄弟》："十样蛮笺出益州，寄来新自浣溪头。"

⑥惊风雨：杜甫《寄李十二白二十韵》："笔落惊风雨，诗成泣鬼神。"

贺新郎

又　和

碧海成桑野。笑人间，江翻平陆，水云高下。自是三山颜色好，更著雨婚烟嫁。料未必、龙眠①能画。拟向诗人求幼妇，倩诸君、妙手皆谈马②。须进酒，为陶写。　　回头鸥鹭瓢泉社。莫吟诗、莫抛尊酒，是吾盟也。千骑而今遮白发，忘却沧浪亭榭。但记得、灞陵呵夜。我辈从来文字饮③，怕壮怀、激烈④须歌者。蝉噪也，绿阴夏。

【题解】

此词作于绍熙三年（1192）福建提点刑狱任上。又和，是指作者本年稍早前已作《贺新郎》(翠浪吞平野),继之有和作《贺新郎》(觅句如东野)。起首从大处落笔,以自然界的变化倒映社会动乱,时局混乱。以下转写三山优美自然景观。继而从"又和"二字着墨,写情人赋诗,结以借酒自娱,宣泄郁闷之意。过片追忆往事,写瓢泉盟鸥诗酒之乐。"千骑"三句再折回现实,言对闲居生活虽能暂时忘却,而对当时所遭受的侮辱却不能忘怀。"我辈"二句放笔直写,表现出光明磊落,一往无前的壮声英概。煞拍以景结情,表明对俗人俗事的蔑视,首尾贯穿。

【注释】

①龙眠:北宋画家李公麟之号。《宋史·李公麟传》:"元符三年病痹,遂致仕。既归老,肆意于龙眠山岩壑间。雅善画,自作山庄图,为世宝。传写人物尤精,识者以为顾恺之、张僧繇之亚。"

②谈马:《青箱杂记》卷七:徐延休为义兴令,县有后汉太守许馘庙,庙碑为许邵记,岁久磨灭,唐开元中许氏子孙重刻之。碑阴有"谈马砺毕,王田数七"八字,人不解其义。延休一见,即解出其中隐寓"许碑重立"四字:谈马言午,言午许字;砺毕石卑,石卑碑字;王田千里,千里重字;数七六一,六一立字。

③文字饮:韩愈《醉赠张秘书》:"长安众富儿,盘馔罗羶荤。不解文字饮,惟能醉红裙。"

④壮怀激烈:岳飞《满江红》:"抬望眼,仰天长啸,壮怀激烈。"案:余嘉锡《四库提要辨证》、夏承焘《岳飞〈满江红〉词考辨》曾对此词的著作权提出质疑,认为出于明人伪托。

贺新郎

再用前韵

鸟倦飞还矣。笑渊明、瓶中储粟,有无能几。①莲社高人留翁语,我醉宁论许事。试沽酒、重斟翁喜。一见萧然音韵古,想东篱、醉卧参差是。千载下,竞谁似。　　元龙百尺高楼里。把新诗、殷勤问我②,停云情味。北夏门高从拉挼,何事须人料理。③翁曾道、繁华朝起④。尘土人言宁可用,顾青山、与我何如耳。歌且和,楚狂子。

【题解】

此词作于嘉泰元年(1201)闲居瓢泉时。再用前韵,是指用《贺新郎》(甚矣吾衰矣)韵。作为续篇,仍然是借陶渊明消释自己胸中之垒块。上片塑造了一个词人心目中的陶渊明归来后的形象:清贫自乐,饮酒沉醉,不计其余。一个醉卧在东篱下的陶渊明,千载以下,谁人可与相比? 下片则是抒发愤世的情怀。"北夏门高"二句,是借来比喻"时局难以挽回的痛愤语"(辛更儒《辛弃疾词选》),和下面陶渊明的"繁华朝起,暮慨不存"的比喻相扣,哀伤愤慨,情绪十分悲凉。值得注意的是,下片与陶渊明的对话,跟上片陶渊明对莲社高人的回答,都出人意表,内涵含蓄深刻。

【注释】

①"笑渊明"二句:陶渊明《归去来兮辞序》:"余家贫,耕植不足以自给。幼稚盈室,瓶无储粟。"《东坡志林》卷三:"予偶读渊明《归去来兮辞》云:'幼稚盈室,瓶无储粟。'乃知俗传信而有征。使瓶有储粟,亦甚微矣,此翁平生只于瓶中见粟也耶?"

②"把新诗"句:李清照《渔家傲》:"闻天语。殷勤问我归何处。"

③"北夏"二句:《世说新语·任诞》:"任恺既失权势,不复自检括。或谓和峤曰:'卿何以坐视元裒败而不救?'和曰:'元裒如北夏门,拉椤自欲坏,非一木所能支。'"北夏门,晋洛阳北有大夏门。《洛阳伽蓝记》序谓大夏门三层楼,去地二十丈。拉挼(luó),摧裂。

④"翁曾道"句:陶渊明《荣木》四首其二:"采采荣木,于兹托根。繁华朝起,慨暮不存。"

贺新郎

用前韵再赋

肘后俄生柳。叹人生、不如意事,十常八九。[1]右手淋浪才有用,闲却持螯左手。[2]谩赢得、伤今感旧。投阁先生惟寂寞,笑是非、不了身前后。持此语,问乌有。　　青山幸自重重秀。问新来、萧萧木落[3],颇堪秋否。总被西风都瘦损,依旧千岩万岫。把万事、无言搔首。翁比渠侬人谁好,是我常、与我周旋久。宁作我,一杯酒。

【题解】

此词作于庆元六年(1200)闲居瓢泉时。用前韵再赋,是指用《贺新郎》(路入门前柳)韵。此篇承"前韵"意犹未尽而再赋之,然已脱出悠然阁题面,亦不复再用陶事陶语经纬全篇,纯乎自抒情怀。上片牢骚愤懑之意甚明。下片借山言人,谓青山如旧,幸友人不为尘事忧扰。又托事明志,言依然故我,决不苟合世情。

【注释】

①"肘后"三句:《庄子·至乐》:"支离叔与滑介叔,观于冥伯之丘,昆仑之虚,黄帝之所休。俄而柳生其左肘,其意蹶蹶然恶之。支离叔曰:'子恶之乎?'滑介叔曰:'亡,予何恶?生者假借也。假之而生生者,尘垢也。死生为昼夜。且吾与子观化,而化及我,我又何恶焉!'"柳,谐音"瘤"。《晋书·羊祜传》:"祜叹曰:'天下不如意恒十居七八。'"

②"右手"二句:苏轼《捕蝗至浮云岭山行疲苦有怀子由弟二首》其二:"久废山行疲荦确,尚能村醉舞淋浪。"

③萧萧木落:杜甫《登高》:"无边落木萧萧下,不尽长江滚滚来。"

念奴娇

和信守王道夫席上韵

风狂雨横①,是邀勒②园林,几多桃李。待上层楼无气力,尘满栏干谁倚。就火添衣,移香傍枕,莫卷朱帘起。元宵过也,春寒犹自如此。　　为问几日新晴,鸠鸣屋上③,鹊报帘前喜④。揩拭老来诗句眼,要看拍堤春水⑤。月下凭肩,花边系马,此兴今休矣。溪南酒贱,光阴只在弹指。

【题解】

此词作于绍熙三年(1192)正月。王道夫原唱已佚。元宵已过,一番风雨又唤来料峭春寒。作者就火添衣,移香傍枕,层楼懒上,珠帘不卷,整日借酒浇愁。一代英雄的心灰意冷和慵懒消极,实在令人惊心动魄。但这表面的阑珊意兴之下,仍然涌动着翻腾的思绪。"待上层楼"二句,就透露出此中消息。"尘满"一语中凝结着的耿耿丹心,其实比作者笔下另外的"怕上层楼"(《祝英台令》)、"休去倚危楼"(《摸鱼儿》)中的"怕上"、"休去"更为强烈。过片五句的写哀乐景,也能表明坚定执着的辛弃疾并没有就此完全消沉下去。

【注释】

①"风狂"句:欧阳修《蝶恋花》:"雨横风狂三月暮。门掩黄昏,无计留春住。"

②邀勒:即要勒,阻拦。黄庭坚《采桑子》:"西邻三弄争秋月,邀勒春回。"

③"鸠鸣"句:《埤雅》:"鸠,阴则屏逐其妇,晴则呼之。语曰:'天欲雨,鸠逐妇;既雨,鸠呼妇。"

④"鹊报"句:《田家杂占》:"鹊噪檐前,主有佳客及有喜事。"

⑤拍堤春水：欧阳修《浣溪沙》："堤上游人逐画船。拍堤春水四垂天。绿杨楼外出秋千。"

念奴娇

洞庭春晚，旧传恐是，人间尤物。收拾瑶池倾国艳，来向朱栏一壁。透户龙香，隔帘莺语，料得肌如雪。月妖真态，是谁教避人杰。①　　酒罢归对寒窗。相留昨夜，应是梅花发。赋了高唐犹想像②，不管孤灯明灭。半面难期，多情易感，愁点星星发。绕梁声③在，为伊忘味三月④。

【题解】

此词约作于绍熙元年或二年(1191)闲居带湖时。似写在上饶的一次艳遇。因"透户龙香，隔帘莺语"而悬想歌妓之美。"酒罢归对寒窗"，仍有对"相留昨夜"的回味，透露了艳遇的消息。至于"赋了高唐犹想像"，足见对艳遇意犹未尽而不能自已。为此，还付出了"为伊忘味三月"的美丽代价。(参程继红《带湖与瓢泉——辛弃疾在信州日常生活研究》)

【注释】

①"月妖"二句：袁郊《甘泽谣》："素娥者，武三思之姬人也……相州凤阳门宋媪女，善弹五弦，世之殊色。三思乃以帛三百段往聘焉。素娥既至，三思大悦，遂盛宴以出素娥。公卿大夫毕集，唯纳言狄仁杰称病不来。三思怒，于座中有言。宴罢，有告仁杰者。明日，谒谢三思曰：'某昨日宿疾暴作，不果应召。然不睹丽人，亦分也。他后或有良宴，敢不先期到门。'素娥闻之，谓三思曰：'梁公强毅之士，非款狎之人……请不召梁公也。'……后数日，复宴。客未来，梁公果先至。三思特延梁公坐于内寝，徐徐饮酒，待诸宾客。请先出素娥，略观其艺，遂停杯设榻召之。有顷，苍头出曰：'素娥藏匿，不知所在。'三思自入召之，皆不见。忽于堂奥隙中闻兰麝芬馥，乃附

耳而听,则素娥语音也,细于属丝,才能认辨,曰:'请公不召梁公,今固召之,某不复生也。'三思问其由,曰:'某非他怪,乃花月之妖,上帝遣来,亦以多言荡公之心,将兴李氏。今梁公乃时之正人,某固不敢见……'言讫,更问亦不应也。"

②"赋了"句:苏轼《满庭芳》:"报道金钗坠也,十指露、春笋纤长。亲曾见,全胜宋玉,想像赋高唐。"

③绕梁声:《列子·汤问》:"韩娥东之齐,匮粮,过雍门,鬻歌假食。既去,而余音绕梁櫎,三日不绝。"

④忘味三月:《论语·述而》:"子在齐闻《韶》,三月不知肉味。"

念奴娇

　　余既为傅岩叟两梅赋词,傅君用席上有请云:家有四古梅,今百年矣,未有以品题,乞援香月堂例。欣然许之,且用前篇体制戏赋。①

　　是谁调护,岁寒枝、都把苍苔封了。②茅舍疏篱江上路,清夜月高山小③。摸索应知,曹刘沈谢,④何况霜天晓。芬芳一世,料君长被花恼⑤。　　惆怅立马行人,一枝最爱,竹外横斜好。⑥我向东邻曾醉里,唤起诗家二老。拄杖而今,婆娑雪里,又识商山皓。请君置酒,看渠与我倾倒。

【题解】

　　此词作于庆元六年(1200)闲居瓢泉时。起笔点题,接着坐实所咏之物为梅花。再言所咏为四古梅,犹如何、刘、沈、谢那样尽人皆知,以及傅君用对梅的喜爱。过片三句进一步写出梅之可爱,引得行人驻足观赏。以下宕开一笔,写傅岩叟香月堂两梅均开白花,李白、白居易似之,故云"唤起诗家二老"。再收合,言冒雪拄杖,来到傅家,以商山四皓喻四古梅,非常贴切。最后以与傅君用共同饮酒赏梅作结。

【注释】

①词序中"傅君用",事历未详。

②"是谁"二句:范成大《梅谱》:"古梅……其枝樛曲万状,苍藓鳞皴,封满花身。"

③月高山小:苏轼《后赤壁赋》:"山高月小,水落石出。"

④"摸索"二句:《稼轩词编年笺注》引《隋唐嘉话》卷中、杜甫诗等等,以为辛词中"曹刘"两字当为一时误记。吴企明《蓺溪诗学丛稿初编》谓此"两字亦有出处",如《东坡杂记》:"徐陵多忘,每不识人,人以此咎之。陵曰:公自难识,若曹、刘、沈、谢辈,暗中摸索,亦合认得。"又,《靖康缃素杂记》卷八"摸索"条,对此大同小异之二说,已作考辨,云:"然徐陵南朝人,不知东坡得之于何书。或云非东坡议论。案梁书何逊、刘孝绰,并见重于世,世谓之何刘。又,沈约、谢朓,亦有诗名,朓从月不从耳,故字元晖。故世祖论云,多而能者沈约,少而能者谢朓、何逊。杜少陵醉歌曰:何刘沈谢力未工,皆用何刘沈谢。而《杂记》乃以敬宗为徐陵,以何刘为曹刘,错杂如此,益知非东坡之说。"

⑤被花恼:杜甫《江畔独步寻花七绝句》其一:"江上被花恼不彻,无处告诉只颠狂。"

⑥"惆怅"三句:苏轼《和秦太虚梅花》:"东坡先生心已灰,为爱君诗被花恼。多情立马待黄昏,残雪消迟月出早。江头千树春欲暗,竹外一枝斜更好。"

沁园春

戊申岁,奏邸忽腾报,谓余以病挂冠,因赋此①

老子平生,笑尽人间,儿女怨恩②。况白头能几,定应独往,③青云得意,见说长存。抖擞衣冠,怜渠无恙,合挂当年神武门。④都如梦,算能争几许,鸡晓钟昏。　　此心无有新冤。

况抱瓮年来自灌园。⑤但凄凉顾影，频悲往事，⑥殷勤对佛，欲问前因。却怕青山，也妨贤路，休斗尊前见在身⑦。山中友，试高吟楚些，重与招魂。⑧

【题解】

此词作于淳熙十五年(1188)闲居带湖时。全篇含而不露，寓愤慨于诙谐戏谑中，内涵丰富复杂：既激愤于邸报之不实，又自甘田园终老；既"频悲往事"，又"殷勤对佛"；既愤世嫉俗，又忧谗畏讥；既否定功名，又高唱人生如梦，寻求宁静淡泊的理想之境。

【注释】

①词题中"奏邸"，传抄奏疏的邸报。

②怨恩：王诏刊本作"怨根"。

③"况白头"二句：白居易《九年十一月二十一日感事而作》："祸福茫茫不可期，大都早退似先知。当君白首同归日，是我青山独往时。"《庄子·在宥》："出入六合，游乎九州，独往独来，是谓独有。"

④"抖擞"三句：《南史·陶弘景传》："陶弘景字通明，丹阳秣陵人也……永明十年，脱朝服挂神武门，上表辞禄。诏许之。"

⑤"此心"二句：新冤，《历代诗余》卷八九作"亲冤"。《庄子·天地》："子贡南游于楚，反于晋，过汉阴，见一丈人，方将为圃畦，凿隧而入井，抱瓮而出灌，搰搰然用力甚多，而见功寡。"

⑥"但凄凉"二句：苏轼《永遇乐》："凄然顾影，共伊到明无寐。"

⑦"休斗"句：牛僧孺《席上赠刘梦得》："休论世上升沉事，且斗樽前见在身。"斗，受用。

⑧"试高吟"二句：楚些，代指《楚辞·招魂》。《招魂》为宋玉所作，因句尾押"些"字韵，故称。王逸《序》云："宋玉怜哀屈原忠而斥弃，愁懑山泽，魂魄放佚，厥命将落，故作《招魂》，欲以复其精神，延其年寿。"

【辑评】

梁启超《稼轩年谱》：先生落职，本缘被劾，而邸报误为引疾，词中"笑尽儿女怨恩","此心无有亲冤",谓胸中绝无芥蒂,被劾与引退原可视同一律也。"白头能几,定应独往","衣冠无恙,合挂当年神武门",言早当勇退,不必待劾也。"都如梦,算能争几许,鸡晓钟昏",言邸奏竟为我延长若干年做官生涯,然所差能几,不足较也。"抱瓮年来自灌园","凄凉顾影,频悲往事",此明是罢斥后情状,若犹在官,安得有此语。"却怕青山,也妨贤路",极言忧谗畏讥,恐虽山居犹不免物议也。"山友重来招魂",言本已罢官,邸奏又为我再罢一次,山友不妨再赋招隐也。

沁园春

期思旧呼奇狮,或云棋师,皆非也。余考之荀卿书云:孙叔敖,期思之鄙人也。期思属弋阳郡,此地旧属弋阳县。虽古之弋阳、期思,见之图记者不同,然有弋阳则有期思也。桥坏复成,父老请余赋,作《沁园春》以证之。

有美人兮,玉佩琼琚,吾梦见之。①问斜阳犹照,渔樵故里,长桥谁记,今古期思。物化苍茫,神游仿佛,春与猿吟秋鹤飞②。还惊笑,向晴波忽见,千丈虹霓。　　觉来西望崔嵬,更上有青枫下有溪。待空山自荐,寒泉秋菊,中流却送,桂棹兰旗。③万事长嗟,百年双鬓④,吾非斯人谁与归⑤。凭阑久,正清愁未了,醉墨休题。

【题解】

此词作于闲居带湖期间。名为题桥,实为抒怀。上片写期思历史悠久,曾哺育了孙叔敖这样令人仰慕的名相。下片运用虚实结合的手法,描写期思的崔嵬青山、青枫溪流、寒泉秋菊等景物,表达嗟叹世事、自伤衰老、失志潦倒等复杂的心绪。

①"有美人"三句:《诗·邶风·简兮》:"彼美人兮,西方之人兮。"《诗·郑风·有女同车》:"有女同车,颜如舜华。将翱将翔,佩玉琼琚。"

②"春与"句:韩愈《柳州罗池庙碑》:"侯朝出游兮暮来归,春与猿吟兮秋鹤与飞。"

③"中流"二句:《九歌·湘君》:"桂棹兮兰枻,斵冰兮积雪。"

④百年双鬓:杜甫《戏题寄上汉中王三首》其一:"百年双白鬓,一别五秋萤。"

⑤"吾非"句:范仲淹《岳阳楼记》:"微斯人,吾谁与归。"

【辑评】

吴则虞《辛弃疾词选集》:此词不细心玩诵,不过以为题桥考古而已,其实不然,此稼轩假期思题桥以遣罢斥之怨愤也……此阕与《哨遍·题秋水观》似在同时,彼用令尹子文"三仕三已"事,此用叔敖"三相三罢"事。一则明用,一则暗寓。苟知此意,则结韵"正清愁未了,醉墨休题",不为落空矣。

沁园春

答余叔良

我试评君,君定何如,玉川①似之。记李花初发,乘云共语,梅花开后,对月相思。②白发重来,画桥一望,秋水长天孤鹜飞。同吟处,看佩摇明月,衣卷青霓。③　　相君高节崔嵬。是此处耕岩与钓溪④。被西风吹尽,村箫社鼓,青山留得,松盖云旗⑤。吊古愁浓,怀人日暮,一片心从天外归⑥。新词好,似凄凉楚些,字字堪题。

【题解】

此词作于闲居带湖期间。赠答词不同于一般的抒怀词,既要照顾到作者与被赠答者之间的关系，又要发抒作者自己的情怀。二者虽分主次，但也须兼顾。此篇通过对余叔良的评述，歌颂了余叔良隐居不仕的崔嵬高节，同时也抒发了作者壮志不酬、被迫赋闲的悲愤心情。

【注释】

①玉川：《新唐书·卢仝传》："卢仝居东都，愈为河南令，爱其诗，厚礼之。仝自号玉川子。"

②"记李花"四句：韩愈《寒食日出游》："李花初发君始病，我往看君花转盛。"又《李花二首》其二："夜领张彻投卢仝，乘云共至玉皇家。"

③"看佩摇"句：屈原《九章·涉江》："被明月兮佩宝璐，世溷浊而莫余知兮，吾方高驰而不顾。"屈原《九歌·东君》："青云衣兮白霓裳，举长矢兮射天狼。"

④耕岩与钓溪：傅说，殷高宗时贤相，入相前隐居傅岩。姜尚，周朝开国元勋，入仕前隐于磻溪垂钓。

⑤松盖云旗：李山甫《题李员外厅》："高丘松盖古，闲地药苗肥。"屈原《离骚》："载云旗之委蛇兮，扈屯骑之容容。"屈原《九歌·少司命》："入不言兮出不辞，乘回风兮载云旗。"

⑥"一片"句：《唐诗纪事》卷四六引刘昭禹诗句："句向夜深得，心从天外归。"

沁园春

答杨世长①

我醉狂吟，君作新声，倚歌和之②。算芬芳定向，梅间得意，轻清多是，雪里寻思。朱雀桥边，何人会道，野草斜阳春燕飞。③都休问，甚元无霂雨，却有晴霓。④　　诗坛千丈崔嵬。更有笔如山墨作溪。看君才未数，曹刘敌手，风骚合受，屈宋降旗。⑤谁识相如，平生自许，慷慨须乘驷马归。长安路，问垂虹千柱,何处曾题。⑥

【题解】

此词作于绍熙三年(1192)前闲居带湖时。上片推崇杨世长的文学才能和作品风格,谓其芬芳如梅,轻清如雪;甚至比起脍炙人口的《乌衣巷》和《阿房宫赋》,也不在话下。下片总览文苑,谓诗坛千丈,笔山墨溪,名人辈出,在作者看来,却是曹刘不成敌手,屈宋高举降旗,充分表现了"前无古人,后有来者"的宏伟气魄。最后以司马相如喻友人,赞颂其有大抱负和大才干,也是借以抒写自己的抱负和才干,及其不得施展而产生的愤慨。

【注释】

①词题中"杨世长",事历不详,疑为信州人。

②倚歌和之:苏轼《赤壁赋》:"客有吹洞箫者,倚歌而和之。"

③"朱雀"三句:刘禹锡《金陵五题·乌衣巷》:"朱雀桥边野草花,乌衣巷口夕阳斜。旧时王谢堂前燕,飞入寻常百姓家。"

④"甚元"二句:杜牧《阿房宫赋》:"复道行空,不霁何虹。"

⑤"看君"四句:杜甫《壮游》:"归帆拂天姥,中岁贡旧乡。气劘屈贾垒,目短曹刘墙。"曹刘,指曹植、刘桢。

⑥"谁识"六句:《华阳国志·蜀志》:"郡治少城……城北十里有升仙桥,有送客观。司马相如初入长安,题市门曰:'不乘高车驷马,不过汝下也。'"

水调歌头

落日古城角,把酒劝君留。长安路远,何事风雪敝貂裘。散尽黄金①身世,不管秦楼②人怨,归计狎沙鸥。明夜扁舟去,和月载离愁③。　　功名事,身未老,几时休。诗书万卷,致身须到古伊周④。莫学班超投笔,纵得封侯万里,憔悴老边州。⑤何处依刘客,寂寞赋登楼。⑥

此词约作于淳熙元年(1174)江东安抚使参议官任上。依依惜别,期待友人早日归来,为此篇送人之作主旨所在。其间劝友人归隐山水,莫学班超,结拍更言及自身境遇,都反映出爱国志士壮怀难酬的深深苦闷。

【注释】

①散尽黄金:李白《将进酒》:"天生我材必有用,千金散尽还复来。"

②秦楼:代指妻室。《汉乐府·陌上桑》:"日出东南隅,照我秦氏楼。"

③"和月"句:李清照《武陵春》:"只恐双溪舴艋舟。载不动,许多愁。"

④"致身"句:《论语·学而》:"事君能致其身。"傅玄《答程晓》:"伊周作弼,王室惟康。"致身,献身出仕。

⑤"莫学"三句:《后汉书·班超传》:"班超字仲升,扶风平陵人……家贫,常为官佣书以供养。久劳苦,尝辍业投笔叹曰:'大丈夫无它志略,犹当效傅介子、张骞立功异域,以取封侯,安能久事笔研间乎?'"后出使西域三十一年,封定远侯,上疏乞还,至洛阳卒。晁补之《摸鱼儿》:"功名浪语。便似得班超,封侯万里,归计恐迟暮。"

⑥"何处"二句:《文选》王粲《登楼赋》五臣注:"时董卓作乱,仲宣避难荆州,依刘表,遂登江陵城楼,因怀归而有此作,述其进退危惧之情也。"

【辑评】

吴则虞《辛弃疾词选集》:后阕"功名事"至"致身须到古伊周"四句,皆勉客之语。转出"莫学班超投笔"三句,言莫如班超之长年留在异域,纵得封侯,而人老边州矣。是盼其早日归来,当为一首主旨。

水调歌头

和赵景明知县韵

官事未易了,且向酒边来。君如无我,问君怀抱向谁开①。但放平生丘壑,莫管旁人嘲骂,深蛰要惊雷②。白发还自笑,何地置衰颓。　　　五车书,千石饮,百遍才。③新词未到,琼瑰先梦满吾怀④。已过西风重九,且要黄花入手,诗兴未关梅⑤。君要花满县,桃李趁时栽。

【题解】

此词作于淳熙七年(1180)江西安抚使任上。赵景明原唱已佚。和韵之作一般都推崇对方,本词也未免其俗。但"新词未到"二句构思和用典极新巧:一方面称赞赵知县才力深厚,达成近乎"遥感"的功用;另一方面又含蓄地表达出词人与友人的心心相印。

【注释】

①"问君"句:杜甫《奉待严大夫》:"身老时危思会面,一生怀抱向谁开。"

②"深蛰"句:《庄子·天运》:"蛰虫始作,吾惊之以雷霆。"

③"千石"二句:杜甫《饮中八仙歌》:"李白一斗诗百篇,长安市上酒家眠。"

④"琼瑰"句:《左传·成公十七年》:"声伯梦涉洹,或与己琼瑰,食之,泣而为琼瑰,盈其怀。从而歌之曰:'济洹之水,赠我以琼瑰。归乎,归乎,琼瑰盈吾怀乎。'"

⑤"诗兴"句:杜甫《和裴迪登蜀州东亭送客逢早梅相忆见寄》:"东阁官梅动诗兴,还如何逊在扬州。"

水调歌头

寿赵漕介庵

千里渥洼种①,名动帝王家。金銮当日奏草,落笔万龙蛇。②带得无边春下,等待江山都老,教看鬓方鸦。莫管钱流地③,且拟醉黄花。　　　唤双成,歌弄玉,舞绿华。④一觞为饮

千岁,江海吸流霞⑤。闻道清都帝所,要挽银河仙浪,西北洗
胡沙。⑥回首日边去,云里认飞车。⑦

【题解】

此词作于乾道四年(1168)建康通判任上。颂寿之作,溢美之外又自有
脱俗之处:期勉友人风云际会,大展雄图,勉友亦自勉。"要挽"二句,一篇
主旨所在,正是时代最强音。通篇巧为比拟,选用神话故实,奇思丽想,文
笔飞动,极富浪漫色彩。

【注释】

①"千里"句:《汉书·武帝纪》:元鼎四年六月,"得宝鼎后土祠旁。秋,
马生渥洼水中。作《宝鼎》《天马》之歌。"渥洼,水名,即今甘肃敦煌附近的
南湖,此地古时盛产名马。

②"金銮"二句:鲁收《怀素上人草书歌》:"风声吼烈随手起,龙蛇迸落
空壁飞。"苏涣《赠零陵僧》:"兴来走笔如旋风,醉后耳热心更凶。忽如裴旻
舞双剑,七星错落缠蛟龙……钩锁相连势不绝,倔强毒蛇争屈铁。"署李白
《草书歌行》:"恍恍如闻神鬼惊,时时只见龙蛇走。"

③钱流地:《新唐书·刘晏传》:"诸道巡院,皆募驶足,置驿相望,四方
货殖低昂及它利害,虽甚远,不数日即知。是能权万货重轻,使天下无甚贵
贱而物常平,自言:'如见钱流地上。'"

④"唤双成"三句:双成、弄玉、绿华,神话传说中能歌善舞的仙女。《汉
武内传》:"西王母命侍女董双成吹云和之笙。"《真诰·运象》:"萼绿华者,
自云是南山人,不知何山也。女子,年可二十上下,青衣,颜色绝整。"

⑤流霞:仙酒。《论衡·道虚》:"河东项曼斯好道学仙,委家亡去,三年
而返。曰:'去时有数仙人将我上天,离月数里而止。居月之旁,其寒凄怆。
口饥欲食,辄饮我流霞一杯。每饮一杯,数月不饥。'"

⑥"要挽"二句:杜甫《洗兵马》:"安得壮士挽天河,净洗甲兵长不用。"
李白《永王东巡歌十一首》其二:"但用东山谢安石,为君谈笑静胡沙。"

⑦"回首"二句:李白《永王东巡歌十一首》其十一:"南风一扫胡尘静,
西入长安到日边。"《帝王世纪》:"奇肱氏能为飞车,从风远行。"

水调歌头

再用韵呈南涧①

千古老蟾口②，云洞插天开。涨痕当日何事，汹涌到崔嵬。③攫土抟沙儿戏④，翠谷苍崖几变，风雨化人来。万里须臾耳，野马骤空埃。　　笑年来，蕉鹿梦，画蛇杯。黄花憔悴风露，野碧涨荒莱。此会明年谁健，后日犹今视昔，⑤歌舞只空台⑥。爱酒陶元亮⑦，无酒正徘徊。

【题解】

此词作于淳熙九年(1182)闲居带湖时。词以眼前云洞秋水涨落起兴，发桑田沧海之叹。以下由自然变迁而言及社会人生。"笑年来"五句，政治感触良深，但以一"笑"视之者，盖人生变迁也自剧速，明年知是谁健？因仿渊明之爱酒，一醉了之。

【注释】

①词题中"再用韵"，指用《水调歌头》(今日复何日)韵。

②蟾口：《三国志・魏志・明帝纪》注引《魏略》："通引谷水过九龙殿前，为玉井绮栏，蟾蜍含受，神龙吐出。"

③"涨痕"二句：苏轼《书李世南所画秋景二首》其一："野水参差落涨痕，疏林欹倒出霜根。"

④"攫土"句：苏轼《同正辅表兄游白水山》："伟哉造物真豪纵，攫土抟沙为此弄。"

⑤"此会"二句：杜甫《九日蓝田崔氏庄》："明年此会知谁健，醉把茱萸子细看。"

⑥"歌舞"句：用曹操遗命事。《乐府古题要解》卷下："《铜雀台》，一曰《铜雀妓》，又旧说魏武帝遗命令其诸子曰：'吾婕好妓人，皆著铜雀台中。

于台上施八尺缇帐,朝晡上酒脯粻糒之属,每月朝十五,辄向帐前作妓乐。汝等时时登铜雀台望吾西陵墓田。'后人悲其意而为之咏也。铸铜雀置于台上,因名为铜雀台。"何逊《铜雀妓》:"秋风木叶落,萧瑟管弦清。望陵歌对酒,向帐舞空城。寂寂檐宇旷,飘飘帷幔轻。曲终相顾起,日暮松柏声。"谢朓《铜雀台》:"穗纬飘井干,樽酒若平生。郁郁西陵树,讵闻歌吹声。芳襟染泪迹,婵娟空复情。玉座犹寂寞,况乃妾身轻。"

⑦"爱酒"句:苏轼《乘舟过贾收水阁收不在见其子三首》一:"爱酒陶元亮,能诗张志和。"

水调歌头

提干李君索余赋野秀、绿绕二诗。余诗寻医久矣,结合二榜之意,赋《水调歌头》以遗之。然君才气不减流辈,岂求田问舍而独乐其身耶。①

文字觑天巧,亭榭定风流。平生丘壑,岁晚也作稻粱谋②。五亩园中秀野,一水田将绿绕,稜稜不胜秋。③饭饱对花竹,可是便忘忧。　　吾老矣,探禹穴④,欠东游。君家风月几许,白鸟去悠悠。插架牙签万轴,射虎南山一骑,容我揽须不⑤。更欲劝君酒,百尺卧高楼。

【题解】

此词作于淳熙九年(1182)闲居带湖时。上片写李家亭榭风流华美,有浓郁田园风味,自当不慕名利,而不应不忧虑世事。下片写自己与李子永不同,已无做一番"探禹穴"的大事业的可能,李子永则既家有万卷藏书可读,又有李广射猎南山的勇武。最后勉望李子永能像陈登一样怀济世之志,积极进取。

【注释】

①词序中"提干李君",指李子永。诗寻医,苏轼《七月五日二首》其一:

"避谤诗寻医,畏病酒入务。"二榜,指《秀野》、《绿绕》二题。

②稻粱谋:杜甫《同诸公登慈恩寺塔》:"君看随阳雁,各有稻粱谋。"

③"五亩"三句:苏轼《司马君实独乐园》:"中有五亩园,花竹秀而野。"王安石《书湖阴先生壁二首》其一:"一水护田将绿绕,两山排闼送青来。"韦庄《稻田》:"绿波春浪满前陂,极目连云稏稏肥。"

④探禹穴:《史记·太史公自序》:"二十而南游江淮,上会稽,探禹穴。"

⑤揽须不:苏轼《次韵答邦直子由四首》其二:"潇洒使君殊不俗,樽前容我揽须不。"

水调歌头

送杨民瞻

日月如磨蚁①,万事且浮休②。君看檐外江水,滚滚自东流。风雨瓢泉夜半,花草雪楼春到,老子已菟裘③。岁晚问无恙,归计橘千头。　　梦连环,歌弹铗,赋登楼。黄鸡白酒④,君去村社一番秋。长剑倚天谁问⑤,夷甫诸人堪笑,西北有神州。此事君自了,千古一扁舟。

【题解】

此词约作于淳熙末或绍熙初闲居带湖时。是赠送与自己遭际略同的友人返乡的有感而发之作。先从日月旋转,万物消长,大江东去等大处落笔,旨在说明宇宙无穷,人生有限,流光飞逝,时不我待,隐寄壮志难酬的身世之慨。接着拍归自身,风雨瓢泉,花草雪楼,寓悲愤于闲适。结处设问自答,将此种情绪又推进一层。下片由己及友,命意用笔,略见变化。前五句对友人的现实处境深表同情。冯谖弹铗、王粲登楼般的遭遇,正是友人梦乡思归的缘由。"黄鸡白酒",想见归隐乡里,古朴纯真之乐。但"长剑"以下,情意陡转,怒斥群小误国,以致志士投闲。结拍勉励友人应以国事为重,不妨效法当年范蠡,功成而后身退。

【注释】

①"日月"句:《晋书·天文志上》:"《周髀》家云:'日月实东行而天牵之以西没,譬之于蚁行磨石之上,磨左旋而蚁右去,磨疾而蚁迟,故不得不随磨以左回焉。'"

②浮休:《庄子·刻意》:"其生若浮,其死若休。"

③菟裘:春秋时鲁地名,在今山东泰安。《左传·隐公十一年》:"羽父请杀桓公,将以求大宰。公曰:'为其少故也,吾将授之矣。使营菟裘,吾将老焉。'"杜预注引服虔云:"菟裘,鲁邑也,营菟裘以作宫室,欲居之以终老也。"

④"黄鸡"句:李白《南陵别儿童入京》:"白酒新熟山中归,黄鸡啄黍秋正肥。"梅尧臣《寄洪州致仕李国博》:"青蒲翠竹围华屋,白酒黄鸡命里人。"

⑤"长剑"句:宋玉《大言赋》:"方地为车,圜天为盖,长剑耿耿倚天外。"

【辑评】

吴则虞《辛弃疾词选集》:以词意觇之,民瞻盖出山宦游,故用"弹铗"、"登楼"之典。又"西北有神州"诸语,殆皆有所指。上阕言己之退隐,"菟裘"一语,似卜筑瓢泉,尚未移居之时。下片言民瞻之去,"千古扁舟",看来似甚疏隽,然期待于民瞻者,仍有功名之望。此词在稼轩词中非上驷,然风度可观。

水调歌头

三山用赵丞相韵答帅幕王君,且有感于中秋近事,并见之末章①

说与西湖客,观水更观山。淡妆浓抹西子,唤起一时观。种柳人②今天上,对酒歌翻水调,醉墨卷秋澜。老子兴不浅,歌舞莫教闲。　　看尊前,轻聚散,少悲欢。城头无限今古,落日晓霜寒。谁唱黄鸡白酒③,犹记红旗④清夜,千骑月临关⑤。莫说西州路⑥,且尽一杯看。

此词作于绍熙三年(1192)秋福建提点刑狱任上。上片咏福州西湖而颂赵汝愚政绩,谓福州西湖所以能和杭州西湖比美,全靠赵氏疏浚之功。歇拍两句,不可以沉湎歌舞等闲视之,意在踵武赵相,戮力政事,为民造福,以收歌舞升平,举城欢腾之治。下片感叹人事,是饱经人世沧桑之言。城头今古,落日晓霜,虽语出达观,内心却疑虑重重,既思勤政有为,又惧宦海风波。进退维谷,何去何从?"谁唱"三句振起,壮采照人。末二句吾行吾素,豪情满怀,表现出一种知其不可为而为之的进取精神。

【注释】

①词题中"赵丞相",指赵汝愚,曾帅福建。绍熙二年入京,为吏部尚书,除同知枢密院事,绍熙五年官至光禄大夫右丞相。"王君"、"中秋近事",均不详所指。赵汝愚原唱已佚。

②种柳人:指赵汝愚。刘光祖《宋丞相忠定赵公墓志铭》:"(福)州有二湖……湖以塞,公奏罢之;浚西湖使与南湖通,筑长堤,植杉柳,创六闸堰,以时潴泄,遂为一方永久之利。"

③"谁唱"句:白居易《醉歌示妓人商玲珑》:"谁道使君不解歌,听唱黄鸡与白日。黄鸡催晓丑时鸣,白日催年酉时没。腰间红绶系未稳,镜里朱颜看已失。"

④红旗:白居易《刘十九同宿》:"红旗破贼非吾事,黄纸除书无我名。"

⑤月临关:杜甫《秦州杂诗二十首》其七:"无风云出塞,不夜月临关。"

⑥西州路:《晋书·谢安传》:"安虽受朝寄,然东山之志,始末不渝,每形于言色。及镇新城,尽室而行。造泛海之装,欲须经略粗定,自江道东。雅志未就,遂遇疾笃,上疏请量宜旋旆……诏遣侍中慰劳,遂还都。闻当舆入西州门,自以本志不遂,深自慨失……寻薨,时年六十六……羊昙者,太山人,知名士也,为安所爱重。安薨后,辍乐弥年,行不由西州路。尝因石头大醉,扶路唱乐,不觉至州门,左右白曰:'此西州门。'昙悲感不已,以马策扣扉,诵曹子建诗曰:'生存华屋处,零落归山丘。'恸哭而去。"

水调歌头

即席和金华杜仲高韵,并寿诸友,惟醻乃佳耳①

万事一杯酒,长叹复长歌。杜陵有客,刚赋云外筑婆娑。须信功名儿辈,谁识年来心事,古井不生波②。种种看余发,积雪就中多。　　二三子,问丹桂,倩素娥③。平生萤雪④,男儿无奈五车⑤何。看取长安得意,莫恨春风看尽,⑥花柳自蹉跎。今夕且欢笑,明月镜新磨。

【题解】

此词创作时地未详。杜仲高原唱已佚。杜仲高赋有"云外筑婆娑"之句,同席"二三子"又问起求取科举及第之事,罢官闲居的辛弃疾由此感慨良深。"谁识"四句谓心如古井,白发频添,自艾中透着怨愤。面对眼前,词人"须信功名"当让"儿辈"们获取,希望中寄寓着追求。于是,"平生"以下五句用历史故事勉祝"诸友"勤奋学习,以遂"功名"之愿。结末二句蕴含喜悦、排遣、劝祝、旷达之情,耐人寻味。

【注释】

①词题中"杜仲高",《金华县志》:"杜旃字仲高,与兄伯高、弟叔高等兄弟五人俱有诗名,时称'杜氏五高'。所著有《癖斋小集》。"光绪《兰溪县志》卷五:"杜仲高,名旃,尝占湖漕举首。与吴猎、杨长孺善,从辛弃疾游。著有《杜诗发微》、《癖斋集》。"

②"古井"句:孟郊《烈女操》:"波澜誓不起,妾心古井水。"苏轼《出都来陈所乘船上有题小诗八首不知何人有感于余心者聊为和之》其八:"年来烦恼尽,古井无由波。"

③素娥:谢庄《月赋》:"引玄兔于帝台,集素娥于后庭。"

④萤雪:《晋书·车胤传》:"胤恭勤不倦,博学多通。家贫不常得油,夏

月则练囊盛数十萤火以照书，以夜继日焉。"《初学记》卷二引《宋齐语》："孙康家贫，常映雪读书，清淡交游不杂。"

⑤五车：《庄子·天下》："惠施多方，其书五车。"

⑥"看取"二句：《唐诗纪事》卷三五："（孟郊）及第，有诗曰：'昔日龌龊不足嗟，今朝旷荡恩无涯。春风得意马蹄急，一日看尽长安花。'一日之间，花即看尽，何其速也。果不达。"

【辑评】

吴则虞《辛弃疾词选集》：此是席上和杜仲高韵，而为少年诸友应举之作也。首韵二句本为稼轩席上常语，接以"杜陵有客"一韵，杜谓仲高，"云外筑婆娑"，疑是仲高咏桂之句，伏后阕折桂之事。承以"须信功名儿辈"三句，有似谢安语气，意谓功名事业，正在席上少年诸友，而稼轩老矣。年来心事，古井无波，已甘心于隐遁。结韵二句，白发丛生，稼轩此时年已六旬，无怪其谓老矣。后阕皆对诸友准备应举而言。"二三子，问丹桂，倩素娥"三句，世以应举登科为月宫折桂，素娥连带桂树而来，已有歌颂意。接"平生萤雪"一韵，而谓少年诸友有读书五车之富。"看取长安得意"三句，用唐人及第诗意。"花柳自蹉跎"，更得言外不尽之意。结韵两句，月中之桂，正待诸友之攀折。案，宋以八月十五日试士，东坡《催试官》诗："八月十五夜，月色随处好。"此云"明月镜新磨"，盖在十五前一、二日也。

水调歌头

赋傅岩叟悠然阁

岁岁有黄菊，千载一东篱。悠然政须两字，长笑退之诗。自古此山元有①，何事当时才见，此意有谁知。君起更斟酒，我醉不须辞。　　回首处，云正出，鸟倦飞。重来楼上，一句端的与君期。都把轩窗写遍，更使儿童诵得，归去来兮辞。万卷有时用，植杖且耘耔②。

【题解】

此词作于庆元中闲居瓢泉时。起笔称赞陶渊明"采菊东篱下,悠然见南山"(《饮酒二十首》其五)为千古名句,比韩愈《南山》诗好。事实上是说傅岩叟以"悠然"名亭好,关合陶、傅二人,巧妙点题。接下来探讨渊明借菊花以自况,表明其笑傲风霜,遗世独立之志,并借渊明以自况。下片先写重登悠然阁所见之景,说明他们此时的心态和审美情趣与陶渊明近似。再说要借陶渊明以湔洗,正确对待仕隐问题。最后以退为进,言读书万卷的确可以致君尧舜,但时不我与,就以躬耕求乐趣。

【注释】

①"自古"句:《晋书·羊祜传》:"祜乐山水,每风景,必造岘山置酒言咏,终日不倦。尝慨然叹息,顾谓从事中郎邹湛等曰:'自有宇宙便有此山,由来贤达胜士登此远望,如我与卿者多矣,皆湮灭无闻,使人悲伤。'"

②"植杖"句:陶渊明《归去来兮辞》:"怀良辰以孤往,或植杖而耘耔。"

【辑评】

吴则虞《辛弃疾词选集》:稼轩《贺新郎》调"路入门前柳"一首,题为"题傅岩叟悠然阁"。此首题为"赋傅岩叟悠然阁",词意相似,皆为庆元初年所作,然此首稍后。首韵二句,黄菊年年仍在,而千载风流,只渊明东篱采菊一事,已暗点"悠然"。接以"悠然政须两字"一韵,笑退之不识南山妙意,此谐语取嘲。承以"自古此山原有"三句,南山本早存在。自古惟渊明始见,与《贺新郎》词中"陡顿南山高如许,是先生、拄杖归来后。山不记,何年有"四句,命意相似,此中不仅有渊明,并有岩叟。结韵"君起更斟酒"二句,不仅识岩叟为渊明,稼轩亦以渊明自许也。后阕"回首处,云正出,鸟倦飞"三句,即《贺新郎》词中"鸟倦飞还平林出,云已无心出岫"二句,缩成短句。"重来楼上"一韵,"重来楼上",则在赋《贺新郎》之后矣,"一句端的",即"悠然见南山"之句也。"都把轩窗写遍"三句,即本调中赠李子永提干"我愧渊明久矣,犹借此翁湔洗,素壁写《归来》"之意。结韵二句,仍用《归去来辞》"植杖而耘耔"之语,万卷之用,正在于此。

水调歌头

渊明最爱菊，三径也栽松。何人收拾，千载风味此山中。手把离骚读遍①，自扫落英餐罢，杖屦晓霜浓。皎皎太独立，更插万芙蓉。② 水潺湲，云颒洞，石龍岹。③素琴浊酒唤客④，端有古人风。却怪青山能巧⑤，政尔横看成岭，转面已成峰。⑥诗句得活法⑦，日月有新工⑧。

【题解】

此词创作时地未详。松菊堂未详。起笔泛写松菊。接写松菊堂的风貌。情同渊明，揭示以松菊名堂的深刻意义。再写松菊堂的生活情趣，及其挺拔绚丽之美。过片写松菊堂的自然环境，能使上下片曲意不断，又衬托松菊堂之美。以下转写主人抚素琴，饮浊酒，不事奢华，与客共乐，有古人风。又言青山气象万千，美无尽藏。末二句谓为人如作诗，只有敢于创新，方能臻于妙境，事业有成，既含蓄又有理趣。

【注释】

①"手把"句：柳宗元《游南亭夜还叙志七十韵》："投迹山水地，放情咏离骚。"

②"皎皎"二句：李白《望庐山五老峰》："庐山东南五老峰，青天削出金芙蓉。"

③"水潺湲"三句：屈原《九歌·湘夫人》："荒忽兮远望，观流水兮潺湲。"贾谊《旱云赋》："运清浊之颒洞兮，正重沓而并起。"司马相如《上林赋》："崇山矗矗，龍岹崔巍。"

④"素琴"句：稽康《与山巨源绝交书》："今但愿守陋巷，教养子孙，时与亲旧叙阔，陈说平生。浊酒一杯，弹琴一曲，志愿毕矣。"苏轼《蔡景繁官舍

小阁》:"素琴浊酒容一榻,落霞孤鹜供千里。"

⑤能巧:能,同"恁",犹言这样。

⑥"政尔"二句:苏轼《题西林壁》:"横看成岭侧成峰,远近高低各不同。不识庐山真面目,只缘身在此山中。"

⑦诗句得活法:吕本中《江西宗派诗序》:"自得之,忽然有入,然后惟意所出,万变不穷,是名活法。"又《夏均父集序》:"学诗当识活法。所谓活法者:规矩备具而能出于规矩之外,变化不测而亦不背于规矩也。是道也,盖有定法而无定法,无定法而有定法。知是者则可以与语活法矣。"

⑧新工:大德本作"新功"。黄庭坚《寄杜家父二首》其二:"径欲题诗嫌浪许,杜郎觅句有新功。"

满江红

中　秋

美景良辰,算只是、可人①风月。况素节②扬辉,长是十分清彻。著意登楼瞻玉兔③,何人张幕遮银阙。倩飞廉、得得为吹开④,凭谁说。　　弦与望,从圆缺。今与昨,何区别。羡夜来手把,桂花堪折。安得便登天柱上,从容陪伴酬佳节。⑤更如今,不听麈谈⑥清,愁如发。

【题解】

此词创作时地未详。起笔泛言中秋美景良辰,素月扬辉,正是赏月的好时节。欲抑先扬,铺垫下文。接写有心赏月而不得的惋惜、无奈之情。过片四句逆挽,以超旷的态度消解无月可赏的憾恨。再由昨夜桂月堪赏,而幻想冲出云幕,登高赏月,与客从容陪伴,共酬佳节。末二句谓如今不仅不能赏月,甚至连月下清谈也不可能了。

【注释】

①可人:黄庭坚《次韵师厚食蟹》:"趋跄虽入笑,风味极可人。"

②素节:《初学记》:"秋节曰素节。"

③"著意"句:傅玄《拟天问》:"月中何有,白兔捣药。"

④"倩飞廉"句:飞廉,神话中的风伯。得得,特地。僧贯休《陈情献蜀皇帝》:"一瓶一钵垂垂老,千水千山得得来。"

⑤"安得"二句:皇甫枚《山水小牍》卷上:赵知微为九华山道士,有道术。去岁中秋,自朔至望,霪雨不停。赵知微问诸生:"能升天柱峰玩月不?"诸生应之,但心存疑虑。"少顷,赵君曳杖而出,诸生景从。既辟荆扉,而长天廓清,皓月如昼。扪萝援筱,及峰之巅……俄举厄酒,咏郭景纯《游仙诗》数篇。诸生有清啸者,步虚者,鼓琴者。以至寒蟾隐于远岑,方归山舍。既各就榻,而凄风苦雨,暗晦如前。众方服其奇致。"

⑥麈谈:《世说新语·容止》:"王夷甫容貌整丽,妙于谈玄,恒捉白玉柄麈尾,与手都无分别。"

满江红

点火樱桃,照一架①、荼蘼如雪。春正好,见龙孙②穿破,紫苔苍壁。乳燕引雏飞力弱,流莺唤友娇声怯。问春归、不肯带愁归,肠千结。　　层楼望,春山叠。家何在,烟波隔。③把古今遗恨,向他谁说。蝴蝶不传千里梦,子规叫断三更月。④听声声、枕上劝人归,归难得。

【题解】

此词创作时地未详。上片先以浓笔写晚春景色,"问春归"以下转入乡愁。过片六句,写望乡不见,愁思又无人诉说,可谓愁上加愁。又谓蝴蝶不能远飞,故无法将梦魂传到千里之外的家乡;杜鹃多情,啼落三更残月。游子听到这里,忍不住发出"归难得"的浩叹。

【注释】

①一架:荼蘼枝细长而攀缘,立架以扶,故称。

②龙孙:僧赞宁《笋谱杂说》:"俗间呼笋为龙孙。"

③"家何在"二句:崔颢《黄鹤楼》:"日暮乡关何处是,烟波江上使人愁。"

④"蝴蝶"二句:崔涂《春夕旅怀》:"蝴蝶梦中家万里,杜鹃枝上三更月……自是不归归便得,五湖烟景有谁争。"

满江红

汉水东流,都洗尽、髭胡膏血。人尽说、君家飞将①,旧时英烈。破敌金城②雷过耳,谈兵玉帐冰生颊③。想王郎、结发赋从戎,传遗业。④　　腰间剑,聊弹铗。尊中酒,堪为别。况故人新拥,汉坛旌节。马革裹尸⑤当自誓,蛾眉伐性⑥休重说。但从今、记取楚楼风,裴台月。⑦

【题解】

此词作于淳熙四年(1177)春知江陵府兼湖北安抚使任上。赠别勉友,对象不详。尽洗髭胡膏血,起笔慷慨。颂历史飞将,旨在呼喊现实中的"飞将",并勖勉友人,故上片以"传遗业"作结。过片直赋钱别,而弹剑作歌,隐然有报国无门的悲愤。"况故人"数句,转笔奋起。"马革裹尸当自誓",铁血之辞,掷地有声,勉友亦自勉。结以今日友谊,永志勿忘。总之,上片侧面落笔,一路酣畅,而以歇拍归穴。下片正面取意,直而不平,略见顿挫。全篇格调高昂雄放,读之令人鼓舞。

【注释】

①飞将:《史记·李将军列传》:"广居右北平,匈奴闻之,号曰'汉之飞将军',避之数岁,不敢入右北平。"王昌龄《出塞二首》其一:"但使龙城飞将在,不教胡马度阴山。"

②金城:贾谊《过秦论》:"自以为关中之固,金城千里,子孙帝王万世之业也。"

③"谈兵"句:《云谷杂记》:"玉帐乃兵家厌胜之方位,谓主将于其方置

军帐,则坚不可犯,犹玉帐然。"苏轼《浣溪沙》:"上殿云霄生羽翼,论兵齿颊带风霜。"

④"想王郎"二句:王郎,指王粲。少时避乱荆州,后随曹操西征张鲁于汉中,作《从军诗》五首。结发,古代男子二十束发,表示成年。

⑤马革裹尸:《后汉书·马援传》:"方今匈奴、乌桓尚扰北边,欲自请击之。男儿要当死于边野,以马革裹尸还葬耳,何能卧床上在儿女子手中邪?"

⑥蛾眉伐性:枚乘《七发》:"皓齿蛾眉,命曰伐性之斧。"

⑦"但从今"二句:向平《辛词考释拾零》一文认为,《稼轩词编年笺注》疑"裴"字为"荆"字之误,然无版本根据,不可取。考王诏刊本、毛氏汲古阁六十名家词本《稼轩词》此两句均作"但从今记取楚台风、庚楼月",当亦有据。按王安石《千秋岁引》"秋景"词云:"楚台风,庚楼月,宛如昨。"秦观《忆秦娥》"庚楼月"词云:"庚楼月,水天涵映秋澄彻。"秦观《忆秦娥》"楚台风"词云:"楚台风,萧萧瑟瑟穿帘栊。"王、秦两氏的词句,或是辛词所本。

满江红

风卷庭梧,黄叶坠、新凉如洗。一笑折、秋英同赏,弄香挼蕊①。天远难穷休久望,楼高欲下还重倚。挼②一襟、寂寞泪弹秋,无人会。　　今古恨,沈荒垒。悲欢事,随流水。想登楼青鬓,未堪憔悴。极目烟横山数点,孤舟月淡人千里。对婵娟、从此话离愁,金尊里。

【题解】

此词创作时地未详。词写离愁。从前秋英同赏,而今寂寞悲秋。今古恨憾,人世悲欢,转瞬即成逝水,如果感悟到这些,那么目前的别恨就算不得什么了。宏观的理性认知固然如此,现实的感性困惑却仍然难以超越,所以才会憔悴登楼,借酒浇愁。

①"弄香"句:挼(ruó),揉搓。李清照《诉衷情》:"更挼残蕊,更捻余香,更得些时。"

②挷:《诗词曲语释汇释》:"判,割舍之辞,亦甘愿之辞。自宋以后多用挷字或挷字,而唐人则多用判字。"晏几道《鹧鸪天》:"彩袖殷勤捧玉钟,当年挷却醉颜红。"

满江红

紫陌飞尘,望十里、雕鞍绣毂。①春未老、已惊台榭,瘦红肥绿②。睡雨海棠犹倚醉,舞风杨柳难成曲。问流莺、能说故园无,曾相熟。　　岩泉上,飞凫浴。巢林下,栖禽宿。恨荼蘼开晚,谩翻船玉③。莲社岂堪谈昨梦,兰亭何处寻遗墨。但羁怀、空自倚秋千,无心蹴。

【题解】

此词作于嘉泰四年(1204)春宁宗召见后、尚未赴任镇江知府前。词写春归时节,绿肥红瘦,海棠倚醉,杨柳不舞,流莺未语。而十里紫陌,香车宝马,一派繁华升平景象。一想到中原未复,故园情深,词人心中愈加郁闷。凫鸟浮沉所增添的一点生意,被懒伏枝头的禽鸟给冲淡了;晚开的荼蘼花,也只是徒增惆怅而已。此情此景,便纵有莲社贤士招饮,料想渊明也懒得旧梦重提;兰亭禊会,想来也不可再来一次。结以独倚秋千情态,颇耐寻味。辛弃疾晚年,愤懑沉吟多,畅快激昂少,是其创作的主色调。

【注释】

①"紫陌"二句:秦观《水龙吟》:"小楼连远横空,下窥绣毂雕鞍骤。"
②瘦红肥绿:李清照《如梦令》:"知否?知否?应是绿肥红瘦。"
③船玉:《宋六十名家词》本作"红玉"。

满江红

和卢国华

汉节东南,看驷马、光华周道①。须信是、七闽②还有,福星来到。庭草自生心意足,榕阴不动秋光好。问不知、何处著君侯,蓬莱岛。　　还自笑,人今老。空有恨,萦怀抱。记江湖十载,厌持旌纛。濩落我材无所用③,易除殆类无根潦④。但欲搜、好语谢新词,羞琼报⑤。

【题解】

此词作于绍熙四年(1193)。卢国华原唱已佚。上片祝贺卢国华出任福建提点刑狱。起笔写卢国华来闽,统摄全篇,领起下文。接写卢国华莅闽的政治意义,并言其将开署福州,借以表达友好与敬重。下片写词人厌倦仕宦的心态。先言事业无成而人已衰老,自然不大可能再有所作为,故恨萦怀抱。再言十年间旋升旋降、聚散匆匆,无法施展政治才华,甚至还遭台臣诬陷弹劾,乃至贬官落职,所以产生了厌恶仕宦的情绪。末二句谓很想写出好的诗句来答谢友人赠送的新词,但又怕写得不好而感到惭愧。

【注释】

①"看驷马"句:宋玉《高唐赋》:"偈兮若驾驷马,建羽旗。"《诗·小雅·四牡》:"四牡騑騑,周道倭迟。"

②七闽:古代居住在今福建和浙江南部的闽人,因分为七族,故称七闽。《周礼·夏官·职方氏》:"职方氏掌天下之图,以掌天下之地,辨其邦国、都鄙、四夷、八蛮、七闽。"

③"濩(huò)落"句:谓大而平浅,无所容物。《庄子·逍遥游》:"惠子谓庄子曰:'魏王贻我大瓠之种,我树之成,而实五石……剖之以为瓢,则瓠落无所容。非不号然大也,吾为其无用而掊之。'"苏轼《蒜山松林中可卜居余

欲僦其地地属金山故作此诗与金山元长老》："我材滮落本无用,虚名惊世终何益。"

④"易除"句:韩愈《符读书城南》:"潢潦无根源,朝满夕已除。"

⑤琼报:《诗・卫风・木瓜》:"投我以木桃,报之以琼瑶。匪报也,永以为好也。"

满江红

和傅岩叟香月韵

半山佳句,最好是、吹香隔屋。①又还怪、冰霜侧畔,蜂儿成簇。更把香来薰了月,却教影去斜侵竹。似神清、骨冷住西湖,何由俗。②　根老大,穿坤轴。③枝夭袅,蟠龙斛。快酒兵长俊,诗坛高筑。④一再人来风味恶,两三杯后花缘熟。记五更、联句失弥明,龙衔烛。⑤

【题解】

此词约作于庆元六年(1200)闲居瓢泉期间。傅岩叟原唱已佚。起笔借评王安石咏梅诗,赞美香月堂梅之香。接着以"冰霜侧畔"聚集了成簇的蜜蜂,来暗示梅之香。再综合运用林逋、苏轼诗意写梅花疏影横斜,而梅影映在竹枝之上,更显不俗。又言梅神清骨冷,和西湖林处士为伴,自然超逸不俗。过片四句写梅枝夭袅蟠曲,壮美矫健。以下宕开一笔,写饮酒赋诗。并谓饮起酒来,便于领略梅之美,更可以专心致志地咏梅,以至时至五更而浑然不觉。

【注释】

①"半山"二句:王安石《金陵即事三首》其一:"水际柴门一半开,小桥分路入苍苔。背人照影无穷柳,隔屋吹香并是梅。"

②"似神清"二句:苏轼《书林逋诗后》:"先生可是绝俗人,神清骨冷无

由俗。"

③坤轴:古人想象中的地轴。张嘉贞《恒山碑铭》:"其顶也,上扶乾门黑帝之宫观;其足也,下捺坤轴元神之都府。"

④"快酒兵"二句:苏轼《景貺履常屡有诗督叔弼季默倡和已许诺矣复以此句挑之》:"君家文律冠西京,旋筑诗坛按酒兵。"

⑤"记五更"二句:屈原《天问》:"日安不到,烛龙何照?"注云:"天西北有幽冥无日之国,有龙衔烛而照之。"烛龙,口中衔烛之龙。

满江红

呈赵晋臣敷文

老子平生,原自有、金盘华屋①。还又要、万间寒士,眼前突兀。一舸归来轻似叶,两翁相对清如鹄。②道如今、吾亦爱吾庐,多松菊。　　人道是,荒年谷。还又似,丰年玉。③甚等闲却为,鲈鱼归速。野鹤溪边留杖屦,行人墙外听丝竹。问近来、风月几篇诗,三千轴。

【题解】

此词约作于闲居瓢泉期间。上片先写赵晋臣虽然富有,但关心寒士。接写其放弃仕宦,飘然归来,却经常和作者晤面。再化用陶诗,言其大有陶渊明当年归园田居之高风。过片四句写其政治品质。"甚等闲"二句远承"一舸归来",运用典故,寓答于问,对其鄙弃名利表示赞赏。"野鹤"句以下写其归后悠闲自得的生活,以及诗歌创作收获之丰。

【注释】

①华屋:《世说新语·言语》:司马德操对庞士元说:"何有坐则华屋,行则肥马,侍女数十,然后为奇?"

②"两翁"句:苏轼《别子由三首兼别迟》其二:"遥想茅轩照水开,两翁

相对清如鹄。"

③"人道是"四句：《世说新语·赏誉》："世称庾文康为丰年玉，稚恭为荒年谷。庾家论云：'是文康称恭为荒年谷，庾长仁为丰年玉。'"注云："谓亮有廊庙之器，翼有匡世之才，各有用也。"

【辑评】

吴则虞《辛弃疾词选集》：赵晋臣为宋宗室，居于信州，为稼轩瓢泉之词友。此词首句"老子平生"谓赵晋臣。晋臣本贵胄，故云"自有金盘华屋"。转出"还又要、万间寒士"一句，晋臣曾立兼济仓，故用"广厦万间"之语，颂而不谀。"一舸归来"二句，叙交契。此亦流水对法，倍觉灵活。结韵显示瓢泉境界。后阕"人道是"四句，可谓善颂。"甚等闲、却为鲈鱼归速"句，与前阕"一舸归来"相应。"行人墙外听丝竹"二句，晋臣居铅山，烟萝画扇，不言富贵而有富贵之气。其对法仍为流水对。结韵"三千轴"二句，依然雍容华贵。大凡华贵语难于超妙，此首亦缛亦清，别有神韵，稼轩词堂庑之大，变化之多，于斯可睹。

满江红

游清风峡和赵晋臣敷文韵①

两峡崭岩②，问谁占、清风旧筑。更满眼、云来鸟去，涧红山绿。③世上无人供笑傲，门前有客休迎肃④。怕凄凉、无物伴君时，多栽竹。　　风采妙，凝冰玉。诗句好，余膏馥。⑤叹只今人物，一夔应足⑥。人似秋鸿无定住，事如飞弹须圆熟。⑦笑君侯、陪酒又陪歌，阳春曲。

【题解】

此词约作于闲居瓢泉期间。赵晋臣原唱已佚。起句写清风峡形势。接着，将笔锋转向赵晋臣。谓其住在清风洞，可眺望"崭岩"，欣赏涧山云鸟，但人迹罕至,岂不孤寂? 以下数句,即回答这个问题,同时层层进逼,把赵晋臣超尘拔俗、不肯同流合污的高洁品格,表现得淋漓尽致。下片先颂扬赵晋臣冰清玉洁,总括上片。再由颂扬人格而赞美文采,进而用典,把赵晋臣推崇到无以复加的地步。于是换笔换意,由感慨人事归到留连诗酒。词人笔下闲居深峡古洞、徒然消磨壮志的赵晋臣,在很大程度上是他自己的投影。

【注释】

①词题中"清风峡",《铅山县志·山川志》:"状元山,在县西北五里,有清风洞,宋状元刘辉读书其中。东即龙窟山,西有清风峡,空嵌崭岩,寒气逼人。有读书岩,天成石龛。"

②崭岩:巉岩,险峻的山岩。司马相如《上林赋》:"深林巨木,崭岩参差。"

③"更满眼"二句:杜牧《题宣州开元寺水阁阁下宛溪夹溪居人》:"六朝文物草连空,天淡云闲今古同。鸟去鸟来山色里,人歌人哭水声中。"韩愈《山石》:"山红涧碧纷烂漫,时见松枥皆十围。"

④迎肃:即迎拜。

⑤"诗句好"二句:《新唐书·杜甫传赞》:"它人不足,甫乃厌余,残膏剩馥,沾丐后人多矣。故元稹谓:'诗人以来,未有如子美者。'"

⑥"一夔"句:《韩非子·外储说左》:"(鲁)哀公问于孔子曰:'吾闻夔一足,信乎?'曰:'夔,人也,何故一足? 彼其无他异,而独通于声。尧曰:夔一而足矣,使为乐正……非一足也。'"

⑦"人似"二句:苏轼《正月二十日与潘郭二生出郊寻春忽记去年是日同至女王城作诗乃和前韵》:"人似秋鸿来有信,事如春梦了无痕。"又《和子由渑池怀旧》:"人生到处知何似,应似飞鸿踏雪泥。泥上偶然留指爪,鸿飞那复计东西。"《王直方诗话》:"谢朓尝语沈约曰:'好诗圆美流转如弹丸。'故东坡答王巩云:'新诗如弹丸。'又《送欧阳季弼》云:'中有清圆句,铜丸飞柘弹。'盖诗贵圆熟也。"

永遇乐

京口北固亭怀古①

千古江山,英雄无觅,孙仲谋处。舞榭歌台,风流总被,雨打风吹去。斜阳草树,寻常巷陌,人道寄奴曾住。②想当年,金戈铁马,气吞万里如虎。③　　元嘉草草,封狼居胥,赢得仓皇北顾。④四十三年,望中犹记,烽火扬州路。可堪回首,佛狸祠下,一片神鸦社鼓。⑤凭谁问,廉颇老矣,尚能饭否。⑥

【题解】

此词作于开禧元年(1205)镇江知府任上。上片从京口发迹的历史英雄说起,虽然孙权的流风余韵无迹可寻,但其坐镇东南,抗击强敌的勇气令人钦敬;更何况有"气吞万里如虎"的宋武帝刘裕的遗迹可寻,遥想当年刘裕两度北伐,先灭南燕,再取后秦,攻无不克,战无不胜,真令人回肠荡气。下片仍围绕登临所见所感,由刘裕引出其子刘义隆,由北伐英雄引出北伐失败者的"仓皇北顾"。进而由历史往事引出现实时事,由历史感慨引出现实隐忧,由现实处境引出个人无奈,无限悲壮苍凉,尽寓其中。末三句自比廉颇,呵天一问,壮气凌云,猛志常在,悲慨而不悲观,所谓回澜有术,何怕报国无路。

【注释】

①词题中"北固亭",亦名北固楼,在镇江北固山(又名北顾山)上,北临长江。

②"斜阳"三句:周邦彦《西河·金陵》:"燕子不知何世。入寻常、巷陌人家,相对如说兴亡,斜阳里。"寄奴,刘裕字德舆,小名寄奴,南朝宋开国皇帝,即宋武帝。其祖先随晋室南渡,世居京口。刘裕于京口起兵,平定桓玄的叛乱。

643

③"想当年"三句：义熙五年，刘裕兴兵北伐鲜卑慕容氏南燕政权，次年攻破南燕都城广固（今山东益都），收复青、兖两州，擒获慕容超，斩首于建康。义熙十二年，刘裕率大军北伐后秦，次年攻克洛阳，收复长安，后秦主姚泓出降。李袭吉《为周晋王贻梁祖书》："毒手尊拳，交相于暮夜；金戈铁马，蹂践于明时。"张元干《兰溪舟中寄苏粹中》："气吞万里境中事，心老经年江上行。"

④"元嘉"三句：元嘉七年，刘义隆（刘裕之子）命征南大将军檀道济率军北伐，右将军到彦之败于滑台（今河南滑县），檀道济前往救援，后因粮尽，引军逃回。元嘉二十七年，刘义隆命宁朔将军王玄谟大举征伐北魏，围攻滑台不克，不久，北魏太武帝拓跋焘带大军救滑台，王玄谟军大败。《宋书·王玄谟传》："玄谟每陈北侵之策，上谓殷景仁曰：'闻王玄谟陈说，使人有封狼居胥意。'"狼居胥，古山名，约在今蒙古人民共和国境内。《宋书·索虏传》元嘉七年，刘义隆因滑台陷落，乃作诗曰："……惆怅惧迁逝，北顾涕交流。"又据《南史·宋文帝纪》，刘义隆北伐失败后，拓跋焘乘胜追至长江边，声称欲渡江；刘义隆登楼北望，后悔不已。

⑤"可堪"三句：佛狸祠，古祠名。在长江北岸今江苏六合东南瓜埠（步）山上。拓跋焘于元嘉二十七年击败王玄谟军队，大举南侵，驻营瓜步山，在山上建行宫，后辟为佛狸祠。拓跋焘小字佛狸，当时流传有"虏马饮江水，佛狸明年死"的童谣，祠以此得名。

⑥"凭谁"三句：《史记·廉颇蔺相如列传》：廉颇，赵国名将，晚年遭人谗害而出奔魏国。后赵王欲起用廉颇，先遣使者询其健壮与否。廉颇当面一饭斗米肉十斤，并披甲上马，以示尚能作战。但使者受贿而谎报赵王说："廉将军虽老，尚善饭；然与臣坐顷之，三遗矢矣。"赵王遂罢。

【辑评】

清沈祥龙《论词随笔》：稼轩《永遇乐》，岳倦翁尚谓其用事太实。然亦有法，材富则约以用之，语陈则新以用之，事熟则生以用之，意晦则显以用之，实处间以虚意，死处参以活语，如禅家转法华，弗为法华转，斯为善于运用。

陈洵《海绡说词》：金陵王气，始于东吴。权不能为汉讨贼，所谓英雄，亦仅保江东耳。事随运去,本不足怀。"无觅"亦何恨哉。至于寄奴王者,则千载如见其人。"寻常巷陌"胜于"舞榭歌台"远矣。以其能虎步中原,气吞万里也。后阕谓元嘉之政,尚足有为。乃草草卅年,徒忧北顾,则文帝不能继武矣。自元嘉二十九年,更谋北伐无功。明年癸巳,至齐明帝建武二年,此四十三年中,北师屡南,南师不复北。至于魏孝文帝济淮问罪,则元嘉且不可复见矣。故曰"望中犹记",曰"可堪回首"。此稼轩守南徐日作,全为宋事寄慨。"廉颇老矣,尚能饭否"谓己亦衰老,恐无能为也。使事虽多,脉络井井可寻,是在知人论世者。

刘永济《唐五代两宋词简析》:此词乃稼轩知镇江府时所作。词意乃即景生感,因以寄忠愤也。起三句,言江山犹昔,而当时之英雄如孙权者,则已不见,言外有无人可御外侮之意。"舞榭"三句,言不但英雄无觅处,即其遗迹亦不可见,言外有江山寂寞,时势消沉之意。"斜阳"三句,暗用刘禹锡吊古诗意,以见与此江山有关之英雄去后,其故居都呈一片荒凉之象。"想当年"二句,极写刘裕北伐时之声威,表示仰慕,以见己抗敌情切。"元嘉"三句,言欲恢复中原必须先有准备,否则必致败亡,因举宋文帝故事以见此意。宋文帝欲恢复中原,王玄谟迎合其意,大言可行,文帝因谓侍臣曰:"闻玄谟陈说,令人有封狼居胥意。"次年,即分命王玄谟等率师北伐,卒乃大败。北魏太武帝遂大举南侵,直抵扬州,江南震动。文帝自登建康幕府山观望形势,故曰"草草",曰"仓皇北顾"。考此词作于宁宗开禧元年韩侂胄定议伐金之时。稼轩以此事准备不足,近于冒昧,与玄谟贪功相同,故举宋元嘉往事而言。稼轩为各州安抚使时,必储粮练兵以为用兵准备,今见韩氏无备而举事,不免忧虑,故于登览山川之际,感慨及之。或谓侂胄北伐之议,稼轩所赞成,观此词知其不然。"四十三年"三句,则由今忆昔,有"美人迟暮"之感。盖四十三年之前率众南归,其时具有大志,思凭国力恢复中原,乃今老矣,登亭远望,山川如故而国事日非,能无感叹!"可堪回首"二句,更由此而惊心,盖江北各地沦陷已久,民俗安于外族之统治,故于"佛狸祠下"迎神赛会,如此热闹。此稼轩远闻鼓声不觉惊起之故也。末二句,有廉颇思复用于赵之志,无奈朝廷无复用己之心,故以廉颇自比,而言外叹其不如也。

俞陛云《唐五代两宋词选释》：此词登京口北固山亭而作。人在江山雄伟处，形胜依然，而英雄长往，每发思古之幽情。况磊落英多者，当其凭高四顾，烟树人家，夕阳巷陌，皆孙、刘角逐之场。放眼古今，则有一种苍凉之思。况自胡马窥江去后，烽火扬州，犹有余恸。下阕慨叹佛狸，乃回应上文"寄奴"等句。当日鱼龙战伐，只赢得"神鸦社鼓"，一片荒寒。往者长已矣，而当世岂无健者？老去廉颇，犹思用赵，但知我其谁耶？英词壮采，当以铁绰板歌之。

唐圭璋《唐宋词简释》：此首京口北固亭怀古词，虽曰怀古，实寓伤今之意。发端沈雄，与东坡"大江东去"相同，惟东坡泛言，稼轩则实本地风光。"舞榭"三句，承上奔往，极叹人物俱非。"斜阳"三句，记刘裕曾住之事。"想当年"两句，回忆刘裕盛况。换头，叹刘裕自为，不能恢复失地，四十三年自有重过此地之感。盖稼轩于绍兴三十二年知忠义军书记，尝奉表归朝。至开禧元年，又知镇江府，前后相距恰四十三年。"可堪"三句，仍致吊古之意，深叹当年宋之武功不竞，以致佛狸饮马长江，暗寓金人猖狂，亦同佛狸也。结句，自喻廉颇，悲壮之至。

归朝欢

丁卯岁寄题眉山李参政石林[①]

见说岷峨[②]千古雪。都作岷峨山上石。君家右史老泉公[③]，千金费尽勤收拾。一堂真石室[④]。空庭更与添突兀。记当时，长编[⑤]笔砚，日日云烟湿。　　野老时逢山鬼泣。谁夜持山去难觅。有人依样入明光，玉阶之下岩岩立[⑥]。琅玕无数碧。风流不数平原[⑦]物。欲重吟，青葱玉树，须倩子云笔。

【题解】

此词作于开禧三年(1207)自临安归后。起笔写岷峨两山高古，说明李壁出生所在，以及两山多奇石，为建造石林提供了条件。接写李壁修建石林堂,其堂巍峨壮观,且是真正的藏书之处。再写李焘著书石室,极其勤苦。过片另起新意,探询山石之去向。由开篇二句化出,暗喻李壁离家而去,立朝为官。末五句言石林胜过唐朝宰相李德裕的平泉别墅,若要颂美之,就得请扬雄执笔了。

【注释】

①词题中"眉山李参政",指李壁。《宋史·李壁传》:"李壁字季章,眉之丹稜人,父焘。"《宋史·宰辅传》:"开禧二年丙寅七月癸卯,李壁自礼部尚书除参知政事。三年丁卯十一月甲戌,李壁罢参知政事。"石林,李壁眉山府第中堂名。陆游《寄题李季章侍郎石林堂》谓"侍郎筑堂聚众石",故名。

②岷峨:岷山在今四川松潘北,峨眉山在四川峨眉山市西南,两山相对如蛾眉。

③右史老泉公:李壁之父焘曾屡为史官,故称右史。苏洵家有老人泉,因自号老泉。《宋史·李壁传》:"壁父子与弟皆以文学知名,蜀人比之三苏云。"

④石室:古称藏书之处为石室、金匮。王诏刊本作"石石"。

⑤长编:《宋史·李焘传》:"(焘)博极载籍,搜罗百氏,慨然以史自任,本朝典故尤悉力研核。仿司马光《资治通鉴》例,断自建隆,迄于靖康,为编年一书,名曰《长编》。"

⑥"玉阶"句:《世说新语·赏誉》:"王公目太尉:'岩岩清峙,壁立千仞。'"

⑦平原:《宋六十名家词》作"平泉"。

瑞鹤仙

赋　梅

雁霜寒透幕。正护月云轻,嫩冰犹薄。①溪奁照梳掠。想含香弄粉,艳妆难学。玉肌瘦弱。更重重、龙绡②衬著。倚东风,一笑嫣然③,转盼万花羞落。　　　　寂寞。家山何在,雪后

647

园林,水边楼阁。④瑶池旧约。鳞鸿更仗谁托。粉蝶儿只解,寻桃觅柳,开遍南枝⑤未觉。但伤心,冷落黄昏,数声画角。⑥

【题解】

此词作于再度仕闽期间。起首三句写时令、环境。"雁霜","嫩冰",所赋寒梅无疑;淡云笼月,朦胧清幽,以景衬花。再写梅花临水照影,一若佳人对镜饰容。"艳妆难学",以桃李反衬,耻于"艳妆"媚人;"玉肌瘦弱",方见其疏淡清瘦本色。歇拍虚笔想象,临风一笑而万花羞落,两相对比中益见其动人风韵。过片以"家山何在"唤起寂寞之叹。以下逐层点染"寂寞"二字。鳞鸿无托,一层;粉蝶不解,一层;黄昏画角,唯伤心而已,又一层。辛弃疾此番仕闽,知复国难为,虽勤于政事,但内心深感孤独寂寞,故咏梅以抒心曲。

【注释】

①"雁霜"三句:韩偓《半醉》:"云护雁霜笼淡月,雨连莺晓落残梅。"

②龙绡:龙涎香熏过的薄纱。

③一笑嫣然:宋玉《登徒子好色赋》:"嫣然一笑,惑阳城,迷下蔡。"

④"雪后园林"二句:林逋《梅花三首》其一:"雪后园林才半树,水边篱落忽横枝。"

⑤开遍南枝:黄庭坚《虞美人》:"夜阑风细得香迟。不道晓来开遍、向南枝。"

⑥"但伤心"二句:林逋《梅花三首》其一:"堪笑胡雏亦风味,解将声调角中吹。"

声声慢

送上饶黄倅职满赴调①

东南形胜②,人物风流,白头见君恨晚。便觉君家叔度③,

去人未远。长怜士元骥足，道直须、别驾方展。④问个里，待怎么销杀，⑤胸中万卷。　　况有星辰剑履，是传家合在，玉皇香案⑥。零落新诗，我欠可人消遣。留君再三不住，便直饶⑦、万家泪眼。怎抵得，这眉间、黄色一点⑧。

【题解】

此词，《稼轩词编年笺注》认为至晚作于淳熙末年(1189)，因绍熙中倅上饶者为洪莘之。起笔写与黄通判相见恨晚。再分用黄宪、庞统之典写其气度宏伟、才干出群及学识非凡，层层推进，既写尽"见君恨晚"之意，又为下片的惜别蓄足气势。过片承"便觉"二句而来，写黄通判的家世。以下，先从别后凄凉的想象中，表现眼前的难舍难离，再以"万家泪眼"渲染别离的哀愁。结末二句收合，将惜别之情与送别之意融为一体，送别中隐见祝颂之意，照应词题，收煞全篇。

【注释】

①词题中"职"，大德本作"秩"。

②东南形胜：柳咏《望海潮》："东南形胜，三吴都会，钱塘自古繁华。"

③叔度：《后汉书·黄宪传》："黄宪字叔度，汝南慎阳人也……郭林宗少游汝南，先过袁阆，不宿而退，进往从宪，累日方还。或以问林宗。林宗曰：'奉高之器，譬诸泛滥，虽清而易挹。叔度汪洋若千顷波，澄之不清，淆之不浊，不可量也。'"

④"长怜"二句：《三国志·蜀志·庞统传》："庞统字士元，襄阳人也……先主领荆州，统以从事守耒阳令，在县不治，免官。吴将鲁肃遗先主书曰：'庞士元非百里才也，使处治中、别驾之任，始当展其骥足耳。'"

⑤"问个里"二句：个里，这个地方。销杀，施尽。

⑥玉皇香案：元稹《以州宅夸于乐天》："我是玉皇香案吏，谪居犹得住蓬莱。"

⑦直饶：假定。

⑧"这眉间"句：旧以眉间黄色为喜兆。韩愈《郾城晚饮奉赠副使马侍

郎及冯李二员外》："城上赤云呈胜气,眉间黄色见归期。"

汉宫春

会稽蓬莱阁怀古①

秦望山头,看乱云急雨,倒立江湖。②不知云者为雨,雨者云乎。③长空万里,被西风、变灭须臾④。回首听,月明天籁,人间万窍号呼⑤。　　谁向若耶溪上,倩美人西去,麋鹿姑苏⑥。至今故国人望,一舸归欤。岁云暮矣,问何不、鼓瑟吹竽。⑦君不见,王亭谢馆,冷烟寒树啼乌。

【题解】

此词作于嘉泰三年(1203)秋知绍兴府兼浙东安抚使任上。上片写观雨情景。临阁眺望,但见秦望山头乱云急雨,犹如江湖倒立,倾泻而下,一时间云雨凄迷,分不清孰云孰雨。转瞬又见风流云散,晴空万里。写风云际会,收放自如,映出一腔豪气。接写月夜谛听天籁,唯闻世间万窍呼号,声情慷慨悲壮。下片就吴越兴衰落墨,发思古之幽情。遥想越人卧薪尝胆,巧施美计,遂使吴王沉溺声色,不思进取以致灭国。以历史观照现实,讽谕之意甚明。而范蠡功成身退,携西施飘然而去,至今让人怀念不已。结末五句,以昔日会稽豪门望族的衰落,警醒世人,虽至岁尾年末,亦不足以歌舞升平。壮怀雄心,时刻不忘恢复,悲慨之中,益见英雄本色。全篇写景雄阔,抒情深沉,用笔始终不用正锋刺时,却是造境写心,借典言志,显得韵味隽永。正如吴则虞《辛弃疾词选集》所云:"此词甚苍茫,而以清逸出,于稼轩词中又一格局。"

【注释】

①词题中"会稽",今浙江绍兴,秦置会稽郡。蓬莱阁,在今绍兴卧龙山下,吴越王钱镠所建,为登临胜地。

②"秦望"三句:秦望山,在今绍兴南二十里,秦始皇曾登此山以望东

海,故名。杜甫《朝献太清宫赋》:"九天之云下垂,四海之水皆立。"苏轼《有美堂暴雨》:"天外黑风吹海立,浙东飞雨过江来。"

③"不知"二句:《庄子·天运》:"云者为雨乎? 雨者为云乎?"

④变灭须臾:《维摩诘所说经·方便品》:"是身如浮云,须臾变灭。"

⑤万窍号呼:《庄子·齐物论》:"汝闻人籁而未闻地籁,汝闻地籁而未闻天籁夫? ……夫大块噫气,其名为风。是唯无作,作则万窍怒号。"

⑥麋鹿姑苏:《史记·淮南王安传》:"昔伍子胥谏吴王,吴王不用,乃曰:'臣今见麋鹿游姑苏台也。今臣亦见宫中生荆棘、露沾衣也。'"姑苏台在苏州城外姑苏山上。

⑦"岁云"二句:《诗·小雅·小明》:"曷云其还,岁聿云莫。"《诗·小雅·鹿鸣》:"我有嘉宾,鼓瑟吹笙。"

【辑评】

俞陛云《唐五代两宋词选释》:前半写景,后半书感,皆极飞动之致。写风雨数语,有云垂海立气概。下阕慨叹西子,徒召吴宫而美人不返,悲吴宫兼惜美人,此意颇新警。后更言"王亭谢馆"同付消沉,宁独五湖人远! 感叹尤深。蓬莱阁为越中胜地,秦少游、周草窗皆赋诗词。此作高唱入云,当以铜琶铁板和之。

汉宫春

会稽秋风亭观雨

亭上秋风,记去年袅袅,曾到吾庐。山河举目虽异,风景非殊。功成者去①,觉团扇、便与人疏。吹不断,斜阳依旧,茫茫禹迹②都无。　　千古茂陵词在,甚风流章句,解拟相如。③只今木落江冷,眇眇愁余。故人书报,莫因循、忘却莼鲈。谁念我,新凉灯火,一编太史公书。④

此词作于嘉泰三年(1203)秋知绍兴府兼浙东安抚使任上。起首谓今日亭上秋风,即去年曾到瓢泉之秋风,会稽山水虽异于瓢泉,但秋色并无不同。山河之异,隐喻中原沦丧,南宋偏安一隅,感慨深沉。接写时节轮回,炎暑消退,秋风送凉,团扇丢弃,有功者罢退,寄寓词人无限身世之感。转写秋风不断,斜阳依然,大禹遗迹无从寻觅,实是慨叹时势衰颓依旧,而无经天纬地之才。继而缅怀汉武帝,其《秋风辞》千古流传,西汉盛世,后代莫及。眼前唯有萧瑟秋景,令人忧愁不已。虽友人来信,以秋风莼鲈规劝及早归去,怎知此时词人深夜捧读《史记》,心事浩茫,意味悠长。

【注释】

①"功成"句:《战国策·秦策三》:"应侯曰:'请闻其说。'蔡泽曰:'吁!何君见之晚也夫,四时之序,成功者去。'"

②禹迹:禹为夏后氏首领,创立夏朝,划定中国国土为九州。相传夏禹到大越,上苗山,大会诸侯计功,因更名苗山曰会稽。又传说夏禹死于会稽,南朝梁于此建禹庙,南宋绍熙年间曾加以修缮。《左传·襄公四年》:"虞人之箴曰:'芒芒禹迹,画为九州。'"

③"千古"三句:汉武帝《秋风辞》:"秋风起兮白云飞,草木黄落兮雁南归。兰有秀兮菊有芳,怀佳人兮不能忘。泛楼船兮济汾河,横中流兮扬素波。箫鼓鸣兮发棹歌,欢乐极兮哀情多。少壮几时兮奈老何!"解拟,能比拟。

④"谁念我"三句:韩愈《符读书城南》:"时秋积雨霁,新凉入郊墟。灯火稍可亲,简编可卷舒。"

【辑评】

明卓人月、徐士俊《古今词统》卷一二:读此结句,知幼安之门高于汉史之龙门;读后结句,知幼安之户冷于晋贤之凤户。

清陈廷焯《词则·放歌集》卷一:风流悲壮,独有千古。

清陈廷焯《云韶集》卷五:高绝、超绝。既沉着,又风流;既婉转,又直捷。句意深长,尤为千古杰作。迹似渊明,志如子美。

汉宫春

答李兼善提举和章①

心似孤僧,更茂林修竹,山上精庐。维摩定自非病,谁遣文殊。白头自昔,叹相逢、语密情疏。倾盖处,论心一语,只今还有公无。　　最喜阳春妙句,被西风吹堕,金玉铿如②。夜来归梦江上,父老欢予。荻花深处,唤儿童、吹火烹鲈。③归去也,绝交何必,更修山巨源书。

【题解】

此词作于嘉泰三年(1203)知绍兴府兼浙东安抚使任上。李兼善和章已佚。起笔谓自己心似孤僧,心情极度痛苦。接着以佛喻人,婉转表达不被朝廷重视的不满。以下五句既写出人情冷暖,又赞扬李兼善的真挚友情。过片高度评价李兼善和词。紧接着笔墨宕开,借助梦境表达归隐情结。末三句以愤激之语收合,言既然决心弃官归去,也就不必给那些不了解自己的人写绝交书了。

【注释】

①词题中"李兼善",名浃,嘉泰三年任浙东提举。叶适《水心文集》卷一九《太府少卿福建运判直宝谟阁李公墓志铭》:"少卿讳浃,字兼善,有夙成之度。少游太学,诸生畏其能。授承务郎,监淮西惠民局,复锁厅试礼部,词致瑰特,有司异之……改知徽州,寻提举浙东常平。会稽督零税急,械击满府县,值公摄帅,尽释之。士民歌呼,又手至额,曰:'真李参政儿也。'"《会稽续志·浙东提举》:"李浃,嘉泰三年十月初八以朝散大夫到任。"

②金玉铿如:《世说新语·文学》:"孙兴公作《天台赋》成,以示范荣期,云:'卿试掷地,要作金石声。'"

③"荻花"二句:郑谷《淮上渔者》:"一尺鲈鱼新钓得,儿孙吹火荻花中。"

汉宫春

答吴子似总干和章

达则青云,便玉堂金马,穷则茅庐。逍遥小大自适,鹏鷃何殊。君如星斗,灿中天、密密疏疏。荒草外,自怜萤火,清光暂有还无。　　千古季鹰犹在,向松江道我,问讯何如①。白头爱山下去,翁定嗔予。人生谩尔②,岂食鱼、必鲙之鲈③。还自笑,君诗顿觉,胸中万卷藏书。

【题解】

此词作于嘉泰三年(1203)知绍兴府兼浙东安抚使任上。吴子似和章已佚。起笔谓融会贯通孟子的穷达观和庄子的逍遥齐物观,形成乐观旷达的处世态度。以下五句,在自己与吴子似的对比中,表达对友人的推崇之意。下片先借对张季鹰的问讯,写出追求人生适意、辞官归里的愿望。结末三句收合,化用杜诗,高度评价吴子似和章。

【注释】

①"向松江"二句:杜甫《送孔巢父谢病归游江东兼呈李白》:"南寻禹穴见李白,道甫问信今何如。"

②谩尔:聊且如此。

③"岂食鱼"句:《诗·陈风·衡门》:"岂其食鱼,必河之鲂。"

洞仙歌

红　梅

冰姿玉骨,自是清凉□。①此度浓妆为谁改。向竹篱茅舍,几误佳期,招伊怪,满脸颜红微带。　　寿阳妆鉴里,应是承恩,纤手重匀异香在。怕等闲、春未到，雪里先开，风流瞰②、说与群芳不解。更总做、北人未识伊，据品调，难作杏花看待。③

【题解】

此词创作时地未详。梅花改换成浓妆，异香袭人，本应在宫中受到寿阳公主的喜爱。如今竟然生长在竹篱茅舍之间，并且赶在春天到来之前在雪中开放了。由于她的美丽和过早的开放，而为群芳所不理解。末三句为一篇之重，谓红梅纵然颜色、形状类似杏，但毕竟品调不同，人们是不该不辨真伪当成杏花看待的。这实际上是词人在表达自己遭人误解、诋毁，被朝廷弃置不用的委屈、不平。

【注释】

①"冰姿"二句：□，《稼轩词编年笺注》臆补作"态"。苏轼《洞仙歌》："冰肌玉骨，自清凉无汗。"

②瞰：其。

③"更总做"三句：《苕溪渔隐丛话》前集卷二六：《西清诗话》云："红梅清艳两绝，昔独盛于姑苏，晏元献始移植西冈第中，特称赏之。一日，贵游赂园吏，得一枝分接，由是都下有二本。公尝与客饮花下，赋诗曰：'若更迟开三二月，北人应作杏花看。'客曰：'公诗固佳，待北俗何浅也。'公笑曰：'顾伧父安得不然。'一坐绝倒。王君玉闻盗花事，以诗遗公云：'馆娃宫北旧精神，粉瘦琼寒露蕊新。园吏无端偷折去，凤城从此有双身。'自尔名园争培接，遍都城矣。"苕溪渔隐曰："王介甫《红梅》诗云：'春半花才发，多应不奈寒。北人初未识，浑作杏花看。'与元献之诗暗合。然介甫句意俱工，胜元献远矣。"总做，纵使。

洞仙歌

丁卯八月病中作

贤愚相去，算其间能几。差以毫厘缪千里。①细思量义利,舜跖之分,孳孳者,等是鸡鸣而起。② 味甘终易坏,岁晚还知,君子之交淡如水。③一饷聚飞蚊,其响如雷,④深自觉、昨非今是。羡安乐窝中泰和汤,更剧饮,无过半醺而已。⑤

【题解】

此词作于开禧三年(1207)八月,为稼轩绝笔词。起笔谓贤愚之间,虽相去千里,但在表面上却常常鱼目混珠,相差甚微,要精审地辨别这毫厘之差,并非易事。以下四句,承此意而写。过片以君子之交与小人之交作比,重在揭露朋比为奸、作威作福,而又朝亲夕疏、苍黄反复的小人之交的丑恶本质。再写对自己此前一度由于审辨不明而暂与小人同路的悔恨心情,应该是就词人浙东再起后的一段经历而言。结末三句表达对退隐生活的企羡与赞慕之意,亦即"今是"二字的具体内容。

【注释】

①"贤愚"三句:《孟子·离娄下》:"则贤不肖之相去,其间不能以寸。"《大戴礼·保博》:"易曰:'正其本,万物理;失之毫厘,差以千里。'故君子慎始也。"

②"细思量"四句:《孟子·尽心上》:"孟子曰:'鸡鸣而起,孳孳为善者,舜之徒也。鸡鸣而起,孳孳为利者,跖之徒也。欲知舜跖之分,无他,利与善之间也。'"孳孳,同"孜孜"。

③"味甘"三句:《礼记·表记》:"故君子之接如水,小人之接如醴。君子淡以成,小人甘以坏。"《庄子·山木》:"君子之交淡若水,小人之交甘若醴;君子淡以亲,小人甘以绝。"

④"一饷"二句:《汉书·景十三王传·中山靖王传》:"夫众煦漂山,聚蚊成雷。"韩愈《醉赠张秘书》:"虽得一饷乐,有如聚飞蚊。"

⑤"羡安乐窝"三句:《宋史·邵雍传》:"名其居曰安乐窝,因自号安乐先生。旦则焚香燕坐,晡时酌酒三四瓯,微醺即止,常不及醉也。"泰和汤,指酒。邵雍《无名公传》:"性喜饮酒,尝命之曰泰和汤。所饮不多,微醺而罢,不喜过量。"

【辑评】

吴则虞《辛弃疾词选集》：此绝笔词也。此为词中理窟……稼轩不讲学，不著书，然其议论深得濂、洛之意，于禅宗亦多勘破。朱子勉以"克己复礼"，知其进德不已也。此词上阕言义利君子小人之分，下片即承此而来，体察一"淡"字境，慊然如不足。昨是今非，指德业言，非关进退。与韩平原之际，于此词下片中有一段悔意，极能道出心曲。

上西平

会稽秋风亭观雪

九衢中，杯逐马，带随车。问谁解、爱惜琼华。何如竹外，静听窣窣蟹行沙。自怜是，海山头、种玉①人家。　　纷如斗，娇如舞，才整整，又斜斜。②要图画，还我渔蓑。③冻吟应笑④，羔儿无分谩煎茶。起来极目，向弥茫、数尽归鸦。

【题解】

此词作于嘉泰三年(1203)知绍兴府兼浙东安抚使任上。起笔对那些香车宝马四处奔走，只知追逐名利而不知赏雪雅趣之人，表达不解和惋惜。以下写静下心来，可以听到竹林中窣窣的落雪声；山头海角为大雪覆盖，犹如仙人种出无数玉石，给世人带来幸福与欢乐。过片言雪花纷纷扬扬，搅搅扰扰，既美丽又壮观。对此江上雪景之妙，不仅应将它画下来，还需烹茶吟诗。末二句谓极目迷茫，数尽归鸦，以清苦之景结寂寥之情。

【注释】

①种玉：喻白雪满地。《搜神记》卷一一："杨公伯雍，雒阳县人也。本以侩卖为业。性笃孝。父母亡，葬无终山，遂家焉。山高八十里，上无水，公汲水，作义浆于坂头，行者皆饮之。三年，有一人就饮，以一斗石子与之，使至高平好地有石处种之，云：'玉当生其中。'杨公未娶，又语云：'汝后当

得好妇。'语毕不见。乃种其石。数岁,时时往视,见玉子生石上,人莫知也。有徐氏者,右北平著姓,女甚有行,时人求,多不许。公乃试求徐氏,徐氏笑以为狂,因戏云:'得白璧一双来,当听为婚。'公至所种玉田中,得白璧五双,以聘。徐氏大惊,遂以女妻公。天子闻而异之,拜为大夫。乃于种玉处,四角作大石柱,各一丈,中央一顷地,名曰'玉田'。"

②"纷如斗"四句:黄庭坚《咏雪奉呈广平公》:"夜听疏疏还密密,晓看整整复斜斜。"

③"要图画"二句:郑谷《雪中偶题》:"江上晚来堪画处,渔人披得一蓑归。"苏轼《谢人见和前篇二首》其一:"渔蓑句好应须画,柳絮才高不道盐。"

④"冻吟"句:苏轼《谢人见和前篇二首》其一:"书生事业真堪笑,忍冻孤吟笔退尖。"

上西平

送杜叔高

恨如新,新恨了,又重新。看天上、多少浮云。江南好景,落花时节又逢君。夜来风雨,春归似欲留人。 尊如海①,人如玉②,诗如锦,笔如神。能几字③、尽殷勤。江天日暮,何时重与细论文。④绿杨阴里,听阳关、门掩黄昏。

【题解】

此词作于庆元六年(1200)闲居瓢泉时。起笔连用三个"新"字,以抽象喻抽象,表达说不尽的离愁别绪。再写重逢,谓"又逢"不过是又送的前奏而已,暗含惜别之意。以下不说作者留别,而寓人愿于天心,语婉意丰,动情之至。过片赞美杜叔高的才华、人品和诗歌成就,交代依依惜别之由。再写自己无法写出更好的诗词为之送别。又宕开一笔,写别后之思。末二句收合,言黄昏时分,落花时节,听别曲,送友人,情景令人难堪。

【注释】

①海:大酒杯。温庭筠《乾𦠆子》:"裴均镇襄州,设宴。有银海,受一斗,裴宏泰饮迄,即以赐之。"

②人如玉:《诗·召南·野有死麇》:"白茅纯束,有女如玉。"郑笺:"如玉者,取其坚而洁白。"

③更:《宋六十名家词》本作"更能"。

④"江天"二句:杜甫《春日忆李白》:"渭北春天树,江东日暮云。何时一尊酒,重与细论文。"

婆罗门引

用韵答赵晋臣敷文①

不堪鹈鴂,早教百草放春归。江头愁杀吾累。却觉君侯雅句,千载共心期。便留春甚乐,乐了须悲。　　琼而素而②。被花恼、只莺知。正要千钟角酒③,五字裁诗。江东日暮,道绣斧④、人去未多时。还又要、玉殿论思⑤。

【题解】

此词作于庆元六年(1200)春闲居瓢泉时。起笔写鹈鴂早鸣,百草不芳,放春归去,加以自己落职闲居,更行令人不堪。以下于颂美"君侯雅句"中传递出伤离意绪,又用让步句式,充分表达既伤春又怀人之意。下片写见到仪表堂堂的赵晋臣时,自己却落魄江湖,设酒赋诗为别,谓其此去不久,便会赴朝任职,伤春之情与送别之意融而为一。

【注释】

①词题中"用韵",指用《婆罗门引》(落花时节)韵。

②琼而素而:《诗·齐风·著》:"俟我于著乎而,充耳以素乎而,尚之以琼华乎而。"

③千钟角酒:《孔丛子》:"昔平原君与子高饮,强子高酒,曰:'昔有遗谚:尧舜千钟,孔子百觚,子路嗑嗑,尚饮十榼。古之圣贤无不能饮也。'"

④绣斧:汉武帝遣使各地捕盗,使者皆绣衣持斧。宋代即谓提点刑狱。杨万里《送周元吉显谟左司将漕湖北》三首其一:"绣斧光华谁不羡,一贤去国欠人留。"

⑤玉殿论思:论思,议论思考。苏轼《次韵蒋颖叔》:"岂敢便为鸡黍约,玉堂金殿要论思。"

千年调

庶庵小阁名曰厄言,作此词以嘲之①

厄酒向人时,和气先倾倒。最要然然可可,万事称好。②滑稽坐上,更对鸱夷笑。③寒与热,总随人,甘国老。④　　少年使酒,出口人嫌拗。此个和合道理,近日方晓。学人言语,未会十分巧。看他门,得人怜,秦吉了。⑤

【题解】

此词约作于淳熙十二年(1185)闲居带湖时。词就"厄言"之名,借题发挥,讽谕世情。上片以拟人手法生动描绘厄、滑稽、鸱夷三种酒器以及甘草药材形象,影射官场政客、市侩小人卑躬屈膝、八面玲珑、察言观色、见风使舵的丑恶嘴脸和卑劣行径,讽刺辛辣尖锐。下片写自己的阅历与性格,与"厄"式人物形成鲜明对比。自己年轻时使酒任性,刚直不阿,与世俗格格不入。近来才略懂个中"道理",但仍然学不会。且看如今得宠走红的,尽是些花言巧语的秦吉了式的角色。其中又包含有强烈的愤激不平之情。

【注释】

①词题中"厄言",《庄子·寓言》:"厄言日出,和以天倪。"陆德明《庄子音义》:"《字略》云:'厄,圆酒器也。'王云:'夫厄器,满即倾,空则仰,随物而

变,非执一守故者也;施之于言,而随人从变,已无常主者也。'"庶庵,王诏刊本、四印斋本作"蔗庵"。

②"最要"二句:《庄子·寓言》:"恶乎然?然于然。恶乎不然?不然于不然。恶乎可?可于可。恶乎不可?不可于不可。物固有所然,物固有所可。无物不然,无物不可。"

③"滑(gǔ)稽"二句:《太平御览》卷七六一引北魏崔浩《汉记音义》:"滑稽,酒器也。转注吐酒,终日不已,若今之阳燧樽。"

④"寒与热"三句:《本草纲目·草一·甘草》注引甄权《药性论》:"诸药中甘草为君,治七十二种乳石毒,解一千二百般草木毒,调和众药有功,故有'国老'之号。"

⑤"看他们"三句:秦吉了,鸟名。也称了哥(鹩哥)、吉了。范成大《桂海虞衡志·志禽》:"(秦吉了)能人言,比鹦鹉尤慧。大抵鹦鹉声如儿女,吉了声则如丈夫。"白居易《秦吉了》:"秦吉了,出南中,彩毛青黑花颈红。耳聪心慧舌端巧,鸟语人言无不通。"又《双鹦鹉》:"始觉琵琶弦莽卤,方知吉了舌参差。"

【辑评】

明卓人月、徐士俊《古今词统》卷一一:卓老评实甫《西厢》如喉间涌出来者,余于稼轩亦云。

江神子

赋梅寄余叔良

暗香横路雪垂垂。晚风吹。晓风吹。花意争春,先出岁寒枝。毕竟一年春事了,缘太早,却成迟。　　未应全是雪霜姿①。欲开时。未开时。粉面朱唇,一半点胭脂。醉里谤花②花莫恨,浑冷淡,有谁知。

此词作于绍熙之后闲居瓢泉期间。词作咏梅,不以绘形写神见长,而以巧立新意取胜。上片自"花意争春"句以下,文意陡转,言寒梅欲早却迟,不能占得春光。所谓生不逢时,事与愿违,欲伸反屈,欲速不达,亦寻常人生事理。下片尤其是结末三句,转折有致,含意尤深。分明是爱花,却说是"谤花";分明是恨花"粉面朱唇,一半点胭脂",故作妖娆之态,却又为花深情辩解:"浑冷淡,有谁知"。这实际上是借花喻世:冰清玉洁、傲霜凌雪者,人常远之;妖娆娇艳、俯仰随风者,人恒近之。

【注释】

①雪霜姿:苏轼《红梅三首》其一:"怕愁贪睡独开迟,自恐冰容不入时。故作小红桃杏色,尚余孤瘦雪霜姿。"

②谤花:苏轼《西江月》:"点笔袖沾醉墨,谤花面有惭红。"

【辑评】

明潘游龙《古今诗余醉》卷一三:洗尽引古习气,读"谤花"句更妙于誉也。

明沈际飞《草堂诗余别集》卷三:作者多引古词义,稼轩洗尽。醉对梅花,在常情之外,谤殊深于誉。

江神子

和李能伯韵呈赵晋臣

五云高处望西清①。玉阶升。棣华荣。筑屋溪头,楼观画难成。长夜笙歌还起问,谁放②月,又西沈。 家传鸿宝③旧知名。看长生。奉严宸。且把风流,水北画耆英④。咫尺西风诗酒社,石鼎句,要弥明。

【题解】

此词约作于闲居瓢泉期间。李能伯原唱已佚。上片写赵晋臣家世显赫,宅第豪华壮美,纵情笙歌,彻夜不停。换头不换意,续写赵氏秘籍传家,故家多赀财,人多长寿,且有政治地位。又称赵晋臣为一代风流人物,并邀其结社赋诗,可谓极尽赞美之能事。

【注释】

①"五云"句:杜甫《送李八秘书赴杜相公幕》:"南极一星朝北斗,五云多处是三台。"《汉书·司马相如传》:"青龙蚴蟉于东箱,象舆婉僤于西清。"注:"西清者,西厢清净之处也。"

②放:教、让。

③鸿宝:《汉书·刘向传》:"淮南有《枕中鸿宝苑秘书》,书言神仙使鬼物为金之术,及邹衍《重道延命方》,世人莫见。"

④画耆英:司马光《洛阳耆英会序》:"元丰中,潞国文公留守西都,韩国富公纳政在里第,自余士大夫以老自逸于洛者,于时为多……一旦……于韩公之第置酒相乐,宾主凡十有二人,既而图形妙觉僧舍,时人谓之'洛阳耆英会'。"耆英,年老而优异之人。

一剪梅

中秋无月

忆对中秋丹桂丛。花在杯中。月在杯中。今宵楼上一尊同。云湿纱窗。雨湿纱窗。　　浑欲乘风问化工①。路也难通。信也难通。满堂惟有烛花红。杯且从容。歌且从容。

【题解】

此词或作于闲居带湖期间。词写中秋无月之憾。上片忆昔咏今,有月无月,两种境界,两种意绪,形成鲜明对比。下片直抒胸臆,以两个"也"字、"且"字融会贯通,谓既然路与信难通,唯有歌酒从容,自遣愁怀。通篇明白如话,却非一览无余。如写"无月",用云雨、红烛烘托,正是用笔含蓄蕴藉处。

①化工:贾谊《鵩鸟赋》:"且夫天地为炉,造化为工。"

踏莎行

庚戌中秋后二夕带湖篆冈小酌①

夜月楼台,秋香院宇。②笑吟吟地人来去。是谁秋到便凄凉,当年宋玉悲如许。　　随分杯盘,等闲歌舞。问他有甚堪悲处。思量却也有悲时,重阳节近多风雨。

【题解】

此词作于绍熙元年(1190)闲居带湖时。上片隐约带出悲秋情绪。起首三句,以仲秋月夜美景和笑语欢声乐景反衬内心深处的悲情。以下只借宋玉悲秋说事,却也不说破。下片婉转点出悲愁之所在。花香月圆,随意小酌,轻歌曼舞,似无可悲,而细细想来,悲愁之处便是临近重阳时节的满城风雨。全篇以比兴之法借写节序寄托忧国之心,于短幅中曲折回环,千钧重笔从容写来,愈见沉郁悲慨。

【注释】

①词题中"夕"字,大德本原无,此据四印斋本补。篆冈,地名,在带湖宅第东冈之北。

②"夜月"二句:李贺《牡丹种曲》:"檀郎谢女眠何处,楼台月明燕夜语。"又《金铜仙人辞汉歌》:"画栏桂树悬秋香,三十六宫土花碧。"

【辑评】

清陈廷焯《词则·放歌集》卷一:郁勃以蕴藉出之。

清陈廷焯《云韶集》卷五:笔致疏宕,独有千古。合拍妙处不可思议。

吴则虞《辛弃疾词选集》:前阕言不宜悲秋,后阕又言悲秋。但稼轩之悲,与宋玉不同,则在"重阳风雨",然亦非用潘大临之诗意,隐然似有时局推残之悲。

踏莎行

赋木犀

弄影阑干,吹香岩谷。枝枝点点黄金粟①。未堪收拾付薰炉,窗前且把离骚读。　　奴仆葵花②,儿曹金菊。一秋风露清凉足。傍边只欠个姮娥,分明身在蟾宫宿。

【题解】

此词作于绍熙元年(1190)。曾误入赵长卿《惜香乐府》卷五。起笔谓木犀姿容不凡,色香弥漫。以下宕开一笔,言木犀虽香,却难付薰炉,只有一边赏花一边诵读《离骚》,以寄托高情雅意。过片写葵、菊不可与木犀同日而语,经过秋天风露的滋育,木犀清高爽洁,韵味十足。末二句以神话作结,进一步坐实其不凡来历,风神之美也就不言而喻了。

【注释】

①黄金粟:《唐诗纪事》卷五八李郢《中元夜》:"江南水寺中元夜,金粟栏边见月娥。"

②奴仆葵花:杜牧《李贺集序》:"求取情状,离绝远去笔墨畦径间,亦殊不能知之。贺生二十七年死矣,世皆曰:使贺且未死,少加以理,奴仆命《骚》可也。"

踏莎行

和赵国兴知录韵

吾道悠悠,忧心悄悄。①最无聊处秋光到。西风林外有啼鸦,斜阳山下多衰草。　　长忆商山,当年四老。尘埃也走咸阳道。②为谁书到便幡然③，至今此意无人晓④。

【题解】

此词作于闲居瓢泉初期。赵国兴原唱已佚。起笔揭明题旨。自己胸怀大志，而群小当道，深感前途渺茫。以下在肃杀秋景的描绘中，隐含仕途险恶、人才摧残等弦外之恨。下片拈出商山四皓的故事，进一步抒发此时的复杂心境。"长忆"二字，说明词人对四皓的出山是表示赞赏的，因为这一行动保持了政局的稳定。结末二句奇峰突起，提出四皓何以忽然改变了初衷的问题，又说这一问题到现在无人回答。故布疑阵，实则答案已在胸中。

【注释】

①"吾道"二句：杜甫《发秦州》："大哉乾坤内，吾道长悠悠。"《诗·邶风·柏舟》："忧心悄悄，愠于群小。"

②"长忆"三句：《史记·留侯世家》："上欲废太子，立戚夫人子赵王如意。大臣多谏争，未能得坚决者也。吕后恐，不知所为。人或谓吕后曰：'留侯善画计策，上信用之。'吕后乃使建成侯吕泽劫留侯，曰：'君常为上谋臣，今上欲易太子，君安得高枕而卧乎？'留侯曰：'始上数在困急之中，幸用臣策。今天下安定，以爱欲易太子，骨肉之间，虽臣等百余人何益。'吕泽强要曰：'为我画计。'留侯曰：'此难以口舌争也。顾上有不能致者，天下有四人。四人者年老矣，皆以为上慢侮人，故逃匿山中，义不为汉臣。然上高此四人。今公诚能无爱金玉璧帛，令太子为书，卑辞安车，因使辩士固请，宜来。来，以为客，时时从入朝，令上见之，则必异而问之。问之，上知此四人贤，则一助也。'于是吕后令吕泽使人奉太子书，卑辞厚礼，迎此四人……竟不易太子者，留侯本招此四人之力也。"李白《忆秦娥》："乐游原上清秋节。咸阳古道音尘绝。"

③书到便幡然：《殷芸小说》载张良《与商山四皓书》曰："良曰：'仰惟先生，秉超世之殊操……而渊游山隐，窃为先生不取也……略写至言，料想幡然。"《孟子·万章上》："既而幡然改。"

④"至今"句：元稹《四皓庙》："四贤胡为者，千载名氛氲。显晦有遗迹，

前后疑不伦……不得为济世，宜哉为隐沦。如何一朝起，屈作储贰宾。安存孝惠帝，摧悴戚夫人。舍大以谋细，虮虱而蠖伸。惠帝竟不嗣，吕氏祸有因。虽怀安刘志，未若周与陈。皆落子房术，先生道何屯。出处贵明白，故吾今有云。"

【辑评】

清陈廷焯《词则·放歌集》卷一：发难奇肆。

清刘熙载《艺概·词曲概》：辛稼轩风节建竖，卓绝一时，惜每有成功，辄为议者所沮。观其《踏莎行·和赵兴国》有云："吾道悠悠，忧心悄悄。"其志与遇，概可知矣。《宋史》本传称其雅善长短句，悲壮激烈。又称谢枋勘过其墓旁，有疾声大呼于堂上，若鸣其不平。然则其长短句之作，固莫非假之鸣者哉。

俞陛云《唐五代两宋词选释》：西风斜日，已极荒寒，更兼衰草啼鸦，愈形凄黯，摧颜长望，正翛然有遁世之怀。忽忆及汉时四皓，以箕颍高名，乃弃商山之芝，而索长安之米，世之由终南捷径者，固有其人，宿德如园、绮，而亦幡然应聘，意诚莫晓。稼轩特拈出之，意固何属，亦莫能晓也。

定风波

自　和①

金印累累佩陆离。河梁更赋断肠诗②。莫拥旌旗真个去。何处。玉堂元自要论思。　　且约风流三学士③。同醉。春风看试几枪旗④。从此酒酣明月夜。耳热。那边应是说依时。

【题解】

此词作于绍熙四年(1193)知福州兼福建安抚使任上。起笔写卢国华将要赴任新职，河上送行，赋诗为别。以下颂扬卢氏"两守蜀郡，再历宪漕，并著声绩"(《丽水县志》),表达惜别之意。过片宕开一笔,写暂且约定来年春天采早茶时再来"同醉"。未行而约后会,是深一层的写法。末三句收合,言自此别过以后,每当月夜酒酣耳热之际,就是思念亲友之时。

【注释】

①词题"自和",指和《定风波》(少日犹堪话别离)韵。

②"河梁"句:无名氏(《文选》卷二九署李陵)《与苏武诗》三首其三:"携手上河梁,游子暮何之。'"

③风流三学士:在唐代,称翰林院、弘文馆、集贤院三院学士为三学士。《许彦周诗话》:"《会老堂口号》曰:'金马玉堂三学士,清风明月两闲人。'……欧阳文忠公文章虽优,词亦精致如此。"

④枪旗:早茶茶名之一。《避暑录话》卷四:"草茶极品惟双井、顾渚……盖茶味虽均,其精者在嫩芽。取其初萌如雀舌者谓之枪,稍敷而为叶者谓之旗。"

【辑评】

王国维《人间词话删稿》:稼轩《贺新郎》词:"柳暗凌波路。送春归猛风暴雨,一番新绿。"又《定风波》词:"从此酒酣明月夜。耳热。""绿"、"热"二字,皆作上去用,与韩玉《东浦词·贺新郎》以"玉"、"曲"叶"注"、"女",《卜算子》以"夜"、"谢"叶"食"(原作"节")、"月",已开北曲四声通押之祖。

定风波

再用韵和赵晋臣敷文①

野草闲花不当春。杜鹃却是旧知闻。谩道不如归去住。梅雨。石榴花又是离魂②。　　前殿群臣深殿女。赭袍一点万红巾。③莫问兴亡今几主。听取。花前毛羽已羞人。

【题解】

此词约作于闲居瓢泉期间。赵晋臣原唱已佚。词写野草闲花不能算是春色,只有烂漫杜鹃花才是旧知故交,堪当春之象征。而杜鹃花开时杜鹃啼,令人不堪,自然过渡到下片。望帝当年不幸国亡身死,化为杜鹃,泣血不止。如今杜鹃羽毛已丰,杜鹃花也灿若锦绣,正好吟赏,也就无须去理会那兴亡变换了。

【注释】

①词题中"再用韵",指用《定风波》(百紫千红过了春)韵。

②"石榴花"句:韦庄《春日》:"旅梦乱随蝴蝶散,离魂渐逐杜鹃飞。"

③"前殿"二句:四印斋本作"前殿群臣深殿女。□数。赭袍一点万红巾"。杜甫《杜鹃行》:"万事反覆何所无,岂忆当殿群臣趋。"白居易《题孤山寺山石榴花示诸僧众》:"山榴花似结红巾,容艳新妍占断春。"

破阵子

赵晋臣敷文幼女县主觅词①

菩萨<u>丛</u>中惠眼②,硕人诗里娥眉③。天上人间真福相,画就描成好靥儿。行时娇更迟。　　劝酒偏他最劣④,笑时犹有些痴。更著十年君看取,两国夫人⑤更是谁。殷勤秋水词。

【题解】

此词约作于闲居瓢泉期间。酬应之作,颂美祝福,未失分寸。主要写县主有"福相",将来必定大富大贵。其中"行时娇更迟"、"笑时犹有些痴",尤能摹绘出幼女神态。

【注释】

①词题中"县主",赵晋臣为宋宗室,故其幼女得封县主。

②惠眼:犹慧眼。佛家语,佛经所说五眼之一,具有照见诸法无相空理及真空之智慧。《无量寿经》:"慧眼见真,能识彼岸。"

③"硕人"句:《诗·卫风·硕人》:"螓首蛾眉,巧笑倩兮,美目盼兮。"

④最劣:这里作"最善于"讲。

⑤两国夫人:《荀子·解蔽》:"同时兼知之,两也。"据《建炎以来朝野杂记》甲集卷一二及《宋史·宦者》、《宋史·奸臣》二传,徽宗崇宁中特封濮安懿王女安定、普宁两郡主;宣和五年童贯封徐、豫两国公。高宗绍兴十二年,秦桧进封两国公,桧请改封其母为秦、魏国夫人,此封两国夫人之始。时韩世忠夫人梁氏亦封两国夫人。

临江仙

小靥人怜都恶瘦①,曲眉天与长颦。沈思欢事惜腰身。枕添离别泪,粉落却深匀。　　翠袖盈盈浑力薄,玉笙袅袅愁新。夕阳依旧倚窗尘②。叶红苔郁碧,深院断无人③。

【题解】

此词创作时地未详。代言闺阁。起首二句,尤其是其中"恶瘦"、"长颦",描绘出女子瘦骨伶仃、愁眉不展的形象。以下言其沉思往日的欢乐生活,不觉顾影自怜,显示出眼前的怨苦与无奈。过片承上言翠袖盈盈却浑身无力,玉笙铮铮而声音细微,一切皆因沉重离愁——所谓"新""愁"所致。末三句谓深院无人,叶红苔碧,一片凄寂,夕阳西下时,唯有独倚尘窗,凝视远方而已。

【注释】

①恶瘦:犹云怪瘦、好瘦。

②"夕阳"句:方械《失题》:"夕阳如有意,偏傍小窗明。"

③"深院"句:李商隐《访人不遇留别馆》:"闲倚绣帘吹柳絮,日高深院断无人。"

临江仙

逗晓莺啼声昵昵,掩关高树冥冥。小渠春浪细无声。并床听夜雨,出藓辘轳青。　　碧草旋荒金谷①路,乌丝重记兰亭②。强扶残醉绕云屏。一枝风露湿,花重入疏棂。③

【题解】

此词创作时地未详。上片从视觉与听觉两方面着笔,尤其突出书写了园林的荒寂,从而写出游园时愉悦而又略带伤感的情绪。过片二句总括上文,言要赋词记下这次游园活动。以下写游宴后烦躁不安,此时却有一枝鲜花从窗棂映入眼帘,带着晶莹的露珠,特别美丽。

【注释】

①金谷:金谷园。《晋书·石崇传》:"崇有别馆在河阳之金谷。"此借指所游之园。

②"乌丝"句:乌丝,乌丝栏,又称乌丝阑,于缣帛上下用乌丝织成栏,其间以朱墨界分成行。《负暄野录》卷下:"《兰亭序》用鼠须笔书乌丝栏茧纸。"

③"一枝"二句:杜甫《春夜喜雨》:"晓看红湿处,花重锦官城。"

临江仙

春色饶①君白发了,不妨倚绿偎红。翠鬟催唤出房栊②。垂肩金缕窄,蘸甲③宝杯浓。　　睡起鸳鸯飞燕子,门前沙暖泥融。④画楼人把玉西东。舞低花外月,唱澈柳边风。⑤

此词创作时地未详。起笔言冬去春来,友人的头上增添了丝丝白发,但这并"不妨"碍他"倚绿偎红"。以下对"倚绿偎红"作具体描述。过片二句宕开一笔,写出春天生机勃勃的景象,也有以物喻人之意。"画楼"句收合,照应上片"宝杯",再写美人劝酒。结末二句谓一直到花外月落,柳边风停,歌舞方才结束。全篇描写宴游情形,情景双绘。

【注释】

①饶:《诗词曲语辞汇释》:"犹添也;连也;不足而求增益也。"

②"翠鬟"句:黄庭坚《情人怨戏效徐庾慢体三首》其一:"秋水无言度,荷花称意红。主人敬爱客,催唤出房栊。"

③蘸甲:《猗觉寮杂记》:"酒斝满,捧觞必蘸指甲。牧之云:'为君蘸甲十分饮,应见离心一倍多。'"

④"睡起"二句:杜甫《绝句二首》其一:"泥融飞燕子,沙暖睡鸳鸯。"

⑤"舞低"二句:晏几道《鹧鸪天》:"舞低杨柳楼心月,歌尽桃花扇底风。"澈,大德本作"彻"。

临江仙

金谷无烟宫树绿①,嫩寒生怕春风。博山微透暖薰笼。小楼春色里,幽梦雨声中。　　别浦鲤鱼何日到,锦书封恨重重②。海棠花下去年逢。也应随分③瘦,忍泪觅残红。

【题解】

此词创作时地未详。上片描绘庭园深闺幽境,带出闺中女子。先写正是寒食禁烟之时,园树渐绿,但春寒未消。再由外景转入小楼闺阁内景。女子因怕风怯寒,转回室内,用香炉熏笼驱寒,随着室温回暖,渐渐在春雨声里进入幽梦。下片抒发闺中女子对情郎的思念。情郎杳无音信,令女幽恨重重。记得去年最后一次在海棠花下相会,转瞬又是海棠飘零时节,一想到所思之人也如自己一样像落花一般消瘦,不由含泪寻觅残花,以慰相思之痛。全篇代言闺情,写来深婉幽丽,带有花间风调。

【注释】

①宫树绿:元稹《连昌宫词》:"初过寒食一百六,店舍无烟宫树绿。"

②"锦书"句:李贺《潞州张大宅病酒遇江使寄上十四兄》:"诗封两条泪,露折一枝兰。"

③随分:照例或相应之意。

【辑评】

清陈廷焯《词则•大雅集》卷二:婉雅芊丽,稼轩亦能为此种笔路,真令人心折。

俞陛云《唐五代两宋词选释》:前半一片幽丽之景,以轻笔写之,而愁人自在其中。下阕始言望远怀人。歇拍二句自伤耶?抑为人着想耶?深情秀句,当以红牙按拍歌之。刘后村评其词,谓"其秾纤绵密者,亦不在小晏、秦郎之下"。此调与上之《祝英台近》,颇合后村评语。

临江仙

戏为期思詹老寿①

手种门前乌臼树②,而今千尺苍苍。田园只是旧耕桑。杯盘风月夜,箫鼓子孙忙。　　七十五年无事客,不妨两鬓如霜③。绿窗划地调红妆。更从今日醉,三万六千场。

【题解】

此词应作于闲居瓢泉期间。起首三句写詹老世代务农,能守祖业。"杯盘"二句描叙祝寿盛况。过片三句言其年老体壮,身体健康。结末二句写作者劝酒祝寿。全篇朴实无华,感情真挚。

【注释】

①词题中"詹老",事历未详。

②"手种"句:温庭筠《西州词》:"门前乌臼树,惨淡天将曙。"

③"不妨"句:苏轼《江城子》:"鬓微霜,又何妨。"

【辑评】

明卓人月、徐士俊《古今词统》卷七:未尝不以百岁为祝,然不堕谄谀者,笔力高也。

临江仙

手捻黄花无意绪,等闲行尽回廊。卷帘芳桂散余香。枯荷难睡鸭,疏雨暗池塘①。　　忆得旧时携手处,如今水远山长。罗巾浥泪别残妆。旧欢新梦里,闲处却思量。

【题解】

此词作于庆元二年(1196)闲居瓢泉时。起首二句写女主人公虽手捻黄花,却无心欣赏,在回廊上来回走个不停。"卷帘"句写由室内来到室外,嗅到一股浓郁的桂花余香。"枯荷"二句写荷塘秋色,烘托悲苦心情。过片三句触景生情,回忆过去,让人涕泪沾巾。结末二句写相思情深,日复一日。

【注释】

①池塘:王诏刊本、四印斋本作"添塘"。

临江仙

冷雁寒云渠有恨,春风自满余怀。更教无日不花开。未须愁菊尽,相次①有梅来。　　　多病近来浑止酒②,小槽空压新醅③。青山却自要安排。不须连日醉,且进两三杯。

【题解】

此词作于庆元元年二年(1196)间闲居瓢泉时。起笔言冷雁寒云岂能让自己有恨,春风吹拂又使自己春意满怀。以下具体描绘四时美景,同时表达内心的清放之情。下片转写近来因病止酒,虽有青山主动与我相娱,可借以表达寄情山水的情思,也是无可奈何。于是只好破戒饮酒。

【注释】

①相次:次第。《顺宗实录》卷五:王叔文既得志,"其常所交结,相次拔擢,至一日除数人"。

②"多病"句:黄庭坚《王立之以小诗送并蒂牡丹戏答二首》其一:"多病废诗仍止酒,可怜虽在与谁同。"

③"小槽"句:罗隐《江南行》:"水国多愁又有情,夜槽压酒银船满。"李贺《将进酒》:"琉璃钟,琥珀浓,小槽酒滴真珠红。"

临江仙

壬戌岁生日书怀

六十三年无限事,从头悔恨难追。已知六十二年非。只应今日是,后日又寻思。　　　少是多非惟有酒①,何须过后方知。从今休似去年时。病中留客饮,醉里和人诗。

【题解】

此词作于嘉泰二年(1202)夏闲居瓢泉时。起笔谓六十三年以来所做的事情,无法一一回顾反思,即使有憾恨之处也难以追悔。再写既知昨非而今是,能做的只有是今日之所是,至于今日所是是否永远是,那就有待日后去寻思了。至此,超脱明智之态溢于言表。下片转写只有醉酒才可以减少是是非非,所以不再止酒。从今以后,只要有机会,就一定饮酒吟诗,使自己生活得称心如意。这种随缘自适的处世态度,是在苦闷中寻求精神慰藉,故不必以消极视之。

【注释】

①"少是"句:韩愈《游城南十六首·遣兴》:"断送一生惟有酒,寻思百计不如闲。"

临江仙

　　窄样金杯教换了,房栊试听珊珊。①莫教秋扇雪团团。古今悲笑事,长付后人看。　　记取桔橰春雨后,短畦菊艾相连。拙于人处巧于天。君看流水地,难得正方圆。(右再用圆字韵。)②

【题解】

　　此词作于庆元二年(1196)闲居瓢泉时。起笔言新来已用在房栊下谛听雨声的办法,替换了过去的把盏,突出止酒之意。再表达对自己也像秋扇一样被弃的怨苦不满,谓古今如此,层出不穷,只好留待后人去评说。下片上承首二句,言天地虽然广大,化育万物却一视同仁。如不论是用桔橰取水还是天降春雨,短畦中的菊与艾都会同样受到滋润而发育成长。由此而体悟出的纯任自然的处世态度,辩证朴素,发人深思。

【注释】

①"窄样"二句:窄样,狭小的。白居易《题卢秘书夏日新栽竹二十韵》:"碧笼烟幂幂,珠洒雨珊珊。"

②"君看"二句:流水地,大德本作"流地水"。尾注所谓"再用圆字韵",当指用《临江仙》(一自酒情诗兴懒)韵。

临江仙

醉帽吟鞭花不住，却招花共商量。人生何必醉为乡。从教斟酒浅，休更和诗忙。　　一斗百篇风月地，饶他老子当行。从今三万六千场。青青头上发，还作柳丝长。

【题解】

此词作于闲居瓢泉晚期。起笔提出止酒的问题。醉酒出行，挥鞭吟诗，无心停下来赏花；但同时又觉得应该与花商量，如何处理赏花、饮酒、赋诗三者之间的关系。再揭明自己在戒酒问题上的矛盾心理，写来滑稽有趣。过片仍关合诗酒来写，言斗酒百篇，那是李白，自己还是要饮酒的。末三句谓自己以醉为乡，是因为有益于身体健康。不愿明言就里的托辞的背后，实乃希望借以减轻精神上的痛苦。

临江仙

昨日得家报，牡丹渐开。连日少雨多晴，常年未有。仆留龙安萧寺，诸君亦不果来，岂牡丹留不住为可恨耶。因取来韵，为牡丹下一转语。①

只恐牡丹留不住，与春约束②分明。未开微雨半开晴。要花开定准，又更与花盟。　　魏紫朝来将进酒，玉盘盂③样先呈。鞓红④似向舞腰横。风流人不见，锦绣夜间行。

【题解】

此词作于闲居瓢泉期间。词为牡丹之无人来赏解嘲而作。上片谓因

677

害怕牡丹留不住，故与春天约定，未开时要有微雨，半开时则要晴天。要想赏时花正开，还得与花本身有所约定。下片写各种牡丹斗艳争奇，最后归为一句，如此美丽的花却无人来赏，岂不像富贵之人不还乡，无人知晓？全篇虽出之以俳谐风调，从中颇可体味词人仕途失意、无人见赏的心绪。

【注释】

①词序中"龙安"，地名，在铅山境内。

②约束：要约缔结。《史记·孙子吴起列传》："约束既布，乃设铁钺，即三令五申之。"

③玉盘盂：苏轼《玉盘盂并引》序云："东武旧俗，每岁四月大会于南禅、资福两寺，以芍药供佛……中有白花，正圆如覆盂，其下十余叶稍大，承之如盘……而其名甚俚，乃为易之。"诗有云："两寺妆成宝璎珞，一枝争看玉盘盂。"

④鞓红：牡丹的一种。《洛阳牡丹记》："鞓红者，单叶，深红花，出青州，亦曰青州红……其色类腰带鞓，故谓之鞓红。"

【辑评】

清张德瀛《词征》卷一：鞓红，牡丹名也。辛稼轩词："鞓红似向舞腰横。"孙花翁词："一朵鞓红，宝钗压髻东风溜。"万红友详论其制。所云宋待制服红鞓犀带，盖即《西溪丛语》引石子惠之说。愚案《梦溪笔谈》云：海上有一船，桅折，抵岸三十余人，如唐衣冠，红鞓角带，则知唐时已有之，非特宋制然也。

临江仙

老去浑身无著处①，天教只住山林。百年光景百年心。更欢须叹息，无病也呻吟。　　试向浮瓜沈李处，清风散发披襟。莫嫌浅后更频斟。要他诗句好，须是酒杯深。

678

此词作于开禧元年(1205)自镇江归瓢泉后。开篇正话反说,点明年老体衰,闲居山林。再说自己一辈子都是这样的叹息呻吟,事不顺意,愁闷难当。过片二句谓虽然如此,如今却亦有瓜李可食,有清风相伴,可以无拘无束,自由自在地享受生活。结二句表面上说是为了吟诗作赋,才会一杯接一杯地饮酒,实则借酒浇愁,驱遣郁积于胸中的块垒。

【注释】

①"老去"句:苏轼《豆粥》:"我老此身无著处,卖书来问东家住。"又《景纯见和复次韵赠之二首》其二:"老去此身无处著,为翁栽插万松冈。"

临江仙

停云偶作

偶向停云堂上坐,晓猿夜鹤惊猜。主人何事太尘埃。低头还说向,被召又重来。　　多谢北山①山下老,殷勤一语佳哉。借君竹杖与芒鞋。径须从此去,深入白云堆。

【题解】

此词作于开禧元年(1205)自镇江归瓢泉后。上片云猿鹤惊主人之归晚,问中自带埋怨神态。回顾昔日罢居带湖,应诏出山,半出无奈。今番不说被劾落职归来,而戏曰应猿鹤、山水之召而回,实喜中带悲之语。种种情绪,借人与鹤猿对话传出,风趣中见沉痛。下片写决心归隐之志。父老语甚亲切,深表迎归之意,然不言此山而谓"北山",借故实寓意,则自愧自疚、自嘲自愤之心深深可见。这就无怪乎词人从此决意"深入白云堆"了。

【注释】

①北山:原指钟山,用孔稚珪作《北山移文》事。此借指停云堂所在之山。

蝶恋花

继杨济翁韵饯范南伯知县归京口

泪眼送君倾似雨。不折垂杨，只倩愁随去。有底^①风光留不住。烟波万顷春江舻。　　老马临流痴不渡。应惜障泥，忘了寻春路。^②身在稼轩安稳处。书来不用多行数^③。

【题解】

此词或作于淳熙九年(1182)。起句写泪眼送君，离别苦楚。接写不折杨柳相送，只倩离愁相随，写出别后无时无刻不思念范南伯。再写惜别之情。谓友人不为带湖风光所动，毅然乘舟离去，消失在万顷烟波之中。过片言相思却难以赴京口探视。结末二句谓生活安稳，友人无须牵挂，从对面写来，可谓情满意足。

杨炎正原唱为《蝶恋花·别范南伯》，也同样写得情深义厚。录以对读：

离恨做成春夜雨。添得春江，划地东流去。弱柳系船都不住。为君愁绝听鸣橹。　　君到南徐芳草渡。想得寻春，依旧当年路。后夜独怜回首处。乱山遮隔无重数。

【注释】

①有底：所有，一切。

②"老马"二句：《世说新语·术解》："王武子善解马性。尝乘一马，著连钱障泥，前有水，终日不肯渡。王云：'此必惜障泥。'使人解去，便径渡。"苏轼《与周长官李秀才游径山二君先以诗见寄次其韵二首》其一："痴马惜障泥，临流不肯渡。"

③"书来"句：黄庭坚《新喻道中寄元明用觞字韵》："但知家里俱无恙，不用书来细作行。"

蝶恋花

燕语莺啼人乍远。却恨西园，依旧莺和燕。笑语十分愁一半。翠围②特地春光暖。　　只道书来无过雁。不道柔肠，近日无肠断。③柄玉莫摇湘泪点。怕君唤作秋风扇④。

【题解】

此词创作时地未详。男子而作闺音。上片先写春暖花开，莺啼燕语，风物宜人，正是欢聚的时刻，而离人却突然远去，缭乱情思。"莺"、"燕"二字反复使用，颇具即景言情之妙。再写伊人喜忧参半的心态。过片转谓离人音信皆无，使人牵肠挂肚。再极写伊人柔肠寸断，悲愤欲绝。最后揭明之所以如此，更主要的在于怕像秋风扇似的被离人抛弃。

【注释】

①词题中"燕语莺啼"句，不详出自何"客"。朱敦儒《念奴娇》："别离情绪，奈一番好景，一番悲戚。燕语莺啼人乍远，还是他乡寒食。"

②翠围：文同《成都杨氏江亭》："汀洲烟雨卷轻霏，遥望轩窗隐翠围。"

③"不道"二句：秦观《阮郎归》："人人尽道断肠初，那堪肠已无。"

④秋风扇：班婕妤《怨歌行》："新裂齐纨素，皎洁如霜雪。裁为合欢扇，团团似明月。出入君怀袖，动摇微风发。常恐秋节至，凉飙夺炎热。弃捐箧笥中，恩情中道绝。"

蝶恋花

洗尽机心随法喜①。看取尊前，秋思如春意。谁与先生宽发齿。醉时惟有歌而已。　　岁月何须溪上记。千古黄花，自有渊明比。高卧石龙呼不起②。微风不动天如醉③。

【题解】

此词约作于淳熙九年(1182)闲居带湖初期。起句言洗尽机心，就能随佛向善，诸事欢喜。接写四时代序与生老病死皆属自然，明白了这一点，则如闻佛法而喜，就没有什么事可悲愁的了。秋亦无悲，春亦无愁，皆为赏心悦目之事，且可助尊前之乐也。再谓饮酒听歌可以延年益寿。过片以渊明自比，表明对待落职闲居乐观自信的原因所在。末二句写宠辱不惊的处世态度，以景结情，表达淡泊名利、自甘寂寞的高尚情怀。

【注释】

①法喜：见佛法而生欢喜。《维摩诘所说经·佛道品》："法喜以为妻，慈悲以为女。"苏轼《和渊明止酒》："子室有孟光，我室惟法喜。"

②"高卧"句：苏轼《寄吴德仁兼简陈季常》："溪堂醉卧呼不醒，落花如雪春风颠。"

③"微风"句：黄庭坚《二月丁卯喜雨吴体为北门留守文潞公作》："微风不动天如醉，润物无声春有功。"

蝶恋花

何物能令公怒喜。山要人来，人要山无意。恰似哀筝弦下齿①。千情万意无时已。　　自要溪堂韩作记②。今代机云③，好语花难比。老眼狂花空处起。银钩④未见心先醉。

【题解】

此词约作于淳熙九年(1182)闲居带湖初期。首句以破空而来的设问起意。再以拟人手法表达寄情山水之意，谓如果山没有意念，就和作者之心相同，能令人欢喜；反之则不然。"恰似"二句进一步说明闲居以来矛盾、痛苦、愤懑的思想状况。过片谓想请韩元吉像韩愈那样,也给自己的宅第作篇序记文字。以下赞扬韩元吉及其从兄的文采可以和二陆相媲美。最后以盼望之情作结。显然,韩元吉爽快地答应了辛弃疾的请求。

【注释】

①弦下齿:琴头架弦的齿状横木。

②韩作记:韩愈有《郓州溪堂诗并序》,这里指韩元吉为辛弃疾作的《稼轩记》。

③"今代"句:以二陆比二韩。韩元吉从兄韩元龙字子云,仕终直龙图阁,浙西提举,与韩元吉俱以文名世,故词人比之为陆机和陆云。

④银钩:《书苑》:"晋索靖草书绝代,名曰银钩虿尾。"白居易《鸡距笔赋》:"搦之而变成金距,书之而化出银钩。"

南乡子

登京口北固亭有怀

何处望神州。满眼风光北固楼。千古兴亡多少事,悠悠。不尽长江滚滚流。　　年少万兜鍪。坐断东南战未休。①天下英雄谁敌手。曹刘。生子当如孙仲谋②。

【题解】

此词作于嘉泰四年(1204)镇江知府任上。上片写词人登楼远眺,虽风光满目,但着重关注的是北方沦陷地区。以下感慨千古兴亡,往事悠悠,皆着眼于现实而发。下片主要是怀念、赞颂孙权。孙权曾以京口为首府,从青年时代起,就统领江东,虽坐镇一隅之地,却能大显身手,痛击北方来犯之敌,战斗不息。比照不战而降的刘琮,难怪连对手曹操都要对孙权肃然起敬了。历史上的孙权"战未休",与现实中南宋统治者的屈辱求和形成了鲜明的对比,讽谕的意味显而易见。

【注释】

①"年少"二句:孙权十九岁时继兄长孙策之位,为江东之主。坐断,意为占据。

②"生子"句:《三国志·吴志·孙权传》注引《吴历》:曹操见孙权舟船、器杖、军伍整肃,喟然叹曰:"生子当如孙仲谋,刘景升儿子若豚犬耳。"

【辑评】

清杨希闵《词轨》:此有慨于南渡之不振也。

清陈廷焯《云韶集》卷五:气魄雄大,虎视千古。东坡词,极名士之雅,稼轩词,极英雄之气。千古并称,而稼轩更胜。

清陈廷焯《词则·放歌集》卷一:信手拈来,自然合拍。

夏承焘等《唐宋词选》:全首表示对孙权的怀念,结句可能是借古讽今,为对韩侂胄一批人不满而发。"天下英雄"三句原是曹操的话,善于把古人语言融化入自己词中,是辛词的特点之一。

吴则虞《辛弃疾词选集》:全篇借古喻今,缘景即情,屡问屡答,而局势开辟。

鹧鸪天

和张子志提举①

别恨妆成白发新。空教儿女笑陈人②。醉寻夜雨旗亭③酒,梦断东风辇路尘。　　骑骕骦④,笑青云⑤。看公冠佩玉阶春。忠言句句唐虞际,便是人间要路津。⑥

【题解】

此词作于淳熙五年(1178)。张子志原唱已佚。起笔谓与张子志别后,苦于离愁,鬓边新添了白发,也引得儿女们笑话。以下转写落拓生活,言入京做官已经无望,便夜雨旗亭以酒解闷。下片则说张子志平步青云,身居高位,有条件实现致君尧舜、救世济民的宏伟抱负。全篇人我对照,颇有感慨,同时也表达出了对友人的良好祝愿。

【注释】

①词题中"张子志",名籍事历不详。

②陈人:苏轼《次韵答述古》:"肯对红裙辞白酒,但愁新进笑陈人。"

③旗亭:《集异记》卷二:"开元中,诗人王昌龄、高适、王涣之(案:此处及下文中均当作王之涣)齐名。时风尘未偶,而游处略同。一日天寒微雪,三诗人共诣旗亭,贳酒小饮。忽有梨园伶官十数人登楼会宴。三诗人因避席隈映,拥炉火以观焉。俄有妙妓四辈,寻续而至,奢华艳曳,都冶颇极。旋则奏乐,皆当时之名部也。昌龄等私相约曰:'我辈各擅诗名,每不自定其甲乙,今者可以密观诸伶所讴,若诗入歌词之多者,则为优矣。'俄而一伶拊节而唱,乃曰:'寒雨连江夜入吴,平明送客楚山孤。洛阳亲友如相问,一片冰心在玉壶。'昌龄则引手画壁曰:'一绝句。'寻又一伶讴之曰:'开箧泪沾臆,见君前日书。夜台何寂寞,犹是子云居。'适则引手画壁曰:'一绝句。'寻又一伶讴曰:'奉帚平明金殿开,强将团扇共徘徊。玉颜不及寒鸦色,犹带昭阳日影来。'昌龄则又引手画壁曰:'二绝句。'涣之自以得名已久,因谓诸人曰:'此辈皆潦倒乐官,所唱皆《巴人》、《下里》之词耳,岂《阳春》、《白雪》之曲,俗物敢近哉!'因指诸妓之中最佳者曰:'待此子所唱,如非我诗,吾即终身不敢与子争衡矣。脱是吾诗,子等当须列拜床下,奉吾为师。'因欢笑而俟之。须臾,次至双鬟发声,则曰:'黄河远上白云间,一片孤城万仞山。羌笛何须怨杨柳,春风不度玉门关。'涣之即揶揄二子曰:'田舍奴,我岂妄哉?'因大谐笑。诸伶不喻其故,皆起诣曰:'不知诸郎君何此欢噱。'昌龄等因话其事。诸伶竞拜曰:'俗眼不识神仙,乞降清重,俯就筵席。'三子从之,饮醉竟日。"

④骍駬(lù ěr):一作绿耳,为周穆王八骏之一。《淮南子·主术训》:"驊骝骍駬,一日而至千里。"

⑤茶(niè)青云:茶,通"蹑",踏。《汉书·礼乐志·郊祀歌》:"茶浮云,晻上驰。"

⑥"忠言"二句:杜甫《同元使君春陵行》:"致君唐虞际,纯朴忆大庭。"

《古诗十九首》其四："何不策高足，先据要路津。"

鹧鸪天

　　樽俎风流有几人。当年未遇已心亲①。金陵种柳欢娱地，庾岭逢梅寂寞滨②。　　樽似海，笔如神。故人南北一般春。玉人好把新妆样，淡画眉儿浅注唇③。

【题解】

　　此词作于淳熙五年(1178)。未详赠答何人。起笔谓对这位樽俎间的风流人物钦慕之甚。以下言金陵是友人欢娱之地；自己虽有梅可赏，却是在寂寞中打发日子。过片写彼此善饮工诗，可以同享春景之美。最后以艳语赋友情，别有一番风味。

【注释】

　　①"当年"句：韩愈《答杨子书》："不待相见，相信已熟；既相见，不要约，已相亲。"

　　②"庾岭"句：《墨客挥犀》卷四："大庾岭上有佛祠，岭外往来题壁者鳞比。有妇人题云：'妾幼年侍父任英州司寇，既代归，父以大庾本有梅岭之号，今荡然无一株，遂市三十本，植于岭之左右。因留诗于寺壁，今随夫任端溪，复至此寺，诗已为杇镘者所覆，即命墨于故处。'诗曰：'英江今日掌刑回，上得梅山不见梅。辍俸买栽三十树，清香留与雪中开。'好事者因此夹道植梅多矣。"大庾岭在粤、赣两省交界处。韩愈《答崔立之书》："耕于宽闲之野，钓于寂寞之滨。"

　　③"淡画"句：苏轼《成伯席上赠所出妓川人杨姐》："坐来真个好相宜，深注唇儿浅画眉。"

鹧鸪天

指点斋尊特地开^①。风帆莫引酒船回^②。方惊共折津头柳,却喜重寻岭上梅。　　催月上,唤风来。莫愁瓶罄耻金罍^③。只愁画角楼头起,急管哀弦次第^④催。

【题解】

此词作于绍熙四年(1193)知福州兼福建安抚使时。起笔谓设下宴席为友人接风洗尘,希望他不要迅速离去。再说彼此折柳相送未久,友人重新来访,令人高兴。下片承上写月下开怀共饮情景,表达出欢娱只愁良夜短的心理动态。

【注释】

①"指点"句:指点,指派。斋尊,家里酒坛。

②"风帆"句:李白《重忆一首》:"欲向江东去,定将谁举杯。稽山无贺老,却棹酒船回。"

③"莫愁"句:《诗·小雅·蓼莪》:"瓶之罄矣,维罍之耻。"金罍(léi),酒器,尊形,饰以金,刻云雷之象。

④次第:白居易《观幻》:"次第花生眼,须庾烛过风。"

鹧鸪天

困不成眠奈夜何。情知归未转愁多。暗将往事思量遍,谁把多情恼乱他。　　些底事,误人哪。不成真个不思家。娇痴却妒香香睡,唤起醒松说梦些^①。

此词创作时地未详。词作代写闺中少妇夜思良人,纯用口语白描,具有民歌风味。先说困不成眠,盼夫归来,想遍往事,疑猜良人有外遇,又不信他"真个不思家"。再言其自己难眠,却妒忌侍女酣睡,竟唤醒她跟自己说梦,强度通宵。娇痴之态,历历可见。

【注释】

①"娇痴"二句:香香,当为侍女名。醒松,同"惺松",苏醒。

鹧鸪天

郑守厚卿席上谢余伯山,用其韵①

梦断京华故倦游②。只今芳草替人愁。阳关莫作三叠③唱,越女应须为我留④。　　看逸韵⑤,自名流。青衫司马且江州。君家兄弟真堪笑,个个能修五凤楼。⑥

【题解】

此词约作于绍熙初闲居带湖时。时郑厚卿罢守衡州东归上饶。余伯山原唱已佚。上片言入朝供职的希望破灭,厌倦宦游,连芳草也替人愁苦。"阳关"二句谓暂时不会出仕,自然过渡到下片。过片称余伯山俊逸潇洒,飘然不群。再写其行将出任江州州学教授,又化用韩浦、韩洎典故,赞其未来必被重用,委以高职。

【注释】

①词题中"余伯山",名禹绩,上饶人。淳熙二年进士。官太府丞。绍熙五年前后曾任江州州学教授。

②故倦游:《史记·司马相如列传》:"长卿故倦游。"《集解》引郭璞云:"厌游宦也。"

③阳关三叠:苏轼《和孔密州五绝·见邸家园留题》:"阳关三叠君须秘,除却胶西不解歌。"王十朋注引次公曰:"王维诗……其后人以声曲歌

之,故谓之《阳关曲》。按先生诗话:'旧传阳关三叠,然今世歌者,每句再叠而已。若通一首言之,又是四叠,皆非是。或每句三唱,以应三叠之说,则丛然无复节奏。余在密州,有文勋长官者,以事至密,自云得古本《阳关》,其声宛转凄断,不类向之所闻。每句皆再唱,而第一句不叠,乃知古本三叠盖如此。'"

④"越女"句:韩愈《刘生诗》:"洪涛春天禹穴幽,越女一笑三年留。"

⑤逸韵:李白《与南陵常赞府游五松山》:"逸韵动海上,高情出人间。"

⑥"君家"二句:《杨文公谈苑》:"韩浦、韩洎能为古文,洎常轻浦,语人曰:'吾兄为文,譬如绳缚草舍,庇风雨而已。予之文造五凤楼手。'浦闻其言,因人遗蜀笺,作诗与洎曰:'十样蛮笺出益州,寄来新自浣溪头。老兄得此全无用,助尔添修五凤楼。'"五凤楼,故址在今河南洛阳,宋初增修,梁周翰有《五凤楼赋》。

鹧鸪天

　　一夜清霜变鬓丝。怕愁刚把酒禁持①。玉人今夜相思不,想见频将翠枕移。　　真个恨,未多时。也应香雪②减些儿。菱花照面须频记,曾道偏宜浅画眉。③

【题解】
　　此词作于庆元二年(1196)闲居瓢泉时,可能是在因病止酒遣去歌者阿钱之后。起笔言为愁所苦,一夜头白,借酒浇之。以下从对方着笔,说你说我,谓自己思念玉人,就像想象中的玉人思念自己一样。过片写分离未久,玉人却也因相思而憔悴瘦损。末二句关合人我,以提醒玉人不要忘记过去的美好时光作结,哀而不伤。

【注释】
　　①禁持:《诗词曲语辞汇释》:"此摆布义,犹云硬将酒来摆布愁怀也。"
　　②香雪:苏轼《三部乐》:"问为谁减动,一分香雪。"

689

③"菱花"二句:朱庆余《近试上张籍水部》:"洞房昨夜停红烛,待晓堂前拜舅姑。妆罢低声问夫婿,画眉深浅入时无。"

鹧鸪天

　　木落山高一夜霜。北风驱雁又离行。无言每觉情怀好,不饮能令兴味长。　　频聚散,试思量。为谁春草梦池塘。①中年长作东山恨,莫遣离歌苦断肠。

【题解】

　　此词作于淳熙十四年(1187)前闲居带湖时。词写别后思念兄弟(或即族弟祐之)。"驱雁""离行",情景双至。"无言"二句忆昔日兄弟相聚情景,非外人所能领悟。下片"中年"句既契合伤别题旨,又隐寓壮志未酬之恨。

【注释】

　　①"频聚散"三句:《南史·谢惠连传》:"谢惠连十岁能属文,族兄灵运加赏之,云:'每有篇章,对惠连辄得佳句。'尝于永嘉西堂思诗,竟日不就,忽梦见惠连,即得'池塘生春草',大以为工。"谢灵运《登池上楼》:"池塘生春草,园柳变鸣禽。"

【辑评】

　　吴则虞《辛弃疾词选集》:"无言每觉情怀好,不饮能令兴味长"二句,乃回忆相聚时景象。相对无言,情怀更好,此非熟谙世味者不能知。不饮而兴味更长,则兄弟相对之乐,何须待饮。此联情境极深,玩而弥永。

鹧鸪天

三山道中

　　抛却山中诗酒窠。却来官府听笙歌①。闲愁做弄②天来大,白发栽埋③日许多。　　新剑戟,旧风波。天生予懒奈予何④。此身已觉浑无事⑤,却教儿童莫恁么。

【题解】

此词作于绍熙四年(1193)春奉诏赴京途中。词写再度出仕后的苦闷心境。"山中诗酒"和"官府笙歌"对举,而缀以"抛却"、"却来",先扬后抑,倾向明显。三四句承官府生涯而来,身闲心不闲,无怪白发日多。尤其念及此番进京,也许又要经历一场新的宦海风波,不禁越发心灰意冷。但此中隐情实不便对儿辈明言,仍然要勉励他们仕进报国。言不由衷,确是别有一番滋味在心头。

【注释】

①听笙歌:苏轼《浣溪沙》:"光阴须得酒消磨,且来花里听笙歌。"

②做弄:变成。贺铸《雨中花令》:"奈倦客襟怀先怯酒。问何意、歌鬟易皱。弱柳飞绵,繁花结子,做弄伤春瘦。"

③白发栽埋:王安石《偶成二首》其二:"年光断送朱颜去,世事栽培白发生。"

④"天生"句:《论语·述而》:"天生德于予,桓魋其如予何?"

⑤"此身"句:苏轼《归宜兴留题竹西寺三首》其三:"此生已觉都无事,今岁仍逢大有年。"

鹧鸪天

桃李漫山过眼空。也宜恼损杜陵翁。①若将玉骨冰姿②比,李蔡为人在下中。　　寻驿使,寄芳容。垄头休放马蹄松。吾家篱落黄昏后,剩有西湖处士风。

【题解】

此词作于绍熙四年(1193)福建安抚使任上。咏梅而不描摹形态,通过对比、用事托其神韵。上片以人品喻花品,谓李蔡人品在下中,却官居李广之上,此花中"桃李"虽漫山娇艳一时,但过眼即空,世不传名。梅花则"玉骨冰姿",在众芳摇落之际,独放于"篱落黄昏",实为花中上品。下片迭用陆凯、林逋诗事,虽专赋梅花,仍隐有对比桃李之意。争春斗艳的桃李,一似俗辈献媚势要,以猎取功名,而幽独的梅花,则大有高士之风。

【注释】

①"桃李"二句:苏轼《寓居定惠院之东杂花满山有海棠一株土人不知贵也》:"嫣然一笑竹篱间,桃李漫山总粗俗。"杜甫《绝句漫兴九首》其二:"手种桃李非无主,野老墙低还是家。恰似春风相欺得,夜来吹折数枝花。"

②玉骨冰姿:苏轼《西江月》:"玉骨那愁瘴雾,冰姿自有仙风。"

鹧鸪天

读渊明诗不能去手,戏作小词以送之

晚岁躬耕不怨贫。只鸡斗酒聚比邻。①都无晋宋之间事,自是羲皇以上人。　　千载后,百篇存。更无一字不清真。②若教王谢诸郎在,未抵柴桑陌上尘③。

【题解】

此词或作于庆元中闲居瓢泉时。上片主要通过描写陶渊明辞官归里,躬耕陇亩,乐道安贫,与乡邻打成一片的场景,以及超然物外、抗心高古的境界,突出表现其高洁率真的品性。下片"更无一字不清真"是对陶诗的高度概括和评价,也是对苏轼所云如"渊明独清真","古今贤之,贵其真也"(苏轼《书李简夫诗集后》)等的进一步阐发。诗如其人,即便是"譬如芝兰玉树"的王谢子弟也望尘莫及。全篇穿插颇多陶氏诗文语词,又巧妙映带一己身世之感,浑然一体,轻快流利。

借助创作中所体现的倾向来发表见解,一向是中国传统的文学批评的两种基本形式之一。如陶渊明的诗,之所以在宋代开始成为经典,主要的缘由和表现,是出现了群体性的模仿创作,苏轼遍和陶诗,又在宋代诗坛形成普遍性的和陶风气中起到了决定性的作用。加上欧阳修、王安石、朱熹等人的极力推崇,所有这些,不仅让人们认识到陶诗的魅力,也在创作与评论的良性互动中,推动了相关的研究进程。现在看来,还可以稍作补充的是,辛弃疾也用自己的词创作,加入到了这一制造、巩固和强化经典的动态历史进程中。据粗略统计,稼轩词中歌咏陶渊明,或化用其语词掌故的,占到了其作品总数的近十分之一。从另一方面看,盛行于南宋文坛的和陶拟陶,是以"朋党之恶"为契机、以排遣情累为功用的;和陶拟陶也成功地构筑了"乐意相关"的精神家园。在这个精神家园里,却又深深地积淀着创作主体的"为己之学"。(参沈松勤《南宋文人与党争》)

【注释】

①"晚岁"二句:陶渊明《庚戌岁九月中于西田获早稻》:"但愿长如此,躬耕非所叹。"又《归园田居五首》其五:"漉我新熟酒,只鸡招近局。"又《杂诗十二首》其一:"得欢当作乐,斗酒聚比邻。"

②"千载后"三句:《陶渊明集》现存诗 125 篇。《世说新语·赏誉》:"殷中军道王右军云:逸少清真人。"《丹铅续录》卷三:"近日吴中刻《世说》,'右军清真',谓清致而率真也。李太白用其语为诗'右军本清真',是其证也。近世乃妄改作'清贵'。"

③"未抵"句:陶渊明《杂诗十二首》其一:"人生无根蒂,飘如陌上尘。"柴桑,渊明柴桑人,也是其归隐居处,在今江西九江西南。

鹧鸪天

发底青青无限春。落红飞雪谩纷纷。黄花也伴秋光老,何似尊前见在身①。　　书万卷,笔如神。眼看同辈上青云②。个中③不许儿童会,只恐功名更逼人。

此词或作于庆元中闲居瓢泉时。起笔以"无限春"和"落红"对举,暗示惜春及珍惜青春之意。以下言人也会像黄花一样,随着时光流逝而衰老,不如多饮美酒,远祸全身。过片三句化用杜诗,言自己读书善文,希望建功立业,不料事与愿违,落职退居,而同辈却青云直上,表达出世事沧桑、仕路浮沉的感叹。结韵谓恐怕只有过来人方解个中滋味,含蕴深刻。

【注释】

①"何似"句:牛僧孺《席上赠刘梦得》:"休论世上升沉事,且斗樽前见在身。"

②"眼看"句:张元干《陇头泉》:"百镒黄金,一双白璧,坐看同辈上青云。"

③个中:朱敦儒《临江仙》:"世间谁是百年人。个中须着眼,认取自家身。"

鹧鸪天

戊午拜复职奉祠之命①

老退何曾说著官。今朝放罪上恩宽。便支香火真祠俸,更缀文书旧殿班。　　扶病脚,洗衰颜。快从老病借衣冠。此身忘世浑容易,使世相忘却自难。②

【题解】

此词作于庆元四年(1198)闲居瓢泉时。起笔直接表明感受的意外,在表面的感恩戴德中,隐含嘲戏与牢骚。以下貌似客观叙写奉祠复职之事,实则也有不满之意。过片三句交代和补充前韵,谓自己衰老病废,从被夺走禄位之日起,就没有再次厕身官场的想法了。结韵化用《庄子》,表达祸福难料的沉重感慨和深刻忧患。

【注释】

①词题中"复职",指复集英殿修撰之职。奉祠,宋代设祠禄之官,除宰

相执政兼领以示优礼外,老病废职之官,亦往往使任宫观职,俾食其禄。此指辛弃疾再主武夷山冲佑观。

②"此身"二句:《庄子·天运》:"使亲忘我易,兼忘天下难;兼忘天下易,使天下兼忘我难。"

鹧鸪天

和赵晋臣敷文韵

绿鬓都无白发侵①。醉时拈笔越精神。爱将芜语追前事,更把梅花比那人。　　回急雪,遏行云。近时歌舞旧时情。君侯要识谁轻重,看取金杯几许深。

【题解】

此词约作于闲居瓢泉期间。赵晋臣原唱已佚。上片写赵晋臣绿鬓如云,没有一丝白发,醉时拈笔作诗赋词的情态,更见精神;喜欢追怀往事,把"那人"比作梅花。过片三句承上,写出"那人"应是某个舞姿优美、歌声嘹亮的歌妓。结二句谓赵晋臣对旧情念念难忘,以酒浇愁,写来含蓄蕴藉。

【注释】

①白发侵:苏轼《九日寻臻阇黎遂泛小舟至勤师院二首》其一:"白发长嫌岁月侵,病眸兼怕酒杯深。"

鹧鸪天

和傅先之提举赋雪

泉上长吟我独清。喜君来共雪争明。已惊并水鸥无色,更怪行沙蟹有声。　　添爽气,动雄情。①奇因六出忆陈平②。

695

却嫌鸟雀投林去,触破当楼云母屏。

【题解】

此词创作时地未详。傅先之原唱已佚。词借赏咏雪之洁白晶莹,明一己高洁之怀。鸥鹭失色,河蟹有声,描摹雪景极为有法。又借写雪的六出之奇,抒发希望像陈平那样为国家建立奇功的豪情。"却嫌鸟雀投林去,触破当楼云母屏"二句,尤能显出非凡的想象力。

【注释】

①"添爽气"二句:《世说新语·豪爽》:"桓宣武平蜀,集参僚置酒于李势殿,巴、蜀缙绅莫不来萃。桓既素有雄情爽气,加尔日音调英发,叙古今成败由人,存亡系才,其状磊落,一坐叹赏。"

②"奇因"句:《史记·陈丞相世家》:"陈丞相平者,阳武户牖乡人也……高帝南过曲逆……乃诏御史,更以陈平为曲逆侯,尽食之,除前所食户牖。其后常以护军中尉从攻陈豨及黥布,凡六出奇计,辄益邑,凡六益封。奇计或颇秘,世莫能闻也。"

鹧鸪天

登一丘一壑偶成

莫殢春光花下游。便须准备落花愁。百年雨打风吹却,万事三平二满休。 将扰扰,付悠悠。此生于世百无忧。新愁次第相抛舍,要伴春归天尽头。

【题解】

此词作于庆元二年(1196)瓢泉居第初成时。词借登览一丘一壑,抒发退闲状态下的旷达情怀。词人的内心可能暂时得到过平静,但他"似乎无意于对生死、天人关系等做形而上的思考,而执着于现实人生的此岸世界"

（王水照《苏、辛退居时期的心态平议》），功名心太重，愤世嫉俗的思想太深刻，加上并没有真正从禅理上领悟禅宗，只是学得了一种姿态，所以越是发誓说"新愁次第相抛舍，要伴春归天尽头"，就越是证明他摆脱不了愁。

瑞鹧鸪

京口有怀山中故人

暮年不赋短长词。和得渊明数首诗。君自不归归甚易，今犹未足足何时。　　偷闲①定向山中老，此意须教鹤辈知。闻道只今秋水上，故人曾榜北山移。

【题解】

此词作于嘉泰四年（1204）知镇江府时。起首二句以晚年不再写短长词，唯喜追和陶诗含蓄托意。以下化用前人诗意表达思归之心，自嘲不归，自解已足。过片二句表明坚定的归隐之念。"此意"句用典，借鹤怨猿惊写恋恋山中。结韵以故人张榜以嘲，来写自己对此番出山的愧悔。

【注释】

①偷闲：大德本作"偷山"。

瑞鹧鸪

京口病中起登连沧观偶成①

声名少日畏人知。老去行藏与愿违。山草旧曾呼远志，故人今又寄当归。②　　何人可觅安心法，有客来观杜德机。③却笑使君那得似，清江万顷白鸥飞。

此词作于嘉泰四年(1204)知镇江府时。起首二句以"少日"声名和"老去"行藏对比,领起下文。接韵妙思药名以抒怀,具备寻常词作所难有的趣味。过片二句言壮志销铄,矛盾彷徨,一心难安。剖心之辞,写来极其沉痛真实。结韵呼应题面,借登观所见鸥飞为喻,表达归隐田园、自在忘机的愿望。全篇妙用药名,精取典故,虽结构整饬,却能通过顿折反跌,形成沉郁顿挫的艺术风貌。

【注释】

①连沧观:在镇江府治,即北固山郡守内宅之后,原名望海楼,为登览胜地。

②"山草"二句:《三国志·吴志·姜维传》注引孙盛《杂记》:"姜维诣(诸葛)亮,与母相失。复得母书,令求当归。维曰:'良田百顷,不在一亩。但有远志,不在当归也。'"苏轼《寄刘孝叔》:"故人屡寄山中信,只有当归无别语。"

③"何人"二句:《传法正宗记》:"(神)光曰:'我心未安,乞师与安。'尊者曰:'将心来,与汝安。'曰:'觅心了不可得。'尊者曰:'我与汝安心竟。'"安心法,即安定心神之法。《庄子·应帝王》:"壶子曰:'乡吾示之以地文,萌乎不震不正,是殆见吾杜德机也。'"杜德机,即闭塞生机。

【辑评】

清顾炎武《日知录》卷一三:辛幼安词:"小草旧曾呼远志,故人今有寄当归。"此非用姜伯约事也。《吴志》:"太史慈,东莱黄人也。后立功于孙策,曹公闻其名,遗慈书,以箧封之。发省无所道,但贮当归。"幼安久宦南朝,未得大用,晚年多有沦落之感,亦廉颇思用赵人之意耳。观其与陈同甫酒后之言,不可知其心事哉!

清辛启泰《稼轩集钞存·书顾亭林论稼轩词后》:公词中"故人今有寄当归"句,与苏长公"山中故人应有招我归来篇"句,意正相同。当归故事,特泛用以对远志,非指金言也。乃顾亭林以为有廉颇思用赵人之意,而引稗说以证之,谬矣。公此词作于知镇江府时,年已六十余,其仕宋亦几四五十年,所不获大用者,徒以不能事时宰相韩侂胄耳。初,公以《周易》筮得离,为南方,志遂以定,金固非尝试之国也。其时金宰相亦未必不如韩侂胄也。以暮齿而违筮言,以直道而思他适,以旧人而切新图,虽庸夫且知其不可,况公常与晦庵、同父诸贤道德仁义相与切劘者乎?余既斥稗说,因读《日知录》,遂并书其后。

瑞鹧鸪

胶胶扰扰几时休。一出山来不自由。秋水观中山月夜,停云堂下菊花秋。　　随缘道理应须会,过分功名莫强求。先(去声)自一身愁不了,那堪愁上更添愁。

【题解】

此词作于嘉泰四年(1204)知镇江府时。起笔开宗明义,直言仕宦事务繁杂,不如归隐潇洒悠闲。"几时休"一问,表明已为官场污浊、难有作为所苦恼。次联追忆山居生活,观月赏菊,清闲幽雅。三联议论明志,言过分功名切莫强求。这是在反思自己的出而处、处而出,于否定之否定中对禅宗随缘任运所产生的新认识。结韵感叹既然难酬壮志,不胜其愁,又何必强求,致使愁上添愁。"那堪"一语是表明,既然愁上添愁是因为失却了闲退时的那种随缘岁月,就欲以此随缘而终老了。

瑞鹧鸪

乙丑奉祠归舟次余干赋

江头日日打头风。憔悴归来邴曼容。①郑贾正应求死鼠,叶公岂是好真龙。②　　孰居无事陪犀首,未办求封遇万松。③却笑千年曹孟德,梦中相对也龙钟。

此词作于开禧元年(1205)泊舟余干时。起笔破题,自述"奉祠"从水路西归及归途中的心态。一状归路之艰险,以"日日打头风"兼喻仕途坎坷;一以邴曼容自况,兼取其"养志自修"之意。次韵用事,喻打击排斥抗战派为郑贾弃活鼠、叶公怕真龙,讽刺时政,入木三分。过片二句预想今后山林诗酒的暮年生涯,不免暗含老境颓唐的悲哀语调。结韵引曹操以自嘲,见出内心的愤懑与凄凉。全篇联缀典故,真实地剖露失路英雄的暮年心路历程,然略有晦涩不畅之弊。

【注释】

①"江头"二句:打头风,逆风。《汉书·两龚传》:"琅邪邴汉,亦以清行征用,至京兆尹,后为太中大夫……汉兄子曼容,亦养志自修,为官不肯过六百石,辄自免去。"

②"郑贾"二句:《战国策·秦策三》:"应侯曰:'郑人谓玉未理者璞,周人谓鼠未腊者朴。'周人怀璞过郑贾曰:'欲买朴乎?'郑贾曰:'欲之。'出其朴,视之乃鼠也。因谢不取。今平原君自以贤显名于天下,然降其主父沙丘而臣之,天下之王尚犹尊之,是天下之王不如郑贾之智也。眩于名,不知其实也。"《新序·杂事》:"子张见鲁哀公,七日而鲁哀公不礼。托仆夫而去,曰:'……君之好士也,有似叶(shè)公子高好龙。叶公子高好龙,钩以写龙,屋室雕文以写龙,于是夫龙闻而下之,窥头于牖,施尾于堂,叶公见之,弃而还走,失其魂魄,五色无主。是叶公非好龙也,好夫似龙而非龙者也。'"

③"孰居"二句:《史记·张仪列传》附《陈轸传》:"陈轸使于秦,过梁,欲见犀首……犀首见之,陈轸曰:'公何好饮也?'犀首曰:'无事也。'"犀首,公孙衍,陈轸过梁时为魏相。《庄子·天运》:"日月其争于所乎?……孰居无事,推而行是?"

瑞鹧鸪

　　期思溪上日千回。樟木桥边酒数杯。人影不随流水去，醉颜重带少年来。　　　　疏蝉响涩林逾静，冷蝶飞轻菊半开。不是长卿终慢世①，只缘多病又非才②。

【题解】

　　此词作于开禧元年(1205)自镇江归铅山后。首联写终日唯赏景饮酒自娱。接韵紧承上文"溪上"、"桥边"而来，一"去"一"来"之间，陡增青春不再、老来无味之感。过片二句以精严的倒装对句所造出的冷寒寂寥之景，表现自己同样耗散了生命热力的精神感受。末韵遥应开篇，以古人自况，自伤自叹，自嘲自愤，传写出风骨不改又无欢无味的老年情怀。全篇起承转合，一如律诗作法。

【注释】

　　①"不是"句：《世说新语·品藻》注引《高士传·司马相如赞》："长卿慢世，越礼自放。犊鼻居市，不耻其状。托疾避官，蔑此卿相。乃赋《大人》，超然莫尚。"

　　②"只缘"句：《唐诗纪事》卷二三："明皇以张说之荐，召孟浩然，令诵所作，乃诵'北阙休上书，南山归敝庐。不才明主弃，多病故人疏……'帝曰：'卿不求朕，岂朕弃卿？'"后唐玄宗终不用孟浩然。

【辑评】

　　吴则虞《辛弃疾词选集》："期思溪上日千回"二句，写其在山之闲适，往来溪上，一日千回。或在桥边村店，饮酒数杯。"人影"二句，立于溪边桥上，俯观人影，而逝水长流，人影终存。少年不能重来，然醉后酡颜，有若童少。此韵意境，从起首二句预为地步而来。后阕"疏蝉"二句，上句从王籍诗蜕出，下句似从苏轼"伶俜寒蝶抱秋花"之影响而至。属对清典，西昆雅音。结韵宛转委曲,不见愤恚抑郁之痕,深得风人之旨。

玉楼春

无心云自来还去^①。元共青山相尔汝^②。霎时迎雨障崔嵬^③,雨过却寻归路处。　　侵天翠竹何曾度。遥见屹然星砥柱^④。今朝不管乱云深,来伴仙翁山下住。

【题解】

此词约作于罢居瓢泉初期。起笔写云与山的亲切关系,表达山林情结。接写流云之变幻。当山雨来临之际,它便迎着雨势飘出,遮护着崔嵬的山峦;雨过之后,却又寻着归路回到云起之处。过片说翠竹侵天,然而浮云不曾从竹林上度过,更奈何不得远方屹然耸立的"星砥柱"。暗示云归未出。词意似断仍续,有藕断丝连之妙。末二句谓不管乱云有多深,它今朝飘来山下,陪伴仙翁亦即作者来到山下居住。含蓄地表明归隐林下之意。

【注释】

①无心云:王安石《即事二首》其二:"云从无心来,还向无心去。无心无处寻,莫觅无心处。"

②相尔汝:指彼此亲昵,不拘形迹。杜甫《醉时歌》:"忘形到尔汝,痛饮真吾师。"

③崔嵬:《诗·召南·卷耳》:"陟彼崔嵬,我马虺隤。"《传》:"土山之戴石者。"《尔雅·释山》:"石戴土谓之崔嵬。"郭注:"石山上有土者。"

④"遥见"句:星砥柱,当即《玉楼春·戏赋云山》"忽见东南天一柱"中的天柱星。反用《淮南子》"昔者,共工与颛顼争为帝,怒而触不周之山,天柱折,地维绝"的神话传说,又将天柱星与天柱山化为一个意象。

玉楼春

瘦筇倦作登高去。却怕黄花相尔汝。岭头拭目望龙安，
更在云烟遮断处。　　思量落帽人风度。休说当年功纪
柱①。谢公直是爱东山，毕竟东山留不住。

【题解】

此词创作时地未详。词写重阳登高。身心疲惫，竹杖细瘦，本没有多
少兴致登高，又忍不住心爱的黄花的吸引，还是登上了岭头。然岭头望龙
安而不见，也许是对旧日游踪的留恋，又或者包含有失望的情绪，折射出归
隐之意。下片写吊古怀人，怀念孟嘉，否定马援，对谢安先隐后仕也持保留
态度，而对陶渊明辞官归隐给予高度评价，这才是全篇的重点所在。

【注释】

①功纪柱：后汉马援征交趾，立铜柱二。《水经注》引《林邑记》："建武
十九年，马援树两铜柱于象林，南界与西屠国分，汉之南疆也。"

玉楼春

风前欲劝春光住。春在城南芳草路。未随流落水边花，
且作飘零泥上絮①。　　镜中已觉星星误。人不负春春自
负。梦回人远许多愁，只在梨花风雨处。

【题解】

此词创作时地未详。上片先言暮春时分，风雨来临之前，希望留住春
光，因为城南路上长满芳草，已遮断了春的归路。再说春虽未随落花流水
而去，但已然化"作飘零泥上絮"，自然过渡到下片的叹老怀人。下片谓青

春背我堂堂去,镜中已添了星星白发。再谓闺中人留春不住,从梦中醒来,发现人已远去,缕缕新愁涌上心头,看着风雨梨花,更是愁上加愁。

【注释】

①泥上絮:《风月堂诗话》:"参寥自杭谒坡于彭城。一日,燕郡寮,谓客曰:'参寥虽不与此集,然不可恼之也。'遣官伎马盼盼持纸笔就求诗。参寥援笔立成,有'禅心已作沾泥絮,不逐春风上下狂'之句。坡喜曰:'吾尝见柳絮落泥中,谓可以入诗,偶未收入,遂为此人所先。'"

玉楼春

寄题文山郑元英巢经楼①

悠悠莫向文山去。要把襟裾牛马汝②。遥知书带草③边行,正在雀罗门④里住。　　平生插架昌黎句。不似拾柴东野苦⑤。侵天且拟凤凰巢⑥,扫地从他鹳鹆舞⑦。

【题解】

此词作于淳熙十六年(1189)闲居带湖时。巢经楼为郑元英藏书之所,迹趾已无可考。郑氏于淳熙十一年入蜀,任满携书而归,建楼贮藏,楼成来函请题,作者赋二词以寄。此为第二首。上片先写文山乃文化圣地,再写郑元英安贫乐道,全力推动地方文化建设。下片接写巢经楼藏书之富,以及巢经楼的意义,言必将因此而培育出贤人名士。全篇用典虽多而"其气不掩"(陈廷焯《词坛丛话》)。

【注释】

①文山:福州侯官名胜。《大明一统志·名胜志》:"稍南为文山,宋隐士郑育居之,太守黄裳数造访焉,因砌石为路,榜曰文山。文山有小浦缭绕而纳潮汐,江口万安桥跨之。"

②"要把"句:韩愈《符读书城南》:"人不通古今,马牛而襟裾。"

③书带草:《艺苑雌黄》引《三齐记略》云:"不其城东有鲎山,郑玄删注诗、书,栖于此,山上有古井,不竭,傍生细草,如薤草,长尺余,坚韧异常,土人谓之康成书带。'故梦得诗:'墨池半在颓垣下,书带犹生蔓草中。'东坡诗:'庭下已生书带草,使君疑是郑康成。'汪彦章诗:'门外满生书带草,林间知是德星堂。'"此以郑康成喻郑元英。

④雀罗门:《史记·汲郑列传》:"夫以汲、郑之贤,有势则宾客十倍,无势则否,况众人乎!下邽翟公有言,始翟公为廷尉,宾客阗门。及废,门外可设雀罗。翟公复为廷尉,宾客欲往,翟公乃大署其门曰:'一死一生,乃知交情。一贫一富,乃知交态。一贵一贱,交情乃见。'"

⑤"不似"句:张为《诗人主客图》以孟郊为"清奇僻苦主"。孟郊《忽不贫喜卢仝书船归洛》:"我愿拾遗柴,巢经于空虚。"

⑥凤凰巢:韩愈《南山有高树行赠李宗闵》:"南山有高树,花叶何衰衰。上有凤凰巢,凤凰乳且栖。"

⑦鸲鹆(qú yù)舞:鸲鹆,俗名八哥。《晋书·谢尚传》:"(司徒王导)辟为掾……始到府通谒,导以其有胜会,谓曰:'闻君能作鸲鹆舞,一坐倾想,宁有此理不?'尚曰:'佳。'便著衣帻而舞。导令坐者抚掌击节,尚俯仰在中,傍若无人,其率诣如此。"

玉楼春

有自九江以石中作观音像持送者,因以词赋之

琵琶亭畔多芳草。时对香炉峰一笑。偶然重傍玉溪东,不是白头谁觉老。　　普陀大士神通妙。影入石头光了了。看来持献可无言,长似慈悲颜色好。

【题解】

此词创作时地未详。琵琶亭,在江西九江西之江滨,白居易在此作《琵琶行》,后人因以名亭。香炉峰,在九江西南,庐山之北,奇峰状如香炉。普陀,也

作"补陀"。词借观音像喻人应光明磊落,清白如石光,慈悲如神像。这也是作者自画像,取观音像以自况。全篇叙事详略得当,行文变化不板滞。

玉楼春

乙丑京口奉祠西归,将至仙人矶

江头一带斜阳树。总是六朝①人住处。悠悠兴废不关心,惟有沙洲双白鹭。　　仙人矶下多风雨。好卸征帆留不住。直须抖擞尽尘埃②,却趁新凉秋水去。

【题解】

此词作于开禧元年(1205)秋。写不以三度罢仕为念、恬淡达观的心怀。上片赋舟中所见江岸景色。一起带出六朝古迹,似欲怀古。但三四句突然宕开,景与情会,借白鹭明志。将"悠悠兴废"之事一概抛诸脑后,唯以白鹭为亲,因知我心者唯有此君。下片言一心归去,却意多转折,语带双关。人未至仙人矶,已然想见"矶下多风雨",欲泊不能。既为下文铺垫蓄势,又自含深意。"风雨"喻政治风波,既"风雨"逼人,壮志难伸,索性及早归去。"直须"句表现词人不屑一顾、磊落旷达的胸襟。"秋水"双关,既指眼前江水,也兼指瓢泉家园中的秋水堂。

【注释】

①六朝:指吴、东晋、宋、齐、梁、陈。
②"直须"句:白居易《答州民》:"宦情抖擞随尘去,乡思销磨逐日无。"

鹊桥仙

席上和赵晋臣敷文

少年风月,少年歌舞,老去方知堪羡。叹折腰、五斗赋归来,问走了、羊肠几遍。　　　高车驷马,金章紫绶,传语渠侬稳便①。问东湖、带得几多春,且看凌云笔健。②

【题解】

此词作于庆元六年(1200)闲居瓢泉时。赵晋臣仕途失意,由江西漕使任所罢归,辛弃疾作此劝慰,非等闲酬应之作。赵氏原唱已佚。上片用对照手法写来,语意极为沉痛。先谓风月歌舞,少年乐事,何以老来始羡?似是感叹老去兴衰,实则惋惜少壮之时勤于政事,而疏于风月,早知今日,何必当初。政治牢骚,切肤之慨,可于言外得之。再从回顾着笔,补足发端文意。羊肠喻仕途坎坷艰辛,由此不难体会渊明赋《归来》的心境。过片谓功名富贵于我如浮云,况"金章紫绶"能有多久,何足羡慕。讥嘲显要,慰抚友人,一笔两意。结二句语秀笔健,疏宕有致,足令友人欣慰:人生自有知己。

【注释】

①"传语"二句:渠侬,指达官显宦。稳便,任意所为。

②"问东湖"二句:杜甫《戏为六绝句》其一:"庾信文章老更成,凌云健笔意纵横。"

西江月

用韵和李兼济提举①

且对东君痛饮,莫教华发空催。琼瑰千字已盈怀。消得②津头一醉。　　　休唱阳关别去,只今凤诏归来。五云两两望三台③。已觉精神聚会。

【题解】

此词作于绍熙四年(1193)正月由福建提点刑狱应诏赴京时。李兼济原唱已佚。上片写饯行。言人生易老,须及时行乐,何况李君所赋送别词令人感动,值得在津头为之一醉。下片写留别。言既为应诏赴朝,就不必因离别而忧伤,更何况此次赴召,说不定会有一番作为。结二句呈现与开篇在情绪上的反差,表达出对政治前途的憧憬与希望。

【注释】

①词题中"李兼济",李沐,德清人。乾道八年进士,绍熙间任福建提举盐茶公事。

②消得:柳永《凤栖梧》:"衣带渐宽终不悔,为伊消得人憔悴。"

③"五云"句:《晋书·天文志》:"三台六星,两两而居,起文星,列抵太微。一曰天柱,三公之位也。在人曰三公,在天曰三台,主开德宣符也。"

西江月

春 晚

剩欲读书已懒,只因多病长闲。听风听雨小窗眠。过了春光太半。　　往事如寻去鸟,清愁难解连环。流莺不肯入西园。唤起画梁飞燕。

【题解】

此词创作时地未详。词作实写伤怀。起笔谓本想多读点书,却因为"多病长闲"而变得疏懒。再言暮春时节,不得不在小窗下听风听雨,写出闲散生活中的伤春意绪。下片感慨最苦是闲愁,往事不堪回首,生活空虚寂寞,忧愁连环不断。末二句写莺去燕来,几多伤感,以景结情,含蓄蕴藉。

西江月

木 犀

金粟如来①出世,蕊宫②仙子乘风。清香一袖意无穷③。

洗尽尘缘千种。　　　长为西风作主,更居明月光中④。十分秋意与玲珑。拚却今宵无梦。

【题解】

　　此词创作时地未详。上片先写木犀非凡的来历,以下关合前文,言木犀花清香无比,使人有脱俗超尘之感。下片接写木犀云外飘香,成为秋光的主色调。最后极写爱怜之意,言秋意一派,秋月空明,为赏此花,宁肯一夜不睡。

【注释】

　　①金粟如来:佛名,即维摩诘大士。木犀色黄似金,花小如粟,故称金粟。

　　②蕊宫:蕊珠宫,上清境宫阙名。

　　③"清香"句:李清照《醉花阴》:"东篱把酒黄昏后。有暗香盈袖。"

　　④"更居"句:宋之问《灵隐寺》:"桂子月中落,天香云外飘。"

西江月

和赵晋臣敷文赋秋水瀑泉

　　八万四千偈后,更谁妙语披襟。①纫兰结佩有同心。唤取诗翁来饮。　　镂玉裁冰著句,高山流水知音。胸中不受一尘侵②。却怕灵均独醒。

【题解】

　　此词约作于闲居瓢泉期间。赵晋臣原唱已佚。词作实为咏怀,盖其中有我在也。上片由给予赵词很高评价写起,再谓把赵晋臣视为"同心"之人,约他来秋水瀑泉共饮。下片一面使用"镂玉裁冰"称赞赵词工丽精巧,以照应"妙语"及词题;一面又以钟俞作比,说明两人不仅同心,而且还是知音。最后阐明自己的处世态度和高洁情怀。全篇用典以己意贯串,妙合无垠,用如不用,既深化词意,又增强了词的表现力。

【注释】

①"八万"二句:偈,佛经中的颂词。《冷斋夜话》卷七:"东坡游庐山,至东林寺,作二偈,其一云:'溪声便是广长舌,山色岂非清净身。夜来八万四千偈,他日如何举似人。'……山谷云:'此老人于般若横说竖说,了无剩语,非其笔端有口,安能吐此不传之妙。'"案:其中第二偈为著名的"横看成岭侧成峰"。

②"胸中"句:黄庭坚《次韵盖郎中率郭郎中休官二首》其二:"世态已更千变尽,心源不受一尘侵。"

西江月

　　粉面①都成醉梦,霜髯能几春秋。来时诵我伴牢愁②。一见尊前似旧。　　诗在阴何侧畔③,字居罗赵前头④。锦囊来往几时休。已遣蛾眉等候。

【题解】

此词创作时地未详。上片谓青春年华在如醉如梦的生活中逝去,如今已是两鬓如霜,好景难长。叹老嗟衰,心态愁苦。"来时"二句写与友人的亲密关系。下片转而称赞友人工诗善书,再谓候其来诗,表达企盼与敬重之意。

【注释】

①粉面:陆畅《酬内人》:"粉面仙郎选圣朝,偶逢秦女学吹箫。"

②伴牢愁:《汉书·扬雄传》:"又旁《离骚》作重一篇,名曰《广骚》,又旁《惜诵》以下至《怀沙》为一卷,名曰《畔牢愁》。"注:"李奇曰:畔,离也。牢,聊也。与君相离,愁而无聊也。'"

③"诗在"句:杜甫《解闷十二首》其七:"陶冶性情存底物,新诗改罢自

长吟。熟知二谢将能事，颇学阴何苦用心。"阴何，阴铿、何逊。

④"字居"句：罗赵，即汉代书法家罗晖和赵袭。《晋书·卫恒传》："恒善草隶书，为四体书势曰……罗叔景、赵元嗣者，与伯英并时，见称于西州……故英自称上比崔、杜不足，下方罗、赵有余。"苏轼《次韵孙莘老见赠时莘老移庐州因以别之》："龚黄侧畔难言政，罗赵前头且眩书。（莘老见称政事与书，而莘老书至不工。）"羊欣《采古来能书人名》："罗晖、赵袭，不详何许人，与伯英同时，见称西州，而矜许自与，众颇惑之。伯英与朱宽书，自叙云：'上比崔、杜不足，下方罗、赵有余。'"张怀瑾《书断》："罗晖，字叔景，京兆杜陵人，官至羽林监，善草，著闻三辅。""赵袭，字元嗣，京兆长安人，为敦煌太守，与罗晖并以能草见重关西"。

朝中措

为人寿

年年黄菊滟秋风。更有拒霜①红。黄似旧时宫额，红如此日芳容。　　青青未老，尊前要看，儿辈平戎。试酿西江为寿，西江绿水无穷。

【题解】

此词创作时地未详。所寿之人未详。上片先写秋日景色，烘托气氛。再写寿主容颜，其中"红"、"黄"二字由上文演化而来，以花色衬人貌。过片接写寿主鬓发青青，尊酒之间，享受"儿辈平戎"、为国立功的荣耀。最后说想把西江之水取来酿成美酒，表达祝其寿比南山之意。

【注释】

①拒霜：芙蓉。艳如荷花，八九月始开，故名。柳永《醉蓬莱》："嫩菊黄深，拒霜红浅。"

清平乐

书王德由主簿扇①

溪回沙浅。红杏都开遍。溪鶒不知春水暖②。犹傍垂杨春岸。　　片帆千里轻船。行人想见敧眠。谁似先生高举，一行白鹭青天③。

【题解】

此词创作时地未详。扇面上应该是已经有了红杏春溪图，作画人可能就是王德由。词作纯用白描手法再现画面景象，并就画面所体现的意境进行审美再创造。上片绘景：清溪、红杏、溪鶒、垂杨，泛泛写来，不过平面点染而已（"春水暖"句已开始深入）。过片二句，寂然而动，忽见情致。及至"谁似"二句，高情远韵，跃然纸上。原来的画意未必如此，经过词人这一"偶发性审美"（陶尔夫、刘敬圻《南宋词史》）的提高，境界似有升华。

【注释】

①词题中"王德由"，名籍事历不详。主簿，主管文书事务的官员。

②"溪鶒(xī chì)"句：溪鶒，水鸟名。温庭筠《黄昙子歌》："红潋荡融融，莺翁溪鶒暖。"

③"一行"句：杜甫《绝句四首》其三："两个黄鹂鸣翠柳，一行白鹭上青天。"

【辑评】

顾随《倦驼庵稼轩词说自序》：稼轩之为词，初若无意于高致，则以其为人，用世念切，不甘暴弃，故其发而为词，亦用力过猛，用意太显，遂往往转清商而为变徵，累良玉以成疵瑕，英雄终非纯词人也。然性情过人，识力超众，眼高手辣，肠热心慈，胸中又无点尘污染，故其高致时时亦流露于字里行间。即吾所选二十首中，如《水龙吟》之"楚天千里清秋，水随天去秋无际"，《鹊桥仙》之"看头上风吹一缕"，《清平乐》之"谁似先生高举，一行白鹭青天"，皆其高致溢出于不觉中者也。

好事近

中秋席上和王路钤①

明月到今宵，长是不如人约。想见广寒宫②殿，正云梳风掠。　　夜深休更唤笙歌，檐头雨声恶。不是小山词就，这一场寥索。③

【题解】

此词当作于闲居带湖期间。王路钤原唱已佚。上片写中秋不见月，在对其原因所做的解释中，婉转暗示中秋之夜风雨交加。下片接写中秋夜雨破坏了原本打算赏月的欢快心境，自然更不会去深夜听歌了。似有对当时大、小环境均不满的成分在。最后关合词题，说如果不是王氏中秋词就，则更难耐"这一场"生活的寂寞。

【注释】

①词题中"王路钤"，未详何人。某路兵马钤辖简称路钤。

②广寒宫：《龙城录》："开元六年，上皇与申天师、道士鸿都客，八月望日夜，因天师作术，三人同在云上游月中……顷见一大宫府，榜曰'广寒清虚之府'。"

③"不是"二句：似誉指王路钤词风与晏几道相近。

好事近

和城中诸友韵

云气上林梢，毕竟非空非色①。风景不随人去，到而今留得。　　老无情味到篇章,诗债②怕人索。却笑近来林下,有许多词客。③

【题解】

此词作于闲居带湖期间。上片纵论风物得失。其中“色”是指有形诸物,“空”是指超乎色相现实的境界。言云气上升,在林梢蒸腾,只是具体的物象,它不会须臾变灭,所以既不是佛家所说的空,也不是色,而是自然景观,是客观现实,具有不生不灭的特性,所谓宇宙永恒,“风景”恒久不变。下片说自己身心俱倦,近来很少写作诗词,含蓄地点出“和城中诸友”实为清欠诗债之举。末二句笑林下词客借隐沽名,或别有用意在。

【注释】

①非空非色:《般若波罗蜜多心经》:“色不异空,空不异色。色即是空,空即是色。受想行识,亦复如是。”佛教谓色即是空,有形之万物为色,而万物为因缘所生,本非实有,故云。

②诗债:黄庭坚《简庾元镇》:“传语濠州贤刺史,隔年诗债几时还。”

③“却笑”二句:《云溪友议》卷中:“江西韦大夫丹与东林灵澈上人鹭忘形之契,篇诗唱和,月唯四五焉……偶为《思归》绝句诗一首,以寄上人……予谓韦亚台归意未坚,果为高僧所诮……《寄庐山上人澈公》诗,曰亚相丹:‘王事纷纷无暇日,浮生冉冉只如云。已为平子归休计,五老岩前必共君。’澈奉酬诗曰:‘年老身闲无外事,麻衣草座亦容身。相逢尽道休官去,林下何曾见一人。’”

菩萨蛮

江摇病眼昏如雾。送愁直到津头路。归念乐天诗。人生足别离。①　　云屏深夜语。梦到君知否。玉箸莫偷垂。断肠天不知。

此词创作时地未详。起笔写送别,既描绘眼前景物,又暗示为离愁所苦,泪眼蒙眬。接写依依惜别,在送行路上不断以眼神向行者传递愁情,饱含离别的无奈与感慨。下片转写日思夜想,梦见和行人对话,问他知不知道曾在梦中来到他身边。再通过行人在梦中的安慰之语,写出行人同样的相思之情。

【注释】

①"归念"二句:于武陵《劝酒》:"花发多风雨,人生足别离。"辛弃疾此处恐误记。

菩萨蛮

西风都是行人恨。马头渐喜归期近。^①试上小红楼。飞鸿字字愁。^②　　阑干闲倚处。一带山无数。不似远山^③横。秋波相共明。

【题解】

此词创作时地未详,似中年宦游思乡之作。起笔写行人满目愁怀,西风吹来缕缕离思,所以归期渐近,令人欣喜。以下笔调一转,从对方落笔,写不见人归来,只见雁远去。过片反用欧阳修词意,言行人闲倚阑干,但视线遮挡,乡关望断。再接写高登远望,所见者不似黛眉,更无与之"共明"的秋波,借以表达深深的思念之情。

【注释】

①"西风"二句:李白《长干行二首》其二:"八月西风起,想君发扬子。"秦韬玉《长安书怀》:"长有归心悬马首,可堪无寐枕蛩声。"

②"试上"二句:《西洲曲》:"置莲怀袖中,莲心彻底红。忆郎郎不至,仰首望飞鸿。鸿飞满西洲,望郎上青楼。楼高望不见,尽日栏杆头。"秦观《减字木兰花》:"困倚危楼。过尽飞鸿字字愁。"

③远山:《西京杂记》卷二:"文君姣好,眉色如望远山,脸际常若芙蓉。"

菩萨蛮

　　功名饱听儿童说。看公两眼明如月①。万里勒燕然。老人书一编。②　　玉阶方寸地③。好趁风云会④。他日赤松游。依然万户侯。

【题解】

　　此词作于淳熙十四年(1187)前闲居带湖时。前六句,从自己对被送者的良好印象出发,表达热情赞颂和良好祝愿,也曲折表明自己的雄心壮志。结末二句劝其功成名遂之后,激流勇退,这样可以名利双收。

【注释】

　　①"看公"句:苏轼《台头寺雨中送李邦直赴史馆分韵得忆字人字兼寄孙巨源二首》其二:"看君两眼明如镜,休把春秋坐素臣。"

　　②"万里"二句:《后汉书·窦宪传》:"会南单于请兵北伐,乃拜宪车骑将军……以执金吾耿秉为副……与北单于战于稽落山,大破之……宪、秉遂登燕然山,去塞三千余里,刻石勒功,纪汉威德,令班固作铭。"燕然,即今蒙古人民共和国境内的杭爱山。《史记·留侯世家》:"五日,良夜未半往,有顷,父亦来,喜曰:'当如是。'出一编书,曰:'读此则为王者师矣。'"

　　③"玉阶"句:《新唐书·员半千传》:"陛下何惜玉阶方寸地,不使臣披露肝胆乎?"

　　④风云会:吴质《答魏太子笺》:"臣幸得下愚之才,值风云之会。"

菩萨蛮

送郑守厚卿赴阙①

送君直上金銮殿。情知不久须相见。一日甚三秋②。愁来不自由。　　　九重天一笑③。定是留中④了。白发少经过。此时愁奈何。

【题解】

此词约作于绍熙二年(1191)。起笔写郑厚卿赴阙,说虽然暂时分别,不久还会见面。以下数句,围绕这一中心渲染、生发。"一日"二句紧承"情知"二字进一步写离别之苦。过片由杜诗化出,表达对郑厚卿的良好祝愿。末二句再写自己的愁苦,也包括此际闲居之苦。

【注释】

①词题中"郑守厚卿",疑即郑如峦。淳熙十五年四月出知衡州,"淳熙十六年十二月二十六日,诏知衡州郑如峦放罢。此本路漕臣奏如峦于总领所合解大军粮米,辄凭奏检,固拒不解;于法合行给还民间之钱,辄贪利不顾,横欲拘没。故有是命。"(《宋会要·职官门·黜降官第八》)后起知荆门军,因中风,未赴任。其赴阙时间,当在已罢衡州之后、未赴荆门军之前。

②"一日"句:《诗·王风·采葛》:"一日不见,如三秋兮。"

③"九重"句:杜甫《能画》:"每蒙天一笑,复似物皆春。"

④留中:君王把奏章留在禁中,不批示,不交议,称为留中。此指留京任职。

菩萨蛮

送曹君之庄所

人间岁月堂堂去。劝君快上青云路。圣处一灯传①。工夫萤雪边②。　　　曲生风味恶。辜负西窗约。沙岸片帆开。寄书无雁来。

【题解】

此词创作时地未详。曹君未详。起笔劝"曹君"及早求取功名,再指出要下苦工夫才能"学窥圣处"(《玉楼春》),其中使用了古人苦读的著名典故。过片接写劝其不要因为饮酒而耽误了学业,这样会辜负家人待月西窗,盼其成名的殷切之望。最后嘱其去后多通音问。

【注释】

①"圣处"句:圣处,圣人之域。韩愈《感春四首》其二:"惜哉此子巧言语,不到圣处宁非痴。"一灯传,佛教以灯喻法,故谓记载其衣钵相传的史迹之书为《传灯录》。

②"工夫"句:《尚友录》:"晋孙康,京兆人,性敏好学。家贫,灯无油,于冬月尝映雪读书。"

菩萨蛮

雪楼赏牡丹席上用杨民瞻韵

红牙签上群仙格。翠罗盖底倾城色。和雨泪阑干。沈香亭北看。　　东风休放去。怕有流莺诉。试问赏花人。晓妆匀未匀。

【题解】

此词作于闲居带湖期间。杨民瞻原唱已佚。上片先写雪楼牡丹品种之多,及其如倾城之美女的总体观感。再用李杨赏牡丹之典,写出此牡丹的名贵。过片通过写对春的挽留,表达惜花之情。最后以花拟人,言牡丹问赏花人,其花是否艳丽,既写出牡丹之美,也坐实了"赏"字。全篇构思细密,亦称本色,适如沈义父《乐府指迷》所云:"作词与诗不同,纵是花卉之类,亦须略用情意,或要入闺房之意。然多流淫艳之语,当自斟酌。如只直咏花卉,而不着些艳语,又不似词家体例,所以为难。"

菩萨蛮

重到云岩戏徐斯远

君家玉雪花如屋①。未应山下成三宿②。啼鸟几曾催。西风犹未来。 山房连石径。云卧衣裳冷。倩得李延年。清歌送上天。

【题解】

此词作于庆元末闲居瓢泉时。云岩,在上饶或铅山。徐斯远时已续婚,且如叶适《徐斯远文集序》所云:"有物外不移之好,负山林沉痼之疾。"故借词戏之。上片先言徐斯远眷恋貌美如花的家室,舍不得离家去山下住上两三宿。接写云岩景色幽静,点出未归之因。过片转写云岩山房多云,气候寒冷,恐难久居。再说想请一位像李延年那样的人清歌一曲,使徐斯远听后回到家室身边去,呼应起句,绾结全篇。

【注释】

①"君家"句:韩愈《殿中少监马君墓志》:"姆抱幼子立侧,眉眼如画,发漆黑,肌肉玉雪可念,殿中君也。"

②三宿:《后汉书·襄楷传》:"浮屠不三宿桑下,不欲久生恩爱,精之至也。"

卜算子

万里笭浮云,一喷空凡马。①叹息曹瞒老骥诗,伏枥如公者。② 山鸟哢③窥檐,野鼠饥翻瓦。老我痴顽合住山,此地菟裘也。

此词约作于庆元六年(1200)闲居瓢泉时。起笔谓长天神马,神骏不凡,无须嘶鸣,就把凡马统统比下去了。继写这种天马式的不凡人物,即使到了暮年,也依然如曹操诗中所写"老骥"一样,志在千里。但作为不遇的英雄,却又被迫"伏枥"无为,不能不让人悲愤难平。既为历史人物传神写照,也是作者的精神自画像。过片二句极写居处荒僻,而不满、不甘之情寄寓其中。结韵转为无可奈何的自我开解,但颓唐中有操守,低迷中有风骨。

【注释】

①"万里"二句:笮(niè),通"蹑",踏。《汉书·礼乐志·郊祀歌》:"太乙况,天马下……笮浮云,晻上驰。"杜甫《丹青引赠曹将军霸》:"斯须九重真龙出,一洗万古凡马空。"

②"叹息"二句:曹操《龟虽寿》:"老骥伏枥,志在千里。烈士暮年,壮心不已。"

③哢(lòng):啼鸣。

丑奴儿

醉中有歌此诗以劝酒者,聊檃括之①

晚来云淡秋光薄,落日晴天。落日晴天。堂上风斜画烛烟。　　从渠去买人间恨,字字都圆。字字都圆。肠断西风十四弦。

【题解】

此词作于闲居带湖期间。上片先描绘秋日傍晚,余晖未尽,晚霞满天的绚丽景色。再写经由以上叠句暗示出的宴集情景,以点带面,彰显宴集的热闹繁华。下片由乐景转写哀情。先写筵席上乐曲美妙动听,尽集"人间恨"事,使人为之动情。再进一步描绘乐曲除了撩动离愁、哀婉动人之外,也把作者的悲秋意绪表达出来了。

【注释】

①檃(yǐn)括:《荀子·性恶》:"枸木必将待檃栝烝矫然后直,钝金必将待砻厉然后利。"

丑奴儿

寻常中酒扶头后,歌舞支持。歌舞支持。谁把新词唤住伊。　　临歧①也有旁人笑,笑己争知②。笑己争知。明月楼空燕子飞。

【题解】

此词作于闲居带湖期间。起首二句回忆旧日歌舞的欢快情景。"歌舞支持",即以听歌看舞消遣时光,是针对借酒消忧而言。"谁把"句以问代答,言正是被歌者的新词"唤住",暂时在精神上得到安慰与满足,以至于几乎不能离开他们。过片二句痛定思痛语,言别时忘我忘情状态,满心别情,至于痴迷。叠句用以强调,似乎一切都不再顾忌。结句反跌,言夜色虽好,但楼空人去,怎不令人感伤。

【注释】

①临歧:贾岛《送陕府王建司马》:"杜陵惆怅临歧饯,未寝月前多屐踪。"

②争知:《诗词曲语辞汇释》:"争,犹怎也。自来谓宋人用怎字,唐人用争字。"

丑奴儿

此生自断天休问,独倚危楼。独倚危楼。不信人间别有愁。　　君来正是眠时节，君且归休。君且归休。说与西风一任秋。

【题解】

此词与《丑奴儿》(少年不识愁滋味)同韵，大概作于同一时期。起句化用杜诗，表现出挥斥苍天的豪情与胆气。接句突然停顿抒情，出以危楼独立的孤独者形象，时不我待、壮志难酬之恨更为深沉热烈。但重叠之后，却以强行扭转的语气，生生说出不相信人还有什么愁恨的话。过片借典融事，用陶渊明的狂放不拘，展现自己倔强到底、"张狂"旷达的襟怀。"君且归休"一语，逃避别人的安慰与打搅，自放于孤独寂寞之境，而以醉眠为事。结句写直接对着西风放言，再也不会因为华年老去、秋景萧瑟而引发生命的愁情了。跟上结是一样的语直意隐，辞气刚烈。全篇语浅意深，言近旨远。

丑奴儿

近来愁似天来①大，谁解相怜。谁解相怜。又把愁来做个天。　　都将今古无穷事，放在愁边。放在愁边。却自移家向酒泉②。

【题解】

此词约作于庆元二年(1196)"立意戒酒之前，或作于方戒酒之日"。一起以天为喻，极言内心愁苦无边无际，似浅实深，暗示国破家亡、壮志难酬当为其具体的触机。接以"谁解相怜"的叠句反诘，写出知音难觅的深沉寂寞，而这又反过来进一步加重了词人的忧愁。再写寻找同怀者的结果，仍然是独自承受又无路可逃。下片转写解愁之法。先揭明愁苦之由，乃为"古今无穷事"。"放在愁边"的反复，透出将要把它们尽数卸下、从此逃脱的微意。结韵写忧愁深重到无法排遣，无奈之下只好借酒浇之。

①来:语中衬字,无义。

②移家向酒泉:酒泉,古地名,此处借指盛产美酒之地。《拾遗记》卷九:"(姚)馥好读书,嗜酒,每醉历月不醒,于醉时好言帝王兴亡之事……帝奇其倜傥,擢为朝歌邑宰,馥辞曰:'请辞朝歌之县,长充马圉之役,时赐美酒以乐余年。'……即迁为酒泉太守。"杜甫《饮中八仙歌》:"汝阳三斗始朝天,道逢曲车口流涎,恨不移封向酒泉。"

丑奴儿

　　年年索尽梅花笑①,疏影黄昏。疏影黄昏。香满东风月一痕。　　清诗冷落无人寄,雪艳冰魂②。雪艳冰魂。浮玉溪头烟树村。

【题解】

　　此词或作于闲居瓢泉期间。上片先写赏梅,初露咏梅之意。接写梅之影、之韵。溪边月下,梅影疏淡横斜,倒映在碧水中,显得清幽超逸。再以叠句重复强调之。又写梅之香。月色朦胧,暗香浮动,弥漫于春夜中,意境更显清幽。过片二句续咏梅之神。以下先宕开,写无人咏梅,不成意趣;再收合,言白雪映衬得笑傲严寒的梅花更加艳丽,玉洁冰清为梅之魂。接下来是又一次的叠句叠韵,不仅增强音律美,而且加深对梅之抗衡严酷逆境品格的认识。末句写梅之所在,以梅自喻,用意深微。

【注释】

①索尽梅花笑:杜甫《舍弟观赴蓝田取妻子到江陵喜寄三首》其二:"寻檐索共梅花笑,冷蕊疏枝半不禁。"索,须得。

②雪艳冰魂:苏轼《再用前韵》:"罗浮山下梅花村,玉雪为骨冰为魂。"

浣溪沙

寿内子

寿酒同斟喜有余。朱颜却对白髭须。两人百岁恰乘除。

婚嫁剩添儿女拜,平安频拆外家书。年年堂上寿星图。

【题解】

此词,《稼轩词编年笺注》定为作于淳熙十六年(1189);辛更儒《稼轩词〈浣溪沙·寿内子〉再考》一文则认为应作于庆元二年(1196)后,所云"内子"当为辛弃疾三娶的林氏夫人。起首二句言其喜悦心情。"两人"句上承"朱颜"、"白髭",写两人同龄,很是风趣。过片二句写家人状况。辛弃疾有九子二女,前一句是说不断有儿女婚嫁之事,来祝寿的人也随之增多;后一句写外家阖门安康,亦为一喜。结句暗示健康长寿。此词为寻常寿颂之作,写来素朴可喜。

浣溪沙

歌串如珠①个个匀。被花勾引笑和颦。向来惊动画梁尘②。　　莫倚笙歌多乐事,相看红紫又抛人。旧巢还有燕泥新。

【题解】

此词作于庆元六年(1200)闲居瓢泉时。此词即景抒情。起句写歌声之美,寥寥七字,道出听歌的总体感受。次句转写花之撩人,描绘情感随花起伏,生动形象。第三句再写歌者妙于发声,收到绕梁惊尘之效。下片承上而来,抒写怨慕之情。说不要以为凭倚笙歌,就会永久地沐浴在欢乐里,一旦春天归去,那些姹紫嫣红的花儿又要把人抛闪了。结以燕来筑巢之景,进一步深化春归所带来的淡淡哀愁。

【注释】

①歌串如珠:白居易《寄明州于驸马使君三绝句》其三:"何郎小妓歌喉好,严老呼为一串珠。"

②"向来"句:向来,适才。《文选》陆机《拟东城一何高》:"一唱万夫叹,再唱梁尘飞。"李善注:"《七略》曰:汉兴,鲁人虞公善雅歌,发声,尽动梁上尘。"

浣溪沙

父老争言雨水匀。眉头不似去年颦。殷勤谢却甑中尘①。
啼鸟有时能劝客,小桃无赖已撩人。梨花也作白头新。

【题解】

庆元六年(1200)春,杜斿来访,作者作《浣溪沙·偕叔高、子似宿山寺戏作》。此词用"戏作"韵,因知亦当作于其时。词作选择入春后风调雨顺的情景,表现乡民对丰收的企盼。上片从乡民的诉说入手,写农村生活的艰辛,以及乡民们容易满足的心态。下片以拟人写法,通过描写一系列生机勃勃的春天景象,表达受到乡民情绪感染的喜悦心情。全篇情调开朗,情谊真挚。

【注释】

①甑中尘:《后汉书·独行传》:"范冉字史云,陈留外黄人也……桓帝时以冉为莱芜长……所止单陋,有时绝粒。穷居自若,言貌无改。闾里歌之曰:'甑中生尘范史云,釜中生鱼范莱芜。'"

【辑评】

吴则虞《辛弃疾词选集》:上片喜雨悯农,下片写春景。"桃花欲动雨留人"犹不及此"小桃"句之清。"无赖"、"撩",皆炼而不炼。写桃已尽,更写梨花,"撩人"已极诣,更言"白头新"益浑厚,意更新。稼轩词念念不忘抗金复旧土,人争诵之。其念念不忘生民者复多,忧民之忧,乐民之乐,此尤可贵者也,因表出之。

浣溪沙

别杜叔高

这里裁诗①话别离。那边应是望归期。人言心急马行迟。去雁无凭传锦字,春泥抵死②污人衣。海棠过了有荼蘼。

【题解】

此词作于庆元六年(1200)闲居瓢泉时。上片构思巧妙,从送者、行者、行者家人三方来写送别。先言作者和杜斿在饯别席上赋词送别和留别,而杜斿的家人此时此刻也在盼望他的归期。再写杜斿归心似箭。下片谓盼其别后来书,并云休愁春尽更无花,表面叙写春雨行役,实则意味深长。

【注释】

①裁诗:此指作诗。杜甫《江亭》:"故林归未得,排闷强裁诗。"

②抵死:《诗词曲语词汇释》:"犹云分外也,急急或竭力也,亦犹云终究或老是也。辛弃疾《浣溪沙》:'去雁无凭传锦字,春泥抵死污人衣。海棠过了有荼蘼。'此亦老是义,意言春雨行役之可厌也。"

【辑评】

吴则虞《辛弃疾词选集》:"这里裁诗话别离"二句,是以瓢泉送别与叔高家中之望归对面双写。"人言心急马行迟",写叔高归心似箭,翻恨马行太迟。后阕"去雁无凭传锦字"二句,上句谓别后之书尺,下句谓今日之相别。此二句得西昆之神髓。梦窗"秋色未教飞尽雁,夕阳长是坠疏钟"亦似之。"海棠过了有荼蘼",是春光犹未尽,盖在暮春时节,句极清幽。此词下片入化工,"春泥"、"海棠"两句,缠绵悱恻而音不靡。在稼轩作中又一笔调,出于易安而青胜于蓝。

浣溪沙

妙手都无斧凿瘢。饱参佳处却成瘩①。恰如春入浣花村②。　　笔墨今宵光有艳,管弦从此悄无言。主人席次两眉轩③。

【题解】

此词与《浣溪沙》(台倚崩崖玉灭瘢)皆系和赵景山"赋溪台"韵者,因知其亦当作于闲居带湖期间。赵氏原唱已佚。朱德才等《辛弃疾词新释辑评》认为,全篇都是在评赏赵词:先写赵词的创作虽讲究修辞、技巧,却丝毫不露斧凿痕迹,已臻于浑然天成的妙境。接着以己衬人,写用心体味赵词的佳处,又对照赵词反省自己,自愧弗如。再以诗喻词,总写阅读赵词的感受。过片以反衬之法续写对赵词的评价,言今宵宴上,赵词最为光彩动人,以致连乐曲也顾不上听了。末句明写主人高兴,暗示赵氏也自觉词写得好,似放实收。

当然,如果将这首词理解为仍然是在描写溪台,亦无不可:上片写溪台近景,"恰如"句形象优美,表现出勃勃生机。下片写宾主欢娱情景。

【注释】

①"饱参"句:苏轼《夜值玉堂携李之仪端叔诗百余首读至夜半书其后》:"暂借好诗消永夜,每逢佳处辄参禅。"

②浣花村:杜甫《萧八明府堤处觅桃栽》:"奉乞桃栽一百根,春前为送浣花村。河阳县里虽无数,灈锦江边未满园。"

③眉轩:喜悦。孔稚珪《北山移文》:"眉轩席次,袂耸筵上。"

添字浣溪沙

用前韵谢傅岩叟瑞香之惠^①

句里明珠字字排。多情应也被春催。怪得名花和泪送，雨中栽。　　赤脚^②未安芳斛稳，娥眉早把橘枝来。报道锦薰笼底下，麝脐开。

【题解】

此词作于庆元二年(1196)瓢泉新居初成时。上片从傅岩叟方面着墨，重在写"瑞香之惠"的深情。其中，开篇谓所附来书写得十分漂亮，可见惠赠之美意。下片写作者对瑞香的欣赏与关爱，言"赤脚"还未把芳斛安置好，侍女便把瑞香端过来了，待得瑞香花开，令人心旷神怡。

【注释】

①词题中"用前韵"，指用《山花子·答傅岩叟酬春之约》(艳杏夭桃两行排)。瑞香，花名，一名锦薰笼。

②赤脚:《鹤林玉露》卷一四:"(杨诚斋)退休南溪之上。老屋一区，仅庇风雨。长须赤脚，才三四人。"长须谓奴，赤脚谓婢。

添字浣溪沙

三山戏作

记得瓢泉快活时。长年耽酒更吟诗。蓦地捉将来断送，老头皮。^①　　绕屋人扶行不得，闲窗学得鹧鸪啼。却有杜鹃能劝道，不如归。

此词淳熙三年(1192)作于福建任所。词人经历多年的退闲生活后,思想上产生了一定的变化。一方面,北伐中原、收复失地的夙愿仍不时从心底涌现;另一方面,闲适安逸的隐居生活和身体的衰老又使他安于现状,甚至意气消沉。闽宪的职位既然不能实现雄心壮志,对往日的闲居生活自然也就不能不有所留恋。词题"戏作",却也通过自我调侃的口吻,反映出了这一阶段的真实思想状况。正所谓寓庄于谐,外示闲散而内藏悲愤无奈。

【注释】

①"记得"二句:断送老头皮,犹言断送老命。《苕溪渔隐丛话》前集卷四二:"宋真宗既东封,访天下隐者。杞人杨朴能为诗,召对,自言不能。上问:'临行有人作诗送卿否?'朴曰:'惟臣妻有一首云:更休落魄耽杯酒,且莫猖狂爱吟诗。今日捉将官里去,这回断送老头皮。'上大笑,放还山。"

添字浣溪沙

日日闲看燕子飞。旧巢新垒画帘低。玉历今朝推戊己,住衔泥。① 先自②春光留不住,那堪更著子规③啼。一阵晚香吹不断,落花溪。

【题解】

此词创作时地未详。上片先写闲看燕子营巢,接写燕子营巢的避忌,紧承"闲看"二字,体现出对春光的敏锐感受,可谓体察入微。过片转以递进句式写出春去难留给人带来的痛苦,从而表达深深的惋惜之情。结末二句写春去香留,花虽落而春犹在,失望中包含了希望。

【注释】

①"玉历"二句:玉历,历书。《续博物志》卷六:"燕衔泥避戊己日,则巢

固而不倾。"《埤雅》:"戊、己,其日皆土,故燕之往来避社,而嗛土避戊己日。"住,《宋六十名家词》《历代诗余》作"却"。

②先自:犹云本自或已自也。上官婉儿《游长宁公主流杯池二十五首》其二十三:"沁水田园先自多,齐城楼观更无过。"

③子规:《禽经》:"春夏有鸟若云'不如归去',乃子规也。"

添字浣溪沙

用前韵谢傅岩叟馈名花鲜蕈[①]

杨柳温柔是故乡。纷纷蜂蝶去年场。大率一春风雨事,最难量。　　满把携来红粉面,堆盘更觉紫芝香。幸自曲生[②]闲去了,又教忙。(才止酒。)

【题解】

此词作于庆元二年(1196)闲居瓢泉时。词写答谢傅岩叟的馈赠,以通俗的语言,对所赠之物生长处所、环境条件、质地美好与赠送的时机,逐一叙来,看似毫不费力,细审遣词造句,篇章结构,又觉无一不是寓匠心于不经意处。

【注释】

①词题中"用前韵",指用《添字浣溪沙·简傅岩叟》(总把平生入醉乡)韵。蕈(xùn),菌类植物,有的可以食用。

②曲生:即曲秀才,酒的拟人之称。《开天传信记》:"道士叶法普,精于符箓之术,上累拜为鸿胪卿,优礼待焉。法善居玄真观,尝有朝客数十人诣之,解带淹留,满座思酒。忽有人叩门,云:'曲秀才。'法善令人谓曰:'方有朝寮,未暇瞻晤,幸吾子异日见临也。'语未毕,有一美措傲睨直入,年二十余,肥白可观,笑揖诸公,居末席,抗声谈论,援引古人,一席不测,众耸观之。良久趧起,如风旋转。法善谓诸公曰:'此子突入,语辩如此,岂非魑魅

730

为惑乎？试与诸公取剑备之。'曲生复至，扼腕抵掌，论难锋起，势不可当。法善密以小剑击之，随手失坠于阶下，化为瓶榼，一座惊愕，遽视其所，乃盈瓶醲酝也。咸大笑，饮之，其味甚嘉。坐客醉而揖其瓶曰：'曲生风味，不可忘也。'"

减字木兰花

宿僧房有作①

僧窗夜雨。茶鼎②熏炉宜小住。却恨春风。勾引诗来恼杀翁。　　狂歌未可。且把一尊料理我。我到亡何③。却听侬家陌上歌④。

【题解】

此词创作时地未详。起首二句，写出对僧房"宜小住"的美好感受。以下六句，写在僧房的自由生活，集中表达作者的生活情趣和乐观精神，表现超逸情怀和潇洒风致。

【注释】

①大德本无词题。

②茶鼎：杜荀鹤《春日山中对雪有作》："牢系鹿儿防猎客，满添茶鼎候吟僧。"

③亡何：无何，更无余事。《汉书·袁盎列传》："徙为吴相，辞行，种谓盎曰：南方卑湿，君能日饮无何，时说王毋反而已。如此幸得脱。"

④陌上歌：苏轼《陌上花三首并引》引曰："游九仙山，闻里中儿歌《陌上花》。父老云：吴越王妃每岁春必归临安，王以书遗妃曰：'陌上花开，可缓缓归矣。'吴人用其语为歌，含思宛转，听之凄然；而其词鄙野，为易之云。"

减字木兰花

　　昨朝官告。一百五年村父老。更莫惊疑。刚道人生七十稀。　　使君喜见。恰限华堂开寿宴。问寿如何。百代儿孙拥太婆。

【题解】

　　此词创作时地未详。词写郡守为百岁以上老人举行祝寿活动,具有很高的民风民俗价值。上片先写官府的通告,接写村民对这项活动的"惊疑"态度,文起波澜。过片正面描述贺寿活动。末二句以谐语作结,更增添活泼喜庆色彩,言如果要问询被寿者究竟多大年纪,他们会告诉你,那是满堂儿孙簇拥着"太婆",在为其贺寿。

醉太平①

　　态浓意远②。眉翚笑浅。薄罗衣窄絮风软。鬓云欺翠卷。　　南园花树春光暖。红香径里榆钱满。欲上秋千又惊懒。且归休怕晚。

【题解】

　　此词作于闲居带湖期间。题为春晚,实写闺情。上片通过工笔细描,写出深闺女性的形貌、风韵,宛然在目。下片转笔营造春光明媚、絮飞昼长的氛围,刻画其人倦懒情态,心态变化历历可见。

【注释】

①四印斋本有词题"春晚"。

②"态浓"句:杜甫《丽人行》:"态浓意远淑且真,肌理细腻骨肉匀。"

俞陛云《唐五代两宋词选释》:集中作金荃丽句者无多,此作情态俱妍。结句有絮飞春昼、日长人倦之意,且有少陵"一卧沧江惊岁晚"、"扁舟一系故园心"之感。

太常引

赋十四弦①

仙机似欲织纤罗。仿佛度金梭。无奈玉纤何,却弹作、清商②恨多。　　珠帘影里,如花半面,绝胜隔帘歌③。世路苦风波,且痛饮、公无渡河④。

【题解】

此词创作时地未详。词作借物寄慨。上片先以比拟之法描写十四弦弹奏情形,生动形象。接写十四弦声带给人的凄美感受。过片转写对弹奏者的印象。结末二句直抒胸臆,感喟遭际,也是对上文"清商恨多"的具体说明。

【注释】

①十四弦:《鬼董·周宝》:"十四弦,胡乐也,江南旧无之。淳熙间,木工周宝以小商贩易安丰场,得其制于敌中,始以献美阃。遂盛行。"

②清商:《钦定词谱》卷四:"古乐府有《清商曲辞》。其音多哀怨,故取以为名。"

③隔帘歌:《南史·夏侯亶传》:"性俭率,居处服用充足而已,不事华侈。晚年颇好音乐,有妓妾十数人,并无被服姿容。每有客,常隔帘奏之,时谓帘为夏侯妓衣。"

④公无渡河:《古今注》中卷:"霍里子高晨起刺船而棹,有一白首狂夫披发提壶,乱流而渡。其妻随呼,止之不及,遂堕河水死。于是援箜篌而鼓

之,作《公无渡河》之歌,声甚凄怆。曲终,自投河而死。"

【辑评】

吴则虞《辛弃疾词选集》:此咏物词,较高观国赋十四弦词则远矣。"世路苦风波"三语为一篇主旨。词中上片"恨"字、下片"渡"字必用去声,此乃音理,非穿凿也。稼轩此等处不苟如是。

太常引

寿赵晋臣敷文。彭溪,晋臣所居

论公耆德旧宗英。吴季子、百余龄。奉使老于行。更看舞、听歌最精。[①]　须同卫武,九十入相,菉竹[②]自青青。富贵出长生。记门外、清溪姓彭。[③]

【题解】

此词作于闲居瓢泉期间。上片写赵晋臣身世,并以季札作比,写其政治活动和艺术才华。下片再以卫武公作拟,写对其今后事业的期许,最后祝其长寿。全篇基本上"只形容当人事业才能"(沈义父《乐府指迷》),又表现出善于用典的高超能力:用典很多,且能以意贯之,流畅自然,所用之典切合人物身份,所叙事功又适如意之所出。

【注释】

①"吴季子"三句:吴季子,春秋吴王寿梦季子。贤明博学,多次推让王位。封于延陵,因号延陵季子。尝听乐观舞于鲁,并出使列国,以阅历丰广见称。

②菉竹:草名。《诗经·卫风·淇奥》毛序:"《淇奥》,美武公之德也。有文章,又能听其规谏,以礼自防,故能入相于周。"

③"富贵"二句:据《列仙传》诸书,陆终氏为颛顼帝玄孙,其第三子姓籛名铿,尧封之于彭城,因其道可祖,称彭祖。铿在商为守藏史,在周为柱下

史。年八百岁,享寿最高。

东坡引

　　君如梁上燕①。妾如手中扇。团团青影双双伴②。秋来肠欲断。秋来肠欲断。　　黄昏泪眼。青山隔岸。但咫尺、如天远。病来只谢傍人劝。龙华三会愿。龙华三会愿。③

【题解】

　　此词作于闲居带湖期间。上片先以比拟之法写双方的不同个性与地位,再借扇与燕进一步发挥,直抒胸臆,反复咏叹,表达弃妇的极度伤痛与幽怨。过片接写弃妇的相思之苦,及其对因相思而致病的态度。结末二句照应开头,进一步明确表达双飞双栖的良好愿望,也即希望以自己的方式跟命运抗争。

【注释】

　　①梁上燕:杜甫《江村》:"自来自去梁上燕,相亲相近水中鸥。"

　　②"团团"句:白居易《燕诗示刘叟》:"梁上有双燕,翩翩雄与雌。"

　　③"龙华"句:《荆楚岁时记》:"四月八日,诸寺各设斋,以五香水浴佛,作龙华会,以为弥勒下生之征也。"冯延巳《长命女》:"春日宴。绿酒一杯歌一遍。再拜陈三愿。一愿郎君千岁,二愿妾身长健。三愿如同梁上燕。岁岁长相见。"

东坡引

　　花梢红未足。条破惊新绿。重帘下遍阑干曲①。有人春睡熟。有人春睡熟。　　鸣禽破梦,云②偏目蹙。起来香腮褪红玉。花时爱与愁相续。罗裙过半幅。罗裙过半幅。③

【题解】

此词作于闲居带湖期间。词写闺中人百无聊赖的春日生活与情感状态。上片写初春景色及闺中人春睡,在不动声色中以反衬手法表达良辰美景奈何天之意。过片承上而来,写其惊梦,包括梦醒的原因和梦醒后的愁苦情态。结末再用叠句,含蓄表达伤春伤离意绪,正沈际飞《草堂诗余别集》卷二所谓"不可使人独居深念"。

【注释】

①"重帘"句:阑干曲,大德本作"阑干干曲",衍一"干"字。温庭筠《菩萨蛮》十四首其十二:"夜来皓月才当午。重帘悄悄无人语。"

②云:鬓云,鬓发。

③半幅:大德本俱作"一半",改从汲古阁本。

恋绣衾

无　题

长夜①偏冷添被儿。枕头儿、移了又移。我自是笑别人底,却元来、当局者迷②。　　如今只恨因缘浅,也不曾、抵死恨伊。合手下③、安排了,那筵席、须有散时。

【题解】

此词大约是中年为官时所作。《花草粹编》卷五误题陆游作。词写弃妇,描写心理活动很是宛转,语言风格接近散曲。上片先写寒夜难眠的情形,再借弃妇痛苦之余的自嘲口吻,道出不能入睡的真正原因。过片接写真情实意的她对被轻薄男子抛撇的认识,带有自我安慰性质。最后说明"不曾抵死恨伊"的原因,并经过一番思想斗争,决意摆脱这个无谓的网罗,振作起来,反映出坚强开朗的性格。

【注释】

①长夜:大德本作"夜长"。

②当局者迷:《旧唐书·元行冲传》:"当局者迷,傍观者审。"

③合手下:合,应该。白居易《与元九书》:"文章合为时而著,诗歌合为事而作。"手下,大德本作"下手"。

杏花天

牡丹昨夜方开遍。毕竟是、今年春晚。荼蘼付与薰风①管。燕子忙时莺懒。　　多病起、日长人倦。不待得、酒阑歌散②。副能得见茶瓯面③。却早安排肠断。

【题解】

此词作于庆元元年(1195)或二年闲居带湖时。上片分写牡丹、荼蘼、莺、燕等四种不同的晚春之景,字里行间已然包含惜春之情。下片则由伤春之情写到"多病"伤怀,有天人相应之慨。

【注释】

①薰风:《吕氏春秋·有始》:"东南曰薰风。"

②酒阑歌散:《汉书·高帝纪》注引文颖曰:"阑言希也,谓饮酒半罢半在,谓之阑。"黄庭坚《好事近》:"歌罢酒阑时,潇洒座中风色。"

③"副能"句:副能,方才。毛滂《最高楼》:"副能小睡还惊觉,略成轻醉早醒松。"

柳梢青

三山归途代白鸥见嘲

白鸟相迎,相怜相笑,满面尘埃。华发苍颜,去时曾劝,闻早归来。 　　而今岂是高怀。为千里、莼羹计哉。好把移文,从今日日,读取千回。

【题解】

此词作于绍熙五年(1194)秋二度罢仕重返带湖时。词借白鸟的奚落与诘责,表达后悔与愤慨的心情。通篇借白鸟之口言说,浑然一体中又有所侧重:上片主要是通过白鸟迎人嘲笑而追思过往,下片则借白鸟的奚落来决定现在与未来。在艺术特色上,有两点格外值得注意:一是不直接抒发愤郁,而通篇设鸟为说,曲折地对自己加以冷峻的解剖与辛辣的讽刺,在抒情风格上有以我观我的冷峻性。二是表达的尽管是失败的沉痛感,但在语调上却显得诙谐戏谑。这种与情感逆反的语调,意在消减痛苦的浓度,却也充分暴露了内心无法排遣的苦痛,更能打动人心。

武陵春

走去走来三百里,五日以为期。六日归时已是疑。①应是望多时。　　鞭个马儿归去也,心急马行迟。不免相烦喜鹊儿。先报那人知。②

【题解】

词写痴情行人急盼归家的心理神态,浅切活泼,活灵活现,颇有民歌风味。上片悬想"那人"不见行人归来而疑猜焦虑的心理,翘首盼望的神情。有意串联三组数字,极写时间之急迫,又不乏诙谐灵动。下片以反衬之法写行人归心似箭,策马疾驰,犹嫌"马行迟",情景鲜活。结处写情急之下,忽发奇想,托付喜鹊先去报信安慰。

此词又见于石孝友《金谷遗音》。郑小军《众里寻他千百度:辛弃疾词》提出,辛弃疾同一时期还作有《浣溪沙》(这里裁诗话别离),两者极为相似,均当为庆元六年(1200)春赠别杜斿之作,写杜氏与心上人小别情浓。金华与铅山两地相距约三四百里,与本篇情境相合。又云,这首作品可以让人进一步领略词人设身处地的关爱和风趣。

【注释】

①"五日"二句:《诗·小雅·采绿》:"五日为期,六日不詹。"

②"不免"二句:刘希夷《代秦女赠行人》:"今朝喜鹊傍人飞,应是狂夫走马归。"敦煌词之《鹊踏枝》:"比拟好心来送喜。谁知锁我在金笼里。欲他征夫早归来,腾身却放我向青云里。"

谒金门

归去未。风雨送春行李①。一枕离愁头澈尾。如何消遣是。　　遥想归舟天际②。绿鬓珑璁③慵理。好梦未成莺唤起。粉香犹有殢④。

【题解】

此词约作于庆元二年(1196)闲居瓢泉时。起首二句写送别。以"归去未"呼起,表达依恋和无奈的双重情愫。后二句写离别的孤独。下片是以"遥想"领起的想象之辞,从对方着笔,写一己别后刻骨相思。先写伊人慵懒情态,再写其因思念而入梦,但梦未成而被莺声惊醒,梦醒后脸上还残存着香粉的痕迹,从而传达出内心的寂寞孤苦。

【注释】

①行李:行人。

②归舟天际:谢朓《之宣城郡出新林浦向板桥》:"天际识归舟,云中辨江树。"

③珑璁:头发蓬松的样子。尹鹗《江城子》:"纤腰束素长。鬓云光。拂面珑璁,腻玉碎凝妆。"

④殢:《诗词曲语词汇释》:"唐人诗中亦用为滞留意。李白《峨眉山月歌》'我似浮云滞吴越',萧本作殢。"

酒泉子

流水无情,潮到空城头尽白,离歌一曲怨残阳。断人肠。[1]　　东风官柳舞雕墙。三十六宫花溅泪[2],春声何处说兴亡。燕双双。

【题解】

此词作于淳熙元年(1174)至二年春江东安抚司参议官任上。上片写送别友人之情。以流水、离歌、残阳渲染汹涌离愁,令人头白肠断。下片写历史兴亡之感。东风舞柳,宫墙依旧,而人事俱非,春花落泪,双燕哀鸣,溢无限感慨于言外。全篇“无题”胜有题,糅合别绪离情与伤世感时,融送别与怀古为一体,增加了词的厚度与深度,又能自然脱化前人诗词,劲直雄放中饶有苍茫幽远、哀婉凝重之致。

【注释】

①“离歌”二句:岑参《酒泉太守席上醉后歌》:“胡笳一曲断人肠,座上相看泪如雨。”叶梦得《满庭芳》:“一曲离歌,烟村人去。”

②“三十六宫”句:班固《西都赋》:“离宫别馆,三十六所。”骆宾王《帝京篇》:“秦塞重关一百二,汉家离宫三十六。”杜甫《春望》:“感时花溅泪,恨别鸟惊心。”

【辑评】

清陈廷焯《云韶集》卷五:悲而壮,阅者谁不变色? 无穷感喟,似老杜悲歌之作。

清陈廷焯《词则·放歌集》卷一:不必叫嚣,自然雄杰,此是真力量,古今一人而已。

霜天晓角

暮山层碧。掠岸西风急。一叶软红①深处,应不是、利名客。　　玉人还伫立。绿窗生怨泣。万里衡阳归恨,先倩雁、寄消息。②

【题解】

此词作于淳熙六年(1179)或七年湖南转运使或湖南安抚使任上。上片写倦于宦游,由秋日景色起兴,随即委婉传达思归之意。过片二句对面着笔,从家人的相思之苦中写出自己的思念。最后借写家人对自己的思念,进一步表达思乡之情。

【注释】

①软红:苏轼《次韵蒋颖叔钱穆父从驾景灵宫二首》其一:"半白不羞垂领发,软红犹恋属车尘。"

②"万里"三句:衡阳衡山有回雁峰,相传雁至此峰不过,遇春北回。秦观《阮郎归》:"衡阳犹有雁传书。郴阳和雁无。"

点绛唇

留博山寺,闻光风主人微羔而归,时春涨断桥

隐隐轻雷,雨声不受春回护①。落梅如许。吹尽墙边去。　　春水无情,碍断溪南路。凭谁诉。寄声传语。没个人知处。

【题解】

此词作于闲居带湖期间。光风主人未详。词如其题,写景怀人。上片

写景抒情,抓住雨后一地狼藉的梅花来突出描写,表达惜春之意。下片叙事抒怀,经由对"无情"春水生出的幽怨情绪来表达。谓春涨桥断,不能亲往问疾,连"寄声传语"都不可能,只好怅惘而归。全篇清新自然,语浅情深。

【注释】

①回护:《宋史·王希吕传》:"天性刚劲,遇利害,无回护意,唯是之从。"

生查子

梅子褪花时,直与黄梅接。烟雨几曾开,一春江里活。
富贵使人忙,也有闲时节。莫作路旁花,长教人看杀①。

【题解】

此词作于嘉泰四年(1204)春末出知镇江之初。词从上片写梅子的生长及其环境,引出下片的感喟人生,悟出富贵不足恃,应韬光养晦、安贫乐道的道理。

【注释】

①看杀:《世说新语·容止》:"卫玠从豫章至下都,人久闻其名,观者如堵墙。玠先有羸疾,体不堪劳,遂成病而死。时人谓看杀卫玠。"

生查子

题京口郡治尘表亭①

悠悠万世功,矻矻当年苦。②鱼自入深渊,人自居平土。③
红日又西沈,白浪长东去。④不是望金山⑤,我自思量禹。

【题解】

此词作于嘉泰四年(1204)镇江知府任上。尘表亭下临长江,词人登亭览观,自然联想到大禹辛勤治水、泽被万世的不朽功勋。下片即景抒情,感慨深沉。红日白浪,交相辉映,西沉东去,逝者如斯。境界阔大,思绪浩荡。结韵照应开篇,隐含在大禹精神激励下重整河山之志。

【注释】

①词题中"京口",今江苏镇江。三国时,吴主孙权曾从吴(今苏州)迁首府至此,称为京城。后迁都建业(今南京),改称京城为京口镇。郡治,此指镇江府知府治所。尘表亭,旧在北固山山腰,郡守衙署内。原名婆罗亭,北宋元祐年间郡守林希于广陵得婆罗三十本种于亭下,故名。庆元年间,陈居仁守镇江时,改名尘表亭。取超世绝俗之意。

②"悠悠"二句:《史记·夏本纪》:禹伤父鲧治水不成被杀,于是劳身苦思,居外十三年,过家门不敢入,历尽艰辛,终于治水成功。矻矻(kū),辛勤劳作貌。《汉书·王褒传》:"劳筋苦骨,终日矻矻。"

③"鱼自"二句:《孟子·滕文公下》:"当尧之时,水逆行,泛滥于中国,蛇龙居之,民无所定,下者为巢,上者为营窟……使禹治之。禹掘地而注之海,驱蛇龙而放之菹,水由地中行,江淮河汉是也。险阻既远,鸟兽之害人者消,然后人得平土而居之。"

④"红日"二句:孙光宪《菩萨蛮》:"红日欲沉西。烟中遥解觿。"齐己《怀金陵知旧》:"石头城外青山叠,北固窗前白浪翻。"

⑤金山:原在镇江西北江中,旧名浮玉山,唐时裴头陀开山得金,遂改名。

【辑评】

顾随《顾随讲词曲》:悠悠之功,矻矻之苦,何也? 鱼之入渊,人之居陆,是已。盖水之行地中,民之不昏垫者,于兹三千有余岁矣。何人,何人,何人? 则禹是已。稼轩有用世之才之心,故登京口郡治之尘表亭,见西沉红日之冉冉,东去白浪之滔滔,遂不禁发思古之幽情,叹禹乎? 自伤也。

吴则虞《辛弃疾词选集》:此词气魄之伟,抱负之大,有天地悠悠,上下千古之概,在稼轩词中为压卷之作。论词当以意为宗,不当徒取其笔墨。

此词赋于暮年出镇京口时,思有所奋发,故托题"尘表亭"以见志。"微禹其鱼","微管仲吾其被发左衽",平水土,攘夷狄,皆所以救苍生。其义出于《孟子》,此词亦包括此义。上片颂禹之绩。宋建炎中韩世忠邀兀术于此,击之。绍兴中虞允文御金兵于此。下片"思量禹"者,并寓此意。稼轩亦所以自励也。

昭君怨

送晁楚老游荆门

夜雨剪残春韭。明日重斟别酒。① 君去问曹瞒。好公安②。　　度看如今白发。却为中年离别。风雨正崔嵬。早归来。

【题解】

　　此词作于闲居带湖期间。起笔即写临歧前夜殷勤话别情景。以下接写与友人所游之处相关的历史人事,说明其出游意义。过片谓中年离别已自令人惆怅感伤,透出虚度年华、壮志难酬的哀怨。结末二句未行而望其早归,表明闲居之苦与惜别之意。

【注释】

　　①"夜雨"二句:杜甫《赠卫八处士》:"夜雨剪春韭,新炊间黄粱……明日隔山岳,世事两茫茫。"

　　②公安:三国蜀置。宋属江陵府,隶荆湖北路。

一落索

信守王道夫席上用赵达夫赋金林檎韵①

锦帐如云处。高不知重数。夜深银烛泪成行,算都把、心期付。　　莫待燕飞泥污。问花花诉。不知花定有情无，似却怕、新词妒。

【题解】

此词作于绍熙二年(1191)闲居带湖时。赵达夫原唱已佚。上片先通过写设宴场所，反映王道夫宴席之华贵。再由夜深对语，写出与友人之间的亲密关系。过片反用杜甫诗意，言及时行乐而不必等待来年。又承接"问花"而来，暗示赵词写得好，照应词题，收煞全篇。

【注释】

①词题中"林檎"，果名，即沙果，也称花红、来禽、文林郎果。或谓此果味甘，果林能招众禽，故名。

如梦令

赋梁燕

燕子几曾归去。只在翠岩深处。重到画梁间，谁与旧巢为主。深许。深许。闻道凤凰来住。

【题解】

此词作于闲居带湖期间。起首谓燕子看似归去，其实只是到翠岩深处寻幽访胜去了，写出其清高之品。接写燕子归飞绕画堂，修巢定居，并提出山中旧巢由谁来住的问题。以下明确回答此问题。"深许。深许"，用叠句形式赞许旧巢的幽雅僻静。结句言凤凰屈尊成为燕之旧巢的新主人，则其贵重可知。全篇虽赋梁燕，其中当有我在，是以梁燕为喻，写其重视出处，不与世俗同流合污。或谓此词以燕巢凤占设喻，曲折隐晦写来，"显然"(陆永品《辛弃疾的咏物寓言词》)是在寄寓对南宋朝廷用人的不满。

生查子

和夏中玉①

一天霜月明，几处砧声起。客梦已难成，秋色无边际。
旦夕是重阳，菊有黄花蕊②。只怕又登高，未饮心先醉。

【题解】

此词，《稼轩词编年笺注》认为大概作于南归之初。夏中玉原唱已佚。
上片借助景物描写，表述客梦难成境况。起首二句写月夜闻砧。"客梦"二
句以倒装因果句式，总括与提高前两句。过片转写重阳节近，与上片似断
实续。结末二句化用王维诗意，悬想登高望乡之苦。

【注释】

①词题中"夏中玉"，维扬人。杨冠卿《水调歌头·赠维扬夏中玉》："形
胜访淮楚，骑鹤到扬州。春风十里帘幕，香霭小红楼。楼外长江今古，谁是
济川舟楫，烟浪拍天浮。喜见紫芝字，儒雅更风流。　　气吞虹，才倚马，
烂银钩。功名年少余事，雕鹗几横秋。行演丝纶天上，环倚玉皇香案，仙袂
揖浮丘。落笔惊风雨，润色焕皇猷。"

②"菊有"句：《礼记·月令》："季秋之月……鞠有黄花。"郑注："鞠，本
又作菊。"

满江红

老子当年，饱经惯、花期酒约。行乐处，轻裘缓带①，绣鞍
金络。明月楼台箫鼓夜，梨花院落②秋千索。共何人、对饮五
三钟，颜如玉。　　嗟往事，空萧索。怀新恨，又飘泊。但年

来何待，许多幽独。海水连天凝望远，山风吹雨征衫薄。向此际、羸马独骎骎③，情怀恶。

【题解】

此词绍熙四年（1194）或五年作。据"海水连天"、"山风吹雨"二句，知其或作于福州。全篇以"嗟往事，空萧索"为中枢，描绘昔盛今衰两种不同的仕宦生活状态，构成强烈反差，表达对于今日"飘泊"不定、无法有所作为的怨恨与厌倦。一结直抒胸臆，极为震撼。

整个上片，可以看成是对作者乃至整个唐宋文人早年歌舞行乐生活的回顾。钱钟书《宋诗选注序》有云："宋代五七言诗讲'理性'或'道学'的多得惹厌，而写爱情的少得可怜。宋人在恋爱生活里的悲欢离合不反映在他们的诗里，而常常出现在他们的词里……据唐宋两代的诗词看来，也许可以说，爱情，尤其是在封建礼教眼开眼闭的监视之下那种公然走私的爱情，从古体诗里差不多全部撤退到近体诗里，又从近体诗里大部分迁移到词里。"辛词大抵亦如是，风云气与儿女情二位一体，刚柔相济，正所谓豪杰未必无情。

【注释】

①轻裘缓带：《晋书·羊祜传》："祜镇荆州，在军常轻裘缓带，身不披甲。"

②梨花院落：晏殊《寓意》："梨花院落溶溶月，柳絮池塘淡淡风。"

③"向此际"句：骎骎（qīn），马疾行貌。《诗·小雅·四牡》："驾彼四牡，载骤骎骎。"李贺《洛阳城外别皇甫湜》："单身野霜上，疲马飞蓬间。"

菩萨蛮

和夏中玉

与君欲赴西楼约。西楼风急征衫薄。且莫上兰舟，怕人清泪流。① 　　临风横玉管。声散江天满。一夜旅中愁。蛩吟不忍休。

【题解】

此词创作时地未详。夏中玉原唱已佚。上片写不能赴约及原因,并谓不要因为我爽约而乘舟离去,那样会更增加我的痛苦。下片承"征衫薄"而来,是对其爽约的深一层描述与透析,又谓因心情悲苦而横吹玉管,以抒羁旅之愁。"蛩吟"句烘托之辞,情景双绘。

【注释】

①"且莫"二句:柳永《雨霖铃》:"留恋处、兰舟催发。执手相看泪眼,竟无语凝噎。"

一剪梅

尘洒衣裾客路长。霜林已晚,秋蕊犹香。别离触处是悲凉。梦里青楼,不忍思量。　　天宇沈沈落日黄。云遮望眼①,山割愁肠②。满怀珠玉泪浪浪③。欲倩西风,吹到兰房。

【题解】

此词或早年所作。这是一首忆妓词。起句述征途之苦,接写秋色,再写伤离意绪,言相思之苦一言难尽到甚至不忍去想。下片进一步以苍茫暮色烘托氛围,谓登高望远反而萦损柔肠。结末三句仿佛是说信没有必要写了,因"泪浪"作为信的升级"版本",已经表明了一切,而"西风"扮演了信使的角色。程继红《带湖与瓢泉——辛弃疾在信州日常生活研究》认为,此首所忆之人似与《祝英台近》(绿杨堤)为同一人,二词因之可称姊妹篇。

【注释】

①云遮望眼:王安石《登飞来峰》:"不畏浮云遮望眼,自缘身在最高层。"

②山割愁肠：柳宗元《与浩初上人同看山寄京华亲故》："海畔尖山似剑铓，秋来处处割愁肠。"

③泪浪浪：屈原《离骚》："揽茹蕙以掩涕兮，沾余襟之浪浪。"

一剪梅

歌罢尊空月坠西。百花门外，烟翠霏微①。绛纱笼烛照于飞。归去来兮。归去来兮。　　酒入香腮分外宜。行行问道，还肯相随。娇羞无力应人迟②。何幸如之。何幸如之。

【题解】

此词写冶游生活。词从歌罢酒空，月已西沉写起。携伎归来，两句"归去来兮"以雅为俗，充分显示喜悦心情。过片写美人醉态。"行行"三句写相互调笑，缱绻缠绵，把词人眼中美人的娇羞无力，欲言又止，忸怩作态，生动而形象地表现出来。结末二叠句以雅为戏，分明让人感受到她对词人也是一见倾心，满怀欢喜的。

【注释】

①霏微：杜甫《曲江对酒》："苑外江头坐不归，水精春殿转霏微。"

②"娇羞"句：白居易《长恨歌》："侍儿扶起娇无力，始是新承恩泽时。"

念奴娇

谢王广文双姬词

西真姊妹，料凡心忽起，共辞瑶阙。①燕燕莺莺②相并比，的当两团儿雪。合韵歌喉，同茵舞袖。举措□□③别。江梅影里，迥然双蕊奇绝。　　还听别院笙歌，仓皇走报，笑语浑重叠。拾翠洲④边携手处,疑是桃根桃叶。并蒂芳莲,双头红药,不意俱攀折。今宵鸳帐,有同对影明月。

【题解】

此词疑为早年之作。王广文未详。词紧扣题中双姬之"双"渲染描摹。上片夸赞双姬及其优美形象,包括来历不凡、容貌行止与多才多艺。歇拍总说双姬如江梅双蕊,迥然奇绝。下片写双姬与王广文的风流生活。先写双姬通报别院笙歌消息时的动人情态,形象逼真。再用王献之典事写双姬与王广文相恋相乐。"并蒂"五句写王广文纳双姬,结韵化用李白诗意,对洞房之事点到为止。

【注释】

①"西真"三句:喻王广文双姬为西王母侍女董双成、许飞琼下凡。苏轼《南乡子》:"曼倩风流缘底事,当时。爱被西真唤作儿。"

②燕燕莺莺:《石林诗话》卷下:"(张)先年已八十余,视听尚精强,家犹蓄声伎。子瞻尝赠以诗云:'诗人老去莺莺在,公子归来燕燕忙。'盖全用张氏故事戏之。"

③□□:朱祖谋校记云:"原本作'脱体',误。"

④拾翠洲:广东南海市西南。陆龟蒙《奉和袭美送李明府之任南海》:"居人爱近沉珠浦,候吏多来拾翠洲。"

念奴娇

三友同饮,借赤壁韵

论心论相,便择术满眼,纷纷何物。①踏碎铁鞋三百緉②,不在危峰绝壁。龙友相逢,窪樽③缓举,议论敲冰雪。何妨人道,圣时同见三杰。 自是不日同舟,平戎破虏,岂由言轻发。任使穷通相鼓弄④,恐是真□难灭。寄食王孙,丧家公子，⑤谁握周公发⑥。冰□皎皎，照人不下霜月。

【题解】

此词作于绍熙元年(1190)或二年闲居带湖时。题中"三友"，当即《念奴娇》(倘来轩冕)中的"坐中人物三杰"。词中所缺二字，或有分别补作"金"、"壶"者(后者，朱祖谋校曰："原本作'冰雪'，误")。起首"论心"五句，全是反衬烘托之笔，以满眼庸人反衬友人之心胸不凡，以踏破铁鞋、无觅英雄烘托"龙友相逢"的惊喜仰慕之情。"议论敲冰雪"，承上启下，为整首主干。下片文字俱由"议论"二字而来。一言"平戎破虏"的抱负，二言穷达莫移的心志，三言壮怀难酬的郁闷，四言纯洁永恒的友谊。全篇以文为词，议论风生，用典使事，无往不利。

【注释】

①"论心"三句：《荀子·非相》："相形不如论心，论心不如择术。"

②"踏碎"句：《传灯录》："踏破铁鞋无觅处"。《通俗编》卷二五："《蓬莱鼓吹》附录夏元鼎诗：'踏破铁鞋无觅处，得来全不费工夫。'"緉(liǎng)，相当于双。《辋轩使者绝代语释别国方言》卷四："緉、绲，绞也。关之东西或谓之緉，或谓之绲。绞，通语也。"戴震疏证："案《说文》：'緉，履两枚也，一曰绞也。'"

③湲樽：酒杯。唐人李适之登岘山，见山上有石孔如酒樽，可注斗酒，因建亭曰"湲樽"。

④鼓弄：捉弄、戏耍。

⑤"寄食"二句：《史记·淮阴侯列传》：韩信未得志前，尝寄食于某亭长，因不堪羞辱而离去。后受饭于漂母，"谓漂母曰：'吾必有以重报母。'母怒曰：'大丈夫不能自食，吾哀王孙而进食，岂望报乎！'"《史记·魏公子列传》："魏王怒公子(指信陵君)之盗其兵符，矫杀晋鄙，公子亦自知也。已却秦存赵，使将将其军归魏，而公子独与客留赵……十年不归。"

⑥"谁握"句：《史记·鲁周公世家》："我(指周公)一沐三握(一作捉)发，一饭三吐哺，起以待士，犹恐失天下之贤人。"

念奴娇

赠夏成玉

妙龄秀发,湛灵台一点^①,天然奇绝。万壑千岩归健笔^②,扫尽平山^③风月。雪里疏梅,霜头寒菊,迥与余花别。识人青眼^④,慨然怜我疏拙。　　遐想后日蛾眉,两山横黛,谈笑风生颊。握手论文情极处,冰玉一时清洁^⑤。扫断尘劳,招呼萧散,满酌金蕉叶^⑥。醉乡深处,不知天地空阔。

【题解】

此词创作时地未详。夏成玉未详。起首三句赞美夏氏心地纯洁,少年英发。以下分写其文才、人品与爱憎分明。下片转为虚写夏成玉的"后日"生活,包括谈吐、论文与饮酒。最后归为出尘之思。全篇以"遐想"为枢纽,虚实结合,化虚为实,表达对夏成玉的赞颂之情。

【注释】

①"湛灵台"句:《庄子·庚桑楚》:"若是而万恶至者,皆天也,而非人也,不足以滑成,不可内于灵台。"郭象注:"灵台者,心也,清畅,故忧患不能入。"

②健笔:岑参《送魏升卿擢第归东都因怀魏校书陆浑乔潭》:"如君兄弟天下稀,雄辞健笔皆如飞。"

③平山:或即平山堂。《避暑录话》卷一:"欧阳文忠公在扬州作平山堂,壮丽为淮南第一。上据蜀冈,下临江南数百里,真、润、金陵三州,隐隐若可见。"

④青眼:《晋书·阮籍传》:"籍又能为青白眼。见礼俗之士,以白眼对之。及嵇喜来吊,籍作白眼,喜不怿而退。喜弟康闻之,乃赍酒挟琴造焉,籍大悦,乃见青眼。"

⑤"冰玉"句：《晋书·卫玠传》："玠风神秀异，妻父乐广有海内重名，议者以为妇公冰清，女婿玉润。"

⑥蕉叶：酒杯。《东坡志林》："吾少时望见酒盏而醉，今亦能三蕉叶矣。"

江城子

戏同官

留仙初试砑罗裙①。小腰身。可怜人。江国幽香，曾向雪中闻。过尽东园桃与李，还见此，一枝春。　　庚郎②襟度最清真。挹芳尘。便情亲。南馆③花深，清夜驻行云。拚却日高呼不起，灯半灭，酒微醺。

【题解】

此词创作时地未详。词作戏说对歌伎"同官"的迷恋。或谓戏说同官者对某位歌伎的迷恋。为此调动各种笔墨，极力描摹其过人的才貌。结末三句乐而不淫。

【注释】

①"留仙"句：《赵飞燕外传》："帝于太液池作千人舟，号合宫之舟。后歌舞《归风送远之曲》。侍郎冯无方吹笙以倚后歌。中流歌酣，风大起，后扬袖曰：'仙乎仙乎，去故而就新，宁忘怀乎？'帝令无方持后裙，风止，裙为之绉。他日，宫姝或襞裙为绉，号留仙裙。"砑（yà）罗，以石碾磨而有光泽的绫罗。

②庚郎：庾信。《稼轩词编年笺注》认为是庾杲之。

③南馆：古代帝王礼遇才士之所。庾信《将命至邺》："无因旅南馆，空欲祭西门。"

惜奴娇

戏同官

风骨萧然①，称独立、群仙首。春江雪、一枝梅秀。小样香檀，映朗玉、纤纤手。未久。转新声、泠泠山溜②。　　曲里传情，更浓似、尊中酒。信倾盖、相逢如旧③。别后相思，记敏政堂④前柳。知否。又拼了、一场消瘦。

【题解】

此词创作时地未详。跟上一首一样，也是亦庄亦谐。稍有不同的是，此词大量使用了白描手法。结末二句，尤能以谐谑口吻道得神魂颠倒情态。

【注释】

①风骨萧然：《世说新语·容止》："嵇康身长七尺八寸，风姿特秀。见者叹曰：萧萧肃肃，爽朗清举。"

②"转新声"句：罗含《湘中记》："衡山有悬泉，滴沥岩间，声泠泠如弦音。"

③倾盖：《史记·鲁仲连邹阳列传》："白头如新，倾盖如故。"司马贞《索隐》引《志林》曰："倾盖者，道行相遇，轩车对语，两盖相切，小欹之，故曰倾也。"

④敏政堂：《抚州罗山志》载张季谟《敏政堂记》，谓敏政堂为崇仁县令张涑所建，尾署淳熙七年孟秋。词中所指或即此。

眼儿媚

妓

烟花丛里不宜他。绝似好人家。淡妆娇面，轻注朱唇，一朵梅花。　　相逢比著年时节,顾意又争些^①。来朝去也,莫因别个,忘了人咱^②。

【题解】

此词创作时地未详。以通俗的语言表达爱怜与同情,也写出了对歌妓所怀有的普遍矛盾心理,一方面对其中的色艺双全者大加赞美,一方面又对"烟花<u>丛</u>"投以鄙视的目光。

【注释】

①争些:差些。

②咱:语尾助词。

如梦令

赠歌者

韵胜仙风缥缈。的皪娇波宜笑。串玉一声歌,占断多情风调。清妙。清妙。留住飞云多少。

【题解】

此词创作时地未详。前两句写人,重在神韵。其中,"的皪"句谓歌者目如秋水,尤为生动。以下,写其歌声之清脆美妙,倾倒四座。

早前,晏殊曾写过一首《山亭柳·赠歌者》:

家住西秦。赌薄艺随身。花柳上、斗尖新。偶学念奴声调,有时高遏行云。蜀锦缠头无数,不负辛勤。　　数年来往咸京道,残杯冷炙漫销魂。衷肠事、托何人。若有知音见采,不辞遍唱阳春。一曲当筵落泪,重掩罗巾。

写红极一时的歌女,因年长色衰而遭弃绝。全词看似纯客观叙述,但一反其一贯的风流蕴藉风格,字里行间包含无尽的身世感慨。这是一种以叙事为抒情的方式,艺术成就可以和白居易《琵琶行》互参。相比于大晏词的别具一格、深刻丰富,辛词短小精悍,并出人意料地将对清新婉丽风格的爱赏与对刚健雄奇之美的爱好融合在一起,可谓各有千秋。

鹧鸪天

和陈提干

剪烛西窗夜未阑①。酒豪诗兴两联绵。香喷瑞兽金三尺,人插云梳玉一弯。② 倾笑语,捷飞泉③。觥筹到手莫留连。明朝再作东阳④约,肯把鸾胶续断弦。

【题解】

此词与以下《谒金门》(山共水)、《品令》(迢迢征路)二首,《稼轩词编年笺注》谓皆"应作于建康或往返于建康与其邻近州郡之际"。陈提干未详,原唱已佚。前七句描写夜宴情景,诗酒西窗,气氛温馨,无任欢洽。"觥筹"句承上启下,既呼应前文,又微露酒阑人散之意,自然而然地过渡到对后约的描述。末二句以"鸾胶续断弦"为比总收上文,从结构方式上看,相当于孟浩然《过故人庄》的"待到重阳日,还来就菊花",以及陆游《游山西村》的"从今若许闲乘月,拄杖无时夜叩门"。

【注释】

①"剪烛"句:李商隐《夜雨寄北》:"何当共剪西窗烛,却话巴山夜雨时。"

②"香喷"二句:罗隐《寄前宣州窦常侍》:"喷香瑞兽金三尺,舞雪佳人玉一围。"

③捷飞泉:犹言才思敏捷,口若悬河。《诗·小雅·巷伯》:"捷捷幡幡,谋欲谮言。"

④东阳:浙江东路婺州府有东阳县,建康府东有镇亦名东阳。又,沈约萧齐时曾任东阳太守,人称沈东阳。

踏莎行

春日有感

萱草斋阶,芭蕉弄叶。乱红点点团香蝶。过墙一阵海棠风,隔帘几处梨花雪①。　　愁满芳心,酒潮红颊。年年此际伤离别。不妨横管小楼中,夜阑吹断千山月。

【题解】

此词创作时地未详。《稼轩词编年笺注》云其与以下《出塞》(莺未老)、《好事近》(春动酒旗风)(花月赏心天)、《渔家傲》(风月小斋模画舫)凡五首,"如系稼轩所作,当为仕宦江淮时之词"。上片写春日景色,景中含情。先写萱草生长和蕉叶卷曲的状况,隐寓愁情。再写落红无数,进一步凸显伤春情绪。又说墙外一阵海棠风吹过,梨花飘落如雪,惜春之情溢于言表。下片写伤离意绪,以景结情。游子经年不归,使闺中人愁苦不已。无奈借酒消愁,却仍然难以排遣,只好"横管"吹奏,寄托浓浓相思意。

【注释】

①梨花雪:岑参《白雪歌送武判官归京》:"北风卷地白草折,胡天八月即飞雪。忽如一夜春风来,千树万树梨花开。"

出塞

春寒有感①

莺未老。花谢东风扫。秋千人倦彩绳闲,又被清明过了。　　日长减破②夜长眠,别听笙箫吹晓。锦笺封与怨春诗,寄与归云缥缈。

此词创作时地未详。起笔通过描写莺老花谢,烘托题面中"春寒"二字。再从无心游乐方面,写出春寒带来的不便。过片续写春寒的影响,是说夜间虽然增长了一些,可以"长眠",却仍然不能不听到"笙箫吹晓"。最后写怨春伤离情绪因无处诉说而进一步加重,同时揭明"春寒"所感中不无心寒之意。

【注释】

①词调词题,《稼轩集钞存》作《谒金门·出塞》,朱祖谋《稼轩词补遗》改为《□□□·出塞》,校记谓:"原作《谒金门》,误。"然《花草粹编》卷首目录之李石《谒金门》一首调名下注云:"一名《出塞》。"又,辛弃疾此首格律与所见其他各体《谒金门》(《出塞》)皆不同。《全宋词·订补续记》谓调应作□□□。

②破:《诗词曲语辞汇释》:"犹着也,在也,了也,得也。"

谒金门

和陈提干

山共水。美满一千余里。不避晓行并早起。此情都为你。　　不怕与人尤殢①。只怕被人调戏。因甚无个阿鹊地。没工夫说里。②

【题解】

此词创作时地未详。陈提干原唱已佚。叙述女子千里相寻情节。起笔言跋山涉水,终于顺利到达目的地。再谓不避艰险,晓行早起,都是因为和"你"的情分。过片写女子守身如玉,使用转折句式,表现其坚强、理智品质。最后以谑语反话作结,更增强了词作的幽默诙谐情调。全篇故用口语作诙谐调笑,可以见出辛词遣词造语特色的一个侧面。

①尤殢(tì)：尤云殢雨。《诗词曲语辞汇释》："或为恋昵意，或为纠缠意，不一而足。"

②"因甚"二句：阿鹊，打喷嚏的声音。《诗·邶风·终风》："寤言不寐，愿言则嚏。"郑笺云："读当为不敢嚏咳之嚏，我其忧悼而不能寐，汝思我心如是，我则嚏也。今俗，人嚏云人道我，此古之遗语也。"

好事近

春日郊游

春动酒旗风，野店芳醪留客。系马水边幽寺，有梨花如雪。　　山僧欲看醉魂醒，茗碗泛香白。微记碧苔归路，袅一鞭春色。

【题解】

此词创作时地未详。以类似于"蒙太奇"的手法，通过次第呈现酒旗招展、野店痛饮、系马幽寺、茗碗泛香、踏翠归来等精彩镜头，于轻灵点染之间，写足盎然春情与郊游快意。

好事近

花月赏心天，抬举多情诗客。取次锦袍须贳①，爱春醅②浮雪。　　黄鹂何处故飞来，点破野云白。一点暗红犹在，正不禁风色。

【题解】

此词创作时地未详。或与上篇为同时之作。词作勾绘出一幅暮春诗酒图。起笔写诗客受到良辰美景的感发,情不自禁地作起诗来。以下宕开一笔,写当此"花月赏心"之际,不可无酒,并巧妙自然地过渡到下片。过片言白云黄鹂,碧空翱翔,春和景明,令人心旷神怡。再转写花落春残,吐露惜春情绪。俯仰之间,尽收无限春光于笔底,笔力高超。

【注释】

①"取次"句:取次,随便,草草。贳(shì),赊欠。《苍梧杂记》:"孙权有叔名济,嗜酒不事产业,尝负人酒钱,谓人曰:'寻常行处欠人酒债,欲质此缊袍偿之。'"《柳亭诗话》卷一六:"埏尝笔削陈东伏阙书,为当事所忌,编置远州。则此事必非无稽之谈,然他书俱未之见。"

②春醅(pēi):春酒,冬时作、春时熟的酒。醅,酿熟未滤的酒。

好事近

　　春意满西湖①,湖上柳黄时节。濒水雾窗云户,贮楚宫②人物。　　一年管领好花枝,东风共披拂。已约醉骑双凤,玩三山风月。

【题解】

此词主要描写福州西湖的春日美景,应作于帅闽期间。忘情山水乃是文人题中应有之意,相类似的内容,在作者《小重山·三山与客泛西湖》等词中也出现过。

【注释】

①西湖:《读史方舆纪要·福建二》:"西湖,府西南三里,晋太守严高所凿,引西北诸山溪水注之,周十余里。又有东湖,在府东北三里,亦严高所凿,引东北诸山溪水注之,周二十里。二湖与海潮汐通,引流溉田,为利甚溥。唐贞元十一年,观察使王翃又开南湖于城西南五里,广二百四十步,接西湖之水灌于东南。后王审知于子城外环筑罗城及南、北夹城,皆取土于

西湖旁,湖周至四十里。闽主鏻因筑台,为水晶宫,周围十余里。"

②楚宫:《太平寰宇记·山南东道七·夔州》:"楚宫,在巫山县西北二百步,在阳台古城内。即襄王所游之地。"黄庭坚《铁牢盆记》认为即楚别宫细腰宫。

水调歌头

和马叔度游月波楼①

客子久不到,好景为君留。西楼著意吟赏,何必问更筹。唤起一天明月,照我满怀冰雪②,浩荡百川流。鲸饮未吞海,剑气已横秋。　　野光浮,天宇迥,物华幽。中州遗恨,不知今夜几人愁。谁念英雄老矣,不道功名蕞尔③,决策尚悠悠。此事费分说,来日且扶头。

【题解】

此词作于淳熙四年(1177)知江陵府兼湖北安抚使任上。马叔度未详,原唱已佚。起首四句交代游楼本事,开门见山。以下写明月满天,领以"唤起",使得词人神采随浩荡之景立现。"鲸饮"二句,夸写其情之豪醑,同时暗转经络,为后文伏下笔墨。过片续写月下美景,很自然地将整篇情势由豪迈导向沉思。"中州遗恨"一问,乃一篇之眼。以下以"谁念英雄"反诘,以"不道功名"反跌,无一语道及悲愤,而悲愤情态已然透出纸背。最后,以深悲积怨只能借酒排遣作结,遥应开篇。全首纵横驰骋,跌宕曲折,含蓄深沉。

【注释】

①月波楼:当指黄冈月波楼。王禹偁《黄冈竹楼记》:"因作小楼二间,与月波楼通。远吞山光,平挹江濑,幽阒辽夐,不可具状。"

②满怀冰雪:张孝祥《念奴娇》:"孤光自照,肝肺皆冰雪。"

③蕞(zuì)尔:小貌。《左传·昭公七年》:"郑虽无腆,抑谚曰蕞尔国,而三世执其政柄。"

水调歌头

巩采若寿①

泰岳倚空碧,汶□②卷云寒。萃兹山水奇秀,列宿下人寰。八世家传素业,一举手攀丹桂,依约笑谈间。宾幕佐储副,和气满长安。③　　分虎符,来近甸,自金銮。④政平讼简无事,酒社与诗坛。会看沙堤归去,应使神京再复,款曲问家山。玉佩揖空阔,碧雾翳苍鸾。

【题解】

寿词难作,正如张炎《词源》卷下所云:"难莫难于寿词。倘若尽言富贵则尘俗,尽言功名则谀佞,尽言神仙则迂阔虚诞。当总此三者而为之,无俗忌之词,不失其寿可也。"此词作于淳熙三年(1176)或四年,把祝寿与恢复中原联系起来,不可多得。词自"会看沙堤"句以上,描述巩采若家世、科考、仕进与业绩。以下为良好祝愿。其中,"应使"二句所写光复中原、探访乡梓,爱国爱家,意义深远。末二句是"款曲问家山"的具体活动,回应开头,并赋予祝寿以更大的喜庆结局。

【注释】

①词题中"巩采若",名湘,武义人,廷芝子。绍兴十二年进士,历官湖州守、明州长史、知广州兼广南东路安抚使。

②汶□:朱祖谋云:"原本作'汶文',误。"《稼轩词编年笺注》径改作"汶水"。

③"宾幕"二句:《宋会要·佐官门》:"淳熙四年六月十二日,诏明州长史巩湘除直敷文阁。以皇太子魏王恺言湘赞佐有补故也。"据《咸淳临安志》,乾道七年四月二十七日以皇太子领尹,置少尹。

贺新郎

和吴明可给事安抚①

世路风波恶②。喜清时、边夫袖手，□将帷幄。正值春光二三月，两两燕穿帘幕。又怕个、江南花落。与客携壶连夜饮，任蟾光、飞上阑干角。何时唱，从军乐。　　归软已赋居岩壑。悟人世、正类春蚕，自相缠缚。眼畔昏鸦千万点，□欠归来野鹤。③都不恋、黑头黄阁④。一咏一觞成底事，庆康宁、天赋何须药。金盏大，为君酌。

【题解】

此词或作于乾道六年（1170）至八年春之间。时辛弃疾南归不久，尚未出知滁州，吴明可奉祠闲退。吴氏原唱已佚。词写进退失据的的生活和十分矛盾的心情。起笔交代背景，“喜清时”二句为反话正说。接写暮春景象，铺垫以下“与客”二句，言虽有实现理想的沸腾热情，但不受重用之际，只能“连夜饮”酒作乐，以为精神寄托。过片三句亦人亦己，写悟到人生在世，要冲决尘网，寻求身心的解放。再写薄暮景色，借以表现吴明可高蹈旷达、“不恋黑头黄阁”的高贵品质。最后以劝饮作结。

【注释】

①词题中“吴明可”，《宋史·吴芾传》：吴芾字明可，台州仙居人。知婺州、绍兴，权刑部侍郎，迁给事中，改吏部侍郎，以敷文阁直学士知临安府、知隆兴府，“前后守六郡，各因其俗为宽猛，吏莫容奸，民怀惠利”。以龙图阁直学士致仕。晚退闲者十有四年，自号湖山居士。

②"世路"句:苏轼《李行中秀才眠醉亭三首》其一:"从教世路风波恶,贺监偏工水底眠。"

③"眼畔"二句:隋炀帝诗(失题):"寒鸦千万点,流水绕孤村。"杜甫《野望》:"独鹤归何晚,昏鸦已满林。"

④黑头黄阁:黑头,谓黑头公,指少位高位,头未白而位至三公。黄阁,汉代指丞相署,后亦称三公官署,或泛指最高官署。

渔家傲

湖州幕官作舫室

风月小斋模画舫。绿窗朱户江湖样。酒是短桡歌是桨。和情放。醉乡稳到无风浪①。　自有拍浮千斛酿。从教日日蒲桃涨②。门外独醒人也访。同俯仰。赏心却在鸱夷上。

【题解】

此词可能作于浙东安抚使任上。词中表达的舫室门外"独醒人"的心境,有似林升《题临安邸》。所以,所谓"同俯仰",不过是借酒浇愁,暂时"在鸱夷上"忘却一下。正话反说,更见心绪之抑郁与悲凉。

【注释】

①"醉乡"句:李煜《乌夜啼》:"醉乡路稳宜频到,此外不堪行。"

②蒲桃涨:喻酿酒。李白《襄阳歌》:"遥看汉水鸭头绿,恰似葡萄初酦醅。"

霜天晓角

赤 壁①

雪堂迁客。不得文章力。赋写曹刘兴废②,千古事、泯陈迹。　　望中矶岸赤③。直下江涛白。半夜一声长啸④,悲天地、为予窄。

【题解】

此词作于淳熙四年(1177)。上片说苏轼贬黜黄州时所作赤壁词、赋,是抒写现实感触而借兴亡之感出之。下片先扬后抑。"望中"二句写赤壁的壮丽景象,大有会当振翼奋发之慨。接下来,情绪陡转,为现实空间窄狭、有志难伸而仰天长啸,昂扬之态顿入悲郁之情。这种写法,赋予小令以顿挫之感,情与景一并顿挫,使得作品有了一种穿透时空的张力;也透显出苏、辛词之异:"苏轼善以'人生如梦'、'物与我皆无尽'自遣,故虽感愤,而总见绝世超尘、翩然欲仙之风韵。相比之下,稼轩更多执着现实,耿耿国忧,无所逃于天地之间。故其结处有长啸泣歌之举,天狭地窄难纳满腔愤懑之悲。东坡词清雄超旷,稼轩词沉郁悲壮。"(朱德才《辛弃疾词选》)

【注释】

①赤壁:《订讹类编》卷五:"《坚瓠集》云:曹操入荆州,孙权遣周瑜与刘备并力逆操,遇于赤壁,操军大败。盖谓鄂州蒲圻县赤壁也……《枣林杂俎》(海宁谈迁孺木著):古赤壁,嘉鱼县北六七十里,赭石雄峙,即周瑜破曹操处,樵竖时得遗镞沙砾间。"

②"赋写"句:苏轼《赤壁赋》:"西望夏口,东望武昌,山川相缪,郁乎苍苍,此非孟德之困于周郎者乎? 方其破荆州,下江陵,顺流而东也,舳舻千里,旌旗蔽空,酾酒临江,横槊赋诗,固一世之雄也,而今安在哉。"

③矶岸赤:《入蜀记》卷四:"(黄州)竹楼……楼下稍东即赤壁矶,亦茅冈耳,略无草木,故韩子苍待制诗云:'岂有危巢与栖鹘,亦无陈迹但飞鸥。'"

④"半夜"句:苏轼《后赤壁赋》:"划然长啸,草木震动。山鸣谷应,风起水涌。"

苏武慢

雪

帐暖金丝^①,杯干云液,战退夜□飂戾^②。障泥系马,扫路迎宾^③,先借落花春色。歌竹传觞,探梅得句,人在玉楼琼室。唤吴姬学舞,风流轻转,弄娇无力。　　尘世换、老尽青山,铺成明月,瑞物已深三尺。丰登意绪,婉娩光阴^④,都作暮寒堆积。回首驱羊旧节,入蔡奇兵,等闲陈迹。总无如现在,尊前一笑,坐中赢得。

【题解】

绍熙五年(1195)七月宁宗即位不久,辛弃疾即被劾,罢闽帅,复归上饶,故词中有"尘世换"三句。《稼轩词编年笺注》据以推测此词作于是年冬。起笔写寒冷,"战退"尤能见出寒气之重。这是侧面描写雪之大。接写泥泞,将雪色、春色联系起来,并与"障泥"、"扫路"形成反差。以下由室外之景转写室内欢乐景象,既照应起句,又为结末处的议论埋下伏笔。下片先言大雪铺天盖地以及观雪感受,再抒发感慨,所谓愤激之语,寄托遥深。

【注释】

①"帐暖"句:《杜阳杂编》:"元载所幸薛瑶英,处金丝之帐。"

②飂戾(liáo lì):即飂戾。此指风雪肆虐。

③扫路迎宾:《开元天宝遗事》卷上:"巨豪王元宝每至冬月大雪之际,令仆人自本家坊巷口扫雪为径路,躬亲立于坊巷前,迎揖宾客,就本家具酒炙宴乐之,为暖寒之会。"

④婉娩光阴:天光明媚。欧阳修《渔家傲》:"三月清明天婉娩,晴川祓褉归来晚。"

绿头鸭

七　夕

叹飘零。离多会少①堪惊。又争如、天人有信，不同浮世难凭。占秋初、桂花散采，向夜久、银汉无声②。凤驾催云，红帷卷月，泠泠一水会双星。素杼冷，临风休织，深诉隔年诚。飞光浅，青童语款，丹鹊桥平。③　　看人间、争求新巧，纷纷女伴欢迎。避灯时、彩丝未整，拜月处、蛛网先成。④谁念监州，萧条官舍，烛摇秋扇坐中庭。笑此夕、金钗无据，遗恨满蓬瀛。敧高枕，梧桐听雨⑤，如是天明。

【题解】

此词创作时地未详。以慨叹"离多会少"为基调，把人间、天上结合起来写。起首天人对比，破空而来，有力地带起全篇。接着描绘牛女七夕相会的优美环境。再分写织女、牛郎，既坐实"天人有信"的论断，又自然地引出下片对人间离合悲欢的描述。下片先写乞巧，再对写词人此际（应为任通判）的冷清生活。最后宕开写李杨爱情悲剧，进一步丰富"叹飘零"的内涵，赋予词作更为深广的社会意义。

【注释】

①离多会少：张耒《七夕歌》："但令一岁一相见，七月七夕桥边渡。别长会少知奈何，却悔从来欢爱多。"

②银汉无声：苏轼《阳关曲》："暮云收尽溢清寒。银汉无声转玉盘。"

③"素杼冷"六句：《月令广义·七月令》："天河之东有织女，天帝之子也。年年织杼劳役，织成云锦天衣，容貌不暇整。帝怜其独处，许嫁河西牵牛郎，嫁后遂废织纴。天帝怒，责令归河东，但使一年一度相会。"《风俗通》："织女七夕当渡河，使鹊为桥。相传七日鹊首无故皆髡，因为梁以渡织女故也。"

④"看人间"四句:《荆楚岁时记》:"七月七日为牵牛织女集会之夜。是夕,人家妇女结彩缕,穿七孔针,或金银鍮石为针,陈几筵酒脯瓜果于庭中以乞巧。有蟢子网于瓜上,则以为符应。"

⑤梧桐听雨:白居易《长恨歌》:"春风桃李花开日,秋雨梧桐叶落时。"

乌夜啼

戏赠籍中人

江头三月清明。柳风轻。巴峡谁知还是、洛阳城①。
春寂寂。娇滴滴。笑盈盈。一段乌丝阑上、记多情。

【题解】

此词创作时地未详。起笔写景,交代相遇的时间和地点。"巴峡"句脱胎于杜诗,但用意大不同,多少带有戏说籍中人(在籍的歌舞伎)乐不思蜀的味道。过片三句写对籍中人的印象。以下言多情多感自难忘,故赋词相赠。特别标出"多情",兼有赞美与戏谑之意,既收煞全词,又点醒题旨。

【注释】

①"巴峡"句:杜甫《闻官军收河南河北》:"即从巴峡穿巫峡,便下襄阳向洛阳。"

品　令

迢迢征路。又小舸、金陵去。西风黄叶,淡烟衰草,平沙将暮。回首高城,一步远如一步。① 　　江边朱户。忍追忆、分携处。今宵山馆,怎生禁得,许多愁绪。辛苦罗巾,揾取几行泪雨。

【题解】

此词创作时地未详。上片写行人离去情景。起笔写征程之遥远,以"迢迢"二字倒装,意在强调,字里行间已流露伤别之意。接写所去之处,一个"又"字写出行者的无奈。再写离去的傍晚时分,一派萧瑟凄凉景象,以哀景写哀情,透出无比依恋之情。过片言不忍回忆分别时无语凝噎的情景。再写客舍独处的愁绪,相忆之深不言可知。末二句以情结景,"泪雨"二字尤能见出相思之苦。

【注释】

①"回首"二句:欧阳詹《初发太原途中寄太原所思》:"驱马觉渐远,回头长路尘。高城已不见,况复城中人。"

好事近

医者索酬劳,那得许多钱物。只有一个整整,也盒盘盛得。　　下官①歌舞转凄惶,剩得几枝笛。觑著这般火色②,告妈妈将息③。

【题解】

此词辑自成书于绍熙五年(1194)的周煇《清波别志》卷下,并载有本事:

《稼轩乐府》,辛幼安酒边游戏之作也,词与音叶,好事者争传之。在上饶,属其室病,呼医对脉,吹笛婢名整整者侍侧,乃指以谓医曰:"老妻病安,以此人为赠。"不数日,果勿药,乃践前约。整整既去,因口占《好事近》云云。一时戏谑,风调不群,稼轩所编遗此。

其时稼轩词仅有甲集刊布,所谓"稼轩所编"即指此集而言,因知此词作于甲集编定的淳熙十五年(1188)之前。词从日常生活中摄取题材,写老妻生病,医者索酬,赠以吹笛婢女,虽歌舞时无人伴奏,心情凄惶,但老妻病安,亦足宽慰。游戏笔墨中大量采用口语,在稼轩词中并不罕见。此词的成功之处,主要还在于心理描写生动传神。至于像整整那样的歌伎的凄惨命运,当然也应该引起人们的关注,这是另一个层面的问题。

【注释】

①下官:《云麓漫钞》卷四:"古人多自称下官,见于传记不一。盖汉、晋诸侯之国,并于其主称臣;宋孝武孝建中,始有制,不得称臣,止宜云下官。"

②火色:情况。

③"告妈妈"句:妈妈,对老妻的称呼。李清照《声声慢》:"乍暖还寒时候,最难将息。"

金菊对芙蓉

重 阳

远水生光,遥山耸翠,霁烟深锁梧桐。①正零瀼玉露,淡荡金风。②东篱菊有黄花吐,对映水、几簇芙蓉。重阳佳致,可堪此景,酒酽花浓。　　追念景物无穷。叹少年胸襟,忒煞英雄。把黄英红萼,甚物堪同。除非腰佩黄金印,座中拥、红粉娇容。此时方称情怀,尽拚一饮千钟。

【题解】

此词辑自《草堂诗余后集》卷上,当作于闲居带湖期间。落笔点题,继写风物特色,再写游赏之乐,并引出对峥嵘往事的追忆。下片具体描述"少年胸襟"及年少登高所触发的联想,痛陈搏击功名富贵的壮志豪情。末二句顺挽,关合今昔,以情结景。

【注释】

①"远水"三句:柳永《诉衷情近》:"澄明远水生光,重叠暮山耸翠。"李商隐《隋宫》:"紫泉宫殿锁烟霞,欲取芜城作帝家。"李煜《乌夜啼》:"无言独

上西楼。月如钩。寂寞梧桐深院,锁清秋。"

②"正零瀼(ráng)"二句:《诗·郑风·野有蔓草》:"野有蔓草,零露瀼瀼。"陈子昂《修竹篇》:"春风正淡荡,白露已清泠。"

贺新郎

吉 席

瑞气笼清晓。卷珠帘、次第笙歌,一时齐奏。无限神仙离蓬岛。凤驾鸾车初到。见拥个、仙娥窈窕。玉佩玎珰风缥缈。望娇姿、一似垂杨袅。天上有,世间少。　　刘郎正是当年少。更那堪、天教付与,最多才貌。玉树琼枝相映耀。谁与安排忒好。有多少、风流欢笑。直待来春成名了。马如龙、绿绶①欺芳草。同富贵,又偕老。

【题解】

此词辑自《类编草堂诗余》卷四,创作时地未详。凌濛初《二刻拍案惊奇》中《徐茶酒乘闹劫新人,郑蕊珠鸣冤完旧案》亦录之,并云:"这首词名《贺新郎》,乃是宋时辛稼轩为人家新婚吉席而作。"

据刘壎《谒金门》(眉月小)词序所云,知此词颇传诵一时:

临汝有歌者稍慧。咸淳中,尝与吟朋夜醉其楼。对予唱《贺新郎》词,至"刘郎正是当年少。更那堪、天教赋与,许多才调"之句,笑谓余曰:古曲名今日恰好使得。予因以此意作小词题壁,明日遂行。后二年再访之,壁间醉墨尚存,而人已他适矣。然旧词多有见之者,姑录于此。

又据王仲闻、唐圭璋《全宋词审稿笔记》记载,二人曾讨论过此首"应是何人作"的问题,《全宋词》按语当即最终结论:"此首不似辛弃疾作。惟'刘郎正是当年少'三句,宋人已歌之,见刘壎《水云村诗余》,末句作'许多才调’,稍有不同。此首必宋人作,姑附于此。"对此,辛更儒《辛弃疾研究丛稿》有不同看法,录以备参:"宋人风俗,于迎娶新妇之际,要由司仪在门前念吉席歌词,此情景可由宋代话本《花灯轿莲女成佛记》的描写中窥见。辛稼轩在带湖期间为乡间父老写下迎亲词,并非无此可能,且此词同稼轩词风并无多大差异。"

【注释】

①绿绶:绿色的印绶。《后汉书·舆服志》:"诸国贵人、相国皆绿绶。"

好事近

西 湖

日日过西湖,冷浸一天寒玉①。山色虽言如画,想画时难邈②。　　前弦后管夹歌钟③,才断又重续。相次藕花开也,几兰舟飞逐。④

【题解】

此词辑自《永乐大典》卷二二六五"湖"字韵,作于初次任职临安时。以游览西湖为立足点,选取山水荷舟、游人歌乐等相关场景,组成一幅夏日全景图,表现西湖之美与游湖之乐,层层写来,形象生动。全篇明白如话,淡雅清新,在辛词中别具一格。

【注释】

①"冷浸"句:寒玉,寒月。李贺《江南弄》:"吴歈越吟未终曲,江山团团帖寒玉。"

②邈:描画。杜甫《丹青引》:"先帝御马玉花骢,画工如山貌不同。"韩愈《楸树》:"不得画师来貌取,定知难见一生中。"朱熹《考异》:"貌或作邈。"

③"前弦"句:《苕溪渔隐丛话》前集卷一六引《蔡宽夫诗话》:"唐起乐皆以丝声,竹声次之,乐家所谓'丝抹将来'者是也。故王建《宫词》云:'琵琶

先抹六么头,小管叮咛侧调愁。'近世以管色起乐,而犹存丝抹之语,盖沿袭弗悟尔。"《墨客挥犀》卷七:"御宴进乐,先以弦声发之,然后众乐和之,故呼'丝抹将来'。今所在起曲,遂先之以竹声,不唯讹其名,亦失其实矣。"歌钟,乐器名,演奏时击以为节之钟。

④"相次"二句:相次,依次。几,几多。

生查子

重叶梅

百花头上开①,冰雪寒中见。霜月定相知,先识春风面。主人情意深,不管江妃怨②。折我最繁枝③,还许冰壶荐④。

【题解】

此词辑自《永乐大典》卷二八一〇"梅"字韵。辛启泰《稼轩集钞存》误收入佚诗中,《全宋诗》仍之。重叶梅,范成大《梅谱》云:"花头甚丰,叶重数层,盛开如小白莲,梅中之奇品。花房独出,而结实多双,尤为瑰异。"此首所咏,遗貌取神。上片写重叶梅不畏风雪严冬,先百花而报春开放,神韵独绝,品贵格高。过片写重叶梅深得"主人"喜爱,无论其他花卉如何忌妒怨恨,从未动摇。再以折枝供梅具体描述主人爱梅之情作结。全篇人花合一,笔触委婉,旨趣深遥。

【注释】

①"百花"句:《杨文公谈苑》:"王曾布衣时以梅花诗献吕蒙正云:'而今未问和羹事,且向百花头上开。'蒙正云:'此生已安排状元宰相也。'"

②江妃怨:《梅妃传》:唐开元中,高力士使闽、粤,见江采蘋少而丽,选归,侍明皇,大见宠幸。性喜梅,所居悉植之。玄宗以其所好,戏名曰"梅妃"。后杨玉环夺宠,迁上阳东宫。

③最繁枝:苏轼《再和杨公济梅花十绝》其八:"湖面初惊片片飞,尊前吹折最繁枝。"

蓦山溪

画堂帘卷,贺燕双双语。花柳一番春,倚东风、雕红镂翠。草堂风月,还似旧家时,歌扇底,舞茵边,寿斝①年年醉。

兵符传垒,已莅葵丘戍②。两手挽天河,要一洗、蛮烟瘴雨。貂蝉冠冕,应是出兜鍪,餐五鼎,梦三刀③,侯印黄金铸。

【题解】

此词《全宋词》失收,为孔凡礼《辛稼轩诗词补辑》据《诗渊》辑补,创作时地未详。上片写寿筵,善于烘托氛围,"还似旧家"、"年年醉"尤能关合今昔。下片祝愿寿主以军功享尽富贵荣华。

【注释】

①斝(jiǎ):古代酒器,似爵而较大。

②葵丘戍:《左传·庄公八年》:"齐侯使连称、管至父戍葵丘。"葵丘,古邑名。春秋时齐地,在今山东临淄西。

③梦三刀:《晋书·王濬传》:"濬夜梦悬三刀于卧屋梁上,须臾又益一刀,濬惊觉,意甚恶之。主簿李毅再拜贺曰:'三刀为州字,又益一者,明府其临益州乎?'及贼张弘杀益州刺史皇甫晏,果迁濬为益州刺史。"

感皇恩

露染武夷秋,千峦①耸翠。练色泓澄玉清水。十分冰鉴,未吐玉壶天地。②精神先付与,人中瑞③。   青锁步趋,紫微标致。④凤翼看看九十里⑤。任挥金碗⑥,莫负凉飙佳致。瑶台人度曲,千秋岁。

【题解】

此词《全宋词》失收,为《辛稼轩诗词补辑》据《诗渊》辑补。《稼轩词编年笺注》谓:该词见《诗渊》寿各地倅贰之诸词内。其《感皇恩》调名下,唯收稼轩词三首,"春事到清明"及"七十古来稀"均系滁州寿范倅者。据该阕首句,知为寿闽中某倅贰之作,惟所寿何人及作于稼轩居闽之某秋,则均难确考。此首起笔五句写武夷秋色。"精神"二句承上启下,言武夷山月虽然未吐,但它以清辉普照大地的精神,已经付与了"人中瑞"。下片为寿辞,谓尽情欢乐,方不负此"凉飙佳致"。

【注释】

①蛮:《全宋词补辑》标示"当为'峦'之误"。

②"十分"二句:苏轼《元祐三年端午帖子词》:"水殿开冰鉴,琼浆冻玉壶。"

③人中瑞:《旧唐书·郑肃传》:"仁表(肃孙)文章尤称俊拔,然恃才傲物……尝曰:'天瑞有五色云,人瑞有郑仁表。'"

④"青锁"二句:《汉书·元后传》:"曲阳侯根,骄奢僭上,赤墀青琐。"注:"青琐者,刻为连环文而青涂之也。"唐开元元年改中书省为紫微省,中书令为紫微令。

⑤"凤翼"句:宋玉《对楚王问》:"鸟有凤而鱼有鲲,凤凰上击九千里,绝云霓,负苍天,足乱浮云,翱翔乎杳冥之上。"十,《稼轩词编年笺注》径改为"千"。

⑥挥金碗:杜甫《崔驸马山亭宴集》:"客醉挥金碗,诗成得绣袍。"

水调歌头

簪履①竞晴昼,画戟插层霄。红莲幕②底风定,香雾不成飘。螺髻梅妆环列,凤管檀糟交泰,回雪无纤腰。③觞酒荡寒玉,冰颊醉江潮。　　颂丰功,祝难老,沸民谣。晓庭梅蕊初绽,定报鼎羹调。龙衮方思勋旧,已覆金瓯名姓,行看紫泥④褒。重试补天手,高插侍中貂⑤。

【题解】

此词《全宋词》失收,为《辛稼轩诗词补辑》据《诗渊》辑补,创作时地未详。《稼轩词编年笺注》据下片"龙衮"句,认为可能作于孝宗时。程继红《带湖与瓢泉——辛弃疾在信州日常生活研究》则断为闲居带湖期间所作。此首颂寿何人未详。上片写贺寿场面,隆重而热烈,无一语及于主人,而其权势地位可从宾客身份、宴饮盛况等见出。下片为寿辞,从实、虚两个方面写主人事功。过片二句为一篇枢纽。自"晓庭"句以下的虚笔,又从主、客两个方面来写,末二句关合人、我双方。全篇善言富贵,开阖自如。

【注释】

①簪履:张说《岳州作》:"夜梦云阙间,从容簪履列。"

②红莲幕:《南史·庾杲之传》:"(王俭)乃用杲之为卫将军长史。安陆侯萧缅与俭书曰:'盛府元僚,实难其选。庾景行泛绿水,依芙蓉,何其丽也。'时人以入俭府为莲花池,故缅书美之。"

③"凤管"二句:糟,《全宋词补辑》标示"当作'槽'"。曹植《洛神赋》:"仿佛兮若轻云之蔽月,飘飘兮若流风之回雪。"无,当为"舞"之误。

④紫泥:张守节《史记正义》:"天子有六玺:皇帝行玺、皇帝之玺、皇帝信玺、天子行玺、天子之玺、天子信玺。皇帝信玺凡事皆用之,玺令施行;天子信玺以迁拜诸侯;天子之玺以发兵。皆以武都紫泥封,青囊白素里,两端无缝。"

⑤侍中貂:杜甫《诸将五首》其四:"殊锡曾为大司马,总戎皆插侍中貂。"仇兆鳌注引《唐书·百官志》:"门下省,侍中二人,正二品,掌出纳帝命,相礼仪,与左右常侍、中书令,并金蝉珥貂。"

图书在版编目（CIP）数据

辛弃疾诗词全集 / 谢永芳编著 . —— 武汉 ： 崇文书局， 2016.6（2024.4 重印）
ISBN 978-7-5403-2663-0

Ⅰ．①辛… Ⅱ．①谢… Ⅲ．①古典诗歌－诗集－中国－南宋 Ⅳ．① I222.744.2

中国版本图书馆 CIP 数据核字（2016）第 073206 号

选题策划　王重阳
项目统筹　程可嘉
责任编辑　杨晨宇　程可嘉
责任印刷　李佳超

辛弃疾诗词全集

出版发行　长江出版传媒｜崇文书局
地　　址　武汉市雄楚大街 268 号 C 座 11 层
电　　话　(027)87677133　邮政编码　430070
印　　刷　湖北恒泰印务有限公司
开　　本　880mm×1230mm　1/32
印　　张　25.75
字　　数　550 千字
版　　次　2016 年 6 月第 1 版
印　　次　2024 年 4 月第 10 次印刷
定　　价　98.00 元
（如发现印装质量问题，影响阅读，由本社负责调换）

CHONGWENGUAN

中国古典诗词校注评丛书

（已出书目）